S. A. YARMOND

Le chœur singulier de Milly Davis

roman

ÉDITIONS
HURLEVENT

Première partie

Le 5 septembre,
Maison.

Chère Lyrah,

J'ai peine à croire que nous sommes déjà le dernier samedi avant la rentrée. Comme l'été a passé vite !

Hier soir, Zach m'a emmenée au cinéma – après de nombreuses insistances de Maggie pour que je sorte « comme une fille de mon âge ». (Si tu veux mon avis, elle voulait sans doute se débarrasser de moi pour pouvoir mijoter tranquillement je ne sais quels plans farfelus avec son nouveau club. Affaire à suivre.)

Nous sommes donc allés voir un film d'action au cinéma, un genre de blockbuster *où le sauvetage de toute l'humanité dépend d'un seul homme bodybuildé au torse épilé. Tu imagines à quel point ce film m'a fascinée.*

Visiblement, Zach était impressionné. Il n'a pas arrêté de vanter les mérites de la production, du budget et, évidemment, du talent de l'actrice principale qui, si tu veux mon avis, brillait plus par ses tenues affriolantes que par son jeu.

Je sais ce que tu vas me dire, Lyrah : « Les mecs sont des mecs, ne t'arrête pas à ces détails ou tu finiras vieille fille comme ma tante Révitale ! » – que je salue, au passage. Et pour le coup, je te promets d'avoir essayé.

Malgré tout, Zach est plutôt mignon. Il me fait penser à cette sculpture en terre cuite dont tu m'as envoyé la photo la semaine dernière. Tu sais, celle représentant un visage un peu « grec ancien ». Ses boucles blondes sont si bien dessinées qu'on pourrait croire que tu es passée au préalable avec une de tes mirettes pour en arranger les courbes. Je pense même à un instant m'être dit qu'il était plutôt beau, malgré son visage imberbe, avec son nez aquilin et sa mâchoire très masculine.

Puis, en me raccompagnant à la maison, il a sorti un chewing-gum de sa poche et lancé une playlist intitulée « techno-house summer » sur son téléphone ; le charme était rompu. Maggie et ses comparses étaient postées à la fenêtre, d'une discrétion sans précédent. Je me suis échappée à toute vitesse de la voiture, évitant de justesse un baiser sans doute parfaitement orchestré.

Mis à part ça, la vie suit son cours.

Il faut que j'aille au magasin de papeterie aujourd'hui avec Maggie. Je suis en quête de feuilles esprit « vieilles partitions oubliées » pour commencer la planification du deuxième tome de mon roman. C'est mon unique besoin, mais je sais déjà que je repartirai les bras chargés d'autocollants, de masking tapes *et autres articles de papeterie. Heureusement que mes parents sont en déplacement, sinon j'aurais sans doute eu droit à la traditionnelle réflexion de mon père : « Parfait, Milly, tu as ramené de quoi alimenter le feu de cheminée ! »*

Toi seule comprends mon amour inconditionnel pour la papeterie.

Je me sens à la fois extatique et terrifiée quand je pense à cette rentrée universitaire. Quelle idée ai-je eue de reprendre des études après ma licence de lettres... Pourquoi as-tu encouragé cette folie, Lyrah ?

Nous n'avons pas encore eu le planning des cours. J'espère que ce cher Pr. Smith aura trouvé le moyen pendant les vacances de prononcer plus de cinq mots en une minute, sans entrecouper le tout de « euh... » interminables.

Mission de cette année : l'enregistrer, le faire retranscrire sur CD et te l'envoyer.

Assez parlé de moi. Comment te sens-tu avant ta rentrée en 4e année ? Est-ce qu'Oscar t'a refait un speech sur les hommes qui posent nus pour tes sculptures ?

J'ai bien réfléchi à votre dernière dispute, et je suis persuadée que tu devrais l'emmener à ton atelier pour qu'il voie ta manière de travailler. Je sais que tu trouves sa réaction puérile, mais essaie de te mettre un peu à sa place. Certes, ta mère t'autorisait à assister aux cours de dessin mettant en scène des modèles nus avant même que tu aies connu une quelconque intimité avec un homme. J'imagine que voir un nu dans un atelier de dessin est aussi excitant pour toi que d'observer une nature morte. Mais Oscar t'aime, il a peur de te perdre (ou peur que tu compares ses attributs, sans doute. Typiquement masculin.)

Note à toi-même : enlève les croquis représentant des pénis sous plusieurs angles de ton atelier avant qu'il n'arrive.

Ah, sacré Oscar. Sept années d'amour, quelle belle histoire. Parfois, je t'envie.

Il me faut maintenant te laisser : je vais aller me préparer pour rejoindre Maggie. Sa nouvelle lubie est le yoga à jeun en écoutant les Rolling Stones. Ne me pose pas de questions, je n'ai, évidemment, aucune explication supplémentaire à te fournir.

Je t'embrasse et ai hâte de te lire,

Ta dévouée Milly

P.-S. Où as-tu trouvé ces feuilles de papier de soie imprimées d'arabesques ? Elles sont superbes. J'admire encore ta dernière enveloppe et son sceau de cire doré. Une pure merveille ! J'ai hâte de découvrir l'ambiance de ta prochaine lettre.

1

C’était ma routine du samedi matin : sortir mes différentes boîtes en bois au sein desquelles étaient entreposés papiers en tout genre, autocollants, *masking tapes* et autres accessoires de papeterie pour écrire à Lyrah.

Elle était ma plus vieille amie. Nous avions commencé cette correspondance seize ans auparavant grâce à une idée ingénieuse de la papeterie dans laquelle j’avais mes habitudes, déjà petite. Maggie m’y emmenait chaque mercredi après l’école pour que je choisisse des planches d’autocollants, des petits papiers que je chérissais comme des trésors. J’étais obsédée par l’idée de correspondre et d’écrire des lettres. Ou d’écrire, tout simplement. J’avais toujours été une enfant très solitaire. Je me souviens des premiers temps où je souhaitais établir une correspondance avec une élève de ma classe. J’avais préparé pendant des jours une petite affiche, m’affairant sur ce support avec application, le bout de la langue dépassant du coin de mes lèvres. J’avais sans doute évoqué les termes « grande aventure » et « amitié pour toujours », le tout entouré d’une multitude de paillettes multicolores et d’autocollants représentant des enveloppes. L’affiche était demeurée intacte jusqu’à la première pluie, aucune languette n’ayant été arrachée.

Un beau jour, j'avais découvert une enveloppe à mon nom dans la boîte aux lettres. J'avais sautillé dans tous les longs couloirs de la maison, narguant les jumeaux Willa et Clarence au sujet de ma première correspondance et de cette amitié naissante qui les rendrait jaloux à tout jamais – j'étais extrêmement envieuse du lien qui les unissait, de cette complicité naturelle qui liait les jumeaux. J'avais couru dans ma chambre pour m'y enfermer et, utilisant avec une précaution chirurgicale le coupe-papier offert par mon père à son retour d'un voyage en Inde, avais sectionné la partie supérieure de l'enveloppe, en veillant toutefois à ne pas abîmer le timbre. J'avais plongé deux doigts dans l'enveloppe, distinguant deux textures, et tiré sur l'une au hasard. J'avais alors découvert que mon affiche m'avait été retournée, griffonnée de quelques marques au crayon de papier. Le maître d'école de l'époque, un homme rasé de près à la voix rauque et à l'accent chantant, m'avait écrit.

« Chère Milly,

Je te renvoie ton affiche que j'ai pu sauver avant que la pluie ne la transforme en papier mâché. C'était une très belle initiative et j'espère que tu trouveras des camarades pour échanger des lettres. D'ici quelques années, les lettres manuscrites auront disparu, alors profites-en !

P.-S. Je me suis permis de corriger ton affiche au crayon de papier. Toujours le même problème, les s à la deuxième personne du singulier... Concentration, Milly ! »

Aussi pathétique que cela puisse paraître, j'avais été enchantée par cette réponse. J'avais dévalé les escaliers est de l'entrée pour atterrir dans le jardin d'hiver où mes parents et ma grand-mère prenaient le thé. J'étais arrivée triomphante, brandissant la fameuse lettre en clamant : « J'ai un correspondant ! C'est le maître d'école ! » Mon père avait recraché son thé, découvrant par la même occasion une communication des flux entre bouche et narines qui lui était jusqu'alors inconnue, et ma mère s'était figée dans un sourire que je n'avais pas réussi à décoder à l'époque – désormais, il m'apparaissait qu'il se rapprochait de la crispation et de la panique. Mon père m'avait pris la lettre des mains et l'avait lue avec une urgence qui lui faisait bouger la tête à toute vitesse, dans la quête effrénée d'un sens caché qu'il ne voulait pas vraiment découvrir. Il s'était rassis avec soulagement, se laissant aller à un soupir bruyant, et avait passé la lettre à ma mère.

« Milly, approche, s'il te plaît, m'avait-il dit de sa voix la plus douce, en me tendant la main. Écoute, Milly, ton professeur t'a simplement renvoyé ton affiche. Je ne pense pas qu'il veuille vraiment engager une correspondance avec toi. Et puis tu sais, ça ne se fait pas ces choses-là.

— Mais pourquoi ? S'il ne voulait pas écrire de lettres, il m'aurait rendu l'affiche pendant la classe ou la récré, non ?

— Milly, ma chérie, je pense qu'il n'a pas voulu te faire de peine et saluer ton initiative. »

Je me souvenais vaguement du reste tant j'avais été déçue par cette annonce. Avec du recul, j'avais pris conscience que mes parents avaient dû friser la crise cardiaque en s'imaginant qu'un instituteur de quarante ans envisageait sérieusement d'écrire régulièrement à une fillette de huit ans. Grand-mère avait vaguement tenté d'argumenter, plus pour me manifester son soutien que par conviction profonde que cet échange de lettres serait acceptable. J'étais retournée dans ma chambre, traînant des pieds sur les tapis épais du couloir qui étouffaient mes pas. À l'époque, les jumeaux partageaient encore une grande chambre. En m'approchant de la porte sans oser m'aventurer dans la pièce, je les avais aperçus en train de jouer ; il me semblait qu'ils étaient détenteurs d'un secret bien gardé, que la gémellité leur conférait une magie particulière à laquelle je ne pouvais me joindre. Je trouvais presque injuste que Willa ne joue pas plus souvent avec moi, et qu'elle reste toujours collée à Clarence. Nous étions toutes les deux des filles, il me semblait naturel que nous jouions ensemble ! Pourtant, quelques années plus tard, ce fut leur distance qui me peina. Il me paraissait inconcevable de les voir prendre des directions de vie différentes. Clarence souhaitait reprendre l'entreprise de textile de la famille, et Willa s'engageait dans des études de médecine. J'étais intimement persuadée qu'ils s'associeraient, travailleraient ensemble et auraient une maison jumelée dans laquelle ils vivraient en symbiose toute leur vie. J'avais exposé un jour cette théorie à Eddy, le mari de Willa. Aucune négociation possible : ils ne renonceraient visiblement pas à l'achat de leur maison pour exaucer mon souhait qu'ils habitent avec Clarence et son épouse – si tant est qu'il envisage un jour d'arrêter son choix sur une seule femme.

J'avais huit ans, aucune amie, et un sentiment persistant de solitude et d'incompréhension. Je passais le plus clair de mon temps en compagnie de ma grand-mère, Maggie, qui avait emménagé dans la maison à la mort de Grand-père. Notre demeure était si vaste qu'il était possible d'avoir des « appartements » à l'intérieur. Un concept incroyablement fabuleux pour une enfant qui ne comprenait techniquement pas comment on pouvait insérer un appartement à l'intérieur d'une maison déjà construite. La réalité était beaucoup moins fantasque : Grand-mère avait investi l'aile ouest de la maison, s'agençant une chambre à coucher, un bureau, un petit salon et les commodités habituelles.

C'était ma partie préférée de la maison, les appartements de Grand-mère. Un endroit que j'imaginais tout droit sorti de l'univers d'*Alice au pays des merveilles*, coloré et abritant des dizaines de petits objets farfelus et inutiles. Il n'y avait presque aucun mur, aucun objet de couleur neutre dans ses appartements, et c'était devenu une plaisanterie habituelle au sein de la famille. Durant son enfance, mon père, Joshua Davis, avait été si irrité de la cornée avec toutes ces décorations bigarrées et éclectiques qu'il avait décidé que la maison ne serait habillée que de blanc et de couleurs neutres. Maggie critiquait souvent cette blancheur ambiante, et avec d'autant plus de ferveur lorsqu'elle était accusée d'en être la cause. Elle se chamaillait avec mon père, lui expliquant combien son besoin de coller avec une décoration uniforme et banale était un frein au développement cérébral des enfants. Elle lui répétait sans cesse : « Tu ne viendras pas te plaindre quand on apprendra que l'un d'eux est daltonien, ou qu'il ne voit qu'en noir et blanc ! » Ma mère, Helen, lui adressait systématiquement un de ces sourires qui illuminaient son visage, et lui disait tendrement : « Mais non, Margaret, vous savez bien que je suis convaincue que le blanc apaise les esprits. »

Maggie, de son vrai nom Margaret Brightwood, était un personnage haut en couleur. Elle avait repris son nom de jeune fille à la mort de mon grand-père et répétait toujours : « Si c'était à refaire, jamais je ne quitterais mon nom pour celui d'un homme. On sacrifie déjà sa paroi vaginale et son tour de hanche, s'il faut encore travestir son nom pour ces messieurs ! Plus JA-MAIS, vous m'entendez ?! »

Souvent, mon père fronçait ses sourcils broussailleux en lui intimant : « Maman, ne parle pas comme ça devant les enfants ! », et elle lui répondait : « Oh, ça va, Joshua Davis ! Ils en entendront d'autres ! Et ils en verront d'autres ! Surtout depuis que tu leur as mis entre les mains ces appareils du diable ! Comment ? Oui, je sais, tout le monde a des téléphones portables au lycée, Willa, mais si tu veux mon avis, ces petites machines n'apporteront que des soucis ! Vraiment, Helen, vous n'avez pas peur de l'incidence des ondes sur vos enfants ? »

S'ensuivait toujours une discussion interminable entre ma mère, polie, diplomate, et ma grand-mère, révoltée, furieuse contre le monde qui évolue.

Tout cela pour dire que Maggie était à la fois ma grand-mère, la mère de mon père, mais aussi la femme la plus incroyable de tout mon entourage. J'aimais passer mes journées avec elle, l'entendre proférer des leçons de vie que mon père aurait sans doute censurées s'il les avait entendues.

Elle était née en 1948 et avait vécu toutes les périodes que j'aurais aimé connaître : la fièvre des *sixties*, la détente des années 70. Malgré son mariage à dix-neuf ans, elle avait su profiter de toutes ces périodes magiques et me racontait avec passion des histoires qui auraient toutes mérité de noircir un journal.

Elle avait toujours été mon plus grand soutien, et même si le fait que ma meilleure amie soit ma grand-mère était une énième bizarrerie qui m'éloignait des enfants de mon âge, j'aimais chaque instant passé en sa compagnie. C'était elle qui, à la suite de l'épisode de la correspondance ratée, m'avait emmenée dans mon magasin de papeterie favori, Salt & Paper. Cette boutique, située dans un coin de rue, tout en bas d'une petite allée piétonne aux pavés glissants, représentait un havre de paix à mes yeux. Grand-mère m'agrippait toujours avec force de sa main ridée ornée d'énormes bagues brillantes représentant des abeilles, des fleurs colorées ou une tête de mort rose avec des cœurs dans les orbites, sa préférée de toutes.

J'aimais pousser la lourde porte, me presser de tout mon petit corps d'enfant pour l'ouvrir, et entendre enfin la clochette annoncer notre entrée. Ensuite, je prenais une grande inspiration et humais les fragrances de papier et d'encre dont la mélodie me disait : « Tu es au bon endroit. » Grand-mère me laissait toucher à tout, ne m'assénant jamais le vieil adage du « touche avec les yeux », mais encourageant plutôt le « regarde avec les mains ».

C'était ici que j'avais acquis mon premier journal. Ici que l'on m'avait offert mon premier set de correspondance. Et ici que, seize ans auparavant, j'avais rencontré Lyrah, sur un bout de papier couleur lilas tout chiffonné, dans un petit bocal surplombé de la pancarte : « Tirez une adresse, envoyez des lettres ! »

Salt & Paper était à l'origine de ma vie sociale et méritait en cela ma reconnaissance éternelle (ou celle de mes parents, qui avaient échappé de peu à un scandale).

2

Je quittai mon bureau après avoir rangé mon matériel et ramassé les minuscules bouts de papier disséminés partout sur le sol – même à vingt-quatre ans, la crainte de me faire houspiller par ma mère concernant le ménage était encore présente – et regagnai mon dressing pour m'apprêter. J'enfilai une jupe courte à imprimé Prince de Galles, des bottes marron qui recouvraient mes genoux, un pardessus façon cape camel, et accrochai dans mes longues boucles brunes un nœud en velours bordeaux. Clarence se moquait souvent de ma manière de m'habiller, accusant ma grand-mère d'avoir formaté mon cerveau dès mon plus jeune âge pour que je ressemble à une écolière des années 60.

Je sortis de mes appartements pour rejoindre cette dernière qui m'attendait patiemment dans le salon principal. Elle était comme une tache de peinture sur une toile blanche, comme un tableau de Malevitch s'il avait été vandalisé. Au milieu de cette pièce gigantesque au blanc immaculé et au luxe certain était assise ma grand-mère, installée dans l'un des interminablement longs canapés blancs qui formaient un carré au centre de la pièce. Elle portait un jean slim blanc, une énorme fausse fourrure rose avec des cœurs noirs imprimés, des bottines d'un rose métallisé flamboyant et un foulard en soie bariolé qui enveloppait sa chevelure blanche à la manière d'un turban. Le chic de ma grand-mère ne cessait de me subjuguer. Elle portait toujours d'immenses manteaux lui conférant une silhouette magistrale, et m'étonnait par sa capacité à supporter une fausse fourrure avant même l'arrivée des premiers jours d'automne.

Je m'approchai d'elle.

« C'est bon, Grand-mère, je suis prête », dis-je en ajustant le nœud dans mes cheveux.

Je n'obtins aucune réponse, ma grand-mère étant visiblement absorbée par sa nouvelle bague – un flamant rose à strass qui habillait tout son majeur.

« Grand-mère ? »

Pas de réponse. Je contournai la table basse pour me poster devant elle.

« Eh oh ? Grand-mère ? »

Toujours aucune réponse. Je tentai une nouvelle approche :

« Maggie ?

— Oui mon ange ? » finit-elle par répondre comme si je ne venais pas de passer trois minutes face à elle à essayer de l'interpeller.

C'était son combat depuis toujours : se faire appeler par son prénom plutôt que par « Grand-mère » qu'elle trouvait fortement désagréable et qu'elle associait à une certaine idée de cette vieillesse qu'elle tentait chaque jour de repousser au moyen de jus de céleri, baies de goji et autres graines censées provoquer la régénérescence des cellules. C'était une lutte qu'elle menait sans relâche, vivant plutôt mal l'idée d'être devenue grand-mère à quarante-cinq ans après la naissance des jumeaux alors que « certaines femmes se remarient et vivent une nouvelle vie à cet âge ! » Son insistance à me corriger à chaque fois que je l'appelais « Grand-mère » m'avait valu mon lot de questionnements existentiels quand j'étais petite.

« Mais, pourquoi je ne peux pas t'appeler "Grand-mère", Grand-mère ? lui demandais-je à chaque fois.

— Eh bien, moi je ne t'appelle pas "petite-fille", non ? Je t'appelle Milly. Milly Davis. Alors moi, je suis Margaret Brightwood, tu comprends ?

— Mais pourquoi papa et maman s'appellent papa et maman ?

— Ce sont ton papa et ta maman, mais ils s'appellent Joshua et Helen Davis.

— Donc, je ne dois plus les appeler papa et maman ? reprenais-je, confuse.

— Je ne pense pas que ça les dérange que tu les appelles papa et maman.

— Alors, pourquoi ça te dérange toi ?

— Parce que je n'ai pas envie d'être réduite au statut de "grand-mère".

— Mais, pourtant tu es ma grand-mère. Ça veut dire que tu ne veux pas être ma grand-mère ?

— Milly, mon ange, bien sûr que je veux être ta grand-mère ! Mais si tu ne veux pas que je t'abandonne au coin de la rue et que je dise à tes parents que tu as été enlevée par un mafieux kosovar, ne me pose plus de questions, d'accord mon trésor ? »

J'ignorais à l'époque ce que pouvait bien être un mafieux kosovar, mais la menace semblait assez impressionnante pour que je cesse cette conversation, sans toutefois parvenir à arrêter de l'appeler Grand-mère, malgré ses soupirs.

Bien que j'aie toujours du mal à la désigner par son prénom, je comprenais au fond son sentiment, son refus de vouloir n'être qu'un pion dans l'organigramme des obligations familiales et sociales. Margaret Brightwood, mariée à dix-neuf ans, mère à vingt-et-un, souhaitait vivre pleinement sa vie de femme, sans la tutelle d'un mari, sans tous les devoirs attendus d'une grand-mère.

J'admirais beaucoup sa force de caractère et son indépendance.

Maggie déposa sur son nez des lunettes aux verres fumés bleus et s'engagea dans le couloir. Nous nous fîmes conduire jusqu'au centre-ville où elle m'emmena tout d'abord chez un artisan pour s'assurer de la bonne conduite des opérations de fabrication de ses bols chantants tibétains puis, après avoir refait le stock de serre-têtes et autres accessoires pour cheveux alliant velours, carreaux et tartans, nous nous retrouvâmes, comme toujours, au coin de cette petite rue, devant la devanture de Salt & Paper.

« Bonjour, Milly, me salua Sigried, la propriétaire. Et bonjour, Maggie, joli manteau ! »

Maggie agissait toujours comme si j'avais huit ans. Elle se dirigeait vers le comptoir et engageait la conversation avec Sigried, me laissant voguer dans le magasin à ma convenance. Je laissais mes doigts parcourir les différents éléments disposés sur de vieilles tables en bois au centre du magasin. J'étais toujours fascinée par la manière dont Sigried avait donné au magasin un sentiment de minimalisme nordique, quand bien même sa boutique regorgeait d'articles et de mini-éléments de papeterie.

Je m'attardai dans le rayon des journaux à couverture en cuir et en portai un à mon visage pour en humer l'odeur. En toute honnêteté, j'avais toujours été persuadée que si Sigried n'avait pas à mon égard une affection particulière pour m'avoir vue grandir au fil des années, celle-ci aurait sans doute placardé une photo de moi sur le tableau des gens bizarres qui reniflent tout ce qu'ils achètent. Évidemment, je n'avais jamais eu confirmation de l'existence de ce tableau, mais il me semblait que c'était une chose tout à fait probable.

Je passai en caisse, interrompant Maggie dans la description des actions qu'elle souhaitait mener avec son nouveau club – quelque chose lié au véganisme, apparemment. Sigried semblait fascinée ou, tout du moins, extrêmement polie, comme à son habitude. J'étais toujours excitée quand je la voyais emballer dans une petite pochette en kraft mes différents articles. Il y avait quelque chose qui tenait du nouveau départ, du nouveau chapitre. L'écriture avait toujours été pour moi un refuge fantastique, et mon aspiration naissante avait été encouragée par les dizaines de carnets et de journaux vendus par Sigried. Lors de la soirée de lancement du premier roman de ma saga familiale, Sigried était venue, émue, et j'avais eu le sentiment que, pour elle aussi, Salt & Paper avait participé à son écriture.

Nous avions déjeuné dans un salon de thé où Maggie avait, comme toujours, commandé un club sandwich, énumérant tous les ingrédients qui devaient être retirés de la recette initiale pour être végan. Elle se retrouvait à chaque fois avec un assemblage de tranches de pain de mie, de tomate et de feuilles de laitue. Elle soupirait ensuite, ravivant le souvenir douloureux de la fermeture du salon de thé végan où elle et ses amies se donnaient rendez-vous chaque semaine, et clamait haut et fort, même devant les serveurs et les tenanciers : « Bon sang, si j'en suis réduite à venir ici, c'est qu'il est grand temps que les restaurateurs se mettent au véganisme, dans cette ville ! » Aucun salon de thé n'avait trouvé grâce à ses yeux depuis lors, mais elle cherchait activement, me demandant à chaque fois de l'accompagner, tel un cobaye.

Ce rôle ne me dérangeait pas vraiment. Notre cuisinière était en congé maternité, et mes parents avaient décidé que Maggie et moi – les principales habitantes de la maison depuis que mes frère et sœur l'avaient quittée et que mes parents étaient sans cesse en déplacement à l'étranger – pouvions aisément subvenir à nos propres besoins. Maggie alternait régimes ayurvédiques, détox liquides et autres bizarreries alimentaires qui ne nécessitaient jamais vraiment l'intervention d'une cuisinière. Pour moi, les choses étaient plus compliquées. Même si Lyrah me répétait sans cesse qu'il suffisait de savoir lire pour pouvoir cuisiner des recettes basiques, j'étais une véritable calamité devant les fourneaux, et me nourrissais depuis un mois comme une adolescente de quatorze ans livrée à elle-même pour la journée. C'était pathétique.

Nous étions rentrées dans l'après-midi. Maggie avait filé dans les cuisines pour s'atteler à la préparation d'un apéritif dînatoire avec ses meilleures amies le soir venu. Quant à moi, je fis ce que je savais faire de mieux : m'isoler dans ma chambre, répartir des brisures de papier sur les épais tapis de mon bureau et planifier l'écriture de mon prochain roman.

3

Écrire avait toujours été un acte primitif pour moi, un réflexe puissant. À l'heure où les téléphones et autres appareils électroniques offraient une possibilité infinie de notes par commande vocale ou dictaphone, je demeurais celle qui se baladait avec un journal à la couverture en cuir vieilli, semant partout où elle allait des petits bouts de papier, des post-it détachés ou des anecdotes griffonnées sur des supports parfois totalement incongrus.

J'aimais écrire la vie, la mienne, celle que je vivais, mes peines, mes joies, les émerveillements du quotidien. J'aimais écrire celle des autres, et m'attelais chaque semaine dans l'écriture d'une page dédiée à chaque membre de ma famille pour rendre compte de leur situation.

Écrire représentait pour moi une force magique, capable de figer sur un bout de papier une situation, un instant, une période. Cela me fascinait et me consolait à la fois. Petite, je m'imaginais qu'une simple larme sur le papier pourrait raviver des situations perdues.

C'était vrai, dans un sens.

Et puisqu'écrire avait toujours été en moi et que tout mon argent de poche passait depuis des années dans l'achat de journaux d'écriture censés accueillir de nouveaux projets, il était évident que, chaque année de ma vie, je cultiverais l'envie et le souhait d'écrire mon propre roman.

Et, là encore, la petite Milly avait réservé bon nombre de fous rires émus et attendris à sa famille.

Par où commencer ? Il y avait eu, à une période de l'enfance que je n'arrivais pas à déterminer, mes premières tentatives d'écriture d'une bande dessinée. C'était ce qui m'était le plus accessible, me donnant la sensation d'être une grande personne. Installé dans son immense bureau blanc aux allures de QG d'une entreprise innovante d'intelligence artificielle secrète, mon père, parfois lassé de me voir plier, tamponner et griffonner des enveloppes, me laissait choisir une bande dessinée parmi son imposante collection. J'avais lu des histoires de cow-boys, de pantouflards maladroits, parcouru les péripéties d'un chat roux en surcharge pondérale. J'avais été fascinée par le mariage silencieux et symbiotique qui unissait texte et image.

C'était donc ma première vocation : devenir autrice de bande dessinée.

Ma première œuvre s'appelait « Les aventures de Rima Douche », l'histoire trépidante et rocambolesque d'une pomme de douche et de son acolyte l'ananas. Je n'avais plus vraiment de souvenirs de leurs aventures – aussi étais-je persuadée qu'il s'agissait d'un déni de ma part. Mais cette bande dessinée, reproduite en plusieurs exemplaires pour chaque membre de ma famille, avait fait naître une certitude dans l'esprit des miens : j'étais, comme ils disaient, « singulière », voire « atypique ». À l'époque, j'étais convaincue que le radical « typ » s'apparentait à l'écriture et à la « typo », et pensais qu'il s'agissait d'un compliment bien choisi pour souligner ma maîtrise graphique.

Enfant, j'étais optimiste.

J'ignorais ce qu'était devenue la majorité de ces exemplaires – moi-même en ayant perdu la trace depuis des années – mais Willa conservait le sien encadré depuis tout ce temps. Un jour, à l'aube d'une décision fondamentale que je m'apprêtais à prendre, elle m'avait glissé que cette bande dessinée avait créé en elle la certitude que je ferais quelque chose d'artistique dans ma vie.

Et elle avait raison, comme bien souvent.

Après ces épisodes à la fois ridicules et mignons, j'avais mis de côté le tampon en forme de bulle que m'avait commandé Sigried pour revenir à mes stylos plume et journaux, et commencé l'écriture d'un tas de projets condamnés à ne demeurer que des taches noires sur des morceaux de papier.

S'il m'était aisé d'écrire, d'imaginer, de construire des personnages et de les laisser vivre dans mon esprit, il m'était impossible, presque surhumain au vu de ma timidité et de ma réserve maladives, de faire lire mes écrits. Ainsi étaient encore enfermés dans un tas de journaux des destins avortés.

Je regardais l'Écriture de loin, avec l'éloignement nécessaire entre la main et les yeux lors de mes nombreuses lectures. Je m'étais convaincue qu'elle resterait une vieille amie, que je demeurerais spectatrice et non actrice de son mouvement.

Incapable toutefois de me tenir à l'écart de son aura, je m'étais inscrite en faculté de lettres après le lycée. Maggie était convaincue que j'enseignerais plus tard, m'expliquant comment je pourrais devenir la « prof préférée des étudiants », celle qui serait moderne et animerait des séminaires intitulés « Reading is sexy ». Je l'écoutais toujours monologuer sur ce sujet, mais elle avait conscience que jamais je ne pourrais parler devant autant d'élèves, et que ma patience avait une limite telle que m'imaginer pédagogue était un concept absolument surnaturel pour moi. Non, si Maggie était persuadée d'une chose à mon sujet, c'était bien qu'étudier les écrits des autres provoquerait l'envie, le défi en moi qu'un jour on étudie les miens.

Alors j'avais terminé mes trois années de fac, négocié avec mes parents une année sabbatique et repris mes vieux journaux, les noircissant d'une histoire qui changerait ma vie.

J'avais pris deux années de césure pour me consacrer à ce qui serait le grand projet de mon existence : l'écriture d'une saga historique, prenant racine au XIXe siècle, dans laquelle Isadorah Templeton, issue d'un milieu noble, ferait ses premiers pas dans la société. Je rêvais depuis toute petite à cette histoire, imaginant Isadorah dévastée, tiraillée entre les carcans de l'époque, les injonctions faites par les hommes et son envie de romantisme littéraire bridé par sa famille. Je l'imaginais vaillante, sensible et farouche. À la fois désorientée et sûre d'elle. J'avais pour projet que cette histoire devienne une grande saga historique et familiale. Un roman générationnel qui suivrait Isadorah de son enfance à son entrée dans la société, à son mariage, sa vie d'épouse, ses joies, ses désespoirs, puis ceux de ses enfants après elle. Un voyage historique entre les époques, toujours au travers des yeux d'une femme, étudiant ainsi sur chaque période l'enjeu de la féminité dans un monde dominé par la masculinité.

Le premier tome avait été un succès mondial. Un best-seller, comme le disait cette petite citation d'un grand journal sur la couverture du roman. J'avais voyagé à travers le monde, accompagnée de Maggie qui adaptait son style vestimentaire pétillant à chaque pays où nous nous rendions pour rencontrer mon lectorat. Toutefois, si la critique avait été majoritairement unanime, un certain nombre de journalistes attribuaient le succès de mon roman à mon nom et à l'influence de ma famille. D'autres encore avaient visiblement passé plusieurs mois à rechercher toutes les incohérences contextuelles, quelques anachronismes pointilleux qu'il m'avait été impossible d'infirmer avec les ressources historiques disponibles de nos jours.

Ainsi, piquée par l'envie de prouver à ces détracteurs que je ne méritais pas la casquette d'imposteur qu'ils m'avaient attribuée, j'avais décidé, sous l'impulsion de Maggie et le soutien de Lyrah, de reprendre une licence d'histoire afin d'acquérir des bases solides – et une crédibilité.

Je m'installai dans la solitude de mon bureau, sortis avec précaution le nouveau carnet de sa pochette en kraft, me délectant de ce bruit de douce friction, et glissai ma main théâtralement sur sa couverture. « Qu'as-tu à me dire pour cette nouvelle décennie, Isadorah Templeton ? »

Mon processus d'écriture ne tenait en rien du fantasme de l'écrivain animé par son art qui noircit des pages à la main, faisant fi de ses doigts maculés d'encre et de l'heure qui passe ou du soleil qui se couche. J'étais méthodique, organisée et prenais mon temps, faisant vivre en moi l'histoire avant de la transposer, laissant mes sens imaginer les textures, les odeurs.

Ainsi, pour le premier tome de ma saga, *Les espérances des femmes Templeton*, j'avais consacré un mois complet à parcourir des salles de vente pour retrouver des objets datant de la fin du XVIIIe et du début du XIXe siècle. J'avais passé des heures à me documenter sur l'époque, sur les us et coutumes et toutes les spécificités qu'il pourrait se révéler judicieux d'intégrer au récit de la première décennie de vie d'Isadorah.

Dans le premier tome de la saga, nous suivions donc Isadorah Columbine Templeton, née en 1796 au sein d'une fratrie composée de trois sœurs et un frère, Lottie, Verity, Dorothea et Ferguson. Chaque tome de ma saga abordait une décennie.

De 1796 à 1806, Isadorah Templeton s'éveilla à la vie et aux obligations que l'on attendait d'une femme du XIXe siècle. On la découvrait enfant, sautillante, émerveillée, attendrie par la beauté du monde dont elle ne connaissait pas encore les affres. Isadorah était proche de son frère Ferguson, d'un an son aîné. Les premiers chapitres de son existence s'attachaient à retracer leur complicité, leurs grandes joies et leurs aventures et autres langages codés dont eux seuls détenaient le secret. C'étaient les plus beaux moments de l'enfance d'Isadorah, et ce fut pour elle une tragédie quand, à huit ans, son père l'intima d'arrêter de se comporter comme un garçon, à courir dans les champs avec les chiens de la famille, à être décoiffée comme une souillonne, et l'exhortait plutôt à se montrer digne de son rang en respectant sa place de femme.

Cette première partie de la vie d'Isadorah était une fêlure, un arrêt, une brisure nette dans la porcelaine si lisse de l'enfance au sein d'une famille privilégiée. C'étaient les premières injonctions, les premiers ordres péremptoires que l'on assènerait pour toujours à une femme de l'époque : « tiens-toi droite », « ne parle pas trop fort », « cache ta bouche quand tu ris », « ris avec moins d'effusion », « souris poliment au lieu de t'esclaffer », « baisse la tête ».

La fin de sa première décennie de vie fut marquée par plusieurs évènements traumatisants.

Isadorah avait, depuis la séparation d'avec son frère, une mélancolie naturelle, un spleen persistant qui se jouait en elle comme une douce mélodie lancinante. Une complainte sentimentale qu'elle écrivait en notes dans son esprit plutôt qu'en mots sur du vieux papier à lettre. Elle manifesta le souhait de jouer d'un instrument, la musique étant pour elle source de passion, de curiosité et de consolation.

Au bal organisé pour Lottie, son aînée, avait été convié un groupe de musiciens. Il y avait un pianiste, un violoniste, un violoncelliste ainsi qu'un homme aux doigts si fins qu'il lui semblait qu'il maniait le vent, qu'il le façonnait et l'asservissait pour en faire des notes d'une extrême pureté. Isadorah était restée figée devant l'estrade des musiciens, bouche bée, découvrant pour la première fois la mélodie cristalline de la flûte.

Mais si la maîtrise musicale faisait partie des qualités appréciables et attendues chez une jeune fille de l'époque, là encore, l'homme érigeait des principes ultimes. Ainsi, la flûte fut considérée comme étant un instrument masculin, et Isadorah se confronta, à nouveau, à la colère de son père et à ses injonctions impérieuses.

Si la fin de la deuxième partie du roman laissait présager que le quotidien d'Isadorah deviendrait plus doux après l'émoi ressenti au premier contact de ses doigts sur les touches d'ivoire du piano, il apparaissait assez vite que les femmes Templeton ne connaîtraient que peu d'apaisement.

Isadorah, passionnée, exaltée, s'imposa rapidement comme virtuose au piano et déclara à ses parents vouloir en faire son destin, son projet de vie. Un jour, elle entendit Hattie, une tante éloignée devenue veuve très jeune et s'étant toujours opposée au remariage – ce que le père d'Isadorah voyait d'un très mauvais œil – parler du Conservatoire et du métier de musicien. Une nouvelle dispute éclata avec Lord Templeton. Quelle horreur ! Une femme qui travaille ! Et qui plus est dans la musique ! Qui se donne en spectacle !

Il devenait insupportable pour Isadorah de voir que son frère pouvait émettre des choix et des avis, que lui pouvait encore courir dans les champs sans subir les colères de son père. Elle se sentait si seule et incomprise, au milieu de ses sœurs qui n'aspiraient qu'au mariage et à la vie d'épouse qu'on leur imposait déjà, avant même de connaître l'âge adolescent.

À la fin du premier tome, Isadorah n'échangeait plus mot avec son père. Sa mère, désemparée, bien qu'aimante, tentait d'apaiser les tensions, intimant à sa fille de se comporter comme il le souhaitait pour éviter les sanctions. Mais jamais Isadorah n'accepta un tel conseil.

Le premier opus s'achevait sur un scandale, ébranlant le calme, déjà fragile, de la famille Templeton. Une nuit, alors que la maisonnée se reposait après avoir donné une réception fastueuse, Isadorah était descendue dans le petit salon, espérant retrouver le carnet qu'elle conservait dans sa bourse et qui abritait des griffonnages de notes de musique et autres compositions personnelles. En traversant les couloirs de la demeure, elle avait vu de la lumière s'échappant du bureau de son père et découvert, avec effroi, celui-ci en compagnie d'une femme. Si Isadorah n'avait encore jamais connu d'émois amoureux et qu'il n'était pas encore convenable pour sa mère de lui expliquer les choses qui se passaient dans la chambre des époux, elle avait compris qu'il s'agissait ici d'une situation qui ne devait pas être. Horrifiée, elle avait quitté le couloir en courant et était remontée dans sa chambre, tremblante, écœurée et le cœur en mille morceaux.

Cet évènement n'arrangea aucunement les relations entre Isadorah et son père, d'autant plus que celui-ci violenta un soir sa femme, l'accusant d'avoir été inconvenante avec un homme –

cette dernière avait simplement ri avec un peu trop d'intensité à une plaisanterie.

Nous quittions Isadorah en pleine prise de conscience de la douleur d'être née femme. Femme, qui ne peut choisir un instrument. Femme, qui ne peut courir. Femme, qui ne peut ni trop rire ni trop sourire, mais qui doit rester agréable à regarder. Femme, qui doit aimer un homme qui la trompe, et se faire gifler devant ses filles pour une simple plaisanterie. Femme, qui doit pleurer, vivre, en silence.

C'était donc cela, être une femme, et jamais Isadorah ne pourrait accepter de telles injonctions.

Et je demeurais ainsi, assise à mon bureau, la main sur la couverture de mon nouveau journal, prête à être la scribe du destin que choisirait Isadorah.

Journal d'écriture

Les espérances des femmes Templeton
Deuxième décennie : 1806 - 1816

Isadorah a dix ans.

Depuis l'épisode avec ses parents, Isadorah sombre dans une mélancolie qui l'immobilise. Elle devient fiévreuse, malade. Son père pense qu'elle est hystérique et refuse à sa mère l'intervention d'un médecin.

Isadorah a une conversation avec sa mère qui reste à son chevet. Cette dernière lui explique que c'est le destin d'une femme, qu'il est normal d'être giflée par son époux quand on lui manque de respect. Isadorah lui confie avoir vu son père avec une autre femme. Sa mère lui sourit tendrement. « Cela arrive, tu sais, Isadorah. Tu ne pourras pas te battre contre ça. Tant que tu as un toit, un nom et une bonne situation, tu n'as pas à te plaindre. »

Isadorah médite ces propos. Elle se demande si elle ne serait pas moins épuisée en acceptant son sort.

S'ensuivent plusieurs scènes où ses sœurs viennent à son chevet.

Lottie, la plus âgée, la sermonne en lui disant qu'à cause d'elle, les gens parlent et que sa réputation risque d'en pâtir. Elle lui intime de se reprendre afin qu'elle ne lui cause pas préjudice dans sa recherche d'époux ; cela fait des années qu'elle prépare son entrée dans la société comme s'il s'agissait de son unique objectif de vie.

Pendant tout ce temps alitée, Isadorah ne voit pas son père, ni son frère. La première situation ne la dérange pas une seule seconde, mais Ferguson lui manque. Elle décide de lui faire passer un mot par l'intermédiaire de Dorothea dans lequel elle lui demande de venir la voir.

Au début, Ferguson ne répond ni ne vient.

Mais un soir, une lumière irradie au pas de la porte, et elle le découvre, un livre sous le bras, une chandelle dans la main, qui entre dans sa chambre. Il s'excuse d'avoir mis tant de temps à venir, expliquant qu'il cherchait à obtenir par l'intermédiaire de plusieurs camarades et de leurs grands frères un exemplaire du roman d'aventures de Daniel Defoe, Robinson Crusoé.

Cela devient leur petit secret : chaque soir, Ferguson monte dans sa chambre pour lui lire quelques passages jusqu'à ce qu'elle s'endorme.

La présence de son frère la réconforte. Elle se dit que tous les hommes ne sont pas foncièrement mauvais, et que certains, comme Ferguson, pourront être à l'initiative d'une nouvelle génération plus tolérante et égalitaire.

Bercée par cette espérance, elle s'endort, un sourire aux lèvres, et se promet de sortir de son lit le lendemain.

4

Je refermai mon journal d'écriture en prenant soin de bien remettre l'élastique, perpétuant ainsi un rituel proche du trouble obsessionnel. J'étais satisfaite et convaincue par ce premier projet. J'avais une piste à suivre pour entamer l'écriture. C'était ainsi que je fonctionnais, en plusieurs étapes. Je griffonnais tout d'abord les contours d'une partie de l'histoire, la laissais vivre dans ma tête quelque temps, jugeant ainsi si les personnages étaient en accord avec le destin que je leur choisissais, puis y revenais quelques jours plus tard. Souvent, je laissais quelques pages vierges entre ces différentes notes, me permettant par la suite d'ajouter des éléments visuels afin d'ancrer mon décor dans mon esprit.

C'était là qu'intervenait la partie « chaos de papiers » dans mon bureau. Je découpais, déchirais, froissais des papiers de soie, des papiers texturés. Je collais du *masking tape*, arrangeais des titres, tamponnais des décors. Il m'arrivait de passer des heures à rechercher des images, des photographies de tableaux d'époque et autres ambiances visuelles qui me laissaient sur un nuage d'inspiration.

J'allumai enfin mon ordinateur et tentai de retrouver une reproduction de la couverture originelle du roman de Daniel Defoe.

J'aimais le fait que novateurs et visionnaires se frôlent dans mon roman, qu'Isadorah découvre, en même temps que ses aspirations féministes, des destins d'hommes et de femmes refusant les étiquettes.

Ma recherche se révélant infructueuse, je me laissai un post-it afin de penser à consulter les archives de la faculté d'histoire.

Je consultai ma montre et réalisai que plusieurs heures s'étaient écoulées depuis mon éclipse dans la vie d'Isadorah. Je quittai mes appartements pour regagner ceux de Maggie, m'attendant à retrouver son groupe d'amies toutes plus exubérantes les unes que les autres. Les meilleures amies de Maggie étaient à son image : éclectiques et fascinantes. Un groupe si mal assorti qu'il en devenait parfaitement cohérent.

En pénétrant dans l'antre de Maggie, je fus immédiatement frappée par l'odeur des fagots de sauge blanche qu'elle faisait souvent brûler, et reconnus la voix d'Ulyana, sa plus ancienne amie.

Ulyana Avdeïev fut, était et demeurera toujours une femme incroyablement belle, hypnotique, de cette splendeur magnétique qui instillait cette interrogation dans l'esprit de quiconque posait ses yeux sur elle : était-elle humaine ou déesse ? À soixante-dix ans, elle avait conservé une allure et une grâce intemporelles, sans doute l'héritage de ses années en tant que danseuse classique au sein du ballet de Saint-Pétersbourg. C'était dans ce contexte qu'elle avait rencontré Maggie, presque cinquante ans auparavant. Maggie travaillait comme hôtesse lors d'un gala succédant à une représentation du *Lac des cygnes*. Ulyana qui, malgré son métier, ne supportait pas les regards fixés sur elle, s'était cachée dans les cuisines et était tombée sur Margaret Brightwood, une jeune femme souriante et si polie qu'elle lui avait simplement tendu une coupe de champagne sans la questionner sur sa présence par terre, dans un coin. Maggie me raconta un jour sa version des faits. Ulyana était une étoile montante et une femme merveilleusement belle. Les hommes présents lors de la réception n'avaient d'yeux que pour elle, et s'octroyaient le droit de lui attraper le bras, la main – si ce n'était pire –, sous prétexte qu'ils pouvaient s'offrir les places les plus onéreuses dans les balcons les mieux orientés. Maggie avait vu en elle une jeune fille terrifiée par des hommes bien trop tactiles, et n'avait pas été une seule seconde étonnée de la voir, tel un petit animal chétif, cachée au milieu des blouses blanches des cuisiniers. Elle avait passé le reste de la soirée à se diviser entre la grande salle et ce petit coin de cuisine, où les deux femmes avaient fait naître une amitié qui durerait toute une vie.

« *Dragatsennaïa*[1] ! Nous t'attendions ! me lança Ulyana avec son accent russe soigneusement conservé malgré ses années d'expatriée.

— Bonjour, Ulyana, répondis-je en la laissant me saisir les joues de ses mains gantées de soie blanche. Comment allez-vous ?

— Je vais affreusement mal ! Mon petit-fils connaît un grand désespoir !

— Oh, mince, qu'est-ce qu'il lui arrive ?

---

1. *Dragatsennaïa* : mon trésor (en russe)

— Il est à nouveau célibataire ! Quelle calamité ! Un jeune homme si beau, si intelligent ! Mon Vadim devrait déjà être père !

— Tu devrais y réfléchir à deux fois, Ulyana, intervint Maggie, devenir grand-mère, c'est déjà une chose, mais alors arrière-grand-mère… Non, tu sais quoi ? je n'ose même pas y penser !

— Tu sais quand même que Willa va avoir des jumeaux, *Grand-mère* ? » rétorquai-je.

Elle me lança un regard faussement réprobateur.

« Milly, *dragatsennaïa,* tu sais que tu me ferais la plus grande joie si tu acceptais un rendez-vous avec lui. Vadim et toi avez les destins joints depuis votre naissance !

— Laisse donc ma petite-fille tranquille, vipère russe ! » interféra Maggie.

Tout en se lançant dans un discours animé sur l'honneur d'avoir ou non du sang russe dans sa descendance, Maggie disposait sur la table basse de son salon une multitude de petits bols, garnis de légumes en tout genre et de graines colorées. Elle avait préparé des bellinis, qu'elle aimait prononcer en singeant l'accent, comme en réminiscence d'une vie italienne jamais vécue. Je m'installai sur un des canapés vert canard de son salon feutré, prenant place aux côtés de Marcella. Elle était la plus âgée de leur petite troupe, et était toujours la première à investir les sièges. C'était presque un don, cette capacité à trouver, dans n'importe quelle situation et n'importe quel endroit, un élément d'ameublement capable d'accueillir son opulent popotin de *mamma* italienne. À soixante-seize ans, Marcella Giordano avait aussi eu une vie que j'aurais aimé écrire. Elle était un personnage de roman à elle seule. Fille d'immigrés italiens, elle avait épousé Elmo à dix-sept ans. Ensemble, ils avaient travaillé à la sueur de leur front à l'ouverture d'un restaurant italien dans lequel leurs enfants couraient partout, laissant des petites empreintes de farine sur les surfaces qu'elle s'acharnait à nettoyer après leur passage. Au fur et à mesure de la *gentrification*, leur restaurant devint une institution dans le quartier, et plusieurs autres établissements virent le jour. En l'espace de deux décennies, ils étaient devenus des géants dans le monde de la restauration. Leurs six enfants travaillaient conjointement dans l'entreprise familiale, et Marcella s'épanouissait désormais dans son rôle de grand-mère et d'arrière-grand-mère. Elle souffrait de problèmes d'audition qui n'entachaient en rien son caractère impassible. Elle restait silencieuse, se contentant d'observer ce qu'elle voyait avec un air satisfait.

Elle prit ma main dans les siennes et me regarda, muette, un sourire insistant sur les lèvres. Ça lui suffisait, à Marcella, cette manière silencieuse de dire bonjour, démontrant que la parole n'avait parfois aucun autre rôle que de briser la tranquillité des gens bienheureux.

« Eh bien, on attend toujours les mêmes ! soupira Maggie qui prit place dans son fauteuil Emmanuelle en rotin.

— Qu'est-ce que vous avez prévu, ce soir ? demandai-je en attrapant un brocoli que je regrettai immédiatement d'avoir porté à ma bouche d'une part en comprenant qu'il était cru, et d'autre part en croisant le regard réprobateur de Maggie.

— Quand tout le monde sera réuni, nous commencerons à déguster l'apéritif, dit-elle en m'adressant un regard entendu, et ensuite, nous devrons commencer à élaborer les plans d'action pour notre club.

— Un club de quoi ?

— Eh bien, de militantes véganes, mon ange !

— Oh, oui c'est vrai, j'avais oublié. Et quelles seront vos actions ?

— Non, non, non ! intervint Marcella, surprenant toute l'assistance. Pas de friction ! Je t'ai déjà dit, Margaret, qu'il fallait être beaucoup plus tendre avec la pâte à cannellonis.

— Mais non, Marcella, les *actions*. Végan. Club. Pas *friction* ! articula avec insistance Ulyana.

— Ahhh, *capisco*[1] ! » dit-elle, visiblement soulagée, se renfonçant sur le canapé.

L'intervention hors sujet de Marcella brisa l'élan de conversation, et Maggie se leva pour mettre un peu de musique. Une mélodie alliant saxophone et basses puissantes donna à cette réunion insolite l'allure d'un club de malfaitrices excentriques, ce qui colla parfaitement avec l'arrivée en fanfare d'Yvonne et Daria.

« Pouah ! Ça pue là-d'dans ! proféra Daria en faisant de grands gestes dans l'air pour tenter de dissiper la fumée de sauge blanche. Vous faites des rites vaudous ou quoi ?

---

1. *Capisco* : je comprends (en italien)

— Daria, est-ce qu'un jour on aura le droit à une entrée en douceur, silencieuse, comme les gens normaux ? demanda Ulyana, exaspérée.

— Ben, p't-être quand j'serai morte ! rit-elle bruyamment de sa voix rauque de fumeuse.

— Salut les filles, reprit Yvonne. J'ai cru qu'on n'arriverait jamais !

— Qu'est-ce qu'il vous est arrivé ? demanda Maggie en les débarrassant de leurs vestes.

— Un abandon, voilà c'qui nous est arrivé ! grogna Daria en sortant une cigarette de son paquet avant de la porter à sa bouche.

— Non, hors de question, Daria ! On ne fume pas ici, je te l'ai déjà dit mille fois !

— Ah ben t'as l'droit d'nous enfumer avec ta fumée d'sorcière, mais moi j'peux pas ajouter ma fumée de tabac ! Pfff, s'indigna-t-elle en croisant les bras et en s'affalant à mes côtés, tapotant au passage le genou de Marcella.

— Je n'entrerai pas à nouveau dans ce débat avec toi ! Qu'est-ce qu'il vous est arrivé, alors ?

— Un abandon, j'te l'ai dit ! »

Yvonne laissa échapper un soupir et pointa son index vers Daria :

« Daria m'a attendue cinq minutes sur le trottoir le temps que j'arrive. Elle a jugé bon d'aller fouiner dans les poubelles et est montée dans MA voiture avec un rat sur l'épaule.

— Grand Dieu…, murmura Ulyana.

— Un abandon, je le redis ! s'insurgea Daria comme si le cours de la conversation n'avait pas lieu.

— J'ai dû la menacer de la laisser sur le trottoir pour qu'elle se décide enfin à remettre ce rat dehors !

— Ben j'aurais p't-être dû, finalement ! C'est pas comme si j'la connaissais pas la rue, moi ! »

S'ensuivirent plusieurs minutes de croassements entre les deux femmes. Maggie, sirotant son bellini, n'était visiblement pas dérangée par la querelle amicale qui se jouait devant elle ; Ulyana sortit un petit poudrier et Marcella, quant à elle, resta impassible, souriante.

Il faut dire que cette situation, fût-elle cocasse, était somme toute récurrente. Daria et Yvonne avaient construit leur amitié sur une chamaillerie perpétuelle, et je ne me lassais jamais d'assister à leurs bisbilles burlesques.

Yvonne Graham était femme de pasteur. Je n'ai jamais su comment elle et Maggie s'étaient rencontrées, mais j'adorais cette femme depuis toute petite, sa peau couleur noisette et son énorme touffe de cheveux bruns crépus, désormais grise. Elle portait toujours d'immenses boucles d'oreilles, et j'ignorais comment elle avait pu trouver la patience nécessaire, quand j'étais petite, de me laisser tripoter ses cheveux et ses bijoux à chaque entrevue. Yvonne était de celles dont le cœur et la générosité n'avaient aucune limite. Elle s'était investie dans de multiples causes, mettant son temps libre de femme n'ayant pas connu la maternité au profit des sans-abris et des nécessiteux.

C'était ainsi qu'elle avait rencontré Daria Kowalewski, personnage emblématique de leur petit groupe qui m'avait terrifiée toute mon enfance. Il faut dire que l'allure de Daria était détonante. Elle avait les cheveux noir de jais, tellement longs qu'ils glissaient jusqu'à ses genoux. Elle entourait ses yeux d'un bleu cristallin d'un trait de crayon noir si profond que le contraste lui donnait un regard presque vitreux. Elle avait toujours d'immenses bracelets, beaucoup trop gros pour ses minuscules poignets, et seulement quelques dents naturelles dans son râtelier métallique. Son rire rauque et sa voix de fumeuse n'avaient pas facilité l'abandon de mes terreurs d'enfant mais, petit à petit, elle avait su gagner mon cœur, et j'adorais ce personnage si déconcertant. Cette enveloppe singulière cachait un cœur gros, mais meurtri. Meurtri par la vie qu'elle avait vécue, subie. Elle était née en Pologne en 1952 et avait connu beaucoup trop jeune le déchirement de la mort. Son père ayant été tué lors des émeutes ouvrières à Poznan quand elle n'avait que quatre ans, elle avait dû rester avec une mère alcoolique, déséquilibrée, qui suivait des hommes à l'autre bout du monde, échangeant ses faveurs contre quelques mois de repas chauds. Elle s'était enfuie à seize ans après qu'un énième beau-père avait tenté d'abuser d'elle. Elle avait vécu dans la rue, s'était débrouillée toute seule. J'adorais l'écouter me conter l'époque où, en véritable groupie, elle suivait de nombreux groupes de punk, les accompagnant jusqu'en Australie dans des minibus où la notion d'excès remplaçait celle de modération. La vie de Daria était atypique pour l'époque. Elle avait refusé de se marier, n'avait jamais voulu faire une belle carrière et vivait au jour le jour de petits boulots.

Yvonne avait croisé sa route quand elle n'était encore qu'une jeune épouse qui vivait douloureusement l'inoccupation de la chambre aux murs jaune poussin et au berceau en bois qu'elle avait mis si longtemps à préparer et à décorer. Daria était pour elle un petit oiseau aux plumes noires, fragile, perdu, qu'elle avait pris sous son aile. Elle lui avait appris à lire et à écrire, l'avait aidée dans ses démarches pour obtenir une place dans un foyer, mais ne lui avait jamais fait sentir une forme de pitié. Elles étaient depuis inséparables, quand bien même leurs styles de vie étaient diamétralement opposés.

En les observant se chamailler, à siroter leur bellini en engageant des conversations enflammées, je pris conscience du tableau que j'avais sous les yeux. Ces cinq femmes aux parcours de vie fantastiques, animées par une indépendance et une force de caractère que je leur enviais, à toutes. Elles étaient passionnantes, et je m'appliquais à photographier dans mon esprit cette image, la leur, me promettant, un jour, d'écrire leurs mémoires.

5

« Très bien, commençons le *brainstorming*, reprit Maggie une fois son équipe regroupée autour de la table basse.

— Le quoi ? cria Marcella, plissant son nez de cette manière singulière qui signifiait : « Je n'entends absolument rien de ce que tu dis. »

— On va s'démonter l'cerveau, ma p'tite Marcella, lança Daria avant de s'esclaffer. Comme dans un minibus dans les années 70. C'était le sport national de s'démonter l'cerveau. T'as pas connu ça toi, ma p'tiote Milly, mais à l'époque les champis étaient…

— Daria ! l'interrompit avec réprobation Yvonne.

— Eh, ça va, elle a plus huit ans la p'tiote, elle a dû prendre pire que des champis pour pondre 600 pages sur la vie d'une femme au XIIe siècle !

— Euh, plutôt fin XVIIIe-début dix…

— C'pareil ! me coupa-t-elle.

— Hum hum ! Un *brainstorming* ! Idées ! Club ! Végan ! articula avec exagération Maggie.

— *Che cavolata*[1] ! Elle nous enquiquine encore avec son club sandwich ! siffla Marcella.

---

1. *Che cavolata* : quelle connerie (en italien)

— Bon sang, soupira Maggie, on ne va pas y arriver. Milly, mon ange, pourrais-tu aller me refaire un bellini ? Je crois que j'en ai grandement besoin…

— Laisse, j'y vais », coupa Yvonne en s'emparant des verres vides, me sauvant ainsi de cette corvée, ou sous-estimant visiblement ma capacité à réussir ladite boisson.

Les réunions de Maggie et ses amies étaient toujours aussi chaotiques que celle-ci. Entre une malentendante, une anarchiste invétérée et une ancienne étoile russe qui manquait de s'évanouir à chaque parole grossière, ce quintette représentait une pièce de théâtre à lui tout seul.

Il y avait eu plusieurs tentatives de clubs et de groupes associatifs divers et variés. C'était l'objectif de Maggie : faire quelque chose pour le bien de tous, tout en sirotant des bellinis avec ses amies.

Ma grand-mère faisait partie de cette génération qui n'avait pas connu, dans sa jeunesse, la profusion de viande dans les supermarchés. Le concept de grande distribution était pour elle encore tout nouveau. La viande était un plat de fête, une denrée rare que peu de familles pouvaient mettre sur la table régulièrement. Elle avait passé son enfance à la campagne, dans une petite maison de pierre, partageant sa chambre avec ses trois sœurs ; ses journées étaient rythmées par les multiples tâches quotidiennes, comme le lavage du linge dans la rivière et l'entretien des animaux de la ferme, poules, chèvres et vache, laquelle avait été offerte à son père par une riche famille des alentours en remerciement d'un service rendu – cette dernière était alors devenue le trésor des Brightwood.

Maggie avait grandi avec ce lien complexe, celui de considérer les animaux à la fois comme des membres à part entière de la famille, et comme une denrée, un trésor alimentaire. On pouvait vivre des années en leur compagnie, les choyer, s'inquiéter parfois pour leur santé, jusqu'à décider un jour de les tuer pour les manger et répartir leur chair entre les habitants du village. Enfant, Maggie ne comprenait pas. Et elle ne prit jamais la peine de comprendre comment l'on pouvait élever pour abattre. Elle ne comprenait pas que, si l'œuf était l'enfant de la poule, on le cassait avant que ne voie le jour le poussin. Elle faisait le parallèle avec les bébés et s'interrogeait sur la gravité d'un tel geste sur l'humain. Quand elle avait neuf ans, le ventre de sa mère s'était à nouveau arrondi. Elle avait reconnu les signes annonciateurs de l'arrivée d'un nouveau membre dans la famille – une nouvelle bouche à nourrir, disait son père. Sa mère était pâle et rejetait chacun de ses repas. Et puis, un beau jour, dans un délai qui ne semblait pas être aussi long que les précédents, sa mère avait hurlé en voyant ses jupes ensanglantées. Elle avait perdu le bébé – et une partie de sa raison dès lors. Maggie avait compris la douleur ressentie par une mère, et s'était promis de ne plus jamais manger l'œuf de la poule.

Puis, la prise de conscience devint globale. Pourquoi le cheval pouvait-il galoper dans les champs alors que le porc était élevé pour mourir ? Pourquoi le chien était-il le grand compagnon des enfants quand la chèvre se faisait abattre après avoir été ponctionnée de sa chair et de sa laine ? Qui fixait ces règles de vie ou de mort attribuées aux animaux selon leur peau, leur fourrure et leur capacité à produire des denrées alimentaires pour les hommes ?

Maggie avait cultivé son attachement pour les animaux toute sa vie. Quand je hurlais dans ma chambre car une araignée escaladait mon mur, elle arrivait en courant, davantage effrayée que je ne l'étais à l'idée que Clarence débarque pour la pulvériser d'un coup de chausson. Quand une abeille se posait dans les cheveux de Willa, elle prenait la petite bestiole dans sa main, sans crainte d'être piquée, comme si un accord tacite liait cette femme à cet insecte.

Elle s'était rapprochée d'associations diverses, avait réalisé de longues marches pour le climat, des grèves de la parole en faveur de l'interdiction des spectacles d'animaux dans les cirques. Maggie m'emmenait à pratiquement tous les rassemblements auxquels elle participait. Enfant, j'étais fascinée par l'animation, la fièvre qui s'emparait de ces gens proférant dans le ciel des mots dont je ne comprenais pas le sens, mais qui furent pour moi convaincants.

J'avais donc été élevée et alimentée sans cruauté animale et, malgré ce que pouvaient prédire les grands lobbyistes de la viande, je n'avais pas de carences, je tenais debout et aucun troisième œil n'était apparu sur mon front.

Maggie avait des convictions et souhaitait les partager.

La cause animale avait gagné du terrain depuis quelques années. Mon père appelait ça une « mode », mais pour ma grand-mère c'était une bénédiction, même si c'était le fruit d'une tendance.

Comme bon nombre d'athlètes, Ulyana, qui avait dansé toute sa vie, avait toujours suivi un régime alimentaire riche en protéines végétales et, par conséquent, était végane sans le savoir depuis très longtemps. Yvonne n'avait jamais pu digérer la viande et son mari pasteur avait déclaré un jour que le Seigneur lui avait accordé la mission de sauver les animaux. Daria avait dû en manger quelques morceaux dans sa vie mais, méfiante du monde qui l'entourait, elle était désormais persuadée qu'une forme de cannibalisme avait rejoint les bancs des lobbyistes de la viande. Comme elle le disait, la viande étant chair, elle la préférait hors de sa bouche. Marcella, quant à elle… À vrai dire, j'ignorais la raison de sa présence dans ce club, étant donné que les différents restaurants de la chaîne créée avec son mari accueillaient de nombreux jambons secs sur les comptoirs. Mais, depuis les mauvaises analyses de sang de son mari qui lui indiquaient la nécessité de lever le pied sur la charcuterie italienne, et le projet innovant de sa fille de concevoir une mozzarella végétale, elle s'intéressait de plus en plus à la cause et à l'alimentation. Elle disait désormais : « Tant qu'il y a la pâte à pizza, la sauce tomate et la mozzarella, *tutto bene*[1] ! »

C'était donc leur projet : un club d'activistes véganes pour sensibiliser la collectivité en mettant sur pied des opérations plus ou moins légales.

« Ce qu'il faut, ce sont des actions impactantes, reprit Maggie. Les flyers, ce n'est pas écologique. Les gens vous les prennent des mains car vous leur faites pitié, mais ils les jettent au coin de la rue

1. *Tutto bene* : tout va bien (en italien)

suivante, visant souvent à côté de la poubelle. Non, les flyers, c'est inimaginable.

— Et une newsletter ? demanda Ulyana en articulant avec difficulté. Mon petit-fils travaillait là-dessus dans son ancienne entreprise.

— J'ai vu un reportage sur l'impact écologique des choses de l'Internet, intervint Yvonne.

— Pouah, les choses d'l'Internet ! s'esclaffa Daria. Ça s'voit qu'c'est un club du troisième âge ici !

— Ah, et qu'est-ce que tu dirais, toi ? interrogea Yvonne, faussement vexée.

— Ben l'informatique, poulette ! dit-elle triomphante en remettant une cigarette dans sa bouche.

— Daria, cigarette ! coupa Maggie. Bon, reprenons. Pas de flyers, pas d'informatique. Qu'est-ce qu'il nous reste… Milly, une idée ?

— Je crois que la première chose à faire c'est de déterminer votre cible.

— Une cible ! T'y vas fort toi ! s'amusa Daria.

— Il faut que vous vous concentriez sur un groupe de personnes. Quel est votre but ? Convaincre les gens de devenir végans ? Inciter des supermarchés à mettre en avant des alternatives ? Aller dans les écoles pour sensibiliser les plus jeunes ?

— C'est une bonne idée, l'école, dit Yvonne, on pourrait passer pour des mamies cool et sympas.

— Tu parles, les p'tiots vont s'barrer en hurlant en m'voyant, se renfrogna Daria.

— Si tu arrêtais d'ouvrir grand les yeux en tirant la langue dès qu'on passe devant une école, ça aiderait peut-être…

— Oh, mon Dieu, Yvonne, ne me dis pas qu'elle fait vraiment ça, s'insurgea Ulyana.

— Eh si…

— Ben quoi », lança Daria avec défi et amusement.

Maggie coupa court à la conversation en tapotant son verre comme si elle s'apprêtait à faire un discours.

« Temps mort ! On s'éparpille ! À ce rythme, on sera toutes enterrées avant d'avoir réussi à trouver un nom.

— Qui est mort ? s'égosilla Marcella.

— Ma patience… », soupira Maggie.

La réunion du quintette s'acheva sur une liste de missions pour la suivante : chacune devait réfléchir à une idée de cible (mon idée ayant fait son chemin) ainsi qu'à des noms éventuels pour leur association. Le petit-fils d'Ulyana, Vadim, proposait tous les ans à sa grand-mère de documenter ses années de danseuse étoile sur un site internet, et celle-ci avait donc suggéré qu'il leur en crée un pour leur association.

Elles s'échangèrent des bises chaleureuses et repartirent tour à tour. Je laissai Maggie les raccompagner et commençai à débarrasser la table du salon. Elle revint quelques minutes plus tard et s'assit lourdement sur un des canapés en soupirant :

« Ahhh, il n'est pas bon de vieillir, moi je te le dis Milly ! Je comprends finalement tous les artistes qui sont partis à vingt-sept ans. Un luxe, si tu veux mon avis. Aucune photo d'eux avec des rides, encore moins avec des cheveux blancs.

— Maggie…

— Oh, ça va, je plaisante. Enfin, à moitié. Bon, tu ne t'es pas trop ennuyée à passer ton samedi soir avec cinq vieilles biques qui se crêpent le chignon ?

— Tu sais que je vous adore.

— Bien sûr mon ange, mais à ton âge…

— Je sais, la coupai-je, à mon âge tu sortais, dansais jusqu'à en avoir mal aux jambes et aux joues à force de sourire et de chanter. J'ai déjà donné les premières années de fac, et ça m'a suffi. Alors, je vais aller dans les cuisines, sortir un plateau, me préparer une tisane avec quelques biscuits, et me couler un bon bain chaud avec un livre. Et mon samedi soir sera parfait ! »

Maggie me lança un regard attendri.

« Tu es si singulière, Milly.

— Je sais, répondis-je en souriant.

— À quelle heure pars-tu chez ta sœur demain ?

— Vers 11 heures, je pense. Je ne sais pas à quelle heure je vais rentrer. Willa voudra peut-être que je l'aide avec la chambre des jumeaux. Je te tiens au courant. »

J'embrassai ma grand-mère sur le front et quittai ses appartements, me dirigeant vers les cuisines où je me préparai mon petit plateau de douceurs. Un samedi soir *par-fait*.

Compte-rendu de réunion de l'association en cours de création du samedi 5 septembre

Les avancées :

– *aucune.*

Les objectifs :

– *trouver une cible pour les actions ;*
– *trouver un nom pour l'association ;*
– *trouver un slogan ;*
– *imaginer des goodies écologiques ;*
– *déterminer un périmètre géographique d'action dans lequel le visage de Daria ne serait pas placardé dans les écoles comme étant dangereuse.*

Plus rien n'étant à l'ordre du jour, la séance est levée.

6

La nuit avait été douce et sans rêves. Chaque soir, avant de sombrer dans les bras de Morphée, je laissais mon cerveau quitter ma chambre pour aller visiter les femmes Templeton. Mon esprit fuyait ainsi dans leur maison que j'explorais dans mon imagination. Je dévalais les étroits escaliers de la demeure d'Isadorah, jetais un œil en cuisine où Alberta, la cuisinière, préparait des petits sandwichs au concombre pour le thé, puis retournais dans le grand salon où les sœurs d'Isadorah, non punies, cousaient en silence leurs initiales sur de petits mouchoirs, leur mère assise dans son fauteuil, le regard perdu à travers la fenêtre.

Les songes d'Isadorah devenaient miens. Je l'imaginais tiraillée, d'une part par son envie de rejoindre ses sœurs, de retrouver un semblant de normalité dans son quotidien et de voir autre chose que les quatre murs de la chambre qu'elle partageait auparavant avec Dorothea ; et, d'autre part, par sa fierté, son orgueil, son mépris envers elle-même à vouloir baisser la tête pour retourner à une vie d'injonctions et d'inégalités. J'imaginais sa joie en entendant chaque nuit le craquement discret, presque imperceptible, de l'escalier, annonçant la venue de Ferguson, toujours fier et souriant d'avoir mis la main sur une nouvelle histoire à lui conter.

C'était cela, finalement, écrire. Mettre sa vie entre parenthèses quelque temps pour vivre celle des autres, travestir son quotidien, devenir quelqu'un d'autre et ressentir avec force et mimétisme des émotions pourtant étrangères à soi.

Je me réveillai le lendemain matin avec l'urgence de griffonner ces quelques nouveaux éléments à développer dans la vie d'Isadorah. J'aimais l'idée de retranscrire ce songe, cette dualité que pouvaient ressentir ces femmes qui tantôt voulaient s'insurger, tantôt voulaient obéir pour ne pas provoquer tant de tourments. Je me levai pour ouvrir les volets des immenses fenêtres, traversai le couloir de mes appartements pour récupérer mon journal d'écriture dans le bureau avant de m'asseoir dans le petit salon adjacent, laissant les rêveries m'envahir et noircir le papier grainé.

Alors que je pensais que seulement quelques minutes s'étaient écoulées depuis que j'avais commencé à écrire dans mon journal, je me rendis compte en relevant la tête vers l'horloge que j'allais être en retard. J'enfilai une jupe noire, un haut en soie à col Claudine, une veste à carreaux marron et des derbies. J'attachai ma longue chevelure en chignon bas et laissai quelques mèches s'en échapper. Un dernier coup d'œil dans le miroir avant de quitter mon cocon pour la journée.

Willa et Eddy avaient acheté une maison à l'écart de la ville. Elle représentait l'idéal du couple de jeunes mariés qui s'installe ; ni trop grande, ni trop petite, elle était dotée de chambres supplémentaires dans l'espoir d'y accueillir des rires d'enfants, et d'un jardin aux dimensions convenables, ni trop vaste pour être une charge d'entretien, ni trop étroit pour accueillir une balançoire. J'arrivai devant leur maison qui sentait l'allégresse des gens qui s'aiment. Elle était encore peu meublée, leurs activités respectives ne leur laissant que les weekends pour s'atteler à l'aménagement, et Willa refusant de se faire assister par des déménageurs – au grand dam de notre mère qui ne voyait pas d'un bon œil qu'elle se fatigue autant avec deux fœtus dans le ventre.

« Ah ! Te voilà enfin ! On a failli t'attendre ! lança Willa avec un grand sourire depuis le palier.

— Désolée, j'étais avec les femmes Templeton ! dis-je.

— Ah, et comment ça va, chez les Templeton ?

— C'est tumultueux !

— J'ai hâte de lire ça », conclut-elle en souriant.

Willa portait une salopette en jean, comme souvent, lâchant du lest sur les bretelles à mesure que son ventre grossissait. Elle était la seule à avoir hérité de la rousseur de notre mère – Clarence et moi avions les cheveux si bruns qu'ils paraissaient parfois noirs. Elle avait un visage juvénile avec ses nombreuses taches de rousseur, ses grands yeux bleus, sa frange cachant ses sourcils, et ses cheveux ondulés coupés juste au-dessus des épaules. L'allure de Willa me paraissait être celle des gens heureux. Son visage était fait pour sourire.

« Où est Eddy ? demandai-je alors que j'avançais dans la maison.

— Il est dehors ! Il travaille sur le lombricomposteur.

— Le quoi ?

— On construit un composteur avec des vers de terre. Celui qu'on a reçu en cadeau de mariage est pratique, mais il est vite rempli. Maintenant qu'on n'est plus en appartement, on a de la place !

— Salut Eddy, lançai-je en l'apercevant au fond du jardin tandis que je sortais par la porte arrière de la maison. Je ne te fais pas la bise, tu as l'air déjà tout suant…, plaisantai-je.

— Salut Milly ! Eh oui, comme tu le vois, prof le jour, menuisier la nuit.

— Un genre de superhéros des temps modernes, en somme ! ris-je.

— Tout à fait ! Ne bougez pas, je vais chercher du kombucha. »

Willa s'éclipsa dans la maison pour remplir des verres de sa boisson fermentée faite maison. C'était une de ses lubies favorites : faire fermenter des aliments. Si nous avions eu une différence d'âge plus importante, j'aurais été terrifiée à l'idée de rester chez elle au milieu de tous ces bocaux abritant des aliments dans un stade parfois proche de la décomposition. En toute franchise, même à vingt-quatre ans, j'étais effrayée par sa collection de récipients qui me donnait l'impression d'assister à des expériences bizarres dans du formol. J'étais traumatisée par la mère de fermentation qui flottait au-dessus des grandes jarres de kombucha. Visqueuse, épaisse, spongieuse. Je ne comprenais pas comment elle pouvait caresser la mère et lui parler avec attendrissement comme elle le faisait parfois quand elle pensait que personne ne l'entendait. « Oh, tu es vraiment toute douce, ma p'tite mère ! » Willa pouvait me parler pendant des heures des processus de fermentation, et il fallait vraiment beaucoup d'amour dans les yeux d'Eddy pour qu'il me confie un jour trouver ça « sexy ». De l'amour, ou de l'excentricité.

Mais à vrai dire, c'était surtout de l'amour qu'il y avait entre eux, et ce dès le premier jour. Je jalousais un peu cette relation qui m'apparaissait avec évidence n'avoir pour seule fin possible que la vieillesse et le grand retour à l'état de poussière. Eddy et Willa étaient faits pour vivre ensemble et s'aimer jusqu'à leur dernier souffle. J'étais persuadée que si une entité suprême contrôlait nos chemins et nos vies, alors il devait forcément y avoir un carnet, un journal quelque part où leurs destins étaient écrits au sein d'un même paragraphe.

Mes parents rêvaient qu'un de leurs enfants reprenne un jour les entreprises familiales et avaient vu comme un signe du ciel la naissance des jumeaux. Joshua Davis et Helen Taylor avaient tout pour se haïr. Pour le coup, si quelqu'un tenait vraiment le journal de nos vies, ils auraient été dans deux carnets différents.

Dans le milieu, ils étaient connus comme les « Roméo et Juliette de l'industrie textile ». L'entreprise DAVIS INDUSTRIES de mon grand-père paternel et SEW TAYLOR CO du côté maternel étaient des concurrents sévères sur le marché du textile. Leurs querelles faisaient toujours les gros titres des magazines d'économie (qui achetait ça ?) et parfois même des journaux télévisés. C'était une suite perpétuelle de coups bas, de marchés volés, de deals avortés à cause d'une surenchère de l'une ou de l'autre…

Joshua, notre père, avait été parachuté très vite dans le milieu. Dès sa vingtième année, il avait été désigné pour reprendre les rênes de l'entreprise à la suite du décès de son père. Helen, notre mère, travaillait dans l'entreprise de ses parents depuis toujours, gravissant doucement les échelons hiérarchiques après des études de droit. Une dispute de trop entre les deux industries rivales avait donné lieu à un procès en bonne et due forme. Et ce fut devant un juge, un matin de printemps, un dossier contenant des enjeux à plusieurs millions sous le coude que Joshua Davis et Helen Taylor, les enfants de deux industriels rivaux s'apprêtant à se battre juridiquement, avaient eu un coup de foudre l'un pour l'autre.

La suite fut racontée par les journaux. Leur amour était écrit quelque part, passionné, urgent. Ils ne se quittèrent plus, se marièrent dans l'année, et donnèrent naissance à trois enfants. Ils s'aimaient comme au premier jour, se chamaillaient comme deux adolescents qui se frôlaient pour la première fois, et passaient tout leur temps ensemble. Inséparables, le regard amoureux comme au premier battement de cils. C'était un amour fou, éternel. Quand on leur demandait quel était leur secret pour maintenir une telle relation, ils plaisantaient souvent en disant qu'ils se disputaient tellement dans le cadre du travail qu'ils ne trouvaient jamais la force de se quereller dans leur vie personnelle. Ainsi, rien n'était assez sérieux pour se disputer – hormis les entreprises.

C'était donc leur rêve, que Willa reprenne un jour SEW TAYLOR CO, et que Clarence succède à Joshua au sein de DAVIS INDUSTRIES. Pas de chance pour mes parents, seul Clarence prit la relève. Willa, animée par une vocation depuis toujours, s'engagea dans des études de médecine. Quand on lui demandait à quel moment elle avait été convaincue de sa voie professionnelle, elle racontait toujours cette anecdote : « Nous rentrions d'un anniversaire chez une amie quand j'étais encore au collège. Alors que nous roulions, nous avons vu une voiture renversée sur le bas-côté. Il y avait des gens, et mon premier réflexe avait été de mettre une main sur la ceinture, l'autre sur la poignée de la portière, prête à intervenir. J'avais de l'adrénaline, et l'urgence de venir en aide. » Clarence et moi étions, secrètement, assez jaloux de cette petite histoire héroïque qui déclenchait une larme ou au moins un regard un peu embué. Nos vocations étaient bien moins épiques. Clarence disait toujours : « Je ne sais pas, il fallait bien que quelqu'un se colle à reprendre l'entreprise. » Et moi : « Tout a commencé avec la bande dessinée sur Rima Douche… » Une fois sur une, l'assistance n'écoutait plus.

Après son internat de médecine, Willa s'était engagée dans l'humanitaire, et ce fut à ce moment-là qu'entra en scène Eddy Miller, professeur de français et d'anglais qui avait pris plusieurs années sabbatiques pour s'engager dans des programmes d'aide à la construction des écoles dans les pays défavorisés. Ils s'étaient rencontrés en mission humanitaire au Mali et s'étaient découvert de multiples points communs. Non pas la fermentation, mais plutôt la localisation. Willa et Eddy avaient grandi toute leur vie côte à côte, à une rue d'écart, et cela leur avait suffi pour décider que c'était une évidence. Vivre plusieurs décennies l'un à côté de l'autre sans jamais se croiser et se rencontrer au Mali, n'était-ce pas le signe du destin ? (Là encore, ce récit surplomberait sans doute toutes les anecdotes de rencontre que Clarence et moi pourrions raconter un jour.)

Leur histoire était aussi belle que celle de nos parents. Ils étaient rentrés bronzés – enfin seulement Eddy ; pour Willa, c'était un mélange de blanc rosi et de profusion de taches de rousseur – et aussi amoureux qu'inséparables. Ils s'étaient mariés l'année d'après, avaient signé le compromis de vente de leur maison et, à l'annonce de la grossesse gémellaire de Willa, leur bonheur était complet.

Nous profitâmes des rayons du soleil pour déjeuner dans le jardin, Willa ayant préparé une salade de quinoa et des toasts au houmous et au kimchi – encore des légumes fermentés. Nous prîmes une infusion de plantes faite maison (elle s'était aussi mise à faire sécher des plantes et autres herbes) puis fîmes le tour du jardin. Willa me montrait avec application les avancées des travaux : « Là, tu vois, on a creusé pour pouvoir mettre l'enclos des poules. Et là, ce sera le potager en permaculture. »

Le reste de l'après-midi fut bien occupé. Nous nous attaquâmes à la décoration de la chambre des jumeaux, peignant les murs d'une teinte terracotta, montant les berceaux en bois et sortant des papiers de soie les petits souvenirs de voyage qu'ils avaient rapportés pour décorer la chambre des nouveau-nés.

Pendant qu'elle démêlait les plumes d'un authentique attrape-rêve, Willa m'interrogea :

« Alors, prête pour ta rentrée ? C'est demain ?

— Oui, c'est demain. À vrai dire, je suis un peu stressée. Étonnant, non ? m'amusai-je, étant indéniablement connue pour être l'anxieuse de la famille.

— Tu n'as pas de souci à te faire. Au moins, cette année, je n'aurai pas besoin de t'accompagner la veille pour trouver l'emplacement de tes salles, ironisa-t-elle.

— Eh, on ne se moque pas. C'est ton rôle de grande sœur de me faire un plan d'orientation des amphis du campus !

— Ça va, je plaisante ! Alors, pressée de retrouver tes amis ?

— Euh, oui…, dis-je, sans trop de conviction.

— Milly, tu es vraiment une sauvage, rit-elle.

— Ce ne sont pas vraiment des amis… La conversation d'Hisaé se limite à la vie de Clarence…

— Ce n'est pas vrai, m'interrompit-elle, elle est toujours amoureuse de Clarence ?

— On dirait bien ! Les seules fois où elle m'a écrit cet été pour venir me voir c'était quand elle savait que Clarence rentrait à la maison après un voyage.

— Je n'en reviens pas ! Bon, et les autres ?

— Jenna est une peste…

— Milly…

— Non, je te jure. La dernière fois qu'elle m'a adressé la parole avant les vacances, c'était pour me dire d'une manière faussement bienveillante qu'elle admirait que j'aie si peu de complexes à ce qu'on voie les points noirs sur mon nez, et qu'elle aimerait elle aussi pouvoir lâcher du lest sur son apparence.

— OK, elle mérite le statut de peste.

— Tu vois ! Larry est plutôt sympa, et Zach…

— Zach ? m'interrogea-t-elle avec un sourcil relevé et un sourire en coin.

— Zach est… collant.

— Je pense que tu lui plais, patate, dit-elle en me lançant un coussin en forme de cœur humain.

— Oui, peut-être, mais je ne pense pas qu'il me plaise. Il mâche des chewing-gums toute la journée et il écoute des trucs bizarres à la radio.

— Milly, tu t'arrêtes vraiment à ces critères ?

— Euh, la question c'est plutôt : pour qui ces critères sont-ils qualitatifs ? »

Willa éclata de rire.

« Tout le monde ne rencontre pas son âme sœur au beau milieu du Mali.

— Certes, mais tu ne le rencontreras pas non plus en passant tes soirées avec Maggie. Sauf si tu souhaites sortir avec un homme de soixante-dix ans.

— C'est peut-être ça, la solution, plaisantai-je.

— Non ! Beurk ! Hors de question ! » me réprimanda-t-elle en ricanant, me lançant à nouveau un coussin représentant un organe que je ne parvenais pas à identifier.

« Tu vas mettre un coussin en forme de pénis dans la chambre de tes bébés ?

— Mais c'est un pancréas ! Ça se voit quand même !

— Non, pas du tout, on dirait franchement un pénis ! »

Nous avions bien avancé l'aménagement de la chambre des bébés, et je quittai la maison de ma sœur en fin de journée, après quelques boissons fermentées et un goûter à base de brioches qu'elle avait réalisées à partir de son propre levain.

Je rentrai à la maison et retrouvai Maggie en pleine méditation transcendantale. Je me retirai dans mes appartements et décidai de préparer mon sac pour la rentrée.

Chaque nouvelle rentrée scolaire était pour moi à la fois une source d'angoisse et d'espoir. Je craignais la foule, je craignais les gens et leur malveillance, je craignais la méchanceté, les moqueries. J'étais tétanisée comme lorsque j'étais petite. En ouvrant mon vieux cartable de cuir que j'avais trouvé dans une petite boutique d'antiquités, je repensai à toutes ces années de phobie scolaire, à l'envie de disparaître, de m'évaporer, d'être transparente. Enfant, j'avais inventé – ou plus exactement espéré inventer – un concept magique me permettant de « m'enflaquer », soit de me débarrasser de mon enveloppe charnelle et de devenir une flaque en une fraction de seconde, échappant ainsi au regard des autres.

En insérant dans les diverses poches du cartable carnet, trousse et ordinateur portable, je repensais à toutes ces années et à la boule au ventre, cette adjointe de mes tripes que j'accueillais quasi quotidiennement, que je reconnaissais et redoutais. Mais la rentrée conservait toutefois cette forme de magie de la page blanche, cette intuition qui picote le bout des doigts que de nouveaux chapitres sont à écrire.

Je mis du temps à trouver le sommeil cette nuit-là, à la fois excitée et terrifiée, comme souvent.

7

Seuls les rayons du soleil de ce matin-là étaient assez optimistes pour poser le cadre d'une bonne journée. J'avais passé une nuit tumultueuse, peuplée de rêves absurdes s'apparentant sans doute plus à une série de cauchemars. Il m'était difficile de m'en rappeler d'ailleurs, et j'espérais que rien n'était arrivé à Isadorah dans les affres de mon subconscient. Je m'en inquiéterais le soir venu.

Comme j'avais préparé mon sac la veille, je me réveillai dans une tranquillité relative, les lèvres serrées et la boule au ventre. Maggie m'attendait dans les cuisines, préparant mon pique-nique du midi comme elle l'avait toujours fait depuis mon plus jeune âge avant de me déposer à l'école. Elle restait silencieuse, appliquée à étaler le houmous sur une tranche de pain, m'offrant par moments un large sourire, confiant et rassurant. Maggie savait que si j'aimais les mots, j'aimais parfois davantage le silence. À mon entrée dans la pièce, elle m'avait observée des pieds à la tête, m'adressant seulement une remarque agréable sur ma tenue. C'était une grande leçon de vie de notre père. La tenue de rentrée scolaire était un sujet qui nous avait animés depuis toujours, Willa, Clarence et moi. Notre père avait pour habitude de dire : « Il faut à la fois être élégant, pour faire bonne impression, mais aussi banal, pour ne pas s'attirer les jalousies. » Clarence le taquinait toujours, lui demandant s'il avait appris cette grande leçon de vie lors des entretiens d'embauche qu'il n'avait jamais eu à passer en reprenant l'entreprise de notre grand-père.

J'avais donc savamment étudié la question et m'étais vêtue d'une jupe courte bordeaux, d'un chemisier blanc en soie et d'une veste à carreaux marron et lie de vin. J'avais bouclé ma longue chevelure et déposé un serre-tête en velours assorti. Clarence aurait ri, encore, en me voyant avec mes derbies marron et mon cartable au cuir vieilli. La plupart du temps, il m'appelait Tom Sawyer. À vrai dire, j'étais persuadée qu'il n'avait aucune idée du style vestimentaire dudit personnage, mais que c'était ce qui se rapprochait le plus dans son esprit d'un style *boyish* londonien.

Malgré la distance que j'avais mise depuis notre rendez-vous et sa tentative de contact buccal, Zach vint me chercher. Il me complimenta sur ma tenue et m'ouvrit la portière passager comme un véritable gentleman. En m'asseyant à l'intérieur, je découvris Jenna, renfrognée à l'arrière, les bras croisés.

« Salut, Jenna, prête pour la rentrée ? dis-je, feignant d'être réellement intéressée par son état d'esprit.

— Ouais », dit-elle au bout de quelques minutes.

C'était, sans aucun doute, la personne que je détestais le plus parmi tous les humains que j'avais personnellement rencontrés – cela excluait donc les terroristes, les dictateurs et autres rédacteurs de mode ayant décrété que les serre-têtes étaient has been (même si cela me coûtait d'admettre que Jenna soit si mal placée dans la liste des gens à haïr).

Jenna Warren. Vingt-trois ans. Elle avait toujours souhaité devenir mannequin, comme sa mère, mais n'avait jamais réussi à percer dans ce milieu si hostile, malgré sa beauté indéniable. Elle avait une longue crinière rousse qui me rendait non seulement jalouse par sa brillance, mais aussi par son mouvement naturel que je m'appliquais à reproduire en vain dans ma salle de bains. Ses grands yeux verts me paraissaient irréels, et sa silhouette longiligne me faisait parfois regretter les nombreux *teatimes* et leurs quantités de biscuits avalés avec Maggie – non, à bien y réfléchir, rien ne pouvait me faire regretter des biscuits.

La seule justification à sa présence en fac d'histoire était assise à ma gauche : Zachary Cunningham. Zach avait un an de moins que moi, mais un parcours universitaire dont il n'avait pas à rougir. Son père était diplomate, et son souhait avait toujours été de marcher dans ses pas. Il avait donc passé les différents concours de sciences politiques et avait choisi un double cursus en histoire, Mr. Cunningham étant convaincu qu'il était indispensable d'avoir des bases solides dans ce domaine pour embrasser la diplomatie.

Jenna connaissait Zach depuis le lycée. Ils étaient le garçon et la fille les plus populaires de l'établissement, adulés par les uns, détestés par les autres. Sortir avec Zachary Cunningham était une évidence pour Jenna, mais ce dernier n'avait jamais eu le déclic. Après le lycée, ils avaient continué à se voir, à se croiser comme ils disaient, lors de soirées au sein de leur cercle d'amis. Jenna ne faisait pas d'études, et ses semaines étaient organisées uniquement autour des fêtes lors desquelles elle pourrait retrouver Zach. Quand son père, un banquier aisé, fut lassé d'entretenir la vie mondaine et frivole de sa fille, il lui fit le chantage ultime : le savoir contre l'argent de poche. Il mit donc fin à ses jours d'errance, la poussant à choisir un cursus, une voie universitaire dans laquelle s'engager. Jenna avait alors décidé de suivre Zach. Elle fut toutefois désespérée d'apprendre que pour entrer en sciences politiques, il fallait passer un concours qui demandait des années de préparation. Puis, lorsqu'elle apprit que Zach avait choisi l'option histoire en double cursus, elle arrêta finalement son choix sur ladite licence. Certes, il ne serait pas présent à tous les cours, mais, après examen minutieux de la répartition de son temps entre les majeures et les mineures, entre le campus d'histoire et celui de sciences politiques, Jenna considéra qu'il s'agissait de l'option la plus avantageuse pour passer le plus de temps possible avec Zach.

Le plan de Jenna était donc parfaitement élaboré : elle passerait trois années en fac d'histoire aux côtés de Zach, ils tomberaient fous amoureux l'un de l'autre et se marieraient à la fin de la licence. Ce serait un moyen et de satisfaire son père qui finançait son appartement et son train de vie huppé, tout en passant du temps avec Zach jusqu'à le conquérir, et d'acquérir, en sus, quelques connaissances historiques qui lui permettraient de briller lors des dîners mondains.

Oui, le plan de Jenna Warren était parfait, mais pas infaillible ; elle s'en rendit compte le jour de la rentrée de l'année d'avant quand elle me vit, moi, Milly Davis, en compagnie de son cher Zach. La suite était digne d'un film pour adolescentes où les termes « meilleures ennemies » et « high school » s'associeraient pour former un titre annonciateur d'un navet sans précédent.

Jenna me détestait, car je représentais une menace à son plan. J'avais pourtant tout fait pour lui prouver que Zach ne m'intéressait nullement, mais elle persistait à vouloir se débarrasser de moi. Je ne comptais plus les différentes tentatives d'élimination, passives-agressives ou ouvertement violentes, qu'elle avait eues à mon encontre. J'avais pratiquement tout eu : le croche-pied dans les escaliers de l'amphithéâtre le premier jour de cours, Madame n'ayant pas apprécié que Zach s'asseye à mes côtés ; les annonces, la veille au soir, de cours faussement annulés le lendemain matin. Il y avait même eu l'attaque puérile du cri de dégoût au beau milieu de la bibliothèque dans laquelle régnait un silence monacal : « Mon Dieu, Milly, qu'as-tu mangé hier soir pour avoir des flatulences aussi odorantes ?! »

Quand j'étais petite, un jour de grande colère, j'avais dressé dans un petit carnet violet à sequins la liste des gens que je détestais le plus. J'avais inscrit Hitler en pole position, puis Veruca Salt (cette fillette capricieuse dans *Charlie et la chocolaterie* – j'ignorais encore pourquoi je la détestais autant, sans doute parce qu'elle voulait kidnapper un écureuil). Ce petit carnet était ressorti de sa cachette quelques jours avant les vacances de Pâques. C'était un matin qui sentait bon la légèreté, un de ces rares jours où je me levais sans peur. J'avais mis cette petite robe patineuse écrue que ma mère m'avait offerte et, pour une fois que je ne souhaitais pas devenir transparente, avais chaussé des talons à paillettes dorées. Zach m'avait tellement dévorée du regard que j'en avais presque rougi. Jenna, évidemment, n'avait pas apprécié. Elle avait disparu quelque temps dans la matinée, puis était revenue avec un smoothie banane-chocolat. Il était marron, ce smoothie. Et je me souviendrai toujours de sa couleur puisqu'elle avait trouvé le moyen de le faire couler sur mon postérieur, laissant une traînée brune à l'arrière de ma robe écrue. Je n'avais rien senti. J'avais quitté l'amphithéâtre, entendant vaguement des rires. Je n'y avais pas fait attention, la journée s'annonçait belle. Je me rendais en salle d'étude quand je m'étais rendu compte que les rires me suivaient et que des bruits de pas s'activaient derrière moi. Larry Olsen, un jeune homme de vingt ans à la peau caramel et aux cheveux noirs presque rasés, avait couru vers moi et m'avait entouré la taille de son pull qu'il venait d'enlever, nouant les manches autour de mes hanches. Il avait le regard à la fois agacé et triste. Il m'avait dit simplement : « Viens, je te ramène chez toi. » J'avais compris à ce moment-là que quelque chose n'allait pas. Dans sa minuscule voiture aux sièges dépareillés et au volant rapiécé, j'avais compté sur mes doigts pour déterminer le fil de mon cycle. N'était-ce pas l'angoisse de toute femme, de se voir huer pour une trace de sang ? Je me répétais : « Non, ce n'est pas possible, Jenna me l'aurait dit. On se soutient, entre filles, pour ce genre de choses. »

Larry avait comblé le silence. Il ne m'avait pas décrit ce qu'il avait vu, mais m'avait simplement dit : « C'est du harcèlement,

Milly. Tu ne peux pas te laisser faire. C'était moi, le premier jour, qui t'avais aidée à te relever dans les escaliers, tu te souviens ? C'est du harcèlement. Tu dois t'éloigner d'elle. »

Et ce fut dans cette petite voiture rapiécée que je m'étais fait un ami et une ennemie à la fois.

Larry Olsen était devenu mon seul véritable ami à la fac – si j'étais souvent en compagnie d'Hisaé, je savais toutefois qu'elle me fréquentait plus par intérêt que par affection. Larry était issu d'une famille modeste, de celles qui se désolent quand les enfants veulent étudier plutôt que travailler pour rapidement gagner de l'argent. Mais Larry était habité par une belle vocation : celle de devenir archéologue. Alors il avait travaillé dur, obtenu des bourses. Et Larry Olsen traçait son propre chemin.

À chaque fois que le souvenir de cette scène me revenait, je me disais que ce serait une belle anecdote de rencontre amoureuse, de celles qui rendraient jaloux, à la manière de Willa et Eddy. Mais Larry Olsen était mon ami, rien de plus.

Il m'avait raccompagnée chez moi. J'avais retiré son pull et découvert la traînée marron sur mes fesses laissée par le smoothie de Jenna. Maggie était arrivée ; je la revis s'élancer avec urgence dans le long couloir, sa robe en soie vert anis ondulant autour d'elle comme l'aura d'une créature magique. Elle avait regardé la trace sur mon postérieur, avait seulement cherché dans mes yeux s'il s'agissait réellement d'un accident de sphincter ou non, puis avait pris mon visage entre ses mains et attendu patiemment que mes sanglots s'arrêtent.

Je n'avais plus aucun souvenir du reste de cette journée. J'avais pleuré jusqu'à m'étonner moi-même que des larmes puissent encore couler. Je ne voulais plus jamais sortir de chez moi, plus jamais reprendre les études. C'était terminé. Plus jamais je ne souhaitais voir des gens. Maggie avait beau me dire qu'il y avait autant de pestes que de personnes fabuleuses sur cette terre, je ne voulais plus.

Je n'étais pas retournée à la fac le lendemain ni le surlendemain, et c'était pendant les vacances que Zach avait frappé à notre porte. L'épisode du smoothie était intervenu lors d'une des semaines où ses cours se déroulaient sur le campus de sciences politiques. Il n'avait pas su tout de suite. Il était revenu chaque jour des vacances me voir, à chaque fois armé d'un nouvel argument pour me prouver à quel point il serait bête d'abandonner mon cursus.

Je ne savais plus ni pourquoi ni comment j'avais trouvé la force, mais le matin de la rentrée, j'étais revenue. Je m'étais assise dans l'amphithéâtre aux côtés de Larry et de ses amis. Ils avaient tous le profil d'*outsiders*, pour différentes raisons. L'un pour un physique atypique qui avait sans doute dû lui attirer bon nombre de railleries durant son enfance, l'autre pour sa timidité maladive qui l'empêchait de regarder son interlocuteur dans les yeux. Ils cumulaient chacun des singularités qui faisaient d'eux des marginaux, les mis à l'écart par ces groupes dits populaires qui décidaient arbitrairement de ceux qui étaient cool et de ceux qui ne l'étaient pas.

Zach, qui voyait d'un mauvais œil mon rapprochement avec Larry, venait régulièrement s'asseoir avec nous, me demandant de revenir auprès d'eux, Hisaé, lui et… Jenna. Si je refusais catégoriquement au début, j'avais cultivé un petit sentiment de pitié pour Hisaé, laquelle se retrouvait souvent seule aux côtés de Jenna et de son mutisme d'insatisfaite. Alors, petit à petit, les groupes s'étaient mélangés. Les harceleurs accompagnaient les harcelés. Maggie m'avait dit un jour que c'était un beau message, finalement, de voir des gens si atypiques et formatés par la société pour se détester passer du temps ensemble. Je n'avais jamais été convaincue qu'il s'agissait là d'un point final à une belle morale. Sans l'envie de Zach d'associer sa famille à la mienne, peut-être n'aurait-il jamais pris conscience de toutes ces choses.

C'était ainsi. Mais à chaque orage se succédait une accalmie. Les chanceux qui parvenaient à ouvrir les yeux découvraient parfois un rayon de soleil perçant les nuages ou un arc-en-ciel. Larry Olsen était mon arc-en-ciel et, ce matin-là, en voyant Jenna me dédaigner dans le reflet du rétroviseur, j'étais presque reconnaissante que sa bassesse m'ait permis de le rencontrer.

À mesure que nous nous rapprochions de la fac, j'étais impatiente de revoir mon ami et déterminée à ce que cette année ait, à nouveau, son lot d'éclaircies.

8

Comme à chaque début de journée, Larry m'attendait assis sur le rebord de la fontaine de l'allée centrale des jardins, le nez dans un vieux livre. Il portait un chino camel et une chemise à carreaux blanc et vert. Il ne lui manquait plus qu'un petit nœud papillon assorti pour être la représentation du parfait étudiant *preppy* – mais il aurait sans doute été relégué par Clarence au club des fanatiques de Tom Sawyer.

« Milly ! dit-il en m'enlaçant. Joli serre-tête !

— Merci mon cher ! répondis-je en souriant.

— Salut, vieux, lança Zach sans conviction.

— Vous n'êtes pas avec Hisaé ? s'enquit Larry sans prendre la peine de saluer Jenna – l'entente entre eux ne serait jamais cordiale.

— Elle est dans l'amphithéâtre », indiquai-je après avoir pris connaissance de ses messages.

Nous nous dirigeâmes vers l'amphithéâtre où le doyen devait présenter ses vœux de rentrée. La fac d'histoire était sur le même campus que la fac de lettres où j'avais étudié, et j'étais heureuse de retrouver cet endroit aux allures d'université oxfordienne sombre et ancienne. L'architecture néogothique victorienne des bâtiments m'avait conquise. J'aimais les arches, les couloirs en pierre froide qui laissaient rebondir dans le temps les bruits de nos pas. Les amphithéâtres semblaient avoir accueilli des décennies de découvertes, de projets fabuleux et d'histoires à raconter. Mon bâtiment préféré était l'observatoire, dans lequel se trouvaient la bibliothèque ainsi que les archives, et dont l'immense toit en forme de cloche perçait le paysage. La fermeture du campus pour le mois d'août concordait souvent avec la nuit des étoiles filantes. C'était un moment magique que de voir l'université animée la nuit et toutes les lunettes installées sur les balcons de la coupole. Nous y étions allés cette année, Larry et moi. Lyrah avait été persuadée de la nature romantique de ce rendez-vous, et m'avait sous-entendu que cette grande nuit n'aurait peut-être pas de fin. Malgré ses talents, Lyrah n'avait pas le don de double vue.

Nous nous installâmes dans l'amphithéâtre, séparant notre petit groupe pour investir les quelques places disponibles dans les rangs. Je vis Larry se dépêcher de s'asseoir sur l'unique place aux côtés d'Hisaé, et me retrouvai quelques rangs plus bas, Zach entre Jenna et moi.

Le doyen, un vieux monsieur tout petit, toujours en costume vert olive, au teint rouge et à la pilosité faciale d'un blanc immaculé, nous présenta ses vœux pour cette nouvelle rentrée ainsi que les professeurs qui seraient en charge des matières de cette année. Nous plaisantâmes avec Zach sur la présence de Jacob Smith, quadragénaire bedonnant aux traits sévères qui enseignait depuis notre première année le cours d'histoire de la conquête des territoires, une matière aussi ennuyeuse que son intitulé pouvait le laisser présager. Puis nous entendîmes une succession de noms que nous oubliâmes presque immédiatement. Je remarquai surtout une femme, Ally Rifkin, pour ses magnifiques cheveux blond californien ondulés qui lui arrivaient aux épaules et son allure moderne et dynamique ; en quelques mots d'introduction, elle réussit à séduire toute l'assemblée. Elle nous annonça qu'elle serait notre nouvelle professeure de latin.

Puis se succédèrent de nombreux professeurs, enseignant tant des majeures obligatoires que des mineures optionnelles. Il y eut Alphard Burton pour le cours d'archives et techniques archivistiques, Bernus Saint-Paul proposant l'option sur l'histoire coloniale… Je n'écoutais plus qu'à moitié quand mon attention se retrouva à nouveau captée par le Pr. Glenn Webster. Celui-ci, un homme aux cheveux mi-longs et à la barbe châtains, enseignait l'histoire du droit des Écossais et l'histoire des clans écossais. Il présenta en quelques mots son programme, et expliqua qu'il était à l'initiative d'un jumelage avec une université écossaise depuis quelques années et que les étudiants suivant son cours pouvaient participer à un voyage de deux semaines qu'il organisait, lequel serait partagé entre des cours avec les étudiants écossais et la découverte du pays.

À cette annonce, l'amphithéâtre devint bruyant. J'entendis mon prénom prononcé par Larry et me retournai. Il était tout sourires et m'adressait deux pouces levés avec enthousiasme. Zach, qui s'était retourné, m'interrogea :

« Tu comptes y aller ?

— Bonne question ! J'adorerais, mais bon… Je ne sais pas trop… Enfin, ce qui est sûr, c'est que je vais choisir ce cours. Ça l'air vraiment passionnant. »

Zach me regarda, un sourire en coin et le rire prêt à sortir de sa bouche.

« Quoi ?

— Tu es vraiment à part, Milly. Il n'y a que toi pour trouver passionnant l'histoire des clans écossais, dit-il affectueusement en posant sa main sur mon avant-bras.

— Ouais, ça craint, intervint Jenna, les bras toujours croisés.

— Mais non, Zach, tu vois bien que je ne suis pas la seule ! Regarde les gens dans l'amphi.

— C'est l'annonce du voyage, les étudiants adorent ça. Il se passe plein de choses lors des excursions comme celle-ci, ajouta-t-il avec un clin d'œil.

— Tu penses vraiment que tous les gens enthousiastes dans cet amphi le sont uniquement à l'idée d'être saoul dans un pub écossais, et que ce changement géographique les pousserait à faire des choses qu'ils ne feraient pas ici ?

— Oui, totalement, dit-il fièrement.

— Tu es complètement ridicule », m'amusai-je en lui tapant le bras avec mon carnet.

Nous nous retrouvâmes en bas des escaliers de l'amphithéâtre, autour du bureau sur lequel étaient disposés les différents documents évoqués pendant la réunion, comprenant nos emplois du temps et les divers fascicules de présentation des cours. Nous avions une semaine devant nous avant de devoir fixer nos choix d'options, mais je savais d'ores et déjà lesquelles m'attiraient, et sélectionnai, évidemment, l'enseignement relatif à l'Écosse. J'adorais ce pays et m'enthousiasmais déjà des cours à venir.

Alors que nous prenions notre déjeuner dehors, dans l'herbe, Larry se désolait de ne pas pouvoir sélectionner toutes les options qui l'intéressaient comme son emploi du temps était incompressible. Il était avide de tout savoir, de tout connaître. C'était une encyclopédie vivante et il était passionnant. Mon seul regret était que les périodes géorgienne et prévictorienne anglaises l'intéressent bien moins que les autres, si bien que je ne pouvais pas compter sur lui pour aiguiller Isadorah sur ses choix d'instruments de musique ou sur les leçons qu'elle pouvait prendre à cette époque.

Le reste de la journée fut purement administratif. Nous fûmes convoqués tour à tour dans les bureaux pour réaliser nos cartes étudiantes, donner divers documents d'assurance et autres papiers noircis des pires cauchemars des phobiques de la paperasse.

Zach proposa de me raccompagner, mais Jenna lui demanda une entrevue particulière, feignant d'être angoissée par les choix universitaires qu'elle devait faire. Il capitula, comme souvent, et nous rentrâmes avec Larry et Hisaé.

Dans la voiture, celle-ci m'interrogea avec curiosité sur Clarence, comme toujours, ce qui parut agacer Larry. C'était pratiquement notre seul sujet de conversation, malgré le fait que nous nous connaissions depuis notre plus jeune âge. Nos familles se fréquentaient depuis presque toujours. Hisaé était la fille d'une poétesse japonaise, Mitsuko Ikeda – que Maggie adulait – et de David Bloomberg, un industriel du textile qui travaillait principalement la soie, ce qui expliquait l'entente cordiale avec les Roméo et Juliette. Petite fille, Hisaé était secrètement amoureuse de Clarence, ce qui, à vrai dire, n'avait jamais été un secret pour personne, puisque les après-midis dessin à la maison se transformaient souvent en atelier confection de cartes avec des petits cœurs entourant le prénom de Clarence. Il s'en était toujours amusé, jouant parfois de ses pouvoirs de séduction avec elle, ce qui avait laissé Hisaé cultiver l'espoir d'un amour naissant. Je la soupçonnais fortement d'avoir choisi le cursus d'histoire après son découragement en droit en entendant Clarence me soutenir dans mon choix d'orientation. Mais je surestimais sans doute la force du béguin qui animait Hisaé. Enfin, je l'espérais.

Nous déposâmes Hisaé chez elle et je proposai à Larry de prendre un thé à la maison. Au tout début de notre amitié, je sentais qu'il était mal à l'aise à l'idée de se retrouver dans cette immense demeure aux proportions démesurées. Il m'avait confié un jour que notre salon principal était plus gros que l'appartement dans lequel il vivait avec ses parents et ses quatre frères. Mais très vite, il avait pris ses marques, devenant le chouchou de Maggie qui, à chacun de ses passages à la maison – souvent quotidiens pendant les périodes de cours –, le prenait chaleureusement dans ses bras comme s'il rentrait d'un long périple qui l'avait arraché à elle pendant des mois.

Nous nous installâmes dans le Salon bleu à l'étage, ayant préalablement remonté un plateau de thé et de douceurs, et discutâmes de ses choix d'options.

« Au fait, dit-il en trempant un biscuit sec dans son Earl Grey sans relever le nez de son fascicule, tu as vu le cours d'archives ?

— Oui ! Le nom est incroyablement barbant. "Techniques archivistiques". J'ai l'impression que c'est tout droit sorti d'un manuel de prononciation pour orthophoniste.

— Tu ris, mais je pense que c'est exactement ce que tu recherchais en t'inscrivant en fac d'histoire.

— Pour Isadorah ?

— Tout juste, ma petite dame. À mon avis, toutes les informations qui te manquent sont dans de vieux manuels d'époque, et pas sur Internet. Au moins, tu sauras où les trouver maintenant !

— Tu as totalement raison !

— Tu devrais parler de ton roman au Pr. Burton ! Il avait l'air sympa.

— On a vu une dizaine de professeurs en très peu de temps, je ne suis pas sûre de pouvoir en reconnaître même la moitié. Enfin, à part le prof écossais, lui, je me souviens de sa tête.

— Ah, tu vois quand on est sortis de l'amphi, le "prof écossais" comme tu dis, discutait avec deux autres !

— Avec le professeur d'histoire coloniale ?

— Oui ! Et il y avait un homme assez grand, avec une moustache. C'est lui, le Pr. Burton.

— Ça ne me dit rien. De toute manière, on a cours avec lui mercredi. Tu crois que je devrais aller lui parler ? C'est un peu ridicule, non ?

— Milly, arrête de penser que tout le monde va se moquer de toi. Tu as écrit une saga…

— Un premier tome, l'interrompis-je.

— Un premier tome, reprit-il, le regard réprobateur, qui est dans toutes les vitrines des librairies. Tu as fait des rencontres avec tes lecteurs dans des dizaines de pays, et tu as peur qu'un prof d'archives se moque de toi parce que tu veux parfaire ton ancrage historique ?

— Oui, dis-je tout simplement.

— Milly Davis, lança-t-il avec un soupir attendri en rangeant ses affaires dans son sac, mange un biscuit, finis ton thé, et va m'écrire ce second roman, OK ? Tu es capable de tout, sauf d'avoir confiance en toi. Alors va dire bonjour à Isadorah de ma part. »

Il m'embrassa sur le front et quitta le petit salon bleu, me laissant avec mon thé et une invitation à rejoindre les femmes Templeton.

Journal d'écriture

Les espérances des femmes Templeton
Deuxième décennie : 1806 - 1816

Isadorah réfléchit depuis deux longues nuits. Ferguson est reparti dans son pensionnat pour garçons, et ses visites nocturnes lui manquent.

Elle pèse longuement le pour et le contre et finit par se lever, un beau matin, retrouvant assez de forces pour affronter les tempêtes qui attendent les femmes Templeton.

Son père la convoque dans son bureau et lui fait remarquer que la fièvre qui l'avait gagnée était une punition divine pour s'être insurgée de la sorte. Il la sermonne à nouveau, mais avec une certaine douceur affective. S'il manifestait encore du ressentiment contre elle, il n'en demeurait pas moins que le chef de la famille Templeton était heureux de voir un retour à la normale sous son toit.

Isadorah retrouve donc ses sœurs, et son piano.

Ce sont des jours heureux qui suivent. La maison, restée si silencieuse pendant des semaines, retrouve alors une allégresse mélodieuse. Même Lottie semble apprécier le retour d'Isadorah parmi elles. Celles-ci parviennent d'ailleurs à rétablir une complicité perdue depuis des années.

Lottie lui raconte quels sont les garçons de bonne famille avec qui elle s'imagine mariée. Elle lui parle des beaux rubans qu'elle souhaite porter pour séduire, et des broderies qu'elle vient d'achever.

Un beau jour, un ami de son père, issu de la noblesse, vient passer quelques jours chez les Templeton avec son épouse. Ces derniers sont impressionnés par la virtuosité d'Isadorah qui jouait du piano pendant qu'on servait le thé. Ils s'intéressent pendant tout le séjour à elle, et finissent par demander à son père s'ils peuvent emmener Isadorah dans leur demeure londonienne pour qu'elle joue lors de la réception d'anniversaire de leur jeune fille.

Si le père d'Isadorah est d'abord épouvanté que l'on assigne à sa fille un rôle de musicienne, de personnel de réception, le lord lui explique que la musique prend de l'ampleur à Londres, et que les musiciens sont désormais moins des domestiques de l'ambiance que des artistes que l'on admire. Isadorah écoute cette plaidoirie pour les arts en cachette, l'oreille collée à la porte du salon duquel elle avait été priée de sortir.

Le père finit par être convaincu que la famille pourrait gagner en réputation ainsi.

Isadorah part donc le lendemain avec Lord Warwick et son épouse.

Elle découvre à Londres un luxe dont elle n'avait jamais été spectatrice, et elle, pour qui la mode avait toujours été une futilité propre à Lottie, se surprend à admirer les belles toilettes des femmes de la noblesse. Elle rencontre des dames intelligentes, passionnantes, et s'émerveille des conversations animées qu'elles entretiennent sur des sujets qu'elle pensait réservés aux hommes.

Isadorah donne un récital de piano pour l'anniversaire de la fille des Warwick, Philippa, qui l'a autorisée à l'appeler Pippa, et l'entente entre les jeunes filles est telle que celle-ci insiste pour qu'Isadorah reste encore un peu.

Isadorah est finalement autorisée à rester quelques mois au sein de la famille Warwick.

Elle écrit chaque semaine à Ferguson pour lui raconter les soirées auxquelles elle assiste, les artistes-musiciens qu'elle rencontre et cette émulation qu'elle ne pensait jusqu'alors jamais pouvoir ressentir.

Isadorah finit par retourner auprès des siens, et ce contraste de vie la tourmente. Elle sombre à nouveau dans la mélancolie et la lassitude, et sa joie de vivre la quitte.

La vie n'a plus de sens pour elle qui en avait trouvé un. Elle s'épuise à voir les mêmes personnes chaque jour, s'ennuie des conversations qu'elle trouve désormais si plates, bridées par la censure bien-pensante exigée par la société. Elle veut retrouver ces femmes qui l'impressionnent tant. Isadorah se terre dans un mutisme dédaigneux, et son comportement devient désagréable.

Nous la laissons pour la retrouver quelques années plus tard.

9

La première journée de cours avait été longue et ennuyeuse, ce qui était toujours le cas les premiers temps où chaque professeur s'attelait à la présentation du programme et des modalités d'évaluation de fin de semestre. Zach avait été absent, effectuant sa rentrée côté sciences politiques, et nous avions dû supporter la présence fantomatique et exaspérée de Jenna toute la journée. Celle-ci s'était insurgée que Larry refuse de la déposer chez elle comme le faisait Zach, mais il tint bon, et la laissa commander un VTC. Larry, ce héros contre les oppresseurs des temps modernes.

Le lendemain fut plus dynamique et, bien que nous ayons toujours des introductions longues et soporifiques (le Pr. Smith parvint même à endormir Larry), nous attaquâmes enfin les programmes d'étude. Jenna était affalée sur sa chaise, les bras croisés, mâchouillant un chewing-gum de manière bruyante, les yeux levés vers le ciel. Même Hisaé, pourtant calme et ne rentrant jamais dans les conflits, finit par lui dire d'arrêter au risque que ses yeux restent bloqués dans cette position. À la sonnerie, tout l'amphithéâtre se vida en un claquement de doigts, soulagé d'échapper au discours ennuyeux sur l'histoire des conquêtes territoriales. Je fus amusée de voir que si le Pr. Smith était un facteur de fuite précipitée, le Pr. Rifkin en était un d'attraction, motivant les élèves de sexe masculin à courir dans l'amphithéâtre suivant pour obtenir les places les plus proches du bureau.

Ally Rifkin était une sacrée femme, cela se voyait. Séduisante et séductrice. Le genre à connaître ses atouts et à en faire usage, fièrement. J'étais heureuse de voir que cette deuxième année de latin serait enseignée par une personne dynamique, drôle et dotée d'une insolence amusante qui capte l'attention des élèves. Elle réussit l'exploit de faire rire l'amphithéâtre entier plusieurs fois, et je sortis de son cours avec le sourire aux lèvres. En descendant les escaliers, elle m'aperçut et m'appela :

« Mademoiselle !

— Oui, professeur Rifkin ?

— Je suis désolée de t'alpaguer comme ça ! dit-elle d'un air faussement gêné en replaçant une mèche blonde derrière son oreille. Je peux te tutoyer ? C'est tellement austère le vouvoiement…

— Oui, bien sûr, répondis-je, amusée par sa familiarité.

— Je sais que ça ne se fait pas trop, mais je voulais te dire que j'ai A-DO-RÉ ton roman. Enfin des femmes qui déchirent ! Quand j'ai vu ton nom dans la liste des élèves, j'étais trop trop contente de te rencontrer. Je suis même venue à ta première dédicace dans la librairie Wolfcraft. Je ne sais pas si une prof a le droit de te dire tout ça, rit-elle.

— Oh, ça ne me gêne pas du tout, rétorquai-je, en réalité un peu gênée. Je suis très heureuse que vous ayez apprécié mon roman.

— J'ai lu dans une interview que tu t'étais inscrite en fac d'histoire pour parfaire tes connaissances pour ton roman. Sache que je trouve super courageux de ta part de repartir à zéro et de reprendre des études, de te confronter à tout ça à nouveau. En tout cas, si tu as besoin de quoi que ce soit, n'hésite pas, conclut-elle en me tendant une carte de visite où figuraient ses coordonnées. Moi, tu sais, la distance prof-élève, je m'en fiche un peu. »

Elle lança un « Salut ! » accompagné d'un signe de main aux élèves qui rangeaient encore leurs affaires et nous sortîmes de l'amphithéâtre. Je la trouvais à la fois barrée et gênante, d'une certaine manière, mais j'étais ravie d'avoir son soutien.

Larry m'attendait dans le couloir et je lui racontai mon entrevue sur le chemin de l'amphithéâtre suivant. Nous avions désormais cours de techniques archivistiques avec le Pr. Burton. L'emplacement de l'amphithéâtre était en adéquation avec l'ambiance antique que suggérait l'intitulé de sa matière. Il était dans la partie la plus ancienne du bâtiment d'histoire à laquelle on accédait en traversant un pont de pierre suspendu à l'architecture gothique et aux multiples ouvertures qui offraient une vue imprenable sur le campus et l'observatoire. Nous arrivâmes enfin et prîmes place.

Le Pr. Burton était effectivement moustachu. Il était à lui seul un anachronisme, vêtu d'un costume trois-pièces en tweed marron qui semblait appartenir à la mode du siècle dernier. Il jeta sur le bureau en bois usé sa serviette en cuir et en sortit des paquets de feuilles. Il s'avança sur l'estrade, prenant la mesure du nombre de têtes tournées vers lui, et prit la parole :

« Bonjour à toutes et à tous. Je suis le professeur Alphard Burton. J'aurais aimé pouvoir l'écrire de manière magistrale sur le tableau, mais les coupes budgétaires de l'université se sont visiblement attaquées au stock de craies, dit-il de sa voix à la fois douce et masculine à un auditoire amusé et déjà conquis. Je suis paléographe et je serai donc votre professeur de techniques archivistiques. Je sais que bon nombre d'entre vous ont sérieusement envisagé d'abandonner leur cursus à la simple évocation de mon cours, et je vous remercie de ne pas avoir succombé à la facilité. J'aimerais avoir la faculté de vous connaître individuellement et de vous appeler par votre prénom, mais le fait que quelques élèves aient dû prendre place au beau milieu des escaliers me prouve que c'est impossible. Alors, je vous appellerai madame, ou monsieur, et si certains d'entre vous ne se reconnaissent ni dans l'un ni dans l'autre, je les prierai de bien vouloir venir me voir à la fin du cours afin que l'on détermine ensemble la manière dont ils souhaitent être nommés. Des questions ? »

L'assistance était silencieuse, captivée par ce professeur énigmatique qui avait déjà gagné notre sympathie. Il s'empara des paquets de feuilles et s'engagea dans l'escalier au milieu de l'amphithéâtre, déposant au bout de chaque rangée le nombre d'exemplaires nécessaires.

« J'ai une question à vous poser, alors j'aimerais que pour la bonne entente entre le collectif et moi-même, elle ne demeure pas sans réponse. Qu'est-ce qu'un fait non archivé ?

— Une pensée ? répondit une voix mal assurée.

— C’est intéressant, mais des faits peuvent exister au-delà de notre cerveau, dit-il en continuant son ascension.

— Une histoire ?

— Intéressant. Vous êtes monsieur...?

— Monsieur Lloyd.

— Votre remarque mérite réflexion, monsieur Lloyd, je reviendrai vers vous plus tard. D’autres idées ?

— Une légende ? intervint Larry au moment où le Pr. Burton arrivait à notre hauteur.

— Vous êtes ? demanda-t-il en s’arrêtant.

— Larry Olsen.

— Très bien, monsieur Larry Olsen. Et pourquoi serait-ce une légende ?

— Car aucune preuve écrite ne viendrait corroborer ce fait.

— Donc, vous affirmez que pour qu’un fait ne soit pas qu’une pure légende de village ou un mythe raconté et modifié de siècle en siècle, il doit être consigné quelque part ? »

Larry prit le temps de réfléchir à la question, me permettant ainsi d’observer le professeur qui se tenait près de nous. Tout dans son allure m’apparaissait comme usé. Son costume, râpé à quelques endroits et qui présentait les traces des années qui passent. Son visage, marqué par les rides, témoins d’autant de joies que de tourments, sans doute, vu celles déjà présentes sur son front et ses joues. Ses cheveux blond vénitien décoiffés, une mèche sur le côté qu’il recoiffait d’un geste maladroit. Je croisai ses yeux bleu clair et stoppai d'un coup mon observation, gênée d'avoir été prise en flagrant délit.

« Je crois que oui.

— Mais quid d'une légende racontée dans un livre ? reprit le Pr. Burton, visiblement ravi de cet échange. La légende serait alors consignée sur un support. Est-ce que le mythe du vampire ou du loup-garou en deviendrait réel ?

— Je sens que vous cherchez à me piéger, professeur Burton », dit Larry en remuant l'index avec amusement.

Comme les élèves et le professeur, je ris à cette remarque et admirai la capacité de Larry à capter les gens, à faire rire sans avoir à se faire remarquer.

« Peut-être que oui, monsieur Olsen.

— Mais il y a une différence entre les faits ayant existé et la fiction ! intervint un élève un peu plus loin.

— Effectivement, reprit le professeur en dévalant les marches pour regagner son bureau, et c'est ce qu'on va étudier ensemble dans ce cours. Mais, dit-il en levant l'index, le dos tourné avant de remonter l'estrade, Mr. Olsen tient quelque chose. Nous y reviendrons plus tard. Je vous ai distribué le plan du cours qui vous donnera toutes les indications nécessaires sur le déroulement de l'année. Nous passerons très vite sur les bases et l'histoire de l'archivistique avant de passer à l'action. Mon but n'est pas de vous endormir en vous racontant quel fut le premier homme ou la première femme à vouloir consigner un fait, mais plutôt de vous donner les clés pour mener des recherches correctement. Votre amitié de longue date avec Google a des limites, et c'est ce que je vais vous prouver dans mon cours. »

À nouveau, l'assistance devint bruyante et amusée, et Larry me regarda, un grand sourire sur les lèvres : « Trop cool, ce prof ! »

Si d'habitude les enseignants restaient assis au bureau, utilisant le micro et lisant leur polycopié sans trop d'investissement et de motivation, le Pr. Burton emplissait l'amphithéâtre de sa voix seule, déambulant dans les escaliers et au milieu des rangs au fur et à mesure de ses énonciations. Le cours était vivant et animé, les élèves riaient régulièrement, l'assistance était charmée, et je devais admettre que je l'étais aussi.

Le cours se termina et tous les étudiants durent ranger presque avec regret leurs affaires.

« Tu vas aller lui demander, alors ? m'interrogea Larry.

— Demander quoi ?

— De t'aider pour les femmes Templeton ! Tu devrais aller te présenter.

— Mmh, non, pas tout de suite, c'est la rentrée, et puis…

— Et puis quoi ? me coupa-t-il. Allez, Milly, va le voir, sinon je te traîne par la main jusqu'au bureau.

— Ouhhhh, tu vas la tenir par la main, intervint Hisaé en haussant les sourcils de manière malicieuse.

— Non, non, se reprit très vite Larry, ce n'était pas dans ce sens, enfin…

— T'inquiète pas, Larry, reprit Hisaé qui lui tapota la joue en souriant, ça reste entre nous.

— Mais non ! » dit-il, insistant visiblement pour clarifier toute absence de séduction.

Nous arrivâmes au niveau de l'estrade et Larry salua le Pr. Burton tout en me poussant violemment et sans aucune discrétion en face du bureau.

« Au revoir, monsieur Olsen », dit-il sans lever les yeux des feuilles qu'il rangeait dans sa serviette, ne remarquant ainsi même pas ma présence.

Je m'approchai avec timidité, me demandant si j'avais encore le temps de partir d'un pas pressé sans qu'il ne me remarque, et me calomniant de perdre ces précieuses secondes à cogiter, réduisant ainsi mes possibilités de fuite. J'allais regagner la sortie après ce qui me parut être une longue minute d'immobilité devant le bureau quand il leva la tête :

« Oui ? demanda-t-il en souriant avec douceur. Vous aviez une question ?

— Euh, bonjour, balbutiai-je en sentant la panique me gagner. Je m'appelle Milly Davis, enchantée, dis-je en lui tendant la main avant de me blâmer intérieurement pour ce geste.

— Enchanté, Milly Davis, répondit-il en serrant la main que je lui présentais. Que puis-je faire pour vous ?

— À vrai dire, je n'en ai aucune idée. En fait, j'ai besoin d'aide pour des recherches et mon ami Larry pense que vous pourriez peut-être m'aiguiller, finis-je par articuler.

— Je pense effectivement que si vous cherchez quelqu'un pour vous guider parmi des dizaines de milliers de vieux ouvrages poussiéreux, je suis l'homme de la situation. »

Je le remerciai intérieurement car, s'il me trouvait ridicule et gênante, il ne semblait pas vouloir me le faire remarquer, se contentant de m'observer avec bienveillance.

« Quel type de recherches faites-vous ?

— Je recherche des informations très précises sur les activités des femmes, les discussions qu'elles pouvaient tenir et les évolutions des enseignements musicaux entre 1806 et 1816.

— C'est extrêmement précis ce que vous me demandez là. Dans quel cadre faites-vous ces recherches, si je puis me permettre ?

— Pour l'écriture, dis-je, toujours gênée d'aborder mon roman, persuadée qu'il s'agissait là d'un sujet de moquerie.

— Vous écrivez un roman ?

— Euh, oui, je… j'ai écrit le premier roman d'une saga familiale l'année dernière,

— C'est vrai ? demanda-t-il en inclinant la tête vers moi, essayant de capter mon regard caché par ma tête baissée. Comment ça s'appelle ? J'en ai peut-être entendu parler.

— *Les espérances des femmes Templeton*, mais je ne pense pas que…

— Vous ne pensez pas qu'un professeur de cette université ait pu entendre parler du best-seller qui rend fiers tous les collègues de la fac de lettres ? dit-il de manière rhétorique en me souriant. Je ne vais pas vous mentir, je n'ai jamais lu votre ouvrage. Mais je tâcherai d'y remédier. Je serais ravi de vous aider. Dites-moi ce que je peux faire.

— Vous allez vraiment me trouver idiote si je vous dis que je n'en ai aucune idée non plus, mais…

— Pas idiote, me coupa-t-il, mais visiblement très gênée de parler de votre propre roman.

— S'il ne s'agissait que de mon roman, plaisantai-je, redressant enfin la tête pour le regarder.

— Je vois, conclut-il en souriant. Je vous propose que vous reveniez me voir avec une liste de points à rechercher et on regardera ensemble, cela vous convient ?

— Oui, c'est parfait, merci beaucoup. »

Je lui souris et quittai l'amphithéâtre rapidement, espérant échapper à un moment gênant où nous aurions à tenir une conversation en prenant une direction similaire dans les couloirs.

Je me sentais à la fois légère et perturbée, mais j'avais hâte. J'étais déterminée et enthousiaste à l'idée de mettre un pas de plus dans la vie des Templeton.

Lundi 7 septembre,
Maison.

Milly, Milly, Milly…

Qu'est-ce que je ris en te lisant ! Je suis subjuguée par ta capacité à associer pénis, ma tante Révitale et chewing-gum dans la même lettre. N'y vois là aucune tentative de charade ou de mauvaise blague. Mais j'ai beaucoup ri !

Nous sommes lundi quand j'ouvre ta lettre – d'ailleurs, cette enveloppe que tu as faite est absolument splendide ! Le papier de soie qui t'a marquée la dernière fois m'a été rapporté par ma mère lors d'un voyage je ne sais où, je ne sais quand… Je ne saurais te dire, mais je vais me lancer dans une enquête approfondie pour t'en trouver du similaire.

Je te joins d'ailleurs un essai personnel : j'ai essayé de faire chauffer un vernis sur du plastique très fin transparent afin d'en dégager un arc-en-ciel. Ça a plutôt bien marché : on dirait les traces d'essence que l'on retrouve sur les sols des stations-service.

J'espère que tu en trouveras l'utilité (mais j'en suis persuadée !).

Ma rentrée n'a pas encore eu lieu, nous sommes convoqués seulement à la mi-septembre – les Beaux-Arts tiennent visiblement à alimenter l'image d'étudiants fainéants qui nous colle à la peau. J'ai le temps de peindre, de sculpter, de dessiner, et cela me fait le plus grand bien ! J'attaque en ce moment une étude sur la couleur. Je veux montrer (tenter de prouver ?) que la perception que nous avons de la couleur varie considérablement en fonction du support et des reliefs. Ma mère pense que c'est peine perdue, et que des yeux néophytes ne pourront s'en rendre compte et aller au-delà de ce qu'on leur présente sur un petit écriteau blanc à côté des toiles. Mais si l'on présente un triptyque et que l'on nomme les tableaux selon des variantes de teintes, donnant des indications sur ledit petit écriteau, les gens pourraient légitimement penser qu'il y a plusieurs couleurs différentes. Et c'est seulement à la fin de l'exposition que l'on dirait aux visiteurs : « Eh non, loupé, c'était la même couleur ! » Bon, c'est un peu agressif dit comme ça, je l'admets... Peut-être finir l'exposition devant une projection lors de laquelle on me verrait peindre avec la même peinture. Et un mot en lettres capitales terminerait la séance : « PERCEPTION ».

Qu'en penses-tu, Milly ? Toi pour qui les mots sont si importants, penses-tu que je pourrais piéger le visiteur ainsi ?

C'est fou, tu n'es pas là, je ne t'entends pas, mais rien que cette conversation m'a permis d'avancer dans ma réflexion. Fructueux, ce monologue sur bout de papier. Je file noter tout ça dans le carnet rouge que tu m'as offert. C'est mon carnet à idées, je l'adore.

Oscar a cessé de me parler d'hommes nus depuis que je lui ai proposé, comme tu me l'as suggéré, de l'emmener à une session avec modèle. Je pense que tu avais raison : la confrontation entre son pénis et ceux des autres semble le déstabiliser... Serait-ce une autre idée d'exposition ? Une cinquantaine de portraits de pénis (peut-on appeler ça des portraits ? Milly, je m'en remets à toi, les mots et leur sens, c'est ton rayon), puis à la fin, une interview de chaque homme présent. Ou de chaque homme et de chaque femme pour montrer la différence de réaction selon le sexe. Tu imagines, une femme à la Margaret Thatcher qui en sortirait avec sa choucroute de travers et le teint blafard en criant : « C'est un scandale ! »

Ça y est, je crée des dialogues fictifs ; tu déteins sur moi.

Oscar m'emmène au restaurant, ce soir. Ton anecdote sur le chewing-gum m'a rappelé une expérience personnelle que je t'ai sans doute déjà racontée : notre premier rendez-vous sérieux. Tu te souviens ? On venait de finir le lycée, et il avait réservé dans un restaurant chic. J'étais tellement gênée, je m'en souviens encore. Il avait pris une entrecôte avec des frites, sans se rendre compte qu'il y avait plus romantique que de dévorer un cadavre grillé en face d'une végétarienne. Je l'avais observé mastiquer avec dégoût pendant tout le repas, incapable d'avaler quoi que ce soit. Depuis, Oscar ne mange plus de viande devant moi.

Tout ça pour te dire qu'on ne tombe jamais sur l'homme parfait, celui qui remplit toutes les cases de la longue liste que toi comme moi avons dû écrire dès l'âge de huit ans. Mais l'amour est fait de compromis et d'ajustements. Zach est si doux avec toi. Et patient, aussi. Il mérite sans doute que tu te penches sur ses qualités plutôt que sur des soucis de mastication ! N'oublie pas que sans lui, tu aurais sans doute arrêté la fac d'histoire. Et peut-être qu'Isadorah n'aurait pas connu une nouvelle décennie.

J'ai hâte que tu me racontes ta rentrée ! Comment sont les profs ? T'es-tu fait de nouveaux amis ? Avez-vous enfin réussi à semer Jenna ? Et comment va mon petit Larry ?

Je te laisse, Milly, Milly, Milly, et te fais un câlin de loin,

Ta fidèle Lyrah

10

Je parcourus la lettre de Lyrah avec impatience et surexcitation, confortablement installée dans un fauteuil d'extérieur pour profiter du soleil. J'étais toujours dans le même état, toujours extatique, comme si ces lettres recelaient de grands secrets. En vérité, nous n'échangions que des banalités, mais il n'y avait pas plus belle manière de le faire.

Lyrah partageait souvent ses avancées artistiques dans ses lettres, et j'étais fascinée par sa manière de donner vie à la couleur, de façonner ses idées avec des mots pour en projeter les images dans mon cerveau. Je la voyais comme une écrivaine, à sa manière. Si l'écriture du premier tome des *Espérances des femmes Templeton* avait été relativement complexe, ce n'était pas tant dans le fait de donner vie à Isadorah enfant que d'en parler à mon entourage. Dire que j'étais gênée à l'idée d'évoquer ce projet était un bel euphémisme. Avoir été pointée du doigt pendant des années pour chacune de mes petites singularités avait fait de moi un être incapable de parler avec sérénité et confiance de son projet d'écriture devant son professeur d'archivistique – je grimaçais encore en repensant à ma main tendue comme si je m'apprêtais à passer un entretien d'embauche. Mais c'était ainsi, même avec ma famille j'étais incapable de parler de mes écrits sans avoir la sensation d'inspirer moquerie et dédain. Je n'avais jamais réussi à me présenter comme écrivaine ou autrice. Je me présentai toujours en disant simplement : « J'écris. » Quand je m'étais lancée dans l'écriture de ce premier tome, mes monologues cérébraux avaient voulu sortir et se confronter à quelqu'un. Impossible pour moi d'en parler, de construire mes idées au moyen d'échanges. Lyrah avait été là, comme toujours, me permettant de coucher sur papier les mots que je ne parvenais à exprimer autrement. Depuis le début, elle m'avait épaulée, avait été l'architecte de ce premier tome à mes côtés, pointant du doigt les aspects du scénario qui pouvaient être améliorés, modifiés. Lors de l'étape émouvante des remerciements, je lui avais réservé une place de choix.

« Bonjour, mon ange, intervint Maggie en s'installant dans un fauteuil en face de moi, d'énormes lunettes de soleil rondes à la monture en plastique orange sur le bout du nez. Comment s'est passée ta journée ?

— Plutôt bien ! On a eu cours dans une vieille partie de la fac. Ça m'a presque donné envie d'écrire une histoire dramatique dans une ambiance gothique sombre et brumeuse. »

Maggie s'esclaffa.

« Chaque chose en son temps, Milly Davis, dit-elle en souriant, Isadorah attend déjà de vivre des jours meilleurs. Tu trouveras ensuite une jeune ingénue à assassiner dans une université. Tu avances comme tu veux ? Tu peux m'en parler, tu sais… Si tu le souhaites, évidemment.

— Mmh, je commence à voir où l'histoire peut aller. J'ai quelques recherches à faire avant de commencer l'écriture afin de ne pas être bloquée par des détails historiques pendant le processus.

— Quel genre de recherches ? demanda-t-elle avec prudence, consciente de l'animal sauvage qui se trouvait en face d'elle, imprévisible, capable de se renfermer à la moindre percée un peu trop profonde dans sa zone personnelle.

— Des détails sur les enseignements que pouvaient suivre les jeunes femmes à cette époque. Et puis sur leurs conversations, aussi.

— Et tu penses pouvoir trouver ce genre de détails ?

— Honnêtement, je n'en sais rien. Larry pense que ce type d'informations doit se trouver dans de vieux manuels d'époque, et non pas référencé sur Internet. Je pense que je peux peut-être trouver une thèse universitaire aussi. Enfin, je l'espère.

— C'est une bonne idée, la thèse universitaire. Tu peux peut-être te renseigner à la fac ?

— Larry m'a poussée à aller solliciter mon prof d'archivistique. Ça me met un peu mal à l'aise.

— Quel nom barbare ! Un prof d'archivistique. Cela me donne de l'urticaire rien que de le prononcer. J'imagine une vieille tortue toute bossue qui marche avec une lenteur inhumaine.

— Loupé !

— Non ! dit-elle, exagérant sa surprise dans un élan comique. Ne me dis pas qu'il marche sans canne !

— Eh si ! ris-je. Je t'assure qu'il n'a aucune infirmité. Et tu ne me croiras peut-être pas, mais ses cours sont super dynamiques. Tout le monde a ri.

— Très bien alors, dit-elle en me caressant le front avec attendrissement, je suis contente que tu te sentes bien là-bas. Tu vas donc lui demander un coup de main ?

— Déjà fait, et c'était ridicule… Ma timidité a pris le pas sur ma capacité à aligner trois mots sans avoir l'air d'une parfaite idiote qui se triture les mains en espérant s'enflaquer.

— Oh, Milly !

— Oui, je sais, je n'ai pas à avoir honte, répétai-je machinalement le sermon que j'entendais à chaque fois, mais que veux-tu, Grand-mère, je suis comme ça…

— Maggie, coupa-t-elle.

— Oui, Maggie.

— Bon, et ce prof, il a accepté de t'aider ?

— Oui, il faut que je dresse une liste des points du roman que je souhaite approfondir. Dans son cours, il a dit qu'il allait nous apprendre à rechercher au-delà de Google.

— Eh bien, qu'attends-tu, fonce ! »

Maggie se leva du fauteuil et retourna dans le salon principal. Je la suivis, la lettre de Lyrah dans la main, prête à la relire, comme souvent, au calme le soir venu. Maggie m'expliqua qu'elle recevrait les filles de nouveau ce samedi et que je pouvais inviter Larry ou Zach si je le souhaitais – Ulyana serait sans doute exaspérée de me voir avec un autre jeune homme que son petit-fils mais, comme le disait Maggie : « Elle s'en remettra. » Je lui répondis que j'y réfléchirais et, avant que je ne rejoigne l'aile menant à mes appartements, elle m'arrêta :

« Au fait, tes parents ont appelé ! Ils rentrent jeudi prochain avec Clarence et ont déjà prévenu Willa qu'ils feraient un dîner à la maison le samedi. Ils m'ont dit qu'ils attendaient que tu leur téléphones.

— Très bien, je vais le faire ! Tu m'appelles pour le dîner ?

— Oui, mon ange ! »

Je remontai dans mes appartements et m'installai dans mon petit salon pour appeler mes parents. Enfant, je ne savais pas si j'aurais pu supporter leurs absences répétées sans la présence affectueuse et maternelle dc Maggie.

Après la conversation téléphonique, je relus la lettre de Lyrah et regardai la fine plaque de plastique iridescente. Je me demandai ce que je pourrais en faire et commençai à me laisser partir du côté des femmes Templeton. Existait-il des bulles de savon, à l'époque ? Les enfants jouaient-ils avec ? J'imaginais un moment de bonheur simple dans le jardin, quand les rires résonnent encore dans les cages thoraciques, que les joues sont rosies par l'air pur et le soleil, et que les jours suivants ne portent en eux que de grandes espérances. J'imaginais Isadorah habitée par un bonheur éphémère, ignorante des moments difficiles qu'elle devrait traverser ensuite. Je regagnai mon bureau, sortis mon journal, et commençai à lister les différentes questions à poser au Pr. Burton.

Journal d'écriture

Les espérances des femmes Templeton

Deuxième décennie : 1806 - 1816

<u>Points à rechercher :</u>

- *Existence des bulles de savon et possibilité pour les jeunes filles de jouer avec.*
- *Activités des jeunes femmes à l'époque : quels cours pouvaient leur être dispensés ?*
- *Discussions admissibles entre deux jeunes femmes : quand s'arrêtait la bienséance et quelles étaient les conversations réservées aux hommes ?*
- *Évolution des enseignements musicaux entre 1806 et 1816 : début des conservatoires ? Y avait-il des cursus « professionnalisants » ? Était-il possible d'en faire une carrière noble à l'époque ?*
- *Traduction et importation des écrits féministes français : aurait-elle pu lire les traités féministes d'Olympe de Gouges ?*

11

Le reste de la semaine se déroula sans encombre notoire. Zach était la pièce manquante de notre quintette mal accordé, et Jenna se murait dans un silence monacal, les bras toujours croisés pour signifier un quelconque mécontentement qui, de toute évidence, n'intéressait personne. Larry avait obtenu de moi que je l'accompagne à chaque cours introductif des options qu'il avait sélectionnées afin qu'il puisse déterminer quelles seraient les grandes élues qui pourraient intégrer son emploi du temps. J'ignorais pourquoi j'avais accepté, mais voir l'enthousiasme sur le visage de Larry réussissait à me combler de joie. Il cornait, marquait et annotait les différents fascicules distribués, mâchouillant son stylo en réfléchissant, absorbé. J'étais allée le jeudi soir lui acheter un petit carnet vert sapin d'un format adapté aux listes, et le lui offris le dernier jour de cours de la semaine pour qu'il fasse un tableau des pour et des contre de chaque matière. Larry fut ravi de cette petite attention, presque ému.

Larry était le plus jeune et sans doute le plus passionné de notre petit groupe, nous autres étant là plus ou moins par défaut. Il avait travaillé plus dur que n'importe qui pour en arriver là, obtenant, bourse après bourse, la possibilité de poursuivre ses études, de les pousser encore un peu plus loin. Ses parents voulaient qu'il trouve un métier qui rapporte rapidement afin de participer aux frais du foyer, mais Larry était habité par une vocation. Il disait fièrement : « Je veux devenir archéologue », et cette affirmation ne tolérait aucun aléa. Il serait archéologue, je le savais. Il était animé par cette passion depuis tout petit, malgré l'environnement familial pauvre dans lequel il avait grandi. Il n'avait jamais succombé à la pression de sa famille, qui ne comprenait pas comment elle avait pu élever un enfant désireux de devenir « fouineur de poussières ». Mais c'était cela que voulait faire Larry. Fouiner dans la poussière et découvrir des secrets datant d'autres civilisations. Ses parents lui disaient toujours : « Ça n'est pas un vrai métier, Larry. Il n'y a que quelques archéologues dans le monde qui font de grandes découvertes ! » Mais cela n'arrêtait pas Larry qui disait : « Eh bien, je serai l'un d'eux. » Désireux de le décourager une bonne fois pour toutes au moment du pivot scolaire qui lui aurait permis d'intégrer un cursus professionnalisant où les apprentis étaient rémunérés, ses parents l'avaient emmené dans une grande administration de la ville. Au début, Larry était surexcité. Ses parents s'étaient vêtus de leurs habits des jours sérieux, comme il les nommait quand il était petit. C'étaient les tenues des rendez-vous à la banque, de ceux avec l'école ou avec le patron de Darell, son grand frère. Larry était impressionné de voir ses parents apprêtés de la sorte, et se demandait pourquoi il était concerné cette fois-ci. Mr. et Mrs. Olsen, d'ordinaire peu soucieux de la scolarité de leurs enfants tant qu'elle était courte ou rapidement lucrative, avaient contacté un agent administratif afin qu'il explique ce que des études en archéologie pouvaient offrir comme métiers. À cet énoncé, Larry fut émerveillé. Il voyait ce monsieur tout gringalet aux multiples cicatrices sur les mains et pensait, rêveur : « Ces mains devant moi ont peut-être découvert des ossements des premières civilisations. » La réalité fut, comme souvent, moins palpitante que le monde cérébral dans lequel nous voguons. Ledit gringalet expliqua à Larry que le cursus de la ville menait la plupart du temps à des fouilles sur des sites moins reluisants. Souvent, les archéologues étaient appelés sur des terrains vagues pour déterminer si le nouveau concept immobilier pouvait être implanté sans toucher à un pan historique protégé. Parfois, ils devaient aller dans des jardins de particuliers horrifiés qui venaient de découvrir quelques ossements en voulant creuser une piscine. « C'est pas comme à la télé, mon petit », lui avait-il dit.

Larry était resté songeur, incrédule, et avait fini par demander après un long silence, l'index en mouvement, comme devant le Pr. Burton :

« Mais, dans ce cas, qui sont ceux qui ont trouvé les ossements de Lucy ? Et les mammouths ? Et les vestiges de sarcophages ? »

Le gringalet l'avait observé, presque agacé de voir qu'un petit garçon discutait sa démonstration.

« Eh bien, ce sont des archéologues, oui, mais c'est très rare, avait-il répondu.

— Rare ne veut pas dire impossible, alors je serai archéologue. »

Il avait un destin, et il l'accomplirait. Encore une histoire à raconter.

Après cette première semaine, je proposai à Larry d'aller prendre un *teatime* dans le petit salon de thé que j'affectionnais tant. Au début, il refusa, comme toujours. Larry devait donner à ses parents une partie de sa bourse d'études à titre de participation à l'effort collectif, et était peu dépensier. Puis, comme je lui proposais de l'inviter, s'ensuivait toujours une argumentation qu'il savait perdue d'avance ; il répondait qu'il ne voulait pas abuser de ma générosité, mais finissait par craquer après maintes insistances capricieuses de ma part. Larry insista pour qu'Hisaé nous accompagne, mais celle-ci prétexta devoir rejoindre ses amies sur le campus de droit. Je vis, dans le regard de mon ami, une légère déception.

Le salon de thé était pour moi un repaire d'écrivains. J'aimais à penser que ces vieilles chaises en bois dépareillées, ces gros fauteuils au cuir craquelé, ces tables marquées de ronds de tasses et de traits de crayon ayant dépassé de leur support avaient été témoins de grandes tragédies littéraires, d'histoires d'amour dramatiques rédigées par un écrivain en mal d'inspiration ; qu'un auteur perdu dans les abysses du syndrome de la page blanche avait trouvé dans le sourire de l'homme au comptoir une épopée sur un aventurier en milieu rural. Les murs du salon étaient recouverts de livres du sol au plafond, décolorés, abîmés, parfois déchirés, et pourtant nombreux étaient les habitués qui en sortaient l'un d'eux des étagères bancales pour le feuilleter. La fiction habitait ce salon, le contenait et y était contenue, à la fois source d'inspiration et témoin d'histoires fabuleuses.

Même en matière de *teatime*, j'étais ritualiste. J'alternais entre quelques thés, fuyant les nouveautés qui s'avéreraient décevantes. Je n'avais jamais été une grande aventurière du goût. Ma commande numéro un était le thé vert Bali, composé de thé vert au jasmin, de pétales de fleurs, d'arôme litchi, de pamplemousse, de pêche de vigne et d'huile essentielle de rose, accompagné d'une part de quatre-quarts. Larry étudiait toujours avec application l'interminable carte des thés. J'ignorais comment il lui était possible de rester concentré face à plusieurs centaines de descriptions d'arômes, mais il me surprenait à chaque fois.

« Je vais prendre un thé sombre Pu-Erh gourmand, annonça-t-il au serveur qui prenait notre commande, ainsi qu'une part de cake aux épices, s'il vous plaît.

— Qu'est-ce que tu as pris ? lui demandai-je une fois le serveur éloigné.

— Celui-ci, regarde, dit-il en tendant vers moi la carte sur laquelle il pointait son doigt. Un thé sombre boisé mêlé à un cocktail d'arômes de biscuit, caramel, vanille et amande douce. Ça me plaît bien. »

Nos douceurs arrivèrent à notre table et, après quelques bouchées de gâteau et gorgées de thé chaud, nous discutâmes des options de Larry.

« Ce qui est certain, dit-il avant d'avaler la bouchée de cake qui déformait sa joue, c'est que je vais choisir le cours d'histoire écossaise.

— Moi aussi ! dis-je avec enthousiasme.

— J'espère que le voyage ne sera pas trop cher… Je n'ai jamais quitté cette ville, ça serait une opportunité incroyable.

— Tu sais, souvent les voyages universitaires ne sont pas très onéreux. Ils prennent en compte les budgets étudiants, et il y aura peut-être des facilités pour les boursiers.

— Je ne sais pas trop, répondit-il en fronçant un peu les sourcils, on verra bien.

— Sinon, je pourrai te prêter la somme et tu me rendras petit à…

— Non, Milly, me coupa-t-il vivement avant de reprendre plus calmement en posant sa main sur la mienne, j'apprécie ta générosité, mais je ne veux pas que tes parents deviennent ma banque.

— Je sais, Larry, mais ça serait avec mes royalties, pas l'argent de mes parents. On aurait un *gentlemen agreement* et…

— On verra », reprit-il d'un ton péremptoire pour me signifier l'arrêt de la conversation.

Pour éviter qu'une gêne ne s'installe, il enchaîna immédiatement avec la liste des options qu'il devait mettre en balance et sortit son petit carnet pour y noter les arguments. Je n'avais jamais vu quelqu'un envisager ses études avec autant de sérieux. Larry était perdu dans ses songes, le stylo, victime de sa réflexion, coincé dans sa bouche. J'en profitai pour sortir mon carnet d'anecdotes de mon cartable. Bien enfoncée dans mon vieux fauteuil en cuir rouge, j'observais les gens autour de moi et m'imaginais leurs conversations. Je remarquai quelques visages particuliers et en brossai les descriptions dans mon carnet – peut-être seraient-ce de futurs personnages. Alors que j'étudiais les gens présents dans le salon, je vis entrer trois silhouettes masculines familières et reconnus le Pr. Webster et sa barbe fournie accompagné d'un homme de haute taille aux cheveux crépus et du Pr. Burton. Je croisai le regard de ce dernier qui m'adressa un sourire. Pendant que les trois hommes commandaient au comptoir, je signifiai leur présence à Larry qui se retourna pour regarder dans leur direction. Le Pr. Burton le reconnut et se rapprocha de nous, marchant les mains derrière le dos.

« Monsieur Larry Olsen, comment allez-vous ? demanda-t-il par intérêt véritable et non par politesse, le sourire aux lèvres. Avez-vous eu le temps de réfléchir à ma question ?

— J'y travaille, professeur, j'y travaille, répondit-il en remuant son index.

— Je vois, s'amusa-t-il, mais ne vous torturez pas trop avec cela, nous aurons le temps d'y revenir. Bonjour, Daisy, je vois que vous écrivez ; avez-vous pu réfléchir à vos besoins en termes de recherche ? »

Daisy ?? pensai-je, d'autant plus irritée lorsque je croisai le regard interrogateur de Larry. Je n'osai pas le rectifier et répondis :

« Bonjour, professeur Burton. Oui, j'ai commencé à dresser une liste.

— Parfait, vous pouvez venir me voir après les cours ou dans mon bureau. C'est le bureau numéro… »

Il laissa la note du « o » flotter dans l'air, le temps de chercher dans une poche intérieure de son costume Prince de Galles marron un bout de papier parmi un petit paquet de notes diverses.

« Numéro 342, finit-il par dire.

— Très bien, je note, merci », répondis-je en griffonnant le numéro sur mon carnet.

Le temps de ce court échange, les deux autres hommes avaient rejoint le Pr. Burton et nous adressèrent un bref salut. Il fit les présentations pour nous, annonçant le Pr. Webster que j'avais reconnu et le Pr. Saint-Paul. C'était une aubaine pour Larry qui s'interrogeait justement sur la pertinence de choisir le cours d'histoire coloniale en option. Sans gêne ni timidité aucune, il profita de ce moment d'intimité avec les professeurs pour se présenter, lui et sa vocation d'archéologue, en demandant quelles options seraient les plus valorisantes et concordantes. Le Pr. Webster expliqua que de nombreuses fouilles et des sites de recherches existaient en Écosse et que nous passerions d'ailleurs voir l'un d'eux lors du voyage qu'il organisait. Il lui apprit également qu'un cours était dédié à la recherche archéologique des artefacts des clans écossais au sein de l'université jumelée à la nôtre. Le Pr. Saint-Paul argumenta à son tour en faveur de sa matière, démontrant comment elle pouvait être un véritable atout dans la formation d'un archéologue en herbe. Je vis dans les yeux de Larry une certitude naître et fus persuadée qu'il choisirait ces deux matières en option. Avant de nous laisser, le Pr. Webster me demanda si j'avais choisi son cours.

« Oui ! Je n'ai pas hésité longuement, répondis-je avec un sourire, un peu gênée de me sentir observée par trois professeurs en costume debout face à moi, qui demeurais recroquevillée dans mon immense fauteuil.

— Vous êtes intéressée par le voyage également ?

— Euh, ça je ne sais pas encore. Ça a l'air génial, mais je…

— Elle est un peu sauvage, plaisanta Larry dont l'intervention amusa les trois collègues.

— Je vois, reprit le Pr. Webster avant de se tourner vers Larry. Et vous ?

— Ça dépendra du prix, je suis boursier et…

— On en reparlera », trancha-t-il pour éviter que Larry n'ait à s'épancher sur le sujet, le gratifiant d'une tape amicale sur l'épaule.

Je fus prise immédiatement d'affection pour ce professeur, persuadée de sa bonté. C'était un fait qu'il m'était parfois difficile d'admettre, mais les relations humaines avaient leur lot d'émerveillements, et ce même en dehors des livres.

Nous finîmes notre thé et décidâmes de rentrer. Le carnet de « pour et contre » de Larry avait connu une simplification magistrale puisqu'il n'avait plus qu'à choisir deux options supplémentaires, dans la mesure où les Prs. Webster et Saint-Paul avaient réussi à le convaincre.

Une fois devant chez moi, je lui proposai de venir samedi soir à la maison, mais il déclina – j'oubliais toujours qu'il travaillait le weekend dans un des restaurants de la famille de Marcella pour se faire de l'argent de poche.

Je rejoignis mes appartements, enfilai un ensemble de jogging en cachemire écru et retrouvai Maggie plus tard pour un plateau télé. Elle portait une longue tunique en soie turquoise et ses cheveux blancs étaient attachés en un chignon flou au-dessus de son crâne, entouré par un foulard assorti à sa robe. Elle m'observa tout en sortant une cassette VHS de son étui :

« Mon ange, tu ressembles à un tampon hygiénique, dit-elle avec un sérieux qui était incompatible avec sa remarque.

— Sans doute, ris-je, mais c'est très confortable.

— Quelle génération ! soupira-t-elle en feignant l'indignation. À mon époque, nous étions toujours apprêtées, même le soir et les weekends. Les "joggings", fit-elle en accentuant sur le mot comme s'il lui brûlait les lèvres, n'existaient pas. Est-ce qu'on était moins à l'aise pour se prélasser ? Je ne crois pas. Allez, fais-moi de la place », dit-elle en agitant sa main pour me faire signe de me décaler sur le canapé.

Elle enfonça la cassette dans le lecteur qui ferait peur à n'importe quel enfant né au XXIe siècle et versa dans nos verres à cocktail un liquide vert anis contenu dans une carafe à whisky.

« Qu'est-ce que c'est ? demandai-je avec suspicion en reniflant.

— Un smoothie céleri, pomme verte, graine de chia et concombre. À la tienne, Milly. »

Je tendis mon verre pour trinquer avec elle.

« Qu'est-ce qu'on regarde ?

— Une captation télévisuelle de 1983 de l'opéra *Turandot*.

— Ton préféré, dis-je de manière rhétorique, avec affection.

— Mon préféré, oui. »

Nous passâmes ainsi notre vendredi soir sur son canapé vert canard, fixant le mur en face de nous sur lequel était projeté son opéra italien préféré, une fable théâtrale dans une Chine médiévale imaginaire.

Je me demandai alors si Isadorah pouvait aller à l'opéra.

Journal d'écriture

Les espérances des femmes Templeton
Deuxième décennie : 1806 - 1816

<u>Points à rechercher :</u>

- *Existence des bulles de savon et possibilité pour les jeunes filles de jouer avec.*
- *Activités des jeunes femmes à l'époque : quels cours pouvaient leur être dispensés ?*
- *Discussions admissibles entre deux jeunes femmes : quand s'arrêtait la bienséance et quelles étaient les conversations réservées aux hommes ?*
- *Évolution des enseignements musicaux entre 1806 et 1816 : début des conservatoires ? Y avait-il des cursus « professionnalisants » ? Était-il possible d'en faire une carrière noble à l'époque ?*

- *Traduction et importation des écrits féministes français : Isadorah aurait-elle pu lire les traités féministes d'Olympe de Gouges ?*
- *Y avait-il des opéras à l'époque ? Les jeunes filles pouvaient-elles s'y rendre ?*
- *Si oui, liste des opéras en Angleterre au XIXe et des œuvres qui s'y jouaient.*

Samedi 12 septembre,
Maison.

Chère Lyrah,

Tu sais que c'est toujours avec grande excitation et ravissement que je décroche les différentes cordelettes et branches de fleurs séchées que tu joins à chacune de tes enveloppes. Je suis impressionnée par la manière dont celles-ci arrivent toujours chez moi sans n'avoir perdu aucun pétale quand le simple envoi de mon manuscrit à mon éditeur avait dû être réitéré trois fois avant d'arriver en un seul morceau.

As-tu des agents infiltrés au sein des services postaux ? Si tel est le cas, merci de m'indiquer à qui m'adresser.

Je te remercie pour ce petit morceau de plastique que tu as joint à la lettre. Je m'extasie toujours devant tes missives qui donnent naissance à ta substance créative. J'ai l'impression de te voir à cet instant, penchée sur ton ouvrage, ta longue chevelure blond platine aux boucles volumineuses attachée en un chignon lâche retenu par un pinceau, le visage sérieux alors que s'instillent dans ton esprit des formes, des couleurs, des associations. Jamais je ne cesserai d'être fascinée par la création artistique, et c'est en ça que tes lettres sont pour moi un écrin d'émerveillement.

L'onde artistique que tu as insufflée est parvenue jusqu'à moi : je me suis interrogée sur l'utilisation des bulles de savon au temps d'Isadorah. J'ai tout de suite imaginé un moment de pure allégresse dans le jardin, à rire jusqu'à en avoir mal à la gorge et à n'espérer que du bonheur pour les instants suivants. Mais revenons-en à toi.

Je suis impatiente de savoir comment se sera passée ta rentrée, et j'espère que cette année tu auras enfin droit à une photo de promotion à me partager. J'aimerais voir ceux qui t'entourent et, pourquoi pas, trouver de nouveaux visages à inclure dans mes romans. En écrivant ces quelques mots avec la plume que tu m'as offerte il y a des années, je me rends compte que si un jour des enquêteurs passaient notre maison au peigne fin et trouvaient mon carnet à visages, je ne pourrais échapper à un interrogatoire. C'est très glauque, dit comme ça. Tu te souviens d'ailleurs de la colère de mes parents quand ils avaient découvert que je photographiais parfois des inconnus dans la rue avec mon minuscule appareil photo jetable, ou que je découpais des visages dans les journaux pour les coller dans ce fameux carnet en prévention d'un besoin de protagonistes ? En y repensant bien, j'ai échappé de peu à une thérapie en centre spécialisé. Heureusement que Maggie était là pour prendre ma défense. Et toi aussi. Tu devais être une sacrée petite fille pour ne pas m'avoir repoussée en apprenant cette anecdote. Ou alors, tu es aussi barge que moi.

L'un dans l'autre, ça me va.

Ton idée d'exposition « PERCEPTION » est très intrigante. S'il y a bien une chose que m'a apprise Maggie en ce bas monde – elle rirait de me voir utiliser cette expression qu'elle considère être formellement utilisable qu'après soixante années d'existence – c'est qu'il faut écouter ses parents, mais pas trop non plus. Pour Maggie, la prévenance parentale ne peut prévaloir sur l'instinct. Alors, écoute ton instinct plutôt que ta mère : cette idée est prodigieuse ! Concentre-toi dessus et oublie les cinquante nuances de pénis. Conseil d'amie.

Je suis ravie de lire qu'Oscar a mis fin à sa crise quant à ton art et tes études. Je trouve la jalousie touchante quand elle n'est pas assommante. S'il le devient, c'est à toi de l'assommer – littéralement.

Ma rentrée s'est plutôt bien passée ! Larry est fidèle à lui-même et a déjà gagné l'affection particulière de plusieurs professeurs. Zach a assisté aux réunions de rentrée avec nous avant de regagner son campus principal pour les mêmes formalités de début d'année. Jenna nous a suivis comme un fantôme, sans prononcer un seul mot de la semaine, les bras croisés et le regard prêt à fusiller quiconque oserait s'adresser à elle. Heureusement que son père n'est pas un grand fabricant de pistolets, car j'aurais peur qu'elle fasse un caprice pour qu'il lui invente une arme à commande oculaire.

Zach est toujours Zach. Je n'arrive pas à savoir s'il est mignon ou extrêmement collant.

Je laisse évidemment la question des nouveaux amis en suspens – sérieusement, Lyrah ?

Je plaisante, mais cette rentrée n'a pas été si catastrophique. Je ne suis pas tombée devant tout le monde ni fait agresser. Aucun cours n'a lieu jusqu'à 20 heures, et les nouvelles options sont plutôt attrayantes. Je me suis inscrite en cours d'histoire écossaise avec un prof plutôt mignon qui semble être un natif. Il va organiser au printemps prochain un voyage de deux semaines en Écosse, avec une semaine d'échange au sein du campus et une autre au cœur des Highlands. J'hésite un peu. Zach m'a dit que ce genre de voyage offrait beaucoup de possibilités entre les élèves, le tout avec un air malicieux et séducteur. Au secours.

De toute manière, il est encore trop tôt pour me questionner à ce sujet. Les voyages scolaires m'ont toujours fait un peu peur. L'éloignement de mes habitudes, les cars aux fauteuils couverts de taches non identifiées – à croire que les imprimés farfelus qu'ils choisissent le sont en prévision de dissimulation de ces éclaboussures suspectes... Beurk.

Larry n'est pas sûr de venir, cela dépendra du prix, mais le Pr. Webster (l'Écossais mignon) lui a dit avec l'assurance de l'homme de la situation : « On en reparlera » en lui tapotant l'épaule. J'espère que Larry pourra y aller, il n'a jamais voyagé.

Les professeurs sont plutôt sympathiques. Tu aurais ri en voyant notre nouvelle professeure de latin – non pas qu'elle soit ridicule. Elle a entre trente et quarante ans, les cheveux blond californien, une apparence soignée. Une belle femme, en somme, qui sait séduire son auditoire. Il y a eu un changement considérable dans l'amphithéâtre : je n'ai jamais vu autant d'hommes aussi intéressés par le latin. Parfois, j'aimerais que tu sois à mes côtés pour que l'on puisse rire ensemble.

Le vieux Jacob Smith poursuit la lecture de son polycopié aussi épais qu'une bible, tout en ponctuant son discours d'interminables « euh… » qui ont fini par endormir toute l'assistance.

Enfin, pour te donner quelques nouvelles d'Isadorah : cette dernière se prépare à quelques tourments malgré un retour progressif à la normale. De grandes espérances la guettent. Larry m'a poussée à aller en parler à notre enseignant spécialisé dans le domaine des archives, le Pr. Burton. Il va m'aider pour les recherches qui restent sans réponse sur Internet. C'est drôle, il a l'air d'avoir vécu au siècle dernier. Il est toujours habillé de costumes en laine ou en tweed, à carreaux ou à motif Prince de Galles, et porte la moustache. Je m'attends à tout moment à ce qu'il sorte une montre à gousset de son veston.

Je termine cette longue lettre en espérant te savoir dans ton atelier, ta salopette blanche devenue arc-en-ciel, tes pieds nus sur le sol froid de ton havre créatif, et un pinceau ou un outil de sculpture coincé dans ta chevelure.

Je t'embrasse et ai hâte de te lire,

Ta dévouée Milly

P.-S. Je n'ai pas encore la réponse à ta question sur le fait qu'une représentation de pénis puisse être considérée comme un portrait ou non. J'enquête et te reviens plus tard. Ou pas, si tu ne juges pas cela si nécessaire.

12

Je terminai ma lettre après mon petit-déjeuner et m'attelai à la décoration de celle-ci, mon matériel aligné devant moi. J'imaginais Lyrah dans son atelier que je me représentais intégralement vitré, avec des puits de lumière çà et là. Des plantes diverses, disposées dans des cache-pots *random*, comme une passoire, une vieille boîte de conserve ou encore un vieux pot de peinture vide. Je ne pouvais que l'imaginer puisque jamais, en seize années de correspondance, je n'avais pu rencontrer Lyrah. Parfois, je me disais qu'elle était irréelle, qu'il s'agissait d'une petite fée qui s'égarait par moments dans notre dimension, et qui avait tenté un jour d'établir une connexion avec un humain en déposant ce petit bout de papier lilas dans le bocal de Salt & Paper (cette appartenance fantastique expliquerait peut-être comment les enveloppes pouvaient arriver systématiquement indemnes malgré leur préciosité).

Lyrah était ma meilleure amie. Cette énonciation rendait toujours mes parents mal à l'aise. Ils trouvaient ça attendrissant, au début. Et puis désormais, ils passaient très rapidement sur le sujet, gênés. Leur fille de bientôt vingt-cinq ans n'avait pour seule amie qu'une feuille de papier. Voilà ce qu'ils pensaient, je le savais. Je me demandais comment ils pouvaient encore s'étonner de quoi que ce soit après m'avoir répété toute ma vie : « Tu es tellement singulière, Milly. » C'était ainsi. Ma meilleure amie était une feuille de papier, et c'était la plus belle mélodie à mes oreilles pour l'écrivaine en herbe que j'étais.

En laissant ces souvenirs s'instiller en moi, je revis ma petite main se rapprochant du bocal tandis que je me hissais sur la pointe de mes pieds pour attraper ce bout de papier coloré perdu au beau milieu de la blancheur sérieuse que composaient les autres. Lyrah, ma très chère Lyrah, était pour moi une branche de lilas.

Je sortis de mes boîtes du papier de soie de cette couleur que j'associai avec la neutralité d'une enveloppe en papier épais écru. J'ouvris mon coffret d'aquarelle et tentai de représenter une branche de lilas en arrière-plan, sur l'enveloppe. Je collai ensuite, en froissant les matières, des superpositions de papiers blancs et lilas. Parmi mes fleurs séchées, je pris avec soin un brin de lavande que je fixai sur l'enveloppe avec un sceau de cire blanche. J'inscrivis ensuite son adresse et reposai religieusement le pli au milieu de mon bureau, satisfaite de ma réalisation.

Le peu de cours que nous avions eu ne nous avait pas laissés pour autant sans travail à accomplir chez nous. Je reçus un message d'Hisaé qui me demandait s'il y avait du « monde » chez moi – sous-entendu : « Clarence est-il là ? » – et ne reçus aucun autre signe après lui avoir répondu par la négative. Zach essaya de me joindre, mais je préférai ignorer la notification. Je m'attelai aux différents travaux prescrits par les professeurs puis rejoignis Maggie en fin de matinée. Elle était dans le jardin d'hiver et portait une combinaison orange et des chaussures à plateformes gigantesques constellées de paillettes turquoise.

« C'est ton jour de sortie de prison, Maggie ? plaisantai-je en prenant place sur le canapé en rotin en face d'elle.

— Je savais que ma remarque sur le tampon hygiénique ne resterait pas sans suite, fit-elle en souriant. Tu as bien dormi ?

— Oui, très bien, merci, et toi ?

— J'ai beaucoup cogité cette nuit sur les éléments de la réunion que nous devons travailler ce soir.

— Ah oui, c'est vrai. Tu as besoin d'aide ?

— Oh, ne t'inquiète pas, mon ange, tu as sans doute des devoirs à faire.

— J'ai terminé ce matin, répondis-je avec la fierté d'une enfant de huit ans.

— Très bien, s'amusa-t-elle, alors voilà où j'en suis arrivée. J'ai repensé à cette histoire de salon de thé végan qui a fermé boutique. Marcella nous l'affirmera, enfin si elle comprend ce que je dis, mais l'économie s'intéresse de plus en plus au succès des restaurants. Quand l'un fait faillite, il fait la une d'un journal le lendemain. Il faudrait donc cibler les restaurants, manifester devant les uns et les autres…

— Ils vont vous faire fuir du trottoir à coups de lancers de boulettes de viande, ce n'est pas sans risque.

— Je suis sérieuse, Milly ! reprit-elle. Dans tous les cas, c'est un début, non ? Cibler les restaurants ?

— Oui, ça peut être une bonne idée, sachant qu'en fonction des restaurants, vous pouvez toucher des catégories différentes de personnes. Par exemple, le mercredi midi devant les fast-foods, il y aura beaucoup d'étudiants. Et si on vous jette des nuggets au visage, Daria n'aura aucun mal à intimider vos oppresseurs », plaisantai-je.

Maggie se mit à rire et reprit :

« C'est une très bonne idée, mon ange. J'espère que nous échapperons à ce lancer de cadavres de poussins morts.

— Je vous le souhaite aussi, dis-je en grimaçant. Vous avez pensé à des noms ?

— De mon côté, pas vraiment. Je vais y réfléchir cet après-midi. Tu as mangé ce matin ?

— Non, mais l'image des cadavres de poussins a définitivement coupé mon appétit.

— Oh, Milly, il faut que tu manges. Il faut nourrir ton cerveau, je te l'ai déjà dit. Viens, je vais te préparer quelque chose. »

Elle se leva du canapé et quitta le jardin d'hiver, prenant soin, comme à chaque fois qu'elle entrait ou sortait de cette pièce aux allures de serre tropicale magique avec sa verdure florissante, ses baies vitrées et ses colonnes en marbre, de déployer ses bras pour laisser ses mains frôler les feuillages.

« Comment feras-tu, Milly Davis, quand je ne serai plus là pour te faire à manger ? m'interrogea-t-elle sans se retourner.

— Je demanderai à Clarence, il fait de super toasts banane-beurre de cacahuètes.

— Et tu penses que toi comme Clarence allez vivre ici toute votre vie ?

— Ce n'est pas comme si on était les uns sur les autres.

— Et ton mari, tu crois qu'il acceptera de vivre avec ta grand-mère un peu cinglée et ton frère qui ramène une fille différente tous les soirs ?

— Tu nous surestimes, Clarence et moi, ris-je. Ça voudrait dire qu'un homme accepterait de rester avec moi toute sa vie, et que Clarence est sexy au point de ramener 365 filles différentes.

— Oh, Milly…, soupira-t-elle avec attendrissement. Il s'agirait surtout que tu acceptes de laisser un homme t'approcher. Comment va mon petit Larry, d'ailleurs ?

— Ça va, je lui avais proposé de venir ce soir, mais il travaille.

— Ah oui, quel brave garçon, dit-elle en attrapant dans les placards de l'immense cuisine différents ingrédients pour concocter ce qui me semblait être un pancake salé à la carotte. Et Zach ?

— Quoi Zach ?

— Il était disponible ce soir ?

— Non, mentis-je.

— Bon, eh bien j'imagine que tu vas passer un énième samedi soir avec un groupe de femmes qui, à elles cinq, ont 360 ans.

— J'ai toujours aimé les vieux trucs, tu le sais. »

Je ris de la voir feindre la colère et esquivai le lancer de farine de pois chiches qui arrivait dans ma direction.

Je regagnai ensuite mes appartements, alternant entre le soleil de mon balcon, le moelleux de mon lit et le confort du canapé, écrivant tantôt dans mon journal d'écriture, tantôt dans mon journal intime, reposant un livre, puis reprenant ma lecture. Toujours des mots, rien que des mots.

Les rayons de la *golden hour* s'infiltraient par les grandes baies vitrées de mes appartements lorsque je décidai de me changer, revêtant un short à pinces à carreaux et une blouse en popeline de coton à col Claudine avant de rejoindre mes femmes préférées. Pour une fois, tout le monde était déjà là, Marcella sur le canapé, Maggie dans le fauteuil Emmanuelle, Ulyana dans un siège en forme de main ouverte en velours rose et Daria et Yvonne, debout à se chamailler. Je fis le tour de la table basse pour les saluer tour à tour et compris, grâce aux phrases qu'elles s'assénaient avec véhémence en se pointant du doigt, que Daria avait donné rendez-vous à Yvonne à une fausse adresse. Celle-ci avait visiblement attendu plus d'une demi-heure avant qu'une Daria suffocante n'arrive enfin. Yvonne avait voulu des explications sur cette adresse inhabituelle au milieu de nulle part, sur les trente minutes de retard et sur l'allure essoufflée de Daria qui semblait avoir parcouru plusieurs kilomètres à pied. Daria était restée mystérieuse, répétant avec rigueur : « T'es pas ma mère, ma vieille, t'es pas obligée d'savoir où j'traîne mes fesses ! » J'en conclus donc que Daria avait été occupée à quelque chose qu'elle voulait garder pour elle, ce qu'Yvonne n'admettait pas (ou peut-être l'aurait-elle accepté sans les trente minutes de retard qu'elle avait passé dans sa voiture verrouillée devant un salon de massage thaïlandais calfeutré par d'épais rideaux noirs et d'où sortaient des hommes, sans doute pas venus pour un massage de réflexologie plantaire). Je pris place sur un des accoudoirs du canapé où était bien ancrée Marcella et fus arrachée à ma contemplation par le son strident d'un sifflet.

« Un peu de calme, merci, conclut Maggie en rangeant son sifflet à l'intérieur de sa combinaison. Je me suis dit que nous aurions besoin d'annoncer des temps morts, et j'ai eu raison.

— Quelqu'un a dit quelque chose ? hurla Marcella.

— Très bien, comme indiqué dans le compte-rendu que je vous ai fait parvenir à la fin de la séance précédente, nous devons remplir différents objectifs, notamment trouver la cible sur laquelle porteront nos actions et régler diverses questions d'identité.

— J'ai pas d'papiers d'identité moi », fit Daria en reniflant bruyamment.

Yvonne manqua de s'étouffer avec son jus de légumes.

« Qu'est-ce que tu viens de dire ?

— J'ai pô d'papiers d'identité, t'es bouchée comme Marcella ou quoi ? répéta-t-elle en riant.

— Oui, Marcella, présente ! fit celle-ci en levant la main comme si Maggie était en train de faire l'appel.

— Tu veux dire que depuis trois ans que je te harcèle pour refaire ta carte d'identité, tu es sans papiers ? » s'égosilla Yvonne.

S'ensuivit une nouvelle querelle entre les deux femmes, Daria croisant les bras et évitant le regard d'Yvonne qui semblait prête à lui bondir dessus. Un nouveau coup de sifflet mit fin à leur altercation.

« Hum, j'ai quelque chose à dire avant de commencer la réunion, annonça Ulyana. Milly, *dragatsennaïa,* j'ai discuté avec Vadim et celui-ci serait ravi de passer la soirée avec toi. Je te laisse ses coordonnées afin que tu l'appelles, d'accord ? Ça me ferait très plaisir, tu sais, d'avoir des arrière-petits-enfants avant que je ne trépasse, et…

— Ulyana, évite ton chantage affectif morbide avec l'utérus de ma petite-fille, je te prie, intervint Maggie.

— Toujours est-il, reprit Ulyana en ignorant Maggie, que je serais vraiment enchantée que tu essayes. Ça ne te coûtera rien et…

— Ulyana, interféra à nouveau ma grand-mère. La seule chose qu'il coûtera à ma petite-fille est d'être anxieuse face à un inconnu et une vieille femme qui la pousse à procréer.

— Tu ne viendras pas m'emprunter mon arrière-petit-fils par envie maternelle alors…, ponctua-t-elle en relevant la tête avec fierté.

— Oh, ça non ! s'emporta Maggie. J'aurais trop peur de croiser ton époux mafieux en train de… »

Un sifflement strident émis par Daria, les deux doigts dans la bouche, mit fin à cette énième dispute. Elle ne s'arrêta que lorsqu'elle fut à bout de souffle.

« C'est plutôt marrant, railla-t-elle.

— Bon, reprit Yvonne, on s'y met ? »

Les cinq femmes, leur cocktail de jus de légumes en main, échangèrent leurs idées et leurs objectifs pour le club avec calme et sérieux, ce qui était assez exceptionnel pour être souligné. Maggie proposa donc la cible des restaurants – Ulyana et Yvonne en étaient arrivées à la même conclusion. Daria, quant à elle, après s'être fait réprimander plus d'une fois pour avoir voulu à nouveau contester l'interdiction de fumer, proposa d'aller « mettre l'feu aux bouch'ries ». Nous eûmes le droit à plusieurs minutes d'anecdotes sur les méthodes qu'ils utilisaient avec son groupe d'amis anarchistes à l'époque où, disait-elle, elle avait encore « d'sacrés chicots », ce qui me semblait appartenir à ses plus jeunes années.

« Très bien, nous avons défini la cible. Maintenant, il faut trouver le nom. Des idées ? »

Silence dans l'assemblée.

« Bon, nous y reviendrons plus tard… Des idées de slogans ?

— "Mangez des légumes, n'en devenez pas un !", lança fièrement Daria.

— J'aime bien ! dit Maggie avec un tintement de surprise dans la voix, pour une fois que Daria ne dépassait pas les limites.

— Oui, et puis ça ferait partie de notre image, reprit Yvonne. On pourrait attirer des retraités et toutes ces personnes qui se sont résolues à attendre la mort et à penser qu'elles ne pouvaient plus rien accomplir.

— "Arrêtez de végéter, aidez-nous à végétaliser", énonça Ulyana.

— Pas mal ! s'écria Maggie avec enthousiasme en prenant soin de tout consigner par écrit. On pourrait faire de notre âge notre force. Pourquoi pas "Planète 360" pour le nom ?

— 360 ? Pourquoi cela ? demanda Yvonne.

— Nous avons, à nous toutes, 360 ans.

— Oui et puis, intervint Ulyana, 360 ça fait un peu 360°, le tour de la planète.

— Ah oui ! Parfait !

— Vous devriez mettre “Earth” plutôt que “Planète”, dis-je. “Earth” a, déjà, une dimension plus internationale, et en plus, “Planète” fait trop astronomique. “Earth”, ça évoque tout de suite l’écologie.

— Earth 360…, laissa résonner Maggie en réfléchissant. J’adore ! s’écria-t-elle. Et vous les filles ?

— Ouais, c’pô mal, répondit Daria.

— Daria, cigarette, gronda Yvonne. C’est génial ce nom !

— Je vais demander à Vadim de nous faire un site internet, earth360.com, ça en jette ! Milly, *dragatsennaïa,* tu pourrais peut-être voir avec lui et gérer la partie informatique pour nous aider…

— Ulyana, arrête de harceler ma petite-fille ! »

C’était reparti pour un tour.

Compte-rendu de réunion de l'association en cours de création du samedi 12 septembre

Les avancées :

- *nom du club : Earth 360 ;*
- *divers slogans : « Mangez des légumes, n'en devenez pas un ! » ; « Arrêtez de végéter, aidez-nous à végétaliser »...*
- *cible déterminée : les restaurants.*

Les prochains objectifs :

- *avoir un site internet ;*
- *trouver des goodies écologiques ;*
- *trouver une tenue qui flatterait les silhouettes de chacune pour mener nos actions ;*
- *déterminer des restaurants problématiques et stratégiques.*

Plus rien n'étant à l'ordre du jour, la séance est levée.

13

La semaine défila à toute allure et une routine rassurante et confortable s'installa. Tantôt Zach, tantôt Larry venait me chercher pour aller à la faculté. Nous enchaînions les cours avec plus ou moins d'enthousiasme en fonction du professeur qui le dispensait, puis nous prenions notre pause déjeuner tous ensemble, discutions de banalités, et retournions en cours. Seuls mes instants au salon de thé avec Larry m'apportaient une chaleur amicale. Hisaé avait eu vent du retour de mes parents et de Clarence et semblait retrouver pour moi un regain de sympathie qui était loin d'être désintéressé. Elle avait même réussi à s'incruster dans nos tête-à-tête avec Larry, attisant mon agacement, mais satisfaisant visiblement ce dernier.

Larry, d'ailleurs, était parvenu à arrêter ses choix d'options après un rendez-vous sollicité auprès des Prs. Burton et Webster. Il s'était rendu au bureau 342 et avait longuement discuté de son orientation avec le Pr. Burton. Celui-ci avait finalement appelé Glenn Webster et, ensemble, ils avaient déterminé parmi toutes les options qui s'offraient à lui celles qui correspondraient le mieux à un archéologue en herbe. Larry m'avait raconté tout cela autour d'un thé lapsang souchong très fumé. Comme à chaque fois que quelqu'un lui tendait la main, Larry était à la fois comblé et mal à l'aise. Il me rapporta que les Prs. Burton et Webster avaient fait leur cursus universitaire ensemble. Ils étaient de très bons amis. Alphard Burton avait été boursier toute sa vie, né au sein d'une si grande fratrie que les parents ne pouvaient légitimement pas subvenir aux frais universitaires de tous. Il comprenait Larry et ne se retenait pas de lui manifester soutien et affection. Larry était resté plusieurs heures dans le bureau 342 qu'il me décrivit comme étant un espace minuscule, une sorte de capsule temporelle qui serait demeurée inchangée depuis un siècle, qui sentait le cuir vieilli et les livres poussiéreux.

Je n'étais toujours pas allée voir le Pr. Burton. Bien que j'éprouve, comme tous les autres étudiants suivant son cours, une sympathie particulière pour lui, ma timidité me bloquait, et j'éludais la question à chaque fois que Larry m'interrogeait à ce sujet, me disant d'ailleurs que, lors de son entrevue, Alphard Burton lui avait demandé si son « amie Daisy » viendrait le voir bientôt. Larry me questionna sur ce nouveau prénom qui m'avait été attribué et je lui répondis par un haussement d'épaules. Je n'avais jamais été l'élève qu'on remarquait, l'enfant brillante et conquérante qui lève le bras à chaque question et fait rire l'auditoire entier. Qu'on se trompe sur mon prénom n'était pas une surprise.

Le jeudi après les cours, Zach proposa de me ramener. Mes parents étant fraîchement rentrés de leur voyage d'affaires avec Clarence, j'avais refusé un *teatime* avec Larry pour les retrouver au plus vite.

« Alors, heureuse de retrouver tes parents ? me demanda Zach après que l'on eut échangé quelques mots concernant la fac et mon option d'histoire de l'art qui me passionnait.

— Oui, j'ai super hâte ! Ils doivent rester normalement deux semaines avant de repartir, je vais en profiter un maximum.

— Ça ne doit pas être simple d'être toute seule chez toi. Votre maison est immense, tu ne dois pas être rassurée la nuit…

— Maggie est là ! Et puis on a du personnel de maison en permanence.

— Oui enfin, tu vois ce que je veux dire, Milly.

— Mmh non pas vraiment, à vrai dire, répondis-je avec franchise.

— Ce que je veux dire, c'est que tu pourrais avoir envie de t'endormir avec quelqu'un, parfois…

— Oh… »

J'observai Zach et ses joues en train de rosir. On y était. Zach allait mettre un pied dans le puits de gêne que j'évitais depuis les vacances d'été…

« Écoute, Milly. Je ne sais pas comment aborder le sujet avec toi. J'ai l'impression que tu fuis à chaque fois que je veux te parler de nous deux, et…

— De nous deux ? le coupai-je, un peu surprise de voir que nous formions d'ores et déjà un pronom unique dans son esprit.

— Milly, on s'est vus chaque semaine cet été, et quand j'ai essayé de t'embrasser tu t'es dérobée. Je sais que tu es timide, et pas vraiment expansive, mais j'aimerais au moins savoir si je vais dans la bonne direction avec toi, tu comprends ? Tu n'as plus dix-huit ans, tu t'approches de ta vingt-cinquième année, et j'ai l'impression que tu…

— Ça n'a rien à voir avec l'âge, intervins-je sèchement, toujours agacée que l'on utilise ce critère à chaque fois que l'on voulait critiquer ma manière d'être. Je suis occupée en ce moment, et…

— Et quoi, Milly ? Qu'est-ce que c'était, cet été ? Nos rendez-vous, nos balades ? Ça n'était rien du tout pour toi ? Est-ce qu'il se passe quelque chose avec Larry ?

— Mon Dieu, écoute Zach, dis-je en frottant mes mains sur mon visage pour dissimuler ma gêne. Ce n'est ni une question d'âge, ni une histoire de liaison cachée avec Larry, c'est juste que…

— C'est juste que quoi, Milly ? »

Il gara la voiture devant chez moi et se tourna face à moi avec une impatience que je ne lui connaissais pas. Il était agacé, je le sentais, et je voyais ressortir sur l'une de ses tempes une veine sous tension.

« Milly, je ne vais pas y aller par quatre chemins, j'ai envie de sortir avec toi. Tu es passionnante, tellement différente de toutes les autres femmes que j'ai pu rencontrer. Tu es drôle, à ta manière, certes, mais je peux passer des heures à t'écouter. Tout ce que tu pourras me dire n'aura aucune incidence sur ce que je pense de toi. Je sais que tu es casanière, que tu es sauvage aussi, que tu as tes projets et tes passions qui ont une place considérable. Je sais que tu as besoin de ta solitude, et je fais ce que je peux pour te laisser l'espace que tu souhaites et quand tu le souhaites. Je ne me mettrai jamais en travers de tes ambitions, et tout ce que je veux, c'est être là à te tenir la main. Alors oui, Milly, effectivement, ce n'est ni une question d'âge ni une question de moment. La seule question à laquelle je te demande de réfléchir, et de m'apporter une réponse, c'est si je te plais, et si tu accepterais de t'ouvrir un peu à moi. Enfin, sans mauvais jeu de mots…, se reprit-il en se rendant compte de sa maladresse, ce qui me fit sortir de ma prostration et lâcher un petit rire. S'il te plaît, Milly, enchaîna-t-il avec douceur en recouvrant ma joue de sa main, réfléchis-y, d'accord ? Je veux bien être patient, mais je veux savoir si ça vaut le coup que je le sois. »

Il se pencha vers moi et approcha mon visage du sien, me déposant un léger baiser au coin des lèvres. Je sortis de la voiture, lui adressant un dernier coup d'œil auquel il répondit par un regard triste et attendri. En traversant les jardins, je tentai de remettre en ordre les derniers instants qui venaient de s'écouler. Zach venait de me faire une déclaration en bonne et due forme, et plutôt bien menée, si je pouvais me permettre une critique sur ce monologue. Je me sentais à la fois bête et honteuse. Dire que je n'avais pas remarqué que je lui plaisais aurait été un piètre mensonge, mais il m'avait toujours semblé qu'il s'agissait presque d'un jeu, pour lui. Zach était pour moi le capitaine de l'équipe de foot, et je n'étais que l'étudiante réservée cachée dans la bibliothèque à qui il adressait un sourire occasionnellement pour tester l'universalité de son pouvoir de séduction. Je n'avais jamais envisagé qu'il nourrissait des sentiments plus profonds. J'avais été une complète idiote en ne voyant pas ses attentions, et pourtant c'était vrai. Cet été, nous nous étions vus pratiquement chaque semaine. Au début, j'avais été entièrement poussée par Maggie et mes parents qui voulaient que je sorte un peu de mes appartements. Puis j'y avais pris goût. Zach était drôle, d'un humour moins subtil que celui que j'affectionnais, mais il savait comment me faire rire et faisait tout pour me voir sourire. Je me rendis alors compte de tout ce qu'il avait fait pour moi, de sa patience, de sa douceur, et l'image de son visage rayonnant s'instilla dans mon esprit.

J'avais à peine posé un pied à l'intérieur de la maison que j'entendais déjà l'animation qui y régnait. Dans la cour, le combi vintage de Willa et Eddy détonnait à côté des berlines luxueuses de Clarence et de mes parents. Je retrouvai ma famille au complet, installée dans le jardin d'hiver où toutes les portes vitrées avaient été ouvertes, les longs rideaux de lin blanc flottant dans l'air. C'était l'image du bonheur à l'état pur. Ma mère était allongée sur l'un des canapés en rotin, les jambes étendues sur mon père qui était occupé à lui masser les mollets. Willa était assise sur un sofa en face d'eux, la main d'Eddy vissée sur son ventre arrondi. Maggie, avec sa longue tunique en gaze de coton rose fuchsia et ses boucles d'oreilles aux multiples perles scintillantes qui produisaient un tintement mélodieux à chacun de ses mouvements, était perchée sur l'accoudoir du canapé comme un perroquet tandis que Clarence était avachi dans un fauteuil, les jambes écartées, tapotant sur son téléphone tout en taquinant Willa sur le fait que la fermentation commençait à lui donner de sacrés gaz qui lui déformaient le ventre.

Je franchis le seuil et tout le monde s'arrêta pour me saluer. Ma mère vint à moi et me serra dans ses bras. Je me calfeutrai dans cette étreinte, la tête enfouie dans ses cheveux. Rien n'était plus rassurant que l'odeur de ma mère. Mon père me prit à son tour dans ses bras. C'était une étreinte différente. Plus englobante, moins anguleuse, un peu plus rêche, aussi, du fait de sa barbe épaisse, mais tout aussi réconfortante. Clarence me souleva du sol comme si j'étais toujours une petite fille et me taquina, comme à chaque fois, en me frottant les cheveux. « Mais tu ES une petite fille, Milly Davis. »

Comme à chaque voyage, mes parents nous avaient rapporté des souvenirs. J'aimais toujours quand ils revenaient des pays d'Asie, car ils étaient riches et novateurs en matière de papeterie. Tout était beau, délicat et mignon, et ce voyage-ci n'échappa pas à la règle. Mes parents m'avaient rapporté un set de correspondance avec du papier à lettre et des enveloppes sur le thème des fleurs de cerisier. Ils avaient rapporté à Willa et Eddy un service à thé pour leur emménagement. Willa protesta que cela ne servait à rien de faire autant de kilomètres en avion et de laisser une empreinte carbone considérable en créant du déchet avec un service à thé qu'elle aurait pu aisément chiner en seconde main, mais ma mère mit fin à ses protestations en déclarant : « Willa chérie, il est hors de question que je boive mon thé chez toi dans tes bols en noix de coco. » Il y avait quelque temps, Willa avait trouvé derrière la boutique d'un primeur une benne remplie de fruits et légumes. Révoltée par tant de gaspillage, elle les avait récupérés et leur avait donné une seconde vie. J'aimais beaucoup les petites actions que menait Willa au quotidien, mais la perspective de boire un thé dans une vieille noix de coco en décomposition me séduisait un peu moins – même si, disait-elle, ce n'était que de la fermentation.

Nous prîmes le thé tous ensemble en écoutant leur récit de voyage. Mes parents ne parlaient jamais de *business*, comme ils disaient. Et c'était sans doute le grand secret de leur mariage, laisser le professionnel au seuil de la maison. Nous n'étions jamais au courant des *deal* ou des *gentlemen agreement* qu'ils concluaient, et cela nous allait très bien. Clarence avait un peu de mal à se plier à cette règle. À mesure que nos parents évoquaient leur future retraite, Clarence étudiait le projet de restructuration des deux entreprises dans l'optique de les rassembler afin d'unifier le patrimoine familial. C'était pour lui un travail haletant, car si mes parents n'émettaient que peu de réticences à cette idée, SEW TAYLOR CO et DAVIS INDUSTRIES employaient chacun de nombreux membres des deux familles respectives. Bien que l'amour de mes parents ait été accepté par la majorité, beaucoup de rancœur demeurait dans cette alliance pour certains – surtout des vieux oncles éloignés dont les discours sulfureux faisaient que nous avions honte d'admettre l'existence de liens de parenté – et les négociations étaient souvent périlleuses lors des conseils d'administration. Clarence éprouvait le besoin d'en parler, et ses tentatives étaient souvent avortées par mes parents. Ma mère pinçait ses lèvres, ce qui faisait apparaître les petites ridules autour de sa bouche, et mon père fronçait les sourcils en proférant un « hum hum » pour arrêter Clarence. Ainsi, nous échappions souvent à toutes les approches chiffrées, tous les descriptifs ennuyeux des protocoles de fusion ou d'apports partiels d'actifs, et Maggie, Willa et moi en étions ravies.

Avec Maggie, nous racontâmes ensuite les dernières péripéties de notre quotidien, et je n'avais aucune honte à admettre que celui de ma grand-mère était beaucoup plus palpitant que le mien. Elle évoqua les avancées de son club, et mon père la regarda avec une affection particulière, celle qui disait : « Je ne suis pas persuadé qu'Earth 360 changera la face du monde, mais j'agirai comme si tel était le cas, car tu en as besoin. » L'amour éternel d'un fils face à une mère qui cherche à étirer les années de vie.

Quant à moi, j'évoquai ma rentrée, brièvement. Il m'était difficile de m'exprimer quand tout un auditoire m'observait, bien qu'il s'agisse de ma famille. Parfois, les mots butaient pour sortir de ma bouche, préférant la vaste plaine de mon cerveau où le répondant était inexistant. Je parlais de mes choix d'options, du voyage en Écosse à venir pour lequel j'hésitais encore, de la présélection du cursus « histoire de l'art » que j'appréciais particulièrement pour l'étude des peintres du XIXe siècle et des courants artistiques en Angleterre qui m'ancraient un peu plus dans le quotidien d'Isadorah.

Nous avions passé plusieurs heures autour de la table basse en rotin du jardin d'hiver sur laquelle s'amoncelaient des rouleaux de printemps réalisés par Maggie. Je tentais de photographier cet instant, de garder en mémoire l'image d'un bonheur familial que je savais précieux.

Je saluai tout le monde et remontai dans ma chambre. Il était minuit passé. Je pris mon ordinateur et parcourus les dates importantes du jour, une activité de personne âgée selon Clarence, mais j'adorais voir ce qui avait bien pu se passer à la même date l'année, le siècle précédent, voire 300 ou 500 ans plus tôt.

Nous étions le vendredi 18 septembre et je lus que le 18 septembre 1809, à Londres, ouvrait le Royal Opera House après la reconstruction du théâtre de Covent Garden, inaugurant la beauté du lieu par une représentation de *Macbeth*.

Il était temps pour moi de rejoindre Isadorah.

Journal d'écriture

Les espérances des femmes Templeton

Deuxième décennie : 1806 - 1816

Nous retrouvons Isadorah. Elle a bientôt 13 ans, nous sommes en 1809.

Elle échange de nombreuses lettres avec son amie Pippa, et s'enquiert de l'effervescence londonienne. Elle n'a pas oublié ces moments d'émerveillement vécus au sein de la demeure Warwick, à Londres.

Isadorah se rend compte qu'elle ne sera heureuse que dans cette vie de création, cette émulation artistique qu'elle a effleurée au sein de Londres. Elle ne peut se contenter de sa campagne anglaise et se languit de ces instants vécus.

Isadorah lutte contre sa propre nature et tente de devenir celle qu'on attend qu'elle soit. Elle s'attelle à tous les talents d'agrément exigés d'une jeune fille de bonne famille : l'aquarelle, la bro-

derie et le chant qu'elle allie désormais au piano. Isadorah commence à composer ses propres morceaux.

Pour son anniversaire, les Warwick la convient à Londres pour assister à une représentation de Macbeth *à l'occasion de l'inauguration du second théâtre de Covent Garden, en 1809.*

Les Warwick lui offrent des ouvrages qui l'initient à la beauté du théâtre. Elle s'intéresse désormais à l'opéra, et souhaite en composer un, découvrant que si cet art était très développé en France et en Italie, aucune école d'opéra n'existait encore en Angleterre.

Les Warwick encouragent sa virtuosité et lui font rencontrer Sarah Siddons, une grande actrice, fille d'un acteur et gérant d'une compagnie théâtrale itinérante ; elle avait notamment interprété Lady Macbeth.

Isadorah renaît à la suite de cette entrevue. Jamais n'aurait-elle imaginé qu'une femme puisse vivre de son art ; elle ne comprend pas que Sarah Siddons puisse, grâce à son métier d'actrice, partir en tournée en province et se donner en représentation devant des hommes quand la gent féminine, sa mère, ses sœurs ou elle-même, n'est même pas autorisée à rire trop fort.

Elle est bouleversée par cette rencontre, autant par l'infini des possibles qui s'offre à elle et l'enrichissement de sa culture artistique et musicale que par l'injustice de la naissance. Oui, si Isadorah était née d'un père musicien, elle aurait déjà un nom à

Londres, elle le sait. Les gens prononceraient le nom d'Isadorah Templeton avec admiration.

Dans une lettre à Ferguson où elle lui raconte tout cela, elle écrit : « J'aurais souhaité ne pas être la fille de Père, mais ainsi n'aurais-je point été la sœur de Ferguson, et si je ne vis que pour être mélodie, un monde sans vous, mon cher, est un monde muet. »

Sarah Siddons se prend d'affection pour cette jeune fille de treize ans au caractère déjà bien affirmé. Elle voit en elle les contours d'une femme qui marquera son temps. Elle lui offre le texte d'une pièce de théâtre qui a fait sa renommée, celle de Thomas Southerne, Isabella ; or The Fatal Marriage, *une tragi-comédie féminine. Il est question d'une femme qui, convaincue que son époux bien-aimé est mort depuis des années, finit par se remarier. Seulement, le jour suivant la consommation de sa nouvelle alliance, elle apprend que son premier mari est vivant. Elle s'enfonce dans la torpeur et connaît la folie pour s'être rendue coupable de bigamie. C'est l'histoire d'une femme brisée, subissant la colère et la traîtrise des hommes de la famille de son premier époux.*

Pour Isadorah, c'est une découverte. Elle, qui pensait que la littérature n'était que contemplation et brèves expansions sentimentales, découvre un art qui transforme la pensée intellectuelle en réaction physique. Devant le destin cruel et pathétique d'Isabella, Isadorah rit, pleure, s'insurge.

Lors de ses derniers instants à Londres, chez les Warwick, Isadorah fait la rencontre d'un jeune homme, un cousin éloigné de Pippa, Lord Alfred Nellis, de cinq ans son aîné. Le jeune homme lui manifeste rapidement des égards.

Isadorah commence à comprendre les relations hommes-femmes. Elle découvre ce que cela fait d'être l'objet de convoitises et, malgré son jeune âge, devine certaines intentions masculines.

Lorsque Isadorah rentre de Londres, son père est épouvanté par les recueils qu'elle a rapportés. Il menace de les brûler, si bien qu'Isadorah se retrouve à nouveau en confrontation avec ce dernier. Il décide de l'envoyer dans un pensionnat pour jeunes filles où, d'après lui, elle apprendra les convenances.

Ses sœurs sont horrifiées, ainsi que sa mère, les conditions sanitaires étant déplorables à l'intérieur de ces pensionnats. Sa mère supplie son époux de ne pas imposer cela à sa fille bien-aimée, alléguant que la fille de son amie Mary Gainsborough est morte du typhus dans un établissement similaire.

Mais le père, dans sa cruauté et son pouvoir tout-puissant dans une maison peuplée de filles, ne revient pas sur sa décision. Isadorah doit quitter sa chambre et ses sœurs. Sa tristesse est aussi grande que sa colère envers son père. Elle cache, sous les lattes de bois dissimulées par sa malle, les ouvrages rapportés de Londres et les lettres de Pippa et de Sarah Siddons.

Elle part au pensionnat.

14

Je me réveillai le lendemain matin, ravie de l'avancement de mon scénario. J'étais surprise de voir à quel point deux romans pouvaient être différents, comme l'un s'était imposé à moi d'un coup d'un seul, me faisant prendre la plume pour livrer mon premier jet sans plan préalable, et comme l'autre s'instillait en moi à la manière d'une projection. J'avais l'impression d'être le journal d'Isadorah, de retranscrire, petit à petit, les différents pans de son histoire, au rythme de son bon vouloir. Il y avait, dans l'écriture, quelque chose qui tenait de la schizophrénie, et cela me fascinait. Je griffonnai sur mon journal d'écriture les différents éléments de recherche qui s'étaient rajoutés, la vie de Sarah Siddons, les représentations d'opéra et de théâtre de l'époque… Cette plongée historique me captivait, et je me félicitais d'avoir choisi l'option histoire de l'art afin d'épancher ma soif de connaissances. Je me rendis compte qu'il devenait nécessaire que j'aille voir le Pr. Burton avant que ma liste devienne aussi longue que mon roman lui-même. Cette certitude m'enchantait et me terrifiait, et je tentais de me rassurer en repensant à la gentillesse avec laquelle il avait discuté avec moi.

J'enfilai une jupe à bretelles pied-de-poule noir et blanc, ajustai le col de ma chemise, me chaussai d'une paire de babies noires à talons et me coiffai d'un béret.

Mes parents étaient dans la petite salle à manger où nous prenions nos déjeuners et repas informels ; ils roucoulaient, collés l'un à l'autre, buvant leur café tout en lisant le même journal. Clarence était déjà en costume noir, le téléphone greffé à la main.

« Milly, chérie, dit ma mère en se levant pour m'enlacer. Tu as bien dormi ?

— Bonjour, ma chérie, me salua mon père à son tour en déposant un baiser sur le haut de mon crâne.

— Salut, Oliver Twist, prête à aller ramoner des cheminées ? me lança Clarence sans relever la tête de son téléphone.

— Tu ne confonds pas avec Bert le ramoneur dans *Mary Poppins* ?

— Même délire, Oliver !

— Laisse-le dire, reprit ma mère en ajustant le col de ma chemise. Tu es très belle, comme toujours. »

Elle déposa un baiser sur mon front et me fit signe de m'asseoir auprès d'elle. Je pris mon petit-déjeuner en leur compagnie. Mes parents étaient des individus mystérieux, capables d'être solaires, souriants et bavards dès le réveil – une caractéristique qui n'avait été transmise à aucune de leur progéniture.

« Où est grand-mère ? demanda Clarence.

— Elle fait une sorte de jeûne intermittent, dis-je en avalant une bouchée de brioche, préalablement tartinée de beurre de cacahuètes et de confiture.

— Intermittent ? Un truc de saltimbanque ?

— Très drôle, Bachelor. Elle ne mange pas pendant plusieurs heures, du coup le matin elle fait son yoga avant de prendre son jus de légumes.

— Ah, notre Margaret, dit ma mère avec affection, si elle n'existait pas, il faudrait l'inventer. »

Mon téléphone sonna.

« Zach m'appelle, il doit être devant. Je file, à ce soir !

— Tu comptes passer ton permis un jour, petite sœur ? demanda Clarence.

— Pas tant que tu seras là pour me conduire, répondis-je en lui lançant ma serviette au visage.

— Au fait, si Zach veut venir samedi dîner avec nous…

— À plus tard, maman ! »

Zach m'attendait devant le portail, la mine enjouée et bienheureuse, sans aucun signe de rancœur à mon égard. J'avais redouté le moment où je le reverrais depuis notre dernière conversation, et j'étais heureuse de constater que certaines personnes avaient des caractères plus faciles que le mien. Zach en faisait partie. Je remarquai ses boucles encore humides reposer sur un côté de son front. Il portait une chemise bleu clair qui mettait en valeur son teint légèrement hâlé. Ses manches retroussées laissaient apparaître ses avant-bras musclés et ciselés de veines saillantes. J'oubliais parfois qu'il était mignon.

Jenna était à l'arrière, toujours énervée d'être relayée au second plan par son amour de toujours. Était-il totalement aveugle ou n'avait-il pas conscience de l'amour qu'elle lui portait et des efforts qu'elle déployait pour qu'il la remarque ? Peut-être qu'il ressentait la même chose à mon égard.

Hisaé me sauta au cou quand nous les rejoignîmes dans l'amphithéâtre. Elle était surexcitée, m'interrogeant, tout naturellement, sur le déroulement exact de ma soirée. « Comment allait Clarence ? Bien ? Ah, super ! Tu sais s'il a rencontré quelqu'un là-bas ? Personne ? Ah, tu ne sais pas ? Bon, si c'était significatif, tu serais au courant, hein ! Tu me le dirais, n'est-ce pas ? Super, je sais que je peux compter sur toi Milly. Enfin, tu sais bien, nous sommes amies depuis si longtemps que j'aime savoir ce que devient ta famille. Ça fait des semaines que je ne les ai pas vus… Si seulement je pouvais passer une soirée avec eux… Et sinon, il t'a dit quoi ? Ah ? Et ensuite, il t'a dit quoi ? » Le début du cours de latin ne la fit pas taire, ce qui finit par agacer Larry qui lui demanda d'arrêter, tant pour le bruit que pour la répétition du nom de mon frère qui excédait les soixante-dix fois à la minute.

Après la pause du déjeuner, nous avions une heure de vide dans notre emploi du temps et nous décidâmes d'aller étudier dans la bibliothèque universitaire. C'était la première fois de l'année que nous nous rendions à l'observatoire. Comme nous nous rapprochions, traversant les jardins de l'université, la coupole devenait de plus en plus imposante, et je restai muette à la vue de cette cloche d'un autre temps qui perçait les nuages. L'intérieur de la bibliothèque rivalisait de splendeur. Organisée en forme de cercle, elle était composée d'une partie centrale qui se trouvait sous la coupole. Les multiples piliers et les puits de lumière conféraient à l'ensemble un aspect presque onirique. Cette pièce principale, véritable cœur du bâtiment, était percée de nombreuses artères, des couloirs infinis qui menaient à des salles d'étude, des sections subdivisées selon les époques, les matières et les types d'ouvrages. Une fourmilière, un puits de connaissances dont le calme olympien m'intimidait.

Nous nous perdîmes légèrement dans les différents embranchements puis nous trouvâmes enfin une salle dans laquelle nous installer – Larry avait repéré un groupe d'étudiants de notre promotion ayant visiblement trouvé un plan pour se déplacer dans ce labyrinthe. Nous débouchâmes dans une salle entièrement sculptée dans le bois, un long rectangle au bout duquel la lumière perçait par une immense fenêtre de style gothique. Les murs étaient entièrement recouverts de livres, et de petits escaliers en bois permettaient d'accéder à différents balcons et mezzanines. Au milieu de la pièce étaient disposées de longues tables en bois vers lesquelles nous avançâmes avec précaution, veillant à ce que nos pas ne résonnent pas trop sur le sol en pierre. Il régnait dans cette pièce un calme solennel, une odeur de bois usé par le temps et une chaleur, une émulation intellectuelle silencieuse.

Nous nous attelâmes à nos devoirs de latin et aux nombreux exercices de mise en application des déclinaisons latines. Une silhouette se rapprocha de notre table et j'entendis Larry murmurer :

« Bonjour, professeur Burton, vous allez bien ?

— Bonjour Larry, chuchota-t-il à son tour. Je vais bien, merci, et vous ? Je vois que vous êtes tous très studieux, ou alors particulièrement doués pour donner l'impression d'être des élèves appliqués. Mademoiselle Mill, ça tombe bien, je voulais vous voir. Pourriez-vous venir avec moi ? Vous avez le temps ? »

Je parcourus la table du regard à la recherche d'une fille qui se serait insérée dans notre groupe sans que je m'en aperçoive, mais le Pr. Burton semblait s'adresser à moi. Je finis par me tourner vers lui pour lui demander :

« C'est à moi que vous voulez parler ?

— Oui, à qui d'autre ? » rit-il en silence.

Mes comparses me regardèrent avec curiosité et je leur répondis silencieusement par un coup d'œil chargé d'incompréhension tout en rangeant mes affaires dans mon sac. Je suivis le Pr. Burton qui se déplaçait dans ce labyrinthe sans mal, comme s'il y vivait depuis toujours. Il portait un épais cardigan gris, légèrement trop grand pour lui, un peu usé, bouloché à plusieurs endroits, par-dessus une chemise et une cravate en laine. Il s'arrêta devant une petite porte en bois à laquelle il frappa, tendit l'oreille dans l'attente d'une éventuelle réponse qui n'arriva pas, et appuya vigoureusement sur la poignée avant de m'inviter à entrer. C'était une petite pièce, une sorte de salle d'étude pour un groupe restreint. Plusieurs tables avaient été rassemblées au centre de celle-ci pour former un carré. Il tira une chaise et m'invita à m'asseoir.

« Mademoiselle Mill, finit-il par dire, je suis content d'être tombé sur vous par hasard. Je craignais que mes cours aient fini de vous décourager et que vous ne souhaitiez plus avoir affaire à votre professeur d'archivistique.

— Oh, non pas du tout, mais…

— Je plaisante, Daisy, me coupa-t-il d'un sourire chaleureux. Vous permettez que je vous appelle Daisy ? J'ai pris cette liberté avec Larry et je ne veux pas que vous me trouviez déplacé.

— Vous pouvez m'appeler Daisy, oui. Mais en réalité, je m'appelle Milly. Milly Davis.

— Tiens donc ! dit-il avec surprise. Vous semblez pourtant être une Daisy Mill.

— Dans ce cas, vous êtes très mauvais en anagramme, car il manque une lettre, répondis-je, amusée.

— C'est vrai, vous êtes bien meilleure pour manier les mots que moi. Vous êtes donc Daisy V. Mill. J'ai casé toutes les lettres cette fois-ci ?

— Effectivement, mais c'est de la triche.

— Je le concède volontiers, répondit-il en m'adressant un sourire chaleureux. Pour ma défense, c'était une anagramme cérébrale et inconsciente. Je ne me suis pas entraîné sur un bout de papier. Le résultat n'était pas si mal. Je vous défie de faire pareil.

— Très bien, dis-je avec malice, comment vous appelez-vous ?

— Alphard Burton.

— Vous serez donc Rudolf Banart, dis-je au bout de quelques secondes.

— Rudolf Banart, s'amusa-t-il. Suis-je un mathématicien allemand employé par le troisième Reich ? plaisanta-t-il.

— À vous d'écrire l'histoire de votre personnage. »

Je m'étonnais de me voir rire avec le Pr. Burton. Il avait le don de mettre à l'aise quiconque s'adressait à lui. Il riait facilement, et sa sympathie était communicative. Je me rendis compte que, bien que j'ignore la raison de ma présence ici, j'appréciais chaque instant en sa compagnie.

« Je pensais qu'écrire des histoires était plutôt votre rayon. Mon rôle est seulement de les archiver. »

Je ne trouvais rien à répondre à cela et le regardais avec un sourire redevenu timide.

« Vous devinerez aisément que je ne vous ai pas arrachée à vos devoirs uniquement pour faire des anagrammes, même si j'avoue non sans jalousie que vous êtes impressionnante à ce jeu-là. J'ai acheté votre roman.

— Oh…

— Ne rougissez pas, dit-il avec douceur. Je n'ai jamais vu un auteur best-seller placé en avant dans toutes les librairies de la ville être aussi mal à l'aise à l'idée de parler de son œuvre.

— Vous discutez avec beaucoup d'auteurs best-sellers ?

— Non, rit-il. Vous êtes sans précédent. »

Il formula cela d'un ton péremptoire, avec un sérieux qui lui était inhabituel, comme s'il venait d'énoncer une vérité universelle. J'observai ses yeux et leur lueur, son nez qui aurait paru démesuré sur quiconque, mais qui parachevait son visage hors du temps. Rien, chez lui, ne remplissait les cases de la beauté conventionnelle d'un homme, mais il émanait de sa personne un charme certain.

« J'ai lu votre roman et cela ne tient qu'à moi, mais je trouve qu'il mérite grandement son succès. »

Je répondis simplement par un sourire timide.

« Il est extrêmement étayé dans la recherche historique, dans les détails. Sans parler de la richesse narrative, j'ai été impressionné par l'immersion qu'il offrait. J'ai vraiment été préoccupé par la vie d'Isadorah, et je dois avouer avoir dû décliner quelques invitations pour consacrer mes soirées à cette enfant. Je vous rassure, je n'ai pas donné ce motif à mes refus ; je ne serais sans doute pas là, devant vous, mais plutôt en garde à vue, rit-il. Je voulais donc vous voir pour vous réitérer mon offre de vous aider, et ce n'est pas uniquement dans l'espoir de voir mon nom apparaître dans autre chose que des remerciements de thèse. Je serais ravi de vous épauler.

— C'est très gentil, merci beaucoup.

— Qu'attendez-vous de moi, précisément ? Quand je vois le travail de recherche que vous avez dû mener, je ne sais pas si je pourrais vous être d'une quelconque aide.

— À vrai dire, j'ai été beaucoup critiquée sur le premier tome pour quelques incohérences historiques.

— J'ai vu, oui. C'était injuste.

— C'était justifié, pour certains points, répondis-je. Quelques historiens ont pointé des incohérences, et…

— Rien qui ne méritait les quelques torchons que j'ai pu lire, me coupa-t-il. Ne vous laissez pas tourmenter par une poignée d'avis négatifs et sans doute liés à des remords personnels.

— Oui, je sais, mais…

— Mais vous êtes perfectionniste ? dit-il de manière rhétorique. C'est pour cela que vous vous êtes inscrite en fac d'histoire ?

— Oui, en partie.

— J'admire votre détermination. »

Il m'aurait été si difficile d'écrire l'histoire d'Alphard Burton, ou celle de Rudolf Banart, et de retranscrire ces dialogues. Il s'exprimait de manière péremptoire, comme si les questions n'en étaient jamais vraiment, et que les réponses n'étaient que fioritures. Il émanait de lui une certaine gravité, un sérieux qu'il masquait sous un visage détendu habillé d'un sourire permanent.

« Très bien, avez-vous fait une liste ? Quelque chose qui nous permettrait de commencer ? »

J'allais sortir mon journal de mon vieux cartable quand la vieille horloge de la salle où nous étions annonça une nouvelle heure.

« Mince, j'ai cours à l'autre bout du campus.

— Quel cours avez-vous ? dit-il en se levant et en me suivant à l'extérieur.

— Histoire de la conquête des territoires, soupirai-je, signifiant mon enthousiasme avec sarcasme.

— Ouh… J'ai toujours dit à Glenn, enfin, le Pr. Webster, que l'idée que je me faisais d'une salle de torture était une pièce sans fenêtre, éclairée par un seul néon clignotant de manière irrégulière, avec le Pr. Jacob Smith qui lirait son polycopié. »

Je ris sans retenue à cette description.

« Vous ne lui direz pas, j'espère.

— Non, c'est promis. Et d'ici à ce que je retrouve l'amphithéâtre, le cours sera sans doute terminé.

— Dans quelle aile avez-vous cours ?

— Aucune idée… C'est l'amphithéâtre Adonis.

— Je vois, dit-il en refermant la porte de la salle. Suivez-moi. »

Je mis quelque temps à comprendre qu'il m'escortait jusqu'à ma salle de cours. Il serpentait le long des couloirs interminables de la bibliothèque avec l'aisance de quelqu'un qui y avait vécu toute sa vie. Nous sortîmes de l'observatoire et prîmes une passerelle en pierre de style gothique, comme celle qui menait à son amphithéâtre pour les cours d'archives. Sur le chemin, il me raconta qu'il connaissait le campus par cœur. Il y avait fait ses longues études pour devenir paléographe et s'était lancé dans l'enseignement pendant son doctorat, débutant par du simple tutorat avant de finalement devenir titulaire. Même si je commençais secrètement à cultiver le sentiment qu'il ne proférait que des vérités universelles, je me rendis compte qu'il avait eu tort sur une chose : il savait raconter des histoires, et je ne me lassais pas de l'écouter parler de ses études et des anecdotes bien choisies sur la faculté. Il n'avait que trente-sept ans, mais s'exprimait comme une personne ayant vu et entendu pendant un siècle.

Nous arrivâmes finalement devant l'amphithéâtre, et je le remerciai pour cette visite guidée improvisée.

« Je vous en prie, me répondit-il, ce fut un plaisir. Pour votre roman, passez me voir mercredi prochain dans mon bureau. J'aurai un peu de temps devant moi la semaine prochaine et cela me permettra d'avancer sur vos sujets d'interrogation.

— Très bien, je préparerai mes questions en amont.

— Parfait. Eh bien, bon courage, Daisy Mill. »

Il me salua d'un mouvement de la tête, comme une sorte de révérence, et m'adressa un grand sourire avant de repartir.

Le cours avait déjà commencé. Le Pr. Smith, imperturbable, les yeux rivés sur son millefeuille de polycopiés, n'avait même pas remarqué ma présence à côté de l'estrade. Je vis le bras de Zach se lever au milieu de la foule et me faufilai entre les rangs pour les rejoindre. Il m'avait gardé une place à côté de lui. Je sortis mes affaires discrètement, saluant Larry dont la tête semblait de plomb, appuyée sur sa main avec lassitude, et pris place.

« Qu'est-ce que tu faisais ? me chuchota Zach. Il te voulait quoi le prof ?

— Il va m'aider pour des recherches pour mon deuxième tome.

— Ah bon ? Pourquoi ? Tu le connais ? »

Zach ne semblait pas aussi ravi que Larry à l'idée que quelqu'un m'épaule pour les recherches historiques.

« Non, je ne le connais pas plus que toi. Larry pensait qu'il pourrait m'aider à trouver tous les détails historiques très précis que je ne trouve pas sur Internet.

— Ah, d'accord. Et c'est lui qui est venu te proposer ça ?

— Non, je suis allée le solliciter. Pourquoi ? »

Je ne comprenais pas l'attitude quelque peu suspicieuse de Zach qui semblait ne pas voir d'un bon œil cette main tendue.

« Non, je ne sais pas, c'est bizarre. Il ne te connaît pas, c'est un peu particulier.

— Si je faisais une recherche pour une thèse, ça serait pareil, non ?

— Oui, mais ce n'est pas le cas. Tu as du succès, Milly. Des gens mal intentionnés qui envient ta réussite peuvent vouloir s'impliquer dans ton projet par pur intérêt personnel. Tu imagines ? Un prof d'histoire miteux qui s'attire les lumières en disant que tu n'es que le prête-plume et que c'est lui qui a fait tout le travail en amont ?

— Zach, tu vois le mal partout. C'est moi qui suis allée lui demander un coup de main, et il n'avait même jamais lu mon roman. »

Je le regardais en lui souriant affectueusement, attendrie par son élan protecteur.

« Je m'inquiète pour toi, Milly. »

Il plongea ses yeux dans les miens, prenant ma main dans la sienne avec une pression protectrice. Jenna mit immédiatement fin à ce rapprochement par un éternuement dont le bruit était proportionnel au manque de naturel.

Zach me déposa ensuite devant chez moi. Je repensai à la remarque de ma mère qui me proposait de l'inviter pour notre dîner de samedi soir. J'eus une once d'hésitation lorsqu'il me souhaita un bon weekend en replaçant une mèche derrière mon oreille, puis me ravisai en entendant Jenna toussoter d'impatience à l'arrière. La semaine s'était déroulée sans encombre et je ne voulais en aucun cas m'attirer à nouveau les représailles de ce démon à la chevelure de feu.

Nous passâmes la soirée en famille, mes parents, Clarence, Maggie et moi, et je ne remontai dans mes appartements que lorsque mes paupières se fermèrent toutes seules.

Ils m'avaient manqué.

15

Je m'étais couchée l'esprit préoccupé, partagée entre l'envie de plonger dans un sommeil sans rêves et celle d'entreprendre une virée dans le quotidien d'Isadorah. Mon entrevue avec le Pr. Burton m'avait rendue enthousiaste et, bien que cette idée m'intimide, j'avais hâte de commencer les recherches. Je m'endormis donc avec le souvenir de ce moment dans cette salle boisée, et tentai de me rappeler chaque instant de cette discussion qui avait laissé sur mon visage l'empreinte d'un sourire. Je repensais à ce que m'avait dit Zach, et si j'avais été touchée par son instinct protecteur, j'étais convaincue qu'aucune mauvaise intention n'habitait le Pr. Burton.

Il me sembla un instant entendre un bruit dans la nuit. Je me retournai du côté de ma table de chevet, tentant de me rendormir, mais un instinct particulier me fit ouvrir les yeux. Une silhouette se dressait près de mon lit. Après coup, je fus ravie d'avoir vécu ce moment que je pourrais désormais documenter avec réalisme dans un prochain roman. Je m'étais toujours demandé, souvent à la suite d'un cauchemar où j'étais restée mutique face au danger, si une telle surprise me ferait hurler ou non. J'avais désormais ma réponse : aucun son ne sortit de ma bouche, comme si l'effroi et la stupeur combinés ne permettaient qu'un cri inversé, étouffé à l'intérieur de ma gorge. Je m'enfonçai un peu plus dans mon lit, le temps que mes yeux s'adaptent à l'obscurité, et tendis le bras machinalement pour trouver mon téléphone – ou une arme blanche, sans doute.

« Salut p'tiote, t'étais en train d'pioncer ? » finit par dire la silhouette dressée devant mon lit.

Je pris quelques secondes pour respirer, puis répondis, épouvantée :

« Daria ? m'exclamai-je.

— Ben ouais, qui qu'tu veux qu'ce soit ? »

Je tendis cette fois-ci mon bras dans la bonne direction pour allumer la lampe et observai Daria, ses longs cheveux détachés, ses énormes bracelets métalliques qui avaient l'air d'avoir été fabriqués dans de la vieille tôle, son pantalon de cuir et ses rangers bien abîmées.

« Vous m'avez fichu une de ces trouilles ! dis-je en plaquant ma main sur ma poitrine.

— T'es vraiment une chochotte. Et arrête de m'dire "vous", j'te l'ai d'jà dit.

— Qu'est-ce que vous, enfin tu… Comment, pourquoi ? Je ne sais pas par où commencer.

— Ben, fallait qu'j'te parle alors j'suis montée dans ta chambre. Pis vu qu't'étais pas dans ton bureau, j'me suis dit qu'tu dormais p't-être.

— Ça ne répond à aucune de mes questions, dis-je, toujours estomaquée.

— Ben pose-les mieux, fit-elle en sortant une cigarette de son paquet pour la guider jusqu'à ses lèvres.

— Non, pas de cigarette Daria.

— Pfff, soupira-t-elle, les souris n'font pas des rats, hein.

— Les chiens ne font pas des chats, Daria. »

Elle me répondit par un regard interrogateur, confus.

« C'est ça, l'expression. Pas les souris et les rats, repris-je. Bon, reprenons. Comment es-tu entrée ?

— Ben par la porte. T'as cru qu'j'avais fait MacGyver à grimper par la fenêtre ?

— Daria, il est… » Je pris mon téléphone pour consulter l'heure. « Il est 4 heures et demie du matin quand je te trouve dans l'obscurité près de mon lit. Franchement, plus rien ne m'étonnerait de ta part. La porte d'entrée était ouverte ?

— Ben j'ai la clé, p'tiote. Maggie me l'a donnée, si un jour j'suis en galère, histoire de pas dormir dans la rue. Si tu veux mon avis, j'préfère parfois une bonne entrée d'immeuble chauffée qu'votre salon tout blanc qui r'ssemble au purgatoire.

— Cigarette, Daria, la repris-je en voyant une autre tentative. Et pour l'heure, une explication ? Tu ne pouvais pas attendre la prochaine réunion ?

— Ben, c'est qu'j'veux pas en parler devant les filles.

— Oh », dis-je en décelant pour la première fois une once de gêne dans l'attitude de Daria.

Je remontai mes jambes près de mon corps et l'invitai à s'asseoir sur le lit.

« Tu me racontes ? l'incitai-je à commencer.

— Tu sais la dernière fois, quand j'ai essayé d'semer Yvonne ?

— Tu as vraiment essayé de la semer, du coup ? intervins-je, amusée.

— Ben ouais, p'tiote. Yvonne, c'est mon sang, mais qu'est-ce qu'elle peut foutre son nez partout ! Toujours à me gronder. »

Je ris de voir cette femme de presque soixante-dix ans s'exprimer comme une adolescente qui se ferait taper sur les doigts par sa mère ou sa grande sœur. Leur lien était touchant et, malgré les boutades de Daria, je savais qu'elle appréciait l'inquiétude d'Yvonne, elle pour qui l'amour et l'attention d'une mère avaient toujours été absents.

« Bref, c'est une p'tite histoire qui doit rester entre nous, juré craché ?

— Je jure, mais s'il te plaît, évite de cracher sur ma moquette… »

Daria s'esclaffa bruyamment.

« T'es la même qu'Maggie, toi ! Bon, j'suis tombée amoureuse d'quelqu'un, y a des années. J'étais jeune. »

Daria tripotait nerveusement les grosses bagues qui ornaient ses doigts vernis de noir sur lesquels étaient tatouées de petites inscriptions mystérieuses. Elle semblait mal à l'aise et c'était la première fois que je l'entendais parler d'un sujet si intime.

« C'était quand, Daria ?

— En 1972, j'avais vingt ans. »

Elle renifla bruyamment, se frottant le nez du revers de sa main, et reprit :

« Je suis tombée amoureuse de cette personne qui venait d'se fâcher avec ses darons. Tu sais, nous les vieilles, on t'raconte les moments les plus heureux, la liberté, les fêtes, tout ça, mais c'était pô facile, p'tiote. Y avait des moments où quand j'voyais c'qui arrivait à mes amis, j'me disais que c'était pas si mal de pas avoir de darons pour me forcer à épouser un banquier et à faire des enfants. Bref, la personne dont j'te parle s'était brouillée avec ses parents pour une histoire d'métier. Notre p'tit groupe d'itinérants s'est agrandi. Et c'est la première et la dernière fois d'ma vie qu'j'suis tombée amoureuse.

— Et ? demandai-je, impatiente de connaître la suite de l'histoire.

— Ben rien, p'tiote, j'vais pas t'raconter nos parties d'jambes en l'air quand même.

— Non, merci Daria, mais et la suite ?

— Ben la suite, c'est qu'j'ai vécu la plus belle année d'ma vie. J'pourrais même dire que c'est la première fois d'ma vie où j'ai été heureuse. Et puis, les parents ont r'fait pression. Et ils ont gagné. Pis cette personne a quitté notre p'tiot groupe, a fait un mariage pour faire plaisir à ses parents, et voilà.

— Oh, Daria, dis-je en me rapprochant d'elle, je suis désolée… Tu n'as pas eu de nouvelles depuis ce temps-là ?

— Non, p'tiote. Jusqu'à samedi dernier. »

Elle vit un regain d'espoir et de magie dans mon regard et, non sans m'avoir gratifiée d'un petit coup de poing sur l'épaule — sa manière à elle d'être tendre envers les gens qu'elle aimait bien —, elle reprit d'un ton amusé :

« Tu crois aux belles histoires, toi. Mais c'est pas si simple, et…

— Mais alors ? Raconte ? Tu l'as revu où ? Quand ? Comment ?

— C'est là qu'tu dois m'promettre d'rien dire.

— Promis !

— Bon, j'suis pô très fière d'ça, mais chacun trouve un moyen d'gagner sa croûte. J'ai pris l'habitude de kidnapper des chats.

— Pardon ? demandai-je avec effroi.

— Ça a l'air plus horrible qu'ça l'est réellement, dit-elle avec sérieux.

— Non, mais Daria, explique-moi comment il peut y avoir une nuance positive dans le fait de kidnapper des chats !

— Oh, attends deux minutes, Brigitte Bardot.

— Daria, cigarette, toujours pas, la coupai-je dans son élan.

— Rohh… T'es vraiment la p'tiote de…

— Daria, ce n'est pas comme si on était en pleine nuit et que tu étais en train de me confesser tes crimes. Viens-en aux faits, s'il te plaît.

— Eh, c'pas un crime que d'vouloir un peu de tendresse. »

Je ne répondis rien, me contentant de lui adresser un regard toujours plus confus, et elle reprit son histoire de kidnapping de chats :

« Ben voilà, j'me sentais seule, et un jour d'vant une maison y avait un p'tit chat gris qui jouait. Et c'jour-là j'étais un peu triste, alors j'me suis arrêtée et j'ai joué avec lui. Pis le p'tit chat, ben, il m'a bien aimée. Alors quand j'suis partie, il m'a suivie. Je l'ai pris dans mes mains, je l'ai remis d'vant sa maison, pis il m'a suivie encore. J'me suis dit qu'j'allais faire comme avec les enfants, l'ignorer jusqu'à c'qu'il arrête de me suivre et…

— Je suis vraiment contente que Maggie ne t'ait jamais demandé de t'occuper de moi enfant si ta tactique était de m'ignorer pour me semer.

— Ben tu veux qu'j'te raconte ou tu jacasses à tout-va ?

— Non, pardon, vas-y Daria.

— Donc, le p'tiot chat m'a suivie jusque chez moi. Sauf qu'au foyer, on n'a pas l'droit aux chats. Alors j'l'ai caché dans ma piaule quelques jours, jusqu'à ce que les gens commencent à sniffer l'pipi d'chat. Ça pue, ces trucs-là. Et puis j'suis r'passée d'vant la maison d'où il v'nait, et ils avaient mis une pancarte avec une récompense pour le r'trouver. Alors j'l'ai ramené et j'ai touché les sous.

— OK, pas très honnête, mais jusque-là, ça va. Et à partir de quand le kidnapping de chat est devenu une réelle activité ?

— Ben, c'est à c'moment-là qu'j'me suis dit que ça pouvait être un bon moyen d'me faire des sous tout en étant sympa.

— Sympa ?

— Tu sais, p'tiote, plus tu vieillis, moins on t'fait des câlins, et moins tu as de contacts physiques. Et ça m'coûte de l'dire, car j'aime pô trop ça, mais l'humain a b'soin du contact des autres. Écoute bien c'que j'te dis là, car tu vas finir comme moi à voler des chats si tu r'pousses tout le monde, me lança-t-elle en pointant son index vers moi. On a b'soin d'tendresse, parfois. Alors les p'tiots chats, ils m'en donnent.

— OK, je comprends. Mais le kidnapping… ?

— T'es pô si maligne qu'ça toi, finalement, faut tout t'expliquer. Ben j'ai commencé à traîner dans les beaux quartiers et à r'pérer les maisons avec des p'tiots chats. J'ai fait pareil, un p'tit câlin, ils me suivent, et j'les ramène quelques jours plus tard quand les proprios ont proposé une récompense.

— Tu te rends compte que ça s'appelle un mode opératoire, quand même ? »

Daria s'esclaffa bruyamment, lançant sa tête en arrière comme si je venais de dire quelque chose de grotesque.

« T'es marrante, p'tiote, tu r'gardes trop la télé. Bon, j'suis pas v'nue t'parler de mon job.

— Ce n'est pas un job, Daria, c'est une activité illégale, et…

— Oui, s'tu veux, me coupa-t-elle.

— Bon, le rapport avec ton amour de jeunesse ?

— Ben, j'ai kidnappé l'ptiot chat d'sa p'tite-fille. »

Honnêtement, à ce stade des révélations, j'ignorais si je devais mourir de rire, pleurer, appeler les services de protection des animaux ou prendre Daria dans mes bras pour la remercier d'être l'individu le plus étrange et le plus attendrissant que je connaisse. Personne ne pourrait jamais l'égaler sur l'échelle de la bizarrerie.

« Franchement, Daria, je ne sais même pas par où commencer avec toutes les questions qui me viennent à l'esprit, donc je te laisse poursuivre ton histoire.

— Ben, j'ai r'fait mon coup, quoi. J'ai trouvé un p'tiot chat, j'l'ai ramené une fois la récompense annoncée, et quand j'ai frappé à la porte, ben mon cœur a explosé. Le temps a fripé un peu l'visage, et tout ça, mais ses yeux… Z'ont pas changé. J'suis pô douée pour l'amour et toutes ces conneries, mais y a un truc qu'j'sais, p'tiote, c'est qu'tout passe par les yeux. Le langage de l'amour, mon cul, oui ! On sait si on aime quelqu'un en l'regardant droit dans les yeux. C'est tout. Pô d'longs discours, de promesses qu'personne tiendra. Le regard, p'tiote, ça n'trompe pas.

— Oh mon Dieu ! Daria ! c'était une si belle histoire, abstraction faite de la partie sur le kidnapping animalier.

— Ouais, et c'est là qu't'interviens.

— Pardon ?

— On a discuté sur l'perron, mais c'tait pas simple. Alors on a convenu d'un rendez-vous. Le chat était à sa p'tite-fille, donc j'ai dit : "Ben moi aussi j'ai une p'tite-fille." J'ai paniqué, tu vois. Du coup, on a décidé d'se voir pour boire un thé, et vu qu'ça fait peur, on a décidé d'emm'ner nos p'tites-filles.

— Tu veux que je joue le rôle de ta petite-fille à un rendez-vous galant ?

— C'est exact, ouais. »

Je pris quelques secondes pour remettre toute cette histoire en ordre. Cela me paraissait surréaliste. Daria qui pénétrait dans mes appartements à 4 heures du matin pour me raconter l'histoire de son amour éternel et d'un kidnapping de chats. Au bout de quelque temps, je repris :

« Tu sortais de sa maison le jour où Yvonne est venue te récupérer, c'est ça ?

— Ouais, p'tiote.

— Mais pourquoi tu ne veux pas en parler avec les filles ?

— Ben, tu les connais, elles vont m'poser trois mille questions, me mettre en garde sur tout et n'importe quoi, dit-elle en levant les yeux au ciel. J'veux qu'ça reste ent'nous pour l'moment, OK ?

— Je n'aime pas trop l'idée de mentir à Maggie, mais si tu veux. »

Elle me gratifia d'un regard tendre et reconnaissant, et je lui découvris une sensibilité jusque-là méconnue. Ses yeux si clairs avaient retrouvé une vitalité et je voyais dans son regard tout ce qu'elle taisait, la tendresse, la joie, l'impatience de retrouver son amour de toujours.

Elle me donna le lieu et l'heure du rendez-vous qui avait lieu vendredi prochain, insista pour me border – avec maladresse – et sortit de mes appartements à presque 5 heures du matin comme si de rien n'était.

Après cette visite nocturne, je fus incapable de retrouver le sommeil. Je finis par sortir de mon lit et me rendis dans les cuisines pour me préparer un thé. Je regagnai mes appartements accompagnée d'une tasse fumante et de quelques biscuits et m'installai dans mon petit salon pour relire la lettre de Lyrah qui faisait suite à la mienne. Elle me l'avait envoyée dans une belle enveloppe sur le thème de *La grande vague de Kanagawa* d'Hokusai. J'aimais le fait que ces quelques échanges de papier aient forgé au fil des années à la fois ma créativité et ma connaissance artistique. Lyrah m'incitait à partir en Écosse, arguant que rien n'était insurmontable dans la liste des « contre » que je lui avais adressée. « Oh… Milly, Milly, Milly, sors de ta zone de confort ! » écrivait-elle. Elle me félicitait d'avoir surpassé ma timidité pour aller parler au Pr. Burton et avait hâte de connaître les avancées d'Isadorah. De son côté, les nouvelles étaient plutôt calmes. Elle profitait de cette sérénité qui précédait la rentrée pour avancer sur ses projets personnels et passer du temps avec Oscar. Je ressentais dans ses lettres une insistance de plus en plus marquée pour que je rencontre quelqu'un. Je ne le prenais pas mal. Depuis des années, Lyrah m'encourageait en fonction de mon caractère, de ce qui m'était naturel ou ne me l'était pas, sans jamais émettre de jugements. Elle me savait sauvage, solitaire et renfermée, et n'allait jamais trop loin dans les arguments qui, potentiellement, pourraient me faire sortir de ma carapace. Elle n'avait que vingt-quatre ans et son histoire d'amour avec Oscar la rendait sans doute si heureuse qu'elle souhaitait que j'en vive une, moi aussi.

Je pris une gorgée de thé, sortis mon encrier et mon papier à lettre, et commençai à noircir le papier des fragments de ma vie.

Samedi 19 septembre,
Maison.

Chère Lyrah,

Tu ne devineras jamais l'heure à laquelle je t'écris cette lettre et les évènements qui sont survenus cette nuit. Et, plus généralement, cette semaine passée. Parfois, ma vie est un roman.

Il est 6 heures du matin, une lumière dorée s'infiltre par la fenêtre de mon bureau, et la maison est extrêmement silencieuse. Dire que j'entends depuis mes appartements ce qu'il se passe dans la maison serait mentir, mais je ressens le calme du sommeil environnant.

Tu te demandes sans doute pourquoi je suis levée si tôt, tu auras du mal à croire ce que je vais te raconter.

Tu te souviens, Lyrah, quand nous étions petites, de la peur que m'inspirait Daria, l'amie de Maggie ? Ses longs cheveux noirs, ses dents métalliques et ses yeux vitreux cerclés de noir qui faisaient d'elle la parfaite incarnation d'un cauchemar d'enfant ? Eh bien, il y a quelques heures, mon sommeil a été interrompu par un bruit et, quand j'ai ouvert les yeux, Daria se tenait là, devant mon lit, immobile. J'ai cru que j'allais faire une crise cardiaque, et si tu te poses la question, non, je n'ai pas réussi à crier. Comme quoi, le cinéma et les cris des victimes épouvantées ne sont pas si réalistes que ça – ou alors, dans la peur, mon instinct agit en corrélation avec ma nature profonde et préfère le silence au bruit des mots. À méditer.

Bref, Daria était donc au pied de mon lit et m'a parlé d'amour. Daria. M'a. Parlé. D'amour. Comme quoi, tout peut arriver. Je plaisante, mais j'ai été touchée par son histoire : celle d'un amour avorté par les conventions sociales et la pression familiale. Les carcans habituels de l'époque : mariage à vingt ans avec un bon parti pour devenir un petit couple modèle. Daria a continué sa vie de bohème, seule. Ensuite vient la partie sur le kidnapping de chats et crois-moi, il vaut mieux que je passe ça sous silence. Toujours est-il que c'est grâce à une petite boule de poils que Daria a retrouvé son amour de jeunesse. Elle m'a demandé de tenir la chandelle lors de son prochain rendez-vous, tu te rends compte ? Je vais interpréter le rôle de sa petite-fille. Je ne suis pas certaine qu'il soit bon d'organiser des retrouvailles sur un mensonge, mais Daria ne fait rien comme tout le monde, alors je me garderai de toute suggestion.

Depuis, je n'arrive pas à retrouver le sommeil. Je m'émerveille de ces histoires dignes de grands romans. Peut-être en vivrai-je une, un jour ?

Zach m'a d'ailleurs fait une déclaration, cette semaine. Je ne sais pas quoi en penser. Il est attentionné, doux, et je sens en lui une véritable sincérité. Il m'a dit qu'il me laissait le temps de sortir de ma carapace, mais qu'il voulait savoir s'il me plaisait, et m'a déposé un baiser au coin des lèvres. L'instant était assez romantique pour me donner quelques papillons dans le ventre, mais... je ne sais pas.

Comment ça vient l'amour, Lyrah ? Je ne pensais pas que Daria me donnerait un jour un conseil sur mes relations amoureuses, mais je suis convaincue qu'elle ne se trompait pas en disant que tout passe par le regard. Presque cinquante ans plus tard, Daria a su que sa flamme brûlait encore. Juste par le dialogue silencieux des yeux. Quand je regarde Zach, je n'ai pas cette révélation. Est-ce qu'elle vient plus tard ?

Il est sans doute un peu tôt pour ce genre de questionnements existentiels. Mais quand je repense à ta rencontre avec Oscar, à vos premiers rendez-vous amoureux, je t'imagine le transpercer d'un regard transi, non pas occupée à négocier avec toi-même pour savoir si, oui ou non, le chewing-gum est rédhibitoire.

L'histoire de Daria m'a ramenée à celle des femmes Templeton. J'aimerais pouvoir insérer dans la vie d'Isadorah ou de quelqu'un d'autre cet amour qui ne faiblit jamais au fil des années et de l'éloignement. Peut-être sa mère ? Ou sa tante féministe ? Oh oui ! Sa tante, ce serait parfait.

Cette fulgurance avec laquelle mes idées fusent est une illustration de mon mode de fonctionnement pour ce roman. Il est si différent du précédent. Je le médite, le vis et l'interprète dans mon quotidien. Isadorah n'est jamais très loin de moi.

Je ne sais pas par où commencer pour te situer les avancées de mon histoire, ni comment résumer tout cela sans que nos lettres ne deviennent un roman à leur tour. Pour la faire courte, dans cette nouvelle décennie, Isadorah oscille entre les tourments d'une vie de révoltes et d'insubordinations et le calme désolant de l'acceptation de son sort. Isadorah est forte, bien plus que je ne le serai jamais.

Ce second tome sera très axé sur sa virtuosité, son émerveillement des arts et le souffle de vie qu'elle puise dans la créativité et l'éveil musical. C'est là que le Pr. Burton intervient.

Cette semaine, nous avons passé un moment à discuter de mes recherches. Il a lu mon roman et m'a manifesté son souhait de m'aider comme il le pouvait. Ce tête-à-tête était pour le moins cocasse : il ne cesse de m'appeler Daisy Mill pour une raison que j'ignore. Il a l'air de penser que ça me va mieux que Milly Davis. Aussi lui ai-je suggéré une anagramme pour son nom, soit Rudolf Banart. Nous en conviendrons, Alphard Burton a plus d'élégance. Quel drôle de personnage. Je dois aller le voir dans la semaine, et Zach voit cette main tendue d'un très mauvais œil.

J'ai l'impression de t'assommer avec tous ces détails, aussi je ne te ferai pas la liste de toutes les précisions historiques dont j'ai besoin concernant le Royal Opera House. Et puis, tu les liras, un beau jour, dans le second tome des Espérances des femmes Templeton.

Mes parents et Clarence sont rentrés dans la semaine, et même si j'ai pu profiter de mon moment en tête-à-tête – que j'ai adoré – avec Maggie, je suis contente de retrouver l'effervescence familiale. C'est un beau tableau qui se dresse sous mes yeux à chaque fois que je les vois tous ensemble, éparpillés sur les différents canapés et fauteuils.

Ce soir, nous dînons en famille. Maggie n'était pas ravie de repousser sa réunion pour Earth 360 – oui, si tu te demandes, leur association végane a désormais un nom ! –, mais cela arrangeait Ulyana qui devait se rendre à la représentation de Mayerling.

J'espère que tu ne m'en veux pas d'avoir été aussi bavarde. J'ai senti dans ta précédente lettre que les choses étaient plutôt calmes de ton côté ce qui, crois-moi, n'est en rien une critique – il se passe tellement de choses en ce moment dans ma vie, entre le roman qui grandit en moi, les différentes recherches à réaliser, les insistances de Zach et les réunions de Maggie que j'aimerais parfois mettre le tout sur pause et me rouler en boule dans un coin de ma chambre.

J'ai hâte d'en savoir plus sur tes œuvres en cours. J'ai commencé mes options pour le parcours d'histoire de l'art que j'ai choisi, et cela me fascine. Un jour, peut-être, ce sera de toi que l'on parlera.

Je t'embrasse et ai hâte de te lire,

Ta dévouée Milly

16

Ce réveil bien matinal avait eu sur moi l'effet d'un shoot d'adrénaline et je démarrai la journée motivée et pleine d'entrain. J'enfilai une robe à carreaux grise et des bottines à lacets et me fis conduire chez Salt & Paper. Je me rendis ensuite dans la plus grosse librairie de la ville pour consulter le rayon historique. J'interrogeai une libraire, lui demandant si elle avait connaissance d'ouvrages traitant du Royal Opera House et des représentations données au début du XIXe siècle, de la possibilité pour les jeunes filles de s'y rendre, avec ou sans chaperon, et d'assister à des pièces de théâtre, également. Elle me laissa dresser la liste de tous ces éléments et fit bouger sa souris d'ordinateur dans un mouvement circulaire exagéré, feignant ainsi l'occupation, avant de me dire, quelques secondes plus tard : « C'est beaucoup trop précis, ce que vous demandez. Ça n'existe pas. » Je sortis bredouille du magasin, postai à Lyrah ma lettre que j'avais glissée dans une enveloppe vert olive calligraphiée d'or, et rentrai chez moi.

Bizarrement, les samedis étaient les jours que j'attendais le plus dans la semaine, mais qui passaient le plus rapidement. J'avais à peine mis le nez dans mes devoirs que ma mère m'écrivait déjà pour me rappeler de m'habiller pour notre dîner. C'était une règle importante, pour Helen Davis. Les repas de famille étaient sacrés, et nous devions toujours nous mettre sur notre 31. Le premier petit-ami sérieux de Willa, un anarchiste invétéré qui semblait nous juger au moindre regard, avait un jour dit : « C'est bien une préoccupation de gens qui n'en ont pas que de s'habiller en tenue de soirée pour rester chez soi. » – j'avais, effectivement, peut-être remanié cette phrase pour plus de théâtralité, mais le fond n'en était pas moins le même. C'était sans doute vrai, ce qu'il disait, mais ma mère tenait à ce que chaque jour soit un grand jour.

Je m'habillai d'une robe patineuse en dentelle bordeaux, chaussai des talons noirs et descendis rejoindre ma famille. Willa et Eddy étaient sur le canapé, la rousseur de ma sœur et sa robe jaune poussin détonnant dans la blancheur environnante. Eddy portait un pantalon vert foncé et une chemise bleue. Il n'y avait que les gens heureux pour s'habiller d'arcs-en-ciel. Ma mère avait revêtu une longue robe façon kimono dans les tons blanc et rouge qu'elle avait rapportée de voyage, et mon père un pantalon rouge et une chemise blanche – oui, ils avaient pour manie de s'assortir. Maggie portait un tailleur rose pâle duquel dépassait une lavallière blanche imprimée de cœurs noirs, et de ses oreilles pendaient les mêmes formes. Tout était dans le détail.

Mes parents adoraient cuisiner ensemble et avaient passé la journée à concocter une multitude d'amuse-bouches, de tapenades aux ingrédients luxueux et autres mets délicats savamment réfléchis pour respecter le régime végan.

Nous venions de trinquer quand la sonnette annonça la venue de quelqu'un. Mon père se leva, puis revint accompagné d'Hisaé.

« Bonsoir tout le monde ! » dit-elle avec enthousiasme.

Je manquai de recracher mon champagne en découvrant Hisaé, habillée d'une robe moulante et courte noire, perchée sur de hauts talons, une bouteille de vin à la main. J'interrogeai du regard les membres de ma famille, me demandant si l'un ou l'autre l'avait conviée, mais personne ne semblait être au courant de sa présence parmi nous.

« Désolée, reprit-elle pour meubler le silence embarrassant qui s'était installé, je suis un petit peu en retard ! Tu ne m'en veux pas, Milly ?

— Mmh, non, je suppose… »

Je me levai du canapé, fis le tour de la table basse en marbre et rejoignis Hisaé et mon père sur le pas de la porte, demandant à ce dernier de nous laisser.

« Je peux savoir ce que tu fais ici ? lui demandai-je, irritée.

— Eh bien tu m'as invitée, Milly, souviens-toi ! Quand je t'ai demandé ce que tu faisais samedi soir !

— Non, pas du tout, répondis-je, catégorique.

— Mais si, Milly ! Souviens-toi ! »

Elle me regardait, un sourire vissé sur les lèvres, sans aucun malaise apparent. J'étais époustouflée par un tel culot.

« On devrait les rejoindre, Milly, je suis déjà bien assez en retard comme ça. »

Elle me laissa stoïque sur le pas de la porte et s'engagea dans le salon principal. J'entendis sa voix haut perchée saluer les membres de ma famille un à un, ponctuant chaque « bonjour ! » strident par des bruits de bouche pincée alors qu'elle faisait la bise à tout le monde. Je m'engageais dans le salon au moment où elle se rapprochait de Clarence – le meilleur pour la fin, semblait-il – et se penchait sur lui sans retenue.

« Oh, Clarence, je ne savais pas que tu serais là ! Milly ne m'avait rien dit ! Quelle bonne surprise ! »

Clarence, qui n'avait jamais été vraiment dupe, me lança un regard mi-désespéré, mi-amusé, l'air de dire : « sauve-moi » et en même temps : « je sens qu'on va rire ce soir ». À vrai dire, personne ne gobait le petit jeu d'Hisaé ; nous la laissâmes s'installer sur les longs canapés où elle ne trouva de place que collée à Clarence.

« Eh bien, bienvenue, Hisaé, lança ma mère qui se voulait toujours polie, bien qu'elle soit manifestement agacée par cette intrusion. Comment vont tes parents ?

— Oh super ! Maman travaille sur un nouveau projet et mon père est toujours à droite et à gauche. La routine, quoi. Et toi, Clarence, alors, comment vas-tu ? »

Nous échangeâmes un regard exaspéré.

« Ça va, merci. »

Il leva à peine le nez de son téléphone, puis, considérant le silence qui s'était installé, releva la tête et demanda, comme un enfant qui vient de recevoir un coup de coude de la part de sa mère pour lui rappeler d'être poli :

« Et toi ?

— Oh, tu es tellement charmant, Clarence, de te soucier de moi ! » Elle recoiffa ses longs cheveux noirs et soyeux d'un mouvement séducteur. « Tout va bien, merci. Nous passons de super moments avec Milly, je suis si heureuse que nous soyons comme deux sœurs. Enfin, sans les liens du sang, sinon… enfin, tu vois ce que je veux dire. »

Elle rit niaisement en se pendant à l'avant-bras de Clarence. Ma mère vida sa coupe de champagne d'un trait avant de dire :

« Oui, on voit très bien, Hisaé. »

Maggie, qui n'aimait pas les conflits et redoutait la menace silencieuse d'une mère observant une vipère harponnée au bras de son fils, changea de conversation.

« Alors Willa, chérie, comment se passe votre installation ?

— On avance doucement, dit-elle en adressant un sourire tendre à Eddy. Mon petit mari termine l'enclos pour les poules et le lombricomposteur est opérationnel ! Milly m'a bien aidée pour la chambre.

— Elle s'est cloué un doigt ? plaisanta Clarence en face de moi que je menaçai immédiatement avec un coussin du canapé, avant d'être très vite calmée par ma mère qui lança un regard affolé à la vaisselle sur la table basse.

— Je suis sûre que Milly est plus bricoleuse que toi, cher frère, reprit Willa. Tu aurais trop peur d'avoir de la sciure de bois dans tes cheveux gominés.

— Fais la dure, Willa Davis, toi qui n'as jamais été capable d'ouvrir tes pots de confiture miniatures dans nos boîtes de déjeuner quand on était petits.

— Alors là, Clarence Davis, lança-t-elle faussement énervée, tu exagères ! On était très jeunes et tu avais des mains plus grandes que les miennes, c'est tout. Et je suis Willa Miller, maintenant.

— Mon Dieu, quelle horreur Willa, prendre le nom de son mari. Pourtant, ce n'est pas faute d'avoir essayé de vous formater dès votre plus jeune âge, Milly et toi, pour éviter que vous…

— Maman, ce n'est pas le moment, coupa mon père.

— Très bien, Joshua Davis, mais dis-moi juste pourquoi tu n'as pas pris le nom de ton épouse ? Joshua Taylor, ça sonnait bien pourtant, non ? Alors ? Pas d'explication ? C'est bien ce que je disais, il faut tout donner aux hommes et nous, qu'est-ce qu'on obtient ?

— Maggie, intervint ma mère avec douceur en lui tendant un plateau, vous reprendrez bien un petit toast de caviar d'aubergines ?

— C'est vraiment dé-li-cieux, madame Davis, reprit Hisaé. Enfin, je peux vous appeler Helen ?

— Madame Davis, ça ira très bien, répondit ma mère d'un sourire pincé.

— Alors Hisaé, enchaîna mon père avec chaleur pour contrebalancer le froid que ma mère venait de jeter, comment se passent tes études ? Tu es contente de ta réorientation ?

— Je ne sais pas si j'irais jusqu'à dire que je suis contente, on parle d'études, quand même, ce n'est pas le truc le plus palpitant, hein ! Mais ça occupe mes journées.

— Hein-hein, répondit mon père.

— Milly, intervint Eddy, ce n'est pas en deuxième année que tu peux choisir un cursus ?

— Si ! En fait, tu choisis un corps d'option pour pouvoir te spécialiser par la suite. J'ai pris histoire de l'art, du coup.

— Ah, c'est chouette ! C'est intéressant ? »

J'aimais beaucoup le mari de Willa. Il était doux, comme elle, et bienveillant. Il semblait véritablement intéressé par notre famille, et si mes parents ne partageaient pas énormément de centres d'intérêt avec lui, les conversations étaient toujours passionnantes tant elles étaient innovantes pour les uns comme pour les autres. Nous nous intéressions à son univers qui n'était pas le nôtre, et il en faisait de même. De tous les petits amis de Willa, c'était vraiment celui pour qui j'avais eu immédiatement une réelle sympathie. J'étais heureuse de voir qu'ils fondaient désormais une famille.

Nous discutâmes ensuite du campus, Eddy m'interrogeant sur les différents aménagements qui avaient été réalisés depuis qu'il avait quitté la fac – ses études de lettres l'avaient amené sur le même campus que je foulais chaque jour. Plusieurs conversations s'organisèrent en parallèle des unes et des autres, et j'arrivais enfin à passer un bon moment, oubliant la présence d'Hisaé, véritable sangsue prête à bondir sur mon frère.

Nous passâmes ensuite à table. Hisaé se rua sur la chaise à côté de celle de Clarence. Pour tromper leur agacement, mes parents me questionnèrent sur mon roman. Je répondis qu'il était en cours sans m'épancher plus que ça. Mon père, qui tentait d'être diplomate, interrogea notre invitée :

« Tu as lu le premier tome, Hisaé ? Qu'en as-tu pensé ?

— Ah, non, je ne l'ai pas lu, dit-elle sans aucune gêne, je ne lis pas. C'est une perte de temps », fit-elle en balayant l'air d'un geste désinvolte de la main.

S'ensuivirent quelques secondes d'un silence presque palpable. Même Clarence, qui n'était pourtant pas un grand lecteur par rapport aux autres membres de ma famille, semblait exaspéré par cette remarque.

« Savez-vous comment poussent les choux de Bruxelles ? intervint Willa pour briser le malaise.

— Non, et je me porte très bien sans ces boulettes vertes, lança Clarence à sa jumelle.

— C'est toi la boulette verte ! Au début ça fait comme une salade qui dépasse de la terre, puis les petits choux poussent la salade vers le ciel et forment une grappe de choux de Bruxelles qui sortent du sol. »

C'était sans doute la révélation la plus intéressante de toute la soirée ; Willa fit circuler son téléphone pour nous montrer cette sorte d'ananas vert qui fendait la terre. Elle et son mari parlèrent ensuite de leur potager en permaculture. Ma mère tenta de calmer leurs ardeurs en leur rappelant que des jumeaux représentaient déjà suffisamment de temps et de fatigue pour que Willa n'ait pas en plus à se préoccuper de grappes de choux de Bruxelles. S'ensuivit un argumentaire sur le temps de travail, les rythmes de vie des uns et des autres, et les expériences passées de nos parents. Clarence taquinait en permanence quiconque prenait la parole et chacune de ses remarques était ponctuée du rire strident et superficiel d'Hisaé.

La soirée touchait à sa fin, et je vis, alors que nous sortions de table, Clarence donner sa carte à Hisaé. Une fois tout le monde reparti dans ses appartements, je l'interrogeai sur ce que j'avais surpris.

« Elle m'a demandé mon numéro, alors je le lui ai donné, c'est tout, répondit-il avec désinvolture.

— Clarence, ce n'est pas super sympa. Ça se voit comme le nez au milieu de la figure que tu lui plais, parce que, pour ta gouverne, je ne l'ai jamais invitée ce soir.

— Ah bon ? Je ne m'en doutais pas du tout, dit-il d'un ton sarcastique.

— Écoute, Clarence, ne lui donne pas de faux espoirs. Je n'ai pas de sympathie particulière pour elle, mais je n'ai pas non plus envie que tu lui brises le cœur.

— Comme toi avec Zach ? »

Je me figeai à cette mention et ne trouvai rien à répondre. Clarence reprit :

« Je connais bien Ezra, son grand frère. Il m'a dit que Zach en pinçait pour toi, et que tu n'arrêtais pas de le balader.

— Non, mais ce n'est pas vrai ! C'est juste que… »

Oui, c'est juste que quoi ? Je n'avais pas de réponse à cela et n'avais, de toute évidence, aucune envie d'y répondre.

« Ne change pas de sujet, Clarence Davis ! dis-je avec toute la menace dont j'étais capable, ce qui n'avait pas l'air d'ébranler mon grand frère. Tu t'intéresses vraiment à elle ?

— Milly, tu veux vraiment qu'on parle de filles ?

— Oui, puisqu'on y est ! Je veux savoir pourquoi tu lui as donné ton numéro.

— Je la trouve mignonne, et…

— Tu sais quoi, le coupai-je, je n'ai finalement pas envie de parler de filles avec toi. »

J'embrassai mon frère et quittai le salon désormais vide.

Je fis une halte par les appartements de Maggie, à qui je n'avais pas dit bonsoir. Un masque à l'argile sur le visage et deux rondelles de concombre recouvrant ses yeux, elle était étendue de tout son long sur le canapé où elle se laissait bercer par l'opéra de *Carmen*.

« Je sens des ondes négatives, dit-elle en agitant sa main dans le vide.

— Clarence a donné son numéro à Hisaé », déclarai-je en prenant place dans son fauteuil Emmanuelle.

Je vis l'argile se fendiller et devinai un léger rictus.

« Et ?

— Et ? Et c'est ridicule !

— Mon ange, qu'est-ce qui te dérange là-dedans. Qu'il s'agisse de ton frère et de ton amie ?

— Non, Clarence fait ce qu'il veut, et elle n'est pas mon amie.

— Alors quoi, qu'elle soit plus jeune que lui ?

— Non, je n'ai aucun souci avec la différence d'âge dans les couples, dis-je, prostrée dans mon fauteuil, les bras croisés.

— Alors ?

— Grand-mère, tu…

— Maggie, coupa-t-elle.

— Maggie, tu trouves qu'elle avait l'air de lui plaire ?

— Je ne me prononcerai pas. Et de toute manière, même si elle ne lui plaisait que pour un soir, nous ne sommes personne pour interférer. »

Je ne savais que répondre à cela et laissais l'opéra s'énerver à ma place.

« Ah, Milly… Les gens ne prennent pas toujours les chemins qu'on souhaiterait les voir emprunter, mais l'important dans une famille, c'est de rester à leurs côtés. »

Je pris la main de ma grand-mère, y déposai un baiser et, sur ces belles paroles pleines de sagesse, quittai ses appartements.

17

« Bonjour à toutes et à tous. »

Le Pr. Burton entra dans l'amphithéâtre où nous étions déjà installés et déposa ses affaires sur le bureau, y jetant son sac à dépêches usé et ôtant son trench avec la même nonchalance. Il ne s'asseyait jamais à sa chaise, préférant naviguer entre les rangs et circuler dans l'amphithéâtre pour captiver son auditoire. Larry et moi étions les seuls de notre petit groupe à être totalement charmés par Alphard Burton. Zach le trouvait « extrêmement agaçant et barbant », ce qui était plutôt injuste selon moi ; le Pr. Burton maîtrisait tant l'art de l'enseignement et savait si bien conter les histoires qu'il arrivait à capter l'attention de toute l'assistance, y compris sur le sujet habituellement assommant des archives. Zach préférait se moquer de sa dégaine un peu débraillée, de ses costumes qui semblaient usés, vintages.

« Nous avons pour le moment abordé les archives sans vraiment les aborder, et je pense qu'il est grand temps de briser la glace et de les affronter, qu'en dites-vous ? »

Son auditoire souriait à chacune de ses remarques, attendant avec impatience la suite de ses discours.

« Que signifie le mot “archives” ? » interrogea-t-il l’assistance, brassant du regard l’amphithéâtre pour apercevoir un bras tendu.

Au bout de quelques secondes, quelqu’un lança :

« Ça vient du latin *archivum*, variante de *archium*, qui veut dire “archives”, et du grec ancien *arkheíon*, qui signifie “magistrature, mairie”. »

Le Pr. Burton se retourna pour retrouver la personne à qui appartenait la voix, et tendit le bras dans sa direction.

« Les mains en l’air, malfrat ! » s’exclama-t-il.

La foule était hilare, sauf Zach qui murmura : « Pauvre type, on n’est pas au théâtre… »

« Levez les mains en l’air, monsieur…?

— Monsieur Reynolds, répondit l’étudiant acculé.

— Eh bien, monsieur Reynolds, levez les mains en l’air, allez-y, j’insiste. »

L’étudiant hésita quelques secondes, visiblement embêté par quelque chose.

« Vous rechignez à vous exécuter car vous avez votre téléphone ouvert sur un site internet, n’est-ce pas ? s’amusa le Pr. Burton.

— Oui, je l’admets, répondit l’étudiant en riant.

— Savez-vous, monsieur Reynolds, que je pose cette question chaque année, et que, chaque année, un étudiant, après quelques instants de silence, tente d’impressionner le bon vieil Alphard Burton avec l’étymologie latine ? »

Tout en s'adressant à lui, il sortit de sa poche intérieure de costume un papier, plié en quatre ou en six, qui semblait usé, déchiré, et le déplia devant ses yeux.

« Wikipédia, monsieur Reynolds. Je ne me fais pas avoir facilement », plaisanta-t-il, laissant l'amphithéâtre dans un bruit de fond de rires et de commentaires en tout genre.

Larry et moi étions amusés. Il l'observait avec fascination et puis, l'index agité comme à chaque trait d'esprit, il se tourna vers moi et me dit : « J'adore ce prof. »

« Alors, reprit le Pr. Burton, d'autres suggestions ?

— Vous souhaitez une définition ou l'origine ? s'essaya Larry.

— Ah, monsieur Olsen, ça se passe encore entre vous et moi, n'est-ce pas ? plaisanta-t-il en gravissant les marches jusqu'à nous.

— Oui, dit Larry, je pense que l'on forme un bon duo. »

Le Pr. Burton rit sans retenue, laissant sa tête partir en arrière. Les élèves étaient hilares, eux aussi, et je pensais qu'effectivement, c'était un bon duo. Seul Larry pouvait être capable de faire rire un amphithéâtre complet en compagnie d'un professeur d'archivistique.

« Je suis d'accord, monsieur Olsen, répondit-il en riant. Pour répondre à votre question, c'est un peu des deux.

— Ah, professeur Burton, je crois que vous essayez à nouveau de me piéger, dit Larry en agitant l'index, gagnant encore une fois l'hilarité du corps étudiant autour de lui.

— Non, pas cette fois ! »

Le Pr. Burton était à présent à notre hauteur ; il me gratifia d'un sourire chaleureux.

« Donc, vous reconnaissez en partie l'avoir fait la première fois ? reprit Larry avec une aisance qui me fascinait.

— Un petit peu, oui, monsieur Olsen, on ne peut rien vous cacher ! Alors, des idées ?

— Mmh… est-ce que ça a un rapport avec la préciosité ? finit-il par demander sérieusement.

— Vous chauffez, monsieur Olsen.

— Artefact ? intervint une voix dans l'assemblée.

— Non, pas vraiment.

— Relique ? tenta une autre.

— Vous tournez autour du pot !

— Est-ce que ça a un rapport avec une arche ? lança Larry.

— Ah, monsieur Olsen, je savais que nous formions une belle association, vous et moi ! » répondit le Pr. Burton avec enthousiasme.

Larry, dans un élan comique, embrassa le bout de son index qu'il pointa ensuite vers le ciel, charmant à nouveau son auditoire.

« Mr. Olsen a raison cette fois-ci, dit-il en descendant les marches pour vagabonder à nouveau dans l'amphithéâtre, sous le regard brillant d'intérêt de toute l'assistance. En 1690, le Dictionnaire universel de Furetière donnait comme définition du mot "archives" celle de trésor, d'une chambre où l'on garde les titres et papiers d'une maison. Le mot "archives" provient du mot "arche", un terme ancien que l'on utilisait à l'époque, au XVIe et au XVIIe siècle, pour désigner le coffre. Mr. Olsen a donc pointé du doigt la préciosité, la nécessité de conserver des choses importantes. Nous abordons aujourd'hui les archives comme une idée de sauvegarde historique, de documentation, d'exploration des reliques. Mais la notion d'archive et la volonté archivistique ont toujours été présentes, dès les premières civilisations. Les plus grands historiens parmi vous auront sans doute entendu parler de la défaite de Fréteval en 1194, au cours de laquelle le roi Philippe Auguste perdit toutes ses archives. À l'époque, il n'était bien entendu pas question de dématérialisation numérique, tout au contraire : il fallait conserver, tels des joyaux, ces documents. Nous reviendrons plus tard sur cette notion de nécessité de conservation et sur les documents que l'on dit "non archivables". »

Le Pr. Burton descendit à son bureau pour retirer divers documents de sa sacoche et entreprit une nouvelle ascension, déposant des tas de feuilles à chaque bout de rang.

« Aujourd'hui, et cela, monsieur Reynolds, Wikipédia ne vous le dira sûrement pas, le mot "archive" n'a plus la même signification qu'autrefois. Le langage commun se l'est approprié. Nous parlons d'archivage à tout-va, pour des mails, des messages textes sur les téléphones ou diverses sauvegardes informatiques. Il y a encore quelques années, les chercheurs, paléographes et archivistes émérites parlaient de "collection". S'en ressentait encore la notion de préciosité. L'une des définitions que l'on vous donnera à la faculté d'histoire, et non pas sur Wikipédia, monsieur Reynolds, est celle qui présente les archives comme étant l'ensemble des documents, quels que soient leur date, leur forme et leur support matériel, ce qui englobe les papiers, les parchemins, les vieux ouvrages, mais aussi les objets en cire, en bois ou en nacre, ou encore les produits des fouilles archéologiques, les reliques et les artefacts, comme quelqu'un l'a souligné. »

Une fois sa distribution terminée, le Pr. Burton, emplissant l'amphithéâtre de sa voix douce mais puissante de baryton-basse qui captivait tout son auditoire, prit place au point culminant de l'escalier, et reprit :

« Vous vous demandez peut-être pourquoi ce cours fait partie de votre tronc commun. Pourquoi l'Éducation nationale vous accable, vous autres, pauvres étudiants d'histoire, d'un tel cours que beaucoup diront soporifique, j'en suis certain. Mais comment comprendre une société historique, une époque, comment mener à bien des recherches en ignorant la lecture des anciens textes rendus accessibles par la paléographie, par l'étude de la culture, des conditions de vie, de l'alimentation, de l'habillement ou du mobilier ? Ignorer tous les détails historiques révélés par les archéologues est incompatible avec une recherche historique bien menée. Ce serait comme si vous prétendiez connaître un livre à la simple lecture de la quatrième de couverture. Les archives vous livrent les secrets d'un temps que vous ne connaîtrez jamais. Et tous les paléographes vous le diront : “Rien, absolument rien, n'est indifférent à la connaissance du passé.” »

Le cours avait été absolument fascinant. Larry était souriant, passionné, avide de savoirs et de connaissances. L'évocation de l'archéologie l'avait animé de cette ferveur qui l'habitait si souvent. Jenna et Zach avaient accordé leurs violons, lâchant un soupir de soulagement à la sonnerie qui annonçait la fin du cours. Hisaé, à côté de Larry, pianotait sur son téléphone depuis le début du cours – et j'espérais fortement que son correspondant n'était pas Clarence. Larry et moi échangeâmes sur ce que nous venions d'apprendre en rangeant nos affaires et poursuivîmes la discussion tout en descendant les escaliers, peu pressés de quitter cet amphithéâtre où les heures s'écoulaient à la vitesse des secondes. Des étudiants entouraient le bureau du Pr. Burton qui rassemblait ses documents. En passant à côté, Larry le salua de sa voix portante :

« Au revoir, professeur Burton !

— Au revoir, Larry, répondit-il avec sympathie. Ah ! Mademoiselle Davis, pouvez-vous attendre cinq minutes ? J'ai à vous parler, je vous remercie. »

Je m'installai au premier rang après avoir décliné la proposition de Zach de rester avec moi lors de cet entretien, et attendis que les différents étudiants posent leur question tour à tour. Quelques minutes plus tard, nous étions finalement seuls, et je m'approchai du bureau.

« Bonjour, Daisy, finit-il par dire avec douceur.

— Monsieur Banart », le saluai-je à mon tour.

Le coin de ses lèvres se souleva légèrement. Un sourire amusé, il reprit :

« Je me suis rendu compte que je vous ai dit de passer mercredi sans vous donner d'horaire. Ce cours était mon dernier, je suis donc disponible pour Isadorah Templeton dès à présent.

— J'ai encore deux heures de cours, répondis-je, je peux passer juste après ?

— Oui, parfait. Allez-vous encore vous perdre ou pensez-vous réussir à trouver votre chemin jusqu'au bureau 342 ?

— Eh bien, s'il commence à faire nuit, considérez alors que je me suis perdue.

— Très bien, rit-il, j'enverrai la sécurité vous retrouver, dans ce cas. »

Je plaisantais, mais je n'avais aucune idée de l'endroit où pouvaient se situer les bureaux alors même que j'avais peine à me remémorer la direction à prendre pour rejoindre le cours suivant. Je le quittai sur un sourire, impatiente, bien que légèrement intimidée par l'entretien à venir.

Durant tout le cours de latin du Pr. Rifkin, Zach me fit la leçon, catastrophé de m'imaginer seule dans le bureau du Pr. Burton, utilisant des expressions telles que « vieux pervers » ou encore « prédateur sexuel ». Sa jalousie injustifiée fut mignonne au début. Malgré tous mes arguments concernant l'opportunité qui m'était offerte pour mon roman, Zach n'en décolérait pas. Pourtant, sa morale selon laquelle professeur et étudiant ne devaient pas entretenir des liens cordiaux s'effaçait devant la merveilleuse Ally Rifkin et, visiblement, le clin d'œil qu'elle lui adressa en le saluant par son prénom à la fin du cours ne semblait en aucun cas la désigner comme une prédatrice sexuelle. Une inégalité qui amuserait sans doute énormément Isadorah.

Larry m'accompagna jusqu'au bureau 342 dans lequel il s'était déjà rendu lors de son entrevue avec le Pr. Burton. Il me laissa devant la porte. Je réajustai l'imposant nœud en velours marron dans mes cheveux, ma jupe Prince de Galles et le col de ma chemise, et frappai à la porte.

« Entrez ! lança-t-il depuis l'intérieur. Daisy, dit-il en m'adressant un sourire depuis son bureau, je suis ravi de ne pas avoir eu à appeler la garde nationale pour vous retrouver sur le campus. »

J'entrai avec timidité, refermant la porte derrière moi pour découvrir une pièce étroite tout en longueur qui correspondait parfaitement à l'idée que je m'étais faite du bureau d'Alphard Burton. Des ouvrages anciens s'entassaient de manière irrégulière et désordonnée sur des bibliothèques dépareillées en bois. Il y avait une multitude d'objets qui semblaient appartenir à différentes époques, posés sur des piles de livres, parfois par terre, parfois sur des guéridons ou diverses pièces de mobilier à la surface assez plane pour accueillir des bibelots. À chaque pas que je faisais, je pouvais entendre le bois craquer sous mon poids, découvrant un peu plus les tableaux exposés à même le sol, appuyés contre les murs sur lesquels il n'y avait plus de place. Je faisais attention à chaque endroit où je posais mes pieds, contournant de vieilles valises en cuir empilées les unes sur les autres, des piles de papiers dispersées çà et là. Il y avait une odeur de cuir vieilli, de bois ancien et d'ouvrages poussiéreux.

Il s'était levé de son bureau sur lequel étaient jonchés divers blocs de papier ainsi qu'une vieille machine à écrire que je n'aurais pas été étonnée de savoir fonctionnelle et quotidiennement utilisée.

« Ne prenez pas peur, asseyez-vous, me dit-il en contournant son bureau pour me tirer la chaise devant celui-ci. Très bien, qu'avez-vous apporté ? »

Je sortis timidement mon journal d'écriture, le serrant machinalement contre ma poitrine. Je le vis observer l'épaisseur de celui-ci, remarquant sans doute les différents papiers qui dépassaient. Il me regarda, une forme de tendresse empreinte dans le regard, et me dit :

« Je ne pensais pas voir une étudiante de votre génération avec quelque chose comme cela entre les mains.

— Pourquoi ?

— Vous n'entendez pas, dans les amphithéâtres ? Ce bruit de pluie de touches de clavier incessant ? Plus personne n'écrit à la main. Sauf vous.

— Eh bien je dois être un spécimen rare, alors.

— Vous êtes digne d'être archivée, Daisy Mill. Très bien, vous êtes disposée à communiquer sur votre roman ou vous comptez enserrer votre journal contre votre poitrine jusqu'à ce qu'il se greffe à vos mains ? dit-il en souriant, pointant son crayon de papier sur mon geste protecteur.

— C'est mon journal d'écriture, répondis-je solennellement, comme si cette simple énonciation justifiait mon attitude. Il y a… un peu tout, dedans.

— Je vois. Comment procédez-vous pour l'écriture ?

— Ce tome-ci est assez différent de l'autre. J'ai commencé à écrire une sorte de plan narré assez descriptif. Je n'ai pas de plan par chapitre. Pour le premier, je laissais l'histoire évoluer, mais cette fois-ci, je la laisse vivre avant de l'écrire. Je rédige l'intrigue à mesure qu'elle s'impose à moi. Je pense qu'il vaudrait mieux que je fasse le tri parmi tout ça pour distinguer les éléments qui demandent des recherches et ceux qui peuvent rester secrets. J'avais commencé à faire une liste…, dis-je en ouvrant mon journal pour la rechercher parmi les pages d'écriture.

— Milly, je vous rassure, je ne suis ni un espion ni une âme malveillante qui cherche à voler des informations sur votre roman.

— Je sais, mais…

— Mais c'est difficile de vous ouvrir sur ce sujet, n'est-ce pas ?

— Oui. »

Il me regardait avec calme, souriant. Il se leva de sa chaise, la souleva d'une main pour la ramener devant le bureau, à côté de moi, réduisant la distance qui nous séparait tout en maintenant un certain espacement.

« Très bien, alors parlez-moi d'Isadorah, sans votre journal. »

Il tendit la main dans ma direction, attendant que je relâche ma prise, ce que je fis après quelques secondes, déposant l'œuvre de ma vie dans le creux de sa paume. Il s'en saisit avec minutie, le reposant sur son bureau.

« OK, dis-je en prenant une grande inspiration pour me donner de l'aplomb. J'ai imaginé *Les espérances des femmes Templeton* comme une saga historique et familiale qui avancerait par décennie. Tout part d'Isadorah Templeton, que l'on a découverte enfant lors du premier tome. »

Il hochait la tête, silencieux mais attentif, m'encourageant à poursuivre.

« Ce second tome me semble partir dans une direction plus puissante puisque, plus Isadorah grandit, plus elle doit comprendre et affronter les obstacles qui se dressent devant les femmes, surtout à cette époque. Pour le moment, j'ai pensé l'histoire jusqu'à ses treize ans. J'attends de voir ce qu'elle souhaite me dire pour la suite. Mais dans cette première partie, il est beaucoup question de musique, et plus généralement des arts au XIXe. Nous sommes à l'aube de l'époque victorienne, le Royal Opera House rouvre après un incendie, et Isadorah découvre l'expression artistique sous plusieurs formes, comme le théâtre ou l'opéra. Je pense qu'elle est passionnée par tout cela, que cela donne un sens à sa vie. Il y avait des femmes incroyables à cette époque, notamment Sarah Siddons, une actrice très connue, et j'aimerais qu'au travers d'elles, elle se questionne, découvre ses premières interrogations féministes. »

Ainsi dévoilai-je à Alphard Burton plus de détails que je n'en avais confié à quiconque auparavant. Il m'écoutait, souriait souvent, riait parfois, et me fixait avec gravité et bienveillance. Il ne me coupa pas, me laissa me confier, sans doute conscient qu'à la moindre intervention, je pouvais me refermer et me bloquer à nouveau. Une fois ces éléments dévoilés, je lui évoquai la liste que j'avais commencé à écrire. Il me tendit mon journal et, en l'attrapant, ma main frôla la sienne. Je ressentis un léger fourmillement, une subtile décharge à ce contact furtif et inattendu. Il ne sembla pas ébranlé le moins du monde et se rapprocha un peu plus pour consulter, à mesure que je l'énonçais, la liste des détails historiques.

« Je peux ? » demanda-t-il avant de s'en saisir.

Ses mains à l'ossature imposante et aux veines saillantes attrapèrent mon journal avec précaution. Il se frotta le visage dans un geste de réflexion qui semblait relever du tic, comme Larry et son index agité, et dit :

« Je ne vois pas dans la liste la mention de Sarah Siddons, par exemple. Ni celle du Royal Opera House.

— Oui, ça doit être dans les parties d'écriture.

— “Existence des bulles de savon et possibilité de jouer avec”, lut-il à voix haute, amusé.

— Quoi ? répondis-je. Je suis sérieuse ! Je ne veux pas qu'un historien m'accuse d'être une impostrice pour avoir parlé de bulles de savon en 1806 si ça n'existait pas telles qu'on les connaît aujourd'hui.

— Vous êtes un sacré phénomène, Daisy », s'amusa-t-il.

Plusieurs heures passèrent sans que je ne m'en rende compte. Je réalisai aussi que je venais de lui confier absolument tout le contenu de mon journal d'écriture, que je lui avais livré toutes mes idées, celles couchées sur le papier et celles que j'avais encore en tête. Lorsque nous nous rendîmes compte qu'une énième sonnerie venait de retentir, je lui annonçai que j'allais bientôt devoir partir.

« Très bien, avant de nous quitter, c'est à moi de parler et de vous dire ce que je peux vous apporter. Dans votre liste, il y a des questions assez généralistes, notamment sur la bienséance, les conversations et ce genre de choses. Je pense que nous pouvons arriver à trouver un ouvrage qui traite de cela, ou une thèse, par exemple.

— Je suis allée en librairie pour cela, et je n'ai rien trouvé.

— Vous cherchez mal, Daisy Mill, ce qui est une bonne chose, car, dans le cas contraire, vous n'auriez pas besoin de moi. Avec votre promotion, nous allons faire différents ateliers pratiques à la bibliothèque, et vous allez pouvoir apprendre à chercher dans la base de données – qui est assez riche, je l'admets. Pour le reste, notamment au sujet du Royal Opera House, ou encore l'importation des traités féministes français en Angleterre, je crains que la bibliothèque du campus ne connaisse ses limites. Je connais plusieurs endroits en ville qui pourraient nous apporter des réponses. Est-ce que vous seriez d'accord pour que l'on s'y retrouve ? Si vous êtes mal à l'aise, je peux mener les recherches tout seul, mais…

— Non, je tiens à être là, le coupai-je, il est hors de question que vous fassiez tout le travail de recherche.

— Très bien, acquiesça-t-il en souriant. Êtes-vous disponible samedi ? Disons à 14 heures ?

— Oui, je serai là.

— Nous pouvons nous retrouver devant la fac, si vous préférez. J'ai peur que vous ne vous perdiez au milieu des ruelles pavées, Daisy Mill.

— Je vais finir par mal le prendre, professeur Burton, plaisantai-je à mon tour.

— Je suis sûr que non, et vous pouvez m'appeler Alphard en dehors des cours.

— Très bien, répondis-je en baissant les yeux, persuadée de rougir comme Isadorah au XIXe siècle devant Lord Nellis.

— Je vous raccompagne, dit-il en enfilant son trench-coat, je rentre également. »

Nous arrivâmes à l'extérieur du bâtiment d'histoire, découvrant le campus presque désert, baigné de la lumière orange du soleil couchant. Je commandai un taxi, et le temps que celui-ci arrive, Alphard Burton attendit avec moi. Quelques minutes plus tard, je vis le chauffeur arriver et pris congé. Il me salua, de ce même mouvement de tête caractéristique, accompagné d'un « Bonsoir, Daisy ».

Je rentrai chez moi, justifiant mon absence de manière évasive, Maggie m'inspectant avec insistance. Mon téléphone débordait de notifications en tout genre et je remarquai plusieurs appels manqués de Zach.

Le soir venu, Maggie monta dans mes appartements, un plateau dans les mains, prête à servir le thé.

« Très bien, Milly Davis, explique-moi ce sourire sur tes lèvres et ta mine radieuse. »

Je racontai à Maggie mon entretien avec Alphard Burton, ma fierté d'avoir réussi à me confier. Je lui parlai du sentiment de plénitude ressenti du fait d'avoir fait vivre Isadorah, de savoir que j'effleurais son destin, que je pouvais aller au-delà de ce que mes compétences m'avaient permis d'entrevoir lors de l'écriture du premier tome. J'étais impatiente, excitée à l'idée de pouvoir décrire – et tout simplement connaître – le climat, les odeurs et les sons du monde dans lequel vivait Isadorah. Notre conversation avec Alphard Burton avait supplanté mes espérances, et je sentais que ma nuit serait agitée, que mon cerveau serait effervescent et mes mains prêtes à écrire.

Bien sûr, je ne précisai pas que cet engouement et ce ravissement étaient sans doute autant liés à l'homme qu'aux découvertes qu'il me permettrait de faire. Mais je vis, dans le regard que Maggie m'adressa, qu'elle entendait les mots que je gardais sous silence.

Lundi 21 septembre,
Maison.

Milly, Milly, Milly…

Ta vie est effectivement un roman, et je t'avoue avoir relu tes mots plusieurs fois pour assimiler toutes les informations que ta lettre contenait. Je tâcherai donc d'être méthodique.

Mon Dieu ! Qu'est-ce qui lui a pris à Daria de venir à ton chevet en pleine nuit sans te prévenir ? Parfois, je ne sais pas ce qui lui passe par la tête. Mais je crois que c'est un mystère pour tout le monde. Je suis d'ailleurs très curieuse d'en apprendre davantage sur cette histoire de kidnapping de chats. En as-tu parlé à Maggie ?

Maintenant, passons aux choses sérieuses : le petit Zach ! Quelque chose me dit que cette histoire t'a marquée pour que tu ne l'enfouisses pas dans les tréfonds de ta mémoire. As-tu eu le temps d'y réfléchir depuis ?

En revanche, je n'ai pas de réponse à ta question. Je ne sais pas comment vient l'amour. Je ne sais même pas si nous autres, simples mortels, sommes capables d'en étudier les contours, de l'appréhender comme une science exacte. Si tel était le cas, tu te serais sans doute déjà inscrite au cours qui serait dispensé à ce sujet à l'université. Alors je l'ignore, Milly, je ne sais pas quand l'amour doit être une évidence. Mais je crois que Daria tient quelque chose, aussi étonnant cela puisse paraître pour quelqu'un que tu viens d'associer à un kidnapping de chats. Je ne me souviens pas exactement du moment où je suis tombée amoureuse d'Oscar. Mais je crois me souvenir d'un instant, d'une période plutôt, où le simple fait de poser mon regard sur lui me faisait ressentir une sorte de brûlure agréable. Mes yeux et mon ventre me brûlaient, mais d'une chaleur douce et enivrante.

Alors ma réponse, ma petite Milly, c'est que l'amour se ressent. L'amour est synesthésique.

Tu es sans doute partie du mauvais pied avec Zach, tu l'as tout de suite catalogué comme quelqu'un qui te ferait sortir de ta zone de confort, envers qui tu devrais être différente pour te sentir dans sa normalité. Donne-lui une chance et mets ton cerveau en mode « toile vierge ». J'ai l'impression que ce moment t'a ébranlée (tu décris des papillons dans le ventre et je t'imagine désormais avec ta longue chevelure bouclée et un trou dans le ventre dans lequel des papillons voleraient, comme dans le tableau d'Odilon Redon. Ça a l'air un peu glauque dit comme ça, cette histoire de trou béant, mais en réalité c'est très poétique.)

Je serais curieuse de savoir ce qu'a donné ton rendez-vous avec le Pr. Burton. C'est rigolo qu'il t'appelle Daisy, mais c'est joli, Daisy ! J'aime bien. Je suis contente de voir que des gens t'entourent et te tendent la main, et surtout : que tu l'attrapes ! Tu es une fleur sauvage, Milly, et je comprends finalement pourquoi il te voit comme une marguerite.

Tout ce que tu me racontes sur Isadorah Templeton me donne tellement envie de lire ton prochain roman ! J'aime le fait que tu insères dans son quotidien les premiers émois artistiques que nous avons connus, toi comme moi. C'est une belle célébration de la flamme qui brûle en toi, et je suis super contente qu'Isadorah soit animée par la même !

Aujourd'hui, c'était le premier jour de ma rentrée !

J'étais heureuse de retrouver les grands ateliers froids de l'Académie des Arts. C'est rigolo, car je m'attends toujours à ce qu'ils soient vides ! Blancs, immaculés, attendant patiemment que nous, petits nouveaux tout frais pour cette nouvelle année, arrivions pour tacher, colorer et modeler en leur sein. Finalement, la pièce qui nous a été assignée comme atelier principal (dans lequel nous travaillerons l'œuvre pour notre examen final) était dans un désordre phénoménal. Les ateliers sont ouverts l'été à des artistes en résidence ou à certains élèves boursiers qui réalisent des projets commandités par des organismes publics. J'aimerais beaucoup être choisie pour l'un d'eux. Tu te rends compte, Milly ! Quelle joie ce serait !

Oscar préférerait que je travaille sur une collection privée plutôt que de répondre à un appel d'offres. Il dit qu'il trouve bizarre que je me plie à un thème et à des directives, moi qui pense que l'art ne doit jamais être brimé. Mais je pense qu'il s'agirait là d'un bon défi. Montrer comment la singularité ressort naturellement par essence, même dans un cas où des directives imposent des critères spécifiques. Ça serait un bon sujet d'étude, qu'en penses-tu, Milly ?

Oh ! Me vient en tête une idée : une liste de tâches à faire, de peintures à utiliser. Une sorte de recette pour un tableau que devraient réaliser plusieurs artistes en même temps, sans voir ce que les uns et les autres font. Et quand on retourne les tableaux, on voit toutes les différences, quand bien même les directives étaient les mêmes.

Ah...! Milly, Milly, Milly ! Tu es une sorte d'incubateur à idées.

J'ai retrouvé quelques amis de classe ; nous avons prévu de sortir tous ensemble samedi soir, dans un bar. J'aime faire la fête, tu le sais. Danser, avoir mal aux pieds, regarder les bleus sur mes genoux le lendemain sans savoir quelle en est la cause. J'ai l'impression que la vie reprend après le calme de l'été et sa chaleur accablante, et je suis plus que prête pour ces nouveaux chapitres de ma vie – Milly, je m'exprime comme toi, désormais !

D'ailleurs, cette histoire d'ivresse festive me donne une idée de tableaux... Une même consigne pour une réalisation sobre et une autre alcoolisée.

Encore une chouette idée à noter quelque part !

J'ai hâte de te raconter plus en détail le déroulement de mes cours et le programme qui nous aura été attribué. Cette première journée a été comme celle de ta rentrée, longue, introductive et sans possibilité d'agiter un pinceau, ce qui signifie : barbante.

J'ai hâte que tu m'en dises plus sur Alphard Burton, sur Rudolf Banart ou sur Zach (oui, tout de suite je peux comprendre que ça ait moins d'envergure qu'Alphard Burton. À toi de trouver une anagramme pour Zachary Cunningham.)

Je te laisse, Milly, Milly, Milly, et te fais un câlin de loin,

Ta fidèle Lyrah

P.-S. Arrête de vouloir te mettre en boule dans des coins de pièce !

18

Lyrah était incroyable. Chacune de ses lettres m'insufflait une force artistique. C'était un processus fantastique, magique que de lire des mots qui devenaient tableaux dans son cerveau. Lyrah semblait avoir un faible pour les différences invisibles, ou plutôt, les différences impossibles. Chaque idée qui germait en son sein partait d'un point, à première vue lambda, qu'elle décidait de travailler pour en ressortir une forme de singularité. Extraire de l'uniformité l'unicité. C'était passionnant, et assister à son cheminement créatif l'était encore plus. J'étais persuadée qu'un jour, je parcourrais l'exposition de Lyrah Berolzheimer. Et peut-être serait-ce enfin le jour de notre rencontre.

J'aimais le fait que les lettres de Lyrah m'arrivent en milieu de semaine. Elles représentaient pour moi une bulle d'oxygène, un objectif. J'étais heureuse de voir que le quotidien m'était, à ce moment-là, un peu moins pesant qu'à l'accoutumée. Ma semaine était alors divisée en deux : tenir le début de semaine en comptant les jours jusqu'à sa lettre. La lire, la relire. Puis, compter à nouveau les jours jusqu'au samedi où je lui répondrais. C'était le drapeau au bout du chemin.

La routine de cette semaine-ci subissait un bouleversement : j'allais rencontrer le soir venu le grand amour de Daria puis, le lendemain, faire des fouilles archéologiques dans de vieux ouvrages poussiéreux avec Alphard Burton. De nouveaux chapitres, Lyrah avait raison.

Le reste de la semaine avait été beaucoup plus calme, malgré les disputes incessantes entre Jenna et Zach qui devenaient insupportables. Ce dernier avait attendu après les cours que je sorte de l'université, après mon entrevue avec le Pr. Burton. Celle-ci, qui avait duré plus de temps que prévu, avait fini par décourager Zach qui était parti du campus, énervé, agacé de ne pas savoir pourquoi je mettais autant de temps à sortir, sans répondre à ses nombreux appels. J'avais eu droit à un sermon dès le lendemain matin, et j'avais dû mettre fin à ses allusions déplacées et dangereuses avec colère. Zach avait donc entrepris de bouder. Jenna y avait vu une ouverture, un moyen de montrer la différence entre sa douceur et sa disponibilité par rapport à mes « exubérances », comme elle lui avait dit devant moi qui n'étais visiblement pas moins transparente qu'un fantôme. Elle avait tenté de se rapprocher de Zach, mais celui-ci, de mauvaise humeur, l'avait alors gentiment repoussée. Nous avions donc deux individus, les bras croisés, mutiques, qui nous suivaient désormais à longueur de journée.

Les jeudis et vendredis avaient lieu les cours du Pr. Webster, avec qui nous découvrions un peu plus chaque jour les guerres de clans, les Highlanders et l'histoire des Jacobites. C'était sans doute un des cours que nous préférions avec Larry – il avait également un faible pour le cours du Pr. Bernus Saint-Paul et l'histoire coloniale. Le Pr. Webster avait un charisme différent de celui de son collègue, Alphard Burton. Il était plus petit que lui, répondait à un charme plus conventionnel, mais il avait cette proximité immédiate avec les élèves, cette capacité à raconter l'histoire de l'Écosse comme il conterait une histoire autour d'un feu. Il était aimé autant pour son petit accent écossais qui ressortait parfois à la prononciation des noms traditionnels, ses cheveux mi-longs coiffés en arrière et son rideau de barbe qui s'étirait de temps en temps pour laisser apparaître des dents blanches parfaitement alignées, que pour sa manière de présenter des actes barbares avec fascination et de s'attirer l'émerveillement de son auditoire en racontant des atrocités. Hisaé était, pour une fois, attentive en classe.

Après le dernier cours de la semaine, je rejoignis Daria au coin d'une petite rue pavée où elle m'avait donné rendez-vous. Son accoutrement me fit rire ; je sentais qu'elle avait tenté de s'apprêter avec ce qui était pour elle une tenue adéquate pour un rendez-vous galant. Elle avait séparé ses cheveux en deux, réalisant un chignon sur le dessus et laissant l'autre moitié cascader jusqu'à ses genoux. Elle portait un tutu rose poudré par-dessus un pantalon en cuir, un perfecto noir et de grosses bottines à semelles épaisses, agrémentées de lourdes attaches métalliques qui cliquetaient quand elle marchait. Ses yeux d'un bleu si clair étaient toujours cerclés de khôl noir, et ses bras squelettiques soulevaient ses habituels joncs de tôle. Daria était prête pour revoir l'amour de sa vie.

« Salut, p'tiote, me dit-elle en me voyant traverser la rue. Tu connais l'Blackbird Tea House ?

— Bonjour, Daria ! Non, pas du tout. C'est là-bas qu'on se rend ?

— Ouais, ben j'sais pô si on va y arriver parce que j'comptais sur toi pour nous y emmener, répliqua-t-elle, ponctuant sa phrase d'un reniflement grossier.

— C'est à cet endroit que vous vous êtes donné rendez-vous ?

— Ouaip, c'moi qui lui ai dit.

— Bah ? Tu dois savoir où c'est alors ?

— T'es bouchée, p'tiote ? J't'ai dit qu'j'savais pas.

— Pourquoi tu lui as donné rendez-vous là-bas, alors ?

— Ben j'suis allée dans un cybercafé pour trouver un endroit sympa. Pis j'ai vu Blackbird, j'me suis dit qu'c'était un chouette nom. Alors j'lui ai dit Blackbird.

— OK, bon, je vais regarder sur mon téléphone. »

Nous entreprîmes une marche pendant laquelle Daria fuma environ quatre ou cinq cigarettes. Elle était manifestement stressée, anxieuse – ou tout simplement consommait-elle le nombre habituel de cigarettes qu'elle fumait quand Maggie, Yvonne ou qui que ce soit d'autre ne le lui interdisait pas. Nous traversâmes le centre-ville et ses bâtiments gothiques, empruntant des petites ruelles pavées, des passages en pierre voûtés. Le Blackbird était assez éloigné de notre emplacement de départ, ce qui nous permit de faire une petite balade. Daria, qui ne resta pas mutique très longtemps, me raconta ses anecdotes personnelles sur certains lieux de la ville. Comment cette cathédrale de style gothique était toujours ouverte, même la nuit, et qu'elle pouvait être un refuge confortable pour dormir. Ici, avait-elle désigné en pointant son index, il y avait une sorte de renfoncement dans la façade d'un immeuble où des gens dealaient toujours du poppers et d'autres drogues qu'elle me déconseillait vivement d'expérimenter. Daria n'avait comme vice que la cigarette. Après avoir vu les ravages de l'alcool sur sa mère, elle avait évité toute forme de consommation addictive. Maggie lui préparait toujours une version sans alcool de ses fameux bellinis, et les célébrations au champagne étaient remplacées pour elle par du cidre.

Nous arrivâmes enfin devant un établissement qui détonnait dans l'environnement neutre de la pierre qui habillait les murs de chaque bâtisse. Le Blackbird Tea House ne ressemblait en rien à un oiseau noir. Non, il évoquait plutôt un flamant rose ou un cacatoès rosalbin. La devanture était rose et, de ce que nous vîmes en nous rapprochant, l'intérieur aussi. La porte était entourée d'une arche composée de fleurs en tout genre, et tout semblait d'une délicatesse infinie.

Nous franchîmes l'entrée ; je passai en tête, devançant Daria qui semblait hésitante. Elle balaya du regard l'intégralité du salon, me faisant ainsi comprendre que nous étions les premières. Nous nous fîmes installer à une table ronde autour de laquelle une banquette en velours rose poudré s'enroulait. Daria attirait les regards dans cet endroit où les murs étaient recouverts de fleurs roses et où même les pâtisseries servies représentaient des éléments floraux. Daria, qui ne se laissa pas ébranler, me donna un coup de coude :

« Ben, tu vois p'tiote, j'ai tapé dans l'mille avec mon tutu. »

Elle rit très fort de sa voix rauque et grave.

« Vous vous êtes donné rendez-vous à quelle heure ? demandai-je.

— 17 h 30.

— Daria, il est 16 h 30 ! dis-je, réalisant que nous avions une heure d'avance.

— C'est bien, p'tiote, tu sais lire l'heure, y a plein d'gamins qui savent plus lire l'heure. Tu leur demandes dans la rue, et soit ils détalent en courant pour les plus minus d'entre eux, soit ils regardent leur téléphone. »

Je ne savais même plus quoi répondre à Daria. Elle brisa à nouveau le silence :

« T'as rien dit à Maggie, p'tiote ?

— Non, je ne lui ai rien dit, Daria, ne t'inquiète pas.

— T'es un brave p'tiote, toi… », me dit-elle avec affection en tapotant la main avec une force peu contenue.

Nous attendîmes donc dans cet écrin de velours rose, fixant la porte d'entrée. Nous vîmes surtout des femmes entrer, ce qui rendait la reconnaissance plus facile, mais, pour occuper le temps d'attente, je la questionnai :

« À quoi il ressemble, ton amour de toujours ?

— Tu verras bien, p'tiote », répondait-elle mécaniquement sans lâcher la porte du regard.

Pour combler les quelques dizaines de minutes qu'il nous restait à patienter, je décidai de sortir mon journal et de décrire le décor presque onirique que nous avions sous les yeux. Je rendis compte des tables qui, j'en étais persuadée, étaient organisées de sorte à représenter des fleurs depuis une vue aérienne. Je regardai les étals remplis de pâtisseries colorées, toujours dans une dominante de rose ; les femmes, bien apprêtées avec leur petit sac façon Lady Di dans des teintes poudrées. Tout n'était que délicatesse dans cet environnement. Je commençais à dessiner une sorte de plan des lieux quand Daria se leva doucement, les deux mains appuyées sur la table comme pour s'aider à tenir debout. Je refermai mon carnet et relevai la tête en direction de la porte.

Et là, je le vis. L'amour. L'amour par le regard. L'amour intact même après cinquante ans. La brûlure dont parlait Lyrah, je la ressentais, sa chaleur me gagnait devant cette scène d'une force indescriptible.

« Daria…

— Julianne… », parvint à murmurer Daria.

Les deux femmes s'observaient avec l'intensité d'une première fois. Elles étaient face à face, stoïques. Les yeux qui disaient ce que la bouche taisait. Il y avait entre elles la force d'un aimant retourné, une sorte de distance infranchissable. Et puis, soudainement, Daria sortit de sa torpeur et se jeta à son cou. Leur étreinte dura une éternité et je me rendis compte que ce moment si fort m'avait arraché quelques larmes. Je tournai la tête pour découvrir la petite-fille de Julianne qui devait avoir quelques années de plus que moi, à peine, et qui pleurait, elle aussi.

Après ce premier contact ému, nous nous présentâmes les unes aux autres, et prîmes place dans ce coquillage intime. Violet, la petite-fille de Julianne, m'adressait des sourires ravis, attendris, que je lui rendais avec le même air de douceur. Les deux femmes se tenaient les mains, elles s'agrippaient, se touchaient comme si leur vie en dépendait et que la fragilité de ce lien pouvait se rompre à la moindre seconde d'égarement. Leurs regards embués disaient tout. Et Violet et moi restions silencieuses à admirer cet instant hors du temps.

Une serveuse prit notre commande, qui fut plus que laborieuse tant nous étions toutes ébranlées, et cette confusion globale l'agaça. À vrai dire, j'étais même incapable de savoir si j'avais choisi quelque chose ou non. Mais rien ne pouvait altérer cette douce quiétude, pas même l'impatience d'une serveuse.

Daria et Julianne restaient muettes, incapables de parler. Je les comprenais mieux que quiconque : parfois, les mots ne sortaient pas.

Violet engagea la conversation naturellement, sans se sentir forcée par un quelconque malaise ; elle me demanda si j'étais au courant pour sa grand-mère et Daria. Je lui répondis que non, mais tus la partie sur le kidnapping de chats, le réveil en pleine nuit façon film d'épouvante et le fait que je n'étais pas vraiment sa petite-fille. Violet avait vingt-sept ans, elle venait de se fiancer. Elle était chercheuse en biologie médicale. Elle me raconta le passé de Julianne, ce qu'elle en savait.

Julianne avait un an de moins que Daria. Elle avait vécu dans une famille très religieuse, dominée par un père tout-puissant et un dieu omnipotent. Elle avait toujours voulu faire des études de médecine, devenir infirmière, travailler, mais ses parents trouvaient cela inconvenable. Même dans les années 70, l'image de l'épouse qui reste à la maison était encore un modèle duquel il était difficile de s'échapper.

Julianne reprit ensuite le récit, m'observant de ses grands yeux noisette qui brillaient. C'était toujours une belle femme, et l'on voyait qu'elle prenait grand soin d'elle. Ses cheveux châtains coupés au carré étaient parfaitement coiffés ; elle portait un trench-coat bleu clair et de petits gants blancs délicats. Avec son chapeau, elle me faisait penser à Mary Poppins.

Ce fut donc après une énième dispute avec son père que Julianne avait fui et qu'elle avait rencontré Daria. Les deux jeunes femmes s'étaient aimées passionnément ; jamais elles n'auraient pensé pouvoir vivre un jour un tel amour.

Daria laissait son âme sœur conter leur destin en silence, acquiesçant d'un mouvement de tête, les yeux embués, revivant des réminiscences du passé. Julianne avait disparu sans donner de nouvelles et, même si sa mère lui manquait, elle avait vécu la plus belle année de sa vie. Un ami de la famille l'avait finalement reconnue, un jour qu'elle sortait du minibus, la main dans celle de Daria, et son père, dans toute sa cruauté et sa vengeance, avait réussi à la retrouver et l'avait mise face à un chantage odieux : il lui proposait de la laisser suivre des études de médecine à condition qu'elle épouse un garçon qu'il avait préalablement choisi. Si elle refusait, il préviendrait toutes les institutions de sa perversion morale, lui signifiant qu'il avait engagé un détective et qu'il avait en sa possession des photos d'elle embrassant Daria. Julianne, à ce moment-là, avait pensé mettre fin à ses jours. Elle était piégée. Malgré son amour pour Daria, elle conservait un sens pratique : de quoi allaient-elles vivre le jour où elles souhaiteraient poser leurs valises quelque part ? Qui accepterait de leur offrir du travail ? Elle savait que la colère de son père serait sans limites, pour elle comme pour Daria. À l'époque, des hommes étaient encore condamnés à des peines de castration chimique pour le seul crime d'aimer un autre homme. Julianne, pour qui aimer Daria avait toujours été une évidence, ne voulait pas vivre cachée, mais ne voulait pas non plus subir intimidation et oppression. Alors, elle avait fait un choix qui n'en était pas vraiment un. Elle avait dû épouser un homme qui la répugnait pour pouvoir étudier et jouir d'une sorte de paix sociale tout en souffrant d'un enfer émotionnel interne. Elle raconta ses dures années de mariage, les viols conjugaux dont elle avait été victime et comment, dans tout ce tumulte, elle avait eu la force de tenir : grâce à Ernest, son unique enfant, le père de Violet. Celui qui s'opposait aux colères de son père, celui qui fut frappé parfois à la place de sa mère. Un jour, Ernest, qui venait d'avoir seize ans, avait fait ses valises et celles de sa mère et lui avait sorti la brochure d'un foyer. Ils avaient fui, ensemble. Julianne avait demandé le divorce et, après une longue procédure pendant laquelle ses parents et son époux avaient tout fait pour la mettre à terre, elle avait avancé, épaulée par son fils.

J'écoutais sans intervenir, fascinée par ce destin, cette résilience, cette force. Par ce jeune garçon que j'imaginais clairvoyant sur la situation de sa mère. Héroïque.

Julianne enchaîna sur la vie d'après. Avec Ernest, ils avaient trouvé un petit appartement qu'une vieille femme divorcée avait accepté de leur louer après plusieurs dizaines de refus – il n'était pas évident d'être mère célibataire à l'époque. Ernest était un garçon facile, autonome, et ils s'en sortaient bien, tous les deux, malgré les horaires d'infirmière difficiles et la pesanteur du quotidien. Ernest avait marché dans les pas de sa mère et était devenu médecin. Il avait épousé Clare, la mère de Violet.

Julianne parlait avec des perles de larmes dans les yeux. Tout ce qu'elle disait aurait pu être retranscrit, archivé avec précaution. Elle énonçait parfois des affirmations déchirantes, nous confiant : « J'ai l'impression que toute ma vie n'a été que souffrance, mais je crois que je ne le regretterai jamais, car de cela est né mon fils. Je n'ai jamais rien réussi de mieux qu'Ernest, et j'ignore comment autant d'amour a pu naître d'une telle relation de haine. »

Je me rendis compte au bout de tout ce récit que je n'avais pas touché à mon thé, captivée par ce que j'entendais et qui apparaissait en images dans mon esprit. Daria était restée silencieuse. Je m'étonnais qu'elle soit capable de tenir une trentaine de minutes sans sortir une cigarette de son paquet. Mais c'était une réalité.

Je la voyais, éblouie, déchiffrer chaque ride sur le visage de son amante. Chaque petite tache comme marque du temps. Chaque mouvement de sa bouche quand elle parlait. Daria était ailleurs. Ailleurs, mais avec Julianne.

Vint le tour de Daria, encouragée par Violet à livrer sa version des faits. Elle fut beaucoup plus brève, expliquant qu'il y avait eu une fracture, un avant et un après, mais que dans la vie pratique, rien n'avait changé. Seul son cœur était désormais fermé. Elle évoqua le moment où ses années folles s'étaient estompées, la nécessité de travailler, les petits boulots, sa rencontre avec Yvonne. Au bout de quelque temps, Violet l'interrompit :

« Et alors, comment on en arrive à Milly ? » demanda-t-elle avec une curiosité attendrie.

J'étais gênée par avance, et je cherchais Daria du regard, paniquée, sans savoir quoi répondre.

« Milly est la p'tite-fille d'Maggie, une d'mes meilleures amies », répondit Daria, tout simplement.

Je vis que Violet cherchait dans ma direction une explication, quelque peu confuse.

« J'vais vous dire, reprit-elle en retrouvant de l'assurance, le sang, la famille, c'est qu'des conneries. Tu peux avoir une p'tite-fille qu'tu détestes, une grand-mère qui t'sort par les trous d'nez. Moi, j'crois au r'gard, et quand j'vois Milly, un peu bizarroïde à griffonner des trucs, à être tout l'temps dans la lune, j'me dis : "Ça, c'est ma p'tiote." J'le vois, c'est comme ça. J'ai pas b'soin que quelqu'un ait visité mon utérus pour qu'ça soit ma p'tiote. C'est une sacrée fille, Milly, vous savez ? Elle écrit des bouquins, j'sais même pas comment elle fait. Pour sûr, si elle était sortie indirectement d'mon utérus, elle aurait pas su écrire autant, dit-elle avant de s'esclaffer. Mais elle est là, et j'vais vous dire, j'suis fière d'tout c'qu'elle fait. C'est ma p'tiote. J'le sais, ça passe par les yeux, fit-elle en pointant son index sur sa tempe avant de plaquer une main sur sa poitrine, et par le cœur. »

Daria me laissa sans voix. Je fus incapable de dire, ou même de prévoir dans mon cerveau, la phrase, le paragraphe que j'aurais voulu écrire. Je me contentai de serrer sa main dans la mienne, et de la regarder, les joues mouillées de larmes et le regard qui disait tout.

J'avais beau connaître toutes ces vérités, savoir que l'amour n'avait pas besoin d'être lié au sang ni préétabli entre deux sexes différents selon de petits préceptes édictés par de grands abrutis, je n'en demeurais pas moins touchée. « Savoir » et « voir » avaient peut-être la même racine étymologique, mais il y avait une différence substantielle.

Le regard.

Violet et moi quittâmes le Blackbird en même temps, laissant un peu d'intimité à ces merveilleuses retrouvailles. Nous en sortîmes toutes les deux délestées de plusieurs paquets de mouchoirs, et nous nous regardâmes, plantées sur le trottoir, devant ce petit salon de thé aux allures de marshmallow onirique, les yeux rouges, et nous rîmes ensemble de cette scène. Violet me ramena en voiture à la maison ; j'appréciais déjà beaucoup sa compagnie. Elle me proposa que l'on se revoie, à l'occasion, ce que j'acceptai volontiers.

Je rentrai, regagnai mes appartements sans éprouver ni la faim ni la soif – mon métabolisme étant occupé à assimiler la déferlante d'émotions que je venais de vivre – et fouillai mes placards à la recherche d'un carnet vierge. Je n'en trouvai aucun et décidai, le lendemain, de faire un tour à Salt & Paper, afin d'acheter un nouveau carnet dont la première page serait noircie du titre « Dans les yeux de Daria ».

Samedi 26 septembre,
Maison.

Chère Lyrah,

J'ai eu encore grand plaisir à te lire cette semaine. Je suis heureuse d'apprendre que ta rentrée s'est bien passée, et ravie de voir que ton génie créatif est toujours illimité. Comment fais-tu, ma chère Lyrah, pour avoir mille idées à la seconde, toutes plus géniales les unes que les autres ? Quelle chance j'ai d'avoir une amie comme toi. J'espère qu'un jour – enfin, je n'espère pas, je m'impatiente – j'assisterai à une rétrospective de tes œuvres. Quelque chose qui s'appellerait : « Lyrah Berolzheimer, la singularité dans l'uniformité ».

C'est tout toi, ce bout de papier lilas dans cette jarre de papiers blancs.

Je trouve que t'inscrire à ce genre de commandes d'œuvres pourrait être intéressant. J'y ai réfléchi, en transposant le cas à une histoire. Accepterais-je d'écrire une histoire dont le scénario serait déjà établi ? Au début, je me suis dit : « Oh non, quelle hor-

reur ! » Et plus j'y pensais, plus je me disais que c'était déjà le cas, finalement. Je ne retranscris que la vie réelle de mes personnages fictifs. Je suis leur plume, leur réceptacle, et je raconte l'histoire qu'ils veulent me faire écrire. Alors oui, je trouve qu'il pourrait être intéressant, et excitant aussi, de t'emparer d'un sujet qui n'a pas initialement germé dans ton cerveau et l'utiliser, le convertir, y imprimer ta singularité.

Un jour, nous écrirons ensemble un traité sur l'art et la création. Une œuvre à quatre mains. Mais n'est-ce pas déjà ce que nous faisons, indirectement ? Raconter ensemble depuis des années notre histoire ?

Peut-être qu'un jour, nous serons assez célèbres pour que nos échanges soient consignés dans un de ces gros livres blancs à la couverture sobre, édités en plusieurs volumes :

Correspondances
Lettres à Lyrah
2004 - ...

Je lis toujours tes conseils concernant Zach. Je dois l'admettre, oui, j'avais une plaie béante peuplée de petits papillons, mais je n'en viens jamais au stade de la conviction. Je ne vois autour de moi que des amours fulgurantes, des évidences qui demeurent intactes pendant des décennies. Je fais donc le choix d'être un protagoniste latent : je mets cette partie de l'histoire de côté, et j'attends de voir ce qu'elle deviendra.

J'ai assisté à un moment incroyable, entre Daria et son grand amour, Julianne. Je ne me remets toujours pas de cet instant depuis hier. Daria qui s'était apprêtée d'un tutu rose pour revoir une femme dont l'amour, qui s'est passé de mots et de regards pendant cinquante ans, ne s'est jamais écaillé. Tu les aurais vues, Lyrah... Et leurs yeux... Leurs yeux disaient tout. Je suis émue rien que de te raconter tout cela. Pour te la faire courte – car c'est une histoire incroyable que j'espère pouvoir écrire un jour, avec leur consentement, évidemment – Daria et Julianne se sont aimées à vingt ans. Julianne avait quitté sa maison, fuyant un père représentant tout ce que tu détestes : autorité, dévotion religieuse... Elle a rencontré Daria, a vécu avec elle, jusqu'à ce que son père la piège : soit elle acceptait d'épouser un homme si elle voulait suivre ses études d'infirmière pour lesquelles elle se battait depuis toujours, soit son père prévenait les hôpitaux et autres établissements susceptibles d'accueillir Julianne en les avertissant des tendances de sa fille. Elle avait été piégée et, à l'époque où la castration chimique était encore une peine pour les homosexuels – non mais tu te rends compte ? –, elle avait préféré capituler, et protéger Daria, aussi.

Cette histoire m'a brisé le cœur, mais l'amour palpable que j'ai vu circuler entre ces deux femmes l'a instantanément réparé. Leurs mains étaient sans doute plus ridées qu'au premier toucher, mais je les imaginais comme au premier jour.

Daria avait raison : tout était dans le regard. Le même qu'Eddy quand il touche le ventre de Willa ; le même que mon père quand il encercle ma mère de ses bras lorsqu'elle accroche ses boucles d'oreilles face à son miroir. Sans doute le même qu'Oscar qui t'observe sortir un pinceau de ton chignon pour rajouter une touche de peinture sur ta toile.

Je crois que je suis amoureuse de l'amour, que je suis faite pour l'écrire, le célébrer, plus que pour le vivre.

Je suis contente de voir que tu es impatiente à l'idée de retourner dans les bars avec tes amis. Tu es si différente, ma chère Lyrah, et je vis à travers toi mille vies par procuration. Je te laisse donc explorer les bars, et je m'occupe des salons de thé. D'ailleurs, Daria en a trouvé un spécialement pour le rendez-vous. Le Blackbird. Ce nom lui avait parlé – elle imaginait, je pense, un endroit un peu sombre. Nous sommes tombées sur un salon de thé tout rose, avec des fleurs partout. Tu imagines le décalage.

Alors, question : les propriétaires sont-ils idiots ou ont-ils un sens de l'humour visionnaire ?

Au risque de te décevoir, rien ne me vient pour l'anagramme de Zachary Cunningham. Mais je vais y réfléchir. Pour ce qui est de Rudolf Banart, ou d'Alphard Burton, je le retrouve cet après-midi. Je ne l'ai pas dit à Zach, qui trouve déjà déplacé et « très limite », selon lui, qu'un professeur m'aide dans le cadre d'un projet personnel, alors je ne vais pas en plus lui dire que je le rejoins un samedi, en dehors des cours.

Puis-je te confier un secret, Lyrah ? Je suis anxieuse. Mais pas dans le sens où je veux me terrer dans un coin (j'ai bien retenu ton post-scriptum), plutôt dans celui où j'ai peur de faire une bêtise, peur d'avoir quelque chose entre les dents ou de lui postillonner dessus en parlant. C'est dans ces moments-là que j'aimerais que tu sois à mes côtés, là, dans mes appartements, et que nous passions en revue mon dressing pour choisir une tenue. Heureusement que Maggie est là.

Je te laisse donc, ma chère Lyrah, pour aller retrouver ma Maggie et ses conseils. Hâte que tu m'en dises plus sur ta rentrée, et sur ta beuverie du samedi soir. Sois prudente.

Je t'embrasse et ai hâte de te lire,

Ta dévouée Milly

19

Nous prîmes le petit-déjeuner en famille et Maggie me rejoignit ensuite dans mes appartements pour m'aider à trouver ma tenue. Elle avait un sourire en coin qui disait : « Milly Davis, n'essaye même pas de me faire croire que cet après-midi avec ton professeur ne te fait ni chaud ni froid. » Et je lui fus reconnaissante, comme toujours, d'énoncer cela sans oralité.

« Très bien, mon ange, qu'est-ce que tu me proposes ? dit-elle en prenant place sur la duchesse rose de mon dressing sur laquelle elle étendit ses longues jambes fines.

— Aucune idée, je ne sais pas quoi mettre. J'ignore où l'on va, je ne sais pas si je vais devoir me baisser et si, dans ce cas-là, je ne dois pas plutôt mettre un pantalon ou un short pour éviter tout risque de déballage de mes sous-vêtements. Mais… »

Maggie m'interrompit en riant aux éclats.

« Quoi ?

— Mais tu veux quand même te faire jolie et aimerais beaucoup porter une robe ou une jupe, c'est bien cela ? fit-elle avec un clin d'œil.

— Je ne dirais pas jolie, mais plutôt, euh… présentable ?

— Oui, c'est cela, mon ange, présentable. Pourquoi ne mettrais-tu pas quelque chose de long ? Une jupe midi plissée, par exemple, tu en as plein.

— Ah oui, bonne idée. »

J'extirpai les cintres des portants encombrés de mon dressing et les passai en revue devant Maggie qui se contentait de hocher la tête, tantôt pour approuver, tantôt pour passer à la suivante.

« Au fait, tu seras là ce soir à notre réunion ? demanda-t-elle tout en poursuivant son rôle de juge vestimentaire.

— Oui, je ne pense pas rentrer tard !

— Comme mercredi ? demanda-t-elle avec malice.

— Terracotta à pois blancs ou bleu marine à pois blancs ? dis-je sans relever sa remarque, présentant tour à tour chaque jupe plissée ondulant devant moi.

— Terracotta à pois blancs. Alors, Milly Davis, à quoi ressemble-t-il ce professeur ?

— Chemisier blanc ou beige ? À un homme d'un autre siècle.

— Chemisier blanc ! Ah, c'est un monsieur âgé ?

— Bottes ou Richelieu cognac ? Non ! Je crois qu'il a trente-six ou trente-sept ans, mais il a l'air de sortir d'une autre époque, avec ses costumes en laine, sa moustache…, dis-je en m'habillant.

— Richelieu ! Intéressant, dit Maggie, en souriant.

— Béret ? Trenchcoat ?

— Oui, parfait mon ange, tu es superbe. »

Maggie se leva de la duchesse et réajusta mon béret. Elle plaqua ses deux mains sur mes épaules, et les fit descendre le long de mes bras.

« Je suis contente que tu sortes, que tu voies du monde. Ça te fera du bien de parler à des gens.

— J'ai Lyrah à qui parler, tu sais, dis-je en cherchant dans les tiroirs de l'îlot du dressing une paire de lunettes de soleil *cat's-eye* façon Elizabeth Taylor à la monture en écaille marron.

— Je sais, mon ange, mais c'est important d'avoir des contacts humains, aussi, en dehors du papier que tu écris ou que tu lis.

— Oui, Maggie, je sais. Un jour, je proposerai à Lyrah d'aller boire un thé, je te le promets.

— D'accord, mon ange, on en reparlera plus tard », répondit-elle avec un sourire qui me parut triste.

Je me fis conduire à la faculté devant laquelle le Pr. Burton m'attendait, assis sur un banc, lisant un journal qui datait de quelques jours et qu'il reposa près de lui lorsqu'il me vit sortir de la voiture. Il vint à ma rencontre, souriant, vêtu d'un énième costume en laine marron aux coudières en daim.

« Bonjour, Daisy, dit-il avec enthousiasme et bonne humeur, comment allez-vous ?

— Bien, merci, et vous ?

— Je vais bien, merci. J'avais peur que vous ne vous découragiez à l'idée de venir sur le campus un samedi après-midi, plaisanta-t-il.

— Quand même, je n'allais pas vous faire faux bond. C'est déjà gentil d'occuper vos samedis à cela.

— Oh, vous pensez que c'est une corvée pour un paléographe d'aller farfouiller dans les méandres d'une boutique poussiéreuse et sombre pour trouver les représentations du Royal Opera House à l'aube de l'époque victorienne ? C'est mal connaître ces spécimens. »

Je ris et il tendit le bras pour m'indiquer la direction dans laquelle nous allions.

« Vous allez vraiment m'emmener dans une boutique sombre et poussiéreuse ? demandai-je pendant la marche.

— J'en ai bien peur, oui. J'aurais peut-être dû vous préciser de ne pas revêtir des vêtements trop délicats. Vous serez, j'en suis certain, la personne la plus élégante qui ait jamais franchi le seuil de cet endroit. »

Je m'étonnais que la conversation soit si facile en sa compagnie. Alphard Burton était jovial, ouvert et bavard quand il le fallait. Il n'était pas intimidé par le silence et le meublait seulement quand il avait quelque chose de pertinent à dire.

Nous marchâmes pendant une dizaine de minutes, empruntant des ruelles étroites, des escaliers de pierre et des passages qui m'étaient totalement étrangers dans une ville que je connaissais pourtant depuis toujours. J'admirais les parties les plus anciennes de la ville à l'architecture gothique et m'abreuvais des anecdotes historiques que le Pr. Burton m'offrait. C'était une visite hors des sentiers battus, et je l'écoutais avec attention, parfois avec sérieux, mais souvent en riant.

Nous arrivâmes enfin devant une petite porte en bois qui semblait d'une époque lointaine. Seules une petite fenêtre et une pancarte accrochée à la façade annonçaient l'accueil au public, bien que je doute que la simple mention de « VIEUX LIVRES » sur l'écriteau rouillé n'attire les promeneurs. Avant de frapper à la porte, il se retourna et me dit :

« Je comprendrais qu'à ce stade vous soyez terrifiée, aussi ne prendrais-je pas mal le fait que vous indiquiez votre position à des membres de votre famille, plaisanta-t-il. Le propriétaire peut être un peu rustre, mais il est très gentil. Je vous laisse quelques secondes pour envoyer un signal de détresse ?

— Non, ma géolocalisation est déjà activée, ma grand-mère pourra venir me chercher », ironisai-je.

Il rit puis frappa à la porte avec l'articulation de son index. Nous entendîmes des pas approcher, et un homme, dont la petite taille était proportionnelle à celle de la porte, ouvrit.

« Alphard ! s'écria-t-il avec un accent que je n'arrivai pas à déterminer.

— Bonjour, Malcolm ! répondit-il avec une poignée de main amicale et chaleureuse. Je suis venu avec Milly Davis, une écrivaine.

— Bonjour, ma p'tite dame ! dit-il en relevant sa casquette usée, passant la tête par la porte pour m'observer sur le trottoir.

— Bonjour, monsieur, enchantée ! dis-je en m'approchant, la main tendue.

— Appelle-moi Malcolm ! »

Alphard me tint la porte et me succéda, baissant la tête pour éviter un éventuel traumatisme crânien. Je suivis du regard ce petit homme aux allures de *leprechaun*, aussi large que long, avec des favoris et une épaisse barbe blanche, claudiquer dans un petit couloir où il ouvrit une nouvelle porte, un peu plus grande cette fois-ci. Nous débouchâmes dans une pièce sans fenêtre, une sorte de caveau dans lequel s'entassaient des milliers de livres de tout âge et d'époques indéterminables. Il n'y avait qu'une faible ampoule au plafond, la pièce étant en partie éclairée par des lampes à pétrole ou tout autre luminaire ancien, disséminés un peu partout dans ce bazar de papiers.

« Alors, qu'est-ce qui t'amène mon vieux ? demanda Malcolm en insérant du tabac dans sa pipe.

— Nous avons des recherches à faire, majoritairement sur la période prévictorienne et victorienne. Dans le domaine des arts.

— Ohhh, dit-il en allumant sa pipe, y a d'quoi faire ! Et c'est pour quoi, ces recherches ? Vous faites une thèse ? »

Alphard se tourna vers moi, attendant que je prenne la parole au lieu de parler pour moi comme si j'étais une enfant.

« J'écris un roman qui se passe à cette époque.

— Ah oui ? C'est drôle ça ! Et ça s'appelle comment, vot' livre ?

— *Les espérances des femmes Templeton.* »

Il tira une bouffée de sa pipe, et dit :

« Jamais entendu parler. Mais faut dire, j'parle pas beaucoup avec les gens. Et puis, j'ai déjà d'quoi faire avec tout ça », plaisanta-t-il en montrant la pièce.

Je ne me sentis pas du tout offensée et ris de bon cœur avec lui.

« Tu permets qu'on jette un œil, Malcolm ? demanda Alphard.

— Fais donc, mon brave ! lui répondit-il.

— Merci, Malcolm. Milly, est-ce que je peux vous débarrasser de votre pardessus ? Il est temps de se mettre au travail. »

Je lui tendis mon trenchcoat qu'il alla accrocher à un porte-manteau bien caché au niveau de la porte. Il devait sans doute avoir passé beaucoup de temps dans cet endroit, aussi anachronique que la personne qu'il semblait être.

« Comment est-ce classé ? » demandai-je en m'approchant des nombreux rayonnages collés les uns aux autres à tel point que deux personnes ne pouvaient se croiser.

J'entendis les deux hommes rire et Alphard, débarrassé de sa veste, retroussa ses manches de chemise en s'approchant de moi.

« Il n'y a pas de classement. »

Je le regardai avec insistance, persuadée qu'il s'agissait d'une plaisanterie. Il rit à nouveau.

« Il y a combien d'ouvrages, ici ?

— Beaucoup trop pour que j'réussisse à tous les lire avant de mourir ! dit Malcolm, désormais assis à son bureau éclairé par une bougie.

— Plusieurs milliers, je pense, dit Alphard à mes côtés.

— Ils ne sont vraiment pas classés ?

— Non. Il y a eu bon nombre de tentatives : Glenn et Bernus, vos professeurs d'histoire écossaise et d'histoire coloniale, s'y sont essayés à maintes reprises. Mais nous nous sommes tous découragés.

— Ce que je peux comprendre…, dis-je en fixant les multiples rayonnages.

— Vous avez des questions avant qu'on se mette au travail ?

— Oui, beaucoup trop ! Comment… enfin, qu'est-ce que c'est que cet endroit ?

— Je comprends vos interrogations, les lieux comme celui-ci deviennent des spécimens en voie de disparition. Malcolm est arrivé d'Écosse je ne sais comment ; son histoire personnelle a une version pour chaque personne à qui il la raconte. Nous avons découvert cet endroit quand nous étions étudiants, Glenn, Bernus et moi. Glenn cherchait un ouvrage bien particulier sur le tartan. J'ignore de quelle façon il a trouvé cette adresse. Imaginez-vous, la première fois que nous sommes arrivés ici. À l'époque, nous n'avions ni GPS sur nos téléphones, ni professeur un peu étrange pour nous guider, mais un plan que Glenn tenait à bout de bras. C'était particulièrement cocasse, si vous voulez mon avis. Malcolm récupère des livres anciens de partout – je ne sais même pas comment, à vrai dire – et il les entasse. Ses motivations sont mystérieuses, mais il est appliqué. Il n'y a effectivement aucun classement, ce qui peut s'avérer périlleux et en décourager bon nombre, mais ce lieu regorge de livres inédits qui ont échappé à la destruction.

— Est-ce que c'est l'idée d'un paradis pour paléographe ?

— Oui, rit-il, en quelque sorte. Vous voulez souligner que ce n'est pas le cas pour une écrivaine ?

— Non, bien sûr, quel malheur pour quelqu'un qui raconte des histoires que de se retrouver au milieu de milliers d'ouvrages ! »

Il tourna son visage vers moi, mettant fin à la contemplation des rayonnages à laquelle nous nous adonnions jusqu'alors, et, avec un sourire, me dit :

« Vous pouvez être piquante, Daisy Mill. Très bien, reprit-il après quelques secondes de silence, on s'y met ? »

Ainsi, nous passâmes l'après-midi à ouvrir des livres, à feuilleter avec précaution les premières pages souvent déchirées des ouvrages anciens, puis à les refermer quand ils ne concernaient pas nos recherches. Je sentais la poussière s'accumuler dans les interstices de mes empreintes digitales. Il y avait plusieurs groupes de rayonnages, et nous décidâmes de commencer par celui le plus proche de la sortie, Alphard m'informant que l'autre partie était encore moins éclairée, à tel point qu'il fallait s'équiper de lampes frontales. Nous commençâmes par la première sur la droite, chacun à une extrémité, ouvrant méthodiquement tous les livres. Au début, silencieusement, individuellement, puis s'installa un jeu : nous relevions les sujets de livres les plus absurdes et incongrus et lisions oralement les premières pages. Nous rîmes pendant plusieurs minutes sur un vieil ouvrage datant de la fin du XIXe qui traitait des relations entre les jeunes octopodes. Il y avait de vieux annuaires, des périodiques autrichiens datant du XVIIIe, des comptes-rendus de sociétés diverses, des bulletins de chirurgie du XIXe. J'aimais la manière dont il se passionnait de tout, s'exclamant à voix haute : « C'est fascinant, fa-sci-nant. »

Sans véritable visibilité sur l'extérieur, je n'avais aucune idée du temps qui passait. J'avais l'impression que cet endroit était une sorte de faille temporelle où rien n'aurait pu passer les contrôles sanitaires et autres diagnostics énergétiques. Je voyais parfois Malcolm rallumer sa pipe ou la bougie sur son bureau, éteignant à peine l'allumette qui menaçait les nombreux papiers qui l'entouraient.

Alphard ricanait parfois tout seul, puis il venait à côté de moi et pointait de son index les phrases qui le faisaient rire. Par moments, il sortait un minuscule carnet de sa poche dans lequel il griffonnait des informations diverses et variées.

Mes yeux commençaient à fatiguer et je m'appuyai contre le mur de pierre voûté pour faire une pause. Il me rejoignit au bout de quelques minutes.

« C'est fatigant, n'est-ce pas ? Qui a dit que les paléographes et les archivistes n'étaient pas sportifs ?

— N'exagérons rien, plaisantai-je.

— Vous vous moquez, rit-il, mais vous avez été la première à déclarer forfait et à aller reposer votre dos ou vos jambes endolories. Et de nous deux, vous n'êtes pas la plus vieille. Ou alors, vous devez sans doute avoir une très bonne constitution et consommer beaucoup d'aliments antioxydants. Très bien, reprit-il après quelques instants, que diriez-vous d'un thé pour nous remettre de nos émotions ?

— Avec plaisir, oui. »

Nous quittâmes donc l'antre de Malcolm – lequel n'était pas vraiment étonné de nous voir repartir bredouilles – pour regagner les artères passantes. Sans même nous être concertés, nous nous dirigeâmes vers le petit salon de thé où Larry et moi nous retrouvions. Il m'était tout à fait improbable que la conversation soit si naturelle, mais j'arrivais à communiquer sans faire d'efforts particuliers. Sur le chemin, il me raconta de nouvelles anecdotes sur l'endroit que nous venions de quitter, comment il y avait passé des journées entières, n'en ressortant que la nuit tombée avec une sensation de décalage horaire comme s'il venait d'un autre continent.

Nous prîmes place au milieu du salon qui était presque complet en ce samedi après-midi. Il ne restait plus que quelques tables disponibles parmi celles qui longeaient le mur. Je m'installai sur la chaise en bois qu'il tira pour moi avant de prendre place en face.

« Alors, dit-il, pas trop découragée par la tâche ?

— Découragée non, mais dubitative, admis-je avec honnêteté.

— Je vous comprends, mais je vous assure que Malcolm a en sa possession des documents que beaucoup de musées lui envieraient. Il a eu de nombreuses propositions d'ailleurs à ce sujet, des collectionneurs de livres anciens qui lui ont proposé des sommes astronomiques pour acquérir la totalité. Il a toujours refusé.

— Pourquoi est-ce qu'il fait ça ? Je veux dire, ça n'a pas l'air bien lucratif, son activité ! De quoi vit-il ?

— C'est un mystère pour tout le monde. Enfin, c'est relatif, "tout le monde" se résume aux quelques personnes de la ville qui connaissent l'existence de Malcolm, soit une poignée d'historiens choisis sur le volet.

— Je me sens flattée, dis-je alors avec amusement.

— Vous pouvez, effectivement. Plus sérieusement, nous pensons qu'il a acquis une certaine fortune d'un héritage, ce qui lui permet de se nourrir et de payer son loyer. J'ignore totalement comment il se procure tous ces documents. Parfois, il ferme la boutique et disparaît pendant des mois, puis il appelle Glenn pour décharger une camionnette complète de caisses remplies de livres. Il répond simplement qu'il a farfouillé à droite et à gauche. Je suis convaincu qu'il n'y a rien d'illégal dans tout ça. Il n'est pas très expansif et garde une part de mystères, ce que, je pense, vous pouvez aisément comprendre. »

Un serveur intervint avant que j'aie eu le temps de répondre et déposa devant nous deux cartes épaisses, de véritables feuillets dressant la longue liste des thés et de leurs ingrédients. Alphard n'ouvrit même pas la sienne, et, croisant les bras en se reculant sur sa chaise, il me dit :

« Choisissez pour moi.

— Pardon ?

— Choisissez pour moi, s'il vous plaît.

— Non, ris-je, je ne vous sermonnais pas sur la politesse, mais je ne sais pas ce que vous aimez, je ne connais pas vos goûts !

— Je sais, mais choisissez ce qu'il vous semblerait me correspondre. Prenez ça comme un jeu.

— Très bien, comment on joue ? Comme un "qui est-ce" des saveurs ? Je vous demande si vous êtes un agrume et vous me dites oui ou non ? »

Il se pencha en arrière, faisant basculer les pieds de sa chaise, et reprit en arrêtant de rire :

« Ça pourrait être une bonne idée, en effet, mais non, je ne vous donnerai pas d'indices.

— Très bien, je vois. Je réfléchis. »

Je parcourus la liste des thés, les thés noirs, les thés verts ou encore les thés sombres. Je ne savais pas par où commencer, craignant de réussir à offenser quelqu'un par une analogie « théinée ». Y avait-il un langage implicite des thés ? Par exemple, dire : « Vous êtes un Cao Bang » signifie-t-il que, comme le thé en question, la personne est amère et âpre ?

« Vous d'abord », dis-je après quelques minutes.

Il s'empara de la carte en riant.

« Très bien, alors… Vous êtes fleurie, c'est certain. J'irais donc vers les thés verts. Et vous êtes aussi un peu fruit sec, sans être offensant, s'interrompit-il en levant les yeux de la carte, il n'y a rien de mal à être un fruit sec, c'est plutôt une bonne chose, si vous voulez mon avis. Vous êtes fleurie, mais différente… je dirais une fleur de cerisier. Alors… »

Je vis son index descendre le long de la carte et s'arrêter d'un coup en bas de la page.

« Voilà, dit-il fièrement, vous êtes le thé vert “Printemps Éternel”.

— Qu’y a-t-il dedans ?

— Notes gourmandes, notes fleuries, thé vert amande et fleur de cerisier, avec des notes complémentaires de bergamote et de poivre. C’est assurément l’image que je me fais de Daisy Mill. »

Il souriait et me regardait avec un air qui voulait dire « à vous de jouer ».

« J’ai compris le jeu, commençai-je. Je crois… oui, je crois que vous êtes boisé. Et un peu épicé, aussi. Mais doux, subtil. Avec un peu de fraîcheur aussi. »

Je repris la carte en main, me concentrai sur les thés noirs et trouvai celui qui ressemblait le plus à Alphard Burton.

« Vous êtes le “Thé des Poètes”, un thé noir fumé au caramel, avec des pointes de citron et de cannelle.

— Bien joué, Daisy. Ça m’a l’air très bien. »

Et sans le savoir, une nouvelle routine était en train de se créer. Désormais, chaque samedi après-midi, à 14 heures devant l’université, je retrouverais Alphard Burton et passerais des heures dans un caveau éclairé presque uniquement par des chandelles à ouvrir des livres, rire des titres peu vendeurs et des sujets complètement loufoques sur lesquels des hommes et des femmes avant nous avaient pu écrire. Nous ressortirions ensuite pour prendre un thé, choisissant chacun l’un pour l’autre, discutant ensemble pendant des heures, parfois des avancées que nous aurions faites, parfois de sujets totalement différents.

En sortant de ce premier rendez-vous, j'ignorais alors que le mercredi venu, il n'y aurait plus de Rudolf Banart ni de Daisy Mill. Je redeviendrais Milly Davis et il serait le Pr. Burton. Rien ne laisserait entrevoir que nous vivions cet instant privilégié chaque semaine. Rien, sauf peut-être ce sourire entendu, discret, complice, qu'il m'adresserait dans son amphithéâtre entre deux anecdotes sur les archives. Ce regard que nous partagerions, détenteur d'un secret bien gardé. À Maggie comme à Lyrah, je ne pus cacher très longtemps que ces moments étaient devenus les plus précieux de ma semaine.

20

« Très bien, très bien, du calme, mesdames ! » s'exclama Maggie après avoir usé de son fameux sifflet.

C'était la première fois que j'étais en retard à une réunion d'Earth 360. Je me faufilai dans les appartements de Maggie, persuadée de me faire gronder par les organisatrices avant de réaliser que je n'étais pas protagoniste de leur club, mais seulement spectatrice. Maggie me toisa d'un regard qui disait : « Milly Davis, il va falloir qu'on parle de ce rendez-vous. » Daria me regardait avec insistance elle aussi, mais d'un air différent, plus implorant, qui signifiait : « J'espère que tu n'as rien dit, p'tiote. » J'embrassai Ulyana qui m'attrapa le poignet avec la douceur d'une grand-mère menaçante et me demanda si je m'étais enfin décidée à appeler son petit-fils, Vadim. Le sourire pincé et le regard qu'elle m'adressa voulaient dire : « N'use pas trop ma patience, Milly Davis. » Un langage silencieux.

« Alors, intervint Yvonne après un énième brouhaha de paroles et de crêpage de chignons, j'ai commencé à en discuter avec mon mari et il m'a suggéré que nous commencions par recruter de nouveaux adhérents.

— Ça y est, ça commence ! s'exaspéra Maggie. Mesdames, allez-vous jusqu'à votre mort demander l'avis de vos maris ? Sommes-nous obligées de faire intervenir les époux dans notre club ?

— Eh, Yvonne ! renchérit Daria, ton mari y sait qu'c'est pas une secte comme sa religion ? On fait pas du prosélytisme pour paumés, nous ! »

Daria se lança dans un éclat de rire bruyant que Maggie accompagna d'un rictus discret. Malgré leurs différences apparentes, Daria et Maggie se rejoignaient sur bien des aspects, notamment sur la spiritualité. Elles avaient mis un point d'honneur depuis des années à éviter d'aborder les sujets tendancieux, notamment le métier du mari d'Ulyana – nous étions toutes persuadées qu'il était impliqué dans la mafia ou, en tout cas, dans un trafic pas clair – ou encore celui du mari d'Yvonne, pasteur, qui engendrait le thème pas moins houleux de la religion. Même si elles respectaient très souvent cette règle, il arrivait que de petites piques fusent à droite et à gauche.

Daria et Yvonne se lançaient ainsi dans un débat animé sur les croyances et le respect que l'on devait apporter à celles des autres avant d'être violemment interrompues par un coup de sifflet.

« Ça suffit ! Il faut qu'on avance ! Vous n'êtes pas là uniquement pour manger des cacahuètes en sirotant votre jus de concombre !

— Des cacahuètes ! intervint Marcella en criant, remontant ses épaisses lunettes à monture bleue sur son nez. C'est une bonne idée, oui, d'offrir des cacahuètes en *goodies* !

— D'accord, Marcella, on y pensera, lui répondit Ulyana en articulant exagérément.

— King Meat ! cria à nouveau l'Italienne.

— Quoi ? demandèrent les autres à l'unisson.

— King Meat ! Vous êtes bouchées ou quoi ? »

Cette remarque fit rire l'assemblée tout entière, Ulyana en venant même aux larmes. Après avoir présenté de brèves excuses à Marcella qui ne comprenait pas pourquoi ses amies venaient de rire ainsi à la suite de son intervention, elle fut invitée à continuer son explication.

« Y a un *ristorante*[1] sur la rue principale, en face de celui de Gianni.

— King Meat, ça me dit quelque chose…, intervins-je. Je crois que c'est un restaurant qui sert d'énormes pièces de bœuf de plusieurs kilos qu'il faut manger en une heure pour obtenir le remboursement complet du repas.

— Quelle horreur, répondit Maggie en plaquant ses mains contre sa poitrine.

— Oui, les serveurs sont déguisés en cowboys, et au milieu du restaurant il y a une machine pour faire du rodéo. Ils font beaucoup de pub sur les réseaux sociaux, les vidéos défilent partout.

— C'est écœurant, renchérit Ulyana.

— Faut tout péter, conclut Daria.

— Ils volent la clientèle de *mio figlio*[2] !

---

1. *Ristorante* : restaurant (en italien)
2. *Mio figlio* : mon fils (en italien)

— Marcella…, soupira Yvonne. On n'est pas là pour régler des soucis de concurrence ! Sachant qu'en plus le restaurant de Gianni sert encore de la viande ! »

Les deux femmes eurent quelques mots agités pendant plusieurs minutes, avant d'être coupées par une énième intervention de Maggie.

« Très bien, dit-elle, les joues un peu rouges en raison de son usage excessif du sifflet, Yvonne a raison : nous ne devons pas agir par intérêt personnel. »

Marcella proféra tout un lot de ce qui me semblait être des injures en italien.

« Mais ! coupa Maggie. Il me semble que d'après ce que nous a raconté Milly, c'est une cible parfaite pour nos actions. Qu'en pensez-vous ? »

Tout le monde était d'accord. King Meat serait la première cible d'Earth 360.

« Et ensuite ? demanda Ulyana. Qu'est-ce qu'on fait ? On écrit sur des pancartes ? On manifeste devant le restaurant ? Je ne veux pas avoir à brandir des écriteaux dans la rue, on risquerait de voir ma peau qui tombe sous les bras, c'est hors de question.

— Personnellement, enchaîna Yvonne, je me fiche de l'effet chauve-souris de mes bras, mais je ne pense pas qu'on puisse faire changer l'avis des propriétaires. Et Daria, enlève cette cigarette de ta bouche !

— Alors quoi ? On a fait toutes ces réunions pour aboutir à la conclusion qu'on ne changera rien ?

— Je n'ai pas dit ça, Maggie ! reprit Yvonne. On parle de gens qui ont créé des restaurants dont les clients ont pour challenge de dévorer un demi-bœuf devant une caméra. Tu ne changeras pas leur façon de voir les choses. En revanche, tu peux changer celle de ceux qui viennent dans le restaurant. »

Yvonne, fière de son petit effet convaincant, lança son imposante touffe de cheveux gris en arrière, faisant tinter ses longues boucles d'oreilles.

« Bien vu, Yvonne !

— Bon, ben, comment qu'on fait ça ? Faut leur faire peur ? Leur faire des croche-pattes sur le trottoir ? demanda Daria.

— Daria, cigarette ! Et non, on n'agresse pas les gens, on l'a déjà dit, c'est dans le règlement intérieur…

— D'puis quand y a un règlement intérieur ?

— Depuis qu'il devient urgent que tu arrêtes d'essayer de fumer dans cette pièce, alors ôte-moi à nouveau cette cigarette de ta bouche ! s'égosilla Yvonne. Ah, Daria Kowalewski, tu joues avec mes nerfs ! »

Daria se renfonça dans son fauteuil, les bras croisés.

« On peut reprendre ? demanda Maggie. Pour le règlement intérieur, nous y reviendrons. Yvonne, tu as totalement raison, il faut montrer aux clients ce qui ne va pas plutôt qu'attendre qu'ils s'en rendent compte par eux-mêmes.

— Faut qu'y'en ait une d'entre nous qui fasse une syncope ! reprit Daria, le regard illuminé.

— Je te demande pardon ? s'insurgea Ulyana.

— Fais pas ta mijaurée, Avdeïev, les espions d'ton poulet débarqueraient avec un shoot d'adrénaline pour toi. Oh, ça va ! dit-elle en lui donnant une petite tape sur l'avant-bras pour lui montrer qu'elle plaisantait.

— Ça me coûte de dire ça, mais je pense que ça peut être une bonne idée, intervint Yvonne.

— Que l'une de nous fasse un arrêt cardiaque ? se révolta Ulyana.

— Quoi ? Qui est mort ? intervint Marcella.

— Personne, March, répondit Yvonne. On ne va pas faire de crise cardiaque, mais vous savez bien que la consommation de viande, en particulier la viande rouge, est très mauvaise pour le cœur. De plus en plus de reportages exposent les effets de celle-ci sur la pression artérielle. On pourrait trouver un moyen de feindre une crise cardiaque devant le restaurant.

— C'est une idée oui, dit Maggie, perdue dans ses pensées.

— Vous pourriez trouver un acteur, intervins-je. À moins que l'une d'entre vous ne veuille se donner en spectacle.

— Moi ! J'veux bien ! s'enthousiasma Daria.

— Hors de question, Daria, tu vas en faire des caisses, coupa Yvonne.

— Ou alors on fait passer des auditions ? dit Ulyana.

— Je pense que c'est une bonne idée, oui. »

Les cinq femmes restèrent silencieuses pendant quelques instants, chacune réfléchissant à cette première action qu'elles devraient mener. J'imaginais Maggie, méthodique, dresser mentalement la liste des priorités « Annonce - entretien - scénario - répétition », et Daria se visualiser en train de feindre une syncope tellement spectaculaire sur le trottoir qu'elle rameuterait toute la ville autour d'elle.

« Il faudrait ensuite trouver un journal qui accepterait de publier le témoignage de la victime qui, sauvée de justesse, expliquerait qu'elle ne mangera plus jamais de viande.

— Qui accepterait un faux témoignage ? Ils vont enquêter, non ? Se rendre à l'hôpital pour recueillir des renseignements ?

— Oh, Ulyana, tu sais, il y a beaucoup de journalistes qui ne vérifient aucune source et publient des bêtises. On appelle ça des "fake news", répondit Yvonne.

— Et puis, on peut utiliser Internet aussi, et mettre en avant l'article.

— Bonne idée ! Qui sait faire ça ? demanda Maggie.

— Je peux demander à Vadim, comme ça, il pourra venir ici et voir Milly…

— Ulyana…, coupa Maggie avec un air menaçant.

— Bon, je récapitule, reprit Yvonne après avoir dressé une liste dans son carnet, on fait passer une annonce pour trouver un acteur ou une actrice, on planifie des entretiens, ensuite on trouve un journal qui publiera l'incident et le témoignage du rescapé. C'est bon pour vous ?

— Parfait ! firent-elles en chœur.

— Donc, pour le moment, on reste dans l'ombre ? Pas d'apparitions des membres fondateurs d'Earth 360 ? demanda Ulyana.

— Chaque chose en son temps ! Ce n'est que le début ! Mesdames, trinquons à notre première mission ! »

La soirée s'articula autour de plusieurs disputes stériles et autres avancées du projet. Yvonne, qui connaissait quelques personnes dans le milieu journalistique pour avoir été interviewée dans le cadre de ses diverses causes caritatives, s'occuperait de publier l'annonce. Le profil type de l'acteur avait été longuement discuté. Maggie, très éduquée sur l'impact de la viande sur la santé, avait souligné qu'il ne fallait pas sélectionner d'hommes entre cinquante et soixante ans – que l'on imaginait plus facilement sujets à des crises cardiaques –, mais plutôt des personnes athlétiques de chaque sexe, âgées de trente à cinquante ans. Deux groupes s'occuperaient ensuite de faire passer les entretiens, l'un composé de Maggie et Ulyana, l'autre de Daria et moi. Je ne savais pas trop comment j'en étais arrivée à me faire recruter pour cette mission, mais j'attendais avec impatience de voir Daria mener des auditions où les participants devraient simuler une crise cardiaque.

Le quintette avait décidé qu'il était temps d'avoir un QG. Maggie proposa de demander à son fils si elle pouvait investir une pièce du sous-sol. Elles parlèrent donc d'aménagement, de moquettes pour insonoriser les lieux, ce qui aboutit à une longue discussion sur les meilleurs détachants bio faits maison. Marcella était la grande experte : personne ne rivalisait avec les conseils d'une femme ayant passé sa vie à détacher des éclaboussures de sauce tomate. Maggie souhaitait avoir un énorme tableau en liège pour y accrocher les plans de la ville et tirer des cordelettes rouges de punaise à punaise à la manière des investigateurs du FBI. Ulyana décréta qu'il leur fallait des tenues appropriées et proposa une combinaison de soie, ce qui fut rejeté par les autres, leurs styles vestimentaires étant beaucoup trop différents. Il fut décidé qu'elles porteraient, en mission, un foulard de soie vert, signe de leur appartenance suprême, ainsi que des pin's Earth 360. Ce fut à ce moment-là que je retrouvai un enthousiasme certain, ravie de ressortir ma machine à fabriquer des pin's qui m'avait été offerte au Noël de mes dix ans – c'était toujours, à ce jour, le meilleur cadeau qu'on m'ait jamais fait.

Une fois la séance ajournée, j'aidai Maggie à ranger son salon avant de remonter dans mes appartements.

« Pas si vite, Milly Davis ! m'interrompit-elle avant que je ne m'éloigne. Viens donc poser tes adorables petites fesses dans ce fauteuil pour me raconter pourquoi tu étais en retard et pourquoi tu avais l'air aussi joyeuse.

— Tu me houspilles quand je ne sors pas, et tu me grondes quand j'arrive avec quinze minutes de retard à la réunion d'une association dont je ne fais même pas partie. Maggie, il faudrait savoir ce que tu veux ! plaisantai-je.

— Je connais cette technique, Milly Davis, et tu ne t'en sortiras pas comme ça. Allez, assieds-toi. Je vais aller refaire du jus avec mon extracteur, et ensuite tu me raconteras tout. »

Maggie revint quelques minutes plus tard, armée d'une carafe à whisky remplie d'un jus vert clair, et mit un opéra de Verdi en fond sonore. Alors, je lui racontai tout, Maggie étant la seule personne au monde à qui je pouvais me confier sans avoir peur d'un quelconque jugement. Je lui parlai de ce caveau qui me semblait être l'entrée d'une faille spatio-temporelle. Je lui parlai des yeux d'Alphard Burton, et de cette chaleur qui demeurait sur mes doigts quand ces derniers effleuraient les siens par inadvertance. Je lui parlai du jeu du thé, et du fait qu'il était boisé et que j'étais fleurie. Je lui parlai d'Isadorah qui m'appelait. Isadorah qui voulait vivre de grandes espérances. Je lui parlai de tout, animée par une impatience, une urgence de créer, d'écrire, de vivre. Maggie m'observa, son verre à la main, avec une expression indescriptible sur le visage. À la fin de mon récit, elle parla enfin :

« C'est un professeur, Milly Davis. Sois prudente. »

Compte-rendu de réunion de l'association en cours de création du samedi 26 septembre

<u>Les avancées :</u>

- *cible déterminée : King Meat ;*
- *opération simulation de crise cardiaque ;*
- *logo trouvé : pin's en cours de création ;*
- *site internet en cours (le domaine a été acheté).*

<u>Les prochains objectifs :</u>

- *trouver des goodies écologiques (à discuter lors de la prochaine séance. Risque de laisser des traces. Évitons de créer du déchet.) ;*
- *annonce dans le journal ;*
- *faire passer les auditions ;*
- *trouver une date.*

Plus rien n'étant à l'ordre du jour, la séance est levée.

21

Quelque temps après la réunion d'Earth 360, mes parents firent à nouveau leurs valises pour partir au moins un mois au Japon, leur séjour pouvant être rallongé en fonction de l'avancée des négociations. Cela avait beau avoir toujours été ainsi, je ne parvenais pas à m'habituer à leur départ. J'avais peur de tout. Peur qu'ils ne rentrent jamais, peur qu'il se passe quelque chose en leur absence. Toutes ces phobies étaient miennes depuis l'enfance – ou plutôt, c'étaient elles qui me possédaient, et non l'inverse. Maggie me disait toujours : « Tu verras, ça passera avec l'âge. » Cette rengaine valait pour toutes mes angoisses. L'agoraphobie était une peur qui « passerait en grandissant ». La crainte de parler en public, de m'ouvrir aux autres, « s'arrangerait avec l'âge ». « Fais-toi violence, Milly. » Un conseil qui m'avait toujours paru déplacé, presque aussi violent que l'injonction qu'il donnait : se faire violence, se faire du mal pour rentrer dans un standard comportemental, pour penser, percevoir, ressentir comme les autres. Je gardais en mémoire tous ces moments où, recroquevillée sur moi-même, je refusais d'aller en sortie scolaire ou de me rendre à un anniversaire de peur que l'on se moque de moi, ou de rester seule. Mon père, qui tentait de calmer mes sanglots, me disait avec tendresse et sans doute conviction : « Tu dois être forte et prendre sur toi. » Mais la vérité c'était qu'on ne changeait pas, qu'on ne devrait pas « prendre sur soi » et « être fort » au lieu d'imposer sa différence. J'étais ainsi, je percevais les choses de cette manière, et rien n'avait changé et ne changerait jamais.

Aussi, quand mes parents quittèrent la maison et brisèrent la stabilité et la routine qui m'étaient chères, je m'effondrai dans les bras de Maggie et perdis un peu de l'entrain et de la gaieté qui m'habitaient depuis quelque temps. Et ainsi, comme si mon corps avait perçu le signal silencieux du laisser-aller de l'esprit, je fus touchée par une grippe foudroyante. En une seule soirée, la fièvre m'avait gagnée, et je repensai à Isadorah. M'aurait-on, à son époque, accusée d'hystérie féminine ? M'aurait-on dit que c'était bien fait pour moi, et que mon trop-plein d'émotions était ainsi sanctionné ? J'en étais persuadée.

Maggie m'apporta sur un plateau une soupe de butternut et me borda. Elle resta quelque temps à mon chevet avant de préparer les canapés de mon salon pour rester auprès de moi. Je l'entendais marmonner en organisant son couchage : « Je lui avais bien dit. "Joshua Davis, cette maison est trop grande, comment feras-tu pour entendre les sanglots de tes enfants ?" On ne m'écoute jamais ! » Le calme s'installa et la fièvre me gagna, me plongeant dans un sommeil agité où il me semblait être Isadorah, débarquant pour la première fois dans ce pensionnat, sans visage connu, sans livre à lire, sans partition à noircir. Je voyais ce qu'elle voyait, et ressentais ses tourments. Le dortoir n'avait rien des couchages accueillants que l'on pouvait imaginer. C'était une rangée de lits, avec une couverture rêche et un coffre à chaque extrémité. La table de chevet contenait un livre de prières et un bougeoir usé et cabossé. Isadorah ne se sentait pas la force de faire le premier pas vers ces jeunes filles qui l'observaient, et ainsi devint-elle la cible de celles qui ne comprenaient pas le silence. Je me voyais dans les salles de classe austères, récitant des adages auxquels je ne croyais pas, apprenant par cœur des cours de bienséance contre lesquels je comptais me battre. Et puis, parmi toutes ces filles, il y en avait une. Différente. Elle était la seule à rire quand je répondais avec sarcasme. La seule à me tendre la main pour me relever quand les autres me faisaient tomber. Mathilda. De longs cheveux auburn brillants qu'elle coiffait en un chignon tressé, laissant une rangée de boucles encadrer son visage. Mathilda qui, s'intéressant à l'herboristerie, avait soigné une plaie qu'elle s'était faite lors d'une promenade au moyen d'un onguent, fabriqué avec des végétaux grâce à ses connaissances. Elle avait été envoyée dans ce pensionnat par ses parents, convaincus qu'elle avait été possédée par le diable et qu'elle se transformait en sorcière. Mathilda, une amie pour la vie.

Je rêvais de leurs joies dissimulées, de leurs moments en cachette où Mathilda appelait chaque fleur par son nom scientifique, chaque herbe en décrivant ses caractéristiques et ses bienfaits. Isadorah lui chanterait les mélodies créées dans son esprit. Et ensemble, elles trouveraient dans l'adversité un moyen de construire un havre de connaissances et de bienveillance entre elles.

Ces rêveries plaisantes furent de courte durée, car je fus bientôt emportée par des cauchemars sombres, inquiétants, où persistait une chaleur assommante, vertigineuse. Je sentais mes membres immobiles, lourds comme du plomb, si bien que les soulever m'était impossible. J'avais envie de hurler, de bouger, mais j'en étais incapable.

« Milly ! Milly, calme-toi ! »

Je me réveillai en sueur, déboussolée. Je repris mes esprits et vis sur mon bras une main masculine.

« Milly, reprit Zach en caressant mon front avec le gant de toilette tiède que Maggie avait dû laisser sur la table de chevet, tout va bien. Tu faisais un cauchemar, ça devait être la fièvre.

— Zach ? Qu'est-ce que tu fais là ? »

J'étais perdue et pourtant je me trouvais bien dans le cocon familier de ma chambre.

« Tu as l'air totalement désorientée, dit-il avec tendresse. Attends, je vais t'aider à t'asseoir. »

Zach, avec douceur, me souleva pour m'asseoir et arrangea un oreiller derrière mon dos pour me redresser.

« Comment tu te sens ? finit-il par demander.

— Je ne saurais dire, répondis-je, un peu perdue, hagarde.

— C'est normal, tu as dormi longtemps selon ta grand-mère. Elle commençait à s'inquiéter.

— Quel jour on est ?

— Vendredi.

— Vendredi ? Mais mes parents sont partis…

— Mardi, oui, tu as fait un long séjour chez Morphée. Tiens, il faut que tu boives, ta grand-mère va me disputer sinon. »

Il approcha le verre de ma bouche en soulevant délicatement ma tête, une main, puissante mais tendre, derrière la nuque.

« Tu nous as fichu une sacrée trouille. Ta grand-mère est dans tous ses états.

— Maggie, dis-je machinalement, elle te flanquerait dehors si elle t'entendait l'appeler "grand-mère".

— Tu fais des plaisanteries, c'est que tu vas mieux, répondit-il en caressant ma joue du revers de sa main.

— Qu'est-ce que j'ai ?

— La grippe, selon le médecin. Mais une grippe bien carabinée, si tu veux mon avis. On s'est tous beaucoup inquiétés pour toi. Larry est venu presque tous les jours te voir. Et moi aussi. J'étais très inquiet pour toi. Ta sœur est venue également. Enfin, elle est restée sur le pas de la porte, car ta grand-m… Maggie, pardon, lui a dit qu'il ne faudrait pas qu'elle attrape ça, à cause des bébés. Elle est très gentille, ta sœur. On a bien discuté. Elle m'a dit qu'elle serait contente qu'on aille déjeuner chez eux un jour. Elle est beaucoup plus bavarde que toi, j'ai eu droit au choix des prénoms pour les futures poules qui viendront habiter dans l'enclos. »

Je ris à cela et grimaçai immédiatement en ressentant une douleur à la poitrine, m'emportant dans une violente quinte de toux.

« Il faudrait faire revenir le médecin. Tu as faim ?

— Non, je ne crois pas, j'ai juste soif », dis-je en remarquant ma bouche pâteuse.

Zach versa un peu d'eau dans mon verre et m'aida à boire à nouveau.

« Le médecin a dit que tu pouvais prendre des bains tièdes et ta grand-mère, enfin, Maggie, pardon, dit-il en rougissant, a préparé un mélange de sel et d'huiles essentielles. Ça te dirait ?

— Oui, c'est une bonne idée. Tu peux appeler Maggie pour qu'elle m'aide ?

— Elle est partie faire des courses. Elle est à ton chevet depuis des jours, alors on se passe le relais.

— Tu ne passes pas tout ton temps libre ici, quand même ?

— Le libre et le non libre, dit-il en souriant.

— Tu n'es pas allé à la fac ? Zach, tu…, voulus-je protester avant d'être reprise par une quinte de toux.

— Je suis grand, Milly. Ce n'est pas grave si je rate quelques cours. Larry les prend soigneusement pour nous deux, et pour les autres cours j'ai mes copains, tu sais. Je ne pouvais pas t'imaginer inconsciente et vivre ma vie tranquillement. »

Il serra ma main dans la sienne et m'adressa un regard dans lequel je décelais de la douceur et une affection sincère.

« Je peux t'aider, tu sais ? Pour ton bain, je veux dire… Je te promets que je ne te regarderai pas. Et puis, je t'ai déjà vue en maillot de bain cet été, donc techniquement, j'ai déjà vu pas loin de 90 % de ton corps. »

Je ris après l'avoir vu évaluer dans sa tête combien de pourcentages pouvaient représenter la poitrine et les fesses sur la totalité d'un corps. Je le trouvais attendrissant.

« Très bien, va pour un bain alors. »

Il se leva pour aller faire couler l'eau dans ma salle de bains, puis m'aida à sortir du lit, m'enserrant la taille avec force. Je pris mon sweat-shirt par le bas et tentai de le faire passer par la tête, mais j'en étais incapable tant mes bras étaient affaiblis. Il se mit dans mon dos pour respecter mon intimité et souleva mon sweat-shirt par-dessus ma tête. Je gardai celui-ci contre ma poitrine nue. Il me fit asseoir sur le rebord de la baignoire pour enlever mon legging et ferma les yeux avec exagération pour me signifier que je pouvais enlever ma culotte. J'étais totalement déboussolée, mais assez lucide pour me rendre compte de la situation cocasse dans laquelle je me trouvais. Toute nue, assise sur le rebord de ma baignoire à plaquer mon sweat-shirt contre mon corps tandis que Zach, debout face à moi, maintenait ses paupières closes avec tant d'insistance qu'il en grimaçait. Je ris de cette situation.

« Quoi ? demanda Zach en m'entendant ricaner. J'ai l'air ridicule, c'est ça ?

— Je ne vais pas te contredire, plaisantai-je, mais je crois que c'est toute la scène qui l'est.

— Je te crois sur parole, s'amusa-t-il. OK, alors tu peux t'asseoir toute seule dans la baignoire ou pas ? J'ai peur que tu glisses et que tu te fracasses la tête contre le rebord.

— Tu sais te montrer rassurant, Zach, ris-je.

— Non, mais je suis pragmatique, j'imagine le pire scénario. Je te propose que tu pivotes dos à moi pour avoir tes jambes dans l'eau. Comme ça après, je peux t'attraper par la taille pour t'asseoir, enfin, si tu m'autorises à toucher ton ventre. Ça te va ?

— Oui, ça me va. »

Ce moment était, certes, totalement incongru, mais la fraîcheur de Zach et ses efforts pour bien faire m'attendrissaient. Il attendit que je lui donne le feu vert pour rouvrir les yeux, puis je le sentis s'approcher de mon dos. Il entoura ma taille de ses bras nus et ce contact me donna la chair de poule. Il compta jusqu'à trois et me souleva avec force pour me faire asseoir dans la baignoire. Une fois à l'intérieur et recouverte de mousse, il s'assit par terre pour me faire face, et souffla de soulagement :

« Eh bien, on a réussi, fit-il, satisfait. Pas de traumatisme crânien, pas d'attouchements inopinés. Milly, on forme une bonne team, toi et moi. Ça te fait du bien, ce bain ?

— Oui, ça sent bon, je ne sais pas ce que Maggie a mis dedans.

— De la poussière de fées. »

Je le regardai avec étonnement, surprise que Zach ait une pensée aussi fantaisiste.

« Quoi ? Tu ne trouves pas qu'elle a l'air un peu magique, ta grand-mère ? Enfin, ta Maggie.

— Si, un peu ! Mais je ne te pensais pas…

— Rigolo ? Imaginatif ? Je suis plein de surprises, tu sais. »

Il me sourit avec tendresse, l'air de dire : « Si tu me laissais une chance, tu le saurais ». Il me raconta les quelques évènements notables de la semaine. Ally Rifkin, notre professeure de latin, était venue s'enquérir de mon absence. Il me raconta qu'il avait entendu par l'intermédiaire de son frère qu'Hisaé était sortie avec Clarence.

« Ça ne te choque pas, toi ? me questionna-t-il à ce sujet.

— Je ne serais pas honnête si je te disais que j'ai toujours rêvé qu'ils sortent ensemble, mais Maggie m'a fait comprendre que ça n'était pas vraiment mon problème. Et je pense qu'elle a raison, d'une certaine manière. Si elle lui plaît, ou quelles que soient ses intentions, je ne suis personne pour donner mon avis.

— C'est très sage, Milly, rit-il.

— Je suis sérieuse !

— Je sais, je t'embête. Mais je n'arrive pas à comprendre. Elle est beaucoup plus jeune, et ils sont tellement différents ! Elle est encore étudiante, lui est déjà un *businessman* accompli.

— Elle n'est pas si jeune que ça, ils ont à peine quelques années d'écart. Et puis, il me semble que tes parents aussi ont une différence d'âge.

— Oui, quinze ans, répondit-il, mais c'était une autre époque.

— Pourquoi ? Ça ne change rien. Les gens vivent encore plus vieux, dans de meilleures conditions. C'est tellement difficile de trouver quelqu'un avec qui on n'a pas peur, si en plus on doit remplir des critères préétablis…

— Tu es une vraie romantique. Je n'ai jamais rencontré de filles comme toi. »

Il prit ma main mouillée dans la sienne et y déposa un baiser qui laissa quelques gouttes d'eau sur sa bouche et le bout de son nez. Et je sentis dans nos regards quelque chose qui changeait. Un silence s'installa, brisé par un éclat de voix au loin qui appartenait à Maggie.

« Mon ange ! Tu es réveillée ! »

Zach annonça que nous étions dans la salle de bains et lâcha ma main par pudeur. Maggie débarqua, accompagnée de Larry qui resta sur le pas de la porte.

« Salut, Milly ! dit-il.

— Salut, Larry ! Entre, si tu veux. La maladie efface tout respect de la pudeur, visiblement, dis-je, sarcastique.

— Comment tu te sens ? demanda-t-il en me tapotant maladroitement le haut du crâne dans un geste affectueux.

— Déboussolée, j'ai encore un peu chaud. »

Maggie plaqua sa main sur mon front et décréta que la fièvre était encore là – ce qui aurait sans doute exaspéré Willa qui se battait depuis toujours pour que cette famille « cesse donc de se prendre pour des médecins » à prescrire des tisanes au romarin pour contrer les angines bactériennes et à prendre la température de façon aussi peu fiable. Maggie me laissa quelques minutes avec Larry et Zach, puis revint avec un plateau-repas.

Les garçons quittèrent ensuite la maison, me laissant seule avec Maggie qui prenait soin de moi comme si j'étais un bébé. Je profitai de ces moments de calme, qui seraient, je l'ignorais à ce moment-là, de courte durée. Mon système immunitaire quasi inexistant plia le genou devant cette grippe carabinée qui me fit connaître de multiples épisodes de fièvre. Au moins, pendant ces moments, j'avançais indirectement sur mon roman, vivant la vie d'Isadorah et ses aventures avec Mathilda. Maggie avait sorti de mon sac mon journal d'écriture et il m'arrivait, parfois en pleine nuit, après un rêve, un cauchemar ou tout autre moment de lucidité, de griffonner les avancées de la vie d'Isadorah au pensionnat. Ce n'était pas une partie du roman qui serait très longue, mais je voulais, au travers de celle-ci, confronter la sororité à l'adversité et les coups bas, pointant ainsi la nécessité pour les femmes de s'épauler plutôt que de se plier à la concurrence malveillante que la société avait toujours imposée. Bien que j'aime le caractère farouche et rancunier d'Isadorah, je voulais qu'elle conserve en elle la force du pardon pour les oppresseurs, d'autant plus féminins. Qu'elle cherche à comprendre plutôt qu'à calomnier en retour. Qu'elle analyse, qu'elle se serve de ses blessures et qu'elle utilise ses divers enseignements dans son art, dans ses discours.

La douceur de Zach investissait aussi mes rêves, puisque dans ces derniers, Isadorah entamait une correspondance secrète avec Lord Alfred Nellis. Je l'imaginais sourire à la lecture des lettres, rougir parfois, et se surprendre à embrasser le bas des missives qui portaient sa signature.

22

Je restai alitée trois semaines, recouvrant petit à petit mes forces. Durant tout ce temps, Maggie avait suspendu provisoirement les réunions d'Earth 360, transformées pour l'occasion en soirées « garde-malade ». Au tout début, quand elles craignaient encore un risque de contagion, les quatre amies de Maggie venaient dans mes appartements et installaient une rangée de chaises dans le couloir, restant dans l'encadrement de l'immense double porte qui menait à ma chambre. C'était une drôle de scène, et je me demandais si c'était ainsi que l'on visitait les malades du typhus en isolement dans le pensionnat d'Isadorah. Seule Daria venait s'allonger sur mon lit, à côté de moi, répliquant aux autres qu'elle ne craignait pas une « p'tite goutte au nez » alors qu'elle avait sans doute attrapé la peste en vivant dans la rue.

Ensuite, quand je réussis enfin à rester assise plusieurs heures, nous organisâmes des sessions de projection dans le QG d'Earth 360 qui depuis avait été aménagé. Il y avait un immense canapé en U jaune canari, une grande table basse en bois et, en face, un mur blanc qui servait de toile de projection. Sur le mur adjacent, proche de la grande table de réunion, était accroché le fameux tableau en liège de plusieurs mètres de long qu'avait demandé Maggie.

Était déjà épinglée dessus la photo de la devanture de King Meat, reliée par un fil rouge à une autre punaise sur une carte de la ville. L'endroit accueillait également toutes sortes de petits éléments qui rappelaient la singularité de ces femmes. Les murs rouges du petit boudoir improvisé étaient ornés de tableaux de personnalités féminines inspirantes, tandis que les toilettes étaient tapissées des visages en noir et blanc de dictateurs, de directeurs de multinationales responsables de la déforestation, ou de CEO d'entreprises maintenant les tests sur les animaux. Un stylo rouge était pendu à une corde depuis le plafonnier et incitait les visiteurs des toilettes à venir les gribouiller. Il y avait un chariot qui faisait office de minibar comme chez les mafieux, à la différence que la cave à cigares avait été remplacée par un Tupperware de branches de céleri, et que la carafe à whisky était toujours remplie de jus divers. Ulyana avait proposé au reste du groupe de visionner une série sur des braqueurs habillés en combinaison rouge dont le visage était dissimulé par des masques de Dali. Elle disait : « L'attitude, les filles, étudiez bien l'attitude », et c'était dans ces moments-là que l'on entendait l'ancienne danseuse qui s'exprimait. Pendant nos séances visionnage, nous réalisions des pins avec le logo d'Earth 360.

Une belle association de malfaitrices.

Nous étions le mercredi de ma quatrième semaine de convalescence. Willa se moquait affectueusement de mon système immunitaire si faible, et Maggie réitérait ses conseils végétaux pour le booster. J'allais écrire dans mon journal d'écriture quand cette dernière m'annonça que j'avais de la visite dans le Salon bleu. Zach et Larry passaient régulièrement me voir, pratiquement un jour sur deux. Je me débarrassai de mon jogging pour être un minimum présentable et enfilai un legging ainsi qu'un vieux cardigan que j'avais volé à Clarence. Maggie semblait en conversation et, comme je m'approchais, j'entendis quelqu'un dire :

« … l'écho dans cette pièce est impressionnant, madame Brightwood.

— Avez-vous peur de votre écho, monsieur ? demanda-t-elle avec une pointe de malice dans sa voix.

— Non, c'est une phobie avérée ?

— Selon des statistiques scientifiques publiées par des chercheurs, une personne sur quatre a peur de son propre écho. »

J'entrai dans la pièce à ce moment-là, découvrant Alphard Burton et Maggie assis face à face sur les canapés céruléens du grand salon bleu.

« Mademoiselle Davis, dit-il en se levant, m'adressant un sourire chaleureux.

— J'ai installé monsieur Banart, prononça Maggie en insistant sur le nom, dans le Salon bleu. Est-ce que je vous fais monter du thé ?

— Je ne vais pas rester longtemps », répondit-il, un peu mal à l'aise.

Maggie quitta la pièce en m'adressant un regard qui en disait long.

« Daisy, reprit-il avec chaleur, je suis désolé de m'être imposé chez vous comme cela. J'étais inquiet. J'espère que vous ne m'en voulez pas. Je me suis mis à croire que vous étiez mal à l'aise par rapport à mon offre de vous aider ou par le fait que nous allions prendre le thé ensemble. Je pensais que vous m'évitiez et, même si je le regrettais, j'étais prêt à l'accepter ; puis j'ai entendu Ally Rifkin parler de votre absence en salle des professeurs et j'ai eu peur qu'il vous soit arrivé quelque chose. Je suis soulagé de vous voir sur pied, même si vous semblez épuisée.

— C'est très gentil, merci. Je vais mieux à présent. C'est d'ailleurs plus ridicule que ça en a l'air, j'ai simplement eu la grippe, mais mon système immunitaire est un piètre combattant, dis-je en riant, l'invitant à se rasseoir. Comment avez-vous trouvé mon adresse ?

— J'ai utilisé les quelques pouvoirs qui me sont donnés en tant que titulaire à l'université pour consulter les registres administratifs. Je suis désolé si c'était déplacé, je me rends compte à cet instant de l'incongruité de la situation, mais il n'y avait ni numéro de téléphone ni adresse mail de renseignés. Je ne réalise que maintenant que j'aurais pu simplement aller demander à Larry, mais le camarade qui vous accompagne a l'air de vouloir que je chute dans les escaliers de l'amphithéâtre, alors… »

Je ris à l'évocation de Zach, ce qui mit fin à son laïus un peu décousu.

« Zachary Cunningham peut être intimidant, mais c'est un gentil garçon, dis-je.

— C'est drôle, reprit-il après quelques instants, vous avez un salon pour chaque couleur de l'arc-en-ciel ? Je plaisante, ajouta-t-il, je ne voulais pas critiquer votre belle demeure.

— Je ne le prends pas mal, ne vous inquiétez pas. Il fallait bien meubler tout cet espace. Ça peut paraître idiot, mais ils ont chacun leur utilité selon les circonstances.

— Le Salon bleu pour les moments où vous êtes triste ?

— Peut-être bien », dis-je, répondant à son sourire.

Il y avait, pour la première fois, une sorte de gêne entre nous. Je ne trouvais pas les mots, et lui non plus. Il reprit au bout de quelques secondes de silence :

« Il y a vraiment des scientifiques qui ont mené une étude statistique sur les gens ayant peur de leur propre écho ? »

Je ris à cette question ridicule posée avec beaucoup de sérieux.

« Je suis désolée de décevoir l'archiviste en face de moi, mais Maggie crée sa propre base de statistiques.

— Ah oui ? demanda-t-il mi-amusé, mi-intrigué. Et comment fait-elle cela ?

— Eh bien, pendant les soirées ou les réceptions, elle s'empare d'un carnet dans lequel elle a noté tout un tas de questions. Elle prend un panel de gens et leur pose la question du soir, et ensuite elle établit des statistiques.

— C'est un sacré personnage, elle aussi.

— Oui, il n'y en a pas deux comme elle. »

Après un nouvel instant gêné lors duquel nous n'échangeâmes que quelques regards furtifs, baissant la tête entre deux sourires timides, je décidai de briser la glace qui semblait se figer entre nous.

« Je n'ai pas été mal à l'aise, pour les fouilles chez Malcolm, ni pour le thé. »

Je vis sa poitrine s'abaisser de soulagement et son visage reprit son éclat habituel.

« Vous m'en voyez sincèrement soulagé. Je ne voulais pas qu'il y ait une quelconque ambiguïté sur mes intentions, vous comprenez ? J'apprécie votre compagnie, et nos échanges qui sont toujours très riches. J'admire votre travail d'écrivain, et je suis vraiment ravi de pouvoir vous apporter mon aide, mais même si nous sortons légèrement du cadre universitaire, je reste votre professeur et je ne veux pas que vous ayez l'impression que je cherche à...

— Non, le coupai-je, il n'y a aucun souci, professeur Burton. Vous aidez seulement une élève, il n'y a pas d'ambiguïté sur la situation. »

Je me rendis compte que je m'étais levée vivement du canapé en énonçant cela, et que mon cœur s'était brusquement emballé. Sans doute surpris par le ton que j'avais employé, Alphard Burton se leva à son tour et, alors qu'il s'engageait vers la sortie, il me dit :

« Très bien, alors tout est clair.

— Oui, tout est clair, répliquai-je machinalement, ne parvenant pas à masquer un ton irrité.

— À samedi alors ? Devant l'université ?

— À samedi alors, oui, répondis-je.

— Très bien. Prenez soin de vous, Daisy. »

Il sortit du salon, et je vis pour la première fois sur son visage un sourire qui n'était pas sincère.

Je le revis toutefois le samedi suivant. Il m'attendait sur le même banc et, bien qu'un certain malaise soit palpable au début de nos échanges, le naturel de nos conversations reprit rapidement le dessus. Il ne se départait pas de son charme inné, dégageant une chaise de la pile de livres qu'elle supportait pour que je puisse m'asseoir en consultant les ouvrages comme je me sentais encore un peu faible. Il me faisait toujours rire en interprétant, avec différentes voix, des dialogues ridicules dans des vaudevilles inconnus qu'il tirait au hasard. Nous prîmes ensuite un thé et nous rajoutâmes à ma liste de recherches les maladies les plus mortelles des pensionnats au début du XIXe, ainsi que le traitement des femmes que l'on accusait de sorcellerie à l'époque. Pendant mes semaines d'absence, il avait toutefois avancé de son côté, me sortant fièrement de son vieux sac en cuir des fascicules anciens éduquant les jeunes femmes sur la manière de s'asseoir sur une chaise ou sur un canapé à l'heure du thé, leur apprenant comment se pencher, comment attraper la tasse, etc.

Le samedi était toujours pour moi le jour le plus important de la semaine, mais je savais que j'étais la seule à lui apporter autant de valeur et que, malgré les clins d'œil malicieux de Maggie, mes rendez-vous avec Alphard Burton se cantonneraient à ces quelques heures passées dans un vieux caveau poussiéreux et dans un salon de thé. C'était seulement un professeur qui aidait son élève, et nonobstant la peine que je tâchais de masquer, je l'acceptais.

Ainsi, la fin d'année et le voile de froid arrivèrent aussi vite qu'une fleur fane. Je quittai trenchcoat et jambes nues pour ressortir mes épais manteaux à carreaux noués à la taille, mes bérets les plus chauds et mes bottes.

Mon quotidien était sensiblement le même, bien que quelque peu bouleversé par l'arrivée des partiels de fin d'année. Nous passions beaucoup de temps à la bibliothèque à travailler ensemble, et le soir, de plus en plus fréquemment, Zach rentrait avec moi pour dîner. Mes parents avaient, comme chaque année, calmé les déplacements pour le mois de décembre, et restaient le plus souvent à la maison le weekend, toujours collés l'un à l'autre, lisant le même livre, buvant dans le même verre de vin, formant une sorte de symbiose que je ne me lassais pas d'observer. Willa rentrait de moins en moins dans ses vêtements et accepta enfin l'idée de devoir acheter un pantalon de grossesse et d'investir dans des habits adaptés à l'extension de son ventre. Eddy, qui avait achevé l'enclos des poules, entama la construction d'une petite serre dans le jardin, véritable incubateur à semis. Quant aux membres d'Earth 360, elles se désespéraient de ne point recevoir de réponses à leur appel à candidatures dans les journaux. Daria avait réalisé, à la main, des petits flyers donnant l'adresse électronique que leur avait créée Vadim. Il s'agissait en réalité de déchets papier qu'elle avait découpés en ne sélectionnant que les parties sans motifs. La pêche n'avait pas été bonne, malgré ses efforts et son enthousiasme.

En secret, toujours, j'assistais parfois aux rendez-vous de Julianne et Daria en compagnie de Violet, que j'appréciais de plus en plus. Je ne savais pas trop comment évoluait leur relation, mais parfois je percevais dans leur dialogue l'évocation d'un « hier soir » ou d'un « après le dîner ». Cela m'émouvait toujours de savoir qu'après cinquante ans, elles avaient enfin eu leur hier soir. J'avais demandé à Daria pourquoi cela devait demeurer secret, et elle avait répondu, avec toute la sagesse dont elle était capable et qui ne cessait de me surprendre : « Les gens ne gâchent pas ce qu'ils ignorent. »

J'avançais pour ma part confortablement dans le quotidien d'Isadorah, et nous avions fait de nombreuses découvertes avec Alphard. Nous avions appris que Sarah Siddons avait un jour été huée, et que certains théâtres de York avaient refusé de produire *Isabella ; or The Fatal Marriage*. En discutant autour d'un thé boisé et d'une infusion fleurie, nous avions eu l'idée de nous servir de cette information dans une lettre que Sarah Siddons aurait envoyée à Isadorah. Alphard m'encourageait à utiliser l'histoire, sans la dénaturer, mais en brodant autour. Il chassa mes peurs, mes appréhensions, me démontrant que je pouvais partir de faits réels, avérés et archivés, pour irriguer la fiction. Il me disait toujours : « Tissez, Daisy, n'ayez pas peur de votre soie ! » Et c'était une belle illustration des grands mystères de l'oralité qui m'échappaient parfois. J'ignorais s'il avait évoqué la peur du Soi, et ainsi fait écho au manque de confiance en moi, ou s'il voyait mes écrits comme un tissu précieux. Une chose était sûre, je conservai la voix d'Alphard Burton en moi, et m'empressai d'inscrire cette phrase sur un support que je voulais éternel.

Deuxième partie

Samedi 6 février,
Maison.

Chère Lyrah,

Je me demande d'où tu tires ta fièvre créatrice. Ton idée de sculptures à partir d'éléments végétaux pour te jouer des critiques qui considèrent que la représentation des arbres et des fruits dans l'art comme une bassesse est prodigieuse. Comme tu me l'as demandé, j'ai beaucoup réfléchi au titre que tu pourrais donner à ton étude, et je l'appellerais sobrement : « Nature (pas) morte ». Pour le reste, je consulterai Maggie. Elle et ses comparses ont trouvé tout un tas de slogans dérivés du mot « végétal ». Elle sera, comme toujours, de bon conseil.

Je suis heureuse d'apprendre que ton précédent projet, « Formes et couleurs », a été aussi bien récompensé. Ton travail, ta créativité et ton génie semblent de plus en plus reconnus. J'ai vraiment hâte d'assister à l'une de tes expositions, dommage que l'école n'accepte pas la venue de visiteurs extérieurs, j'aurais vraiment aimé découvrir ton atelier.

Il me semble que ton départ pour Milan approche ! Comment te sens-tu à quelques jours de ce séjour ? Je t'envie, ma chère Lyrah. Tu vas pouvoir manger des pâtes et des pizzas toute la journée, entre deux visites des merveilles de l'Italie. J'ai entendu dire qu'il était possible de visiter le Duomo di Milano, et de grimper sur les toits de celui-ci. Allez-vous le faire avec ton école ?

Je suis toutefois horrifiée d'apprendre que vous allez dormir à huit dans des dortoirs... C'est la projection de mon plus grand cauchemar. Je sais ce que tu vas me dire, Lyrah, ce n'est que pour quelques jours, je ne devrais pas être aussi précieuse. Mais tu me connais... Les lits qui ne sont pas le mien, les salles de bains avec les douches où tout le monde met ses pieds... Rien que d'y penser, j'en ai la chair de poule. C'est pour cela que j'attends encore et que j'hésite beaucoup pour le voyage en Écosse.

Larry a réussi à obtenir une bourse par l'université afin qu'il puisse participer au voyage sans débourser un centime. Il doit cela au Pr. Webster qui a su plaider sa cause, et je lui en suis profondément reconnaissante. Alphard m'a dit qu'il avait négocié avec le doyen une sorte de reportage photo : Larry va devoir jouer au photographe pendant tout le séjour, et il n'en est que plus ravi. Je suis vraiment contente pour lui.

Pour te répondre, Isadorah va bien, je te remercie. Elle vient d'entamer une sonate assez mélancolique et entretient toujours une correspondance avec Sarah Siddons. J'aimerais aborder les textes féministes forts. J'imagine sa tante Hattie – qu'Isadorah adore – revenir de voyage et passer quelques jours chez elle. Elle lui aurait rapporté dans ses bagages plusieurs écrits féministes. Nous cherchons encore avec Alphard s'il existait, à l'époque, une traduction du recueil d'Olympe de Gouges qui regroupe tous ses écrits politiques jusqu'en 1790. Je dois également m'assurer qu'Isadorah pouvait étudier des langues étrangères au pensionnat. Il fait tellement froid dans le caveau de Malcolm, en ce moment... Je n'ose même pas imaginer quand nous devrons nous attaquer à la partie sombre, avec les lampes frontales.

Zach va bien également. Il vient toujours dîner à la maison une à deux fois par semaine. Maggie l'aime beaucoup, je le sens, même si j'ignore pourquoi. Il a l'allure du gendre parfait, mais il lui manque, je trouve, la petite pointe de folie que Maggie aime tant reconnaître chez les gens. Je ne comprends pas trop pourquoi elle me pousse vers lui. Peut-être que je suis aveugle et qu'elle peut voir quelque chose qui m'échappe.

Mes parents l'aiment beaucoup aussi, ils l'ont invité dimanche prochain pour mon repas d'anniversaire. Je suis finalement bien contente d'être née le jour de la Saint-Valentin, au moins, j'évite un tête-à-tête qui m'aurait sans aucun doute mise très mal à l'aise ! Ma mère a dit qu'elle organisait un « petit dîner », sous-entendu : elle va faire appel à un traiteur et inviter tout un tas de gens que je ne veux pas voir.

J'ai hâte de découvrir ce que Maggie et ses comparses m'ont préparé ! Elle a promis à ma mère de me ramener à 18 heures. Ma vie est vraiment mouvementée.

Au fait, tu seras ravie d'apprendre que nous avons recueilli assez de candidatures pour entamer les auditions dans deux semaines ! J'ai tellement hâte que la première mission d'Earth 360 voie le jour – évidemment, c'est confidentiel (peut-être devrais-je acheter un tampon rouge pour marquer les enveloppes ?). La mission a pour nom de code ARTISHOCKED, résultat d'un long brainstorming *pendant lequel nous avons passé en revue les différents noms de légumes. C'est donc un dérivé de « artichoke » pour artichaut. Je dois avouer non sans fierté ne pas être étrangère à ce jeu de mots légumineux qui mêle les sonorités de « heart » et de « choc ».*

Yvonne se remet de son opération du coude comme une cheffe, et elles sont toutes plus impatientes les unes que les autres.

Je les aime tant.

Quant à moi, je vais bien. Je noircis de plus en plus mon journal d'écriture et je sens que l'histoire d'Isadorah arrive à un pic, un point culminant. J'ai l'urgence de l'écrire, mais j'attends que tout soit clair dans ma tête avant cela. Alphard me dit souvent qu'il s'attend à tout moment à ce que je disparaisse et que je ne revienne à la civilisation que des mois plus tard, les doigts noircis d'encre et le teint blafard de quelqu'un qui n'a pas quitté son bureau d'écriture pendant des semaines. Souvent, il me regarde tendrement et me dit : « J'espère que vous me ferez signe, avant, et après, Daisy. » Dans ces moments, je me demande si je serais capable de m'isoler pour écrire plusieurs mois durant sans jamais pouvoir entendre la voix de Rudolf Banart.

Il faut que j'aille visiter le théâtre de la ville. Je n'y suis jamais allée et j'ai besoin de voir de mes propres yeux les décors qui germeront dans mon esprit. Ulyana insiste pour que Vadim m'emmène – oui, si tu te poses la question, elle n'abandonnera jamais –, mais je pense que j'y passerai en journée pour observer les décors.

Ma prochaine lettre sera peut-être sur le thème du théâtre, qui sait.

Il me tarde de te lire et d'avoir de tes nouvelles. J'aimerais que tu sois là, pour mon anniversaire. Je sais que ce n'est sans doute pas le moment le plus opportun pour se rencontrer après tant de temps, mais je pense qu'il n'y aura jamais d'instants assez solennels pour cela. J'aurais aimé inviter Violet, mais Daria veut toujours garder le secret sur sa relation avec Julianne, et je ne veux pas la mettre dans une position inconfortable.

Peut-être que si, par le plus grand des hasards, Oscar déclare cette année que « la Saint-Valentin c'est nul » et que vous ne faites rien, tu pourrais venir ? Il y aurait du monde, ce qui, techniquement, te permettrait de fuir aisément si jamais tu me trouvais bizarre…

Je rougis en écrivant cela, Lyrah, mais j'aimerais te voir, un jour.

Je t'embrasse et ai hâte de te lire,

Ta dévouée Milly

1

Zach fut un parfait gentleman toute la semaine, faisant de ces sept jours une succession de petites célébrations et de grandes démonstrations d'affection. Chaque jour, il m'offrait trois roses blanches – il s'était lui-même convaincu que je n'étais pas une femme à roses rouges, ce qui, à vrai dire, était plutôt vrai. Le lundi, je l'avais questionné sur ce nombre, et il m'avait expliqué avoir savamment organisé la chose : trois par jour, puis sept d'un coup le jour de la Saint-Valentin afin d'atteindre le nombre total de vingt-cinq. Si les deux premiers jours, cette charmante attention avait été réservée au moment où j'entrais dans sa voiture, les autres me réservèrent leur lot de surprises et de mises en scène que j'aurais volontiers évitées. Évidemment, le mercredi, il prit grand soin de les retrouver « mystérieusement » dans son sac en plein travail pratique au milieu de la bibliothèque, alors que j'étais occupée à discuter avec le Pr. Burton. Le jeudi, il me les offrit lors de la pause déjeuner, face à une Jenna livide qui semblait vouloir mettre un terme très rapidement à cette mauvaise plaisanterie – et, pour une fois, j'étais d'accord avec elle. Le vendredi, lors de mon moment au salon de thé en tête-à-tête avec Larry, il trouva le moyen de les faire passer à l'un des propriétaires qui, de derrière le comptoir, rompit ainsi le calme du salon en clamant : « Une livraison de roses pour Milly Davis ! » Je regrettais presque les roses rouges qui auraient rendu moins criante la honte qui rosissait mes joues.

Bien sûr, toutes ces attentions étaient touchantes, et mignonnes. Mais mignonnes à la manière de Zach. Ces manifestations inopinées qui attiraient les regards d'une horde de curieux me mettaient mal à l'aise. Je m'étais mise, le soir suivant l'épisode dans la bibliothèque, à ressentir la lourdeur d'une boule au ventre, alimentée par mon appréhension du lendemain et du moment où tout le monde me regarderait attraper avec gêne les roses que Zach me tendait systématiquement de manière théâtrale. Puis je finissais toujours par m'en vouloir. Qu'est-ce qui n'allait pas chez moi pour que je devienne anxieuse à l'idée de recevoir des roses ? N'était-ce pas le genre d'attention que toutes les filles rêvaient de recevoir un jour ? En tout cas, Jenna aurait sûrement adoré – parce qu'en plus d'être embarrassée par les offrandes de Zach, l'ignorance dont il faisait preuve vis-à-vis des regards qu'elle lui lançait me faisait de la peine pour elle. Ce fut donc une semaine ponctuée de moments gênants pendant laquelle je me promenai dans les couloirs de l'université avec trois roses emballées dans un papier.

Comme tous les mercredis après les cours, j'avais rejoint Alphard dans son bureau, mon journal d'écriture dans une main, les roses dans l'autre. Il avait fixé l'une et, avant qu'il ne dise quoi que ce soit, je lui avais dit : « Merci de ne pas poser de questions, Rudolf Banart. » Il avait répondu par un sourire et nous étions partis nous évader plusieurs heures durant au début du XIXe siècle, heures pendant lesquelles j'oubliais que trois roses blanches et leur demande dissimulée m'attendaient.

La réunion du samedi soir fut interrompue par Zach et sa livraison de roses habituelle. Il voulut m'inviter à boire un verre, proposant ainsi de trinquer à ma santé dès minuit afin d'être le premier à me souhaiter mon anniversaire, mais je lui répondis que j'avais à faire avec les amies de Maggie et que j'étais très occupée à fabriquer des badges. S'il n'était pas un tantinet refroidi par la description de mon samedi soir, c'est qu'il était fou amoureux, selon Maggie. Mais, pour ma part, rien ne pouvait égaler mes samedis soir, les disputes d'Yvonne et Daria, et les interruptions toujours incongrues de Marcella.

Le lendemain matin, j'avais vingt-cinq ans.

J'ouvris les yeux sans le sentiment que ce quart de siècle accélérait quoi que ce soit. Je ne ressentais ni l'urgence de me marier ni celle de me reproduire – et je répondrais toujours aux indiscrets que mon horloge biologique ne concernait personne. Rien ne changeait pour moi. Je me réveillai doucement avec l'appel en visio de Willa et Eddy qui, ayant créé des maracas avec du riz et des pots de confiture vides, m'interprétèrent une chanson d'anniversaire personnalisée. Puis je descendis dans le grand salon où la table basse était recouverte de viennoiseries, de cakes en tout genre, de boissons chaudes et de smoothies frais. Mes parents et Maggie avaient cuisiné ensemble, et c'était le plus beau des cadeaux d'anniversaire. Je fus convaincue que le soir ne serait pas un « petit repas », eu égard à l'insistance dont firent preuve mes parents pour m'offrir mes cadeaux « dans l'intimité », selon ma mère. Je reçus de leur part une chevalière ancienne sertie d'une émeraude. Je fus très émue par ce cadeau, lequel fut porté immédiatement et, j'en étais persuadée, ne serait plus jamais retiré. Maggie m'offrit un set de correspondance qu'elle avait fait personnaliser à mes initiales, ainsi que le fameux sac de luxe vintage qu'elle avait reçu en cadeau à la naissance de mon père et qui me faisait rêver depuis toute petite. Clarence m'offrit un stylo plume d'une grande marque, ainsi qu'un plumier également gravé à mes initiales. Ma famille connaissait mon attachement pour les cadeaux symboliques, et je fus touchée et infiniment reconnaissante d'être aimée par des gens aussi merveilleux.

Après le brunch, je remontai dans mes appartements pour m'habiller, pressée par une Maggie surexcitée à l'idée de fêter mon anniversaire. J'enfilai une jupe plissée beige, un pull et un manteau long noué à la taille dans la même teinte. J'étais satisfaite de cette tenue monochrome qui faisait ressortir ma longue chevelure pour laquelle j'avais passé des heures devant ma coiffeuse à en réaliser les boucles. Maggie portait une fausse fourrure blanche extrêmement volumineuse et poilue – mon père la surnommait maintenant « Maggie de Poméranie » –, ainsi qu'un pantalon évasé dont une jambe était rouge et l'autre blanche.

Nous nous fîmes conduire en ville, et je ressentis une gêne intense en découvrant que nous nous arrêtions devant le Blackbird

Tea House. La probabilité pour que Maggie trouve ce salon de thé où nous allions pratiquement une semaine sur deux avec Daria, Julianne et Violet était très mince. Maggie, avec l'aide d'Ulyana, continuait de rechercher de nouveaux salons de thé, et elle avait dû tomber sur celui-ci dont les couleurs chatoyantes l'avaient sûrement attirée. J'aurais aimé pouvoir prévenir Daria afin qu'elle ne ressente pas le même choc que moi.

Nous passâmes la porte d'entrée et, malgré ma boule au ventre, un sourire vint immédiatement se greffer sur mon visage en découvrant ce lieu - déjà haut en couleur - paré pour la Saint-Valentin. Parmi les fleurs roses qui recouvraient les murs, il y avait désormais de gros cœurs accrochés. Des ballons de la même forme gonflés à l'hélium tapissaient le plafond. C'était comme plonger dans une boîte de chocolats de la Saint-Valentin. La serveuse, qui me reconnaissait désormais, me salua avec une jovialité qui trahissait l'habitude et, interrogée du regard par Maggie, je soulignai maladroitement l'accueil très sympathique de cet établissement.

Maggie avait réservé une table pour six au milieu de la salle. Mes dames favorites me saluèrent avec chaleur, me laissant sur les joues de multiples traces de rouge à lèvres que je frottai avec vigueur. Daria refusait de croiser mon regard et je compris qu'elle m'en voulait. Je localisai sa botte noire épaisse sous la table et lui donnai un coup de pied avant d'annoncer que je me rendais aux toilettes pour enlever leurs traces de baisers sur mes joues. Daria me suivit et, une fois arrivées dans les toilettes, je lui dis :

« Daria, je te jure, je n'ai rien dit. J'ai une boule au ventre depuis tout à l'heure, jamais je ne t'aurais trahie. »

Elle me scruta de ses yeux bleu cristallin puis, après quelques secondes, me rassura :

« J'te crois, p'tiote, lança-t-elle en me donnant un petit coup de poing affectueux sur l'épaule. Mais j'pense qu'c'est un piège.

— Un piège ? Par qui ?

— Maggie, Yvonne… j'en sais rien, moi. C'est pour m'faire passer aux aveux !

— Oh, Daria, elles n'ont pas moyen de savoir, non ? Comment pourraient-elles se douter d'un tel truc ?

— Yvonne est v'nue au foyer, l'aut' jour. Ils lui ont dit qu'j'dormais plus là le soir.

— Ah, répondis-je sans savoir quoi ajouter.

— Ouais, comme tu dis, p'tiote.

— Mais, attends, même si elles se doutent que tu vois quelqu'un, comment auraient-elles pu faire le lien avec ici ?

— J'sais pas, p'tiote. Elles m'ont p't-être suivie. C'est des sacrées nanas, celles-là.

— Si c'est le cas, alors dis-toi qu'elles ont voulu seulement te tendre une perche pour te faciliter les choses. Et quand elles verront que tu n'abordes pas le sujet, elles te laisseront faire à ton rythme, j'en suis persuadée.

— C'est bizarre, p'tiote. T'as peur des autres, alors qu'tu vois toujours le bon chez eux. »

Elle extirpa de sa poche un paquet de cigarettes duquel elle en sortit une qu'elle déposa entre ses lèvres.

« Merci, p'tiote, ça m'a fait du bien d'te parler.

— Daria, la cigarette je ne suis pas sûre que…

— Oh, t'inquiète ! cria-t-elle en sortant des toilettes, ils m'verront p't-être pas ! »

Daria était toutefois à peine sortie qu'elle fut interceptée par une serveuse qui lui indiqua que le salon était non-fumeur. Je vis Ulyana cacher son visage dans ses mains et je l'imaginai bredouiller : « Il fallait forcément qu'on se fasse remarquer. » Je suivais Daria quand mon regard fut attiré par la porte d'entrée qui venait de s'ouvrir. Une silhouette d'homme apparut et retint la porte pour aider une femme avec une poussette à entrer dans le salon. Comme le couple se rapprochait, je pus reconnaître Alphard accompagné de celle qui devait être sa femme et de leur bébé. Je restai debout, stoïque, plantée au beau milieu du passage des serveurs qui menaçaient de renverser leur plateau de thé à cause de moi, qui fixais Alphard et sa femme.

Alphard et sa femme.

Je n'arrivais pas à assimiler cela. La voix de Maggie – qui se demandait sans doute pourquoi je demeurais figée comme une idiote en plein milieu du salon – me fit sortir de ma léthargie. Je détournai le regard en espérant qu'il ne m'avait pas surprise en pleine indiscrétion, et regagnai notre table, le cœur tambourinant dans ma poitrine, mais pas pour les mêmes raisons que les amoureux présents ce jour-là dans le salon.

J'eus du mal par la suite à dissimuler la tristesse qui s'abattait sur moi, bouleversée par la mauvaise surprise et le ridicule de la situation. Les larmes me montaient aux yeux et je me blâmais pour cela. Il avait toujours été clair : il n'était qu'un professeur qui aidait son élève. J'avais beau expliquer à Maggie que le sourire que j'affichais en rentrant de nos rendez-vous hebdomadaires n'était dû qu'à l'excitation d'avancer chaque semaine un peu plus sur mon roman, je savais que c'était un mensonge. J'étais fascinée par Alphard Burton. Je me sentais comprise, sereine à ses côtés. Il me faisait rire, il me donnait confiance. Et tout ce temps, je m'étais leurrée.

Nous commandâmes des pâtisseries, et je pus maquiller mon manque d'appétit par le brunch qui me restait sur le ventre. Maggie, qui avait un petit estomac comme le mien, le comprit aisément, jusqu'au moment où une voix dans mon dos vint la saluer.

« Madame Brightwood, comment allez-vous ? »

Alphard était derrière moi, saluant ma grand-mère qu'il venait de reconnaître. Elle lui répondit à demi-mot, comprenant ma gêne en me voyant baisser la tête. Il me remarqua ensuite et, dans un élan pour déguiser la scène et ne pas lui montrer que j'étais en proie à un grand désespoir, je me levai pour lui faire face, comme si de rien n'était. L'entrain que j'avais eu en me levant de la banquette rose fut de très courte durée. Face à lui, j'arrivais à peine à le regarder dans les yeux, me contentant de fixer le pull au col châle gris qu'il portait sous son costume en laine marron.

« Bonjour, Daisy, dit-il en souriant.

— Bonjour, professeur Burton », répondis-je rapidement en me forçant à lui rendre son sourire.

Je vis qu'il fronçait les sourcils, entrouvrant sa bouche comme pour me dire : « Depuis quand suis-je professeur Burton en dehors de l'université ? Ne suis-je pas Alphard ? ou Rudolf ? »

« Quel endroit curieux, n'est-ce pas ? reprit-il finalement.

— Oui, c'est coloré. »

Je le vis observer la table et regarder les petits cadeaux que Maggie et les autres avaient déposés.

« Je vois que vous fêtez dignement la Saint-Valentin », lança-t-il avec un léger rire pour briser le froid polaire qui émanait de moi.

J'aurais voulu lui répondre : « Vous aussi, visiblement », mais l'énoncer dans ma tête était plus simple que de le faire oralement. Je lui répondis machinalement :

« C'est mon anniversaire.

— Oh, alors joyeux anniversaire. C'est curieux, je n'aurais jamais cru que vous seriez née un jour de février. »

Je n'eus pas le temps de lui demander une explication sur ses suppositions de mois de naissance – qui m'aurait, à coup sûr, extrêmement attendrie – puisque son épouse intervint à ce moment-là :

« Alphard, ils nous ont trouvé une table loin de la porte où la poussette ne gênera pas. »

Elle posa ses yeux sur moi et me salua d'un sourire sincèrement chaleureux. On ne pouvait pas se méfier de tous les inconnus quand on était marié avec Alphard Burton. C'était une alliance qui vous assurait sans doute une allégresse, une vie douce et joyeuse à chaque instant. Il y eut une conversation silencieuse entre lui et moi. Il me vit poser mes yeux sur le landau, sur sa femme, puis nous échangeâmes un regard triste. Le sien avait l'air de dire : « Je suis désolé », quand le mien signifiait : « Je ne trouve pas les mots ».

Le langage des yeux, déjà insonore, fut d'un silence assourdissant.

2

Et puis, tout ne fut que prison d'apparences et douleur. J'avais envie de m'enfermer dans les toilettes et de laisser les larmes brûler mes joues. J'avais envie de disparaître, de « m'enflaquer », comme le vœu le plus cher de l'enfant qui voulait être invisible au milieu de la cour de récréation. J'avais envie de les observer ensemble. De voir, de comprendre. Et puis je me refusais à tourner la tête ne serait-ce que d'un millimètre, persuadée que je ne supporterais pas cette vision.

Maggie comprit. Tout. Il n'y eut pas besoin de dire quoi que ce soit. Je ne pris même pas le risque d'aller aux toilettes, de peur que ce moment de relâchement ne me fasse ressortir les yeux rouges. Les filles me regardèrent, questionnant silencieusement Maggie. Je sentais leurs regards fixer ma tête baissée alors que j'étais occupée à touiller mon thé dans lequel je n'avais même pas mis de sucre. Pour briser la glace, Maggie m'annonça le programme : nous prenions le thé tranquillement, puis nous irions toutes ensemble choisir une tenue d'anniversaire dans un grand magasin, et enfin viendrait le moment d'aller chez le coiffeur. C'était parfait, Maggie et les filles étaient excitées rien qu'à l'énoncé de ce programme. Je m'en voulais. Je m'en voulais qu'à ce moment précis je doive me mordre intérieurement les lèvres pour éviter que les larmes ne sortent. Je m'en voulais que le sourire que j'affichais en façade me soit douloureux. Je pris sur moi, faisant le plus d'efforts possible pour ne pas décevoir ou blesser les amies de Maggie, et ouvris avec émotion les petites attentions qu'elles avaient eues pour moi. Tout était joliment pensé. Elles s'étaient regroupées pour m'offrir des boucles d'oreilles vintages ornées de perles. Daria, pour sa « p'tiote », comme elle l'avait dit, avait réussi par je ne sais quel procédé à découper au cutter une fine plaque de chaque lettre d'un jeu de Scrabble en bois, m'offrant ainsi des petites vignettes de lettres à utiliser pour mes « p'tits bricolages ». Elle me confia ne pas être certaine que toutes les lettres soient présentes, comme elle avait trouvé le jeu par terre, sur un trottoir, mais ça n'avait pas d'importance. Imaginer Daria passer des heures à décoller ou découper les lettres du Scrabble avec ses doigts minuscules sertis de bagues énormes suffisait à être un cadeau en soi. Je les embrassai chaleureusement et, en me levant de la banquette pour faire le tour, je vis Alphard m'adresser un sourire timide au loin, comme s'il cherchait dans mon regard l'autorisation de le faire. Je détournai la tête.

Maggie avait ensuite réservé un salon privé dans un grand magasin où nous fîmes nos essayages ensemble. Je n'avais pas le cœur à m'habiller, et tout ce que je voulais à ce moment-là c'était enfiler mon ensemble en cachemire blanc et me glisser dans mon lit moelleux à l'abri du monde environnant. Je choisis tout de même une robe mi-longue en crêpe de soie plissée bordeaux, resserrée à la taille, et qui dégageait légèrement les épaules. Maggie porterait une combinaison longue à pattes d'éléphant recouverte de sequins dorés. J'espérais fortement que Daria choisirait ce tutu vert fluo qu'elle enfila par-dessus tous ses vêtements, sous le regard exaspéré d'Yvonne. Mais c'était mon anniversaire, par conséquent j'avais un droit de veto pour leurs tenues, et j'encourageai donc Daria à choisir ce qu'elle voulait.

Je pensais être en train de reprendre le dessus sur toute cette situation jusqu'au moment où je dus me faire face, devant le miroir du coiffeur, les cheveux tellement trempés que j'avais l'impression de ressembler à un chien qui sort de l'eau. J'étais ridiculement piteuse. En fixant mon visage creusé, je me disais que cela pourrait être une bonne idée de projet pour Lyrah que de peindre des visages ravagés par des émotions différentes, et de les faire nommer ensuite par le visiteur de l'exposition.

Oh.

Lyrah…

Et ce fut ainsi qu'un torrent de larmes s'échappa de mes yeux.

Je me rendais seulement compte que quelque chose avait changé dans ma routine. La veille, à la différence de chaque samedi matin des seize années précédentes, je n'avais pas sorti mon matériel de papeterie. Je n'avais pas fait fondre la cire qui serait venue cacheter l'enveloppe. Je n'avais pas écrit de lettre à Lyrah, car je n'avais jamais reçu de réponse à la mienne, celle qui lui proposait de venir me voir, enfin, en vrai.

Je sanglotais sur ma chaise, le coiffeur ne sachant pas si j'étais extrêmement sensible à la chaleur du sèche-cheveux ou si je venais de me faire larguer le jour de la Saint-Valentin. Ce n'était ni l'un ni l'autre, et pourtant il y avait bien une rupture, là, devant mes yeux, une cassure qui était survenue sans s'être annoncée.

Certes, Alphard Burton me l'avait dit, explicitement, sans équivoque. Mais Lyrah… Bien sûr, tout un lot d'explications pratiques pouvait être exprimé. La lettre s'était perdue, elle avait été très occupée… Pourtant, en seize années, rien n'avait jamais réussi à faire différer nos échanges épistolaires. J'avais l'impression de l'avoir fait fuir. C'était bien ma veine. Faire fuir quelqu'un que je n'avais jamais vu par une simple proposition. Je me demandais alors si nous étions vraiment amies. Lyrah sortait toutes les semaines, elle semblait avoir été très populaire dans chaque établissement scolaire où elle avait été inscrite. Peut-être n'étais-je qu'un exercice comme un autre, un essai, un sujet de réflexion. Peut-être qu'un jour, Lyrah Berolzheimer deviendrait célèbre avec une exposition intitulée « Conversations silencieuses » et pour laquelle elle aurait utilisé toutes les lettres et enveloppes que nous nous étions envoyées.

Mes sanglots devinrent plus bruyants, et Maggie vint à mes côtés, m'attrapa la main et parla une octave plus haut qu'à la normale – l'octave des mamans, plus aigüe, plus attentionnée, plus attendrie.

« Oh, mon ange, je suis désolée pour Alphard, je…

— C'est Lyrah, la coupai-je en sanglotant.

— Que… comment ça, Lyrah ?

— Elle ne m'a pas écrit, dis-je en essayant de calmer les spasmes de mon abdomen pour respirer correctement. Je lui ai demandé de venir ce soir, et je l'ai fait fuir.

— Mais non, mon ange… Peut-être que ta lettre s'est perdue ? Quand est-elle partie ?

— Samedi dernier…

— Mon ange, c'était la semaine de la Saint-Valentin ! Tu n'étais pas la seule à écrire des lettres ! Les services postaux sont débordés de courriers enflammés, de fleurs à faire livrer et toute autre sorte de petits présents qui sont envoyés ! »

L'explication de Maggie faisait son chemin en moi mais, même si c'était totalement rationnel, je ne pouvais m'empêcher de penser qu'il y avait un lien avec ma proposition.

« Elle ne veut pas me voir, même pas pour mes vingt-cinq ans…

— Milly, mon ange… Je ne peux pas parler à la place de Lyrah, mais je suis sûre que c'est un fâcheux malentendu et qu'elle n'a pas reçu ta lettre. Mais si elle l'a bien reçue et qu'elle a choisi, pour une raison ou pour une autre, de ne pas te répondre, cela ne veut pas dire pour autant qu'elle ne t'aime pas et que tu n'es pas son amie. »

Elle se tut un instant, et reprit :

« Parfois, les relations ne peuvent aller au-delà de ce qu'elles sont, mais ça ne veut pas dire qu'elles sont moins importantes dans une vie. »

Je ne savais plus si l'on parlait d'Alphard ou de Lyrah. Dans un cas comme dans l'autre, j'entamais une lutte où j'étais déjà perdante, tentant de chasser en permanence de mon esprit l'image des mots de Lyrah et le son de ceux d'Alphard.

Nous regagnâmes la demeure familiale, et à peine avions-nous ouvert la grande double porte que nous fûmes accueillies par des cotillons et autres effusions de joie. Puisque les larmes pouvaient aussi être de bonheur, je fus ravie que personne ne remarque mes yeux rouges. J'eus du mal à assimiler tout le monde qui m'observait dans le long couloir. Effectivement, cela n'avait rien d'un petit dîner. Je reconnus mes frère et sœur et mes parents, somptueux, assortis en noir et blanc, Willa dans sa longue robe qui recouvrait la bosse de son ventre. Je vis Larry, Zach – tenant bien évidemment en main les sept dernières roses – et Hisaé.

J'avançai dans le long couloir et vécus l'enfer de tout introverti : des mains m'agrippaient, on me prenait le visage sans me demander la permission pour m'embrasser avec vigueur. Tous ces témoignages d'affection étaient certes conventionnellement agréables pour la personne qui les recevait, mais pour ceux dont les perceptions étaient différentes, c'était un mauvais moment à passer. J'avais l'impression d'avancer devant des juges analysant mon visage, mes gestes, attendant que je tombe pour qu'ils puissent rire de moi. Je me raccrochais aux voix derrière moi, à Yvonne qui sermonnait simplement Daria par un « cigarette, Daria. » Enfin, après que j'eus salué tout le monde, les invités se dispersèrent et la fête put commencer. Je vis Maggie s'emparer de son petit carnet à statistiques, prête à questionner l'assemblée pour enrichir ses futures conversations. Elle me lançait régulièrement des regards inquiets. Je lui souriais, mais Maggie savait que les plis sur mes joues n'avaient rien de naturel.

J'avais conscience que tous ces gens étaient – en partie – là pour moi, mais j'avais simplement envie de m'enfuir dans ma chambre. Je n'étais pas de celles qui gravitaient au milieu de la salle quand elles arrivaient dans un endroit, mais plutôt de celles qui restaient collées aux murs. C'était mon anniversaire, je devais être là pour tout le monde. Mais il semblait n'y avoir aucune place pour moi. Une angoisse sourde et pesante montait en moi. Mes joues me chauffaient, ma respiration devenait une science complexe dont je ne comprenais plus le fonctionnement, et mon agoraphobie prit le dessus sur toutes les techniques d'apaisement que l'on avait pu m'apprendre. Je sentis une main m'agripper l'avant-bras et me tirer vers une des portes vitrées qui donnaient accès à l'une des terrasses. Quelques secondes plus tard, nous étions dehors. Larry plaqua ses deux mains sur mes épaules, ses yeux vissés dans les miens.

« Tu inspires, fit-il avant de poser une paume sur son ventre pour que je répète ses mouvements, et tu expires. Regarde Milly, le mouvement, fais comme moi. »

J'avais chaud, le bout de mes doigts semblait recouvert d'une infinité de petites fourmis. Larry resta face à moi pour guider ma respiration jusqu'au moment où il considéra que la crise était calmée. Je ressentis alors un vide, une fatigue immense. Il m'invita à marcher un peu jusqu'aux grands escaliers en pierre qui menaient aux jardins.

« Ça va mieux ? demanda-t-il avec douceur.

— Oui, merci Larry.

— Je t'ai vue au milieu de tout le monde, j'ai senti que ça n'allait pas et je me suis souvenu de ton agoraphobie.

— Tu es un héros des temps modernes, Larry, dis-je en souriant tristement.

— Mmh, ça me plaît bien, ça ! répondit-il en agitant son index. J'espère que tu vas m'en faire un badge. Daria m'a montré ceux que tu as faits pour leur asso, c'est super cool. »

Je me laissai aller à la plaisanterie et retrouvai assez d'énergie pour rire.

« Je t'en ferai un, promis.

— J'y compte bien ! »

Nous fixions chacun nos pieds, silencieux. Larry reprit :

« Laisse-moi deviner la raison de cet air triste sur ton visage : c'est ton anniversaire alors tu devrais être contente, mais toutes ces grandes réceptions ce n'est pas vraiment toi, donc tu te blâmes parce que tu devrais apprécier ce qu'ils ont organisé pour toi.

— Oui, il y a de ça, souris-je tristement.

— Moi, grand héros des temps modernes, déclara-t-il de façon théâtrale, je pense que tu devrais déjà arrêter de te blâmer de ressentir ce que tu ressens.

— Pour le “petit dîner” d’anniversaire ? demandai-je en mimant les guillemets.

— Pour tout, Milly. On est tous différents. S’il y a un ADN pour chaque individu foulant le sol de cette terre, c’est bien parce que les singularités sont dans l’ordre des choses. Tu penses que ta sensibilité est un aspect de ta personnalité que tu dois estomper, mais moi je pense que tu vas t’épuiser toute ta vie, parce que c’est contre ta nature. »

Une larme s’échappa de mes yeux et dévala le relief de mes joues.

« Alors quoi, je me cacherai aussi à mes trente ans sur des escaliers froids en plein mois de février ?

— Je pense que oui. Bon, tu peux prendre un manteau, la prochaine fois, dit-il en enlevant sa veste pour me la tendre, mais il n’y a pas de mal à échapper à la foule. Il suffit juste de t’écouter. Et d’écouter ton héros des temps modernes, aussi, s’amusa-t-il.

— Merci, Larry, tu es un ami génial.

— Je sais, ma p’tite Milly. Toi non plus tu n’es pas mal dans le genre héroïne des temps modernes. Tu ne le sais pas encore, c’est tout. »

Je laissais mes larmes couler désormais, la tête appuyée sur l’épaule de Larry qui m’entourait d’un bras.

Je compris alors qu’être solitaire ne voulait pas dire être seul.

Zach interrompit ce moment, me retrouvant finalement après plusieurs minutes de recherches. S’il y avait bien une différence notable entre nous deux, c’était que Zach aimait être au centre de la pièce quand moi je préférais raser les murs. Mais il le savait, et ainsi, c'était lui qui traversait la foule pour aller me chercher à boire, lui qui savait que je n'osais jamais me servir aux buffets par peur de tout faire tomber. Je me demandais si deux personnes aussi différentes pouvaient être ensemble. S'il y avait une règle qui rendait les relations entre raseurs de murs et centristes de pièces impossibles. Ou si, au contraire, cela faisait partie des différences qui unissaient ceux qui les vivaient. Je me dis alors que je n'étais pas obligée d'avoir la réponse tout de suite, et profitai enfin de cette soirée, réussissant à me détendre en regardant rire mes deux amis. Larry et Zach furent les meilleurs calmants. Jusqu'au bout, j'avais peur que Zach ne m'invite à danser, me pousse dans mes retranchements, me dise le genre de phrases assassines dont les auteurs ne mesurent pas la portée pour me faire sortir de ma zone de confort, mais il n'en fit rien. Et peut-être que ce soir-là, je vis quelque chose dans ses yeux qui me fit comprendre que l'adage selon lequel l'amour n'était qu'une question de compromis n'avait sans doute jamais été une vérité universelle. Non, peut-être qu'aimer quelqu'un, c'était parfois ne pas le comprendre, mais le respecter. Et je gardai en mémoire cette note lorsque je vis Clarence, au détour d'un couloir, sourire non seulement avec les lèvres, mais aussi avec les yeux avant d'embrasser Hisaé.

Nous retrouvâmes au bout de quelque temps Maggie, ravie des résultats à ses sondages de la soirée qui lui avaient permis d'obtenir une réponse à l'un d'entre eux, inscrit sur son carnet depuis longtemps : « Pensez-vous que l'on pourrait aisément vivre en se nourrissant exclusivement de cucamelons ? » À titre informatif, elle souligna que huit personnes sur dix avaient répondu par l'affirmative. Nous fûmes, bizarrement, tous passionnés par cette réponse. Daria boudait visiblement, sans doute pour avoir été houspillée une nouvelle fois par Yvonne, et Zach, en vrai gentleman, l'invita à danser avec lui. Je fus assez surprise par cette proposition, qu'il fit de bon cœur. Il avait raison : parfois, je le sous-estimais. Pour moi, Zach était plus le genre de garçon à inviter Ulyana plutôt que Daria et son tutu vert fluo enfilé par-dessus son pantalon en cuir à brides clinquantes. Mais non, il prit son bras, et suivit, à la fois hilare et concentré, la danse contemporaine de Daria, composée d'un jeu de pieds proche de la danse bavaroise, et de mouvements de bras très conceptuels imitant le déroulement d'un tentacule de poulpe. Zach essayait tant bien que mal de reproduire les gestes, et ce fut la première fois de la soirée que mes larmes furent de joie et de rire. Amusé par la situation, Larry se leva pour rejoindre le duo que la foule entière observait, ce qui ne fit qu'intensifier mon hilarité.

Je me levai ensuite pour regagner le boudoir du rez-de-chaussée, et dans le couloir plus étroit qui m'y conduisait, on m'attrapa la main. Je me retournai, découvrant Zach, souriant, mais grave, qui, sans mot dire, prit mon visage entre ses mains pour m'embrasser avec une douce ferveur. Sans retirer ses mains, il plaqua son front contre le mien et resta silencieux quelques secondes, avant de se détacher et de repartir, satisfait de l'effet qu'il venait de produire sur moi.

Je mis quelque temps à me remettre de mes émotions, manifestement troublée par ce baiser. Puis je retournai auprès des autres, consciente de la brûlure sur mes lèvres dont le feu s'estompa à peine le jour suivant.

3

La reprise dès le lundi matin avec la diction soporifique du Pr. Jacob Smith et son histoire de la conquête des territoires fut difficile pour tout le monde, autant pour ceux qui avaient fêté la Saint-Valentin que pour ceux venus festoyer pour mon anniversaire. En plus du coucher tardif, j'avais eu du mal à m'endormir, repassant dans mon esprit les derniers instants de cette soirée. Tous ces évènements joyeux avaient réussi à me faire oublier l'absence de lettre de Lyrah, et la présence de l'épouse d'Alphard. J'appréhendais le cours d'archivistique et me demandais si je devais feindre l'indifférence et me rendre au bureau 342 comme tous les mercredis depuis des mois ou non. Puis je décidai que la vie d'Isadorah valait plus qu'une boule au ventre et j'étais déterminée à ne pas laisser cette déception prendre le pas sur l'avancée du livre. J'appliquais ce que Maggie m'avait dit : parfois, les relations ne pouvaient aller au-delà de ce qu'elles étaient, et ça ne voulait pas dire qu'elles n'étaient pas importantes.

Le cours du Pr. Webster aurait dû s'intituler « Approche de la négociation », puisque les trois heures durant, Larry et Zach mirent en avant tous leurs meilleurs arguments pour que je m'inscrive au voyage en Écosse. C'était la dernière semaine d'inscription, et je ne savais toujours pas ce que j'allais faire. C'était le genre de conseils que Lyrah me donnait et que je suivais. J'avais hésité à lui écrire, d'ailleurs, mais Maggie, confiante, me disait : « Attends un peu, tu as envoyé la dernière lettre, laisse-lui le temps de répondre, ça va venir », justifiant ainsi la règle très contemporaine du « J'ai envoyé un message en dernier » des réseaux sociaux.

Larry et Zach avaient du mal à comprendre mes réticences. Ils seraient là, évidemment, ils ne me laisseraient pas toute seule. Et puis, c'était tout ce que j'aimais : l'histoire écossaise, les Highlands, les légendes… Depuis plusieurs jours, je leur parlais inlassablement d'un livre que j'avais lu concernant la sorcière Corrag et le massacre de Glencoe, et mon panégyrique sur ce roman ne faisait que leur donner raison : il serait bête de passer à côté de l'occasion de fouler ces terres chargées d'histoire. Bien sûr, je ne pouvais pas énoncer à haute voix mes arguments contraires : la peur de faire une crise d'angoisse et de vouloir rentrer chez moi sur-le-champ ; la peur des transports, d'être déboussolée, d'abandonner temporairement ma routine rassurante ; la peur de ce que je ne connaissais pas, des lieux, de la distance entre les salles de cours et les toilettes de l'université de St-Edward ; la peur des dortoirs et de devoir partager mon intimité… Je n'oserais jamais dire que les couvre-lits me terrifiaient, que je pouvais passer des heures à inspecter les oreillers, ayant peur d'y trouver des cheveux, des poils de nez, ou toute autre pilosité corporelle dont je ne voulais même pas connaître l'origine. On me prendrait encore plus pour une folle, et aussi pour quelqu'un de précieux. J'étais persuadée que les baroudeurs étaient des gens confiants, capables de se sentir bien en leur for intérieur et qui, ainsi, n'étaient jamais ébranlés par ce qui les entourait. Évidemment, voyager était pour moi une épreuve, un travail sur moi-même bancal qui me faisait parfois tout annuler la veille tant j'étais submergée. Je verrai, voilà ce que je leur disais.

Le jour de la semaine que j'attendais le plus devint le plus redouté. J'arrivai mercredi devant la bibliothèque, la boule au ventre, ne pouvant faire un pas à l'intérieur sans être accompagnée par un visage familier. Larry me rejoignit avec un peu de retard après avoir discuté avec le Pr. Saint-Paul du cours d'histoire coloniale, et nous pénétrâmes dans cet édifice qui m'impressionnait toujours autant.

C'était ici que nous passions désormais la majeure partie de nos cours d'archivistique. Nous étions passés à la pratique après avoir appris que les documents étaient classés en fonction de leur origine et, le plus souvent, selon un ordre commun dans chaque catégorie d'institution. Le Pr. Burton était convaincu que nous forcer à apprendre par cœur les codages avant la pratique était une idiotie pédagogique dont il avait fait les frais et qu'il refusait d'imposer. Nous nous promenions donc dans l'immense bibliothèque avec dans les mains des dizaines de feuilles sur lesquelles étaient inscrites les centaines de combinaisons de codes de classement. Larry et moi avions passé des après-midis entiers à retranscrire les codes dans de petits carnets, et nous avions un peu l'impression d'être des sortes d'aventuriers à l'intérieur de cette fourmilière de papier dans laquelle nous nous perdions souvent. Les cours étaient devenus des chasses au trésor fusionnées à des courses d'orientation. Le Pr. Burton nous attendait dans la pièce centrale sous la coupole, tenant dans ses mains de petites enveloppes qui contenaient l'objet des recherches. Nous étions divisés en groupes de deux ou trois, et j'étais heureuse de faire équipe avec Larry, Zach ne trouvant aucun amusement dans ces activités. Souvent, j'étais celle qui faisait la queue pour Larry et moi dans la file qui s'étendait devant le Pr. Burton pour piocher la recherche du jour. Il me donnait mon enveloppe avec solennité, ajoutant chaque semaine : « Bonne chance, mademoiselle Davis, ne vous perdez pas, sinon je serai obligé d'appeler la garde nationale. » Les élèves qui attendaient leur tour derrière moi ne pouvaient percevoir ni imaginer que Mlle Davis et le Pr. Burton tenaient l'enveloppe en même temps, laissant flotter quelques instants, quelques précieuses secondes, avant que l'un ne la lâche et ne rompe ainsi le contact de leurs doigts dissimulés par le papier.

Larry fit la queue, cette fois-ci, et je perçus dans son regard qu'il ne comprenait pas pourquoi je lui demandais d'y aller. Il revint quelques minutes plus tard, agitant le sésame devant moi et l'ouvrant en imitant un roulement de tambour qui fut interrompu par un rappel à l'ordre de la bibliothécaire.

« "Trouver la commande de matériel chirurgical du mercredi 15 avril 1835 de l'Hôpital de Paris" », énonça-t-il en chuchotant.

Nous sortîmes nos carnets et commençâmes à déterminer le code.

« Bon, déjà, il s'agit des archives nationales, reprit-il.

— Pas forcément, répondis-je en lui tendant mon carnet, ça peut être les archives hospitalières, regarde.

— Pas bête. Il faudrait vérifier si les Hôpitaux de Paris étaient sous administration religieuse en 1835. Donc…, dit-il en pliant son carnet pour ouvrir une nouvelle page, soit on est en "Archives nationales code S – VII", soit en "Archives hospitalières"… Tu crois que c'est dans "D – Inventaires" ou "E – Administration" ?

— Aucune idée, ça pourrait être l'un comme l'autre. Dans "Administration", on pourrait trouver les bons de commande par exemple, et dans "Inventaires" des listes faites chaque année. Je n'en ai aucune idée, ce ne sont que des suppositions. »

Nous notâmes donc trois codes différents. Il nous fallait ensuite consulter les registres informatiques de la bibliothèque afin qu'ils nous renseignent sur l'aile qui concernait la branche recherchée. Nous consultâmes donc un des ordinateurs disponibles qui nous envoya au couloir F, lequel nous mena dans un recoin sombre de la bibliothèque. Le sol était en pierre et nous pouvions sentir le froid s'infiltrer à travers nos semelles de chaussures. Le bois, souvent d'un brun chaleureux, avait ici une teinte foncée, proche du noir. Les reliures de cuir des ouvrages sur les étagères semblaient en mauvais état.

« Wow, dit Larry en arrivant, on dirait le repaire d'un vampire. »

J'admettais que j'espérais fortement que le code S - VII des archives hospitalières ne soit pas le bon afin que nous quittions cet endroit rapidement. Mais en mettant de côté mes craintes nourries par mes lectures gothiques, je ne pouvais m'empêcher d'admirer ce lieu qui semblait être préservé du temps qui passe.

Nous n'étions pas chronométrés pour ces recherches. La règle était que nous devions prendre le temps de bien les faire, et qu'une fois satisfaits, nous pourrions prendre lors du cours suivant une nouvelle enveloppe. Le Pr Burton évaluerait les étudiants à l'issue du second semestre par le biais d'un mémoire de fin d'année qui récapitulerait nos recherches et expliquerait nos méthodes. Il insistait pour que nous décrivions chaque pensée, chaque réflexe qui nous avait amenés à telle ou telle partie de la bibliothèque. Il répétait plusieurs fois que nous devions aussi – et surtout ! – consigner les fausses pistes, détailler pourquoi nous nous étions dirigés vers tel code plutôt qu'un autre. Alphard Burton préférait le chemin à l'arrivée.

Nous déposâmes nos affaires sur la table en bois poussiéreuse au centre de la pièce et commençâmes à analyser l'ordre de classement des différents rayonnages. C'était une succession de codes à déchiffrer. Une fois que nous avions trouvé le couloir, nous devions trouver la salle qui abritait les ouvrages. Ensuite, chaque salle disposait d'une liste de codes expliquant sa propre organisation. Petit à petit, en sélectionnant chaque code, nous arrivions à un point cardinal, soit le nord-est de la pièce, soit le sud-ouest. Nous avions ensuite devant nous de multiples allées de bibliothèques et, en déchiffrant à nouveau les codes, nous pouvions en sélectionner une seule sur la dizaine qui se présentait à nous, puis un segment de celle-ci, et enfin une étagère.

Nous passâmes finalement toute la session de recherches dans cette pièce froide sans qu'aucun autre élève ou visiteur ne vienne la visiter. Je pris plaisir à cet après-midi de recherches avec Larry. Nous regagnâmes à la sonnerie le cœur de l'observatoire et trouvâmes le Pr. Burton en train de discuter avec différents groupes d'élèves qui lui posaient des questions. Il nous vit arriver et Larry m'adressa un regard compréhensif, me disant à voix basse :

« J'imagine que tu ne veux pas qu'on aille lui faire un compte-rendu ? »

Je lui confirmai sa supposition d'un mouvement de tête, puis nous prîmes le chemin de la sortie.

« Mademoiselle Davis ! » entendis-je derrière nous, perçant le calme des murmures de la bibliothèque.

Je me retournai et vis le Pr. Burton marcher jusqu'à nous.

« Mademoiselle Davis, reprit-il en parlant tout bas, j'ai à vous parler. Est-ce que vous pouvez m'attendre cinq minutes ? Je vous remercie. »

Il n'attendit pas à ma réponse et se détourna pour retrouver les élèves qu'il avait laissés quelques secondes auparavant. J'attendis donc dans le hall de la bibliothèque ; Larry ne me posa aucune question et prit le chemin de l'amphithéâtre suivant où il me garderait une place. Alphard Burton arriva dans le hall, son long manteau enfilé par-dessus son costume marron frôlant presque le sol. Il s'approcha de moi sans sourire et me demanda d'une voix grave et calme que je ne lui connaissais pas :

« Milly, est-ce qu'on a toujours rendez-vous après votre dernier cours de la journée ? Comme d'habitude ? »

Il me regardait à peine, se contentant de jeter des coups d'œil aux élèves qui quittaient la bibliothèque en le saluant au passage.

« Oui, bien sûr, dis-je en me forçant à sourire. Comme d'habitude.

— Alors, d'accord, dit-il avec un sourire entendu, mais feint.

— Alors, d'accord, oui. »

Je quittai ensuite le hall, m'activant pour prendre de l'avance, sachant pertinemment que nous allions faire le même chemin. Parfois, la voix était une grande menteuse, je venais d'en avoir le parfait exemple. Il était presque impossible de feindre la normalité, l'habitude, quand une fêlure invisible se devinait dans les yeux.

Je fus incapable de suivre le cours suivant tant j'étais tracassée par ce qui m'attendait. Je voyais désormais le bureau 342 comme un endroit lointain, presque introuvable, dont le seuil me semblait infranchissable.

Depuis des semaines, Ally Rifkin était devenue mon alibi. Zach était toujours très suspicieux concernant mes rapports avec le Pr. Burton et, bien qu'il n'ait encore jamais pu mettre le doigt sur quelque chose de tangible, il semblait certain que ses craintes étaient fondées. Au début, il m'avait été difficile de trouver une justification au fait que je ne rentrais pas avec eux en voiture le soir pour rester sur le campus. Il y eut l'écharpe oubliée, le carnet tombé dans un amphithéâtre et dont le sauvetage allait prendre du temps, car les secrétariats étaient tous fermés et qu'il fallait que je trouve quelqu'un qui pourrait m'ouvrir. J'avais épuisé rapidement toutes ces excuses et, un jour que je feignais à nouveau la perte d'un de mes biens, Zach m'avait suivie à mon insu – il m'avait plus tard assuré qu'il avait agi ainsi uniquement pour m'aider. Quand il m'avait trouvée dans l'allée des bureaux des professeurs, je l'avais vu à deux doigts de pointer son index sur moi en criant « Ah-ah ! » à la manière d'un personnage d'un mauvais vaudeville, mais j'avais réussi à m'en sortir en confessant avoir une relation amicale avec Ally Rifkin. J'avais expliqué à Zach que nous étions devenues amies, mais que j'avais gardé le secret de peur que l'on pense que je tentais de m'attirer ses faveurs et qu'elle soit impartiale dans sa notation. C'était un mensonge facile : même sans aller prendre le thé avec elle, celle-ci se montrait particulièrement amicale avec moi. Son effusion de joie le premier jour n'avait fait qu'amplifier, et elle me saluait maintenant d'un « Salut, Milly ! » lorsqu'elle me croisait sur le campus, comme si nous étions amies. Ainsi, Zach n'avait pas été difficile à berner, me disant comprendre enfin pourquoi elle semblait si chaleureuse et si familière avec moi alors que nous ne discutions que de temps en temps après les cours. Alors Zach m'avait laissée, et j'avais donc pu rejoindre sereinement le bureau 342 chaque mercredi après les cours.

Je frappai à la porte en bois de son bureau et, pour la première fois depuis longtemps, je n'entendis pas l'habituel « Entrez, Daisy », mais le bruit d'une chaise que l'on recule sur le parquet et des pas se rapprochant de la porte. Alphard m'ouvrit et s'écarta pour me laisser entrer dans la pièce. Je posai, comme chaque mercredi, mes affaires sur la chauffeuse en cuir proche du bureau, et je vis qu'il restait devant la porte, la main sur la poignée. Je ne compris pas tout de suite et craignis qu'il ne me dise de partir, que nous ne pouvions plus travailler ensemble pour Isadorah. Je voyais qu'il luttait pour faire sortir de lui des phrases qu'il écrivait à l'intérieur.

« Milly, dit-il enfin, je voulais vous dire que je…

— J'ai avancé les recherches, le coupai-je en ignorant la conversation qu'il tentait d'amener. Il semble que le typhus était une des maladies les plus courantes à l'époque dans les pensionnats. Il y a la tuberculose aussi, mais pour une raison que j'ignore ça me fait penser à des sortes de furoncles, donc je préfère éviter cela.

— Milly, reprit-il en s'avançant avec gravité.

— J'ai vu qu'en 1830, Pierre Louis, un médecin français, avait distingué la fièvre typhoïde du typhus abdominal qui présentait des lésions digestives, mais la distinction faite entre typhus et typhoïde n'est arrivée en Angleterre qu'à partir de 1869, déblatérai-je en vitesse pour ne lui laisser aucun interstice de silence dans lequel il pourrait glisser des mots que je ne voulais pas entendre. J'ai lu aussi que le typhus était le diagnostic pour des fièvres ayant pour symptômes troubles neurologiques et état de stupeur, ce qui m'irait très bien pour Mathilda, car son père, qui viendrait au pensionnat, pourrait y voir là la preuve que sa fille est soit une sorcière, soit possédée, ce qui provoquerait chez Isadorah une colère qui pourrait la faire exclure du…

— Milly ! » coupa-t-il avec autorité.

Je relevai la tête de mon sac, incapable de trouver quoi que ce soit de plus à sortir de celui-ci pour occuper mes mains, et lui fis face.

« Milly, reprit-il plus doucement, ce n'est pas ce que vous croyez.

— La tuberculose ? Oui, je sais, ce n'est pas la maladie de Verneuil avec des boutons purulents, ça n'a été découvert que dans les années 1850, je ne m'en souviens plus exactement, mais je…

— Milly ! Bon sang, laissez-moi parler, s'il vous plaît ! »

Il se rapprocha encore d'un pas, face à moi.

« J'étais avec mon ex-femme quand vous m'avez vu, Milly. Je suis divorcé, depuis peu.

— Pour la Saint-Valentin ? demandai-je sans réfléchir à l'absurdité et à la curiosité mal placée de ma question.

— Oui, ce n'était pas le meilleur jour, je vous l'accorde, mais le dimanche était le seul jour disponible. Nous travaillons toute la semaine, et le samedi, j'ai déjà un rendez-vous. Mais ça, vous le savez déjà, Daisy. »

Il acheva sa phrase avec une douceur retrouvée. Je tentai de cacher l'apaisement que je ressentais désormais, et continuai mon monologue sur la tuberculose, comme si de rien n'était. Comme si je ne venais pas de retrouver une chaleur interne qui m'avait jusqu'alors désertée.

Si le samedi était un jour de recherches, le mercredi était dédié aux comptes-rendus et à l'utilisation des données recueillies.

J'étais arrivée à un tel degré de confiance et d'apaisement en sa présence qu'il pouvait manipuler mon journal d'écriture, déplier les petits papiers collés à l'intérieur et lire chacune de mes phrases sans que mon cœur ne se fige et que je ne veuille le lui arracher des mains avant de m'enfuir très loin. Je ne serais pas allée jusqu'à dire que le second tome s'écrivait à quatre mains, mais Alphard faisait intégralement partie de mon processus d'écriture et de création. Le naturel de nos échanges revint aussi vite qu'il s'était éteint. Le bureau n'avait aucun sens. Des feuilles volaient parfois, nous faisions tomber des stylos. Une valse de papier.

Alphard quitta le bureau quelques minutes pour revenir avec deux tasses de thé fumantes. Dans le silence qui suivait une gorgée, je lui demandai :

« Pourquoi trouvez-vous bizarre que je sois née en février ?

— Je n'ai pas dit que je trouvais cela bizarre, rit-il, j'ai dit que je n'aurais pas deviné, nuance.

— À quel mois pensiez-vous ?

— Si c'est un nouveau jeu, il est très simple ! » s'amusa-t-il.

Il déposa sa tasse de thé sur le bureau, croisa les bras sur les feuilles qui jonchaient celui-ci pour se rapprocher et reprit d'un ton solennel :

« Un mois fleuri, Daisy. Vous êtes un printemps éternel, souvenez-vous. »

Je laissai mes yeux communiquer avec les siens quelques secondes, y cherchant les mots qui ne me parvenaient pas.

« À votre tour, dit-il en se renfonçant dans sa chaise. Trouvez mon mois de naissance.

— Vous êtes boisé, mais lumineux. Alors je dirais… un mois de transition. Octobre, ou mars.

— Vous m'épatez, Daisy Mill. Je suis né en octobre. »

Il faisait nuit désormais quand nous sortions de son bureau. Nous nous quittions toujours au même endroit. Je m'installais dans la voiture que j'avais appelée et il partait à pied dans le sens opposé. Avant que je n'entre dans celle-ci, il m'interpella :

« Daisy ? Cela ne me regarde pas, mais je discutais avec Glenn Webster, votre professeur d'histoire écossaise, et il me disait qu'il s'étonnait de ne pas vous voir inscrite à son voyage – pour lequel je serai accompagnateur –, alors que vous êtes assurément passionnée par ce pays et son histoire, vu vos excellents résultats. »

L'obscurité cachait ses traits, et j'aurais aimé voir ce que sa voix ne disait pas.

« Oui, j'hésite encore. Je n'aime pas trop me déraciner.

— Je suis navré, dit-il après quelques secondes, j'aurais voulu trouver une métaphore florale, mais je n'y parviens pas. »

Nous rîmes ensemble à cela et, avant de s'engager sur son chemin habituel, il me confia :

« Aucun chardon d'Écosse ne saura me faire oublier la marguerite. J'ai peine à concevoir deux semaines sans Daisy[1]. »

---

1. *Daisy* : marguerite, pâquerette (en anglais)

Je ne vis pas son visage mais, à l'inverse du cinéma muet, je sus que le son n'avait pas toujours besoin de la vue ; qu'en cet instant suspendu, j'imaginais ce que les yeux d'Alphard disaient.

Lundi 15 février,
Atelier.

Milly, Milly, Milly…

Oh, ma chère Milly, comme je suis désolée pour cette lettre qui te parvient avec retard ! Avant toute explication, Milly, Milly, Milly, je te souhaite un merveilleux anniversaire. Que celui-ci t'apporte quelques rides supplémentaires (tu sais que j'aime le vieillissement naturel du visage, ces petites vagues de derme silencieuses sur lesquelles voguent les souvenirs), beaucoup de moments de joie et de pages noircies jusqu'à en avoir une tendinite ! L'image n'est peut-être pas la meilleure, mais tu m'as comprise : ris, vis, sois inspirée et inspirante.

Je te prie de m'excuser pour ce premier manqué dans notre correspondance qui m'est si chère, crois-le. Je suis tombée malade la semaine dernière, et ta lettre m'est parvenue sans que je puisse y répondre. Oscar, mon garde-malade, était aussi souple qu'un officier de police allemand. « RE-POS », disait-il en distinguant ces deux syllabes. Absolument terrifiant, si tu veux mon avis. Avant que tu ne le demandes, il n'y a rien de grave. J'ai pris froid dans l'un des ateliers – ils ne sont pas chauffés – et mon petit corps a connu son K.-O. annuel. Tu vois, ma fièvre créatrice, comme tu l'appelles, est devenue plus qu'une image de bouillonnement artistique ! Mais c'est reparti pour un tour, je peux encore tenir un an avant que mon cher et tendre n'ait le droit pendant une semaine de régir tout mon quotidien. Profites-en, petit héritier du patriarcat, ça n'arrivera plus ! (Enfin, jusqu'au prochain rhume.)

Je t'ai fait parvenir, dans un colis séparé, un petit set de pots à crayons que j'ai réalisés en céramique pour toi. J'adore faire de la poterie. C'est très froid – surtout en ce moment – mais je ne peux pas m'empêcher de penser que le modelage, la création, le fait d'être pour une fois dans sa vie un tout-puissant capable de créer des formes à partir de rien tient presque du sacré. J'ai donc réalisé moi-même un ensemble de pots à crayons pour ton bureau. Je t'ai fait un petit plumier, mais je ne t'assure pas qu'il est suffisamment étanche pour empêcher l'encre de passer à travers, aussi t'ai-je trouvé une plume de paon afin qu'il soit purement décoratif et non utilitaire (je ne voudrais pas être à l'origine d'une catastrophe).

Mon voyage approche, effectivement ! Je pars la semaine prochaine, et j'espère ne pas faillir une nouvelle fois à mon rendez-vous épistolaire préféré ! Peut-être que j'écrirai mes lettres sur place et que je les enverrai à mon retour. J'ai peur qu'elles ne te parviennent jamais, ou alors, dans un état déplorable !

Et toi, alors ? Ton voyage en Écosse ? Tu t'es décidée ? Je réfléchissais à ton histoire de crainte concernant l'hébergement. Pourquoi ne regardes-tu pas si le programme ne te permet pas de prendre un hôtel à chaque fois en dehors des locations prévues ? Tu pourrais ainsi passer des heures à choisir en amont l'hôtel ayant la meilleure note de propreté ! Et demander expressément l'absence de couvre-lit dans ta chambre.

Ça serait dommage que tu rates une telle occasion. Je suis sûre que changer de décor te ferait du bien ! Et peut-être que l'air écossais t'inspirera de nouvelles choses, pour Isadorah comme pour toi.

Alors, raconte-moi tout, Milly, Milly, Milly ! Je veux savoir ce que tu as fait pour ton anniversaire, ce que Zach a fait pour ton anniversaire (je sens un rapprochement, confirme-le-moi !), ce que Larry a fait, ce que Maggie a fait, ce que tes parents ont fait, etc.

Aussi, j'attends avec impatience des nouvelles de Daria et Julianne ; a-t-elle enfin décidé de se confier aux membres d'Earth 360 ? Je me demande bien pourquoi elle ne souhaite pas partager cette histoire. Penses-tu qu'elle a peur d'être jugée ? Elle devrait quand même savoir que pour réaliser des missions appelées ARTISHOCKED, il faut une bonne ouverture d'esprit.

J'ai tellement hâte d'avoir de tes nouvelles ! Je me sens si honteuse d'avoir raté notre rendez-vous. J'imagine la peine que tu as dû ressentir – ou alors je surestime peut-être l'impact de mes lettres. Je me mets à ta place, et j'aurais été très triste aussi. J'espère que tu accepteras mes excuses, ma petite Milly, et que tu ne m'en voudras pas trop longtemps.

Pour me faire pardonner, j'ai glissé dans cette enveloppe tout un lot d'étiquettes de peintures vieillies que j'ai trouvées dans l'un des ateliers. Leur teinte sépia et la typo des inscriptions m'ont tout de suite attiré l'œil ! Je suis sûre que tu sauras en faire quelque chose dans une lettre, ou tout autre projet.

Je te laisse, Milly, Milly, Milly, et te fais un câlin de loin,

Ta fidèle Lyrah

4

« Très bien, nous avons reçu environ cinquante candidatures pour l'opération ARTISHOCKED. Nous avons divisé les candidats en deux parties. »

Yvonne sépara une pile de feuilles en deux et tendit l'une à Maggie et Ulyana, l'autre à Daria et moi. Je rentrais tout juste de mon après-midi dans le caveau rempli de livres de Malcolm. Nous venions de mettre la main sur un vieil ouvrage du début du XIXe siècle intitulé *L'idéal féminin*. Il contenait de nombreuses injonctions, faisait mention des critères de beauté et de bienséance pour les femmes, et ce, en fonction de leur rang, de leur âge et de leur situation maritale. Nous avions retrouvé un passage parmi cet ouvrage qui expliquait que l'appareil génital de la femme n'avait pour fonction que la reproduction, et que le désir sexuel était un péché – pourtant, elles devaient tout de même se laisser faire pour satisfaire celui des hommes. Alphard, à qui je faisais la lecture à haute voix pendant qu'il ouvrait encore les premières pages des livres, ponctuait parfois mes interventions d'un : « C'est absolument fascinant, fa-sci-nant ». Lorsque nous avions mis la main sur *L'idéal féminin*, nous avions manifesté une excitation similaire à celle d'un scientifique devant une nouvelle qui changerait la face du monde, ou comme ce que j'imaginais être Larry dans quelques années devant de petits ossements déterrés. Dans ce moment de spontanéité qui avait à peine fait lever un sourcil à Malcolm, occupé à tasser le tabac dans sa pipe malgré les effusions de joie qui perforaient le silence monacal du lieu, Alphard m'avait enlacée. Fermement, comme un ami qu'on étreint après une victoire quelconque, puis il y avait eu un changement, perceptible dans la contraction de ses muscles et dans son rire qui s'était tu. Il m'avait relâchée avec un sourire et un regard qui n'avaient pas l'air d'être ceux que l'on adresse à un ami. Je sentais encore le contact rêche de la laine sur ma peau.

Lors de notre « thé-à-tête » d'après fouilles, comme il les appelait, il m'avait demandé si j'avais réfléchi pour l'Écosse. J'avais fait comme si cette décision ne m'avait pas pris des heures de réflexion avec Maggie. Comme si, ayant analysé le programme une dizaine de fois, je n'avais pas déjà regardé si l'auberge de jeunesse dans laquelle nous logerions à Édimbourg et le lieu d'ancrage dans les Highlands proposaient des chambres individuelles que je pourrais réserver en secret au lieu des dortoirs prévus. J'avais écrit le matin même à Lyrah : « Tu ne devineras jamais ! Je pars en Écosse ! Je te remercie pour ton idée qui a été grandement soutenue par Maggie : j'ai réservé des chambres de mon côté pour éviter les dortoirs et leurs couvre-lits terrifiants. » J'avais été excitée rien qu'en écrivant cette lettre, apeurée aussi (je l'admettais non sans mal), mais ravie de partir à la découverte du pays avec mon ami Larry, Zach et Alphard Burton. J'avais écrit sur la conversation de groupe dans la foulée, mais Jenna, qui jubilait à l'idée de passer deux semaines avec Zach sans ma présence, m'avait refroidie : « Les inscriptions fermaient vendredi à 17 heures. » Si, en temps normal, une annulation de ce genre aurait été pour moi un immense soulagement, j'en fus cette fois-ci déçue. Alors j'avais répondu à Alphard Burton que oui, j'avais réfléchi, et que oui, je voulais venir, car Daisy non plus n'imaginait pas deux semaines sans Rudolf, mais que non, je ne pouvais pas venir, car j'avais mis trop de temps à me décider. Il avait posé ses coudes sur la table pour se rapprocher, réduisant la distance de circonstance entre nous, et avait énoncé de façon péremptoire : « Je parlerai à Glenn, ce n'est pas un problème. » Puis nous avions imaginé ce que pourrait offrir ce voyage à Isadorah. Non, elle ne pourrait pas y aller, mais peut-être que Sarah Siddons pourrait s'y rendre pour une pièce. Je l'avais alors noté dans mon carnet, et si les yeux ne font pas de bruit, j'avais toutefois perçu que les siens n'observaient pas les pages que je noircissais.

J'étais arrivée à la réunion avec quelques minutes de retard, annonçant triomphalement que je partais en Écosse dans deux mois et, après avoir répondu aux diverses questions, nous nous attelâmes aux affaires courantes d'Earth 360.

Daria et moi avions donc vingt-trois candidats sous les yeux, des hommes et des femmes ayant entre vingt-sept et trente-huit ans. La plupart d'entre eux faisaient du théâtre à titre récréatif, les weekends, après le travail. Daria me lança un coup de coude dans les côtes – amical, mais douloureux – en me disant avec une discrétion toute relative : « Qu'des amateurs, j'suis sûre qu'elles ont gardé les pro pour elles », auquel Ulyana répondit par un « Daria, cigarette ».

« Puisque je ne fais pas passer les entretiens, j'ai organisé en amont avec Marcella la manière dont il faudra mener les auditions, dit Yvonne.

— *Assolutamente*[1] ! cria Marcella. Les noisettes du Piémont, *le migliori*[2] !

— Non, en amont ! Pas du Piémont ! gronda Ulyana.

— Donc, je reprends ! soupira Yvonne. Il faut mener les auditions de la même manière pour tous dans un souci d'équité. Avant de révéler quoi que ce soit sur la mission, vous devrez leur faire signer un document de confidentialité. Nous avons demandé à un avocat de la paroisse de Jackson de le faire. Ça leur interdit de divulguer quoi que ce soit au sujet de l'opération, ce qui est essentiel pour ARTISHOCKED et la phase 2 du plan. Il faudra bien insister sur ce point avant de poser toute question, est-ce bien clair ? »

Daria leva la main à ce moment-là.

« Daria, cigarette, et si ta question concerne les mesures d'intimidation et autres menaces à utiliser, tu sors de cette salle ! gronda Yvonne en lui faisant ses gros yeux.

— On peut jamais s'marrer, avec vous, répondit-elle en reniflant.

— Pas d'autres questions ?

— Moi j'en ai une, dit Maggie. Vous ne pensez pas que nous allons éliminer beaucoup de candidats en leur demandant de signer

---

1. *Assolutamente* : tout à fait (en italien)
2. *Le migliori* : les meilleures (en italien)

ce document avant même qu'ils ne sachent ce qu'ils doivent faire ? Ce n'est pas très rassurant, quand même.

— Je suis d'accord, répondit Ulyana. *Dragatsennaïa,* ressers-moi un verre de jus de carotte, s'il te plaît. »

Je m'exécutai, toujours concentrée sur cet échange que je trouvais finalement assez professionnel. Les filles avaient pensé à tout.

« Il faut essayer, reprit Yvonne, à vous, mesdames, d'utiliser votre charme pour vendre cette mission comme quelque chose d'unique, subversif et mystérieux !

— On peut dire qu'c'est pour les extraterrestres ? Une société secrète qui agit dans l'ombre depuis des années ? demanda Daria avec sérieux.

— Extraterrestres, non. Société secrète, pourquoi pas », répondit Yvonne méthodiquement.

Nous écoutâmes ensuite avec attention le reste des consignes. Une fois le document de confidentialité signé, nous devions demander aux candidats de se présenter, et les interroger sur la question végétarienne. Maggie nous demandait d'être modérées, mettant fin à l'audition uniquement si la personne devant nous semblait être une fervente supportrice du massacre animalier. Un consommateur occasionnel de viande était un végétarien potentiel – selon une étude scientifique menée lors du dîner du 4 août organisé deux ans auparavant, d'après son carnet. Il fallait donc ne pas être extrême, ou nous risquerions de voir tous les candidats fuir. Après les présentations et les discussions personnelles, nous leur demanderions de jouer devant nous leur meilleure interprétation d'une crise cardiaque. La question qui demeurait en suspens était celle de l'équipe médicale. Maggie refusait que l'on mobilise le service d'urgences pour une simulation de crise cardiaque. Il fut ainsi décidé que les candidats satisfaisants, mais pas assez pour simuler une crise cardiaque, joueraient le rôle d'un couple de médecins qui seraient dans les environs. Ils pourraient intervenir et emmener la victime dans la voiture pour la conduire à l'hôpital. J'avais du mal à imaginer que le personnel du restaurant, devant lequel un homme ou une femme serait à l'article de la mort, laisserait un couple de passants partir avec le malade, mais il n'y avait pas d'autres solutions – nous avions toutefois évoqué l'idée de transformer le combi de Willa et Eddy en ambulance avant d'admettre que l'entreprise serait bien trop ardue. Yvonne s'activait toujours pour mettre en place un partenariat avec un journaliste, et semblait prendre les choses en main. Je voyais en elle une organisatrice méticuleuse et méthodique, ce qui avait dû être un véritable atout pour les causes précédentes.

« Très bien, mesdames, nous avons bien avancé, nous pouvons nous féliciter ! s'exclama Maggie en brandissant son verre à whisky rempli de son cocktail de jus de carotte, orange et cannelle.

— Il faut que l'on fixe une date maintenant, reprit Yvonne. Milly, quand est-ce que tu n'es pas disponible ?

— Mmh, je finis les cours entre 17 et 18 heures la semaine. Le mercredi soir je ne suis pas disponible, ni les vendredis et samedis après-midi.

— *Dragatsennaïa !* Un vrai emploi du temps de ministre ! plaisanta Ulyana. J'espère que tu trouveras une petite place pour appeler Vadim…

— Ulyana Avdeïev, ne me mets pas en colère ! intervint Maggie.

— Bon, temporisa Yvonne, je pense que le dimanche serait plus simple pour tout le monde. On se dit dimanche prochain, ça vous va ? Parfait, reprit-elle après l'acquiescement général, je m'occupe de les convier. Maggie, tu as une idée du lieu où on peut faire ça ?

— Mon fils refuse que l'on fasse ça ici, ce que je peux comprendre.

— Mon mari refusera aussi que ça soit chez nous, dit Ulyana.

— J'mets pas les pieds chez toi, Avdeïev, j'aurais trop peur de m'asseoir sur une Kalachnikov ! intervint Daria avant de hurler de rire.

— Ça suffit ! cria Maggie après un coup de sifflet. Yvonne, tu ne connaîtrais pas une salle qu'on pourrait louer ?

— Je peux me renseigner.

— Je sais ! s'exclama Ulyana. Nous pourrions louer les studios de danse à l'École. Ça ne poserait aucun problème. »

Ulyana, ancienne danseuse étoile, intervenait parfois à l'École Nationale de danse comme consultante pour les ballets classiques. Je l'imaginais aisément, assise sur une chaise, toujours vêtue de ses longs manteaux en fausse fourrure, le brushing blanc parfaitement réalisé. Malgré la froideur qui accompagnait l'élégance de ses manières, il y avait dans les yeux d'Ulyana des perles de larmes et d'épines. La danse à haut niveau et son mariage très jeune avec un homme qui n'avait pas toujours été tendre avec elle avaient laissé des marques. La beauté cache souvent la douleur.

La réunion s'acheva sur des conversations diverses. Et, après la lecture du compte-rendu d'assemblée que Maggie établissait à la fin de chaque séance, je retournai dans mes appartements pour retrouver mon carnet d'écriture et ainsi laisser parler Isadorah.

Journal d'écriture

Les espérances des femmes Templeton

Deuxième décennie : 1806 - 1816

Isadorah rentre du pensionnat en grand désespoir. Elle y a passé deux années de sa vie dans une sorte de crainte permanente des sanctions des institutrices et des représailles des jeunes filles qui les pointaient du doigt, elle et Mathilda, qu'elles considéraient comme deux sorcières.

L'épidémie de typhus qui a assailli du jour au lendemain le pensionnat a été une épreuve pour tout le monde. La crainte s'installait à mesure que la fièvre montait dans les rangs. Isadorah, miraculeusement épargnée, n'y voit au départ qu'une maladie comme une autre accompagnant les périodes de grand froid dans un pensionnat insalubre où les filles grelottent chaque soir. Elle trouve tout de même dans ces temps sombres des moments heureux ; pour se tenir chaud, Mathilda et elle rejoignaient le lit de l'une ou de l'autre. À l'abri sous les couvertures, elles passaient leurs nuits à se raconter des histoires, et Isadorah lui rapportait le contenu des lettres d'Alfred.

Un jour qu'elle discute avec Mathilda, cette dernière la regarde droit dans les yeux d'un air grave et lui confie tendrement : « Je crois que je m'en vais, Isadorah Columbine Templeton. Et malgré l'irritation que cela me provoque de l'admettre, là, devant toi, je confirme que les écrits religieux ont pour une fois eu raison. Oui, Isadorah, car si la colombe est message de paix, j'ai peine à quitter celle qui me l'a apportée ces dernières années. Tu as été ma colombe blanche quand je fus pour toujours l'oiseau noir de ma famille. Je ne t'oublierai jamais. » Mathilda quitte la pièce, en larmes, demandant à Isadorah de ne pas la suivre. Celle-ci ne comprend pas. Elle s'enfuit alors dehors malgré la pluie, et s'écroule sous le saule pleureur des jardins du pensionnat afin de s'adonner à l'activité que cet arbre encourage. Elle se demande comment son amie Mathilda a pu lui cacher son départ du pensionnat.

Mais, quelques heures plus tard, lorsqu'elle revient dans les dortoirs, sommée par une surveillante de changer ses vêtements mouillés, elle s'aperçoit que les affaires de Mathilda sont toujours là.

Elle apprend alors que l'épidémie de typhus vient de gagner Mathilda, que celle-ci hurle, semble en proie à des hallucinations, et que la vie la quitte à la même mesure que sa raison. Elle entend les surveillantes parler d'« hystérie », et dire que « le diable est enfin venu finir son ouvrage avec cette putain ». Mathilda, qu'elle n'aura pas eu le droit de visiter par risque de contagion et d'ensorcellement, s'éteint après quelques jours de souffrances et de cris.

Isadorah est perdue. Elle ne comprend pas comment les évènements ont pu se dérouler ainsi. Elle se demande si Mathilda le savait. Si, avec sa force intérieure infinie qu'elle admirait, son amie a pu précipiter sa maladie pour s'éteindre, sachant qu'aucune vie ne l'attendrait après le pensionnat. Isadorah ne comprend pas, elle réfléchit, analyse, mais elle n'aboutit qu'à une seule affirmation : Mathilda Rochester est un être unique. Et jamais, dans aucune lettre qu'elle enverra à Alfred, elle ne parlera d'elle au passé. Elle lui écrira même : « J'ignore tout de ce monde qui m'afflige, mais demeure en moi une seule certitude : Mathilda sera toujours. »

Pour Isadorah, Mathilda était un être suprême. Les jours qui suivent sa mort, elle va se questionner sur la spiritualité, se demander si la clairvoyance dont Mathilda a fait preuve était la marque d'une connaissance du monde suprême.

L'une des surveillantes, Bessie, la seule à avoir toujours été gentille avec elles, viendra consoler Isadorah. Cette dernière la questionnera sur le diagnostic prononcé par le médecin qui n'a pas fait grand cas de la malade. Elle ne comprend pas que la mort de Mathilda puisse être attribuée à la possession démoniaque et non à l'épidémie de typhus comme pour toutes les autres jeunes filles qui sont mortes ainsi après d'atroces épisodes fiévreux. Bessie lui expliquera, avec la bienveillance de celle qui ne se rebellera jamais, que Mathilda avait déjà montré des signes de désobéis-

sance au sein de sa famille, et que son insubordination avait causé la naissance d'un mouton à la laine zébrée de noir. Avec clémence, son père, qui avait déjà remarqué que Mathilda réalisait des décoctions de plantes et divers onguents, l'avait placée en pensionnat pour tenter de la sauver du mal qui l'habitait. Bessie, prenant la main d'Isadorah dans la sienne, lui dira avec tendresse que la folie avait toujours habité Mathilda, mais que le diable est plus malin qu'on ne le pense, et que c'est pour cela qu'Isadorah n'avait jamais rien remarqué.

Isadorah ne comprend pas, non pas par manque d'intelligence, mais parce que tout cela n'a aucun sens. D'abord, on rendait Mathilda responsable de la naissance d'un mouton noir pour la seule raison qu'elle était un grand esprit en herboristerie. Ensuite, sous prétexte qu'elle était accusée de sorcellerie, de folie ou de possession démoniaque, elle mourait dans l'indifférence générale quand d'autres jeunes filles atteintes du même mal bénéficiaient de soins.

Isadorah écrira à Sarah Siddons, lui demandant pourquoi l'on faisait grand cas des maladies du corps tandis que la folie, qui semblait, selon ses lectures, être une maladie dans la tête, était une source de honte et d'infamie.

Lorsque le père de Mathilda arrive au pensionnat, il ne veut même pas visiter la chambre, laquelle a été fermée à clé, de peur que le corps, par un procédé malin, ne puisse s'enfuir. Isadorah l'entend dire que c'est une bonne chose, un soulagement, qu'il n'aura plus à craindre la sorcellerie de sa fille.

Les pensées d'Isadorah vont vivacissimo[1]*, elle ignore comment un père peut ne pas aimer sa fille, comment il peut aller jusqu'à souhaiter sa mort. Elle comprend alors que les liens du sang ne sont en rien un gage d'amour. Elle sent la colère monter et, comme toujours, ne réussit pas à se taire. Ce coup de sang lui vaudra une punition ainsi que la convocation de son père par la directrice.*

À la suite de cela, Isadorah quitte le pensionnat au printemps, emportant avec elle, grâce à la complicité de Bessie, le petit livre usé d'herboristerie de Mathilda, son herbier, et le souvenir d'un lieu qui lui a fait vivre, malgré la souffrance, les joies d'une amitié sincère.

Lorsqu'elle rentre chez elle, elle est surprise par la bonté dont peut faire preuve sa famille. Cette dernière voit Isadorah comme une rescapée plutôt qu'une pestiférée. En effet, la directrice du pensionnat a convaincu son père que Mathilda, possédée par le mal, avait commencé son travail de possession sur Isadorah – la colère de cette dernière envers le père de la défunte en était un exemple. Mais la directrice, fine amatrice de musique, avait conservé une affection particulière pour la jeune prodige, et avait demandé à Lord Templeton d'emmener sa fille loin du pensionnat, loin de cet endroit où le mal devait toujours régner avant de s'épuiser pour de bon, faute de nouvelles victimes. Son père l'accueille alors comme une miraculée et félicite son enfant d'avoir résisté au mal qui s'infiltrait en elle et qu'elle a dû combattre avec véhémence au moyen de prières.

1. Tempo très rapide et vif

Isadorah ne le contredit pas, elle n'en a plus la force. Elle compose secrètement un concerto pour piano. Elle entend dans sa tête les notes de la nature, les notes fleuries. Elle les discerne dans l'immense boîte musicale qu'est son cerveau. Oui, elle écoute les notes de piano qui ressemblent à un bourdonnement d'insecte, cet accord-là qui lui évoque une fleur, le bruissement de l'oiseau qui déploie ses ailes. Elle perçoit la complainte de son oiseau noir. Son père, pour qui les personnes détentrices d'une once de hiérarchie et de pouvoir de direction font foi, encourage sa fille, comme la directrice l'avait suggéré, à développer sa fibre artistique. Il lui offre des feuilles pour écrire ses partitions, ne comprenant pas que les taches noires qu'elle dessine célèbrent la puissance invaincue de Mathilda.

Elle compose sans relâche, pendant des jours, et note fièrement l'intitulé de son concerto, Flight of The Unfettered Free Blackbird[1].

Après des jours de composition pendant lesquels elle ne remarque ni l'aube qui point ni la lune qui s'éveille, Hattie, une tante éloignée d'Isadorah, veuve depuis des années, arrive pour quelques semaines, prenant ses quartiers dans la maison familiale. La mauvaise humeur de son père revient rapidement, lui qui ne fait pas grand effort pour cacher les sentiments d'exécration qu'il entretient à son égard. Il voit d'un très mauvais œil que cette femme vive seule dans sa grande demeure, sans n'avoir jamais pensé à

1. L'envol de l'oiseau noir libre et sans entrave

se remarier, malgré les nombreuses sollicitations du fait de la richesse dont elle a hérité. Hattie, pour ne rien arranger, a décidé de n'employer que des femmes à son service, ce qui est, pour le père d'Isadorah, une honte et un scandale.

Isadorah est très heureuse de passer ces prochains jours en sa compagnie. Les deux femmes sont très complices, malgré la différence d'âge, et Isadorah admire la vie qu'elle mène. Hattie, qui rentre d'un voyage en France, rapporte secrètement à Isadorah l'ouvrage très controversé d'Olympe de Gouges, la Déclaration des droits de la femme et de la citoyenne, *ainsi que* A Vindication of The Rights of Woman *de Mary Wollstonecraft qui fait écho au premier. Isadorah se nourrit de ces écrits qui rejoignent sa pensée. Elle passe de nombreux après-midis avec Hattie à se balader, profitant de ces moments pour lui parler des sujets qui l'animent. Ce sont des instants doux, complices.*

Un jour où Isadorah répondra de manière indocile à son père, celui-ci, pris de colère, ira fouiller sa chambre à la recherche d'une quelconque preuve de sorcellerie, persuadé que le diable l'a finalement marquée. Il découvre, sous son matelas, les ouvrages offerts par Hattie et, furieux, il l'exile à la campagne chez sa grand-mère paternelle, là où elle échappera à l'influence de sa tante.

Elle arrive donc à la campagne, chez sa grand-mère qui vit avec la mère de Hattie, veuves toutes les deux, et va passer, en dépit des souhaits de son père, une année douce. Les vieilles femmes, qui ont encore toute leur tête, donneront des enseignements à Isadorah, l'aideront à parfaire son français et, une fois ses tâches domestiques accomplies, la laisseront jouer du piano toute la journée et s'occuper de sa correspondance.

Isadorah découvre avec émerveillement qu'elle n'est pas la seule à être habitée par ces pensées, par cette soif d'apprendre, de connaître et d'analyser. Elle écrit un jour à Sarah Siddons : « J'eus une révélation les jours suivant mon arrivée en ces lieux. Le secret le mieux gardé de nous autres, femmes, est la connaissance. Celle-ci semble être l'arme la plus dangereuse, selon les hommes. »

À la campagne, Isadorah correspond toujours avec Lord Alfred Nellis, ainsi qu'avec son amie Pippa Warwick. Cette dernière lui annonce se sentir prête à faire son entrée dans la société. Isadorah est heureuse pour son amie qui, bien que peu impatiente à l'idée de se marier, fait confiance à la prévenance de ses parents qui, contrairement aux siens, ne la pousseraient aucunement vers un parti non désiré.

Lord Nellis, quant à lui, apprend à Isadorah son retour dans la demeure familiale, proche de celle des Templeton, bien que située dans des quartiers plus aisés, et lui sous-entend qu'il n'attend d'elle qu'un signe avant de se présenter à ses parents. Isadorah rougit, repliant rapidement la lettre qu'elle glisse sans attendre dans l'enveloppe, et réfléchit toute la nuit à cela. Peut-on se dire en faveur de l'évolution de la condition féminine et, en même temps, désirer se marier, satisfaisant ainsi les conventions sociales ? Elle sait que son père ne la laissera jamais refuser tous les prétendants et vivre seule, entourée de femmes, comme le fait Hattie.

Elle pense alors à Alfred et réalise que celui-ci encourage toujours sa réflexion, que ce soit dans sa quête artistique comme dans sa contestation des dogmes qu'on lui assigne, et ne lui intime jamais de rester à sa place. Isadorah réalise qu'aimer un homme comme Alfred n'est peut-être pas une soumission, mais un acte raisonnable qui lui apportera une position dans la société, le calme dans ses rapports tumultueux avec ses parents, ainsi que le confort précieux du respect.

Un an après son exil à la campagne, Isadorah apprend avec tristesse qu'elle doit quitter la demeure de sa grand-mère. Elle leur promet de leur écrire chaque jour, et s'inquiète du sort qui lui est réservé.

En rentrant chez elle, elle apprend le mariage de Lottie, ainsi que les fiançailles de Dorothea. Ce sont des jours de grande félicité pour la famille Templeton, laquelle fête alors deux heureux évènements. Comme Isadorah est dévouée à ses sœurs, son père salue ses diligences et décide, à la suite des supplications de son épouse, que sa saison pourra commencer l'année suivante.

Ainsi, après une année de calme dans la demeure familiale où elle s'attelle à la composition d'une élégie pour piano et violon, Isadorah, âgée désormais de dix-sept ans, se prépare à faire son entrée dans la société dans le but de trouver un époux.

5

Après une nuit agitée – et plutôt fructueuse – dans les songes d'Isadorah, je passai, comme chaque dimanche, la journée chez Willa et Eddy. Tout était prêt. De leur maison émanait une atmosphère d'attente : les jumeaux pouvaient arriver d'une minute à l'autre, selon Willa. Elle était persuadée de ne pas arriver jusqu'à son terme, début mars, et que, de toute évidence – et en dépit de ses propres arguments contre les autodiagnostics médicaux hasardeux –, elle allait bientôt exploser. Eddy était sur tous les fronts. Poules, vers de terre et autres semis de légumes nécessitant de l'attention… personne n'échappait à son contrôle quotidien. Celui-ci, qui avait repris un poste d'enseignant titulaire depuis l'arrêt des missions humanitaires, avait posé plusieurs semaines de congé, avant et après l'accouchement. L'atmosphère calme de la maison n'était qu'une bombe à retardement. Willa attendait, avec une patience qui s'effritait d'heure en heure. Elle vivait par procuration, avide de connaître mes dernières sorties, mon emploi du temps et toute autre chose palpitante que j'aurais pu vivre dans mon quotidien. Depuis mon anniversaire, Willa n'arrêtait pas de faire des sous-entendus à propos de Zach. J'avais commis l'erreur de lui raconter le baiser que nous avions échangé et, depuis, c'était une insistance proche du harcèlement. Willa, devenue bien plus émotive qu'à l'accoutumée, imaginait de grands scénarios romantiques. Lorsque je lui annonçai mon inscription pour le voyage en Écosse, celle-ci y vit tout de suite le point de départ d'une histoire d'amour.

« Au fait, dit-elle en arrachant un morceau de beignet réalisé avec son propre levain qu'elle fourra dans sa bouche, t'es au courant pour Clarence et Hisaé ?

— Non », répondis-je prudemment.

J'ignorais si le baiser que je l'avais vu échanger avec Hisaé devait rester secret ou non. J'avais d'ailleurs à peine vu Clarence, ces derniers temps. Celui-ci, souvent en déplacement à l'étranger, vivait toujours dans ses appartements à la maison, mais n'y passait qu'en coup de vent. Je n'avais pas eu l'occasion d'en parler avec lui, et la communication n'avait jamais été aisée avec Hisaé. Elle était d'ailleurs souvent mobilisée par Larry. J'étais désormais persuadée qu'il en pinçait pour elle, ayant aperçu sur son visage la déception de la voir au bras de Clarence à mon anniversaire.

« Ils sortent ensemble, apparemment ! Ça me paraît dingue !

— Comment tu sais ça ? lui demandai-je.

— Maman cherchait sa ponceuse électrique qu'elle avait prêtée à Clarence et a voulu voir dans la salle de bains.

— Attends, l'interrompis-je avant qu'elle ne poursuive, depuis quand Clarence bricole ?

— Mais non ! rit-elle. Sa ponceuse pour les pieds !

— On a une ponceuse pour les pieds à la maison ? C'est terrifiant.

— Mouais, dit-elle avec un morceau de beignet qui déformait sa joue, j'te le fais pas dire ! J'imagine Clarence se bichonner les pieds tous les soirs. Il a toujours aimé soigner ses pieds. Vraiment un truc que le lien mystérieux des jumeaux n'a pas amené chez moi, fort heureusement !

— On peut arrêter de parler des pieds de Clarence ?

— Oui, s'amusa-t-elle, ça vaut mieux. Donc, maman est allée toquer à ses appartements, et là elle a entendu un "Hahahaha, Clarence, t'es trop drôle" qui ressemblait à Hisaé. Maman l'a super bien imitée, soit dit en passant.

— Bon, ça ne veut rien dire, ils étaient peut-être juste en train de…

— Jouer au Scrabble ? me coupa-t-elle en riant. Roh Milly, fais un effort, quand même !

— Excuse-la, dit Eddy en déposant une carafe d'eau sur la table basse, ce sont les hormones. Elle est préoccupée par toutes les histoires de cœur de tout le monde, en ce moment.

— Et de fesses ! ponctua-t-elle avec une fierté inexpliquée.

— Il est vraiment temps que tu te remettes à la fermentation, Willa, tu es vraiment bizarre quand tu es enceinte, ris-je.

— On s'occupe comme on peut quand faire deux pas à droite et trois pas à gauche me prend environ quinze minutes. Je ne te raconte même pas le temps que je mets pour aller aux toilettes. Bon, bref, ça ne t'embête pas qu'il sorte avec ta copine ?

— Mmh, non. Ce n'est pas ma copine, d'une part, et Maggie m'a dit qu'on n'était personne pour faire les choix à la place des gens, surtout dans les relations. Je suis assez d'accord avec ça.

— Quelle sage, Maggie ! C'est un message implicite pour me dire de m'occuper de mes oignons avec ton Zach ?

— En partie, oui ! » ris-je.

Chaque nouvelle semaine était un décompte, un nouveau coup de tambour dans le roulement qui nous séparait de la naissance des jumeaux. Ma mère avait mis en place des talkies-walkies, nous permettant de cette manière d'être prévenus le plus vite possible en cas d'accouchement. Ainsi, mon vieux cartable abritait désormais cet outil digne des espions et accroissait la pitié moqueuse que Jenna nourrissait à mon égard. Larry et moi tenions désormais un tableau où nous comptions le nombre de jours qui s'écoulaient sans qu'elle ne prononce un mot. Les compteurs (qui étaient plutôt impressionnants) furent remis à zéro lorsqu'elle eut le plaisir de m'apprendre que les inscriptions pour le voyage étaient closes. Nous avions décidé que ce message, bien que non oral, comptait quand même dans nos calculs. Malheureusement pour elle, sa joie fut de courte durée lorsque j'annonçai à mes comparses ma présence lors du voyage. Hisaé s'en étonna :

« Ah bon, mais tu viens ? Clarence ne m'avait rien dit.

— Pourquoi t'aurait-il dit quelque chose ? demanda Larry avant que je n'aie eu le temps de répondre.

— Euh, non, je ne sais pas… », bafouilla-t-elle.

Larry était agacé et Hisaé manifestement gênée. J'observais ce torrent émotionnel qu'il m'était bien trop difficile à gérer lorsque je fus interrompue par Zach :

« Mais, comment c'est possible ? Tu nous as annoncé ça ce weekend alors que les inscriptions étaient déjà closes…

— Euh, j'ai écrit un mail au Pr. Webster, vendredi.

— Ah, OK », répondit-il, visiblement peu convaincu.

Si j'écrivais des histoires depuis toute petite, j'étais très mauvaise pour les raconter. Aussi je vis dans le regard de Zach qu'il n'y croyait pas une seule seconde, et cela me fut confirmé deux jours plus tard, un mercredi soir.

Alphard et moi venions de quitter le XIXe siècle, après plusieurs heures écoulées dans les pas d'Isadorah. C'était une sorte de routine qui se répétait chaque semaine. Je lui tendais mon journal et il l'ouvrait avec précaution à la dernière page, lisant ainsi mes derniers avancements dans l'histoire. C'était un instant curieux, au milieu de son bureau et de l'odeur enivrante de cuir et de bois. J'étais face à lui et je le voyais tourner les pages, parfois revenir en arrière, passer sa main sur son visage, puis retourner à la page suivante. Parfois, il souriait, il riait, parfois ses sourcils se fronçaient. J'aimais voir sur son visage mes écrits prendre vie. Il relevait la tête et me donnait ensuite son avis. Nous échangions sur sa lecture, je notais parfois ses remarques, et l'on feuilletait alors les différents ouvrages trouvés chez Malcolm. Quelques mois plus tôt, par un jour de janvier, j'avais remarqué la place qu'il m'avait faite, dans un des rayonnages couleur d'acajou. Il avait enlevé des ouvrages, lesquels me semblaient être cette nouvelle pile par terre, et avait posé les livres pour Isadorah à la place. Bizarrement, je chérissais cette vision avec émotion. J'avais la sensation de n'être plus uniquement un document aléatoire sur son bureau, mais un ouvrage digne d'être archivé. Cela me semblait être une sorte de déclaration secrète pour les paléographes. Je l'espérais en tout cas.

Nous quittâmes son bureau une fois la nuit tombée, et, en passant par la porte qu'il me tenait ouverte, je découvris Zach, assis sur un banc appuyé contre le mur d'en face. Alphard ne l'aperçut pas tout de suite ni ne vit ma stupeur en croisant le regard de réprobation de Zach, et continua à parler en fermant son bureau à clé :

« Vous savez, Daisy, je pense qu'il faudrait développer la vie de Hattie. Avec la narration externe, vous auriez la possibilité de… »

Il s'arrêta, découvrant la scène à laquelle il faisait dos jusqu'alors et, feignant le naturel, salua simplement Zach :

« Bonsoir, monsieur Cunningham, vous vouliez me voir ?

— Je peux savoir ce que vous foutez depuis trois heures dans ce bureau ? demanda-t-il avec un énervement non dissimulé.

— Non, monsieur Cunningham, je ne pense pas qu'un élève puisse exiger quoi que ce soit d'un professeur, répondit Alphard avec autorité.

— Ah ouais ? lança Zach avec provocation. Par contre, c'est évident qu'un professeur peut exiger quelque chose de son élève dans son bureau.

— Zach ! intervins-je, choquée.

— Je n'apprécie pas vos sous-entendus, monsieur Cunningham.

— Et moi je n'apprécie pas que vous passiez trois heures avec ma copine. On y va, Milly. »

Il se détourna, brisant ainsi le contact visuel houleux qui se jouait entre Alphard et lui, et s'engagea dans le couloir avant de s'arrêter, surpris de ne pas entendre mes pas pressés et obéissants suivant les siens.

« Milly ! » gronda-t-il.

Je restai stoïque, me demandant si je devais suivre Zach pour apaiser les tensions, ou ne pas me plier à son injonction. J'étais incapable d'ordonner mes pensées, mais une seule me vint : Isadorah. Elle n'aurait sans doute pas suivi Zach et n'aurait pas accepté de porter la honte d'une situation qu'elle n'avait pas vécue. Je refusais d'être humiliée de la sorte et de le suivre. Je demeurais donc immobile à côté d'Alphard, qui était grave et silencieux. Zach m'adressa un regard agacé puis, après quelques secondes, quitta rapidement le couloir en maugréant : « J'ai compris. »

Il se passa quelques secondes avant que je n'ose regarder Alphard, silencieux lui aussi. Je ne trouvai rien d'autre à dire que :

« Je suis désolée pour ça…

— Vous n'avez pas à l'être. Je suis juste navré pour vous et la dispute qui s'annonce avec votre petit ami, répondit-il en insistant sur ce dernier mot.

— Ce n'est pas mon petit ami. »

Il ne répondit que par un haussement de sourcil interrogateur.

« Lui voudrait bien, dis-je sans pour autant entrer dans les détails.

— Je vois », finit-il par dire après quelques secondes.

Il tendit son bras qui tenait son sac et sur lequel pendait son manteau dans la direction du couloir, et m'invita ainsi à le suivre. Nous sortîmes de l'université pour la première fois depuis longtemps en silence, sans un seul mot échangé. J'avais du mal à remettre en ordre mes pensées, et craignais qu'il soit trop irrité par la scène pour vouloir continuer à travailler avec moi sur mon roman. Il s'arrêta au milieu du trottoir et me fit face avec l'expression calme de quelqu'un dans l'expectative.

« Vous attendez quelque chose ? finis-je par demander, voyant qu'il n'allait pas prendre la parole.

— Oui, répondit-il avec ce qui me semblait être un sourire, que vous appeliez un chauffeur, comme chaque mercredi soir.

— Ah, oui, bien sûr, désolée. »

Nous attendîmes ensuite la voiture, en silence. C'était curieux, pourtant, car nous nous faisions toujours face. Il ne regardait pas le trottoir opposé, créant une perpendiculaire invisible que tout bon analyste en langage corporel expliquerait comme un rejet, un refus de communication. Non, il m'observait très sobrement, sans mot dire.

La voiture arriva après ce qui me sembla être une éternité, et ce fut une des rares fois où je fus celle qui voulait meubler le silence.

« Très bien, alors à samedi. Enfin, si vous voulez toujours… », dis-je en laissant planer la question implicite.

Il eut un sourire au coin des lèvres avant de me répondre :

« Je n'abandonnerai ni Isadorah, ni Daisy. »

Je lui souris à mon tour, sans retenue, et il reprit :

« En revanche, je suis persuadé que d'ici la semaine prochaine, mon bureau sera surveillé par toute une horde de caméras miniatures et autres engins technologiques conçus pour annihiler ce que l'on appelle "la vie privée". Il m'apparaît comme trop dangereux de se retrouver à mon bureau.

— Oui, je comprends, répondis-je sans parvenir à masquer ma déception.

— Nous pourrions nous retrouver au salon de thé, directement ? À part quelques doctorants exténués en fin de journée, et vous et Larry, je n'ai jamais croisé d'élèves, là-bas. Et encore moins Mr. Cunningham. Qu'en pensez-vous ?

— Ce sera très bien, répondis-je avec soulagement.

— Oui, ce sera très bien. Je ne vous retiens pas plus longtemps. Bonne soirée, Daisy. »

Le trajet jusque chez moi me laissa songeuse. J'étais rassurée de savoir qu'un jour de ma semaine ne serait pas amputé de la présence d'Alphard Burton, mais je redoutais les conséquences de cet évènement. J'avais hâte de rentrer chez moi et de me lover sur mon canapé avec mon infusion du soir et la lettre de Lyrah.

Mes plans partirent en fumée au moment où je passai la porte d'entrée. Ma mère, un air affolé sur le visage, vint précipitamment à ma rencontre.

« Zach est là, il t'attend dans le Salon bleu, me dit-elle. Il a l'air très en colère. Il m'a dit que tu avais une liaison avec un professeur. C'est vrai, Milly ?

— Non, c'est totalement faux. On en parlera plus tard. »

Je me dirigeai avec colère vers le Salon bleu. Je repensai à Alphard et à sa théorie des salons selon la couleur des émotions. En passant la porte de celui-ci, j'aurais préféré qu'il ne soit pas bleu, mais plutôt rouge. J'étais hors de moi, excédée par l'attitude de Zach. La plupart du temps, il était touchant, attachant, doux et prévenant. Je finissais souvent par être attendrie par son comportement, parfois maladroit, mais qui ne trahissait qu'une profonde affection qui ne me laissait pas indifférente. Cette fois-ci, il était allé trop loin.

« Tu peux m'expliquer ce qui t'arrive, Milly ? cria-t-il en me voyant passer le pas de la porte, se figeant net alors qu'il était visiblement en train de faire les cent pas en m'attendant.

— Pardon ? répliquai-je en criant également, tremblotante, peu habituée à manifester de telles émotions devant quelqu'un. Tu es allé trop loin, c'est inadmissible ce que tu as fait !

— Mais de quoi tu parles ? Ça fait des mois que tu mens à tout le monde pour passer tes soirées avec un prof de fac, et tu penses que c'est moi qui ai dépassé les bornes ? Tu t'es bien foutue de moi avec Ally Rifkin, hein ?

— Zach, que les choses soient claires : j'apprécie tes attentions envers moi, mais rien ne te permet de mettre le nez dans mes affaires. Rien ! Tu n'as pas à me suivre ! Non, mais tu te rends compte ? Tu m'as suivie, tu as attendu trois heures sur un banc, montre en main ! Tu ne réalises pas la gravité d'un tel comportement ? C'est abusif, Zach ! »

Je hurlais face à lui comme jamais je ne m'étais énervée auparavant. Je n'arrivais pas à comprendre comment un homme, ou une femme d'ailleurs, pouvait agir de la sorte. C'était une forme de harcèlement, et en aucune circonstance je ne pouvais pardonner un tel acte. Tolérer cette attitude serait un début, une permission dans l'inacceptable.

Zach m'examinait, sans doute surpris par la colère qui m'habitait et qu'il n'avait jamais soupçonnée en moi.

« Milly, arrête, je ne suis pas un vieux pervers qui te suit !

— Quelle différence, Zach ? Tu m'as suivie et tu m'as attendue pendant trois heures !

— Écoute ! coupa-t-il avec force avant que je ne poursuive. Je n'aurais peut-être pas dû te suivre, je suis d'accord et j'en suis désolé. Mais si tu n'étais pas sous l'emprise de ce pauvre type, jamais tu n'aurais admis que…

— Sous l'emprise ? intervins-je. Mais qu'est-ce que tu t'imagines ?

— Tout, Milly ! Tout ! Tu ne te rends pas compte ! Tu vis à l'intérieur de toi, Milly ! Tu ne parles pas, tu ne t'ouvres pas ! Tu gardes tout pour toi, tout le temps, tu ne livres jamais tes pensées ! C'est difficile de t'aimer, Milly ! Et je fais tout ce que je peux pour te montrer que je suis à la hauteur, mais je…

— Je ne te demande pas de le faire, Zach. Je ne te demande pas de te *forcer* à m'aimer comme tu le sous-entends, juste pour te conformer à l'idée que tu te fais de notre couple.

— Je sais, je me suis mal exprimé, reprit-il avec douceur, avançant vers moi pour m'attraper la main. Milly, je m'inquiète et…

— Tu ne t'inquiètes que pour toi, Zach.

— Est-ce qu'il te force à faire des choses… ?

— Oh mon Dieu, Zach, tais-toi ! dis-je en m'écartant de lui. Je vais te le dire une bonne fois pour toutes avant que tu ne sortes d'ici : le Pr. Burton m'aide pour mon roman. Ça peut te paraître totalement dingue que des gens s'entraident sans être habités par quoi que ce soit d'autre que de la générosité. Si tu ne peux pas comprendre ça, que tu continues avec tes accusations calomnieuses, je ne veux plus jamais t'adresser la parole. Est-ce que c'est clair ?

— Milly, écoute, je suis désolé, mais tu dois admettre que…

— Que quoi, Zach ? Qu'un homme qui aide une femme le fait forcément par intérêt sexuel ?

— Je n'ai…

— Va-t'en, Zach. »

Je ne lui laissai pas le temps de répondre et quittai le salon avec précipitation. Je vis ma mère et mon père, dans le couloir, qui avaient sans doute écouté toute la conversation. Je traversai les corridors en vitesse, m'enfermant dans mes appartements, ma chambre, mon terrier, le seul endroit au monde où je me sentais en sécurité.

Ma mère me rejoignit plus tard dans la soirée, frappant avec timidité à la porte de mes appartements. J'étais dans mon salon, tentant de trouver un minimum de calme dans la réalisation d'un collage composé de la photo de la couverture du traité d'Olympe de Gouges et des petits papiers offerts par Lyrah.

« On peut parler ? demanda ma mère avec douceur en s'asseyant à mes côtés.

— Oui, si tu veux, dis-je sans relever le nez de mon journal d'écriture.

— Tu peux m'expliquer ce qui s'est passé avec Zach, et cette histoire de professeur ? m'interrogea-t-elle calmement, sans une once de culpabilisation dans la voix.

— Je t'ai parlé de mon cours d'archivistique, tu sais ?

— Oui, ma chérie, acquiesça-t-elle avec intérêt. Il me semble que tu nous avais dit que ça t'aiderait pour ton roman, n'est-ce pas ?

— Oui, tout à fait. Larry m'a poussée au début de l'année à lui demander un coup de main pour m'aider à dénicher les réponses que je ne trouve pas sur Internet. Il a accepté et on se retrouve régulièrement pour trouver de vieux livres qui ne sont référencés nulle part. Il m'aide aussi à organiser ma bibliographie et toutes les autres choses pour lesquelles j'avais été critiquée la première fois.

— C'est une bonne chose, me répondit-elle avec chaleur.

— Oui, je trouve aussi. J'ai fait beaucoup de découvertes que je n'aurais jamais faites sans son aide.

— Et Zach est jaloux, c'est ça ?

— Oui. Depuis le début il voit ça d'un très mauvais œil et fait des allusions qui sont aussi insultantes pour Alphard que pour moi.

— Alphard ?

— Oui, Alphard Burton, le professeur.

— Tu l'appelles par son prénom ? demanda-t-elle innocemment, bien que je sente la question sous-jacente.

— En dehors des cours, oui.

— Je vois, répondit-elle simplement, ce à quoi je lui adressai un regard quelque peu exaspéré. Bon, et ensuite ? Comment en êtes-vous venus à cette dispute ?

— Zach m'a suivie, après les cours. C'est le mercredi qu'on travaille sur mon roman, et il m'a suivie jusqu'à son bureau. Il a attendu devant la porte pour me prendre sur le fait, j'imagine.

— Ah, pas très classe, grimaça-t-elle.

— Non, effectivement. Il a fait des insinuations très limites, en plus…

— C'est bien le comportement d'un homme blessé dans son orgueil, ça, répondit-elle en riant.

— Ce n'est pas drôle, maman, c'était extrêmement déplacé. J'ai cru que j'allais mourir de honte, j'avais envie de m'en…

— De t'enflaquer ? rit-elle. Je te connais, Milly, c'est moi qui t'ai faite. »

Elle se rapprocha de moi avec tendresse pour me caresser les cheveux.

« Qu'est-ce que tu vas faire alors ? reprit-elle.

— Avec qui ? Zach ? »

Elle hocha la tête.

« Honnêtement, je n'ai même pas envie de retourner en cours demain et de voir sa tête. Je trouve qu'il a dépassé les bornes, tu comprends ? Sa façon d'agir est extrêmement violente. C'est une forme d'intrusion, comme s'il me forçait à dévoiler quelque chose que je n'avais pas envie de raconter.

— Je comprends, Milly, mais je pense que Zach ne voyait pas les choses comme ça.

— Mais le résultat est le même. Je lui refuse une information, alors il l'obtient de force.

— Oui, je vois, tu as sans doute raison. »

Je me rapprochai de la table basse pour reprendre mon ouvrage.

« Milly, est-ce que Zach a des raisons de croire qu'il se passe quelque chose avec ce monsieur ?

— Ce monsieur, répétai-je en riant. On dirait que tu parles d'un sexagénaire.

— Il ne l'est pas ?

— Non, enfin, il est plus vieux. Mais pas *vieux*. Et non, maman, si c'est ce que tu demandes, je n'ai pas de relation avec mon professeur.

— D'accord, dit-elle en souriant tendrement. Mais il te plaît ? »

Je me cachai le visage dans les mains, peu désireuse d'avoir cette conversation avec ma mère. Elle rit en me voyant ainsi et, tirant mon avant-bras pour me libérer le visage, elle reprit :

« Écoute, Milly, je te trouve différente depuis quelque temps. En bien, vraiment. Je sens que tu vas un peu mieux que d'habitude. Tu sors beaucoup plus, et tu as l'air d'avoir quelque chose de changé. Je pensais que c'était dû à Zach, mais si c'est grâce à ce "monsieur", dit-elle en rigolant, je suis contente aussi. »

Je l'interrogeai du regard, me demandant ce que pouvait bien vouloir dire cet échange. Avant que je ne lui demande de préciser sa pensée, elle continua :

« Ce que je veux dire, c'est que tant que tu ne te fais pas de mal, et que tu es prudente, je soutiendrai tes choix.

— Est-ce que tu es en train de donner ta bénédiction à ta fille pour qu'elle sorte avec un professeur de douze ans son aîné ?

— Milly, arrête de te cacher le visage comme ça, s'amusa-t-elle en me voyant rougir à nouveau. Au fond, même si je pense que c'est un gentil garçon, ton père a raison en disant que tu ne seras jamais heureuse avec quelqu'un comme Zach. Tu as toujours été si singulière, Milly, et je respecte tes différences. Tu es ma fille chérie. »

Elle m'entoura de ses bras minces et me recouvrit le visage de sa belle chevelure rousse, cette cascade de feu qui gardait son odeur.

Cette discussion avec ma mère m'apaisa et, quelques instants après son départ, je fus appelée par mon lit et son repos. Je me réveillai le lendemain, toujours irritée par l'épisode de Zach que je redoutais de voir. À son traditionnel message sur la conversation de groupe pour venir nous chercher, je répondis par la négative et me fis conduire de mon côté à la fac, retrouvant Larry, le nez dans un épais livre d'histoire coloniale. Il s'intéressait aux artefacts et aux critères permettant de déterminer l'époque avec une précision décennale.

Jenna, Hisaé et Zach nous rejoignirent dans l'amphithéâtre d'Ally Rifkin, et je vis que ce dernier me toisait avec prudence, attendant un signe qui l'inviterait à me rejoindre, à discuter, à briser la glace entre nous. Malheureusement pour lui, je l'évitai soigneusement. Il n'insista pas et une sorte de statu quo s'installa. Je ne répondais que par quelques mots quand j'étais obligée de participer à la conversation.

Ce jour-là, Larry et moi nous rendîmes à la bibliothèque ; celui-ci, sans curiosité insistante, m'interrogea sur la situation. Il ne parut pas étonné quand je lui confiai passer du temps avec Alphard Burton, et n'était pas non plus choqué ou outré par cette perspective. Au contraire, ils discutaient souvent ensemble et Larry l'appréciait beaucoup. Je fus tranquillisée après cette discussion, et la semaine se déroula sans incident majeur.

Samedi 26 février,
Maison.

Chère Lyrah,

Je t'écris en regardant face à moi le petit nécessaire d'écriture que tu m'as fabriqué. Il trône fièrement sur mon bureau et parfois, quand je me penche trop, je sens la plume de paon me chatouiller la nuque. Je l'aime beaucoup.

J'espère que tu vas bien depuis ta dernière lettre et te remercie pour tes encouragements pour l'Écosse. J'ai hâte d'y aller ! Il me reste encore à appeler les établissements pour réserver mes chambres individuelles, mais ça y est, j'ai sauté le pas ! Je suis contente que tu m'y aies poussée. Je crois qu'indirectement, le fait que tu partes à Milan a insufflé une sorte de courage en moi, et j'ai hâte que nous échangions toutes les deux sur nos voyages. Alphard me dit que l'Écosse peut m'inspirer, et peut-être inspirer la correspondance entre Isadorah et Sarah Siddons qui s'y serait rendue pour jouer sur les planches. Qu'en penses-tu, Lyrah ? Ne serait-ce pas une bonne idée si j'intercalais entre les chapitres des échanges épistolaires ? Les lettres de Sarah Siddons, celles de Lord Alfred Nellis ?

En tout cas, nos échanges m'inspirent. J'ai utilisé cette semaine les petites étiquettes que tu m'avais envoyées dans ta lettre du 15 février pour décorer une page consacrée à Olympe de Gouges. Ma petite Isadorah s'empare des écrits des grandes femmes. Cela m'a inspirée.

Tu ne devineras jamais tout le remue-ménage qu'il y a eu ces derniers temps. Depuis ma dernière lettre, nous avons énormément progressé avec Alphard, et les livres que nous avons trouvés m'ont amenée à partir sur des éléments nouveaux. J'ai l'impression que se crée une sorte de miroir, un boomerang invisible qui puise des idées entre fiction et réalité, et que l'un comme l'autre se renvoient la balle. Je pense à des choses, on recherche et on vérifie les faits historiques ; et parfois, ce sont les faits historiques qui arrivent sous mes yeux et qui font leur chemin jusqu'à mes pensées. C'est fascinant, comme dirait Alphard.

Je sais que ta dernière lettre faisait état de ton excitation à l'idée que je te raconte chaque nouvel évènement faisant suite au baiser d'anniversaire avec Zach, mais je suis désolée de t'apprendre que les nouvelles ne sont pas bonnes. Zach m'a suivie un mercredi après les cours et a attendu trois heures devant le bureau d'Alphard pour nous prendre sur le fait accompli. Il l'a accusé ouvertement de profiter de moi, avant d'entrer en trombe chez mes parents pour leur dire que j'avais une relation avec un professeur. Je ne crois pas me souvenir avoir un jour autant crié après quelqu'un. Finalement, je trouve qu'Oscar est quelqu'un de très patient pour n'avoir émis que quelques critiques à l'idée que tu peignes pendant des heures le pénis d'un autre homme. C'est quelqu'un de bien, cet Oscar, à la différence de Zach à qui je ne veux plus adresser la parole.

Alphard et moi avons décidé de nous voir au salon de thé désormais, et non plus dans son bureau. C'est malheureux de constater qu'aucun des collègues d'Alphard n'a trouvé à redire sur le fait qu'une étudiante travaille en binôme avec un professeur du sexe opposé – et pourtant, je ne compte plus les fois où nous sommes interrompus lors de nos rendez-vous par des personnes désirant discuter avec Alphard – alors que Zach s'en insurge comme si j'étais responsable d'un crime de haute trahison.

Je dois t'avouer, Lyrah chérie, que lorsqu'il est intervenu, j'ai eu peur qu'Alphard ne veuille plus jamais travailler avec moi, de crainte que sa réputation ne soit entachée. C'est là que je me suis rendu compte que sa présence dans mon quotidien m'était indispensable. Je l'imaginais déjà retirer de son étagère les livres pour Isadorah, et je ne ressentais qu'une fêlure énorme, un gouffre dans la pensée. Je crois que je nourris pour lui quelque chose de différent. C'est ce que m'a dit ma mère, cette semaine. Je suis différente. Il y a peut-être plus de Daisy en moi que ce que j'ai toujours cru voir.

Je suis très heureuse de t'annoncer qu'Earth 360 avance vaillamment dans la mission ARTISHOCKED. C'est demain que nous allons mener les auditions avec Daria, et je suis aussi impatiente que totalement paniquée à l'idée de la voir faire passer des entretiens. Yvonne est à la recherche de journalistes qui pourraient être dans le coup avec nous.

C'est fou, car je suis désormais convaincue qu'aussi bancale cette mission puisse paraître, elle sera toutefois triomphale. Elles sont toutes habitées par une flamme, je le vois dans leur regard, et je suis admirative. Souvent, les gens disent : « J'ai déjà donné, j'ai déjà vécu, maintenant, j'aspire à la tranquillité. » Mais elles, qui ont tout vécu, qui auraient le droit d'être plus épuisées que n'importe qui, elles continuent. Il n'y a jamais de repos pour les femmes fortes.

Je ne sais quand je pourrai te lire, tu dois sans doute être en Italie à ce jour. J'espère que tu profites de ces instants sous un nouveau soleil, et que tu ne te saoules pas trop au spritz et autres cocktails doux-amers de l'Italie. C'est curieux, pour moi l'Italie n'est que douceur et allégresse. J'ai du mal à comprendre comment les cocktails phares de là-bas peuvent être amers. Je suis curieuse d'avoir ton avis sur le sujet.

Je t'embrasse et ai hâte de te lire,

Ta dévouée Milly

6

L'école de danse de la ville où intervenait parfois Ulyana était une ancienne bâtisse adjacente à l'opéra. Je ne pouvais imaginer l'émotion qui la traversait quand elle marchait sur le sol revêtu du tapis de danse non plus avec ses pointes, mais avec ses chaussures élégantes à petits talons et le bout de sa canne noire qu'elle prenait parfois. Le bruit de ses pas n'était sans doute plus le même, ni sur le parquet des grandes salles ni sur les scènes recouvertes du Harlequin noir, lisse et homogène. Lorsqu'elle foulait les différents couloirs, il régnait une sorte d'aura autour d'elle. Chaque danseuse, de la minuscule petite souris de tulle au grand cygne accompli, s'arrêtait avec solennité pour saluer « Madame Avdeïev ».

Nous traversâmes ainsi les différents corridors pour accéder aux studios de danse au sous-sol. Ulyana empruntait toujours la porte des artistes et refusait à chaque fois de passer par le hall principal. Je n'étais pas certaine que nous puissions la suivre de la sorte, passant par les salles de costumes et les coulisses, mais personne n'osait dire quoi que ce soit à la grande danseuse Ulyana Avdeïev. Nous traversâmes diverses pièces et de nombreux couloirs, les réserves de pointes, les salles des lumières.

Les studios du sous-sol étaient beaucoup moins spacieux que ceux de l'étage. Ulyana nous expliqua qu'ils étaient dédiés à des entraînements plus personnels, comme la danseuse qui souhaite réviser ses mouvements seule ou celle qui a un cours particulier. Ulyana avait donc mis à sa disposition deux studios adjacents. Selon ses directives, des tables avaient été installées de telle sorte que les examinateurs faisaient dos au miroir. Il y avait, à plusieurs mètres de celles-ci, une chaise devant une petite table pour le candidat. Yvonne, qui n'assisterait pas aux entretiens, avait tout de même tenu à nous accompagner, coordonnant toutes les opérations avec professionnalisme.

« C'est parfait, Ulyana, le lieu est parfait ! la remercia Maggie.

— J'peux fumer, ici ? demanda Daria.

— Non, Daria, répondit Ulyana.

— J'suis sûre qu'tu t'moques de moi, parce que dans les films les profs ils fument, bougonna-t-elle. Regarde, dans *Billy Elliot*.

— Oh, belle référence, Daria, salua Maggie.

— Ben ouais, j'le r'gardais avec la p'tiote quand j'la gardais », fit-elle en m'adressant un coup de coude dans les côtes.

Un jour, il me faudrait lui dire que ses coudes anguleux me faisaient l'effet d'un coup de couteau dans l'abdomen. Mais l'heure n'était pas aux récriminations.

« Je vous ai photocopié les candidatures pour que vous ayez chacune les fiches sous les yeux et que vous puissiez les annoter, reprit Yvonne. Les candidats attendront dans le couloir et vous viendrez les chercher à chaque fois. N'oubliez pas : avant de parler, on fait signer le document de confidentialité ! Vous laisserez la pile sur la table des candidats avec un stylo, comme ça ils l'auront sous le nez. Aussi, mesdames, je vois que vous avez mis vos pin's et votre foulard vert. Je pense qu'il ne faut pas montrer nos signes distinctifs dès maintenant. »

Nous retirâmes avec discipline les signes d'Earth 360, écoutant les directives d'Yvonne qui menait à bien sa mission.

« Très bien, vous pouvez vous installer, reprit-elle. J'ai donné rendez-vous aux candidats dans le hall principal, je vais aller les chercher et les installer dans le couloir. N'oubliez pas de faire une pause au bout d'une dizaine de candidats, ça vous permettra d'avoir les idées plus claires. Pas de questions ? »

Nous secouâmes la tête et prîmes place dans nos studios respectifs. Daria était fidèle à elle-même, une cigarette au bout des lèvres et le briquet dans les mains, triturant la molette avec vigueur.

« Ça va, p'tiote ? T'es prête ?

— Oui, super ! Et toi ?

— Sergent Kowalewski, toujours prêt ! Dis, j'ai pensé à un truc.

— Oui ?

— J'pense qu'il faut qu'tu ailles chercher les gens dans l'couloir. Ils vont t'voir et s'dire : “Ah ben une p'tiote, ça m'fait pas peur”, et après moi j'serai d'bout sur le bureau à les regarder avec défi. C'est la technique “Good cop, bad cop[1]”, on a révisé avec Julianne hier.

---

1. « Bon flic, mauvais flic »

— Et Julianne t'a laissée te mettre debout sur sa table basse ? ris-je.

— Non, ça c'est une liberté d'interprétation, si tu vois c'que je veux dire, fit-elle avant d'entamer un rire rauque qui résonna dans tout le studio. Alors, t'es OK ?

— Oui, Daria, si tu veux. Mais évite de faire peur à tout le monde, sinon on va se retrouver à court de candidats. Comment on les sélectionne d'ailleurs, on n'en choisit qu'un seul ?

— J'sais pô, Yvonne a rien dit. »

Elle se leva de la table où elle s'était assise pour se diriger vers la porte du studio à côté de laquelle étaient épinglées des feuilles quadrillées sur un tableau en liège, sans doute pour les réservations du studio. Elle déchira une feuille, et revint vers moi.

« Ben j'pense qu'on peut faire trois colonnes, "Ouais", "Pourquoi pas" et "Jamais d'la vie".

— D'accord, et la case "Ouais" c'est quand on est sûres que c'est un bon acteur potentiel ?

— Ben ouais, c'est évident, comme quand j'te dis "Ouais". T'es pas logique, p'tiote, des fois. »

Nous entendîmes ensuite du bruit arriver dans le couloir. Yvonne passa la tête par l'entrebâillement de la porte pour nous signaler que tout le monde était arrivé.

Nous pouvions commencer les entretiens.

Je m'emparai de la fiche sur laquelle figurait la liste et me dirigeai vers le couloir où j'appelai une certaine « Lila, 36 ans ». En me retournant pour regagner le studio, je vis Daria, assise comme un chat sur le bureau, et non sur sa chaise. Ladite Lila eut un moment de surprise tandis que Daria plissait les yeux pour l'observer avec méfiance et suspicion.

« Bonjour », fit la candidate.

Daria ne répondit rien et ne desserra pas la pression qu'elle devait sans doute exercer sur ses paupières pour les maintenir mi-closes.

« Bonjour, Lila, dis-je pour essayer de la mettre à l'aise malgré le chat noir qui nous observait depuis la table. Asseyez-vous, je vous en prie. »

Nous n'avions pas répété avec Daria la suite des évènements, à savoir qui de nous de deux devait parler du document de confidentialité ou lancer la partie « action ». Mais je devinai que Daria avait déjà sa petite idée sur le sujet puisqu'elle se laissa glisser de son perchoir et, croisant les bras, marcha à pas de loup jusqu'à la table de la candidate.

« Alors comme ça, on veut jouer la comédie ? » lança-t-elle en déposant entre ses lèvres une cigarette.

Je lui lançai un regard réprobateur auquel elle me répondit en murmurant : « C'est bon, c'est pour mon rôle, j'vais pas fumer ! »

« Oui, répondit la candidate, j'ai vu l'annonce dans le journal et, même si elle n'était pas très informative sur le rôle, j'ai eu envie de tenter ma chance.

— Tenter ta chance, hein ? »

La candidate m'adressa un regard interrogateur, auquel je ne sus que répondre. Daria fixait toujours Lila avec un regard persistant. À la place de la candidate, j'aurais fui.

« Est-ce que tu sais fermer ta bouche, Lila ? reprit Daria.

— Euh, oui, répondit-elle.

— Même sous la torture ?

— Daria… »

La candidate parut déboussolée, se leva brutalement et prit son sac en disant :

« Je suis désolée, je ne crois pas que ça va le faire. Merci, au revoir. »

Elle quitta le studio en trombe, accompagnée par quelques encouragements de Daria qui la traitait de mauviette. Quelques secondes plus tard, Yvonne, qui n'était pas encore partie de l'école de danse, entra dans la pièce.

« Alors là, Daria, tu dépasses les bornes !

— Ben quoi ? Faut bien tester les résistances psychologiques, nan ? Tu veux qu'on s'fasse griller par les flics et King Meat dès le premier coup ?

— Tu n'es pas obligée de traumatiser les candidats, et enlève cette cigarette de ta bouche ! Je vais finir par me fâcher, enchaîna Yvonne.

— T'es pô ma mère ! Personne me gronde, j'te dis !

— Si, moi je te gronde parce que là tu exagères ! Tu sais combien de temps ça m'a pris pour rédiger l'annonce, la faire publier ? Faire une présélection des candidats ? Alors tu vas poser tes fesses sur ta chaise et faire passer des entretiens sans faire peur à tous les gens qui passeront cette porte, est-ce que c'est clair ? »

Yvonne était impressionnante. Même si je n'avais fait fuir personne ni parlé de torture au bout de quelques secondes d'entretien, je n'en menais pas large et avais envie de baisser la tête. Daria, sans doute plus touchée par le fait de ne pas gâcher les efforts d'Yvonne qu'impressionnée par ses récriminations et sa ride du lion bien dessinée, bougonna avant de s'excuser et de lui dire qu'elle ne parlerait plus de torture.

Nous reprîmes donc les entretiens dans une version plus *soft* du « good cop, bad cop ». Daria n'avait pas abandonné son regard perçant et menaçant, mais elle ne semblait plus avoir l'intention de tuer chaque personne passant la porte, ce qui était plutôt une bonne chose. Nous avions donc mis en place un mode opératoire bien rodé : j'allais chercher les candidats, ils découvraient ensuite Daria debout sur la table – je n'avais pas pu négocier pour supprimer cette partie de l'audition – puis ils s'asseyaient sur leur chaise, Daria descendait de son perchoir et se rapprochait ensuite pour faire le topo sur la confidentialité.

« Vous êtes pas là pour divertir les rois d'la ville et faire les bouffons pour amuser la galerie. Ici, c'pas une mission à la Shakespeare, c'est clair ? Avant d'vous dire d'quoi ça cause, faut qu'vous signiez ça. »

Elle se rapprochait alors du bureau et tapait du poing sur la pile de feuilles. Le candidat prenait alors quelque temps pour lire le document et, sachant qu'il n'obtiendrait pas de réponse de Daria, penchait la tête pour qu'elle sorte de son champ de vision avant de m'interroger. Je ne savais jamais trop quoi répondre.

« Il s'agit d'une mission pour une association. Le rôle que vous devrez interpréter aura des conséquences médiatiques. »

C'était ce que j'avais trouvé de plus concis pour qu'ils ne prennent pas peur, tout en restant suffisamment évasif. Ainsi, une dizaine de candidats sur les vingt-cinq que nous devions voir partirent avant d'avoir signé le document. Nombreux étaient des pères et mères de famille qui avaient peur de ne pas savoir dans quoi ils s'engageaient – et sans doute que la présence de Daria n'arrangeait pas les choses.

Une fois que les acteurs avaient signé le document de confidentialité, j'expliquais la véritable mission.

« Vous allez devoir vous rendre au restaurant King Meat, en ville, et l'idée est que vous preniez un bon repas, que vous conserviez bien précieusement le ticket de caisse et que vous immortalisiez le moment d'un selfie ou de toute autre photo "joyeuse" qui pourra être utilisée pour un avant-après. Lorsque vous sortirez du restaurant, vous devrez simuler une crise cardiaque en veillant à être bien en face de la devanture. »

Ce fut à cette étape que nous perdîmes plusieurs candidats, des hommes, pour la plupart, sur qui le lobby de la viande avait tellement fait du bon travail qu'ils quittèrent la pièce en criant qu'ils ne voulaient pas « entendre des conneries de bouffeurs de graines ». À d'autres, moins convaincus, nous expliquâmes que les lobbys de la viande avaient les mêmes modes de propagande que les lobbys de l'industrie du tabac. À l'époque, les grandes marques de cigarettes sponsorisaient les joueurs de tennis et autres sportifs de haut niveau, avec comme argument de vente que les athlètes, les hommes forts, fumaient pour se dégager les bronches et, de ce fait, pour être plus performants. Le lobby de la viande s'était emparé du même schéma : titiller la virilité des hommes pour leur faire croire que la force musculaire était liée à la consommation de viande. La plupart des candidats nous écoutaient avec attention, et beaucoup hochèrent la tête avec une moue intéressée. Ainsi, sur les vingt-cinq candidats, seuls sept d'entre eux arrivèrent au stade de l'action.

Daria était un coach exceptionnel dans la simulation de la crise cardiaque. Je me mordillais l'intérieur des joues pour ne pas exploser de rire face à ces scènes toutes plus cocasses les unes que les autres. Le premier à jouer fut John, vingt-neuf ans, ingénieur agronome, qui faisait partie d'une troupe d'improvisation depuis quatre ans. Il fit mine de sortir du restaurant, marchant dans le studio avec allégresse quand, d'un coup, il se stoppa net, plaquant sa main sur sa poitrine. Il donna l'impression de s'étouffer, de manquer d'air, écarquilla les yeux et commença à courber l'échine avant de s'écrouler par terre. Dans son interprétation, il était devenu tout rouge, ce qui accentuait le sentiment de malaise qu'il voulait transmettre. « John, 29 ans » fut donc le premier à gagner la colonne des « Ouais ».

La scène la plus drôle fut celle interprétée par Anne, trente-deux ans, traductrice. Elle fit, elle aussi, quelques pas pour imiter la sortie du restaurant, puis se mit à haleter, soupirant tellement fort qu'elle semblait simuler autre chose qu'une crise cardiaque. Daria hurla :

« Stop ! On vous a d'mandé de simuler une syncope ! Pas un orgasme ! »

La candidate, coupée dans son élan au sol, se releva, un peu rouge, et fit face à Daria :

« Excusez-moi, madame, mais si vous m'aviez laissé finir…

— Ouais ben c'est c'qu'on dit quand on est coupé dans un orgasme ! On n'est pas là pour ça !

— Madame, vous êtes déplacée ! Cela fait des années que je joue sur les planches. J'ai même reçu plusieurs prix pour cela, notamment le prix de…

— Ouais, ouais, interrompit Daria en regagnant le bureau, mais moi les prix j'm'en tape. Allez, débarrassez le plancher ! »

« Anne, 32 ans » avait du mal à accepter ce rejet. Elle continua à houspiller Daria qui avait interrompu un moment de grande concentration artistique, et répétait que dans toutes les auditions, une deuxième prise avait le droit d'être réalisée. Daria, qui lui répondait en lui hurlant dessus, s'arrêta subitement, ne semblant plus trouver ni l'air ni la parole. Elle agitait son bras dans ma direction, comme si elle appelait à l'aide. Je restai pétrifiée quelques secondes, incapable de savoir si elle jouait la comédie ou si elle avait malencontreusement avalé la cigarette qui lui pendait aux lèvres. Elle voulut prendre appui sur la table et manqua de tomber à la renverse, reculant ainsi jusqu'aux murs. La candidate me regardait avec effroi, paniquée elle aussi. Je lui hurlai d'appeler les secours, courus vers Daria qui était toute rouge et tentai de l'allonger pour qu'elle retrouve de l'air. Je vis la candidate tétanisée, stoïque devant moi, et lui criai d'aller chercher son téléphone. Elle s'exécuta et, à ce moment-là, je sentis la tête de Daria convulser entre mes mains. Je la découvris alors les yeux baignés de larmes, secouée par un rire silencieux qui inonda ensuite la pièce de tout son éclat. Elle me donna un coup de poing dans l'épaule, toujours hilare, puis se releva en pointant son index vers la candidate :

« Ça, c'est d'la crise cardiaque, ma p'tite dame », fit-elle, triomphante.

Je restais assise par terre, à l'endroit même où Daria se tenait quelques secondes plus tôt. La candidate quitta la pièce en trombe, et Daria se rapprocha de moi :

« Ben qu'est-ce tu fais, p'tiote ? Tu nettoies l'sol ? Allez, lève-toi. »

Elle me tira par le bras pour me remettre sur pied, et je mis quelque temps avant de retrouver l'usage de la parole.

« Daria, mais qu'est-ce qui t'a pris ?! J'étais morte de peur !

— Ben t'es pô si maligne que ça, p'tiote. On passe des entretiens pour une crise cardiaque, tu trouves pas qu'ç'aurait été une sacrée coïncidence ?

— Certes, mais c'était sacrément convaincant ! J'ai eu peur !

— Désolée p'tiote, mais qu'est-ce qu'tu veux, j'suis bonne actrice moi, pas comme l'autre qui passait un entretien pour Marc Dorcel. »

Je me détendis enfin et me joignis à son rire bruyant. Nous concédâmes que c'était le bon moment pour faire une pause et prendre l'air.

Nous sortîmes et Daria s'installa sur les interminables marches de l'édifice. Elle alluma sa cigarette et tapota le sol à côté d'elle pour que je la rejoigne.

« Comment va Julianne ? lui demandai-je.

— Ça va…

— Dit-elle d'une voix morose », lui fis-je remarquer.

Daria ne me regarda même pas, se contentant de sourire tristement.

« Bah ? Qu'est-ce qu'il y a ?

— Rien d'grave, p'tiote. Elle veut qu'on aille manger chez son fils.

— Mais c'est génial ! Pourquoi cet air triste ?

— T'as vu comme elle est, ma Julianne, c'est une grande dame. Elle est douce et elle sent bon.

— Toi aussi, tu es douce, Daria. Tu sens juste un peu moins bon parce que tu fumes. »

Elle répondit par un petit coup de genou contre le mien, mais malgré cela, je sentais que la situation lui pesait réellement.

« C'est bien la première fois que Daria Kowalewski se préoccupe de considérations physiques, lui dis-je.

— Tu sais, p'tiote, Julianne et moi on a été séparées. J'ai jamais eu d'bol, dans ma vie. J'me dis, imagine son fils il dit qu'je pue ? Ou qu'j'lui fais peur ?

— Dans ce cas il aura tort et un peu raison, parce que quand tu parles de torture avec tes yeux de chat, tu fais peur, Daria. »

Elle rit très fort en penchant sa tête en arrière, m'assénant un petit coup de coude au passage.

« Violet t'adore, et Julianne aussi. Je ne sais pas comment tu étais quand vous aviez vingt ans, bien que je ne puisse t'imaginer autrement qu'habillée en cuir, mais ce qui est sûr, c'est que quand elle t'a revue après toutes ces années, elle n'avait d'yeux que pour toi, et l'amour qu'elle te porte était palpable. Je l'ai vu, Daria, je le sais.

— Ouais…

— Je suis sûre que si Maggie était là, elle te dirait que l'important ce n'est pas d'aimer malgré les différences, mais de ne jamais devenir différent pour aimer.

— C'est beau, p'tiote, fit-elle après quelques secondes de réflexion. Tu d'vrais écrire des livres, toi. »

Le sourire taquin de Daria revint, et nous retournâmes ensuite dans le studio.

Le reste des entretiens se passa sans embûche particulière. Aucune véritable crise cardiaque ne fut à déplorer, et surtout pas la mienne, puisque Daria, fière de son coup, avait décidé de montrer l'exemple d'une bonne simulation à tous les acteurs et actrices, me laissant ainsi, au début, dans un second désarroi, et ensuite dans une lassitude qui ne trompait pas les candidats. Nous terminâmes la journée avec deux « Ouais », le fameux John et Mary, une jeune femme de trente-quatre ans, et trois « Pourquoi pas ».

Nous retrouvâmes en fin d'après-midi Maggie et Ulyana, toutes deux semblant légèrement agacées. Maggie nous raconta qu'Ulyana avait repris ses réflexes de professeure de danse et qu'elle avait interrompu toutes les simulations de crise cardiaque pour exiger « plus d'attitude », un « visage plus relevé » ou encore pour leur indiquer de faire attention à la « position de leurs pieds ». Maggie avait été irritée de voir les acteurs constamment coupés dans leur élan dramatique pour des remarques aussi inadéquates. Ce désaccord avait donné lieu à plusieurs disputes entre les deux femmes. Rien de grave, rien ne l'était jamais vraiment entre elles, mais nous fûmes ravies d'assister à leur petite querelle qui se prolongea pendant tout le trajet du retour.

Nous fîmes le compte-rendu de la journée dans le QG d'Earth 360. Nous décidâmes de repasser les entretiens avec la totalité des membres de l'association pour déterminer qui de leurs « Candidats convaincants » et de nos « Ouais » serait l'élu. L'entretien final, qui eut lieu la semaine suivante, nous donna satisfaction avec Daria. Nous fûmes ravies que notre petit « John, 29 ans » remporte l'approbation générale. Il réussit à convaincre l'assemblée en indiquant que lui et sa femme souhaitaient arrêter de consommer de la viande, et qu'ainsi, cette mission et ce repas sonneraient pour lui comme le début d'un régime strictement végétarien. C'était donc le candidat idéal, et nous trinquâmes à la mission ARTISHOCKED avec un jus céleri-pomme verte.

Nous fixâmes un jour sur le calendrier, après mon retour d'Écosse. Earth 360 était prêt.

7

C'était un lundi, juste après le déjeuner. Zach, Larry et moi, assis côte à côte, somnolions pendant le cours du Pr. Jacob Smith. Les choses n'étaient pas revenues à la normale avec Zach, mais nous avions retrouvé un semblant de dialogue. Il semblait toujours marcher sur des œufs lorsqu'il m'adressait la parole, et tentait parfois des rapprochements pour mettre fin définitivement à cet « incident » entre nous, comme il l'appelait, mais je ne décolérais pas. Il me fallait plus de temps pour digérer tout ça.

Alors que j'étais sur le point de piquer du nez, mon talkie-walkie grésilla. Après plusieurs semaines d'utilisations saugrenues, souvent des canulars orchestrés par mon père auxquels nous avions mis fin pour préserver les nerfs et la santé mentale de toute notre famille, nous avions décidé que le talkie-walkie ne pourrait en aucun cas être utilisé pour se faire ramener du thé quand quelqu'un descendait aux cuisines, donner des commissions lorsque l'un d'entre nous allait au supermarché, et encore moins pour que Willa et Clarence puissent s'envoyer des blagues plus rapidement. Ainsi, cette sonnerie stridente qui résonna dans tout l'amphithéâtre ne pouvait annoncer qu'une seule chose : le départ de Willa pour la maternité.

Mais, malgré l'urgence de la situation, je ne réussis pas à réfléchir lorsque la voix grésillante d'Eddy dans le talkie-walkie annonça qu'elle venait d'être prise en charge par le service hospitalier. À ce moment-là, je fus ravie de pouvoir compter sur Zach qui, calme et méthodique, donna des ordres simples à réaliser. Alors que nous étions coincés au milieu d'un rang d'une vingtaine d'élèves qui, bien que très intrigués par la situation, restaient statiques, Zach, l'homme de la situation, leur demanda à tous d'enlever leurs ordinateurs portables de la table. Ils s'exécutèrent et, sans même attendre qu'ils ne se lèvent pour nous laisser passer, nous quittâmes nos places en marchant sur la table. Nous sortîmes en trombe de l'amphithéâtre, créant par la même occasion une agitation inédite dans la salle que le Pr. Smith ne remarqua même pas. De ce que me rapporta Hisaé plus tard, il n'avait levé la tête qu'au moment où les portes avaient claqué derrière Zach et moi. Avec ce dernier, nous avions convenu en amont qu'il m'emmènerait en voiture, ce qui serait beaucoup plus rapide que d'appeler un chauffeur. Zach sortit un macaron diplomatique de son pare-soleil, un laissez-passer qui nous permettrait de nous garer devant l'entrée de l'hôpital. Je l'interrogeai du regard, et il répondit, gêné, que son père le lui laissait parfois. À vrai dire, peu m'importait tant que nous arrivions à temps.

Alors que je pensais qu'il me déposerait seulement et qu'il repartirait ensuite, je le vis sortir du véhicule une fois qu'il se fut garé. Surprise, je le regardai avec insistance.

« Milly, il y a des dizaines de services et de couloirs dans cet hôpital. Tu as beaucoup de qualités, mais pas celle de l'orientation. Je t'accompagne jusqu'à ce que tu retrouves ta famille, je ne m'imposerai pas, je te le promets. »

J'étais ravie qu'il ne profite pas de l'urgence de la situation pour participer à un évènement familial comme celui-ci, et lui fis un signe de tête reconnaissant.

Nous nous fîmes disputer plusieurs fois par le personnel hospitalier à cause de notre course effrénée dans les couloirs et, au bout de quelques minutes, je vis enfin la chevelure rousse de ma mère qui sautillait partout. Zach me laissa au bout du couloir après m'avoir simplement demandé de le tenir au courant.

« Les bébés sont là ? demandai-je, essoufflée, en arrivant à leur hauteur.

— On ne sait pas, pas encore, je pense, répondit ma mère. Ils ont préféré lui faire une césarienne.

— Pourquoi ? m'enquis-je, alarmée. Il y a un souci ?

— Non, mais le cœur d'un des bébés a commencé à ralentir, ils n'ont pas voulu prendre de risque sachant que ce n'était pas celui qui était engagé pour sortir le premier.

— OK, OK », fis-je méthodiquement.

Nous étions tous là, dans une petite salle d'attente, sauf Clarence qui était resté aux côtés de sa sœur. Ma mère m'apprit qu'il était en réunion pour SEW TAYLOR CO quand il avait ressenti quelque chose. Il avait ajourné la réunion et s'était rendu directement chez Willa. Celle-ci venait de perdre les eaux et cherchait son téléphone pour appeler Eddy. Clarence l'avait conduite à l'hôpital et Eddy, contacté par ce dernier, avait donné le signal par talkie-walkie. J'avais les larmes aux yeux en écoutant cette histoire. Tout le monde racontait des anecdotes incroyables sur le lien magique qui unissait les jumeaux, mais nous n'avions jamais eu l'occasion d'être témoins de l'une d'entre elles. Clarence et Willa étaient, certes, extrêmement complices et similaires, pour autant leur intuition l'un envers l'autre n'avait jamais été spectaculaire. Et c'était le jour de la naissance des jumeaux de Willa que nous assistions à la force du lien que cette dernière partageait avec le sien. Encore une merveilleuse anecdote à raconter.

Eddy sortit en tenue bleue au bout d'une heure, et, le visage rayonnant, nous annonça la naissance de leurs jumeaux, une petite fille et un petit garçon, deux crevettes de 2112 et 2110 grammes. Nous nous laissâmes tous aller à des effusions de joie, de pleurs et de soulagement. Lorsque nous pûmes entrer dans la chambre, nous découvrîmes Willa, chaque bébé au sein, le visage radieux, et cette vision me fit pleurer à nouveau. D'une voix fluette et calme, elle nous présenta alors Eleanor Milly et Samuel Clarence Miller, et ce fut l'un des plus beaux jours de ma vie. Willa tenait dans chaque bras une vie pleine d'espérances.

Nous laissâmes les heureux parents ensemble et quittâmes avec tristesse les bébés. Willa avait besoin de repos. Il fut convenu que Clarence et moi investirions leurs canapés les nuits des deux premières semaines suivant le retour de la maternité, les secondant ainsi pour éviter le burn-out parental dès les premiers temps. Willa allait devoir veiller à ne pas faire trop d'efforts afin de ne pas tirer sur sa cicatrice et, même si Eddy avait pris un congé, nous pensions qu'un accompagnement de nuit ne pourrait que leur faire du bien. Willa avait protesté au début, se sentant coupable dans son rôle de mère, et puis, après un tête-à-tête avec la nôtre ayant expérimenté la naissance de trois enfants, elle obtempéra finalement. Être mère ne voulait pas dire être seule et dépassée, c'était pourquoi nous nous relayerions auprès d'elle pendant quelque temps.

Le soleil se couchait lorsque nous rentrâmes à la maison. Larry me demanda s'il pouvait venir me déposer les cours, voulant sans doute prendre des nouvelles au passage. Je ne comptais pas rater les premiers jours de vie de mes neveux et ainsi décidai de ne pas aller en cours de la semaine. Une fois Larry installé au salon avec tout le monde, je me rendis rapidement dans mes appartements. Je sortis du tiroir de mon bureau une petite carte et une enveloppe assortie, d'un papier grainé épais d'un beige passé, et pris mon stylo plume pour écrire :

« Cher Rudolf,

Je ne viendrai pas en cours cette semaine. Je dois prendre quelques jours pour m'habituer à me reconnaître sous une nouvelle appellation. Après Milly, Mlle Davis et Daisy, je dois désor-

mais me retourner à l'évocation du mot "tata".

N'appelez pas la garde nationale si vous ne me voyez pas.

Daisy V. Mill »

Je scellai l'enveloppe de mes initiales et demandai discrètement à Larry de la faire parvenir à Alphard Burton. Larry, qui observait la lettre dans ses mains, ne posa aucune question, mais souligna l'élégance du sceau. Je gardai en mémoire d'ajouter au carnet « Liste de cadeaux pour mes proches » l'idée d'un sceau monogrammé pour Larry. Il me laissa mes cours et me précisa qu'il reviendrait me déposer les nouveaux le lendemain.

Chaque jour de la première semaine de vie des jumeaux de Willa et Eddy fut orchestré de la même manière, tous les membres de la famille ayant interrompu la totalité de leurs projets. Nous allions voir Willa dès la première heure de visite, repartions déjeuner pour laisser la jeune maman s'assoupir en même temps que les jumeaux, puis nous revenions après leur sieste et rentrions en fin de journée. Willa recouvrait ses forces petit à petit, profitant de l'assistance du personnel hospitalier.

Souvent, je passais avec Eddy et Clarence à leur maison, organisant les différents cadeaux de naissance qu'ils avaient reçus afin qu'ils ne se laissent pas déborder par les paquets. Je suivais ainsi les directives précises de Willa pour le rangement des pyjamas de naissance, des grenouillères, des jouets, triant par la même occasion les emballages cadeaux pour éviter le gaspillage, les plus abîmés allant dans une boîte de chutes et les autres dans le carton pour les cadeaux de Noël.

Lorsque nous rentrions avec Clarence, Larry était souvent là. Le lendemain de sa première visite, il m'attendait, trois petits cadeaux dans les mains. Il avait acheté deux dinosaures en bois pour les jumeaux de Willa, et cette attention me toucha beaucoup. Je savais qu'il ne disposait pas de beaucoup de moyens financiers pour les extras et le non essentiel. Il m'en tendit un, « Pour toi », précisa-t-il, et je découvris dans un petit cadre doré une carte sur laquelle il était écrit de sa plus belle plume : « Tu seras la meilleure tata, ne l'oublie pas. » Je fondis en larmes et le serrai dans mes bras, touchée par ses attentions. Nous prîmes le thé ensemble dans mes appartements, et il fouilla à nouveau dans son sac.

« Tiens, dit-il en me tendant une enveloppe, Alphard Burton m'a donné ça pour toi. Tu devrais l'ouvrir avant que je parte, si tu veux répondre. Je peux sortir, si tu veux.

— Non, ne t'inquiète pas, il n'y a rien de compromettant, lui précisai-je, je l'avais juste prévenu que je ne serais pas là cette semaine. Je vais chercher mon coupe-papier. »

Je me levai du canapé et regagnai mon bureau. Je découvris une petite enveloppe d'une teinte écrue, peu épaisse, les mêmes qu'il utilisait pour ses jeux d'archives. Je l'ouvris délicatement et sortis un morceau de papier dépareillé qui semblait avoir été découpé à la main pour entrer dans le pli.

« Chère Daisy,

Je suis à la fois heureux pour vous, et navré pour Isadorah. Vous lui manquerez beaucoup, mercredi après-midi.

Me voilà ainsi prévenu. Vous devriez également avertir Mr. Cunningham que je ne suis en rien responsable de votre disparition.

Tata, comme Milly, Mlle Davis ou encore Daisy, sera incroyable, c'est une certitude. Une vérité à archiver.

Rudolf Banart »

Je souriais, la poitrine réchauffée par la vision de cette écriture à la fois élancée, fine et irrégulière. Je rejoignis le petit salon pour demander à Larry si je pouvais prendre cinq minutes pour répondre. Je le découvris allongé sur un des canapés, un cahier ouvert et un stylo dans la bouche.

« Prends ton temps, me dit-il, c'est le rêve pour moi ce calme pour réviser.

— Tu ne peux pas le faire chez toi ?

— Impossible, il y a toujours quelque chose à faire. Je vais à la bibliothèque souvent, mais quand tu restes assis sur les chaises inconfortables d'un amphi toute la journée, tu n'as pas forcément envie de faire durer cette épreuve à tes fesses. »

Je ris à cela, toujours attendrie par la décontraction de Larry.

« Tu sais, tu peux venir quand tu veux, ici.

— Je ne veux pas gêner tes parents, reprit-il.

— Larry, je mets cinq à quinze minutes selon mon allure pour rejoindre telle ou telle pièce de la maison. Tu ne déranges personne, et mes parents t'adorent. Viens là, après les cours. C'est un ordre ! » dis-je avec une autorité risible.

Il me rendit mon sourire.

« Merci beaucoup, Milly. Allez, va répondre à Alphard. »

Je retournai dans le bureau et sortis de mon tiroir une carte et une enveloppe.

« Cher Rudolf,

Je suis désolée d'apprendre le chagrin d'Isadorah. J'espère que celle-ci acceptera tout de même de me voir pour le thé, samedi.

N'ayez crainte, Mr. Cunningham a été averti. Il ne devrait pas lancer d'avis de recherche, mais je ne peux l'affirmer avec certitude.

Aussi, dans la crainte d'une perquisition, je vous suggérerais de détruire la présente lettre. Ainsi, vous ne risquerez rien.

Vous semblez porter plus de confiance en Milly, Mlle Davis, Daisy ou tata que je ne m'en porte moi-même.

J'espère que votre cours se sera bien passé, et qu'aucun élève n'aura été perdu lors de cette fouille paléographique.

Daisy V. Mill »

Larry repartit en fin de soirée, après avoir révisé à sa convenance et dîné en notre compagnie. Eddy nous avait rejoints à la maison comme il souffrait de voir son domicile vide, sans sa femme adorée et ses nouveau-nés. À peine avait-il quitté la maternité qu'il appelait déjà Willa en visio, ne souhaitant rater ni un bâillement d'un de ses enfants ni le sourire attendri de son épouse. Tout n'était que calme, douceur, joies immenses, larmes de bonheur et onomatopées de béatitude. Rien ne pouvait ébranler cette extase générale.

Je ne reçus pas de lettre de Lyrah cette semaine-ci et ne m'en étonnai guère : il me semblait qu'elle était à Milan, début mars. Je n'en fus pas peinée, persuadée qu'elle m'écrirait à son retour ou que le rythme des services postaux italiens allait « adagio », comme aurait dit Isadorah. De plus, un soir sur deux, Larry rentrait avec une petite enveloppe que je reconnaissais à chaque fois qu'il la sortait de son sac. Larry me raconta qu'Alphard avait désormais le réflexe de le guetter et que, souvent, il lui achetait un café et une pâtisserie que celui-ci dévorait dans son bureau pendant qu'il me répondait.

Larry me fit le compte-rendu de sa journée de recherches sur notre nouveau codage d'archives. Après le matériel chirurgical des Hôpitaux de Paris, nous avions pioché : « Matériaux composant le cure-dent de Louis XIV ». Jenna avait singé la nausée quand nous avions admis être passionnés par ce nouveau sujet. Il me donna les polycopiés distribués, m'informa des avancées dans les autres cours puis sortit la petite enveloppe de son sac avant d'enlever ses chaussures et de s'étendre sur le canapé.

« Chère Daisy,

Vous connaissez sans doute mieux que moi le caractère d'Isadorah, mais je ne prends aucune liberté en affirmant qu'elle ne vous en veut aucunement pour mercredi, et qu'elle attend avec impatience la fin de semaine.

Aucun élève ne semble avoir disparu. Je ne me fais pas de souci pour autant, vous semblez être la seule à vous perdre aussi facilement. Ou alors ne l'ai-je toujours pas remarqué. Mais l'université me pardonnera, j'en suis certain.

Mon obligeance n'est dédiée qu'à une seule fleur de tout l'herbier.

Le monde entier porte plus de confiance en Milly, Mlle Davis, Daisy ou tata que vous ne vous en portez vous-même. C'est bien un des seuls sujets sur lesquels je m'opposerai toujours à vous.

Enfin, je n'ai pas besoin de réfléchir plus longtemps pour affirmer préférer retrouver mon bureau saccagé à la suite de fouilles intensives (et bon courage à celui qui s'y collera), plutôt que de détruire la mélodie des mots de Daisy.

Rudolf Banart »

Et c'est ainsi que ce samedi matin, au lieu de répondre à Lyrah, sans doute en train de déguster des délices italiens, je fonçai chez Salt & Paper acheter une grosse enveloppe de cuir marron qui accueillerait les premières des nombreuses lettres de Rudolf Banart, échangées parfois entre deux cours, glissées dans des copies, des devoirs maison, ou dans des ouvrages qui apparaissaient sur les étagères du bureau 342.

Je les conservais précieusement, moins comme une preuve que comme une évidence.

8

Il n'y avait pas grand-chose dans mon quotidien qui pouvait mettre un terme au sentiment d'allégresse qui m'habitait depuis quelque temps. Aucun contretemps ne parvenait à annihiler les effets bénéfiques que m'apportait cette main minuscule serrant mon index. Aucune remarque désobligeante, aucune tasse de thé renversée ne pouvait anéantir l'impact qu'une enveloppe claire et ses mots griffonnés avaient sur moi. Bien évidemment, je savais que dans ce quotidien m'apparaîtraient toujours des obstacles insurmontables. Certaines émotions demeuraient difficiles à appréhender, mes angoisses prenaient parfois le dessus sur tout le reste. Mais, quand je me levais le matin, après une nuit hachurée chez Willa, ou après avoir frôlé la main d'Alphard Burton entre deux rayonnages de la bibliothèque, parfois dans un simple effleurement, parfois pour attraper une enveloppe, je sentais un apaisement, un air pur qui me donnait de l'oxygène. La plupart du temps, chaque jour était un combat pour respirer, pour que la boule que j'avais dans mon ventre me laisse un peu de répit. Les jours de grandes bouffées étaient une bénédiction.

C'était le dernier samedi avant de partir pour deux semaines en Écosse. Puisque le départ avait lieu dimanche soir, Alphard et moi avions décidé de décaler notre rendez-vous hebdomadaire. J'avais beau être un peu plus détendue, j'avais tout de même des bagages à faire pour deux semaines et une préparation psychologique à mener. Je passais tout mon temps libre chez Willa et Eddy, ne me lassant pas d'admirer mes neveux grandir jour après jour, ouvrir un peu plus grand les yeux, gigoter un peu plus vivement. Je m'émerveillais aussi devant la beauté du corps de la femme, de celui de ma sœur qui, après avoir accueilli deux petits êtres, prenait le temps de se reconstruire. J'étais subjuguée par la bienveillance que Willa s'accordait. Elle respectait son rythme, se laissait le temps de retrouver sa morphologie initiale, et trouvait dans le yoga et la méditation l'apaisement nécessaire. Pour ma part, j'étais impressionnée par le développement musculaire de mes bras depuis que je portais les jumeaux. Le fait de m'occuper de deux bébés en simultané fit germer en moi quelques questionnements sur les femmes et leurs pouvoirs infinis. Être partout à la fois et pourtant toujours au même endroit avec deux petits êtres totalement dépendants à sa charge. Je me demandai si toutes les mères devenaient ambidextres et projetai un jour d'écrire une lettre à Lyrah de la main gauche. Cela lui inspirerait peut-être une idée de diptyque à la peinture à l'huile exécuté simultanément de la main droite et de la main gauche selon la même directive artistique.

« Alors, tu n'as pas encore décidé d'annuler ? demanda Willa sur le canapé en face de moi, un bébé au creux de chaque bras alors qu'elle leur donnait le sein. Tes affaires sont prêtes ?

— Oui, normalement, tout est prêt. On a prévu de faire une séance de vérification avec Maggie ce soir.

— Je n'en reviens pas que tu aies réservé en douce des chambres d'hôtel ! Tu es vraiment singulière, Milly Davis ! À l'époque, j'aurais détesté me sentir loin des dortoirs. C'est là que tout se passe !

— C'est justement la différence entre toi et moi, je préfère être loin de là où tout se passe.

— C'est vrai, rit-elle. Vous commencez par quoi ?

— On a plusieurs heures de car avant d'arriver au ferry, ensuite…

— Ouh, prends ton sac à vomi, m'interrompit-elle, connaissant mon mal des transports.

— Ne t'inquiète pas, maman m'a acheté des cachets et a récupéré tous les sacs plastique de la maison pour me les mettre dans la valise.

— Maman pense toujours à tout, dit-elle, je me demande si je serai pareille avec les jumeaux.

— Je n'en doute pas une seule seconde, lui répondis-je avec douceur.

— Bon, et ensuite, vous reprenez le car ?

— Oui, jusqu'à Édimbourg. On reste là-bas une semaine pour suivre des cours à la fac.

— Toute la journée ?

— Non, uniquement le matin, et visites les après-midis ou activités avec la promotion jumelée à la nôtre.

— Chouette ! Y a des trucs sympas à manger à Édimbourg ?

— J'ai peur que ça soit compliqué. Il y a beaucoup de poisson, de hareng fumé ou de haddock…

— Eurk, répondit-elle en grimaçant, comment tu vas faire ?

— Je trouverai bien une soupe ou quelque chose comme ça.

— Vous séjournez où ? Enfin, *tu* séjournes où ? plaisanta-t-elle.

— Eh bien, figure-toi que je loge au même endroit que les autres ! Mais pas dans un dortoir. On sera dans une auberge de jeunesse récente située à côté du campus. Comme elle fait également hôtel, j'ai pu réserver une chambre seule. Je ne serai pas dans la même partie que les autres, mais au moins je serai au même endroit que tout le monde !

— Et comment tu comptes faire pour être absente de ton lit tous les soirs ?

— Tu penses vraiment que les profs vont venir vérifier si des étudiants de fac majeurs sont bien dans leur lit ?

— Mmh, non, tu n'as pas tort. Mais Jenna et Hisaé vont se rendre compte de ton absence, tu leur en as parlé ? »

C'était un point sur lequel je n'avais effectivement pas communiqué, pas même avec Larry. Je n'osais pas leur avouer que j'avais réservé des chambres séparées par crainte de passer pour une fille précieuse et snob. La plupart des gens ne comprenaient pas que dormir dans une chambre qui n'était pas la mienne était pour moi une épreuve à part entière. Avoir peur des lieux inconnus était irrationnel pour beaucoup de monde. Willa ne le comprenait pas, elle était beaucoup plus aventureuse que nous tous, Clarence compris, et pouvait dormir dans une voiture, s'arrêter dans un hôtel au hasard sur le bord d'une route lors d'un *road trip* ou dans une tente à la belle étoile. J'avais déjà du mal à me sentir en sécurité dans ma ville natale, alors dormir dans une ville étrangère sans aucun repère représentait pour moi un effort considérable. Je ne m'attendais pas à ce qu'ils comprennent et, même si je savais que Larry était compréhensif vis-à-vis de mes angoisses, je n'avais pas eu envie d'aborder le sujet, de parler de tous mes tocs de vérification et de propreté dans les chambres, d'évoquer les souvenirs de voyage douloureux où je me revoyais, alors que nous séjournions en famille dans des hôtels qui ne m'inspiraient pas confiance, avaler des dizaines de cafés pour me maintenir éveillée, assise sur une chaise, au lieu d'aller me coucher dans un lit.

« Je ne leur en ai pas parlé, non, répondis-je finalement. Mais tu sais, on n'est pas super copines avec Hisaé et Jenna, elles ne chercheront pas forcément à me retrouver.

— Jenna va te tuer ! s'amusa-t-elle. Elle va penser que tu es partie retrouver Zach ! »

Nos rapports avec Zach étaient effectivement revenus à la normale. Son sang-froid et sa prévenance depuis la naissance des jumeaux avaient fini de me faire oublier cet « incident ». Il me questionnait, au début avec prudence, puis avec vif intérêt, sur l'avancée de mon roman, et s'enquérait souvent de nos découvertes historiques. Mieux, il semblait faire un peu plus d'efforts pour masquer son antipathie à l'égard d'Alphard. Si nous n'étions pas infaillibles et que nous faisions tous des erreurs, l'important était de savoir déployer une certaine énergie pour les réparer. Et c'était une vertu que j'appréciais. Ainsi, Jenna, qui m'avait ignorée jusqu'alors, avait repris son air irrité en permanence.

J'exposai ensuite le reste du périple à Willa. Après une semaine sur place, nous reprendrions la route pour aller explorer une partie des Highlands, l'étape du voyage que j'attendais le plus. Il était prévu que nous logions dans le domaine de la distillerie Webster, laquelle appartenait à la famille de notre professeur d'histoire des clans écossais. L'immense propriété abritait des bâtiments dédiés à la fabrication, des bureaux où étaient gérés l'administratif et les aspects financiers et marketing, et un musée qui retraçait l'histoire de la distillerie. Il y avait également un large édifice qui faisait à la fois hôtel et lieu de réception, composé de salles gigantesques de style « Écosse médiévale » dans lesquelles des mariages et toute autre sorte d'évènements pouvaient être célébrés, et de divers dortoirs. J'avais ainsi pu profiter de cet endroit hybride pour réserver une chambre individuelle dans l'aile réservée à l'hôtellerie. Depuis la distillerie, qui se situait à Muir of Ord, nous partirions chaque matin dans des endroits différents des Highlands. Le premier jour serait plutôt calme : après avoir posé nos valises dans nos chambres, nous aurions une visite de la distillerie ponctuée par une soirée d'accueil. Le lendemain, nous découvririons à pied la capitale des Highlands, Inverness, et les îles de Ness, situées sur la rivière du même nom qui traversait la ville. Le jour suivant serait dédié au Loch Ness et aux ruines du château d'Urquhart, avant de sillonner la beauté sauvage du Glen Affric. Puis le reste de la semaine serait consacré aux visites historiques avec la découverte du Culloden Battlefield, du Fort George, du Cawdor Castle et de ses légendes. Nous passerions également une journée sur l'île de Skye ; l'énoncé de ce programme me ravissait à chaque lecture. Nous avions environ deux à trois heures de trajet pour nous rendre sur les lieux de visite, ce qui nous faisait nous lever très tôt et arriver assez tard, mais ce dispositif comblait l'anxieuse que j'étais. Je n'imaginais même pas si j'avais dû défaire et refaire une valise tous les soirs, trouver plusieurs hôtels dans chaque ville… Ce point d'ancrage m'offrait un minimum de sécurité mentale.

Je pris congé de Willa et Eddy, prenant soin d'embrasser une dizaine de fois chaque petit nez, chaque petite main et chaque petite joue de mes neveux préférés, et rentrai retrouver Maggie. Celle-ci, anticipant mon anxiété, avait décalé la réunion d'Earth 360 pour dédier sa soirée à la vérification de mes bagages. J'avais trop peur de perdre mon journal d'écriture, aussi décidai-je d'en emmener un vierge pour les notes qui s'imposeraient à moi durant le voyage. J'en pris un de plus pour Larry, sachant qu'il aurait sans doute tout un tas de détails historiques et de petites anecdotes à consigner.

Petit à petit, un poids s'installa sur ma poitrine. Je peinai à fermer l'œil de la nuit. Le souffle me manquait, mon ventre me brûlait. L'anxiété était une lutte permanente avec soi-même.

Le lendemain matin, je me retrouvai dans l'incapacité de m'exprimer, en proie à une envie de tout annuler. Larry arriva en fin d'après-midi, un sac de randonnée sur le dos, et se moqua de mon immense valise qui semblait, selon lui, contenir l'intégralité de ma garde-robe. J'embrassai mes parents, les larmes aux yeux, la gorge nouée. Chaque sortie du cocon familial était une épreuve, et les fois où j'en étais éloignée pendant plusieurs jours, des supplices. Larry, qui me vit dans cet état, me prit dans ses bras dans la voiture et, avant de démarrer, me dit avec douceur :

« Je sais que ça ne changera rien à ton état, mais je suis là, OK ? Si tu sens que tu étouffes et que tu veux t'éloigner, tu me le dis. D'accord ? »

Nous avions tous besoin d'un Larry dans notre vie.

Nous arrivâmes sur le lieu de rencontre. Il y avait plusieurs cars alignés, une multitude d'élèves, en jogging pour la plupart, prêts à passer une nuit mal installés dans un car où ils seraient les uns sur les autres. Certains avaient même emmené leur oreiller – cela m'horrifiait d'imaginer mon oreiller toucher les parois d'un car. Nous retrouvâmes Zach, Hisaé et Jenna. Une fois nos bagages dans la soute, Zach et Larry allèrent réserver des places à l'intérieur du car et en ressortirent vainqueurs, ravis d'avoir pu prendre la dernière rangée comprenant cinq sièges.

Je tentai de trouver Alphard dans la foule, mais ne le vis pas. Il y avait tellement de monde autour de nous que je finis par être gagnée par mon agoraphobie. J'attrapai Larry par l'avant-bras, et nul mot n'eut à être prononcé pour qu'il comprenne mon besoin d'isolement. Nous nous écartâmes de la foule et attendîmes à l'écart le temps que je retrouve mon souffle et que les gens montent petit à petit dans les cars, puis nous dûmes prendre place. Jenna demanda expressément d'être loin de moi de peur que je lui vomisse dessus, et je fus ravie d'être à la fenêtre opposée à la sienne. Larry était à mes côtés. Il sortit de son sac à dos un livre épais sur les pharaons tandis que Zach jouait sur son téléphone. Parfois, ce dernier tendait le bras derrière Larry qui avait le front appuyé sur le dos du fauteuil face à lui, et me pressait l'épaule d'un geste qui voulait dire : « Je suis là, ça va. »

Le car se mit en marche et s'éloigna petit à petit de mon terrier et, pour la première fois depuis quelque temps, je me sentis à nouveau vulnérable. J'avais espéré trouver Alphard dans le car, mais en vain. Sa présence m'aurait été rassurante.

Nous descendîmes du car après avoir roulé pendant dix heures et embarquâmes sur le ferry où je le cherchai avidement. Mais, après m'être promenée sur le pont du bateau, je me résignai. J'avais à peine croisé les autres professeurs. Ally Rifkin, qui m'avait vue agrippée à une barrière, m'avait proposé un chewing-gum pour faire passer le mal de mer. Puis Larry et moi avions fini par rentrer pour jouer aux cartes. Nous arrivâmes enfin sur la terre ferme et, après plusieurs heures de car, nous pûmes découvrir Édimbourg et l'université St-Edward[1] où nous passerions une semaine.

Il était dix heures et nous arborions tous un air hagard et fatigué. Zach avait les yeux rougis par la lumière bleue de son téléphone, et Jenna la joue barrée de la trace de son oreiller. Nous découvrîmes alors le campus, digne d'un film ou d'une retranscription historique. Une vaste étendue de pelouse était entourée de part et d'autre

1. Faculté fictive

de bâtiments taillés dans la longueur et de style néoclassique. De multiples couloirs en pierre ouverts sur l'extérieur nous laissaient entrapercevoir des étudiants pressés en uniforme. Il y avait des escaliers en pierre qui menaient à des sortes de terrasses autour des bâtiments. Trônait au bout de cette immense architecture rectangulaire, un édifice imposant paraissant encore plus ancien que le reste et perçant le paysage de son impressionnante coupole bleutée qui me rappelait celle de l'observatoire. Nous fûmes invités à entrer dans le hall principal où nous pûmes admirer les peintures majestueuses qui ornaient la coupole et, grâce à la lumière qui s'infiltrait par les petits intersticcs, baignaient l'endroit d'une aura rouge et chaleureuse, malgré le froid de la pierre.

Le doyen de l'école History, Classics and Archeology[1] du College of Humanities and Social Science[2] nous fit un discours chaleureux, se félicitant de cet échange universitaire qui durait depuis plusieurs années et remerciant par la même occasion le Pr. Glenn Webster pour son organisation. Il nous exposa le programme des prochaines matinées, nous indiquant que nous serions séparés en petits groupes, nous permettant ainsi d'alterner les cours d'histoire et d'archéologie dispensés en amphithéâtre. Des élèves de différents cursus se présentèrent par la suite, chacun étant référent et se proposant gentiment de répondre à toutes nos questions. Nous étions tous debout, agglutinés les uns aux autres dans cette grande salle à écouter le discours du doyen. Je sentis une silhouette se

1. Histoire, lettres classiques et archéologie
2. Département des sciences sociales et humaines

rapprocher de moi et devinai qu'il s'agissait d'Alphard. Les bras le long de son corps comme les miens, il effleura mes doigts de son index. Je tournai la tête vers lui et lui souris tendrement. Il avait l'air fatigué, comme tout le monde, mais nos retrouvailles semblaient nous apporter autant d'apaisement à l'un qu'à l'autre. Je tendis mes doigts, intensifiant la pression contre les siens, et nous restâmes ainsi, debout, côte à côte, fixant le doyen dont les paroles ne parvinrent jamais à mon esprit, concentré sur cette étreinte silencieuse qui n'appartenait qu'à nous.

Nous fûmes séparés par un mouvement de foule s'engageant vers une autre salle où un petit-déjeuner nous était proposé. Alphard retrouva Glenn Webster et le doyen de la fac, et je suivis Larry et les autres. Zach, par le grand mystère de la sociabilité qui m'échappait, avec déjà réussi à créer du lien avec les référents, et nous le retrouvâmes, un café à la main et une brioche dans l'autre, discutant avec James, l'élève du cursus d'histoire, et Geillis, du cursus d'archéologie. Nous fîmes ainsi les présentations, et je vis que Jenna n'était pas insensible au charme de James. Il avait des cheveux châtains courts, légèrement bouclés, des yeux aussi bleus que ceux de Daria et une barbe rousse de quelques jours. Geillis avait la peau très blanche qui contrastait avec sa chevelure auburn et des yeux ambrés mouchetés d'éclats dorés. Leur bonne humeur était contagieuse et nous permit d'échanger avec beaucoup de naturel. Ils avaient le rire facile, gardaient en permanence un sourire sur le visage et nous montraient beaucoup d'intérêt. Geillis était venue l'année précédente en échange sur notre campus et nous interrogea sur les professeurs qu'elle y avait rencontrés. Le contact avec eux se fit très rapidement, si bien que nous échangeâmes nos numéros de téléphone pour communiquer en groupe. Ils nous parlèrent d'un pub où leur groupe d'amis se rendait souvent et nous proposèrent d'organiser quelque chose un soir.

Après le petit-déjeuner, nous fîmes une visite du campus et des endroits les plus caractéristiques. Larry et moi fûmes fascinés par la bibliothèque qui faisait bien plusieurs centaines de mètres de long et occupait une aile entière du cloître que formaient les bâtiments. Il y avait d'immenses tables en bois qui s'étiraient dans toute la longueur de la pièce et, tout autour, une multitude de livres, parfois modernes, parfois anciens – nous nous imaginions déjà plongés dans ces derniers, à tenter de déchiffrer leurs pages parcheminées. Pendant la visite, Geillis resta auprès de Larry, lequel semblait apprécier encore plus que moi sa présence à nos côtés, et je vis que Zach et James s'entendaient également très bien.

Pendant tout le temps qu'avait duré la découverte de l'université, j'avais recherché furtivement Alphard. C'était une sorte de langage secret, un apaisement de le voir parmi ce flot d'étrangers. Je n'étais plus vraiment seule quand je le voyais me sourire au loin et, puisque nos regards se croisaient à chaque fois, j'étais convaincue qu'il me cherchait lui aussi parmi la foule. Et cette pensée me resta en tête toute la journée, m'enveloppant dans sa douce chaleur.

Puis, le soir venu, après que l'on nous eut présenté l'université dans ses moindres recoins, nous rejoignîmes l'auberge de jeunesse. Je ne savais comment faire pour me soustraire à la répartition des chambres. Ally Rifkin, qui tenait un porte-documents sur lequel était fixée la liste des dortoirs et leur nombre de lits disponibles, se faisait assiéger par des élèves surexcités à l'idée d'être ensemble. L'organisation des chambres n'étant pas mixte, Zach et Larry, qui avaient rejoint un dortoir masculin, remarqueraient moins mon absence. Je décidai de m'éclipser aux toilettes et attendis que la foule se disperse une fois les attributions terminées. Je reçus alors un message d'Hisaé sur notre groupe de conversation. Cette dernière me demandait avec qui je partageais ma chambre. Je lui répondis que j'avais été installée dans un dortoir de filles que je ne connaissais pas.

Je sortis des toilettes une fois le hall vidé des élèves de ma faculté et allai m'enregistrer à l'accueil. Le standardiste me tendit mes clés avec prévenance et gentillesse.

« Madame Mill, tout a été préparé selon vos directives. Il n'y a pas de couvre-lit, seulement une couette blanche, et j'ai personnellement vérifié l'état du ménage. Nous sommes ravis de vous accueillir en ces lieux et espérons que la chambre sera à votre convenance. »

Il me confia sa carte de visite sur laquelle était notée sa ligne directe, insistant pour que je l'appelle au moindre souci, et je montai ensuite à ma chambre. Les couloirs qui menaient à celle-ci sentaient le propre – ce qui était une bonne chose – et je fus ravie de constater que la même odeur flottait dans ma chambre lorsque j'y entrai. Il n'y avait effectivement aucun couvre-lit, aucun fauteuil à la tapisserie obscure et terne, aucune moquette ancienne, mais un parquet brut qui sentait le cirage. Avant de déballer mes affaires, la lampe de mon téléphone activée, j'examinai les oreillers, la couette – à l'intérieur et à l'extérieur –, puis la salle de bains. Aucun poil n'ayant été détecté, je pus ouvrir ma valise sereinement et me reposer.

Le voyage pouvait enfin commencer.

9

J'avais dormi d'un sommeil léger, réveillée plusieurs fois par l'inquiétude de ne pas être chez moi. Mais malgré cela, je sentais autour de moi une atmosphère paisible et sortis du lit avec enthousiasme. Par la fenêtre, j'apercevais la ville et ses bâtiments en pierre, ses petites ruelles qui débouchaient sur des escaliers, et les toits en pointe qui perçaient le paysage. Il me semblait que s'était déposé sur la ville un filtre froid, une teinte ancienne et brumeuse qui donnait l'impression à quiconque en foulait le sol pavé de faire partie d'un film, d'une aventure contée dans un vieux roman. Les façades des bâtisses étaient pour la plupart des assemblages de pierres grises, souvent de tailles et de teintes différentes, desquelles pendaient des enseignes en métal abîmées. S'en dégageait une atmosphère à la fois sombre, mais accueillante. Si je n'avais pas été si impatiente à l'idée de découvrir la fac et de retrouver nos comparses James et Geillis, j'aurais aimé flâner dans les ruelles et trouver une vieille librairie, un vieux salon de thé ou n'importe quel endroit où j'aurais pu m'installer dans un gros fauteuil en cuir usé et profiter du calme d'un lieu bercé d'histoires.

J'enfilai un tailleur-short Prince de Galles, attachai dans mes cheveux bouclés un épais nœud en velours marron, remontai jusqu'au-dessus de mes genoux des chaussettes assorties à ma tenue et nouai les lacets de mes derbies. Je me dépêchai ensuite de rejoindre le hall avant les autres étudiants pour éviter que l'on ne me voie sortir d'un ascenseur qui menait aux étages supérieurs et non des dortoirs. Lorsque je pénétrai dans le hall, j'entendis des rires et aperçus ensuite Ally Rifkin, Glenn Webster et Alphard Burton.

« Eh, salut, Milly ! m'interpella le Pr. Rifkin. Tu viens d'où, comme ça ?

— Bonjour, euh… je me suis perdue ! »

Alphard me regardait avec un sourire discret dont je pouvais aisément comprendre la signification : « Voilà ce qui arrive quand je ne suis pas là, Daisy. Je crains devoir appeler la garde nationale pour vous retrouver, la prochaine fois. »

Ally Rifkin était intarissable, comme toujours. Les professeurs étaient logés par deux dans des chambres doubles proches des dortoirs. Ally Rifkin – qui cohabitait avec Magdalena Flores, une professeure enseignant l'histoire de l'Amérique latine et également accompagnatrice – me détailla la disposition des meubles qui composaient la sienne.

« Dis donc, vous avez fait un sacré bordel, hier soir, dans les dortoirs ! Ça va être beuverie tous les jours, comme ça ? Faut pas hésiter à m'appeler, dans ces cas-là ! »

Ally Rifkin était le genre d'individu que je ne serais jamais. Elle bougeait sans arrêt quand elle parlait, gesticulant en fonction de ses éclats de rire tonitruants. Elle m'agrippait le bras, me repoussait l'épaule avec désinvolture, puis se collait à moi. Les gens tactiles et bavards étaient un cocktail que je ne pouvais supporter que très peu de temps. Malheureusement, Zach et Larry n'arrivèrent qu'un quart d'heure plus tard, lors duquel j'eus le droit à toute l'histoire personnelle d'Ally Rifkin : sa fête pour ses trente-cinq ans la vieille du départ en Écosse, ses nausées pendant tout le trajet en car dues à une gueule de bois carabinée, son divorce après sept ans de mariage, son fils Tom, neuf ans, et sa fille Lily, six ans, gardés par leur grand-mère qui assurait depuis le divorce et permettait à Ally d'avoir une vie normale pour une femme nouvellement célibataire. Il y avait beaucoup trop d'énergie en elle pour une seule personne, et beaucoup trop de mots, d'ailleurs.

Lorsque Zach et Larry arrivèrent enfin dans le hall, suivis de près par Jenna et Hisaé, Ally me lâcha enfin le bras, insistant pour que je l'appelle par son prénom parce que « c'est vrai, quoi, on n'est pas à la fac ici, c'est ridicule de se faire appeler par "professeure" », et me fit promettre de la prévenir à la moindre sortie dans un pub. Je quittai Ally Rifkin pour rejoindre mes comparses, persuadée que je ne pourrais pas m'en dépêtrer de tout le voyage.

L'université n'était qu'à quelques minutes à pied de l'auberge dans laquelle nous résidions. La ville était encore silencieuse et n'était perceptible que le bruit de nos pas sur les dalles glissantes et froides. Jenna était la seule à percer la beauté du calme, se plaignant de cette « saloperie de brume » qui apportait beaucoup trop d'humidité à ses cheveux. Zach était également de son avis, et se questionnait sur la tenue de sa cire capillaire et le maintien de ses boucles. Ils convinrent ainsi d'aller acheter de la laque après les cours. Tout cela était absolument passionnant.

Larry me demanda si j'avais bien dormi et avec qui je partageais mon dortoir. Je lui répondis que je n'en avais aucune idée, que c'étaient majoritairement des filles que je ne connaissais pas et que l'une d'entre elles, Mary, était très gentille. Je m'en voulais un peu de ne pas mettre Larry dans la confidence, mais je vis qu'il était réellement soulagé de me voir dans ces dispositions.

Nous arrivâmes enfin sur le campus écossais et fûmes rapidement rejoints par Geillis et James. Après avoir donné des instructions avec les autres référents et salué l'assemblée, ils se glissèrent dans notre petit groupe et nous enlacèrent pour nous dire bonjour. Nous prîmes le petit-déjeuner tous ensemble dans la cafétéria. Larry et Geillis discutaient avec une ferveur mutuelle d'archéologie. Elle semblait aussi passionnée que lui à ce sujet. Elle lui parla avec fierté du club d'archéologie qu'elle avait monté à la fac en association avec la ville d'Édimbourg. Par le biais de ce club, elle organisait régulièrement des ateliers sur de petits sites de fouilles où elle faisait intervenir des enfants lorsqu'il s'agissait de fossiles peu anciens qui ne représentaient pas une grande découverte scientifique. Elle lui expliqua qu'après la troisième année, il était possible de faire un semestre de projet archéologique. Quelques dossiers seulement étaient acceptés chaque année ; les étudiants partaient alors six mois sur un site de fouilles, leur partiel étant remplacé par un gros dossier d'étude qu'ils devaient soutenir devant un jury.

Je vis la flamme s'allumer dans les yeux de Larry et l'imaginais penser : « C'est ça que je veux faire. »

James était un jeune homme très agréable avec lequel il était facile de discuter. Il nous interrogea sur nos vies et sur nos projets professionnels. Zach évoqua ses aspirations diplomatiques, Jenna et Hisaé bafouillèrent une explication bancale et, quand vint mon tour, je ne sus que dire, comme je n'aimais pas attirer l'attention. Je répondis simplement que je complétais mon cursus de lettres avec des études d'histoire.

« Elle est timide, intervint Zach en traversant la table en diagonale avec son bras pour poser sa main sur la mienne, elle est écrivaine. »

Ce qui devait arriver arriva : Geillis et James attendirent la fameuse histoire. Je me sentais toujours illégitime, fracturée par un syndrome de l'imposteur persistant, et détestais ces moments en société où je devais m'exprimer sur mon roman.

« Tu as écrit quoi ? On connaît peut-être ? demanda Geillis, pleine de curiosité et d'enthousiasme.

— *Les espérances des femmes Templeton*, dis-je.

— Mais non ? s'exclama James. Tu es Milly Davis ?

— Oui, c'est bien moi, répondis-je, intimidée.

— Quand je vais dire ça à ma petite sœur, elle va être folle de joie ! Elle est allée à Londres l'année dernière, je crois, pour un évènement littéraire autour de ton roman.

— Oui, dis-je en replaçant une mèche derrière mes oreilles, on avait organisé une lecture des premiers chapitres et une séance de dédicaces.

— Attends, je peux faire une photo avec toi pour la lui envoyer ? »

Non, bien sûr que non, maintenant laissez-moi tranquille parce que mes mains deviennent moites et que je sens que les gens autour de nous commencent à se retourner et que j'ai envie de disparaître à la seconde. Évidemment, je ne dis rien de tout cela et pris sur moi.

« Oui, bien sûr », lui répondis-je en me forçant à sourire.

James fit le tour de la table pour me rejoindre de l'autre côté et prit une photo en collant sa tête contre la mienne avant d'envoyer le cliché à sa sœur. Au même moment, je perçus de l'agitation du côté d'une table non loin de la nôtre et vis celle des professeurs se vider, Alphard étant resté debout à observer la scène, son plateau en main et un air indéchiffrable peint sur le visage.

Nous nous dirigeâmes vers la grande pièce sous la coupole où nous avions fait nos premiers pas la veille afin de former les petits groupes. Zach prit l'initiative de nous inscrire tous les cinq, et nous commençâmes la semaine par un cours du département d'archéologie, suivant Geillis qui se faufilait dans les immenses couloirs de pierre jusqu'à l'amphithéâtre. Il régnait une atmosphère magique que l'on ne percevait pas totalement de l'extérieur des édifices. Les volumes semblaient incapables de tenir dans certaines ailes du bâtiment, et pourtant nous découvrions avec émerveillement des voûtes de pierre imposantes de style gothique, et des salles où parfois rien ne pouvait amoindrir l'écho de la froide grandeur moyenâgeuse qui régnait. Des élèves en uniforme nous croisaient, les bras chargés de livres. Certains portaient de longues blouses noires, et Geillis nous expliqua qu'il s'agissait des étudiants du département de médecine qui procédaient aux autopsies. Elle nous raconta que tout un tas de légendes se transmettait de promotion en promotion sur ces derniers, nous suggérant de ne pas nous promener la nuit dans les couloirs de ce département. Je me demandais si quelqu'un avait déjà écrit un thriller fantastique se jouant entre ces murs.

Nous arrivâmes enfin dans un amphithéâtre où le mobilier et les structures de bois donnaient l'impression de pénétrer dans un vieux tribunal de la fin du XIXe siècle. L'estrade grinçait, tout comme les bancs en acajou sur lesquels nous nous installâmes. Les sièges étaient déjà presque tous occupés, et Geillis tenta au mieux de nous disperser. Elle proposa à Larry de s'asseoir à ses côtés, auprès de ses amis qui suivaient le cursus d'archéologie, mais celui-ci, qui semblait hésiter, m'adressa un regard interrogateur. Je l'encourageai à les rejoindre : j'étais trop heureuse qu'il rencontre des gens aussi passionnés que lui pour penser à ma solitude avant tout. Zach et Hisaé trouvèrent de la place au milieu d'un rang, Jenna s'étant accolée à James. Je trouvai enfin une place au dernier rang où j'avais une vue panoramique sur toute la salle. Larry se leva, son appareil photo en main, et commença à réaliser quelques clichés pour sa mission reportage. Il avait l'air aussi heureux qu'un poisson dans l'eau ou, comme il le dirait sans doute, qu'un fossile dans une étendue de terre. Je tournai la tête vers la porte et vis Alphard et Glenn Webster entrer dans l'amphithéâtre en compagnie du doyen de la faculté écossaise. Alphard semblait scruter la salle comme s'il cherchait quelque chose et s'arrêta lorsqu'il croisa mon regard. Il m'adressa un léger sourire et reprit le fil de la conversation qu'il avait abandonnée un court instant.

Le Pr. Bissett se présenta aux élèves de notre fac. Il félicita les référents pour leur coordination et le fait que personne ne soit assis par terre dans les escaliers ou trop mal à l'aise pour se joindre aux autres – il ne se doutait pas que j'avais, effectivement, lutté pour ne pas rester à l'écart, collée à un mur. Il nous demanda de nous mettre debout pour nous repérer dans la salle et pour que ses étudiants nous réservent un accueil chaleureux. Je laissai mes camarades se lever, restant assise de peur de coincer mon short dans un interstice du banc, que ce dernier ne grince d'un bruit qui ferait taire tout l'amphi ou de faire tomber tout le contenu de mon sac d'un geste brusque. Je vis qu'Alphard regardait dans ma direction, affichant un air amusé – il semblait toutefois peu surpris de me voir demeurer assise et discrète dans ce flot d'étudiants. Les deux professeurs se dispersèrent pour trouver une place, et Alphard s'approcha de moi. Il y avait un peu de place à l'extrémité du banc sur lequel j'étais assise et, une fois que quelques élèves se furent décalés, il s'installa à mes côtés. Je n'écoutais même plus ce que le professeur disait, et percevais à peine la déflagration bruyante du flash de l'appareil photo de Larry. J'étais comme plongée dans le silence d'une étendue d'eau, l'ouïe brouillée par cette énergie intense qui circule entre deux aimants que l'on retient à quelques millimètres l'un de l'autre. Je sentais la chaleur de sa jambe et de son bras contre les miens et me demandais quand cette distance insurmontable serait annihilée. Il enleva ses coudes de la table, déposa ses mains sur ses cuisses et, tout en fixant l'estrade et le professeur qui s'exprimait, laissa sa main droite glisser jusqu'à l'interstice entre nous, s'arrêtant lorsque le revers de ses doigts frôla ma cuisse. Je rapprochai ma main gauche de la sienne et, lorsque nos doigts s'entremêlèrent, je pus enfin respirer.

Nous restâmes ainsi quelque temps, fixant l'estrade en bas, comme si c'était là que tout se jouait, comme si c'était la chose la plus intéressante ici, à cet instant, dans cet amphithéâtre alors qu'en réalité, mon cœur ne battait plus que dans mes doigts. Au bout de quelques instants, il tourna la tête dans ma direction et ses yeux racontaient tout ce que je ressentais. Nous dûmes arrêter cette étreinte invisible lorsque le Pr. Webster se dirigea vers Alphard pour lui parler de je ne sais quel détail organisationnel pour l'après-midi à venir. Lorsque le cours s'acheva, nous descendîmes les escaliers de l'amphithéâtre, silencieux, et je rejoignis Larry, extatique, qui salua le Pr. Burton et me demanda comment j'avais trouvé le cours. « Inoubliable », lui répondis-je. Larry partageait le même sentiment, mais pas pour les mêmes raisons.

Après le déjeuner, nous partîmes rapidement en direction du château d'Édimbourg, empruntant ainsi le Royal Mile, une voie grandiose à la beauté médiévale classée au patrimoine mondial.

Nous avions rendez-vous à 13 heures afin d'assister au One O'Clock Gun, un coup de canon tiré chaque jour depuis 1861. Sur le chemin, James nous expliqua qu'historiquement, ce lancer de canon servait de signal horaire pour la navigation dans le Forth.

Depuis les remparts du château, nous pûmes profiter de la vue sur la vieille ville. Le Pr. Webster s'était reconverti en guide touristique et coupait souvent la parole au professeur de la fac écossaise qui nous accompagnait ainsi qu'au guide mandaté pour ponctuer le récit d'anecdotes insolites. Nous passâmes donc plus de temps à l'écouter parler du cimetière en contrebas réservé aux chiens des officiers que de la tradition navale du coup de canon. La ville était un peu moins brumeuse, mais gardait cette atmosphère sombre que j'affectionnais tant.

« Alors Milly, lança James en s'accoudant à la rambarde depuis laquelle j'admirais la vue, tu trouves de l'inspiration ?

— J'en puise toujours partout, oui, dis-je en souriant.

— Dis, ma petite sœur Irvine me demande si ça ne t'embêterait pas de lui signer un de tes livres. Je n'ai pas tout compris, mais il me semble qu'elle t'avait fait signer une certaine version et qu'entre-temps une nouvelle est sortie.

— Ah, oui, ils ont fait des versions collector. Non, il n'y a aucun souci, je lui signerai avec plaisir !

— Elle va être super contente. Je te le ferai passer dans les prochains jours. »

Zach et Jenna prenaient la pose devant Larry qui photographiait tous les élèves, profitant de la vue panoramique sur la ville. Nous n'échappâmes malheureusement pas aux photos humoristiques des garçons devant le canon.

Nous pénétrâmes ensuite dans la froideur de la résidence royale, devenue par la suite forteresse militaire, prison puis caserne. Glenn Webster expliqua que ce château représentait à lui seul toute l'histoire de l'Écosse et de ses combats. Depuis le XIIe siècle et David 1er, le château avait été une succession de possessions anglaises et écossaises, selon les vainqueurs. Toujours épique dans ses discours, Glenn Webster, théâtral, nous demanda de nous arrêter, de nous agenouiller et de poser la main par terre.

« Voilà, vous venez de toucher un sol qui jadis fut recouvert du sang des hommes de Randolph en 1314 ou encore celui des frères Douglas, décapités en 1440 lors du Black Dinner. »

Se firent alors entendre autant de « beurk » dégoûtés que de « wow » de fascination. J'admettais faire partie d'un peu des deux.

Nous commençâmes la visite par la chapelle Sainte-Marguerite, l'édifice le plus ancien d'Édimbourg qui me toucha dans sa simplicité, dans la froide sobriété de ses murs de pierre percés de vitraux bleutés qui conféraient au lieu une certaine solennité. Le guide, ravi d'enfin pouvoir prendre la parole, expliqua que cette chapelle romane avait été construite par David 1er en mémoire de sa mère qui se laissa mourir de chagrin à la suite du décès de son époux et celui de son fils. Je ressentis alors encore plus d'émotions en ce lieu qui célébrait l'amour et la douleur avec majesté.

Nous poursuivîmes avec la découverte du Grand Hall du château, une salle gigantesque de style victorien avec une immense cheminée, des vitraux et des parois de bois. Le guide salua la charpente dépourvue de clous, les tentures rouge carmin qui donnaient au lieu une atmosphère inquiétante, comme si du sang suintait des murs. Étaient exposées diverses armures anciennes et des épées.

Nous découvrîmes ensuite le Mémorial national écossais de la guerre, puis les prisons de guerre, et nous terminâmes la visite par le Palais Royal, parcourant les appartements privés – dont ceux de Marie Stuart –, et enfin la salle de la Couronne qui abritait les insignes royaux de l'Écosse. C'était une succession de pièces très sombres, parfois éclairées seulement par la lumière des vitrines dans lesquelles trônaient les sceptres, les épées d'État et la couronne.

Lorsque nous quittâmes le château, le jour déclinait et, avant de rentrer à l'auberge, nous visitâmes le Scotch Whisky Experience afin de nous initier au scotch, de la fabrication à la dégustation. La salle de dégustation était une large pièce sans fenêtre où l'éclairage ne se faisait que grâce aux rayonnages lumineux qui abritaient des centaines et des centaines de bouteilles de whisky écossais de tout âge. Alors que j'éclatais de rire face aux grimaces d'Hisaé et de Jenna qui ne semblaient pas apprécier leur dégustation de scotch, je réalisai que Zach avait raison : il se passait plein de choses inhabituelles et insoupçonnées lors de ces excursions hors du cadre habituel de l'université. Pour un peu, je passais presque du bon temps avec Jenna et Hisaé. Cette dernière, qui avait délaissé son téléphone, se montrait sous de nouveaux jours, plus drôle, plus piquante également. Ma gorge brûlante gardait la trace du whisky enivrant et des rires sans retenue. J'étais loin de chez moi, mais je me sentais bien.

Nous sortîmes ensuite de la chaleur étouffante de la salle de dégustation et repartîmes en direction de Castlehill, la plus vieille rue d'Édimbourg, au cœur de la cité médiévale. Les façades des édifices perçaient les épais nuages gris. Nous ne cessions de pencher la tête en arrière pour admirer les pics des bâtiments. Jenna avait beau se plaindre du temps gris et brumeux, je le trouvais parfaitement adapté à cette ville. Pour moi, Édimbourg était une nébulosité mystérieuse, ancienne, et pleine d'histoires.

Geillis et James nous quittèrent, nous donnant rendez-vous plus tard dans le hall de l'auberge de jeunesse pour sortir au pub boire quelques pintes de bière. Je n'appréciais pas trop la bière, ni l'alcool en général, mais je n'avais, pour une fois, pas envie de m'exclure.

Les repas du soir étaient libres. Nous avions la possibilité de dîner à l'auberge comme de sortir n'importe où pour aller manger. C'était appréciable, nous avions l'encadrement suffisant, mais une certaine liberté qui nous donnait parfois l'impression d'être simplement partis entre amis.

Nous étions tous les cinq dans le hall, attendant de retrouver Geillis et James qui ne tardèrent pas à arriver. Hisaé et Jenna s'étaient changées. Pour ma part, j'avais seulement mis une robe noire patineuse et des bottes à talons, gardant mes plus jolies tenues pour les soirées du domaine Webster. Je vis que Larry s'était mis sur son 31 et, vu le regard qu'il adressa à Geillis, j'en compris aisément la raison.

James me tendit un petit sac en kraft qui contenait le livre pour sa sœur et m'enlaça chaleureusement pour me remercier. Nous nous engagions vers la sortie au moment où Glenn Webster, Ally Rifkin et sa colocataire ainsi qu'Alphard Burton descendaient dans le hall. Le Pr. Webster fit une plaisanterie, nous faisant promettre de ne pas vomir dans les dortoirs. J'attendais qu'Alphard me dise quelque chose, mais il n'en fit rien. Il m'adressa un début de sourire avant de sortir de l'auberge et de suivre ses comparses dans le sens opposé.

« Tu voulais quelque chose, Milly ? me demanda Zach, m'arrachant ainsi à ma déception.

— Non, pourquoi ?

— Non, je ne sais pas, répondit-il, je croyais que tu voulais parler aux professeurs… »

Je baragouinai que je n'avais rien à dire, et nous traversâmes les rues sombres, suivant Geillis et James. Nous empruntâmes un labyrinthe de petites rues, d'escaliers glissants et de passages sous des voûtes de pierre. Nous arrivâmes enfin à leur pub préféré, le Edinbrew. Nous passâmes la porte étroite qui me rappelait celle du caveau de Malcolm, et nous découvrîmes un brouhaha de rires, de cris et de verres qui tintent. C'était un lieu authentique et foisonnant, seulement éclairé par quelques plafonniers dont la faible lumière jaune réchauffait le bois foncé et plongeait l'endroit dans une atmosphère dorée. Il y avait de longues tables collées au mur et ceintes de banquettes sur lesquelles des étudiants étaient installés, des tonneaux au milieu de la pièce, entourés par des hommes et des femmes de tout âge. Le pub semblait s'organiser sur plusieurs niveaux, notamment au sous-sol où nous suivîmes les habitués. Nous nous entendions à peine parler tant l'ambiance était festive. Certains jouaient aux cartes, d'autres aux fléchettes. Parvenus en bas, nous découvrîmes un billard au milieu de la pièce. Derrière le bar se trouvait une multitude de bouteilles disposées sur des rayonnages lumineux, comme lors de la dégustation de whisky. Devant les serveurs se dressaient des dizaines de robinets de tireuses à bière. Il me semblait percevoir de la musique venant de quelque part, du vieux rock mêlé à de la cornemuse.

James et Zach se dirigèrent vers le bar et revinrent ensuite avec un énorme pichet de bière qu'ils versèrent dans des chopes. Je n'avais aucune idée de ce qu'on venait de me servir, mais ne fis aucun commentaire. Nous trinquâmes tous ensemble et la soirée commença, ponctuée par les allées et venues des amis et des connaissances de Geillis et James. Ce dernier invita trois compatriotes à nous rejoindre, tous d'une rousseur flamboyante, et je m'étonnai moi-même de faire connaissance avec autant d'aisance.

Au bout de quelque temps, je vis qu'Hisaé et Jenna commençaient à être particulièrement joviales. Cette dernière m'agrippa les épaules pour me hurler dans les oreilles qu'elle adorait mes bottes. Ce serait sans doute la chose qu'elle regretterait le plus le lendemain, bien davantage que le baiser échangé avec le rouquin barbu avec qui elle avait dansé toute la soirée. Hisaé avait rejoint les quelques danseurs qui s'agglutinaient entre les tonneaux, et Larry invita Geillis. Je restai assise sur une chaise haute, avalant de temps en temps une gorgée de mon premier verre de bière devenue chaude. James, qui dansait avec une de leurs amies, me vit toute seule et se rapprocha.

« Qu'est-ce que tu fais planquée dans ton coin ? Allez, viens ! dit-il en déposant ma bière sur la table et en me tirant par les poignets pour me faire descendre de ma chaise.

— Non, James, je te jure, je ne sais pas danser…

— Justement, je vais te donner un cours, allez ! »

J'étais à la fois morte de trouille et amusée. Les gens autour de moi étaient tellement enivrés et occupés à boire et à danser que je me laissai aller avec James. Il me prit bras dessus, bras dessous, et se lança dans une chorégraphie mêlant sautillements, pas chassés et claquements de mains. Je riais sans interruption, emportée par l'effervescence environnante. James me faisait parfois tournoyer sur moi-même. Nous nous arrêtâmes à la fin de la chanson, et je mis quelque temps à cesser de rire et à reprendre ma respiration, et ce fut seulement quand je revins à la table, remettant de l'ordre dans mes cheveux, que je vis, autour d'un tonneau un peu plus loin, Alphard et les autres professeurs qui s'étaient installés. Ally Rifkin me reconnut et, empoignant sa pinte de bière, se dirigea vers moi en invitant les professeurs à la suivre. Alphard, toujours vêtu de son costume en laine marron, arborait un visage fermé, sans l'ombre d'un sourire. Larry et Zach nous rejoignirent à table et une discussion générale fut lancée. Ally Rifkin se laissa même entraîner par Zach pour aller danser. Tout le temps de la conversation, Alphard se garda bien de croiser mon regard, et je profitai d'une discussion entre Larry et le Pr. Webster pour me rapprocher de lui. J'attendais qu'il dise quelque chose, mais il n'en fit rien.

« Vous passez une bonne soirée ? finis-je par lui demander sans relever la tête de ma bière, devenue absolument tiède et imbuvable.

— Oui, répondit-il sans grand effort pour paraître sympathique. Je vois que vous vous amusez bien, vous aussi. »

Je ne sus que répondre et le vis descendre en une seule gorgée le fond de son verre de bière. Il le déposa avec force sur la table et salua tout le monde sans même m'adresser un regard. Je le vis s'éloigner rapidement et partis à sa suite, le rattrapant par le bras.

« Tout va bien ?

— Oui, tout va bien, merci. »

Je gardais son avant-bras dans ma main, bien qu'il ne prenne même pas la peine de se rapprocher pour qu'il ne soit plus tendu entre nous.

« Vous êtes sûr ? insistai-je. Vous partez précipitamment…

— Je ne voudrais pas interrompre votre rendez-vous, mademoiselle Davis. Bonne soirée. »

Il dégagea son bras et s'engagea dans les escaliers pour sortir. Je le rattrapai.

« Je ne comprends pas ce que j'ai fait de mal, lui dis-je en me plaçant devant lui pour l'empêcher de continuer son ascension.

— Il n’y a rien à comprendre, mademoiselle Davis. Vous sortez avec des gens de votre âge, c’est logique. Je ne voudrais pas être un frein de quelque manière que ce soit à votre rencard. »

Il me contourna pour monter les marches et je le rattrapai par la main.

« Je n’ai aucun rencard, je ne vois pas de quoi vous…

— Je vous ai vue, mademoiselle Davis, avec James. J’ai vu qu’il vous avait offert un présent, et je vous ai vue rire et danser avec lui. Je ne suis pas idiot. Enfin si, je l’ai été de croire que vous puissiez…

— Vous vous trompez, l’interrompis-je.

— Sur le fait d’être un idiot ? demanda-t-il.

— Non, ça vous avez raison, vous l’êtes, c’est certain. »

Je gravis une marche pour revenir à sa hauteur et lui souris en lui faisant face.

« James m’a apporté un de mes livres pour que je le dédicace à sa petite sœur. C’est sans doute ce que vous avez vu dans le sac en kraft à l’auberge. Pour le reste, j’ai dansé avec lui comme je l’aurais fait avec Larry. Et je suis sûre que si on redescend maintenant, il dansera de la même manière avec Hisaé. »

Il sonda mon regard et, au bout de quelques secondes, sembla être soulagé. Les marques sur ses joues devinrent reliefs, dévoilant un sourire non contenu. Sa main, jusqu’alors immobile dans la mienne, se détendit pour entrelacer ses doigts aux miens. Ma main libre entoura cette étreinte, gardant en son creux le signe d’un rapprochement que j’espérais depuis tant de temps. Je ne voyais plus les gens qui descendaient et montaient les escaliers ni n'entendais le brouhaha ambiant. J'oubliais mes sens préférés, la vue, l'ouïe, pour me concentrer sur le toucher, celui de sa main que j'enveloppais des miennes, et ne retrouvais l'audition que pour entendre sa respiration plus forte, et mon cœur qui tambourinait dans ma poitrine.

« Ah bah t'es là ! cria Ally Rifkin en s'engageant dans les escaliers, bien agrippée à la rambarde. Je cherchais une copine de pipi et je te trouvais pas ! Tu m'accompagnes ? »

Je n'eus pas vraiment le choix que de la suivre. Nous restâmes encore quelques heures dans le pub où je dansai avec Larry et Hisaé, me fis agripper par Ally Rifkin, discutai avec Alphard et les autres. Nos rires résonnèrent dans toutes les rues dans lesquelles nous passâmes avec peu de discrétion pour regagner l'auberge. Les zygomatiques douloureux, je quittai Alphard pour regagner ma chambre, les yeux encore dans le reflet des siens.

10

Le lendemain fut organisé de la même manière. Nous nous retrouvâmes pour le petit-déjeuner et démarrâmes la journée par un cours d'histoire. Larry continuait de jouer au paparazzi, réussissant même l'exploit de faire un one man show avec le professeur lors du cours d'histoire d'Édimbourg intitulé : « From Din Eidyn to Festival City ». Le professeur, qui souhaitait taquiner les élèves étrangers, demanda si quelqu'un savait ce que signifiait « Din Eidyn ». Le malheureux ne savait pas qu'il existait en ce monde un Larry Olsen, et que nous étions les heureux camarades de celui-ci. Agitant son index, debout dans l'escalier de l'amphithéâtre alors qu'il prenait des photos, il déclara avec malice :

« Bien tenté, Pr. Cornick, mais vous êtes tombés sur le seul étudiant fasciné par les périodes subromaines et médiévales du Royaume-Uni. »

S'ensuivit une petite leçon sur la citadelle de Gododdin, ponctuée par des anecdotes que Larry racontait d'une telle manière qu'elles devenaient de petits secrets bien gardés que l'on se félicitait de connaître. L'amphithéâtre était charmé, et les plaisanteries de Larry firent partie du spectacle toute la matinée. Lorsque je le voyais ainsi, j'étais convaincue qu'il deviendrait un jour un excellent professeur. Et le fait que les Prs. Webster et Saint-Paul s'adressent à lui comme à leur pair me le confirmait.

L'après-midi fut également riche en découvertes et en visites. Nous empruntâmes la rue Castlehill jusqu'à Lawnmarket, un ancien marché de lin. Sur le chemin, le Pr. Webster, qui marchait la plupart du temps à reculons pour regarder les élèves, raconta quelques points importants sur l'architecture de la vieille ville. En foulant les routes pavées, nous écoutâmes donc l'histoire des *tenements*, ces grands immeubles de pierre s'élevant jusqu'à huit étages qui furent l'habitat typique du XVIIe siècle où toutes les classes sociales cohabitaient selon la règle de la « démocratie de l'escalier commun ». Les plus aisés habitaient les étages du milieu, échappant à la puanteur et au bruit du marché et de la rue, et les classes les plus démunies occupaient les greniers aux plafonds bas et les caves envahies par les odeurs et les nuisibles. Nous visitâmes tout d'abord Gladstone's Land, une vieille demeure de marchand du XVIIe offrant une plongée dans les détails de l'époque. L'on pouvait y admirer une reconstitution des objets du quotidien, des décors des échoppes et de différents meubles, de la chambre à la cuisine, dans un style géorgien. Larry était fasciné par les bénévoles qui donnaient des détails très précis sur les couverts utilisés et les ancêtres de nos outils du quotidien. Je fus assez peinée de passer devant la façade du Musée des Écrivains sans pouvoir le visiter.

Nous nous dirigeâmes ensuite vers la cathédrale Saint-Gilles d'Édimbourg, érigée sur un ancien sanctuaire construit au IXe siècle.

Le guide nous expliqua que, comme beaucoup d'édifices écossais, l'architecture avait évolué selon les destructions et les reconstructions après les guerres et les batailles. Ainsi, cette cathédrale, qui était en réalité une église, arborait un style particulier, mélangeant plusieurs réhabilitations d'époques différentes. C'était à la suite d'un incendie provoqué par les Anglais en 1385 qu'elle fut majoritairement reconstruite dans un style gothique, mais il nous fit remarquer lors de la visite tous les différents aspects permettant de prouver la présence de divers mouvements architecturaux.

Si je fus happée par la dignité de cette bâtisse ancestrale qui forçait ses visiteurs à baisser la voix, je fus toutefois encore plus charmée par la chapelle du Chardon, construite au début du XXe dans un style gothique. L'endroit était fabuleux et rendait chaque visiteur abasourdi. Le plafond était une sorte de réunions de nœuds de pierre formant des enchevêtrements mystérieux qui m'évoquaient le système solaire. La sobriété de la pierre conjuguée avec les petits anges colorés tenant des instruments de musique formaient un contraste original. Ce tissage ancien de sculptures de pierre transmettait un message qui me rendait bien ignorante, mais l'architecture était parfois un mystère dont seuls les tailleurs connaissaient les secrets.

Nous terminâmes la journée par une visite du Musée d'Édimbourg, lequel présentait une maquette impressionnante de la vieille ville du temps de Marie Stuart, ainsi que différentes collections de porcelaines et céramiques d'époque qui ennuyèrent Hisaé et Jenna, mais fascinèrent l'amatrice de thé que j'étais. Nous rentrâmes tous à l'auberge de jeunesse, nous donnant rendez-vous pour dîner au pub avec Geillis et James. Je pus rendre à ce dernier le livre pour sa sœur et attendis que les élèves partent en direction des dortoirs pour regagner l'ascenseur et, ainsi, l'étage des chambres privées.

Je pris une douche chaude, retrouvant un peu de chaleur dans mes pieds congelés par les visites du jour, et m'apprêtai pour la soirée. Comme le soir précédent, je descendis en avance dans le hall, évitant ainsi de me faire démasquer, quand le standardiste m'accosta.

« Madame Mill, bonsoir, j'espère que votre séjour se passe bien.

— Bonsoir, oui, merci, tout est parfait », répondis-je rapidement en espérant que personne ne débarque à ce moment-là.

J'entendis le rire bruyant d'Ally Rifkin et vis la troupe des professeurs arriver dans le hall ; Alphard m'adressa un sourire radieux.

La soirée se passa comme celle de la veille, c'est-à-dire festive et alcoolisée pour la plupart. La tension entre Alphard et moi ne faisait que croître. Tandis qu'Ally se déhanchait avec Zach, je profitai de l'inattention de celui-ci pour rester avec Alphard. Nous discutions côte à côte et je me rendis compte que la force contraire qui séparait les corps de deux inconnus n'existait plus. Je n'éprouvais plus cette gêne, cette inquiétude à sentir son épaule contre la mienne, à poser ma main sur la sienne pendant une discussion, ou à ce qu'il m'attrape par le bras pour aller commander au bar. Je vis Glenn Webster nous observer, par moments, mais la distance entre les élèves et les professeurs était révolue quand on se trouvait, le soir, dans un pub écossais, une bière à la main, loin des considérations formelles.

Nous quittâmes le pub tard, ou tôt selon le point de vue, et seule Jenna ne rentra pas avec nous, restée au bras de James. Sur le chemin, Zach, un peu éméché, me prit par les épaules pour me dire : « Tu vois, je te l'avais dit, les voyages, ça finit toujours comme ça ! » Je ris et l'aidai à marcher, n'évoquant pas le fait que j'étais heureuse que sa prédiction se réalise pour Jenna, et non pour lui et moi.

Je pris une douche bien chaude et, une fois en pyjama, je me glissai sous la couette, projetant d'écrire, comme chaque soir, le résumé de ma journée, quand quelqu'un frappa à la porte. Je me ruai sur le judas et vis Alphard, toujours en costume. Un vent de panique s'empara de moi lorsque j'observai ma tenue de tampon hygiénique, comme l'appelait Maggie. Je finis par ouvrir, ne sachant pas quoi faire d'autre, et découvris Alphard, un sourcil relevé, amusé.

« Bonsoir, mademoiselle Mill. »

Il avait les mains jointes derrière son dos et semblait quelque peu moqueur.

« Comment avez-vous su que j'étais là ? lui demandai-je.

— Je n'ai pas cru à votre histoire d'ascenseur. Enfin, je suis convaincu que vous auriez pu vous perdre dans les dortoirs, ajouta-t-il en riant, mais il n'y a pas de connexion avec cette partie-là de l'auberge. Et puis, je vous ai surprise à l'accueil en train de signer des documents. Je les ai simplement interrogés sur l'éventuelle présence d'une certaine Mlle Davis, qu'ils ont réfutée, mais m'ont répondu par l'affirmative quand j'ai demandé si Daisy Mill était là.

— Félicitations, monsieur Banart, vous feriez un très bon assistant pour Sherlock Holmes, répondis-je, moins amusée qu'il ne l'était.

— Vous appréciez votre solitude ?

— J'ai la phobie des couvre-lits, admis-je platement.

— La quoi ? me demanda-t-il de répéter, hilare.

— J'ai la phobie des couvre-lits.

— J'avais entendu, Daisy, mais alors là, je demande un minimum d'explications.

— Arrêtez de rire comme ça, vous allez réveiller tout le monde !

— Très bien, fit-il en se ressaisissant, j'arrête. Maintenant, expliquez-moi : qu'est-ce que c'est que cette histoire de phobie de linge de maison ?

— Je ne vous dirai rien parce que vous allez vous moquer, dis-je en faisant mine de refermer la porte.

— Non, je vous en prie, je ne me moquerai pas. Promis. »

Je vis dans son regard l'amusement sous-jacent, et poursuivis en rouvrant la porte.

« J'ai horreur de dormir ailleurs que dans mon lit. Ça semble ridicule pour n'importe qui, mais c'est une épreuve pour moi. J'ai des tocs de propreté, et quand je pars en voyage et que je me sens déracinée, ça devient pire que tout. Alors pour moi, les couvre-lits aux imprimés un peu ternes qui semblent dissimuler de nombreuses taches, c'est la définition même de l'enfer. »

Il ne semblait plus amusé, mais m'adressait, au contraire, un regard attendri, compréhensif.

« Je suis désolé, je ne voulais pas vous offenser en paraissant moqueur.

— Je ne le suis pas. Je sais très bien que tout le monde me prend pour une folle quand j'explique cela.

— Non, ce n'est pas le cas.

— Si, un peu, je le sais. Ce sont les facettes les moins reluisantes de ma personnalité. »

J'avais baissé la tête, gênée d'aborder ces sujets, ces zones d'ombre de mon existence. Il prit ma main et se pencha vers moi.

« Il n'y a pas une seule facette de Milly Davis que j'échangerais. Même celle qui implique d'avoir peur d'un couvre-lit. »

Il m'adressa un sourire tendre, et j'espérais à ce moment-là que l'étreinte de nos mains ne serait qu'une introduction. Mais il se contenta d'en caresser le revers de son pouce avant de la relâcher.

« Bonne nuit, Daisy. »

Malgré la fatigue, je ne trouvai le sommeil que bien trop tard.

Le lendemain matin, alors que je me battais avec mon pantalon carotte bordeaux pour réussir à remonter la fermeture Éclair, un membre de l'hôtel frappa à ma porte et me tendit une enveloppe. Je la dépliai, me maudissant de ne pas avoir emporté mon coupe-papier, et découvris une écriture familière.

« Chère Daisy,

J'espère que vous pardonnerez mon indiscrétion d'hier soir.

Une légende urbaine raconte qu'il existe des salons de thé à Édimbourg. Vos diligences pour m'aider à confirmer cette thèse seraient appréciées.

J'envisage de débuter mes recherches ce jour, après la dernière visite. Faites-moi signe, le standard attend votre réponse.

Rudolf Banart »

J'enfilai un pull à torsades et terminai de me coiffer avant de répondre à cette petite note écrite sur le papier de l'hôtel. Je n'avais pas pris de cartes avec moi, aussi je répondis sur un support similaire.

« Cher Rudolf,

Je serais ravie de participer à cette découverte qui, j'en suis certaine, bouleversera la communauté scientifique.

Je vous attendrai dans le hall.

Daisy V. Mill »

Et c'est ainsi qu'après les cours du matin et les visites de l'après-midi, je retrouvai Alphard Burton dans le hall, patientant les mains derrière le dos, un long pardessus noir recouvrant son costume en tweed marron. Édimbourg pleurait, ce jour-là, et, dans la moiteur du jour qui s'endort, collés sous le parapluie noir qu'il tenait, nous partîmes en quête d'un salon de thé. La mission ne fut pas ardue puisque nous en dénichâmes un très rapidement, caché sous une voûte en pierre aux allures de passage secret. Le lieu avait le son et l'aura d'un endroit préservé du tourisme. Seules des personnes d'un certain âge étaient installées, lesquelles nous dévisagèrent avec une curiosité à peine voilée lorsque nous pénétrâmes. Il y avait une immense cheminée dont le crépitement réconfortant résonnait dans le calme des lieux. C'était un endroit où l'on chuchote. Un écrin à confidences.

Une dame d'un certain âge déposa une théière devant nous ainsi que deux tasses et des biscuits. Visiblement, il n'y avait pas de carte pour jouer à trouver la saveur de la voix qui nous parle.

« Comment allez-vous, Daisy ? finit-il par me demander en servant le thé.

— Bien, et vous ?

— Non, reprit-il, vous répondez trop rapidement. J'attends une réponse de plus d'un mot.

— Plutôt bien ? » répondis-je, amusée par sa demande.

Il reposa la théière sur la table et me regarda avec tendresse.

« Je m'inquiète pour vous, Daisy. Je ne savais pas que… enfin, j'ignorais que vous étiez si…

— Faible ? l'interrompis-je.

— Non, anxieuse. Ce n'est aucunement de la faiblesse.

— J'ai vingt-cinq ans et je panique à l'idée de dormir dans un lit qui n'est pas le mien. Ce n'est pas une preuve de solidité et de courage, rétorquai-je.

— Vous savez, Daisy, j'ai étudié et déchiffré des dizaines d'ouvrages toutes époques confondues sur l'égalité et l'universalité des individus. Mais s'il y a un point que l'on ne développe pas assez, c'est bien le fait qu'il ne devrait y avoir aucun standard, aucune norme de la pensée – et de la perception, par ailleurs. Il n'y a pas de honte à ne pas être bien loin de chez soi ni, pour les baroudeurs et autres voyageurs sans attaches, de honte à ne vouloir aucun ancrage géographique. Toutes vos spécificités, vos facettes comme vous les appelez, votre manière de percevoir les choses et de les ressentir font que vous êtes précieuse, Daisy, et vous portez très bien votre nom. »

Sa main recouvrait la mienne, et sa chaleur circulait en moi.

« Quel nom ? demandai-je après quelques secondes. Milly ou Daisy ?

— Daisy, confirma-t-il en souriant.

— Je n'ai jamais compris pourquoi vous m'appeliez Daisy. Enfin, autrement que par le fait que vous êtes très mauvais aux anagrammes. »

Il rit avec douceur.

« Est-ce parce que j'écris des livres et que, comme la marguerite à laquelle on retire les pétales, je peux déterminer qui s'aimera à la folie ou pas du tout ? repris-je.

— Belle analyse, mais non, Daisy. Vous êtes blanche autour et dorée à l'intérieur.

— Est-ce une manière déguisée de me suggérer de prendre un peu plus le soleil ?

— Vous pensez qu'un paléographe vous dirait de décoller le nez de vos livres pour aller dehors ? s'amusa-t-il. Non, vous paraissez fragile à l'extérieur, alors que vous avez de l'or, à l'intérieur. Vous êtes précieuse. »

Je n'eus aucun souvenir de la fin de cette conversation ni de comment nous réussîmes à arrêter cette attraction qui nous rapprochait et dont j'attendais la collision, l'impact, ni de comment nos mains s'éloignèrent l'une de l'autre. Mais au bout d'une heure, nous quittâmes ce lieu chaleureux et rejoignîmes l'auberge. Nous traversâmes la ville, la pluie battant avec virulence, et arrivâmes en courant dans le hall, mouillés de la tête aux pieds, hilares. Cette légèreté cessa immédiatement quand je vis Zach et les autres, debout dans le hall, qui semblaient s'impatienter. Zach afficha sur son visage l'air mauvais que je lui avais découvert un jour à la porte du bureau 342, et, devant tout le monde, il me sermonna comme un ascendant :

« On peut savoir où tu étais passée ? Ça fait quinze minutes qu'on poireaute dans le hall et que Geillis et James nous attendent au pub.

— J'ignorais qu'on avait rendez-vous à une heure précise, dis-je, sans savoir quoi répondre d'autre, toisée par Jenna et Hisaé que j'apercevais derrière Zach.

— On t'a envoyé des dizaines de messages pour savoir où tu étais. Aucune trace de toi dans les dortoirs. Je peux savoir ce que tu foutais ? »

Alphard, qui s'était tenu à l'écart jusqu'à maintenant, s'avança vers Zach qui me faisait face avec menace.

« Nous sommes allés…

— Faire des recherches pour son roman à Édimbourg ? le coupa-t-il. Ouais, c'est ça, j'ai déjà entendu ça quelque part. Et on peut savoir pourquoi tu n'es référencée dans aucun dortoir, Milly ? Tu partages une chambre avec quelqu'un peut-être ?

— Zach, arrête tout de suite, répondis-je, sortant de mon ataraxie.

— Ben quoi ? Explique-toi, Milly ! Où est-ce que tu dors, si la question n'est pas avec qui ?

— Monsieur Cunningham, je vous ai déjà demandé de cesser toute insinuation de ce genre, il me semble. Ce n'est pas parce que vous trinquez avec vos professeurs le soir que vous pouvez vous permettre d'être irrespectueux.

— Et c'est pas parce que vous trinquez avec votre élève que vous pouvez la ramener dans votre lit, non plus.

— Zach ! criai-je.

— Je n'accepte pas que vous…

— Écoutez, s'interposa Larry avec calme avant qu'Alphard ne termine sa phrase, visiblement au bout de sa patience, ça ne sert à rien de s'énerver comme ça. On s'est inquiétés pour toi, Milly, c'est tout.

— Je suis désolée, dis-je tout en fixant le combat oculaire qui se jouait entre Zach et Alphard. C'est simplement que… j'ai horreur de dormir dans des dortoirs avec des gens que je ne connais pas. Je suis anxieuse, je peux en faire des nuits blanches et des crises d'angoisse. J'ai réservé une chambre toute seule dans l'auberge.

— Pourquoi tu ne nous as rien dit ? demanda Hisaé, visiblement peinée par ce qu'elle entendait. On aurait fait en sorte d'être avec toi.

— Je sais, mais je… j'avais peur que vous vous moquiez de moi. J'ai des tocs de propreté, repris-je, je peux perdre totalement le contrôle sur mes angoisses. C'est ridicule, je sais, mais je ne voulais pas que vous me preniez pour une…

— Grosse gamine ? coupa Jenna.

— Jenna, ferme-la, répondit Hisaé qui se rapprocha de moi et me prit par la main. Je suis désolée, Milly. Clarence m'en a parlé et m'a dit de veiller sur toi, et je ne l'ai pas fait. Viens, tu es toute mouillée, il faut que tu te changes. Allez au pub, fit-elle à l'intention des autres, on vous rejoint. »

Hisaé me prit par le bras et m'éloigna de ce nœud de tensions. Je saluai Alphard du regard et vis que Zach ne décolérait pas. Nous prîmes l'ascenseur et restâmes silencieuses jusqu'à ma chambre.

« Oh, c'est sympa ici ! fit-elle en entrant.

— Oui, je m'y sens plutôt bien, répondis-je. Écoute, Hisaé…

— Non, m'arrêta-t-elle en ouvrant ses mains devant elle, Milly, tu n'as rien à me dire. Pour la chambre, je comprends totalement. On n'est pas assez proches pour que tu te confies à moi là-dessus. Ma mère souffre de tocs de vérification. Elle peut appuyer quinze fois d'affilée sur la poignée de porte, alors je peux comprendre. Quant à ce que tu faisais avec Burton, ça ne me regarde pas.

— Je te jure que je…

— Milly, me coupa-t-elle à nouveau, je sais que tu m'as vue, avec ton frère. Et que tu n'as rien dit. Je n'ai pas toujours été cool avec toi, mais toi tu l'as été. Et puis, tu es la sœur de l'homme que j'aime, alors je respecterai tes choix et te défendrai si besoin.

— J'ai du mal à concevoir que mon frère, dont le sport préféré est de roter sur le canapé, puisse être appelé "l'homme que j'aime" », plaisantai-je.

Elle rit sans retenue avant de me confier :

« C'est une sale habitude ! Il fait ça tout le temps après une boisson gazeuse, même devant moi ! Je lui ai dit que ça ne se faisait pas ! »

Je me préparais ainsi, écoutant l'histoire d'Hisaé et de Clarence. Peut-être que le déracinement permettait parfois de trouver des mots qu'on ne parvenait pas à trouver chez soi. Je me sentis plus proche d'Hisaé que je ne l'avais jamais été, et, grâce à cette première véritable conversation, je pus comprendre quelles étaient les qualités indéniables qui avaient dû plaire à mon frère sous les apparences. Hisaé était attentionnée, droite et, pour couronner le tout, très drôle.

Alphard et moi gardâmes nos distances toute la soirée, non pas par gêne l'un envers l'autre, mais pour calmer le jeu avec Zach. La soirée n'en fut pas gâchée pour autant. Je m'amusai avec Hisaé, Geillis et Larry, et les regards agacés de Zach ou de Jenna ne pouvaient altérer cela.

En rentrant dans ma chambre, le soir venu, je trouvai une enveloppe glissée sous ma porte.

« Chère Daisy,

Je cherchais désespérément mes mots quand je me rendis compte que celui qui décrivait ce qui m'avait manqué toute la soirée avait été créé pour vous.

Effleurer.

Mes mains furent orphelines des vôtres.

Je vous attendrai demain au coin de la rue.

Je ne veux pas risquer de croiser Mr. Cunningham, mais j'aurais trop peur que ma marguerite ne se perde parmi les chardons.

J'attends votre confirmation pour ce thé arbitraire.

Rudolf Banart »

Je rangeai précieusement sa lettre et lui répondis à mon tour. Ce fut bien une des rares fois où les mots ne me suffisaient plus.

11

Le dernier jour à Édimbourg arriva rapidement. L'enchaînement des cours et des visites avait donné un dynamisme à ce séjour qui semblait défiler à toute vitesse. Si nous étions tous déçus de quitter Geillis et James qui étaient devenus de bons amis, nous avions hâte de partir à la découverte des Highlands. Celui pour qui la frustration fut la plus grande était Larry. Il disparaissait parfois entre midi et deux et ne revenait que quelques secondes avant la visite du pont George IV ou de la découverte de l'église des franciscains de Greyfriars Kirk. Souvent, Geillis arrivait à sa suite, quelques instants plus tard. J'étais persuadée qu'il s'agissait de rendez-vous secrets avec elle, mais je n'avais pas l'intention de lui demander, lui-même n'ayant posé aucune question depuis son interposition entre Alphard et Zach. Ce dernier avait d'ailleurs cessé de m'adresser la parole. Il me croisait parfois quand je sortais de l'auberge toute seule après les visites, et me toisait d'un regard qui savait tout.

Hisaé et moi étions devenues bizarrement assez proches. L'évolution des relations humaines était une chose curieuse. Un jour, une personne faisait partie de la foule. Un autre, on la recherchait avidement, secrètement parmi le flot humain. Hisaé devint celle que je cherchais dans la foule, avec Larry. Lors de nos différentes conversations, elle m'expliqua comment sa relation avec Clarence était née. Que son irruption à notre repas de famille – pour laquelle elle s'en voulait encore – lui avait fait prendre conscience qu'on ne pouvait pas forcer le destin et que, quoi qu'elle fasse pour se faire remarquer auprès de Clarence, ce n'était pas comme ça que ça marcherait. Avant de partir, elle était allée s'excuser, se confier ouvertement à lui. Elle lui avait expliqué son béguin d'adolescente, la sacralisation qu'elle s'était faite de lui, et pourquoi elle avait toujours cherché à attirer son attention. Elle s'était excusée de s'être imposée et se rendait compte de son attitude. Elle lui avait dit qu'elle voyait bien que jamais elle ne l'intéresserait comme ça, qu'elle resterait « la fille de l'âge de Milly », et que cette soirée et l'indifférence de Clarence lui avaient fait comprendre qu'elle devait avancer. Clarence avait été touché par sa sincérité et sa capacité à s'analyser, à comprendre ses actes et à s'excuser. Il lui avait répondu que les rôles qui nous étaient attribués selon un instant T étaient susceptibles d'évoluer. Et c'était à ce moment-là que je l'avais vu donner son numéro de téléphone.

Finalement, je comprenais mon frère. Hisaé avait toujours été pour moi la fille sur le strapontin à côté de Larry, celle qui, parfois, levait le nez de son téléphone pour sortir une remarque sarcastique ou pour donner son avis sur si, oui ou non, nous devions aller déjeuner à telle heure. Elle était une sorte de figurante, de personnage secondaire qui revint finalement sur le devant de la scène.

Le vendredi matin, nous avions eu un dernier cours dans le département d'archéologie. Le Pr. Bissett essaya d'animer ces dernières heures avec sa classe mélangée, et demanda à chaque élève de ma promotion de se lever et de prendre le micro pour décrire son moment préféré de cet échange. Cette mission était périlleuse puisque, pour tendre le micro, il se déplaçait dans l'amphithéâtre en scrutant chaque visage pour n'oublier personne. J'étais piégée. J'étais assise au milieu d'un rang, entre Geillis et Hisaé, impossible de fuir. Je voyais le professeur remonter, petit à petit, dans notre direction, entendais les courtes phrases de mes camarades qui, si vite prononcées, me rapprochaient dangereusement du moment fatidique. Mes paumes devenaient moites, je sentais mes yeux brûler à l'approche des larmes. Je n'arrivais plus à respirer, les fourmis envahissaient mon corps en partant de mes extrémités, de mes doigts, brûlants et chargés de picotements. Le contour de ma bouche fourmillait, j'avais chaud, l'étourdissement me gagnait. J'observais mes mains rouges et tremblantes, incapable de faire autre chose que de voir arriver le malaise ; ce fut à ce moment-là qu'Hisaé remarqua mon état. Elle me prit par le bras et demanda à Geillis de nous faire sortir. C'était un cauchemar : moi qui paniquais à l'idée de m'adresser à un amphithéâtre complet, j'étais en train de faire remuer tout un rang, attirant ainsi l'attention de tout le monde. Nous arrivâmes je ne sais comment au bout de celui-ci, et je sentis mes jambes prêtes à se dérober sous mon corps. Je ne perçus que des bribes de phrases, des mots attrapés au vol comme « sortir », « respirer », porte », et fus soutenue par des mains et des bras. Nous parvînmes enfin à l'extérieur, dans le froid des couloirs de pierre de l'université, et je n'entendis plus rien, à part un bourdonnement et le bruit de ma respiration en hyperventilation. On m'étendit sur le sol et quelqu'un souleva mes jambes en l'air.

« Milly, Milly, concentrez-vous sur ma voix. »

Alphard tenait mes mains, je reconnus le visage d'Hisaé à côté du sien, et celui de Larry qui relevait mes jambes. Petit à petit, le bourdonnement cessa et une énorme fatigue s'abattit sur moi. Ma respiration redevint plus régulière, et, après la chaleur douloureuse et les picotements, vinrent les frissons et l'impression d'être vide.

« Je suis désolée, parvins-je à murmurer.

— Ah bah ça tu peux, Milly, tu m'as fichu une sacrée trouille, je me suis demandé ce que j'allais devoir dire à ton frère quand je devrais lui raconter que sa sœur était cassée. »

Les gens autour de moi, qui étaient plus qu'au nombre de trois, rirent à la plaisanterie d'Hisaé.

« Vous voulez vous redresser ? » demanda Alphard dont le rire passager n'avait pas détendu ses sourcils froncés d'inquiétude.

Je hochais simplement la tête et il m'aida à m'asseoir contre un mur.

« Ça va, mademoiselle Davis ? »

Je vis le Pr. Webster poser un genou à terre à côté d'Alphard. Je hochai simplement la tête, encore un peu hagarde.

« Est-ce que vous voulez de l'eau ?

— Oui, Glenn, de l'eau c'est une bonne idée. Et quelque chose de sucré aussi », répondit Alphard à ma place.

J'étais encore en état de choc et reprenais mes esprits petit à petit. Larry, désœuvré sans mes jambes à tenir, s'assit près de moi.

« Qu'est-ce qui s'est passé ?

— Je crois qu'elle a fait une crise d'angoisse à l'idée de prendre la parole, expliqua Hisaé.

— Je suis désolée…

— Ne dites pas de bêtises, répondit Alphard. Vous êtes gelée », remarqua-t-il en retirant son écharpe marron avec laquelle il recouvrit mes épaules.

Pour quitter le sol de pierre froid, on m'aida à me déplacer jusqu'à un banc à quelques mètres de là. Je recouvrai doucement mes forces après avoir ingéré le sucre apporté par Glenn Webster. Peu de temps après, la foule sortit de l'amphithéâtre et nous vîmes Zach, James et Jenna approcher.

« Comment ça va, ma belle ? demanda Geillis à leur suite.

— Eh ben dis donc ! lança James en me tapotant le genou. Ça organise des dédicaces, mais quand il faut parler en public, ça fait des malaises ! » rit-t-il.

C'était le genre de plaisanterie légère qui fracturait plus que tout. Rationaliser la crise d'angoisse, la comparer, montrer son caractère imprévisible et parfois inexpliqué. Il ne savait pas, lui qui plaisantait, comme chaque rencontre, chaque évènement, chaque signature était pour moi une épreuve. Il ne savait pas ce que c'était que de redouter de perdre le contrôle sur l'agoraphobie, sur la peur de parler en public, sur la peur, tout court. Personne ne peut imaginer ce qui se passe dans la tête de quelqu'un. On ne peut savoir si chaque pas est une réussite, si chaque réveil le matin est une victoire, un triomphe pour la personne qui l'accomplit.

Malgré les réticences de tout le monde, je parvins à me lever et à me rendre à la cafétéria pour le déjeuner. J'avais envie que cet épisode soit rapidement oublié et qu'il n'altère en rien les derniers instants du voyage. Je repris des forces petit à petit, au moyen d'une soupe au navet et à la pomme de terre – les plats étant souvent agrémentés de poisson, le choix était assez restreint. L'après-midi, nous fîmes les dernières visites organisées, le samedi étant une journée libre pour les élèves. Nous découvrîmes la rue colorée de Victoria Street, entièrement pavée, sur laquelle s'enroulaient des édifices bigarrés. Dans la pâleur sépia de la ville, ces façades roses, turquoise ou vertes détonnaient. Nous marchâmes jusqu'à Victoria Terrace où nous pûmes profiter d'un panorama grandiose. Ma visite préférée fut celle du George Heriot's School, un ancien orphelinat pour garçons fondé par l'orfèvre de Jacques VI au XVIIe siècle. Ce gigantesque bâtiment en forme de quadrilatère arborait des tourelles à chaque angle, lui conférant des allures de château fort. L'orphelinat, fait de grès, était entouré d'une immense pelouse. Ce lieu racontait des histoires en attente d'être écrites.

Enfin, nous terminâmes la journée par la visite du Musée National d'Écosse, un palais victorien de style Renaissance qui présentait une collection de dinosaures et de momies exceptionnelle, ou encore du mobilier Art nouveau ainsi que des trésors énigmatiques écossais. La galerie principale, une gigantesque verrière immaculée baignée de lumière, était magnifique. Ce devait être l'endroit le plus lumineux de tout Édimbourg, comme si la clarté se concentrait en ces lieux.

Le soir venu, épuisée par les évènements du jour, je décidai de rester dans ma chambre pour me reposer. Hisaé me rejoignit, des sacs plein les mains.

« Larry m'a dit que tu ne comptais pas sortir, alors je suis allée jusqu'à Ratcliffe Terrace pour trouver un restaurant végan. Ça s'appelle Beetroot Sauvage, je trouvais que ça t'allait bien. Il y a une partie buffet, donc j'ai pris tout ce qui me paraissait sympathique à goûter. Effectivement, il y a plus de desserts que de plats salés, mais je suis sûre qu'on va s'en sortir avec tout ça ! »

Je passai ainsi ma première soirée pyjama en compagnie d'une fille qui n'était ni ma sœur ni ma grand-mère.

Le lendemain, nous avions convenu de nous promener en ville et de voguer au gré de nos envies avant de retrouver tout le monde pour une dernière soirée au pub.

Le matin, Geillis nous rejoignit pour notre excursion dans les rues d'Édimbourg. Elle nous salua tous d'une accolade, et celle qu'elle réserva à Larry, un peu plus longue et un peu plus chaleureuse, fut la preuve d'un attachement particulier. En la voyant rire aux blagues de Larry, je remarquai qu'il n'y avait plus chez eux cet interstice embarrassé entre leurs mains, leurs bras. Il y avait une alchimie, la magie des corps qui se reconnaissent et qui s'attirent, des peaux qui ne demandent qu'à être l'une contre l'autre. J'étais ravie pour lui, et triste pour mon ami qui devrait bientôt quitter quelqu'un comme elle.

La matinée fut réservée à la quête de souvenirs pour nos familles. Hisaé et moi trouvâmes une fabrique artisanale de Sgian Dubh, un couteau typique de la culture écossaise que les hommes de clan portaient avec leur kilt. Nous avions prévu d'attendre la visite des Highlands pour acheter des kilts et projetions, avec Hisaé, d'en acheter un pour Clarence, ce qui nous vaudrait, nous en étions certaines, de nombreux fous rires.

Je passai des heures dans une papeterie appelée Paper Parade Stationers, au sud de la ville, où je dénichai de magnifiques cartes arborant des illustrations à l'aquarelle. J'en achetai toute une série, l'une représentant une boussole soutenue par deux paires de mains, indiquant « We'll navigate this together », une autre avec une machine à écrire rose, d'autres agrémentées de couronnes d'eucalyptus. J'achetai un set de cartes postales avec un ours polaire portant un kilt et jouant de la cornemuse pour Lyrah.

Geillis nous quitta en fin d'après-midi afin d'aller organiser la soirée avec James au pub. Elle nous avait confié quelques détails : ils avaient réservé tout l'étage inférieur et convié une grande partie de la promotion. Il y aurait un buffet, de la bière à flots… Une vraie soirée de départ. Une fois de retour à l'auberge, Hisaé me rejoignit dans ma chambre afin que l'on se prépare ensemble. Je découvris pour la première fois de ma vie ces rituels entre filles que je n'avais connus qu'avec Maggie – et, finalement, ce n'était pas si différent que cela. Hisaé habilla ses courbes d'une robe en soie rouge à fines bretelles qui opérait un contraste hypnotique avec la noirceur de ses cheveux. J'admirais sa discrète sensualité et me sentis bien fade avec ma robe portefeuille noire, certes, légèrement décolletée, mais qui me paraissait bien classique à côté de la sienne. Hisaé insista pour boucler ma longue chevelure, elle qui ne parvenait jamais à casser la fibre lisse de ses cheveux.

« Jenna ne t'en voudra pas de l'avoir laissée dans le dortoir ? demandai-je alors qu'elle brossait mes cheveux.

— Oh, tu sais, Jenna fait la gueule une heure sur deux. Elle aurait bien trouvé quelque chose à me reprocher, de toute manière…, plaisanta-t-elle.

— Je pensais que vous vous entendiez bien.

— Disons qu'on se tolère mieux que vous ne le faites. Mais ce n'est ni une amie ni une copine. Il m'est arrivé de me demander ce que je faisais là.

— Comment ça, à la fac ?

— Non, avec vous… Tu étais super proche de Larry, Zach avait des vues sur toi. J'avais un peu l'impression d'être une pièce rapportée. »

Elle toucha avec vivacité le fer à boucler pour s'assurer de sa chaleur et je me laissai aller à la confidence à mon tour.

« C'est rigolo, j'ai toujours pensé que c'était moi, la pièce rapportée qui n'avait pas sa place.

— Comme quoi, tu vois, on est un peu pareilles, dit-elle en me souriant. Bon, Milly, l'heure est grave, fit-elle vivement après quelques instants de silence, je vais voler tes cheveux, ils sont beaucoup trop beaux !

— Dit la fille qui n'a pas souffert de frisottis dus à l'humidité écossaise, répliquai-je en riant.

— Des baguettes, voilà ce que j'ai ! J'aurais adoré en faire mon métier.

— Des baguettes ? plaisantai-je.

— Je vois que tu as le sens de l'humour de ton frère ! Non, la coiffure.

— Je ne suis pas très douée pour donner des conseils aux humains, mais je pense pouvoir dire sans me tromper que tu es trop jeune pour formuler des regrets qui peuvent encore se transformer en accomplissements.

— Je ne pourrai jamais monter mon salon, je le sais », répondit-elle.

Son air jovial avait quitté son visage, et je sentais que nous allions aborder un sujet sensible. Avant même que je ne creuse la question, elle reprit :

« Mon père ne me laissera jamais faire ça… Pour toi c'est facile, Clarence a repris les industries, mais moi j'ai une pression de dingue concernant l'entreprise familiale. Comment veux-tu qu'on me prenne au sérieux quand en face j'ai de telles carrières comme exemple ? Ils vont rire si je leur dis que je veux coiffer pour gagner ma vie.

— Hisaé, dis-je en me retournant pour lui faire face, tu es au courant que si on vulgarise les choses comme tu le fais, ton père vend des bouts de tissus et ta mère griffonne sur des feuilles de papier ?

— Arrête, rit-elle, tu vois bien ce que je veux dire.

— Oui, mais toi aussi tu vois ce que je veux dire. Il n'y a pas de métiers plus importants que d'autres. Ce qui compte, c'est la passion et l'investissement qu'on y accorde. Tu devrais en parler à Clarence, je suis sûre qu'il te ferait un business plan et d'autres trucs du genre en quelques minutes. Et compte sur moi pour t'aider à trouver des jeux de mots capillaires avec "hair", "cheveux" et "Hisaé". »

Après ce moment de confidences, nous rejoignîmes les autres dans le hall pour retrouver Geillis et James au pub. C'était la dernière fois que nous empruntions ces rues pavées, humides, glissantes, et que nous passions cette minuscule porte en bois, seul rempart à l'effervescence du bar. Lorsque nous arrivâmes en bas, la salle était déjà pleine, bruyante de rires et d'entrechoquements de verres. Nous déposâmes nos manteaux au vestiaire et tentâmes de percer la foule pour retrouver nos comparses écossais. Quelqu'un me serra dans ses bras avec force et je mis quelques instants à percevoir la blondeur d'Ally Rifkin.

« Salut ma copine ! Comment ça va ? Trop canon ta robe Hisaé, on dirait un ruban rouge ! Moi j'ai enfilé le premier truc qui est sorti de ma valise. »

Un bref coup d'œil à la silhouette d'Ally Rifkin nous prouvait que c'était un mensonge. Elle avait les cheveux parfaitement coiffés, les yeux maquillés de noir, la bouche carmin et avait revêtu une robe en cuir décolletée devant et derrière et de hauts talons rouges.

« Alors, quels sont les couples de voyage ? demanda-t-elle avec intérêt avant de siroter son martini.

— Jenna essaye de sortir avec James, répondit Hisaé qui se prêta au jeu de ragots.

— Ouhhhh, fit Ally, intéressant ! En même temps, reprit-elle sur le ton de la confidence en donnant un coup de coude à Hisaé et en accompagnant ses propos d'un clin d'œil, qui ne voudrait pas sortir avec James, hein ! »

Nous rîmes à cela, comprenant qu'elle était déjà un peu éméchée.

« Bon, et toi, Milly ? C'est ce soir, le grand soir ?

— Pardon ?

— Avec Zach, pardi ! Ohhh, on me l'a fait pas à moi, je vois la tension sexuelle entre vous depuis le début de l'année ! Enfin, c'est peut-être déjà consommé, hein !

— Il n'y a rien du tout avec Zach, je vous le laisse avec plaisir ! ris-je, avant de me rendre compte de l'indélicatesse de cette phrase adressée à une professeure.

— Tiens, bon à savoir, répondit-elle avec un sérieux qui fit sortir nos yeux de leurs orbites. J'étais plutôt partie sur James, ou Glenn, mais Glenn est marié. Mais Zach, ça peut faire l'affaire. »

Nous restâmes stoïques avec Hisaé, chacune cherchant dans le regard de l'autre une plaisanterie qui lui aurait échappé.

« Oh, ça va ! Je plaisante les filles ! On se détend ! s'amusa Ally d'un rire bruyant. On est en vacances, tranquille ! Bon, mon verre est vide, j'y retourne ! »

Elle serpenta entre les danseurs jusqu'au comptoir, et nous nous regardâmes en riant avec Hisaé.

« Tu crois qu'elle plaisantait vraiment ? demanda-t-elle.

— Honnêtement, je ne suis sûre de rien. »

Nous nous frayâmes un chemin jusqu'au comptoir afin de nous servir un verre. Il y avait plusieurs bouteilles de bière différentes décapsulées et, étant incapable de choisir, je pris celle dont la typographie sur l'étiquette était la plus jolie. Dans tous les cas, le nombre de sorties au pub n'avait aucunement affiné mon palais. Je me contentais souvent de tenir dans mes mains une bouteille de bière et d'en siroter une gorgée entre deux conversations pour me donner une contenance sans jamais parvenir à en boire plus de la moitié.

Nous retrouvâmes Geillis et Larry et profitâmes des derniers instants tous ensemble. La fête battait son plein lorsque Ally me tira par le bras.

« On te cherche partout, viens !

— Qui ça “on” ? » demandai-je.

Je n'eus pas de réponse et fus tirée à bout de bras jusqu'à un tonneau où discutaient Glenn Webster, Alphard et les autres professeurs accompagnateurs.

« Ah, mademoiselle Davis ! salua Glenn en levant sa bière. On se demandait comment vous alliez. »

Alphard m'adressa un sourire discret.

« Ça va, merci, dis-je avec timidité.

— Vous vous sentez mieux depuis hier ?

— Oui, répondis-je un peu moins stressée comprenant qu'il prenait de mes nouvelles après mon malaise, j'ai pu me reposer. Tout est derrière moi.

— Eh bien, à votre santé alors ! » lança-t-il à la cantonade en levant son verre pour trinquer.

Il reprit sa conversation avec Magdalena et je me rapprochai d'Alphard dont le regard parcourut ma silhouette. Il se rapprocha de mon visage et, dans un murmure de confidence, me dit :

« Vous êtes très belle, Daisy.

— Merci. »

Nous restâmes debout, l'un face à l'autre, à nous sourire, à nous regarder. Au bout de quelques instants qui me parurent être une bulle de silence dans l'agitation ambiante, il me demanda :

« Qu'est-ce que vous buvez ?

— Une bière, apparemment. »

Il s'amusa de ma réponse.

« Vous n'aimez pas ça ?

— Honnêtement, je n'en ai aucune idée. Je bois une gorgée toutes les quinze minutes, ce qui fait que la bière devient tiède et c'est vraiment mauvais.

— Vous n'êtes pas croyable, rit-il. Goûtez-la maintenant, tant qu'elle est encore fraîche. »

Je m'exécutai et le liquide qui me parvint avait une saveur bien différente de celle des bières blondes que j'avais pu goûter jusqu'à présent. Je dus faire une sacrée grimace puisque Alphard éclata de rire.

« Oh mon Dieu, mais c'est infect ! dis-je après avoir réussi à avaler ma gorgée.

— Mais vous n'en aviez jamais goûté ?

— Si, pourtant ! Mais en aucun cas ça n'avait un goût de carburant mélangé à de l'huile moteur ! »

Toujours hilare, il me prit la bouteille des mains et l'inspecta.

« Voilà qui explique tout, c'est une strout, une variété très forte, très torréfiée. Je comprends votre grimace.

— C'est atroce, qui peut boire ça ?

— Glenn, je pense, rit-il. Lors de notre échange scolaire en Irlande, il y a quelques années, il devait boire plus de strout que d'eau minérale. Il se peut même qu'il ait remporté un record dans un pub.

— Alphard, ne divulgue pas mes secrets, je te prie ! » intervint l'intéressé en riant.

À travers leurs échanges transparaissait leur amitié, leur complicité tissée depuis plusieurs années.

« Vous voulez vous rincer la bouche ? dit-il en me tendant son verre.

— Qu'est-ce que c'est ? demandai-je, suspicieuse, en prenant le verre dans sa main.

— Du whisky. »

Je trempai mes lèvres dans le liquide ambré et grimaçai à nouveau avant d'être prise d'une quinte de toux qui dura plusieurs secondes.

« Je vais finir par croire que vous voulez ma mort, dis-je en reprenant mon souffle sous son regard amusé. Vous aimez vraiment ça ?

— À vrai dire, ne le dites pas à Glenn, mais j'ai horreur de ça.

— Je t'ai entendu ! intervint à nouveau l'intéressé.

— Désolé, mon vieux ! répondit Alphard en levant son verre.

— Pourquoi vous en buvez alors ?

— Présentement, parce que le Pr. Bissett m'a collé ce verre dans les mains sans me demander mon avis. J'use de la même technique que vous, à vrai dire. Je trempe mes lèvres de temps en temps. Ça rajoute du caractère, vous ne trouvez pas ? plaisanta-t-il.

— Vous n'avez pas besoin d'un verre dans les mains pour en avoir. »

Je prononçai ces mots rapidement et pris une gorgée de ma bière pour échapper à son regard. Il ne répondit rien, mais m'adressa un sourire radieux avant de me prendre par la main.

« On va vous trouver quelque chose à boire qui ne vous fera pas penser à du carburant. J'espère d'ailleurs que vous m'expliquerez comment vous connaissez le goût de l'huile moteur. »

Nous traversâmes la foule, main dans la main, jusqu'au comptoir où, avant de s'adresser au barman, il se tourna vers moi :

« J'ai une idée, nouveau jeu : je choisis un cocktail pour vous, et vous trouvez ce qu'il y a dedans. Vous êtes partante ? »

Je hochai la tête.

« Très bien, tournez-vous et bouchez-vous les oreilles. »

La scène devait être absolument ridicule : moi, dos au bar, les mains collées sur mes oreilles. Il toucha mon épaule quelques instants plus tard, un verre à cocktail rempli d'un liquide transparent à la main.

« Allez-y, goûtez. Il y a quatre ingrédients. »

Je trempai mes lèvres dans la boisson translucide et cherchai les notes les plus évidentes. Le dosage en alcool était léger, mais j'avais si peu d'expérience en la matière que je ne pouvais le reconnaître.

« Il y a des notes de pêche, je crois.

— Liqueur de pêche, bien joué ! Un sur quatre, dit-il en pointant son pouce de l'index de son autre main pour faire les comptes. Ensuite ?

— Il y a de l'alcool, avec un goût bizarre. Enfin, pas mauvais, mais pas neutre. Je ne pense pas que ça puisse être de la vodka, car ça n'a pas de goût. Ni du rhum. Mais je ne connais pas grand-chose de plus.

— Je vous le compte comme un second ingrédient trouvé, c'est bien parce que c'est vous. C'est du gin. Ensuite ? »

Il me scrutait, impatient de me voir deviner le reste, un sourire sur le visage qui plissait ses joues.

« Il y a un soda, quelque chose qui pétille. Mais c'est plus amer qu'une limonade. Du tonic ?

— Vous êtes impressionnante, Daisy. Plus qu'un ! C'est le plus difficile.

— À tous les coups, c'est quelque chose de floral !

— Vous me connaissez trop bien. Alors ?

— Je ne sais pas, aucune idée ! Il existe du sirop de marguerite ?

— C'est de la fleur de sureau. Et je l'ignore, pour le sirop de marguerite, je n'en ai jamais goûté. »

Je sentais que cet instant était comme une porte entrouverte, un interstice, une opportunité pour faire un pas vers lui. *Dis-lui, Milly. Dis-lui qu'il n'appartient qu'à lui d'y goûter. Il comprendra la métaphore. Allez, Milly*, pensai-je. Mais les mots ne sortirent jamais de ma bouche, et je restai silencieuse à l'observer scruter l'immensité de mon regard, aussi intense qu'il devait lui apparaître vide de sens. Je ne sus que dire pour rompre le silence, et lui tendis mon verre :

« Vous voulez goûter ? »

Il me prit le verre des mains et le porta à ses lèvres. J'étais convaincue que boire dans le même verre avait une symbolique autre que la témérité des gens qui ne craignent pas les microbes. C'était un message subliminal, une forme de connivence, de secret bien gardé entre deux individus.

« Qu'est-ce que vous en pensez ? Moi je trouve que c'est assurément une boisson pour Daisy.

— Vous me connaissez trop bien », répondis-je en reprenant ses mots.

Nous demeurâmes isolés des groupes quelque temps, à discuter après une journée sans même s'apercevoir, jusqu'à ce que Zach débarque devant nous.

« Milly, tu viens ? on va faire une photo de groupe. Enfin, entre élèves », ponctua-t-il en regardant Alphard avec insistance.

Je ne voulais pas faire d'histoires ni altérer l'allégresse ambiante, alors je suivis Zach pour la photo avec Hisaé, Larry, Jenna ainsi que Geillis et James. J'espérais secrètement que Jenna se trouverait à une extrémité afin de pouvoir la supprimer facilement du cadre plus tard.

Tout au long de la soirée, Hisaé et moi papillonnâmes de groupe en groupe. Nous étions parfois alpaguées par Ally qui revenait d'une danse collée serrée avec Zach ou James. Elle extirpa même Larry d'une conversation assez sérieuse avec Geillis pour se trémousser à ses côtés. Bien que contrarié, il en fut finalement amusé et ils réussirent à faire rire toute l'assistance. Parfois, je retrouvais Alphard et je comprenais que les seuls obstacles entre nous étaient nos esprits. Nos corps se touchaient, se cherchaient sans cesse.

Les gens quittèrent la salle petit à petit, et nous nous retrouvâmes en groupe plus restreint, autour de plusieurs tonneaux, quand James voulut lancer un jeu d'alcool.

« Ladies and gentlemen, entonna-t-il, êtes-vous prêts pour un jeu ? »

La plupart des gens étaient un peu alcoolisés et l'évocation aussi théâtrale d'un divertissement ne fit que les exciter davantage. Il y eut une vague sonore d'assentiment.

« Très bien, très bien ! La foule est en forme ! fit James à la manière d'un chauffeur de soirée. À St-Edward, on accueille des étudiants de tout le Royaume-Uni. Anglais du Nord, du Sud, les Cockneys – les pires, si vous voulez mon avis ! plaisanta-t-il en tapant le torse de son ami Mike. Il y a aussi des Irlandais et des Écossais de divers patelins d'Écosse. Quel est le point commun entre tous ces gens ? » questionna-t-il l'assemblée.

Évidemment, ce fut Larry qui leva la main pour intervenir.

« La peau blanche et la rousseur ! »

Nous rîmes tous à cette plaisanterie. Ally, à côté de moi, m'attrapa le poignet en ricanant avec excès.

« Bien tenté, Larry, mais non ! Les accents ! Alors, pour pimenter nos soirées, on ne joue pas aux cartes. Ni aux fléchettes. Enfin si, parfois, mais on évite de mélanger fléchettes et alcool. »

Les rires reprirent avec force.

« On joue au SAY THIS OR DRINK ! » lâcha-t-il avec une intonation magistrale.

Il sortit son téléphone et Geillis partit en direction du bar avant de revenir avec une feuille de papier vierge et un stylo.

« Le département de sciences politiques propose des cours de rhétorique et d'élocution. On a récupéré les exercices de diction. Chacun va piocher un petit bout de papier avec une phrase à prononcer. S'il fourche, il choisit entre action, diction ou cul sec !

— C'est quoi, diction ? On refait une phrase ? demanda Larry.

— Oui, c'est ça. En gros, soit tu as un gage, soit tu choisis de retenter ta chance – et dans ce cas, si tu réussis, tu peux donner un gage à quelqu'un – ou alors tu choisis un shot cul sec. »

Le barman apporta sur la table un plateau rempli de shots ainsi qu'une bouteille de téquila. Malgré le brouhaha et le monde qui demeurait autour de nous, nous parvînmes à nous rapprocher les uns des autres pour écouter. Ce fut Mike, l'ami de James, qui commença le jeu.

« Je commence bien ! » rit-il en dépliant son bout de papier qu'il montra à l'assemblée.

Nous pûmes lire : « Trois gros rats gris dans trois gros trous fort creux regardaient trois gros tigres accroupis sur trois blocs rocailleux. » Il prit une grande inspiration et se lança :

« Trois gros gras gris…

— Loupé ! hurla la foule, amusée.

— Je vous avais prévenus ! lança James. Les Cockneys sont les pires ! »

Mike choisit le cul sec et le jeu se poursuivit. Glenn Webster, amusé par le challenge, entama un « La crête du coq pousse sur la tête du coq » qu'il réussit à prononcer avant de se frapper le torse d'un geste victorieux. Ce fut le tour de Larry qui piocha : « Le fisc fixe exprès chaque taxe fixe excessive exclusivement au luxe et à l'exquis », et fourcha sur l'avant-dernier mot.

« OK ! dit-il en levant les mains en signe de défaite. Je me rends ! Je choisis action !

— Comment on choisit les gages ? demanda Ally.

— C'est la personne juste avant qui le fait. Allez-y, Glenn !

— Mon bon vieux Larry, fit-il en se frottant la barbe, riant du défi qui venait de germer dans son esprit. Vous voyez le grand gaillard là-bas ? Avec la barbe rousse qui descend jusqu'au ventre ?

— Je vois, mon capitaine, répondit-il.

— Vous allez vous rapprocher du tonneau, passer à côté et lui renverser votre bière sur le visage en criant : "Je rêve ou vous m'avez pincé les fesses ?" »

À l'énoncé de ce gage sans précédent, tout le monde partit d'un grand rire. Larry, qui ne se laissait pas impressionner si facilement, se leva sous l'attention particulière de tous les membres de notre petit groupe. Nous le vîmes frôler le géant à la barbe rousse et hurler assez fort pour qu'on l'entende depuis notre table :

« Non, mais je rêve ! Vous m'avez pincé les fesses ? »

Nous n'entendîmes pas la réponse du géant qui baragouinait dans sa barbe, mais Larry reprit.

« C'est une honte ! »

Et il lui lança son verre à la figure. Barbe Rousse sortit sa chemise de son pantalon et s'essuya le visage, acceptant visiblement son sort.

« Je vous assure qu'il se passe des choses parfois beaucoup plus saugrenues dans les pubs ! répondit James. On n'est jamais vraiment surpris des bières renversées ! Saluons Larry ! Bien joué ! »

Glenn attrapa la main de Larry puis lui tapa le dos dans une étreinte amicale. Le jeu reprit de plus belle. Ce fut au tour de Geillis qui perdit le fil dès le premier mot de sa citation « Un gradé dragon dégrade un dragon gradé. »

« Action ! » répondit-elle sans hésitation.

Larry, qui avait le droit de choisir son gage, la fixa avec une intensité nouvelle, et clama distinctement :

« Embrasse-moi. »

Elle le regarda quelques secondes avant de lui sauter au cou pour lui donner un baiser passionné qui n'avait rien d'un jeu. Nous ne pûmes retenir diverses onomatopées et exclamations d'attendrissement. Le baiser dura de longues secondes et, après s'être détachés l'un de l'autre, ils se regardèrent en riant et en souriant.

J'observais mon ami avec bienveillance, heureuse pour lui. Il me rendit un petit signe de tête amical. Ce moment de tendresse donna des idées à l'assemblée et de nombreux gages d'embrassades et autres échanges salivaires furent assignés aux grands perdants. Ainsi, Jenna et James échangèrent un baiser torride. Ally, toujours aussi éméchée, sauta au cou de Mike qu'elle embrassa avec la langue, ce qui provoqua chez Hisaé et moi une grimace de dégoût. Magdalena, une professeure accompagnatrice, reçut le gage d'embrasser Glenn.

« Non ! Veto ! dit-il en montra son annulaire. Je suis marié ! »

Arriva ensuite mon tour et, pour ne pas prendre la parole, je déclarai forfait et choisis le shot. Si parler en public avec le risque de bafouiller et de postillonner était pour moi une brûlure des cordes vocales, je pouvais aisément supporter celle de la téquila.

« OK, à moi ! démarra Zach avec entrain. Hum hum, s'échauffa-t-il avant de commencer. "Cinq ou six officiers gascons passant certains soirs à Soissons marchandèrent des sauquissons… " merde ! cria-t-il en réalisant qu'il s'était trompé.

— Alors ? questionna James. Action, diction ou shot ?

— Diction ! Je n'abandonne pas si facilement. »

On lui lança le pichet de bière vide qui contenait les citations, et il piocha dedans, déterminé. Il lut le bout de papier en remuant la tête, gratta sa gorge, et déclama :

« Natacha n'attacha pas son chat Pacha qui s'échappa, cela fâcha Sacha qui chassa Natacha. »

Il termina sa phrase victorieux, tapa la surface de la table du plat de la main avant de brandir ses poings en l'air sous l'acclamation des autres joueurs.

« On peut l'applaudir ! encouragea James. Allez, t'as le droit de donner un gage à qui tu veux.

— Très bien, reprit-il une fois qu'il se fut essuyé la bouche du revers de sa main après une gorgée de bière, je souhaite que notre cher professeur d'archivistique embrasse Milly. »

Je me figeai en voyant le regard arrogant et victorieusement mesquin de Zach qui me dévisageait.

« Veto, dit Alphard avec sérieux, n'appréciant pas la plaisanterie dont il connaissait la motivation.

— Oh ? fit Zach en exagérant la surprise. Vous êtes marié, professeur Burton ? Ça pour une surprise !

— Mais noooon ! hurla Ally. Il fait partie du club des divorcés, comme moi !

— Alors votre veto est rejeté ! rit James qui ne comprenait pas l'enjeu.

— Non, hors de question », fit Alphard, le visage toujours fermé.

J'avais les joues en feu et le cœur sur le point d'imploser. Je regardai Zach et son air suffisant et compris ses intentions. Sa vengeance était puérile. Alphard était visiblement mal à l'aise et fortement agacé.

« Eh bien, ça alors, professeur Burton ! Moi qui pensais que vous mouriez d'envie d'embrasser notre petite Milly ! »

Les gens quelque peu alcoolisés autour de nous n'avaient pas assez de discernement pour comprendre ce qu'il se passait. Ainsi, quelques rires fusèrent, contrastant avec la gravité de la situation.

« Je n'embrasserai pas Mlle Davis, ni maintenant, ni jamais, monsieur Cunningham. Mettez-vous ça dans la tête. Ne confondez pas vos désirs avec les miens. »

Aucun mot, aucune parole ne fut plus douloureuse à entendre. « Ni maintenant, ni jamais. » Zach n'avait pas eu exactement ce qu'il espérait, c'est-à-dire un baiser passionné qui aurait montré à toute l'assemblée la perversité d'un professeur envers son élève. Non, ses plans n'avaient pas fonctionné comme il l'aurait souhaité. Mais quand il croisa mon regard embué de larmes, il eut l'air victorieux.

Je quittai en hâte le petit groupe pour courir dans les toilettes. Je gravissais les escaliers en hâte, incapable de supporter une seconde de plus l'expression de rejet qu'Alphard avait affichée quand j'entendis quelqu'un m'appeler, et reconnus sa voix.

« Milly, s'il vous plaît ! »

Je ne répondis rien et accélérai le pas, trouvant rapidement la porte des toilettes pour cheminer jusqu'à celles des femmes.

« Milly, attendez ! »

Il me rattrapa et m'agrippa le bras.

« Milly, je suis désolé, dit-il en me faisant face. Milly, je… je ne voulais pas…

— Ne vous prenez pas cette peine, professeur Burton. Tout est très clair. »

Je retirai mon bras de sa main et repris mon chemin jusqu'à la porte des toilettes des femmes.

« Milly, je ne comprends pas, je…

— Vous ne comprenez pas ? m'arrêtai-je. Mais moi je comprends tout ! criai-je en me retournant face à lui. C'est un jeu pour vous, n'est-ce pas ? Ça n'est que ça, depuis le début ! Vous flirtez avec Daisy parce que ça vous amuse, mais ça semble vous dégoûter d'imaginer quoi que ce soit avec Milly ! »

Mes larmes perlaient sur mes joues.

« Pas comme ça, Milly, murmura-t-il.

— Quoi ? criai-je.

— Je ne voulais pas que ça se passe comme ça pour la première fois, Milly ! dit-il en haussant la voix. Pas devant une foule dans un pub crasseux pour faire plaisir à Cunningham ! Ça fait des semaines, Milly, que je lutte contre moi-même. Vous ne comprenez pas, je…

— Non, je ne comprends pas, coupai-je en essuyant mes larmes du revers de ma main.

— Milly… Je suis votre professeur… je ne devrais pas…

— Alors quoi ? Vous comptiez jouer avec Daisy ? Continuer à lui envoyer des mots doux ? À la voir en cachette le weekend ? Mais pas une seule seconde vous ne pensez à moi, à Milly. Vous ne pouvez pas jouer avec mes sentiments comme vous le faites.

— Il n'y a surtout pas une seule seconde où je ne pense pas à vous, Milly. »

Il fit un pas vers moi, réduisant encore un peu plus l'espace entre nous, prit mon visage entre ses mains, et m'embrassa. Doucement. D'abord un effleurement de ses lèvres sur les miennes. Je sentais sa moustache griffer ma peau, y laissant une douce brûlure. Puis il me serra contre lui, intensifiant son baiser, une main sur mon visage, l'autre plaquée dans le bas de mon dos. J'entourai sa nuque de mes bras et mes sens furent décuplés. Je ne voyais rien, mais je sentais tout, son souffle dans mon cou, la pression de ses lèvres sur ma peau, la laine de sa veste, la griffure de sa barbe, la texture de ses cheveux. Mon corps entier brûlait du feu qu'il entretenait depuis des mois. Je n'entendais plus rien à part sa respiration, la mienne, la friction des vêtements et de ses mains qui parcouraient mes courbes. J'étais plaquée contre le mur, aimantée à son corps, entourée par ses bras qui m'enserraient. Rien ne pouvait arrêter cette étreinte qui sommeillait depuis des semaines. Rien, sauf la porte des toilettes qui s'ouvrit.

« Oups, désolée ! fit Hisaé sur le pas de la porte. Je n'ai rien vu, je m'en vais ! »

Nous reprîmes notre souffle et nos corps s'éloignèrent à regret.

« Je vais rentrer, dit-il avant de passer la porte pour regagner le bar.

— Pourquoi ?

— Je pense que Cunningham se réjouirait beaucoup trop de cette absence et de mon retour le sourire aux lèvres, vous ne croyez pas ? »

Je hochai la tête, déçue, mais comprenant effectivement sa position. Il reprit mon visage entre ses mains et m'embrassa une dernière fois.

« Bonne nuit, Milly. »

Ce fut mon premier baiser avec Alphard Burton et, si j'en avais déjà échangé avec un homme auparavant, celui-ci fut sans précédent.

12

Malgré l'heure tardive à laquelle nous rentrâmes, je ne trouvai pas le sommeil, le corps encore en éveil, marqué de manière invisible par les bras d'Alphard Burton qui m'enlaçaient un peu plus tôt. J'avais imaginé qu'il serait là, devant ma porte, à attendre mon retour, mais ni sa silhouette en costume de laine marron, ni une enveloppe marquée de son écriture n'était présente.

Le lendemain matin, après le petit-déjeuner, nous partîmes en direction de la distillerie de la famille Webster. J'espérais le trouver dans le hall, quelque part, mais, dans la cohue générale pour l'attribution des cars, je ne le vis point.

Nous mîmes quelque temps à retrouver la trace de Larry. Son lit était vide et défait, selon Zach, et son sac avait disparu ; pour autant, il ne l'avait pas vu au réveil. Nous le vîmes arriver au bout de la rue lorsque nous sortîmes du hall de l'auberge. Un sourire mêlé de satisfaction et de tristesse s'éternisait sur son visage. Sa mine fatiguée témoignait d'une nuit sans sommeil. Il avait autour du cou l'écharpe à carreaux de Geillis, et, sur ses épaules, le fardeau d'un amour avorté.

« Salut Larry ! lança Zach en revenant vers nous. C'est bon, j'ai réservé les cinq places au fond du car.

— On a réservé des places à deux, avec Milly », répondit Hisaé sans chaleur.

Zach la regarda avec insistance et repartit en direction de Jenna qui l'attendait devant l'entrée du car.

« Ah bon, on a fait ça ? lui demandai-je en souriant.

— Hors de question qu'on fasse quatre heures de route avec ce connard.

— Tu m'étonnes de jour en jour, Hisaé », ris-je.

Nous prîmes place côte à côte à l'intérieur du car et Larry s'installa sur la rangée d'en face, participant ainsi à nos conversations. À peine le véhicule eut-il démarré qu'Hisaé le questionna sur sa nuit :

« Alors, Don Juan ? Tu nous racontes ?

— Qu'est-ce que tu veux dire ? fit-il comme s'il n'avait aucune idée du sujet qui nous brûlait les lèvres.

— À ton avis ! On peut parler de ton écharpe autour du cou ?

— On ne peut pas parler de celle de Milly, plutôt ? répliqua-t-il en pointant l'écharpe d'Alphard que j'avais gardée depuis mon malaise.

— On y reviendra, effectivement, reprit Hisaé qui avait l'air de mener le dialogue.

— Hisaé !

— Bah quoi ? C'est un sujet aussi ! Alors, Larry ?

— Tu ne lâcheras rien, n'est-ce pas ? » lança-t-il en agitant son index dans sa direction.

Elle tapota dans ses mains comme une enfant impatiente, comprenant qu'elle était arrivée à ses fins.

« J'ai passé la nuit avec Geillis, mais ça, vous vous en doutiez. Donc, qu'est-ce que vous voulez savoir ?

— Ben, tout !! répliqua-t-elle.

— Hisaé ! la disputai-je, me sentant un peu comme Maggie qui calme les ardeurs d'Ulyana, ou Yvonne avec Daria – elles me manquaient, d'ailleurs.

— C'est bien mon malheur, ça, soupira-t-il. Soit elles ne veulent pas de moi, soit elles veulent de moi, mais ne vivent pas dans le même pays. »

Je me penchai sur Hisaé pour me rapprocher au plus près de Larry, et lui pris la main pour lui témoigner mon affection.

« Wow, Milly, tu deviens tactile… Ce voyage, c'est vraiment le monde à l'envers ! s'amusa-t-il.

— Tu n'imagines même pas à quel point elle est devenue tactile, fit-elle en levant les sourcils d'une manière malicieuse.

— Hisaé !

— Ça va, Milly, on n'est pas obligés d'en parler, reprit Larry.

— Attends, bien sûr que si, on est obligés d'en parler ! reprit-elle, amusée par la situation.

— Bon, changeai-je de sujet, comment vous vous êtes quittés, ce matin ?

— Bisous avec ou sans la langue ? » intervint Hisaé.

Larry éclata de rire avant de reprendre :

« Je dois vraiment répondre à cette question ?

— Mais non ! Je te demandais si vous vous étiez quittés avec l'amertume de l'adieu ou la promesse d'un possible.

— C'est beau ce que tu dis, Milly, dit-il en hochant la tête avec une moue approbatrice, on ne t'a jamais dit que tu devrais écrire des livres ? Eh bien, on a décidé de s'écrire. Je ne sais pas dans quelle case ça rentre.

— C'est un vent favorable, dis-je de manière péremptoire. Peut-être que ça aboutira sur une relation épistolaire, un amour à distance ou…

— Tu y crois, à ça ? coupa-t-il.

— Je ne sais pas, admis-je. Mais je veux y croire. J'ai sous mes yeux une chic fille qui sort avec l'homme pour qui elle a le béguin depuis ses six ans, et quelqu'un qui a dû changer de pays pour trouver une évidence, alors je crois à l'infini des possibles, oui.

— Et une Milly qui a embrassé son prof hier, aussi ! rajouta Hisaé.

— Ça suffit, je ne discute plus avec toi », plaisantai-je en me tournant vers la vitre par laquelle les paysages verts de l'Écosse défilaient à toute allure.

C'était un mensonge, ça aussi, puisque nous passâmes tout le trajet à bavarder, à jouer aux cartes et à nous amuser.

Au bout de plusieurs heures, nous arrivâmes enfin près d'Inverness, à Muir of Ord, et les cars s'engagèrent sur l'immense route entourée par la forêt qui menait, une fois l'imposant portail dépassé, au cœur du domaine Webster. La propriété m'évoquait la George Heriot's School que nous avions visitée à Édimbourg, avec ses bâtiments très anguleux, mais surplombés à chaque angle de tourelles moyenâgeuses. Les façades de pierres grises étaient par endroit envahies par le lierre dense d'un vert tendre.

Nous fûmes accueillis au milieu de la pelouse par plusieurs hommes en kilt qui nous réservèrent un accueil typique de la région en entonnant un air à la cornemuse. Nous eûmes également le plaisir de voir que Glenn Webster s'était changé pour fouler la terre des siens dans l'habit traditionnel. Nous étions tous descendus des cars et Larry s'était rapproché pour photographier le comité d'accueil. Glenn Webster prononça quelques mots pour remercier nos hôtes et expliquer le détail de la journée. Nous allions nous installer dans l'hôtel avant de prendre une collation dans une des salles de dégustation. Ensuite, nous visiterions le domaine et le soir venu, un grand banquet serait organisé.

Nous mîmes quelque temps à rejoindre le bâtiment hôtelier, le domaine étant tellement vaste que les gens circulaient en voiturettes pour certains, et pour d'autres à cheval. Nous arrivâmes enfin devant l'imposante bâtisse dont la façade était ornée de grands drapeaux en tartan arborant les armoiries de la famille. Je m'enregistrai à l'accueil tandis que les autres regagnaient les dortoirs.

« Bonjour, madame Mill, nous sommes ravis de vous accueillir. Voici votre clé. Votre chambre est située dans l'aile ouest, au quatrième étage, numéro 449.

— Merci », dis-je en prenant la clé de laquelle pendait une breloque représentant un baril de whisky.

Un employé me conduisit jusqu'à ma chambre qui était en réalité une suite, disposant d'un salon indépendant et d'une vaste chambre. La décoration était chaleureuse, locale, mais accueillante. Les murs du salon étaient tapissés d'un tartan vert. Sur les canapés de cuir marron étaient disposés des coussins rappelant ce motif. La chambre était dans les mêmes teintes, alliant des touches de tartan sur les différents coussins du lit blanc, ou encore sur quelques accessoires. Le lieu était typique, mais avec une touche de modernité et de clarté qui ne donnaient pas la sensation d'être enfermé dans une forteresse médiévale, ce qui aurait emporté à jamais mon sommeil loin de moi. Tout était élégant dans cette chambre, de la grande tête de lit en velours gris à la salle de bains en marbre.

Après avoir ouvert ma valise et m'être rafraîchie, je retrouvai Hisaé et Larry dans un des salons au rez-de-chaussée. Ils étaient installés sur un immense canapé Chesterfield vert foncé, près d'une gigantesque cheminée surmontée d'un manteau en bois. Cette décoration se retrouvait partout, se déclinant sous des imprimés écossais à dominance de rouge, de vert ou de blanc.

Nous sortîmes dans les jardins où nous retrouvâmes des élèves de notre promotion amassés autour du Pr. Webster.

« Tout le monde est là ? On va se diviser en plusieurs groupes pour la visite. L'idéal serait de recomposer les groupes dans lesquels vous étiez pour les cours à St-Edward. On va faire toute la visite à pied. Chaque groupe sera guidé par un de mes frères ou une de mes sœurs, alors vous êtes priés de les asséner de questions jusqu'à ce qu'ils en pleurent ! Je compte sur vous ! »

Les élèves rirent à sa plaisanterie. Nous suivîmes donc le groupe et commençâmes la visite par le bâtiment central, le plus important. Celui-ci était réservé à la famille. Y vivaient les parents de Glenn Webster, ainsi que son frère aîné et son épouse, qui géraient une grande majorité de l'exploitation. D'autres membres de sa famille résidaient sur le domaine, mais dans des maisons individuelles que l'on croisait de temps à autre de la balade. Nous passâmes ensuite rapidement devant le bâtiment administratif, de construction plus moderne. Celui-ci avait été construit dix ans auparavant quand l'entreprise avait connu un grand essor.

« Il y a plus d'une centaine de distilleries opérationnelles en Écosse, déclara l'un des frères de Glenn Webster. Chacune a ses propres secrets de fabrication. On fait tous la même chose, mais on le fait tous différemment ! »

Nous étions arrêtés devant le plus gros bâtiment qui semblait être le cœur du domaine. Des employés en combinaison verte en sortaient.

« Est-ce que quelqu'un peut me citer les trois différents types de whiskys écossais ? » demanda-t-il.

Nous nous tournâmes directement vers Larry, toujours l'homme de la situation pour les questions inopinées.

« Allez, l'encouragea Hisaé en lui levant le bras, c'est ton heure de gloire !

— Désolé ! fit-il. Je n'y connais pas grand-chose, pour le coup. Enfin si, je vais essayer. Le "pure malt" ? énonça-t-il à voix haute cette fois-ci.

— Oui, en un sens ! répondit-il. Il y a le "malt whisky", qui est composé d'orge malté, d'eau et de levure. Dans cette catégorie, on retrouve les "pure malt", conçus exclusivement à partir d'orge malté et qui se différencient des "blends", lesquels sont un mélange de whiskys à base d'orge et à base de blé. On distingue également les "single malt" qui désignent les "pure malt" provenant d'une seule et même distillerie. C'est un gage de qualité et notre fierté, chez les Webster ! D'autres idées ? » demanda-t-il et, en l'absence de réponse, il poursuivit : « Il y a également le whisky de grain qui est un assemblage d'orge malté et non malté et de différentes céréales, comme le blé ou le maïs. Et enfin, il existe le "blended whisky" qui est une association complexe entre différents "single malt" et qui peut aller jusqu'à un assemblage de cinquante distilleries différentes. »

Nous pénétrâmes ensuite dans la distillerie dont la partie accessible au public était organisée comme une sorte de musée interactif.

« Voici nos pépites d'or, dit-il en faisant passer un petit seau contenant de l'orge à son auditoire. C'est avec ça que l'on produit notre précieux liquide. La première étape est de tremper l'orge dans l'eau avant de la répartir sur un plateau de malterie pendant la germination. On la cuit ensuite dans une touraille, c'est le gros engin que vous voyez là, pour la sécher avant de la broyer. On raconte qu'un jour, Mère Webster était tellement en colère contre un de ses enfants qu'il disparut dans le broyeur. La légende dit que c'est pour cela que le whisky Webster est le meilleur des Highlands. »

Nous rîmes tous à cette plaisanterie et poursuivîmes la visite, découvrant ensuite comment l'orge moulu était mélangé à de l'eau chaude dans une cuve, jusqu'à produire le moût, la base de l'alcool.

« Les grandes cuves en bois que vous voyez ici sont appelées *washbacks*, ce sont des cuves de fermentation. On y ajoute la levure afin que les sucres se transforment en alcool. Nos cuves sont en mélèze d'Écosse, une tradition que l'on conserve précieusement tandis que les autres distilleries ont depuis longtemps préféré l'acier inoxydable qui permet, certes, de mieux contrôler la température optimale de fermentation, mais qui enlève un certain charme ! On ne peut pas tous faire le meilleur whisky, n'est-ce pas ? » plaisanta-t-il.

Nous arrivâmes ensuite dans une salle qui présentait des cuves cuivrées de formes particulières que je comparai à des sortes de trompettes inversées, Larry à des tees de golf à l'envers.

« Ces étranges cuves sont appelées *wash still* et *spirit still*, reprit notre guide en les pointant du doigt. Une fois la transformation des sucres en alcool, on reprend le *wash* liquide pour le chauffer dans ces cuves. Le cœur du malt va être prélevé et transvasé dans des fûts de chêne jusqu'à la maturation. Et c'est ainsi qu'on fait le meilleur whisky du monde ! conclut-il son explication. Des questions ? »

Quelques élèves l'interrogèrent sur les différences entre les distilleries du coin et lui demandèrent quels étaient les impacts gustatifs de l'utilisation des cuves en acier. Hisaé en profita pour me dire sur le ton de la plaisanterie :

« Dis, ça aurait bien passionné Willa ces histoires de fermentation ! »

Je ris à sa remarque, touchée qu'elle ait retenu autant de détails sur notre famille.

« Je vous invite donc à descendre les escaliers jusqu'à la boutique de souvenirs ! On vous a prévu une dégustation juste avant la soirée ! Vous pourrez retrouver nos whiskys, mais aussi tout un tas de produits dérivés imaginés par la sœur de votre prof préféré ! Allez-y, c'est par là ! »

La visite m'avait paru ne durer que quelques secondes tant j'avais été enivrée par la magie hypnotique de notre guide, comme je pouvais l'être quand j'écoutais Larry, le Pr. Webster ou encore Alphard parler avec passion – je n'avais d'ailleurs pas croisé ce dernier parmi la foule d'étudiants et d'accompagnateurs.

Nous regagnâmes l'hôtel après quelques achats dans la boutique de souvenirs et nous installâmes dans un des nombreux salons pour prendre un thé bien chaud accompagné de quelques biscuits.

« Il doit être blindé, le Pr. Webster, lança Hisaé entre deux gorgées de thé brûlant.

— Sa famille, oui. Je crois qu'il a quelques actions dans l'entreprise, répondit Larry.

— Comment tu sais ça, toi ?

— Je discute parfois avec lui, il est vachement sympa et me donne plein de conseils pour la fac. Il m'a raconté que ça a été un peu un scandale à l'époque quand il est parti. C'était le premier enfant à ne pas vouloir travailler dans la distillerie. Il est arrivé dans notre fac dans le cadre d'un échange scolaire et il a rencontré Alphard Burton et Bernus Saint-Paul.

— C'est qui ça ? demanda-t-elle.

— Le professeur d'histoire coloniale !

— Ah oui, c'est vrai ! C'est dingue qu'ils se connaissent tous depuis si longtemps !

— Oui, ils sont meilleurs amis depuis les premiers jours. Webster et Burton ont d'ailleurs chacun épousé leur copine de fac qui étaient elles-mêmes meilleures amies. »

L'évocation de l'ex-femme d'Alphard et de leur histoire si ancienne me fit grimacer.

« Oh, désolé, Milly, dit Larry, un peu gêné.

— Il n'y a aucun souci, répondis-je.

— Il t'en a un peu parlé ? me demanda Hisaé.

— Non, mais je l'ai vue une fois avec leur bébé… Il m'a dit qu'ils avaient divorcé il y a un an.

— Leur bébé ? Elle s'est peut-être remariée.

— Je ne sais pas, il avait l'air d'avoir six ou sept mois. Enfin moins d'un an, c'est sûr.

— Attends, dit-elle en comptant sur ses doigts, ça voudrait dire qu'ils ont entamé le divorce quand elle était enceinte ? C'est chaud ! »

Je cassai un biscuit en mille morceaux pour canaliser mon énergie sur autre chose que sur le calcul du divorce d'Alphard. Depuis la Saint-Valentin, nous n'avions pas reparlé de cette rencontre, et j'ignorais tout de ce qui l'avait séparé de cette femme aux cheveux châtains et au visage angélique. Larry changea de conversation et je lui en fus profondément reconnaissante.

Après le thé, je montai dans ma chambre, rejointe quelques minutes plus tard par Hisaé venue se préparer en ma compagnie. Je fus raccord avec le code couleur de la suite puisque j'enfilai une robe en sequins à épaulettes vert émeraude et resserrée à la taille par un gros nœud en velours noir. Après avoir remonté la fermeture de sa robe parme, Hisaé s'occupa de mes cheveux avec la même application qu'à Édimbourg.

La soirée était organisée dans une des salles de réception réservées aux mariages. Nous y découvrîmes deux immenses tables en bois sur lesquelles avaient été dressés des couverts en argent, des gobelets métalliques qui semblaient sortir tout droit d'une autre époque et un chemin de table infiniment long en tartan rouge. La salle était de pierre et de bois, les murs recouverts de tapisseries traditionnelles et de divers blasons, épées et autres trésors familiaux. Nous entendîmes quelqu'un expliquer que le repas aurait lieu et qu'ensuite, nous aurions droit à une dégustation dans un des salons de réception.

Nous prîmes place tous les trois à une table qui était encore vide, tirant les lourdes chaises médiévales en bois sculpté. Nous vîmes Zach et Jenna installés à la table d'en face et je fus satisfaite de cette séparation.

Passant le pas de la porte apparut enfin le seul visage familier que je cherchais ardemment parmi la foule d'inconnus. Alphard, vêtu d'un costume en tweed gris, s'avança dans la pièce en compagnie de Glenn Webster qui parlait avec enthousiasme, toujours habillé de son habit traditionnel. Il ne l'écoutait que distraitement, occupé à fouiller la pièce du regard, sans doute en quête d'une fleur perdue dans un champ ; Larry se leva brusquement pour signaler notre présence.

« Désolé, dit-il, je pensais bien faire, je ne sais pas si j'aurais dû, mais il avait l'air de te chercher. »

Alphard et Glenn se rapprochèrent, mais pas assez rapidement pour que les places à côté des nôtres demeurent vides. Nous fûmes donc séparés par des élèves de notre promotion, mais ils vinrent tout de même nous saluer.

« Alors, Larry, tu as trouvé ton Barbe Rousse pour la soirée ? le taquina Glenn, en référence à son gage à Édimbourg. Vous avez presque la couleur d'un chardon d'Écosse », dit-il à Hisaé.

Alphard m'adressa un simple sourire, et ils retournèrent à leur place.

« Le prof te tutoie, toi, maintenant ! plaisanta Hisaé en fixant Larry.

— Eh ouais, je suis son chouchou ! »

Le repas fut alors servi. Le personnel déposa d'immenses plateaux en argent sur lesquels reposaient d'épais morceaux de viande sanguinolents. Je n'osais même pas me servir en légumes puisque ces derniers trempaient dans une sauce dans laquelle flottaient des caillots de sang. Mon assiette demeura donc vide. Je sursautai quand une main se posa sur mon épaule.

« Milly, vous ne mangez rien ? s'inquiéta le Pr. Webster.

— Non, je suis végétarienne, répondis-je.

— OK, j'ai cru que vous vous sentiez mal. Vous ne voulez même pas prendre des légumes ? Ah, fit-il en observant le plat, ça baigne un peu, c'est ça ? Je vais aller voir en cuisine. »

Il revint quelques minutes plus tard, bredouille, les légumes ayant été cuits avec la viande. Il me promit de donner des consignes pour les prochains repas et je le remerciai pour sa sollicitude.

Après le dessert, le traditionnel *cranachan* à base de framboises, de flocons d'avoine et de whisky, nous quittâmes la salle de réception pour l'un des salons où des serveurs en kilt nous attendaient avec des plateaux sur lesquels étaient disposés des verres remplis de whisky. Comme il n'y avait pas d'autres boissons proposées, je n'eus pas le choix que d'user de ma technique qui consistait à tremper mes lèvres de temps à autre – un art que je maîtrisais de mieux en mieux ! Les frères Webster racontaient des histoires sur la distillerie, et bientôt un brouhaha de rires et de paroles se fit entendre. Je vis Alphard percer la foule pour se rapprocher d'Hisaé et moi, Larry nous ayant délaissées pour son reportage photo.

« Je vais vous laisser, chuchota-t-elle en le voyant non loin de nous. Bonsoir, professeur Burton ! fit-elle au passage.

— Bonsoir, mademoiselle Bloomberg. Milly, me salua-t-il sobrement. Je vois que vous vivez un calvaire similaire au mien avec votre whisky.

— Vous croyez qu'ils boivent autre chose que du whisky ? ris-je.

— Je crains devoir affirmer que non », plaisanta-t-il en retour.

Un silence gêné s'installa et, en le voyant devant moi, je réalisai que je ne l'avais pas recroisé depuis le dernier soir en Écosse.

« J'ai cru que vous m'évitiez, fit-il en détournant la tête comme s'il observait la foule.

— Pourquoi aurais-je fait cela ?

— Je ne sais pas, dit-il en me souriant, vous auriez pu regretter.

— J'ai passé beaucoup trop de temps à espérer pour un jour le regretter. »

Larry nous rejoignit et nous profitâmes de la soirée et des plaisanteries de Glenn Webster. Celui-ci, en compagnie de ses frères, aurait pu mener un spectacle d'humoristes. Mes abdominaux me tiraillaient, tant j'avais ri, en compagnie de Larry, mon fidèle ami, d'Hisaé, que je souhaitais un jour pouvoir nommer ainsi, et d'Alphard, dont j'attendais avec impatience l'attribution d'un statut dans ma vie.

Hisaé, qui bâillait depuis quelque temps, prit congé de l'assemblée, et je la suivis, adressant un regard insistant à Alphard. Avant de monter dans ma chambre, je m'approchai de la standardiste de nuit.

« Bonsoir, je suis mademoiselle Mill, chambre 449. Auriez-vous une carte avec une enveloppe s'il vous plaît ? J'aimerais que vous fassiez passer un mot à un certain Rudolf Banart, s'il se présente à l'accueil.

— Bien sûr, mademoiselle. Tenez », dit-elle en me tendant le papier.

J'inscrivis seulement quelques mots et fermai l'enveloppe avant de prendre l'ascenseur. Alors que je regardais les étages défiler, j'espérais plus que tout qu'il la décachetterait pour y lire : « Chambre 449. Daisy. »

Je pénétrai dans ma chambre, les mains moites, le cœur tambourinant dans ma poitrine. Je restai sur le canapé, silencieuse, attendant sa venue qui ne se jouait que sur des probabilités. Celle qu'il quitte maintenant la soirée, qu'il prenne la peine d'aller voir la standardiste et qu'un changement de personnel n'ait pas relégué ma requête aux oubliettes. J'étais à la fois impatiente, et terrifiée. Je n'avais pas eu d'intimité avec un homme depuis plusieurs années maintenant. Je laissai passer une demi-heure puis décidai d'aller noyer ma frustration sous une bonne douche avant de laisser le sommeil me gagner. Mais deux impacts sur le bois avortèrent mes plans de secours.

Je me dirigeai vers la porte, sachant pertinemment qu'Alphard serait derrière. Le message toujours en main, il fit un pas en silence pour entrer dans ma suite, soutenant mon regard avec gravité. Il n'y avait besoin d'aucun mot, d'aucun son excepté celui de sa respiration mêlée à la mienne. Il approcha ses mains de mon visage et m'embrassa avec la même urgence que la première fois, laissant ses lèvres parcourir mon cou et ses mains s'approprier mes courbes. J'agrippai sa nuque, ses cheveux, ses épaules, et pressai mon corps contre le sien, encouragée par ses bras qui m'emprisonnaient. J'enlevai sa veste et il descendit la fermeture de ma robe dans un geste mal assuré. Je sentis ses mains rêches, griffées par le papier, dénuder mes épaules et caresser chaque parcelle de ma peau. Il n'y avait rien que je souhaitais plus au monde que d'être ainsi dans ses bras. Nous parvînmes jusqu'à la chambre, refusant de nous échapper l'un de l'autre ne serait-ce qu'une fraction de seconde, et tombâmes sur le lit, nous dévêtant un peu plus jusqu'à ce que plus aucun morceau de tissu ne sépare le corps de l'autre. J'étais dans l'apnée du désir, asphyxiée par ses lèvres et ne reprenant mon souffle que lorsqu'il embrassait mon cou, ma poitrine ou mes épaules. Ses bras entouraient mon corps avec force, se détachant parfois pour laisser ses doigts caresser mes jambes ou souligner la courbe de mon sein avant de se resserrer autour de mon cou pour m'embrasser. Aucun mot ne pouvait décrire ce mélange des sens, sa respiration que je sentais sur ma peau, sa moustache picotant mes lèvres, son odeur dont je voulais demeurer imprégnée, ses lèvres, sa langue, sa voix, aussi. L'ivresse de son corps dans le mien. Et lorsqu'il se retira, épuisé, essoufflé, et qu'il continua à recouvrir mes épaules de minuscules baisers, je ne pus me retenir de rire.

« Je ne sais pas comment je dois le prendre, parvint-il à articuler.

— Non, rien, dis-je en l'observant se redresser.

— Vous venez de rire, vous êtes obligée de vous expliquer, mademoiselle Davis, dit-il en recoiffant ses cheveux en arrière.

— Je pensais à Isadorah. Je me félicitais d'avoir écrit un livre où les mœurs m'empêchent de décrire une scène comme celle-ci. Je serais incapable de retranscrire ce qui vient de se passer.

— Très bien, dit-il en écartant la couette pour me surplomber de son corps, tu veux qu'on le refasse pour que tu puisses bien penser ton texte ? »

Il me chatouillait de ses baisers dans mon cou.

« Vous me tutoyez, maintenant ? dis-je, riant des picotements de sa moustache sur ma peau.

— Milly Davis, je viens de te faire l'amour et je m'apprête à le refaire. Je pense que te vouvoyer est la dernière réserve entre nous. »

Mes lèvres demeurèrent silencieuses, occupées à lui répondre au plus près des siennes.

13

« Milly… Milly, réveille-toi. »

Je sentais le buste d'Alphard contre mon dos, sa main caressant mes épaules, mes omoplates et ma clavicule. Un réveil en douceur dont je ne voulais être arrachée trop rapidement.

« Milly, reprit-il en embrassant ma nuque, il faut que je retourne à ma chambre pour me changer.

— Tu peux prendre une douche ici, grommelai-je, pas encore très bien réveillée.

— Il faut que je me change, surtout.

— Alphard Burton, penses-tu que quelqu'un d'autre que moi remarque la nuance de marron de tes costumes en tweed ?

— Certes, mais je préfère qu'on ne remarque pas le froissement de la chemise que tu as lancée en boule dans un coin de la pièce hier. »

Je me redressai, lui faisant enfin face, et je sus à ce moment-là qu'aucun matin ne pourrait jamais rivaliser avec ceux en sa présence.

« Tu aurais préféré que je m'absente quelques minutes pour aller la déposer sur un cintre ?

— Pour rien au monde, dit-il avant de m'embrasser et de m'entourer d'un bras qui s'enroula en diagonale dans mon dos, finissant sa course en agrippant mon épaule. Je te retrouve plus tard. »

Il m'adressa un dernier baiser et quitta la chambre. Je le vis ramasser petit à petit les vêtements disséminés au sol. Un bruit de tissu et de boucle de ceinture plus tard, la porte me signala son départ. Je pris une douche, regrettant toutefois de quitter l'odeur de sa peau contre la mienne, et me préparai pour notre première journée à Inverness.

« Bonjour à toutes et à tous, j'espère que vous avez bien dormi et qu'aucun fantôme Webster n'est venu perturber votre sommeil ! lança Glenn Webster pendant le petit-déjeuner. Aujourd'hui, on part à Inverness pour la journée. Nous allons prendre le car pendant une trentaine de minutes qui nous déposera à l'entrée de la ville. Habillez-vous chaudement, car les vents sont froids ! Bonne matinée ! »

J'avais retrouvé Hisaé et Larry à la table du petit-déjeuner, occupés à déguster des porridges fumants. Une multitude de bols vides étaient posés sur les longues tables, invitant les convives à les remplir de différents fruits, secs ou frais, et autres céréales. Il y avait aussi ce qui ressemblait à un petit-déjeuner anglais, avec des œufs, du bacon, des champignons et des haricots, mais avec quelques spécialités comme des galettes de pomme de terre appelées *tattie scones* et d'étranges saucisses rectangulaires. Les plus téméraires pouvaient même goûter le *haggis* de bon matin, mais, à part quelques curieux relevant un défi, la panse de brebis farcie ne fit pas l'unanimité.

Nous arrivâmes à Inverness, quittant la chaleur du car pour le vent froid et saisissant qui semblait diffuser la fraîcheur du Ness, le fameux fleuve naissant du loch Ness et se jetant dans le Moray Firth. La ville, considérée comme la capitale des Highlands, s'étirait autour de lui. Nous commençâmes par une balade le long des rives, avant de nous diriger vers le château d'Inverness, une imposante bâtisse de grès rouge qui faisait office de palais de justice. Bien qu'il soit impossible de le visiter, nous prîmes plaisir à en longer l'enceinte, la nuque endolorie à force de contempler les sommets et les tours qui devaient sans doute offrir une vue panoramique incroyable. Le lieu semblait flotter au milieu de l'eau.

Nous passâmes ensuite à l'histoire de la cathédrale de Saint Andrew, connue pour son habit de grès rose et ses deux tours entourant l'un des plus gros vitraux d'Écosse. Après le déjeuner, nous partîmes pour deux heures de marche pour découvrir les Ness Islands, ces îles de verdure au bord de l'eau accessibles par de petits ponts. J'étais émerveillée par la nature, par l'air si pur que l'on inspirait. Il y avait un calme majestueux qu'aucune foule de touristes ne pouvait altérer. La nature était reine.

Nous retournâmes à la distillerie en fin de journée et le début d'une nouvelle routine s'installa : Larry, Hisaé et moi prenions le thé dans l'un des salons puis nous nous séparions, chacun regagnant sa chambre. J'en profitais alors pour écrire dans mon journal les différentes étapes de la journée, collant avec le peu de matériel que j'avais emporté avec moi les brochures que j'avais collectées lors de la journée, les différents tickets de caisse et les cartes des visites. Je griffonnais des anecdotes, déchirais quelques flyers publicitaires afin de donner de la texture à mes pages du jour. J'avais ramassé quelques branchages et feuilles lors des balades sur les rives que je décidai de compresser entre les pages d'un livre afin de les utiliser plus tard. Après le repas, nous restions avec les autres, dans un des salons où l'on pouvait prendre un verre de whisky en compagnie de la famille Webster et de tous les élèves. Souvent, Ally Rifkin se mêlait aux conversations que nous avions, Hisaé et moi, et nous lui découvrîmes, sobre, une personnalité intéressante. Larry, qui tenait toujours son rôle de reporter-photo, était appliqué à sa tâche, mais distrait en permanence. Un voile de tristesse s'était installé sur son visage, et j'en comprenais aisément la cause en voyant son sourire chagrin lorsqu'il consultait un message.

Le soir, Alphard me rejoignait dans ma chambre. Nous laissions le langage corporel s'exprimer après des mois de silence.

Au deuxième jour de ce voyage dans les Highlands, nous partîmes sur les traces de la créature du Loch Ness, et je fus ravie de voir la bonne humeur de Larry revenir à l'évocation de ce mystère légendaire. Glenn Webster avait réservé une visite avec des guides hors des sentiers battus, préférant raconter des anecdotes sur le fameux monstre Nessie plutôt que sur les détails scientifiques de profondeur et d'étendue d'eau.

« Depuis 2018, commença l'un des guides, une équipe de chercheurs scientifiques menée par Neil Gemmel de l'université d'Otago travaille sur différents échantillons d'eau prélevés dans le lac. Chaque créature marine laisse une trace sur son passage, qu'il s'agisse d'urine, d'écailles ou encore de peau. Le travail des chercheurs est de recenser l'ADN afin de déterminer la preuve de l'existence de notre Nessie. Alors oui, ils vous diront tous qu'ils ne croient pas à cette histoire, mais entre nous : qui passerait des années d'étude à analyser le pipi des poissons simplement pour passer le temps ? »

Le guide s'interrompit, laissant les rires fuser, et reprit :

« Aucun Écossais n'est convaincu de l'inexistence de Nessie, quoi qu'ils en disent ! Cela fait 1 500 ans que des équipes de chercheurs viennent analyser le plancton, les algues, en gros toute la biodiversité. Tant d'acharnement uniquement pour prouver qu'il n'y a rien ? À d'autres, mesdames et messieurs ! Je n'y crois pas. En 1987, l'opération Deepscan – qui est la plus grosse à ce jour – a balayé le Loch avec des sonars. Résultat ? Pas de monstre, selon eux, mais trois grosses masses non identifiées. Pourtant, près de quarante ans plus tard, on continue les analyses… »

Nous visitâmes ensuite le musée du Loch Ness où je ne résistai pas à l'achat de deux petites peluches représentant le monstre légendaire pour Eleanor et Samuel. Hisaé, qui n'avait peur de rien, s'offrit la plus grosse peluche du magasin, et, en la voyant ressortir avec cette imposante bestiole verte, je m'interrogeai sur la place que nous aurions encore dans le car.

L'une de mes visites favorites fut celle des ruines du château d'Urquhart, le gardien du lac, vestiges d'une forteresse surplombant la verdure du Loch. Nous pûmes gravir la tour principale et fouler des marches fragiles de ce qui fut jadis l'un des plus grands châteaux médiévaux d'Écosse. Il régnait une atmosphère de solennité, la majestueuse dignité des pierres achevant leur office. Sur une pointe de terre, le vent puissant encouragé par l'étendue d'eau du Loch s'infiltrait avec puissance entre les ruines, et ce sifflement naturel donnait le sentiment d'une présence. La voix silencieuse de ceux qui ne parleront plus, menée par le souffle du vent.

Nous reprîmes ensuite le car pour nous rendre au Glen Affric, l'une des plus belles vallées d'Écosse. Le Pr. Webster avait organisé une petite randonnée autour du Loch Affric, nous permettant de découvrir la majesté du lieu dans son entièreté. Aucune photo, aucune brochure ne pouvait rendre justice à la splendeur du panorama. C'était à couper le souffle. Autour de l'eau s'étendait une flore variée et foisonnante, des plaines de végétation rousse et des forêts de vert. Au loin se dressaient les pics escarpés des montagnes qui se reflétaient dans le lac. Je n'arrivais à assimiler aucun détail technique, trouvant presque barbare et ridicule la simple évocation des forêts de pins, de chênes et de bouleaux, préférant entendre le bruit du vent dans les arbres, le silence altéré par les mouvements de l'eau, et la terre ancestrale qui étouffait nos pas.

Nous arrivâmes enfin à Plodda Falls, connue pour être l'une des chutes d'eau les plus spectaculaires d'Écosse, et dont la puissance de l'eau projetée à plusieurs mètres du sol nous éclaboussa copieusement. Je regardai Larry, les joues rouges après la randonnée, l'air épuisé, le visage trempé, mais fendu d'un sourire indescriptible, à l'image de ce que l'on ressentait face à la magnificence de la nature. Le retour en car s'était fait dans le silence, les élèves étant encore plongés dans les images du jour ou endormis après la marche épuisante. La journée avait été somptueuse.

Le reste de la semaine fut un enchaînement de diverses visites, allant du Fort George au Cawdor Castle en passant par le Culloden Battlefield qui nous fut présenté sous forme de scénarios – Larry ne cacha pas sa déception de n'avoir pu faire une reconstitution de la bataille en tenue d'époque. À mesure que nous découvrions l'histoire des Highlands, je ressentais un sublime mélange de tradition et de magie. Je comprenais désormais la conviction des Écossais en l'existence de Nessie : fouler ces terres faisait croire aux légendes. Et sans doute que moi aussi, désormais, je maintiendrai devant quiconque que nous avions peut-être entendu le souffle d'une banshee et que le délicieux porridge des Webster était préparé par un brownie, un petit génie domestique qui habitait parfois les demeures. L'Écosse donnait force aux croyances et vie aux légendes.

Malgré le réveil aux aurores, qui mit fin aux quelques heures de sommeil que nous avions concédé à avoir avec Alphard, je fus extatique à l'idée de sortir du lit pour partir explorer l'île de Skye. Il avait anticipé ce lever matinal et avait préféré ramener ses affaires pour se préparer ici plutôt que de repasser par la chambre qu'il partageait avec Glenn, lui permettant ainsi de rester quelques minutes de plus dans les bras de Morphée. Son nécessaire de toilette correspondait à l'image que je m'en étais faite, regroupé dans une trousse en cuir usée de laquelle il tira un peigne en os. Il avait noué sa serviette autour de sa taille, la peau encore humide de sa douche. Alors que j'étais affairée à me préparer à ses côtés, je pris quelques instants pour contempler la scène que le miroir me renvoyait. La brosse de mon mascara en suspens, j'observais Alphard, très concentré, tailler sa moustache à l'aide d'une minuscule paire de ciseaux en argent ciselé qui semblait ancienne. Ses joues étaient ombrées d'une barbe de quelques jours dans laquelle les contours de sa moustache se perdaient. Je trouvais qu'il y avait quelque chose de très solennel dans l'image de deux individus qui se préparent pour passer un nouveau jour ensemble.

« Mademoiselle Davis, baragouina-t-il sans quitter le miroir des yeux, sa bouche tordue en une grimace facilitant la taille de sa moustache, vous allez être en retard si vous continuez à m'observer ainsi. »

Je lui souris tendrement, incapable de lui répondre que je souhaitais photographier mentalement l'image de cette intimité matinale que partagent les gens qui s'aiment. Il n'attendait aucune réponse, de toute évidence et, avant de quitter la salle de bains, il m'attrapa pour m'embrasser, laissant au-dessus de mes lèvres quelques gouttes d'eau. Nous profitâmes jusque dans l'ascenseur des quelques minutes d'intimité qui nous restaient, des quelques secondes pendant lesquelles Alphard pouvait embrasser Milly, avant de respecter à nouveau la distance de rigueur entre le Pr. Burton et Mlle Davis.

Le jour n'avait pas encore point lorsque nous prîmes place dans le car, et Hisaé poursuivit sa nuit, la tête enfouie dans son Nessie géant. J'aurais trouvé ça très mignon si je n'avais pas été paniquée à l'idée que sa peluche touche les tissus bariolés du car.

Les élèves commencèrent petit à petit à sortir de leur léthargie au moment de la traversée du pont de Kyle of Lochalsh, communément appelé « le pont de Skye », suspendu au-dessus de l'eau sous la surveillance solennelle des montagnes qui se dressaient au loin.

Nous descendîmes du car, surexcités, et retrouvâmes le Pr. Webster.

« Vous foulez aujourd'hui le sol des terres ancestrales des MacLeod et des MacDonald, sous domination écossaise depuis le XIIIe siècle, lança-t-il à l'assemblée. J'espère que vous vous êtes bien reposés dans le car, parce que la journée s'annonce chargée ! On va commencer par le massif du Cuillin et par les Fairy Pools. Ensuite, on va remonter jusqu'à Dunvegan Castle. Avant de rentrer à Muir of Ord, on passera par le château d'Eilean Donan et la vallée de Glencoe. Si vous n'avez pas de questions, en route ! »

Il était à peine sept heures du matin quand nous commençâmes la marche dans le massif du Cuillin. Nous pûmes admirer, presque ensevelie sous la brume, la jolie ville de Portree et ses petites maisons colorées. Le lieu était merveilleux et l'heure si matinale était finalement une aubaine, conférant une atmosphère hors du temps et magique avec le brouillard épais qui se dissipait petit à petit.

Nous marchâmes pendant 1,5 kilomètre sur un sentier au pied du massif du Cuillin, longeant la rivière Allt Coir' a' Mhadaidh. L'endroit était féérique. J'imaginais autour de nous la présence de petits êtres mystiques en train d'observer ces mortels ignorants de tout pénétrer leur merveilleuse nature.

Nous arrivâmes enfin au bout du sentier, découvrant la beauté des Fairy Pools, ces piscines naturelles murmurant une mélodie cristalline. Tout était calme, l'espace sonore et visuel empli par la solennité de la Nature. Nous foulions des pierres hors des sentiers que jadis des clans avaient foulées, des étendues d'herbe brûlées par le froid piétinées par des Vikings. Le Pr. Webster n'eut pas besoin de nous demander de toucher les pierres anciennement maculées de sang pour que l'on prenne la mesure du trésor historique sur lequel nous marchions. Tout était sacré, marqué par l'Histoire que ni le temps ni l'oubli ne pourrait altérer.

Après une centaine de photos de cascades et de nature, nous reprîmes le car jusqu'au Dunvegan Castle, le fief du clan MacLeod, habité depuis 800 ans par la même famille. Construit au XIIIe siècle, le château arborait, depuis sa reconstruction au XIXe, des allures de forteresse médiévale. Notre guide nous fit tout d'abord faire le tour de l'édifice, perché sur la haute roche dans laquelle il avait été taillé, surplombant le Loch.

« Imaginez-vous arriver par la mer, percer les flots du Loch Dunvegan avec votre bateau. La bâtisse et ses diverses tours de surveillance devaient décourager plus d'un Viking ! Si j'avais été à leur place, j'aurais regretté de ne pas avoir eu un mode marche-arrière sur le navire ! » plaisanta-t-il.

Nous pénétrâmes ensuite dans le château, découvrant d'imposants portraits et autres trésors des révoltes jacobites, accompagnés d'anecdotes et de légendes autour de cette période sanglante.

« Venez par ici ! Nous sommes dans la Fairy Room, déclara-t-il en se postant devant un cadre sobre, protégeant une sorte de tissu déchiré. Vous pouvez voir derrière moi le Fairy Flag, une des légendes les plus passionnantes du clan MacLeod. Les vestiges de cette bannière de soie dateraient du VIIe siècle ; on la pense originaire de Rhodes. La légende raconte que le quatrième chef du clan MacLeod aurait un jour fait la rencontre d'une fée, la suivant jusqu'à son royaume dans une ambiance amicale et magique. Avant de le quitter, la fée lui aurait offert ce drapeau magique, censé apporter paix et protection à son clan. Quand on voit que le clan MacLeod n'a jamais quitté le château malgré les habitudes plutôt barbares de l'époque, on peut dire que ça a plutôt bien marché ! »

Après la visite du château, nous allâmes jusqu'à la péninsule de Waternish, calme, sobre et mélancolique. Il me semblait que les maisons blanches du hameau de Stein offraient des havres de paix et de volupté. J'imaginais sans peine que le calme de cet endroit, les balades sur les falaises enrobées par le vent, furent l'essence de créations, de recueils de poésie, d'écrits romantiques et tragiques ou de sagas fantastiques planant sur les légendes. Je pensais à Lyrah, ma petite fée créative, et l'imaginais s'émerveiller de ce spectacle, se demandant si le lieu où l'on peint influence la réalisation. Il faudrait que je le lui suggère à mon retour.

Puis nous reprîmes la route jusqu'au château d'Eilean Donan, à la sortie de l'île de Skye, accessible depuis un pont en pierre qui menait jusqu'à cet îlot de nature. Le château, qui se dressait au milieu des Lochs, des montagnes et des forêts, fut construit pour défendre la région contre les attaques vikings, puis détruit lors des révoltes jacobites. L'édifice était célèbre pour ses nombreuses apparitions dans des films et séries télévisées, et les reconstitutions des décors d'époque rendaient la visite passionnante, Larry ne cessant d'enclencher le bouton de l'appareil photo.

Enfin, nous roulâmes jusqu'à la vallée de Glen Coe et je fus émue aux larmes devant la beauté de ce lieu qui irradiait malgré les drames qu'il avait connus. Sous le soleil couchant, la brume accompagnant le sommeil du jour, comme un drap tiré pour trouver du repos, Glenn Webster nous raconta comment cette merveilleuse vallée fut le théâtre du massacre sanglant du clan MacDonald. Je repensais à Corrag, cette sorcière dont j'avais lu l'histoire, et l'imaginais, sa tignasse de jais emmêlée, parcourant pieds nus les pierres, l'herbe, à la recherche d'une abeille, d'une fleur et de son odeur, de plantes et de contact avec la nature, son essence. Je repensais à tous les écrits de *nature writing* que j'avais pu lire, à tous ces best-sellers promettant des voyages, des transports dans des lieux lointains. Mais, parfois, rien ne valait le ressenti, le moment que l'on vit plutôt qu'on ne lit. Il arrivait que la magie des mots s'arrête devant la puissance du vivant.

Cette visite m'ébranla, je ressentais encore l'essence du lieu et son intensité. La sensation de n'avoir été qu'une infime particule de vie, à un infime instant de l'existant. Le soir venu, malgré la fatigue et le corps impatient de s'étendre, je restai assise sur le lit, les jambes croisées, les cheveux emmêlés, réchauffée par le cardigan en laine d'Alphard, et lui racontai, intarissable, combien j'avais été subjuguée par cette immensité. Il m'observait, les bras croisés derrière la tête, me souriant avec affection.

« Je crois que je ne me lasserai jamais de t'écouter parler et de te voir à moitié nue dans mon gilet, Milly. »

Nous n'avions pas parlé du retour à la normalité, de ce que cette routine deviendrait une fois rentrés d'Écosse. J'appréhendais autant la mélancolie de quitter ce pays qui m'avait tant appris, tant donné et émerveillée, que de perdre ce quotidien dans ses bras.

J'espérais que l'éternité qu'il évoquait deviendrait réalité.

Samedi 10 avril,
Maison.

Chère Lyrah,

J'ai l'impression de ne pas t'avoir écrit depuis une éternité, quand bien même je ne fus partie que quelques jours. C'est l'illustration même de la force des habitudes, dont un seul bouleversement fait paraître le temps distendu. Nous sommes arrivés dans l'après-midi, après de longues heures de car. Je t'écris ce soir, au coin du feu de la cheminée de mon salon, après avoir passé quelques moments précieux en famille, à distribuer les souvenirs ramenés d'Écosse. Quel voyage, Lyrah… Mais avant de te parler de moi, je reprends ta lettre et te réponds point par point.

Je suis heureuse de savoir que ton voyage à Milan s'est bien passé ! Oscar a dû te manquer, j'en suis certaine. La beauté de ton enveloppe ne cesse de faire son effet : à chaque fois que mes yeux se posent sur le travail de déclinaison de rouge et de vert du drapeau italien, je suis subjuguée comme au premier coup d'œil lorsque je la vis sur mon bureau. Malheureusement, elle a été un peu endommagée, et les tampons et timbres ont été arrachés... Je suis contente en tout cas qu'elle me soit parvenue.

Merci pour les petites illustrations que tu as glissées dans celle-ci. Ton croquis à main levée du Duomo est magnifique. J'imagine ta classe, assise par terre au milieu des pigeons que tu décris, à tenter de conserver son sérieux pour rendre hommage à l'imposant édifice qui lui fait face. Je suis intriguée par l'un des croquis que tu as faits, celui du Duomo, qui me semble dessiné depuis la gauche, en hauteur. As-tu trouvé une terrasse ?

Mon passage préféré de ta lettre fut le récit de la remontée du lac de Côme. Ta description des petites villes, des bâtiments imbriqués les uns dans les autres, les couleurs terracotta et ocre, les escaliers minuscules menant à des rues tout aussi étroites... Je sentais presque la chaleur étouffante de ces labyrinthes ! Il est certain, à la lecture de tes mots, que la déclinaison de couleurs qui s'est déployée sous tes yeux est restée imprégnée en toi. J'ai hâte que tu me parles de tes inspirations prochaines.

Je dois t'avouer avoir failli postillonner de rire sur ma lettre quand tu as évoqué la carte postale que tu as choisie pour Oscar... Comment a-t-il pris la réception de cette photo centrée sur le pénis d'une statue grecque ?

J'ai à peine eu le temps de voir Eleanor et Samuel. Willa et Eddy avaient l'air exténués et, une fois le thé avalé et les cadeaux re-

çus, ils sont rentrés rapidement chez eux. Les jumeaux deviennent tellement potelés, ils sont adorables.

Le voyage en Écosse a été riche en émotions. Je ne sais même pas par où commencer. Tout d'abord, je parlerai du pays en lui-même. Je crois que demeure en moi un sentiment de sacré. Je ne m'attendais pas à ressentir autant de force et de puissance dans ce pays de légendes. Je te joins plusieurs cartes postales, notamment des Highlands, que j'ai collectées pour toi. Je n'oublierai jamais la vallée de Glen Coe. Une partie de moi est restée là-bas.

Tu ne devineras jamais, mais Larry a trouvé une amoureuse. Je sais que tu vas rire en lisant cette phrase si enfantine, mais je crois qu'il n'y a pas d'autres moyens de décrire cet épisode du voyage. Lors de la première semaine à Édimbourg, nous avons été encadrés par plusieurs référents des différents départements historiques. Il y avait cette jeune femme, Geillis, référente du département d'archéologie. Ils sont tombés amoureux, j'en suis sûre. Je ne suis pas certaine de croire au concept de coup de foudre, mais ces instants auxquels j'ai assisté me donnent la certitude que quelques secondes, quelques heures seulement peuvent sceller deux vies l'une à l'autre. Les voir ensemble était une évidence. Larry vit très mal ce retour. C'est fou, je pensais qu'il craquait vraiment pour Hisaé. Je me rends compte, avec le recul, que c'était sans doute par timidité de parler à une jolie fille. Larry est parfois vieux jeu.

En parlant d'Hisaé, tu ne peux pas imaginer l'évolution dans nos rapports. Nous sommes devenues bonnes copines, je crois, et j'ai hâte de voir ce que le retour à la normale produira sur notre relation naissante. Et, à ce sujet, il y en a une autre, de relation naissante...

Chère Lyrah, je crois n'être jamais totalement entrée dans les détails des sentiments qui grandissaient en moi pour Alphard Burton. Par timidité, sans doute ; par peur d'être jugée, aussi. C'est difficile de dépasser les rôles qui sont attribués. Une élève et un professeur. Tous les esprits chagrins verront une impossibilité, une relation malsaine. Mais dans ce monde peuplé d'incertitudes et de doutes, il y a une chose dont je suis certaine, c'est d'être tombée amoureuse d'Alphard Burton. Quand tu me questionnais sur Zach, je ne répondais que brièvement en pensant à un autre. Quand je te questionnais sur l'amour, cherchant à creuser si, dans le fouillis sentimental que je pouvais ressentir, quelque chose concernait Zach, je restais aveugle à une évidence. Et depuis le début, c'est Daria qui avait raison : tout passe par les yeux. Et sans doute aussi Flaubert, dans Madame Bovary, *lorsqu'il dit que l'amour doit arriver tout à coup, avec de grands éclats et des fulgurations. La dernière fois que j'ai vu Alphard, nous étions dans l'ascenseur de l'hôtel, après avoir passé une énième nuit sans sommeil et sans vêtements. Il m'a embrassée, enserrant mon visage de sa main, le pouce au coin de mes lèvres et le reste des doigts déployé dans mes cheveux, et je n'ai pas besoin de me questionner pour savoir ce que je ressentais en plongeant mes yeux dans les siens.*

Voilà, tu sais tout, ma chère Lyrah. C'est un aspect du voyage que je garde sous silence pour le moment, préférant l'intimité des mots au réalisme de la parole. Je ne sais pas non plus ce qu'il adviendra de nous désormais, s'il voit les choses comme je les vois. Encore une histoire de vision, ça devient une thématique, tu ne trouves pas ?

En tout cas, je suis heureuse que tu m'aies encouragée à partir. C'était un voyage merveilleux qui me marquera à vie. L'immensité de la beauté de l'Écosse restera toujours gravée en moi. J'espère avoir l'occasion d'y retourner. Tu trouveras divers petits articles de papeterie dans cette enveloppe. Des cartes à l'aquarelle, des rouleaux de masking tapes à imprimé tartan. J'espère qu'ils te plairont.

Je m'en vais rejoindre Morphée. Je suis à peine rentrée que demain, les affaires reprennent. Earth 360 passe à l'attaque, et je suis grandement impatiente de voir cette mission se réaliser. À vrai dire, j'ai surtout hâte de passer du temps avec Maggie. J'ai beau avoir noué de nouvelles amitiés lors de ces deux dernières semaines, rien ne pourra autant me satisfaire que sa compagnie. Ou la lecture de tes lettres, d'une certaine manière aussi.

Je t'embrasse et ai hâte de te lire,

Ta dévouée Milly.

14

J'étais encore fatiguée du voyage, le dos toujours endolori de l'inconfort du car. Maggie m'attendait dans la petite salle à manger, buvant son café en compagnie de mes parents, bien réveillés.

« Coucou, chérie ! lança ma mère, d'excellente humeur. Tu as bien récupéré ?

— Pas assez, admis-je.

— Tu as l'air fatiguée, mais heureuse, remarqua mon père. Je suis content que ton voyage se soit bien passé. On est très fiers de toi, avec ta mère.

— Eh, Joshua Davis, moi aussi je suis fière d'elle ! intervint Maggie. Ne me mets pas à l'écart. Comment te sens-tu, mon ange ? demanda-t-elle avec douceur en me servant une tasse de café. Si tu es trop fatiguée, tu n'es pas obligée de venir !

— Tu rigoles ! Je ne manquerais ce spectacle pour rien au monde !

— Vous allez vous cacher où ? demanda mon père.

— En face, dans le restaurant du fils de Marcella.

— Vous n'avez pas peur de vous faire repérer ? Cinq vieilles grisonnantes agglutinées à la vitrine ?

— Chéri ! houspilla ma mère en lui donnant un léger coup sur le bras avec son journal.

— Joshua Davis ! Je suis peut-être vieille, mais je suis encore ta mère ! Et sache que tu es aussi grisonnant que moi ! » répondit Maggie en pointant son index sur mon père.

Après avoir longuement discuté sur le patrimoine génétique et les cheveux blancs, nous terminâmes notre petit-déjeuner et descendîmes avec Maggie dans le QG d'Earth 360, attendant patiemment nos comparses. Nous avions à peine installé le service à thé sur la table de réunion que Maggie se levait déjà pour les accueillir.

« *Dragatsennaïa !* Tu nous as manqué ! »

Ulyana me serrait le visage de ses gants blancs en soie, embrassant mon front du bout des lèvres.

« Salut, p'tiote ! lança Daria en me donnant un coup de coude dans les côtes. Moi tu m'as pô manqué ! Ça va, j'plaisante ! finit-elle par dire en riant après les récriminations de Maggie.

— Tu as intérêt, dis-je en rigolant, parce que sinon je ne te donne pas ton cadeau !

— Quelqu'un a amené du gâteau ? » demanda Marcella, déjà assise à table.

Je revins quelques minutes plus tard de mes appartements, les bras chargés des petits présents que je leur avais rapportés. J'avais choisi pour toutes une tasse à thé accompagnée de sa soucoupe dans une boîte, le tout imprimé en tartan, mais pour la plus punk de mes grands-mères, j'avais rapporté un kilt.

« Trop d'la balle ! » s'écria Daria en enfilant le kilt par-dessus son pantalon.

Elle se rapprocha de moi pour me frotter les cheveux avec force et me tapoter la joue dans un geste peu contenu qui se rapprochait de la gifle.

« Merci, p'tiote ! J'l'adore ! »

Nous partîmes pour le lieu du crime, Daria toujours affublée de cet accoutrement. Pendant mon absence, Maggie, Yvonne et Ulyana avaient rappelé les candidats non sélectionnés pour jouer le rôle des ambulanciers. Je ne saurais dire à quel moment ce petit club d'activistes septuagénaires avait pris une telle ampleur, mais un ancien camion de pompiers avait été prêté à Yvonne par un homme de la paroisse – un achat compulsif aux enchères, sans doute. Ainsi, l'actrice qui accompagnerait John appellerait les soi-disant urgentistes qui débarqueraient à bord du camion. Maggie me chuchota que mon père n'était pas au courant, étant donné qu'elles n'étaient pas certaines que l'utilisation d'un ancien camion de pompiers avec des acteurs déguisés en médecins soit une activité totalement légale.

Nous prîmes place dans le restaurant de Gianni qui vibrait au son d'une chanson italienne.

« Au fait, quelqu'un va filmer la scène ? demandai-je.

— Oui, répondit Yvonne, tu vois le groupe de gamins sur le banc, à gauche ? Ce sont des petits de la paroisse. Je leur ai demandé de faire mine de jouer, et ensuite de filmer la scène sans toutefois capturer les visages de nos sauveteurs.

— Vous êtes vraiment impressionnantes, mesdames, dis-je. Vous avez pensé à tout ! »

L'attente fut interminable. Nous vîmes finalement John arriver en compagnie d'une jeune femme, une autre actrice bénévole que j'avais croisée dans le couloir quand Daria et moi étions parties prendre l'air. Ils entrèrent dans le restaurant, et nous attendîmes patiemment qu'ils en ressortent, quoique quelques signes trahissaient notre impatience et notre excitation. Daria était sortie une dizaine de fois par la porte de la réserve pour aller fumer, Yvonne tapotait son bloc-notes frénétiquement, et Ulyana s'était repoudré le nez à plusieurs reprises. Gianni nous avait apporté des morceaux de focaccia avec une sorte de confit de tomates délicieux. Elles étaient tellement stressées, fixant la devanture sans ciller, qu'elles goûtèrent à peine le mets qui était posé devant nous – j'avais, pour ma part, conservé mon appétit.

Au bout d'une heure et demie, nous les vîmes ressortir. John, avant de franchir le seuil de la porte du restaurant, se pencha et s'accroupit sur le palier comme quelqu'un qui s'apprêtait à vomir. Il se releva, fixant le sol, une main sur sa poitrine, et l'actrice à côté de lui se rapprocha, lui touchant le bras d'un air inquiet. Quelqu'un sortit du restaurant – un client sans doute, vu sa tenue – et se pencha vers l'acteur, lui demandant sûrement si tout allait bien. John remua la main comme pour signifier que cela allait, mais, à cet instant, il tituba et se mit à feindre la crise cardiaque. Ce John était plutôt bon acteur puisque la situation commençait à m'angoisser. Je perçus alors du mouvement, vis les enfants de la paroisse se rapprocher avec leurs téléphones, et la femme accompagnante composer un numéro sur le sien. En quelques instants seulement, les propriétaires étaient sortis, portable en main, le visage inquiet, puis le faux camion de secouristes était arrivé, et John et sa fausse compagne avaient été embarqués. S'ensuivit une effusion de joie parmi les membres d'Earth 360 : la mission avait été réalisée avec succès.

« C'était impressionnant ! dit Ulyana. J'ai bien failli y croire !

— J'peux t'montrer, Avdeïev, comment on fait, s'tu veux ! renchérit Daria.

— Non, hors de question Daria, on en a déjà parlé !

— Oh, ça va p'tiote, c'était marrant, nan ? »

Nous avions donné rendez-vous ensuite à nos acteurs au Blackbird, un lieu bien éloigné de King Meat où nous espérions ne pas attirer l'attention. La sortie du restaurant de Gianni fut épique : chacune franchit le seuil de la porte avec l'allure d'une rockstar, fière d'elle et de la réussite de leur mission.

Nous retrouvâmes John, Liliane, Carol et Rob, les acteurs au complet, déjà attablés au Blackbird.

« C'était incroyable ! s'écria Maggie en leur tendant la main. Bravo !

— Merci, madame Brightwood, répondit John, j'ai eu un coup de chaud !

— Vous étiez très convaincants, chacun de vous ! salua Ulyana.

— On a eu un peu peur, car un des membres du personnel commençait à composer le numéro des urgences ! reprit Liliane, l'actrice dans le rôle de la compagne.

— Oh, mince, vous croyez qu'ils ont signalé quelque chose ? s'inquiéta Yvonne.

— Je ne pense pas, il me semble l'avoir vu raccrocher quand je lui ai dit qu'une ambulance était en chemin ! »

Maggie commanda une profusion de gâteaux pour tout le monde afin de célébrer leur victoire. Les acteurs relataient avec entrain le déroulement des opérations, chacun y allant de sa petite anecdote, au grand plaisir des membres d'Earth 360 qui ne se lassaient pas d'entendre, encore et encore, le récit détaillé de la mission. J'appris, lors de la discussion, entre deux gorgées de thé et quelques bouchées de choux fourrés, que les figurants étaient en fait membres d'associations diverses pour l'écologie. Ils avaient manifesté leur intérêt pour la cause de ma grand-mère et avaient même aidé Yvonne à trouver un journaliste désabusé qui se servait de son poste pour mener ses propres combats. Ainsi, Yvonne pourrait gérer avec lui la rédaction de l'article le plus vendeur.

J'étais si heureuse de les voir dans une telle effusion. En les observant ainsi, à rire avec autant de vigueur, je ne voyais pas des grands-mères, mais des femmes et de grandes espérances.

Je discutais avec Liliane, assise à côté de moi, quand mon attention fut captée par un nom qui m'était familier. Je tendis un peu plus l'oreille pour écouter la conversation derrière moi.

« … c'est difficile sans Alphard. Elle ne fait toujours pas ses nuits, en plus.

— Je ne te comprends pas, ma biche, répondit son interlocutrice. Tu as le droit de demander de l'aide, tu sais ? Je peux m'occuper d'Ashley une journée, si tu veux. Tu franchis depuis des mois tous les obstacles toute seule, il faut que tu penses à toi.

— Oui, tu as raison, renchérit-elle. C'est vrai qu'entre l'annonce du divorce à trois mois de grossesse et l'accouchement solo…

— Quel salaud… Tu as beaucoup de courage, Meredith. »

Je quittai la table pour me rendre aux toilettes afin de mettre un visage sur la voix qui s'exprimait derrière moi. À vrai dire, je n'avais aucun doute. En revenant dans la salle, j'eus confirmation qu'il s'agissait de la femme que j'avais vue avec Alphard. Son ex-femme. Ce dialogue resta en moi quelque temps, altérant par la même occasion mon enthousiasme et ma bonne humeur. J'avais du mal à imaginer que l'homme que j'aimais puisse abandonner sa femme juste après l'annonce de sa grossesse. Il devait y avoir une explication logique. De ce que j'avais appris par Larry, elle devait être sa première petite amie sérieuse s'ils sortaient ensemble depuis la fac. Peut-être que leur couple battait de l'aile et que ce bébé était tombé au mauvais moment. Je réalisais toutefois qu'à aucun moment Alphard n'avait annulé notre rendez-vous hebdomadaire, mais peut-être que leur fille était trop petite pour une garde partagée.

Je fus tirée de mes pensées par notre départ du Blackbird. Nous retournâmes au QG pour faire le point sur l'opération du jour,

Yvonne, directive mais efficace, dressant la liste des tâches qu'il restait à faire pour que la mission soit couronnée de succès. J'étais un peu absente et avais hâte de pouvoir m'isoler, attendant avec impatience le retour à la fac le lendemain pour retrouver Alphard.

Compte-rendu de mission du dimanche 11 avril

Les avancées :

- *Opération simulation de crise cardiaque : réussite !*
- *Vidéo : fera l'affaire !*

Les prochains objectifs :

- *brainstorming avec le journaliste ;*
- *faire des photos des captures d'écran de la vidéo pour alimenter l'article ;*
- *décider du jour le plus optimal pour la publication ;*
- *réfléchir au discours de John qu'il postera sur ses réseaux sociaux.*

Plus rien n'étant à l'ordre du jour, la séance est levée.

15

Ce fut une reprise quelque peu différente. Sensible à la routine, je sentais des vents différents, une dynamique modifiée. Je ne montai pas dans la voiture de Zach et n'eus donc pas à adresser dans le rétroviseur un regard à Jenna, renfrognée sur la banquette arrière. Je m'étais fait conduire à l'université où désormais Larry et Hisaé m'attendaient, en grande conversation. La dynamique avait changé mais, de ce point de vue-là, j'acceptais avec bonheur les modifications. Dans l'amphithéâtre, nous ne dûmes chercher de places que pour nous trois.

« Ça va, tu n'es pas trop angoissée ? me demanda Hisaé, désormais très prévenante.

— Non, ça va, c'est un terrain connu, maintenant. Et je dois t'avouer que je suis tellement énervée contre Zach que son regard mauvais ne me fait ni chaud ni froid. »

Et c'était la vérité. Même si je devais à Zach d'avoir été une sorte de catalyseur pour Alphard et moi, cela avait marqué la fin de notre relation, quelle qu'elle fût.

« Au fait, je peux te poser une question sur Clarence ?

— Oh, je ne sais pas si je veux être au milieu de…

— Non, non, interrompit-elle. Je ne te demanderai pas d'intervenir ou quoi que ce soit ! Je voulais juste savoir s'il avait parlé à tes parents, pour nous deux.

— Je ne crois pas, mais je sais que ma mère est au courant.

— Ah, répondit-elle simplement. Je crois que ta mère ne m'aime pas trop.

— Je pense que vous êtes parties du mauvais pied. Elle n'avait pas trop apprécié que tu t'imposes, la première fois…

— Oui, répondit-elle en grimaçant, je m'en veux un peu pour ce coup-là.

— Tu sais, tu devrais lui parler franchement, comme tu l'as fait avec Clarence et moi.

— J'ai peur qu'elle ne voie pas d'un bon œil le fait que je sorte avec ton frère à cause de la différence d'âge. »

Je la regardai en souriant, lui confiant la discussion que j'avais eue avec ma mère quelque temps avant mon départ en Écosse.

« Viens à la maison, ce soir après les cours. Tu pourras en discuter avec elle avant qu'ils ne repartent au Japon avec Clarence. »

Ainsi, après les cours, mon salon souvent vide devint peuplé des rires d'Hisaé et de Larry, allongé sur le canapé en face de nous. Hisaé put s'entretenir avec ma mère, et je vis à la manière dont elle la salua à son départ qu'elle avait, elle aussi, été charmée par la simplicité et le caractère très doux de mon amie. J'étais satisfaite que mon frère et ma sœur, que j'aimais plus que tout, soient accompagnés de personnes comme Hisaé et Eddy. J'espérais qu'ils penseraient un jour la même chose pour moi.

J'attendais avec impatience de retrouver Alphard, mercredi. Nous n'avions pas échangé de petits mots et ne nous étions point croisés sur le campus. Pour Hisaé, c'était totalement impensable que nous n'ayons pas nos numéros de téléphone respectifs, mais je me demandais même si Alphard en avait un. Cela lui arrivait de taper des notes sur sa machine à écrire, alors j'avais du mal à l'imaginer se servir d'un smartphone. Là où je rejoignais Hisaé, c'était que ce silence depuis l'Écosse devenait assourdissant. L'avoir vu chaque jour pendant deux semaines rendait le retour à la normale douloureux. Vide. Je fus donc emprise d'une chaleur immédiate dans la poitrine en le voyant jeter sa vieille serviette en cuir sur le bureau, retirant son trench-coat comme à son habitude. Je ne le vis pas regarder dans la foule et, pendant tout son cours, alors qu'il serpentait entre les rangs, jamais il ne m'adressa un regard ou ne chercha à trouver ma présence parmi les élèves. J'espérais le voir à la fin du cours, mais avant même que la sonnerie ne l'annonce, il mit fin à son intervention et sortit en hâte avant les étudiants. Je restai pétrifiée en le voyant fuir ainsi, ne pouvant m'empêcher de penser que cette attitude si inhabituelle avait très probablement un lien avec ce qui s'était passé en Écosse. Pendant le cours suivant, Hisaé me questionna sur son comportement :

« Vous avez pu vous parler, finalement ?

— Non, comme je t'ai dit, on n'a jamais eu de moyens de communication.

— Si, intervint Larry qui leva le nez de son polycopié, j'ai fait pigeon voyageur, une fois ! »

Malgré l'anxiété qui gagnait du terrain, je ne pus me retenir de rire à cette plaisanterie.

« Qu'est-ce que vous vous êtes dit avant de vous quitter, le jour du départ ? m'interrogea-t-elle.

— Rien qui annonçait que je deviendrais un fantôme.

— Ça va s'arranger, va le voir après les cours !

— Bon, les filles, y en a un qui voudrait suivre le cours de conquête des territoires !

— Bah t'es bien le seul », plaisanta Hisaé.

À la fin du cours, je me dirigeai vers le bureau 342, stressée, mais impatiente. La porte était fermée, comme toujours, et je pris une grande inspiration avant de frapper. Personne ne répondit. Je réitérai, attendis quelques minutes, mais toujours rien.

« Le Pr. Burton est parti », m'annonça une voix d'homme.

Je découvris le Pr. Saint-Paul derrière moi.

« Ah, très bien, merci.

— Je peux prendre un message ? hasarda-t-il.

— Non, ça ira, merci beaucoup, professeur. »

Je repartis, déçue, et chaque soir de la semaine, après chaque visite infructueuse, je sentais, devant la porte fermée du bureau 342, la tristesse s'accroître.

Ce fut le premier samedi depuis longtemps qu'Isadorah ne prit pas vie lors de nos discussions. Je n'avais pas vu Alphard de la semaine, ne savais pas non plus s'il m'attendrait devant la fac, comme chaque samedi. J'étais restée chez moi, avais feint d'aller bien en écrivant à Lyrah le matin, et surjouai la bonne humeur devant mes parents et Maggie.

La réunion du samedi soir avait été productive, Yvonne ayant réussi à programmer avec le journaliste qui collaborait avec nous un article pour le vendredi suivant. C'était, selon lui, un jour impactant. Avant le weekend, les gens programmaient parfois leur sortie, envisageant de se rendre dans tel ou tel restaurant. L'apparition d'un article à scandale autour d'un établissement ne saurait donc tomber un meilleur jour.

En parallèle, John avait travaillé sur une courte vidéo, façon discours, qu'il avait réalisée alité, preuve de sa convalescence, expliquant comment il avait échappé à la mort et comment il avait pris conscience des dangers sur la santé de la consommation de viande. La vidéo serait postée le jeudi soir et toute la communauté active végane serait prévenue au même instant par une newsletter créée par Vadim, le petit-fils d'Ulyana.

Clarence avait officiellement présenté Hisaé comme sa petite amie à toute la famille. Il m'avait même déposé un bouquet de fleurs sur la table du salon, accompagné d'une petite carte où il me remerciait d'avoir été là pour elle.

Tout se déroulait parfaitement pour tout le monde. Sauf pour moi.

La semaine suivante, je fus déterminée à ne plus demeurer dans l'incertitude. Alphard était bien vivant, il me devait au moins une explication, aussi douloureuse soit-elle à encaisser. J'avais passé le weekend à retourner le problème dans ma tête, me disant que, peut-être, il avait eu la garde de sa fille ce samedi-là, et qu'il ne savait pas comment aborder le sujet avec moi, préférant ainsi m'éviter. Je trouvais cela ridicule, mais pouvais comprendre la difficulté de parler de ce qui touchait à son ancienne vie maritale. J'avais d'abord pensé qu'il regrettait peut-être amèrement nos nuits passées ensemble, mais je l'imaginais davantage m'écrire une lettre d'adieu pour me l'annoncer plutôt que préférer me fuir tout au long du dernier mois de cours de l'année.

Larry, qui avait, effectivement, été un pigeon voyageur lors de la naissance des jumeaux, connaissait son emploi du temps. Il m'indiqua ses cours et les heures à laquelle il le trouvait parfois dans son bureau. Ainsi, le jeudi, après l'avoir vu une nouvelle fois quitter l'amphithéâtre en trombe, je séchai le cours d'Ally Rifkin pour aller le trouver à son bureau. Et, cette fois-ci, le bureau 342 n'était pas vide. Je frappai à la porte avec la même ardeur que mon cœur dans ma poitrine, et il finit par me dire d'entrer. J'ouvris la porte, découvrant Alphard, à son bureau, et Glenn Webster face à lui. Le silence fut fracassant. Je pouvais voir la tête de Glenn Webster tourner dans ma direction puis dans celle d'Alphard et, avant même que quelqu'un prononce quoi que ce soit, il brisa le silence.

« Je vais vous laisser », fit-il en m'adressant un bref sourire.

Il contourna ma silhouette vissée dans le sol et ferma la porte, me laissant toujours mutique, le regard planté dans celui d'Alphard. Il s'écoula quelques secondes avant que cette drôle de situation ne prenne fin et, vu la façon dont les choses se déroulèrent, j'aurais préféré qu'elles s'éternisent.

« Mademoiselle Davis, que puis-je pour vous ? demanda-t-il sans chaleur en faisant mine de chercher un document sur son bureau encombré.

— Pardon ? » réussis-je à articuler.

J'étais au bord des larmes. À bien y réfléchir, je n'étais plus convaincue qu'Alphard soit le genre à m'écrire une lettre d'adieu. Je repensai à son ex-femme, à ce que j'avais entendu au Blackbird, et me demandai si je ne m'étais finalement pas fait avoir, si je n'avais pas, dans mes aspirations romanesques, enjolivé la situation.

Il finit par relever la tête, osant enfin me regarder et, voyant ma détresse, reprit la parole après quelques instants de silence :

« Milly, écoutez, je…

— *Écoutez* ? le coupai-je en remarquant le vouvoiement qui était revenu.

— Milly, on ne peut pas faire ça… », soupira-t-il en passant ses mains sur son visage.

Son air bienheureux avait disparu. Je le voyais pour la première fois accablé, le dos courbé.

« Vous avez pourtant su trouver votre chemin jusqu'à ma chambre pendant une semaine, professeur Burton. Je suis vraiment navrée que vous ayez dû passer tous vos weekends avec moi pendant de nombreux mois juste pour cette semaine. J'espère que l'attente n'était pas trop longue et le résultat à la hauteur de vos espérances. Navrée de vous avoir dérangé. »

Je m'apprêtais à quitter la pièce avant que les larmes – qu'il ne méritait pas – coulent devant lui quand il se leva de son bureau et s'approcha.

« Milly, attends, tu penses vraiment que je me suis impliqué dans ton projet uniquement dans le but de connaître potentiellement un jour une intimité avec toi ? »

J'allais sortir, mais je ne pus m'empêcher de répliquer :

« Vous m'ignorez depuis notre retour. Comment voulez-vous que je ne pense pas cela ? Vous m'aviez dit que vous ne pourriez jamais vous lasser de me voir dans votre lit. Je vois que la notion d'éternité à une certaine relativité chez les archivistes.

— Milly, je… »

Il prit ma main que je dégageai immédiatement de la sienne, et ce geste de rejet sembla le glacer.

« Il n'y a rien à dire de plus, je vais y aller.

— Non, Milly, attends… »

Il marchait dans tous les sens dans son bureau, revenant sur ses pas, puis s'éloignant de moi à nouveau. Il s'assit enfin sur son bureau et, joignant ses mains devant lui, reprit la parole :

« Je suis désolé, Milly. Pardonne-moi. Je n'ai jamais joué avec toi, je n'ai jamais eu les intentions que tu suggères. Tu es venue à moi, le premier jour et, même si je ne nierais pas que je t'ai trouvée très élégante, ce n'est pas pour cela que j'ai accepté de t'aider. J'étais curieux. Forcément, ton nom me disait quelque chose. Si tu en doutes, j'ai vraiment lu ton roman et, sans te connaître, tu m'as passionné. Je te revois fixer tes pieds sans pouvoir me regarder en t'adressant à moi, et je me suis dit que tu devais être quelqu'un d'incroyable et de complexe pour être aussi intimidée par un simple prof alors que tu es écrivaine. »

Il se leva de son bureau et vint devant moi, me prenant à nouveau la main.

« Milly, je t'assure que si, au début, j'avais seulement un intérêt, enfin, une curiosité professionnelle plutôt, c'est après, en apprenant à te connaître que j'ai commencé à… enfin, que je… »

Il s'écarta, passant sa main sur son visage en soupirant.

« Je ne sais pas comment faire, Milly. Je n'imagine pas comment je peux donner cours à ta promotion en sachant que tu es là, parmi les élèves, alors qu'il y a quelques jours encore tu étais nue dans mes bras. Je n'y arrive pas, tu comprends ? J'ai peur pour toi, parce que tu peux tout perdre. Tu as beau ne pas avoir de conséquences directes dans ta vie, tu n'en demeures pas moins une personnalité publique médiatisée. Si des gens apprennent que tu es sortie avec un de tes professeurs, les mêmes détracteurs qui se sont acharnés sur toi à la sortie de ton roman vont sûrement faire couler de l'encre à ce sujet. Ça va forcément nuire à ton image.

— Alphard, intervins-je enfin, tu n'étais pas obligé de me faire subir ça pendant plus d'une semaine seulement parce que tu t'imagines les pires scénarios.

— C'est une réalité, Milly. Je suis désolé, je ne savais pas comment faire, mais c'est une réalité. Tu peux perdre beaucoup, et je peux tout perdre aussi. Il y a une seule place de titulaire pour un paléographe, je ne peux pas prendre ce risque avec Cunningham qui te court après.

— Tu aurais dû y penser avant, dis-je en me dirigeant vers la porte pour clore cette explication qui avait un goût de fin.

— Tu crois que ce n'est pas ce que j'ai fait ? Milly, il n'y a pas un seul jour où je ne me demande pas comment ça pourrait être autrement ! Depuis qu'on est revenus d'Écosse, je ne sais plus quoi penser ! Parfois, je me dis qu'il ne reste plus qu'un mois de cours et que si tu persistes dans ton cursus d'histoire de l'art, je ne serai plus ton professeur et que tout ira bien. Et parfois, je m'imagine devant tes parents, et je me sens incapable de leur dire : "Bonjour, je suis Alphard Burton, professeur d'archives, et je suis amoureux de votre fille." Comment veux-tu qu'ils m'acceptent ? Et ce sera toujours comme ça, Milly. Je serai toujours ton "professeur", et les gens mal intentionnés chercheront à te faire du mal avec ça !

— Qu'est-ce que tu viens de dire ?

— J'ai dit que des gens se serviront de ça pour te nuire, Milly. Et je ne veux pas être responsable de ça.

— Non, avant ça. »

Il me fixa, droit dans les yeux, le visage marqué comme si le monde entier reposait ses épaules. Je voyais les nuits d'insomnie et de questionnements creuser un peu plus les rides qui naissaient sur son visage. Il demeura silencieux.

« Tu as dit que tu étais amoureux de moi.

— Oui, reprit-il après quelques instants, je l'ai dit. Je t'aime, Milly. Je ne voulais pas te faire du mal en t'ignorant, j'ai été idiot. Mais je ne vois aucune issue paisible, pour toi comme pour moi.

— Alphard, tu ne peux pas dire que tu m'aimes et penser qu'il n'y a rien de bon pour nous.

— Si, Milly, c'est une réalité. Je n'ai jamais été aussi heureux qu'avec toi, en Écosse, loin de tout. Mais ça n'est voué qu'à demeurer ainsi, dans une réalité qui n'est pas la nôtre, où nous n'avons pas des rôles incompatibles. »

J'essuyai les larmes qui dévalaient mes joues et, avant de le quitter pour de bon, je m'adressai à lui :

« Je crois que tu te trompes, Alphard. Je suis convaincue qu'aucun titre n'est un obstacle. Ma grand-mère est ma meilleure amie, et ce ne sont pas les liens d'ascendance qui annihilent les liens d'amitié. Tu l'as dit toi-même, il ne reste qu'un mois de cours. Alors, c'est soit tu m'aimes, soit tu ne m'aimes pas. »

Il agita la tête en soupirant.

« Milly, tu as moins d'années d'écart avec le plus âgé de mes neveux que tu n'en as avec moi. Qu'est-ce que je vais dire à ma famille ?

— Alphard, si tu en viens à t'interroger sur la manière dont tu comptes m'introduire dans ta famille, je pense que depuis le début, tu ne te poses pas vraiment les bonnes questions. »

Il resta silencieux, fixant le sol quelques instants, et se releva de son appui.

« Pardonne-moi de t'avoir fait du mal. »

Il s'approcha de moi et m'embrassa, longuement, me serrant dans ses bras. Il m'avait terriblement manqué. Les mains sur son visage, il me semblait que je ne pourrais jamais me détacher de lui.

« Ça s'est arrangé ? »

Je sursautai et reconnus le Pr. Webster, la tête dans l'entrebâillement de la porte qu'il referma aussitôt.

« Visiblement oui, désolé ! fit-il derrière la porte. Alphard, pense à verrouiller ton bureau ! »

16

« Un peu de silence, mesdames ! intervint Maggie après un puissant coup de sifflet. Merci beaucoup. Avant de commencer, je voudrais lever mon verre à John, pour ses talents d'acteur et son dévouement pour Earth 360. La mission fut un succès grâce à vous, cher John ! »

Nous accueillîmes le toast de Maggie par un élan d'applaudissements et de tintements de verres remplis de cocktail de légumes.

« Mesdames, tout le plaisir fut pour moi ! répondit-il en se penchant dans une révérence exagérée.

— Et je pense qu'on peut se féliciter aussi ! lança Ulyana.

— Non, La Felicita ce n'est pas un bon restaurant, je vous l'ai déjà dit ! intervint Marcella.

— Très bien, si on reprend les données, reprit Yvonne, la vidéo de John a été vue plus de cinquante mille fois ! Elle a été reprise par beaucoup de communautés végétariennes et associée à divers articles sur les bienfaits de l'alimentation végétale sur le corps. Comment vous sentez-vous, John ?

— À vrai dire, plutôt bien ! Je pensais que je me sentirais oppressé et mal à l'aise, genre pointé du doigt dans la rue par des inconnus qui me crieraient : “Menteur !”, mais rien ne change !

— Sauf qu'tu manges plus d'animaux morts, c'est ça ? demanda Daria.

— Oui, c'est exactement ça !

— Daria, cigarette ! intervint Yvonne, avant de reprendre plus calmement. L'article publié a aussi été un franc succès. Le titre "KING MEAT = KILL ME ?" a été partagé plusieurs centaines de milliers de fois et d'autres journaux souhaitent interviewer John sur cet accident qui aurait pu être tragique.

— Je suis d'avis que l'on refuse, répondit Maggie. Il y a quand même un risque qu'un journaliste précautionneux décide de se rendre aux urgences pour questionner le personnel.

— Il y a le secret médical, Maggie !

— Oui, je sais, Ulyana, mais avec insistance, ils pourraient réussir à obtenir un : "Écoutez, nous n'avons jamais vu ce patient, et même si c'était le cas, je ne pourrais rien vous dire." Cela suffirait à semer le doute et à resserrer l'étau autour de John. »

Il fallait penser à tout. La première mission d'Earth 360 avait été couronnée de succès. Les propriétaires de King Meat, interviewés par le journaliste collaborant avec Yvonne, n'avaient su quoi répondre. L'article faisait état de constatations : John était jeune, en bonne santé, non-fumeur, sportif. Comment expliquer cela ? Les propriétaires avaient répondu que peut-être avait-il des carences, notamment en fer, en particulier si ce monsieur ne mangeait pas assez de viande. Un spécialiste de la nutrition était intervenu pour démentir les dires des représentants de King Meat, et de ce fait l'article avait eu le sens que Maggie et les membres d'Earth 360 voulaient lui donner : un démenti sur les idées reçues sur la consommation de viande et une explication détaillée des conséquences d'une alimentation carnivore sur l'organisme. L'offensive était lancée et, malgré l'ambiance victorieuse de cette réunion, Earth 360 s'attendait à l'attaque retour. Vadim, le petit-fils d'Ulyana, les avait prévenues : il y aurait forcément une explication, une réaction du restaurant qui ferait du bruit. Ainsi, elles s'attendaient toutes à ce que le train de vie de John soit épluché par des journalistes avides de buzz et s'inquiétaient surtout pour l'absence de passage aux urgences.

Mais pour le moment, l'heure était aux réjouissances et, après le départ de John du QG, l'ambiance était à la rigolade.

« Une petite partie de tarot, mesdames ? lança Yvonne. Daria, cigarette !

— Oh, ça va ! C'est jour de fête, non ?

— Oui, mais toujours pas de cigarette chez moi, répondit Maggie. Je reviens, je vais chercher le tarot. »

Maggie se leva, accompagnée du bruit délicat de sa longue robe turquoise à carreaux noirs qui s'enroulait entre ses jambes à chacun de ses pas. Marcella commençait à piquer du nez, et Ulyana et Yvonne profitèrent de l'absence de Maggie pour me mettre dans la confidence.

« Milly, on est en train de réfléchir à l'anniversaire de Maggie ! On va avoir besoin que tu nous aides, lança Yvonne en chuchotant.

— Vous êtes sacrément en avance ! Ce n'est que le 5 juin, il reste plus d'un mois !

— Oui, mais on ne te voit jamais sans Maggie, reprit Ulyana. Il faut que tu nous aides à en parler à tes parents. On aimerait lui organiser une petite fête.

— Une petite fête comme quand ma mère dit qu'elle organise un "petit dîner" pour mon anniversaire ?

— Est-ce que les Davis savent faire autrement ? » plaisanta Ulyana.

Yvonne rit à son tour et reprit :

« Tu pourrais leur en parler, Milly ? Ça tombe un samedi, ce qui serait parfait. On lui proposera d'aller prendre le thé pour l'éloigner de la maison. Pour ton anniversaire, elle avait suggéré un traiteur végan qui venait d'ouvrir, mais tes parents ont choisi une autre entreprise. Tiens, voici la carte. Tu pourrais voir ça ?

— Oui, pas de problème, je vais voir ça avec eux. »

Maggie revint à ce moment-là et je glissai rapidement la carte dans ma poche. Après une première partie de tarot que j'observai de loin, n'ayant jamais réussi à assimiler les règles du jeu, je quittai le QG pour rejoindre mes appartements.

Il y avait quelque chose de rassurant à retrouver ses habitudes. Je montai un plateau de thé et m'installai dans mon salon, organisant les quelques notes de l'après-midi de travail avec Alphard. Rien n'avait changé malgré le fait que tout était différent désormais. Nous avions le même rituel, nous nous retrouvions devant le campus vide, descendions jusqu'à la vieille ville pour rejoindre l'antre de Malcolm. Nous nous attelions désormais à la partie la moins éclairée, à la lumière seule des lampes frontales, et continuions l'exploration des documents. Au fil de nos recherches, nous fîmes des découvertes qui s'avérèrent fructueuses, autant pour la vie actuelle d'Isadorah que pour sa prochaine décennie d'existence. De nombreux livres sur les bonnes manières et les étiquettes avaient été publiés à compter de la deuxième moitié du XIXe siècle. Une constatation qui s'expliquait d'une certaine manière par la démocratisation de l'éducation des jeunes filles qui, bien que toujours aussi négligée dans les milieux modestes, commençait à être un peu plus considérée dans les milieux nobles.

Nous trouvâmes ainsi la référence de l'époque en termes de guide pour la tenue des maisons bourgeoises à l'époque victorienne, le *Beeton's Book of Household Management* par Isabella Beeton, publié en 1861.

J'étais passée par plusieurs phases, dont une de doute. Après avoir trouvé ces documents, la joie se fit supplanter par l'incertitude et, quelques heures avant de rejoindre Earth 360, j'avais éclaté en sanglots devant ma tasse de thé au milieu d'un salon noir de monde. Alphard avait rapproché sa chaise de la mienne, ne comprenant pas mon désarroi comme nous étions revenus de chez Malcolm avec plusieurs documents.

« Je me suis trompée, Alphard. J'aurais dû commencer mon histoire plus tard. Nous n'arrivons qu'en 1816, Isadorah ne pourra pas avoir accès à ces livres et à ces guides. Elle ne vit pas à la bonne époque. J'ai travaillé sur mon premier roman toute seule et j'ai fait une bêtise. Si j'avais eu quelqu'un comme toi, ou même si j'étais parvenue à en discuter avec Larry, peut-être que je n'aurais pas fait la bêtise de commencer fin XVIIIe.

— Milly, m'avait-il dit en serrant mes mains, Isadorah est là où elle devrait être, tu n'as fait aucune bêtise. Je trouve justement qu'elle avait besoin de se forger avant cette époque d'effervescence à la Elizabeth Gaskell. Qu'elle voie, observe et apprenne avant que d'autres femmes ne prennent le chemin qu'elle souhaite emprunter. Ne pense pas que ce que tu fais maintenant a plus de valeur que ce que tu faisais avant, simplement parce que cette fois-ci tu es entourée. C'est toi qui tisses, Milly. Je ne fais que t'aider à sortir du papier de la poussière. Mais celle qui le noircit, c'est toi, et toi seule. »

Il m'avait embrassée tendrement, et j'étais restée, quelques instants, lovée dans l'encoche des gens qui s'aiment, sur son épaule et proche de sa tête.

« Et puis, avait-il repris au bout de quelque temps, tous ces guides pour ménagère accomplie seront parfaits pour la fille ou la petite-fille d'Isadorah. J'imagine Isadorah un peu comme Mrs. Brightwood, à débarquer chez sa petite-fille en disant qu'elle a lu dans un rapport scientifique très sérieux qu'une femme sur une affirme qu'il ne faudrait jamais lire ces idioties. Elle lui préciserait, évidemment, qu'il s'agit d'une étude menée selon un panel de femmes composé d'elle et d'elle-même. »

J'avais séché mes larmes et ri à cette plaisanterie. J'avais aimé qu'il parle de Maggie, qu'il la cite, l'évoque comme une intime. Savoir que, parmi les milliards d'individus qui peuplaient notre planète, Alphard n'en connaîtrait qu'un infime pourcentage dont elle faisait partie me bouleversait. J'avais hâte qu'ils fassent plus ample connaissance.

« Je ne sais pas si Isadorah sera mère, avais-je fini par répondre.

— Ah oui ? » m'avait-il simplement demandé.

Alphard n'insistait jamais quand on parlait d'Isadorah. Il se contentait de m'écouter et d'attendre que j'aie livré l'intégralité de ma pensée avant d'émettre un avis. Il refusait de prendre le risque de m'influencer, m'encourageant plutôt à poursuivre sans me livrer son opinion.

« Oui, je ne la vois pas mère. Je l'imagine tomber enceinte, mais accoucher d'un bébé mort-né et ne plus jamais pouvoir enfanter. Je pourrais ainsi la faire se questionner sur le rôle d'une femme à cette époque. Par exemple, tous les documents qu'on a trouvés rappellent à la femme que sa sexualité devait être exempte de désir charnel et simplement destinée à la procréation. Qu'une bonne épouse était une bonne mère et une compagne agréable en société. Elle pourrait se questionner sur ce point-là. Je ne sais pas s'il existait des services d'adoption, à l'époque.

— Tu souhaiterais qu'elle adopte si c'était le cas ?

— Je ne sais pas ce qu'elle voudra faire. Je pense qu'Isadorah se questionnera sur le rôle préétabli de la femme qui doit être mère. J'ignore si les femmes s'interrogeaient déjà à l'époque sur leur désir de maternité. Je pense qu'il serait anachronique de faire d'Isadorah une femme qui ne souhaite pas d'enfants. Et je ne la vois pas non plus dépourvue d'aspiration maternelle. Alors peut-être qu'elle se questionnera sur une alternative.

— Mademoiselle Davis, vous êtes en train de me dire que nous allons devoir reprendre nos fouilles depuis le début pour nous assurer qu'aucun livre sur l'adoption au milieu du XIXe ne nous aura échappé ?

— Vous aviez prévu de faire autre chose de vos samedis, professeur Burton ? lui avais-je répondu en jouant sur le vouvoiement, comme cela nous arrivait souvent.

— Rien ne me rendrait plus heureux que de faire de la fouille archivistique chaque semaine avec vous, Daisy, m'avait-il dit en embrassant ma main.

— Le plaisir est partagé, monsieur Banart. »

Journal d'écriture

Les espérances des femmes Templeton

Deuxième décennie : 1806 - 1816

Isadorah a dix-sept ans.

Les relations avec sa famille se sont apaisées depuis que son père a compris qu'elle se soumettrait à sa volonté de la marier. Celui-ci n'intercepte d'ailleurs plus la correspondance d'Isadorah, de peur que sa fille colérique ne refasse un scandale et que cela ne s'apprenne dans le grand monde. Il passe d'ailleurs beaucoup de temps en compagnie des époux de Dorothea et Verity, et est davantage occupé à louer les mérites de ces deux hommes qu'à chercher à nuire à Isadorah.

Ainsi, celle-ci passe une année assez calme, entre composition musicale et élévation culturelle lors de ses multiples échanges avec Sarah Siddons. Cette dernière est partie en Écosse pour accompagner sa troupe au Theatre Royal d'Édimbourg. Elle approche de la soixantaine et, malgré sa vivacité d'esprit, le temps fait petit à petit son ouvrage. Trop vieille pour monter sur les planches, elle raconte à Isadorah qu'elle ne peut toutefois se tenir loin d'elles, poser son pied sur du bois qui n'est pas celui d'un théâtre est pour elle une mort en soi. Elle continue donc d'œuvrer dans les sphères artistiques.

Elle lui parle du Romantisme écossais, un mouvement très dynamique à Édimbourg, devenue la capitale culturelle de la Grande-Bretagne. Elle lui relate sa rencontre avec Walter Scott, un poète et écrivain écossais, passionné par le théâtre dont il fut actionnaire pendant quelques années. Sarah lui adresse un recueil de poèmes de celui-ci, confiant à Isadorah son enthousiasme, sa fascination pour cet homme dont elle est convaincue de l'envergure et de l'éclosion artistique future.

Elle rencontre également Lord Byron, un poète mélancolique, et Isadorah ressent, à la lecture des mots de Sarah, la connivence artistique qui se noue entre elles deux, malgré les trente ans qui les séparent. Sarah lui confiera : « Ma bonne amie, il n'y a, pour nous autres, femmes, aucune prédestination au plaisir. Il s'agit d'un droit acquis pour les hommes, mais d'un combat constant pour nous autres. Si je fus une épouse respectable, et demeure désormais une veuve respectée, je fus aussi une femme éteinte, vidée de ses entrailles pour enfanter la chair de son mari. Je le vois dans leurs regards, Isadorah, mon amie. Je vois la pitié que je leur inspire, l'ancienne actrice de gloire devenue corps vide, esprit vide. Incapable d'enfanter, incapable d'amuser. Quel est mon rôle désormais si je ne puis être ni une mère ni une épouse ? Alors, je n'ai que faire des rumeurs qui soufflent comme le vent après mon passage. Si mon corps est mort, mon esprit vit encore, animé par les dialogues avec des personnalités comme la tienne, Isadorah, ou comme celle du jeune Byron. Je ne me soucie guère de ce que peuvent penser ceux qui me voient rire et laisser mes émotions animer la discussion en sa compagnie. Malgré les flèches pointant à l'opposé sur la boussole de la vie et le fait qu'il vivra encore alors que je mourrai bientôt, je me réjouis d'élever mon esprit ainsi. »

Hours of Idleness, *le recueil de poésie de Lord Byron qu'elle a reçu de Sarah, enthousiasme Isadorah. La mélancolie languissante des années d'errance adolescente de l'auteur inspire Isadorah. Malgré toute la force de l'espérance, elle sait qu'un jour prochain, Sarah Siddons s'éteindra et, avec elle, sa meilleure amie. Cette prise de conscience est douloureuse et l'amène ainsi à la composition d'une sonate très calme, rehaussée parfois de quelques notes impertinentes, frappant la gravité de certaines octaves. C'est ainsi qu'elle voit son amie, et elle lui dira un beau jour : « Vous êtes une exquise fausse-note dans une sévère octave. »*

Isadorah se prépare avec lassitude à son entrée dans la société. Il n'y a pour elle aucun doute sur son destin. Elle sait que son père l'encouragera à épouser Lord Alfred Nellis. Elle nourrit à son égard une affection particulière, mais elle ne sait s'il s'agit d'amour ou d'amitié. Quand elle le regarde, elle recherche le sentiment. Comment vient-il ? se demande-t-elle. Pourquoi le senti-

ment ne peut-il point sonner aussi justement qu'une note claire, elle qui a l'oreille absolue ? Depuis toujours, les relations entre hommes et femmes lui sont présentées comme une opposition, jusqu'à l'union du mariage. « Tu ne riras point avec un homme, tu ne lui adresseras point la parole, mais un beau jour, tu lui seras entièrement soumise. » Lorsqu'elle regarde Alfred, sa gentillesse mal assurée et son esprit peu aiguisé, mais bienveillant, elle lui porte la même tendresse qu'à son frère Ferguson. De l'affection, de l'amour, peut-être, mais fraternel. Elle comprend, par analogie à la situation de Sarah Siddons, que les relations hommes-femmes peuvent être différentes, qu'elles peuvent ne pas toujours être liées au devoir féminin. Mais une certitude en chasse une autre, ainsi ne sait-elle plus si elle doit se réjouir à l'idée d'épouser Alfred ou craindre de s'éteindre dans une telle union.

Isadorah trouve toutefois du réconfort dans la naissance de ses neveux et nièces. Elle aime leurs gazouillements et ne peut cesser de prendre le rôle de la bonne d'enfants, restant parfois des heures à admirer les premiers signes de vie. Une main brandie malgré l'emmaillotage qui entrave leurs mouvements. Une petite bulle de salive qui s'échappe des lèvres fripées des nouveaux venus. Elle trouve qu'il y a une ode à toutes ces premières fois, et compose de petites comptines en pensant à eux.

Arrive alors sa première soirée d'introduction, et de nombreux prétendants se pressent à sa rencontre, sollicitant une place dans son carnet de bal. Elle ne comprend pas cette tradition ridicule, de noircir un minuscule carnet pour hiérarchiser des danses. Elle trouve risible cette situation où jeunes femmes et jeunes hommes exécutent des scénarios absurdes, souvent orchestrés en amont par leur famille afin de conclure les meilleures unions. Comment trouver l'homme qu'on aime et avec qui on passera le reste de sa vie simplement en notant son nom sur un carnet de bal ?

Lors de ce premier bal, elle retrouve son amie Pippa Warwick, affligée par un drame épouvantable. Ayant débuté sa saison quelque temps plus tôt, celle-ci s'était engagée auprès d'un jeune homme de bonne famille avec qui elle avait eu des conversations passionnantes. Ce dernier, passionné de droit, s'intéressait tout de même à l'art et la musique, et c'est de cette façon qu'il avait su séduire Lord Warwick et son épouse, mais aussi Pippa. Les deux familles, nobles et de bonne réputation, furent accablées par la chute de cheval mortelle qu'il fit.

Pippa s'était ainsi retirée des saisons, dévastée par la perte d'un être cher et celle d'un avenir. Après quelque temps où ses parents respectèrent sa mélancolie, elle trouva la force de reprendre son introduction en compagnie de son amie Isadorah.

Lady Warwick a toujours apprécié Hattie, la tante d'Isadorah, et ainsi celle-ci fut conviée malgré les réticences de Lord Templeton. Isadorah passe un agréable moment à discuter avec ces femmes qu'elle admire tant, quand un homme vient à la rencontre de Lord Warwick. Il le salue avec amitié, mais dans le petit salon où ils sont installés s'abat le silence bientôt rompu par quelques murmures. Isadorah ne peut détacher son regard de cet homme mystérieux qui, à chaque pas qu'il exécute, laisse sur son sillage une onde de froid. C'était un homme grand, aux cheveux blond vénitien dont les ondulations se plaquaient sur le côté gauche de son visage. Sa pâleur était réchauffée par des yeux noisette et une moustache bien taillée. Il était un des seuls de la gent masculine à ne pas porter les rouflaquettes à la dernière mode. Parmi tous les hommes en redingote et autres jeunes hommes élégamment vêtus pour l'occasion, c'est toujours le seul sur lequel se posent les yeux d'Isadorah.

En confidence avec son amie Pippa, elle apprend sa réputation sulfureuse. Lord Clive Tucker, un homme de pouvoir, avait divorcé l'année passée de sa jeune épouse, car cette dernière n'était pas à son goût et qu'elle refusait de consommer le mariage. Or, cela ne faisait pas partie des quelques raisons admissibles pour le divorce. Pippa confie à Isadorah que les femmes n'ont pas leur avis à donner sur la question, et que se refuser à son mari est quelque chose de très grave. Isadorah ne comprend pas que l'on ait incité un homme à forcer son épouse. L'affaire avait été tumultueuse et l'on soupçonnait Lord Tucker, après plusieurs années d'acharnement judiciaire, d'avoir fait pression financièrement sur les membres du Parlement et du clergé grâce à son influence politique. Pippa lui raconte alors qu'il se dit que son ex-femme vit désormais seule, avec une autre vieille fille, et que cette infamie a brisé à jamais sa réputation.

Isadorah, qui ne connaît rien aux lois et aux procédures de divorce, se demande si c'est un acte d'héroïsme d'avoir condamné une femme à l'exil social plutôt qu'à vivre avec un homme qui la violente.

Elle échange plusieurs regards avec Lord Tucker, et ces quelques secondes avant de baisser la tête allument en elle un feu intérieur.

17

« Très bien, Eleanor, Samuel, l'heure est grave, dis-je, debout dans la cuisine de Willa, un bébé au creux de chaque bras pendant que ma sœur passait une éponge sur son t-shirt maculé de lait maternel. Il va falloir que vous arrêtiez de grandir parce que je ne serai bientôt plus capable de vous porter tous les deux en même temps. Je sais bien, Samuel, ne me fais pas les gros yeux en maugréant, ça me peine autant que toi.

— Je rêve où tu viens vraiment d'inventer un dialogue avec mon fils de sept semaines ?

— C'est juste toi qui n'as pas assez tendu l'oreille, il a vraiment maugréé, répondis-je.

— Tu es vraiment bizarre, Milly, s'amusa-t-elle.

— Salut, Milly ! »

Eddy était en train de retirer ses bottes en caoutchouc sur le banc de l'entrée, visiblement essoufflé.

« Salut, Eddy ! Qu'est-ce qui t'arrive ? T'as couru après une poule ?

— Eh bien figure-toi que oui, répondit-il en riant.

— Dolores, notre poule cheffe de clan, a un sacré caractère, ajouta Willa.

— Comment vous savez que c'est la cheffe de clan ?

— Elle a des privilèges, nota Eddy.

— Et en quoi ça consiste, les privilèges d'une poule ? »

Cette conversation m'apparaissait comme totalement absurde, mais la maison de Willa et Eddy étant entièrement peuplée de végétaux bizarroïdes en phase de décomposition, plus rien ne parvenait à m'étonner.

« Eh bien, par exemple, toutes les poules dorment ensemble, mais elle, elle fait chambre séparée.

— Elle aime peut-être sa solitude, dis-je.

— Non, c'est une manière d'affirmer sa supériorité.

— Et le matin, elle est la première à manger, ajouta Eddy.

— Elle n'est peut-être pas fan du jeûne intermittent et attend le petit-déjeuner avec impatience.

— Milly Davis, tu te moques de nous ! dit Willa en reprenant Eleanor pour soulager mon bras gauche. Dolores fait des trucs de chef. Elle se met toujours en hauteur pour surveiller sa cour, et quand elle n'est pas contente d'une autre poule, elle donne un petit coup de tête, l'air de dire : "Tu vas arrêter ça tout de suite", et ça marche à chaque fois.

— Très bien, je crois que vous avez besoin de repos tous les deux », ris-je.

Nous passâmes ensuite à table, dégustant des toasts de houmous et de kimchi, des légumes fermentés, le tout accompagné d'un potage des légumes du jardin. Eddy et Willa s'intéressèrent à mes partiels prévus pour le mois suivant et m'interrogèrent ensuite sur mes projets pour les vacances.

« Je vais passer l'été chez les Templeton.

— Ça y est ? demanda Willa, un bout de tartine dans la bouche. Tu passes à l'écriture ?

— Je pense que je devrais être prête à écrire, oui. J'ai pas mal avancé sur les recherches et…

— Ah oui, avec ton mystérieux prof ! me coupa-t-elle en haussant un sourcil complice.

— Comment ça ?

— Maman m'a dit que tu voyais un de tes profs tous les weekends ! C'est pour ça que le petit Zach ne t'intéressait pas ! Sacrée Milly ! »

Je ne sus que répondre et, vu la manière dont Willa pointa son index sur moi, je compris que j'étais en train de rougir. Malgré le peu de différence d'âge que j'avais avec ma sœur, il m'était souvent difficile de parler de ces choses-là – avec tout le monde, d'ailleurs. J'avais mis plus de six mois à présenter mon premier petit-ami à ma famille, et elle m'en avait voulu, ne comprenant pas pourquoi je n'avais jamais partagé ces grandes étapes avec elle. C'était facile pour des gens comme Willa, de se poser sur un canapé et de livrer l'intégralité de son cœur et de ses pensées, mais c'était une épreuve pour les gens comme moi. Pour ceux dont la vie intérieure était parfois plus simple que le monde extérieur. J'avais parfois du mal à communiquer pour de simples détails du quotidien, alors livrer mon intimité était une confidence qu'il m'était impossible de faire. J'aimais ma famille plus que tout au monde, mais aimer ne voulait pas dire être différent pour eux. J'étais introvertie, difficilement extirpable de mon monde intérieur, et cela n'avait rien à voir avec l'amour ou la confiance. J'étais ainsi, voilà tout. Pourtant, cette fois-ci, je n'eus pas envie de nier.

« Comment tu as su ? dis-je simplement, le visage entre les mains.

— Non ! Milly Davis, ce n'est pas vrai ?! Tu sors avec un prof ?

— Willa, chérie, calme-toi tu vas faire pleurer les petits et encore avoir une montée de lait ! coupa Eddy.

— C'est maman qui me l'a dit, reprit-elle, quand tu étais en Écosse. On se faisait un peu de souci pour toi avec tout ce monde en voyage et le fait que tu sois loin… enfin, tu sais, quoi. Je lui disais que j'étais rassurée que Zach soit là pour toi, et elle m'a fait comprendre que ce n'était pas forcément auprès de Zach que tu chercherais du réconfort. C'est dingue ça, on parle d'instinct pendant la grossesse, mais je me suis loupée sur toute la ligne ! Tu nous le présentes quand ?

— Je ne sais pas trop…, répondis-je, essayant de calmer l'onde sismique de stress qui parcourait mon corps et commençait à me chauffer le bout des doigts. C'est horriblement gênant les présentations officielles. Et je ne sais pas si on en est vraiment à ce stade. »

Willa n'insista pas, voyant mon malaise et connaissant ma capacité à me renfermer dans les situations stressantes. Elle se leva simplement de sa chaise et, parcourant la distance qui me séparait d'elle, me prit la main.

« Je suis contente pour toi, Milly. Tant qu'il est gentil avec toi, et qu'il ne nous donne pas de cours de macro-économiques-mathématiques super barbants à table, ça me va », me dit-elle chaleureusement en frottant son pouce sur ma main.

Le repas reprit son cours et, avant de prendre une tisane digestive dans le salon pendant la sieste des jumeaux, j'aidai Willa à plier le linge qui s'accumulait, puis montai ranger les couches lavables à l'étage. Une fois posées sur le canapé, je commençai à lui parler de l'anniversaire de Maggie.

« Ah, justement, on se demandait avec Eddy si on devait bloquer notre samedi.

— Vous aviez prévu de sortir en boîte avec les jumeaux, sinon ? plaisantai-je.

— Tu te moques, mais j'admets que de me sentir coincée à la maison me donne envie de faire toutes les choses que je ne fais jamais d'habitude.

— Tu peux me les laisser une journée, tu sais ? Je peux m'en occuper.

— Je n'hésiterai pas à solliciter tata Milly dans les prochaines semaines, mais en attendant, passe tes partiels, et on verra dans un mois ! Je pense que l'allaitement va toucher à sa fin d'ici peu, ils seront un peu moins dépendants de moi. Qu'est-ce que vous avez prévu pour Maggie ?

— Pour le moment, pas grand-chose, admis-je. Yvonne m'a demandé de voir avec papa et maman pour que la fête soit chez nous, ce qui n'a pas été problématique. Et elle m'a donné la carte d'un traiteur que Maggie voulait tester.

— Qui s'occupe de la liste des invités ? demanda-t-elle en sirotant sa tisane.

— Maman, je pense.

— Tu vas inviter ton prof ? fit-elle d'un air malicieux.

— Willa, arrête de l'appeler comme ça ! Et je ne sais pas trop, on verra le moment venu. Je pense que Larry sera là, il adore Maggie et c'est réciproque. Et Hisaé, aussi. Je pense demander à Lyrah de venir. »

Willa cracha sa tisane sur moi dans une réaction de surprise. Je grimaçai et me levai pour récupérer une serviette et m'essuyer le visage.

« Merci, Willa, la douche à la camomille était très appréciable !

— Désolée, Milly. Mais attends, comment ça tu veux inviter Lyrah ? Vous vous parlez encore ?

— C'est ma meilleure amie, tu sais, depuis des années…

— Je ne pensais pas que c'était toujours aussi important pour toi.

— Elle a toujours fait partie de ma vie et je ne vois pas comment ça pourrait être différent. Je sais que tu trouves ça ridicule, ne me dis pas le contraire, mais c'est une belle preuve d'amitié que de s'écrire chaque semaine depuis tant de temps. Je n'ai pas envie d'abandonner ce rituel, mais j'aimerais la voir. Je crois que je me sens prête à la rencontrer, tu comprends, même si ça me terrifie.

— Oui, je comprends, Milly. Tu devrais en parler avec Maggie, elle saura te dire quoi faire.

— Oui, Maggie sait toujours ce qu'il faut faire. »

En rentrant à la maison, je me rendis dans les appartements de Maggie où une odeur de sauge flottait dans l'air. Je la retrouvai allongée sur son canapé, en pleine écoute de l'opéra d'*Ernani* de Giuseppe Verdi, tiré du drame romantique de Victor Hugo. Elle était enveloppée dans un peignoir de soie ivoire et ressemblait à une sorte de fée immortelle.

« Bonjour, mon ange. Comment s'est passée ta journée ?

— Bien, lui dis-je en m'asseyant dans son fauteuil Emmanuelle. Maggie, il faut que je te dise quelque chose. Enfin, deux. »

Maggie baissa le son de l'opéra et se redressa pour me faire face avec solennité.

« Oui, je t'écoute.

— Tu sais, Alphard Burton, qui m'aide dans mes recherches ?

— Oui, mon ange, répondit-elle avec légèreté, me fixant désormais avec un grand sourire.

— Pourquoi tu souris comme ça ? lui demandai-je avec gêne.

— Milly Davis… Tu penses que je n'ai aucune idée de ce que tu vas me confier ? »

Je cachai mon visage dans mes mains, un tic que je n'avais jamais perdu au fil des ans, pensant pouvoir échapper au regard des autres si je les privais du mien.

« Tu n'es pas fâchée ? finis-je par lui demander.

— Quelle question ! Pourquoi je serais fâchée ? répondit-elle en se rapprochant de moi.

— Parce qu'il n'est pas Zach, ou Vadim…

— Déjà, je suis très heureuse que ça ne soit pas Vadim. Je l'aime de tout mon cœur, mais je sais qu'Ulyana aurait été impitoyable dans son rôle de grand-mère par alliance. Et si ce que tu voyais dans les yeux de Zach ne parvenait pas à te rendre heureuse, alors ce jeune homme m'importe peu ! Même s'il est très bon danseur, il faut l'admettre, plaisanta-t-elle. Très bien, qu'est-ce que tu voulais me dire d'autre ?

— J'aimerais voir Lyrah. Mais j'ai peur qu'elle ne veuille pas mettre fin à notre relation épistolaire. Enfin, que je sois une partie de sa vie qui ne soit pas destinée à être autre chose que du papier.

— Je ne peux pas te dire, mon ange. Je ne suis pas dans sa tête », répondit-elle, avec une tristesse que je semblais lire en elle.

Un silence s'installa, et je repensai à Alphard.

« Tu penses que ça peut marcher ? Je veux dire, il était mon professeur. J'ai peur qu'on nous voie pour toujours comme le prof et son élève. »

Elle me regarda, songeuse et, passant sa main ridée sur mon front, me répondit avec tendresse :

« Je pense, comme je te l'ai dit un jour, qu'aucun rôle ne prédestine les liens. »

Samedi 1er mai,
Maison.

Chère Lyrah,

Je suis heureuse de te savoir remise de tes émotions italiennes. Je comprends tout à fait que toi aussi tu ressentes une certaine nostalgie depuis ton retour.

Je ne cache pas ma fierté d'avoir influencé une infime partie de ton travail de fin d'études. Depuis toujours, la singularité est quelque chose que l'on cultive dans nos échanges. Un concept tellement abstrait, mais qui devient tangible dans tes mains. Je ne comprenais pas, quand j'étais petite, pourquoi tout le monde me disait : « Tu es si singulière, Milly. » Toute ma vie, j'eus le sentiment que Milly se conjuguait à la solitude de la singularité. Quand on me disait : « Tu es si singulière, Milly », j'entendais : « Tu es si solitaire, Milly, et tu le resteras toujours ». Tu as fait de la singularité une beauté, tant par la contradiction de la solitude que tu m'as apportée que par la recherche artistique que tu as développée autour de ce concept.

J'ai hâte de voir toute ton œuvre, ton travail de recherche pour faire ressortir le singulier dans l'uniformité. Il me tarde de découvrir ce que tu feras autour de la localisation. C'est sur cette immense falaise dans les Highlands que j'ai songé à cela. J'espère que tu penseras à ta vieille amie Milly dans les remerciements ; je serais fière d'agiter la brochure de ton exposition devant tout le monde, à sautiller en montrant mon nom ! Je raconterais l'histoire de cette falaise, cette étendue de nature qui avait le goût d'une certitude, celle que le lieu où l'on se trouve influence la création, même si les directives reproduites sont exactement les mêmes.

Je me demande quels lieux tu choisiras pour cela. J'ai si hâte.

Tu seras ravie d'apprendre que, selon tes conseils, j'ai parlé de ma relation avec Alphard à Maggie et Willa. Je sais que ma mère se doute déjà de quelque chose, et je suis convaincue qu'elles lui confirmeront ses intuitions. Hisaé en a parlé à Clarence, celui-ci n'ayant, selon elle, pas une seule fois fait de réflexion sur l'aspect « professoral » de cette relation. Je ne supporte plus le mot « professeur » depuis quelque temps. Je comprends finalement Maggie qui ne veut pas être une « grand-mère », mais être « Maggie ». Je veux qu'Alphard soit Alphard, et non un « professeur ». Peut-on bannir ainsi un mot ? Je suis écrivaine, je crois que je le peux.

Larry et moi avons préparé un programme de révisions militaire pour les semaines à venir. Cela fait déjà une semaine que j'ai commencé à relire mes cours le soir, et les deux prochaines semaines s'annoncent intensives. J'ai l'impression de ne faire que ça, mais à des endroits différents. Parfois dans le bureau d'Alphard, quand je trouve un peu de place parmi son fouillis de papiers pour poser mes cahiers et mes fiches de révision. Parfois chez lui, aussi, avachie sur son canapé en cuir marron pendant qu'en face, dans le vieux fauteuil à l'accoudoir déchiré, il se perd dans la contemplation de vieux ouvrages, relevant la tête parfois en s'exclamant : « C'est vraiment fascinant ! Regarde, Milly, cette onciale du IVe siècle. » Et dans mon salon, également, avec Hisaé et Larry. Celle-ci ne semble plus quitter mes appartements que pour rejoindre ceux de Clarence.

La première mission d'Earth 360 a été un succès, je te joins d'ailleurs la page de journal relatant cet épisode – tu es peut-être l'une des seules dans la confidence en dehors des membres de l'association ! Maggie craignait que les journalistes n'aillent déterrer la vérité dans les couloirs des urgences, mais rien ne semble se profiler ainsi, ce qui me rassure autant qu'elle. Elles sont en train de surveiller les articles. Tu les verrais, elles sont si fabuleuses à regarder. Elles ont découpé tous les articles de presse qui ont fait suite à la mission ARTISHOCKED et analysé ceux sur le thème de l'écologie mettant en avant l'impact dangereux de la consommation de viande autant sur le corps que sur l'environnement. J'ai hâte qu'un beau jour, les femmes d'Earth 360 sortent de l'ombre pour voir la tête que feront les gens en découvrant que tout cet engouement médiatique est l'initiative de cinq septuagénaires.

Nous commençons à organiser secrètement l'anniversaire de Maggie. Ce n'est pas si compliqué puisque, son anniversaire tombant le samedi 5 juin, il suffira de prétexter un teatime au Blackbird pour fêter sa nouvelle bougie (effectivement, c'est une image, tu sais bien que Maggie ne compte plus les « bâtonnets de cire », comme elle le dit souvent). Mes parents ont d'ores et déjà réservé le traiteur et lancé des invitations. Je suis très heureuse, car j'ai réussi à convaincre Daria de venir avec Julianne. Celles-ci s'apprêtent à emménager ensemble, Daria ayant admis qu'occuper une place dans le foyer des sans-abris alors qu'elle passe toutes ses soirées chez Julianne n'était pas très altruiste. Elle va donc présenter l'amour de sa vie aux femmes de sa vie. C'est si émouvant.

Je pense en parler à Alphard. Maintenant que tout le monde est plus ou moins au courant, cela pourrait être plus simple de faire les présentations lors d'une fête. Daria m'a dit qu'on se serrerait les coudes.

Aussi, ma chère Lyrah, je crois qu'il est temps pour moi de réitérer mon invitation. J'aimerais que, nous aussi, nous profitions d'une célébration pour faire les présentations. J'ai beaucoup appris sur moi, ces derniers mois. Je me suis rendu compte que les mots du silence n'étaient pas toujours le langage le plus simple.

Que, par exemple, ils ne pouvaient pas toujours suppléer au son d'une voix, à la communication d'un regard. Tu es ma meilleure amie, depuis toujours, et je serais heureuse de te voir et de t'entendre. J'ai l'impression aussi que, depuis toutes ces années, tu connais un peu Maggie, alors peut-être serais-tu heureuse d'être là pour son anniversaire.

En tout cas, moi, je le serais.

Je t'embrasse et ai hâte de te lire,

Ta dévouée Milly

18

La sonnerie du mercredi 2 juin fut la dernière de l'année universitaire, clôturant ainsi la période des examens pour moi. Larry n'était pas encore libéré, devant passer tout un tas d'options qu'il avait choisies. Il rentra donc chez moi, seul, profitant du calme de mon salon pour réviser son partiel d'histoire du droit colonial pendant que je serais dans le bureau 342. Il avait désormais l'habitude de s'y rendre pendant mon absence. Personne à la maison n'en était gêné, Larry faisant toujours l'unanimité. Mon père lui proposa même l'aménagement d'un petit bureau, mais il refusa, gêné. J'avais pleine confiance en Larry, et sa présence ne me dérangeait pas le moins du monde. Souvent, il s'allongeait sur un des canapés pour réviser, mâchouillant pensivement le capuchon de son stylo. Il me racontait que, parfois, ma mère ou Maggie montait le voir pour lui apporter du thé et des biscuits. Tout le monde aimait Larry, et moi, j'aimais Alphard Burton que j'avais hâte de retrouver, comme tous les mercredis après-midi. J'entendis les rires de Glenn Webster depuis le couloir, et frappai avant d'entrer. Ils me saluèrent en chœur.

« Milly, entre ! fit-il en souriant.

— Salut, Milly !

— Bonjour, professeur Webster, lui répondis-je.

— Oh, je crois que tu peux m'appeler, Glenn, non ? L'année est bientôt terminée.

— À vrai dire, elle est officiellement terminée depuis les quinze minutes que tu as mis pour venir jusqu'ici », souligna Alphard avant de se pencher derrière son bureau pour ramasser quelque chose.

Il déposa sur la table un bouquet de marguerites et, en m'adressant son plus large sourire qui étendait sa moustache sur son visage, il déclara d'un ton solennel :

« Je ne suis désormais plus ton professeur, Milly.

— Très romantique, mon ami. Je vais vous laisser ! fit Glenn en se levant de sa chaise. Milly, pense à fermer derrière moi, hein ! »

Je m'exécutai avant de tomber dans les bras d'Alphard, enroulant les miens autour de sa nuque. C'était un jour ensoleillé qui s'accordait avec la libération des partiels et la fin des injonctions de discrétion.

« Tu m'as acheté des fleurs ? dis-je après plusieurs minutes d'étreinte et de baisers.

— Oui, répondit-il en prenant place sur sa chaise et en m'invitant à m'asseoir sur ses genoux. La fleuriste m'a demandé si c'était pour une femme. J'ai répondu que oui, et elle m'a houspillé en me…

— Elle t'a houspillé ? répétai-je, moqueuse.

— Je t'assure qu'elle n'était pas contente, rit-il. Elle a mis ses poings sur sa taille et m'a dit : "La marguerite, c'est la fleur la moins romantique de tout mon magasin."

— Et qu'est-ce que tu as répondu à cette pauvre femme qui a osé houspiller Alphard Burton ?

— Qu'elle n'avait jamais rencontré ma Daisy et qu'ainsi elle ignorait que la marguerite était la plus belle de toutes.

— Vous êtes très romantique, professeur Burton », dis-je avant de prendre son visage entre mes mains et de l'embrasser avec fougue.

Assise sur ses genoux, la tête tournée vers ses rayonnages, je vis que de nouveaux livres s'étaient ajoutés à l'étage d'Isadorah. J'en profitai pour lui parler des notes que je venais d'ajouter à mon carnet, et nous évoquâmes ensemble la liste des derniers éléments à rechercher.

« Je pense que samedi, avant d'aller voir Malcolm, on pourrait passer aux archives. Cela pourrait nous donner des indications sur les dates des adoptions. À mon avis, il faudrait aussi rechercher dans les archives religieuses, comme les orphelinats étaient souvent gérés par les bonnes sœurs et faisaient partie des organisations paroissiales, énonça-t-il.

— Ah, oui, à propos de samedi…, commençai-je.

— Quoi ? Ça y est, je ne suis plus ton professeur, tu es en vacances et tu ne veux plus passer tes samedis dans la poussière avec moi ? me coupa-t-il sur le ton de la plaisanterie.

— Je n'échangerais mes samedis poussiéreux contre rien au monde, lui souris-je, mais c'est l'anniversaire de Maggie.

— Ah, d'accord, le motif est acceptable. »

Je me relevai et marchai dans son bureau, cherchant un peu de courage et d'entrain.

« Alphard, tu fais quelque chose, samedi ?

— Si je ne vais pas chercher des archives avec toi, je serai probablement en train de le faire chez moi.

— Et le soir ? »

Il me fixa, une expression indéchiffrable sur le visage, comprenant sans doute où je voulais en venir.

« Est-ce que tu voudrais venir à l'anniversaire de Maggie ? Ça serait l'occasion pour toi de rencontrer ma famille, et puis il y aura beaucoup de monde, on ne sera pas à table en train de dîner. Ce sera moins formel…

— Milly…, répondit-il avec sérieux, tu ne penses pas que c'est un peu tôt ?

— Je ne pensais pas que nous étions encore dans une phase de test, mais si tu considères que…

— Non, coupa-t-il, je ne parlais pas du stade de notre relation, mais… J'avais pensé qu'après l'été ce serait plus simple.

— Plus simple ? répétai-je.

— Oui, une fois l'été passé, tu pourrais me présenter en disant : "C'était un de mes profs de fac" et ce serait bien moins compliqué, non ?

— Alphard, je n'ai pas envie de parler de toi au passé. Tu as été mon professeur, c'est un fait, mais je ne crois pas que raconter que nous sommes devenus intimes en dehors des périodes universitaires changerait quelque chose. Et je n'ai pas d'autres projets cet été que d'aller chez les Templeton puis chez Alphard Burton. Alors je pense que…

— C'est vrai, m'interrompit-il, tu as raison. Je suis intimidé. Mais je le serai même en laissant passer l'été alors, c'est d'accord, je suis prêt à rencontrer ta famille, Milly. »

Je passai le reste de la semaine entre l'appartement d'Alphard, les recherches pour Isadorah et les quartiers de mes parents devenus le repaire secret pour l'organisation de l'anniversaire de Maggie. Celle-ci semblait se douter de quelque chose, mais cela n'étonna personne puisque ma mère ne passait jamais à côté de l'organisation d'une grande soirée d'anniversaire, malgré les protestations des intéressés. Elle était parvenue à réunir tous les amis de Maggie, des plus anciens aux plus récents, le dernier en date étant le fabricant de ses bols chamaniques. La mission ARTISHOCKED étant demeurée secrète, je dus trouver un lien quelconque entre Maggie et la bande d'acteurs menée par John que l'on convia après concertation avec Yvonne. Ils furent donc désignés comme de jeunes gens que Maggie aurait rencontrés à son cours de yoga philosophique (une nouvelle lubie qui était devenue la source favorite de plaisanteries pour Clarence et mon père).

Hisaé s’impliqua énormément dans l’anniversaire de Maggie, faisant des pieds et des mains pour nous aider à trouver un paravent japonais de l’époque d’Edo dont elle rêvait depuis toujours. Elle en trouva finalement un dans le catalogue des antiquités de Sothebys et, avec l’aide de sa mère, ce merveilleux paravent du XVIIe siècle à six feuilles en papier représentant une rivière bordée de chrysanthèmes et de pins sur fond or parvint jusqu’à la maison Davis. Nous créâmes donc une cagnotte pour que les invités puissent participer à l’acquisition de cette antiquité. Je fus ravie de voir que ma mère s’entendait beaucoup mieux avec Hisaé.

J’attendais avec grande impatience cette soirée, autant pour célébrer Maggie, lui rendre tout l’amour qu’elle nous donnait au quotidien, que pour voir les gens qui s’aimaient se tenir la main. Voir Willa, heureuse, un bébé au creux de chaque bras ; Hisaé, en compagnie de mon frère, enchantée de voir ses parents s’entendre à merveille avec les miens ; mes parents, amoureux comme au premier jour, mon père se délectant de l’air victorieux de ma mère, fière de son organisation ; Daria, la main dans la seule qui ait jamais compté dans son existence ; et la mienne dans celle d’Alphard.

Rien ne pourrait altérer cela.

La veille, en passant dans mon bureau où je fus chatouillée par la plume de paon du plumier non fonctionnel de Lyrah, je réalisai que je n’avais pas encore eu de réponse à ma lettre. Cela ne m’étonnait guère. Je l’imaginais, passionnée par son travail de fin d’études, à ne pas voir les heures défiler, l’esprit à la création, les mains à l'élaboration. Je la visualisais, pieds nus, installée sur son tabouret en bois, retirant parfois un pinceau de son chignon pour retoucher une ligne, une courbe sur son œuvre. Je savais ce que c'était que de se perdre dans une réalité tout autre, de vivre, de respirer et de percevoir tous les contours de l'histoire que l'on crée jusqu'à n'être plus connecté au présent que par l'assise sur laquelle on est.

Je décidai de lui réécrire, et entamai une lettre qui demeurerait inachevée.

« Chère Lyrah,

Je t'imagine à cet instant partie pour un monde alternatif né de ton esprit. Je n'ai pas eu de réponse à ma dernière lettre et te soupçonne de t'être perdue dans les affres de ta création. Je plaisante, chère Lyrah, je sais combien ce projet de fin d'études est important pour toi, et aussi n'as-tu peut-être même pas eu le temps de rentrer chez toi et de lire mes dernières lignes. Je ne t'en veux pas, et t'envoie tout mon courage pour les derniers instants de travail. Tes efforts paieront, j'en suis certaine.

Peut-être es-tu partie dans un ailleurs à la recherche de la singularité. Je me demande si tu seras revenue à temps pour l'anniversaire de Maggie et »

Je laissai ma plume suspendue en l'air, réalisant que quand bien même cette lettre lui parviendrait, il serait bien trop tard. Alors, je quittai mon bureau sans achever ma phrase pour m'en aller la dire de vive voix. Je me fis conduire à l'école d'art de la ville.

Une fois devant l'immense portail en fer forgé qui marquait l'entrée de l'école, je fus frappée par la témérité de ce que je m'apprêtais à faire, ce qui m'apparut pour la première fois comme étant particulièrement terrifiant. Je ne savais même pas où me rendre dans cette enceinte composée de plusieurs bâtiments et de plusieurs entrées différentes. Je vis des étudiants sortir par diverses portes, portant sous le bras d'immenses porte-documents noir et blanc, ou vert et noir, que je reconnaissais comme étant des cartons à dessins ; des sacs dépassaient parfois des étuis cylindriques renfermant des documents enroulés. Je restai stoïque au milieu de cette communauté artistique.

« Vous cherchez quelque chose ? me demanda un homme d'une quarantaine d'années qui semblait avoir l'assurance de quelqu'un qui travaille ici.

— Oui, je cherche une élève, mais je ne sais pas où elle est. Je suis une amie.

— Elle est dans quel pôle ?

— Je n'en ai aucune idée, je sais juste qu'elle est en quatrième année.

— Mmh, ça ne va pas nous aider, elle peut être dans n'importe quel département. Pourquoi ne lui demandez-vous pas ? »

Je voyais que l'homme à qui je m'adressais n'était pas forcément suspicieux, mais trouvait sans doute bizarre que je n'aie aucune information. Je ne pouvais pas lui dire qu'en plus d'ignorer son département, je n'avais pas le numéro de téléphone de Lyrah.

« C'est pour une surprise, dis-je. Je suis revenue plus tôt d'un échange scolaire et je voulais lui rendre visite.

— Ah ! lâcha-t-il, visiblement satisfait par mon mensonge. Je ne peux pas vous aider, mais allez dans le hall A. L'accueil pourra vous renseigner. Dites-leur que c'est Mr. Alcott qui vous envoie.

— Très bien, merci beaucoup ! » dis-je en m'élançant dans la direction du hall A.

Le bâtiment était une sorte de construction impossible de verre, avec d'imposantes armatures métalliques. Les reliefs anguleux donnaient aux infiltrations de lumière des mouvements ondoyants sur le sol. J'avançais sur le sol en béton ciré sans pouvoir décrocher mes yeux de ces formes d'ombres qui se créaient à mes pieds. L'espace était vaste, et seuls quelques coussins marocains posés à même le sol faisaient office d'assise.

« Bonjour, dis-je en m'approchant de l'accueil, je viens de la part de Mr. Alcott pour avoir un renseignement.

— Bonjour, me répondit la femme derrière le comptoir, que puis-je pour vous ?

— Je cherche une élève de quatrième année, mais je n'ai aucune idée de son département.

— Vous avez son nom ?

— Oui, Lyrah Berolzheimer. »

Elle déplaça la souris de son ordinateur, tapota sur son clavier, et secoua la tête.

« Mmh, non, je n'ai personne sous ce nom, dit-elle. Berolzheimer, vous m'avez dit ?

— Oui, Berolzheimer, répétai-je. B-E-R-O-L-Z-H-E-I-M-E-R. »

Elle pianota à nouveau bruyamment sur les touches.

« Non, désolée, il n'y a personne sous ce nom.

— Oh », fis-je, surprise.

Je réfléchissais, me demandant si elle pouvait avoir été enregistrée sous le nom de sa mère ou de son père. Je ne connaissais pas les détails administratifs de la vie de Lyrah et, sachant que son père était un collectionneur d'art connu, peut-être avait-elle choisi de s'inscrire sous le nom de sa mère pour éviter que l'on ne l'accuse de favoritisme ou de quelconques privilèges.

« Est-ce que vous pouvez rechercher à Lyrah ? demandai-je après quelques instants de réflexion. Je ne suis pas sûre qu'elle soit enregistrée sous le nom de son père.

— Impossible, mademoiselle. La recherche avec la seule indication du prénom ne fonctionne pas. Il faudrait que je fasse tous les registres un à un…

— Oui, je comprends, répondis-je en souriant à sa moue embêtée, merci pour votre temps. »

Je partis en direction de la sortie mais, avant de quitter le bâtiment, je lui adressai une dernière question :

« Excusez-moi, est-ce que vous savez s'il existe d'autres écoles d'art dans la ville ?

— Non, mademoiselle, c'est la seule. Il n'y en a pas d'autres.

— Merci beaucoup », dis-je avant de m'éloigner.

Je repartis, déçue, me rendant compte que si je pensais tout savoir de Lyrah, je n'avais accès qu'à son monde sur le papier. Un monde dans lequel j'ignorais à quel nom elle pouvait être enregistrée à l'école, dans quel département elle pouvait être inscrite. Ce constat me laissa dans une profonde tristesse, mais n'altéra pas pour autant mon envie que les lettres deviennent paroles.

19

J'étais partie tôt de chez Alphard, vers qui j'étais allée chercher du réconfort après mon escapade infructueuse à l'école d'art. Je l'avais attendu à la sortie de son amphithéâtre où il donnait un de ses derniers cours de l'année à d'autres promotions, et j'eus la certitude que jamais je ne me lasserais du sourire qu'il m'adressait en me reconnaissant parmi une foule d'inconnus. Je m'étais approchée une fois le cours terminé, patientant sur un banc au premier rang le temps qu'il réponde aux questions de ses élèves, comme lorsque je l'avais attendu pour la première fois. Une main dans la poche de son pantalon, il parlait avec passion, ponctuant ses mots de gestes emphatiques, pointant parfois des lignes sur le document que lui tendait son élève. Quand il relevait la tête, il voyait que je l'observais avec attention et cela le faisait sourire, perdant plusieurs fois le fil de sa phrase. Lorsque l'amphithéâtre fut vidé de tous les élèves, il était descendu de son estrade grinçante pour se diriger vers moi.

« Je ne suis pas certaine qu'il soit bien sage de penser à vous embrasser dans cet amphithéâtre, professeur Burton, lui avais-je dit à mesure qu'il se rapprochait.

— Tout ce que j'ai à l'esprit en pensant à vous dans cet amphithéâtre est bien moins sage qu'un baiser, mademoiselle Davis. »

Nous nous étions embrassés discrètement après avoir jeté un œil aux portes qui s'avéraient être toujours closes, et étions rentrés chez lui où je lui avais raconté mes péripéties du jour. Pour Alphard, à qui j'avais déjà parlé de l'existence de Lyrah, il n'y avait rien d'anormal. L'héritage d'un nom était parfois un fardeau, avait-il dit, s'étonnant au passage que je n'aie pas choisi un pseudonyme pour publier mon premier roman.

« Mais tu ne penses pas que c'est parce qu'elle refuse de me voir ? lui avais-je demandé. Ça fait deux fois qu'elle ne répond pas quand je lui demande de venir me rencontrer…

— Consacrer plusieurs heures de sa vie chaque mercredi de son existence depuis seize ans pour écrire à quelqu'un a le poids d'une certitude, Milly. Vos lettres échangées ne sont pas de ridicules cartes postales à épingler sur un vieux tableau en liège, mais des mémoires à archiver. Ne doute pas de son amitié, elle est sincère, c'est évident. Il s'agit juste de mauvaises périodes pour elle, à chaque fois. Ne t'en fais pas, Milly, tu comptes énormément pour Lyrah, c'est certain. »

Il avait raison, et l'entendre de sa voix rassurante avait fini de balayer mes incertitudes. J'avais réussi à passer une bonne soirée, malgré le fait que je ne verrais pas Lyrah le lendemain.

J'avais donc quitté son appartement à l'aube, prête pour la grande journée de Maggie. J'arrivai à la maison et découvris mes parents dans le salon principal, prenant leur café, la main de l'un sur la jambe de l'autre, lisant le même journal, comme chaque matin.

« Coucou, ma chérie ! dit ma mère en se levant pour m'embrasser. Tu viens d'où comme ça ?

— Salut, ma fille. »

J'enlaçai mon père en faisant durer l'étreinte, espérant que pendant ce laps de temps ma mère aurait fini d'attendre une réponse.

« Je vais aller voir Maggie », dis-je ensuite sans attendre que ma mère ne me relance.

Je parcourus les étages jusqu'aux appartements de Maggie, et entendis les Rolling Stones asséner le dernier riff du morceau, signe qu'elle venait de terminer son yoga.

« Bonjour, mon ange ! lança-t-elle à mon arrivée, la tête entre ses jambes dans un exercice de souplesse.

— Joyeux anniversaire, Maggie ! Est-ce que je te fais un bisou maintenant ou m'épargnes-tu la proximité avec ton postérieur ? »

Elle s'esclaffa à ma plaisanterie et faillit perdre l'équilibre, ce qui mit définitivement fin à sa session de yoga.

« Je t'ai préparé une petite carte, mais elle est dans ma chambre, lui dis-je après l'avoir prise dans mes bras.

— Il n'y a pas de souci, mon ange. Où étais-tu, hier ? Je suis venue te voir, mais je n'ai trouvé que Larry. Il parlait à quelqu'un au téléphone, en vidéo, tu sais, comme tu fais avec les jumeaux.

— Ah oui, c'est Geillis, son amoureuse d'Écosse. J'ai dormi chez Alphard.

— Ah ? fit-elle. Ce n'était pas prévu ?

— Non, mais j'étais un peu triste dans l'après-midi.

— Pourquoi cela ? » s'inquiéta-t-elle.

Elle alla relever le bras de la platine qui butait sur les derniers sillons du vinyle et revint se placer à mes côtés.

« J'ai proposé à Lyrah de nous rejoindre au Blackbird cet après-midi, pour ton anniversaire, mentis-je pour ne rien dévoiler de la soirée, et elle ne m'a pas répondu. Je me suis imaginé qu'elle était en plein dans son projet de fin d'études, donc je suis allée à l'école d'art.

— Ah… Et ?

— Eh bien, il n'y avait personne au nom de Berolzheimer.

— Oh, Mil…

— Non ! la coupai-je en voyant l'air peiné sur son visage. Je vais bien, ne t'inquiète pas. J'en ai discuté avec Alphard et je pense qu'elle est inscrite sous le nom de sa mère. Ça fait sens, son père est influent dans le milieu… Lyrah n'est pas du genre à vouloir tirer un quelconque avantage de son nom. Ne me regarde pas avec ces yeux-là, repris-je en voyant son mutisme inquiet, ça sera pour une autre fois. Je ne vais pas dire que je ne suis pas triste, et déçue, j'aurais adoré la voir, mais ça sera pour une prochaine fois… »

En énonçant cela, des larmes perlèrent sur mes joues. Bien sûr que tout cela était plausible, mais demeurait en moi le sentiment que Lyrah m'échappait, et cela me laissait dans une profonde tristesse. Maggie, dont les yeux s'embuaient de larmes en me voyant pleurer, me prit dans ses bras.

« Oh, Milly… »

La journée fut toutefois bien plus festive que ce petit incident larmoyant. J'oubliai rapidement l'absence de Lyrah pour me réjouir de la présence des autres. Après le brunch familial, auquel fut conviée Hisaé, pour mon plus grand plaisir, nous partîmes dans l'après-midi au Blackbird, retrouvant ainsi Ulyana, Daria, Yvonne et Marcella. Nous avions découvert qu'avec la venue des beaux jours, le salon de thé coloré et fleuri ouvrait son arrière-cour, proposant ainsi à sa clientèle une jolie terrasse pavée. Les tables de jardin blanches étaient toutes rondes, et en leur centre se dressait un parasol rose poudré. Des franges blanches ornaient les contours de celui-ci, ainsi que des branches de lilas et de lierre qui tombaient de part et d'autre. Les chaises en métal blanc étaient recouvertes de coussins roses, et tout dans ce lieu semblait avoir été acheté au pays des merveilles. Daria avait mis son tutu rose pour l'occasion, et elle fut ravie d'être à l'extérieur, pour une fois. Elle alluma donc une cigarette et, quelques minutes plus tard, une serveuse vint à notre table.

« Excusez-moi, madame, vous ne pouvez pas fumer ici, lui indiqua-t-elle avec douceur.

— Ben, pourquoi ? J'suis dehors, nan ? répondit-elle en laissant la fumée sortir de ses narines.

— Oui, mais c'est un établissement privé. Nous interdisons la cigarette, même dans le jardin.

— Ah ouais, et pourquoi donc ? renchérit-elle avec agacement.

— Parce que cela trouble la clientèle.

— Daria, éteins cette cigarette, tu as entendu ? » insista Yvonne.

La serveuse s'éloigna, poursuivie par un flot de récriminations.

« J't'en collerais du trouble, lança Daria en bougonnant. Moi ça m'trouble qu'ça sente la rose partout, et pourtant j'râle pas en disant qu'ça sent l'pet d'licorne, par ici !

— Daria, ne te fais pas remarquer, je te prie, sermonna Ulyana.

— Oh ça va, Avdeïev, si on s'fait r'marquer ça s'ra surtout à cause de ta parabole sur la tête ! lança-t-elle en pointant du doigt l'immense capeline blanche que portait Ulyana. Eh ! cria-t-elle à une serveuse, enl'vez l'parasol, on n'en a pas b'soin ! »

Je ne pus me retenir plus longtemps de rire, et je fus bientôt accompagnée par Maggie qui s'était délectée de la scène. Nos éclats furent suivis par ceux d'Yvonne et enfin toute la tablée rigolait, même Marcella, bien que je ne sois pas persuadée qu'elle savait pourquoi elle riait.

Nous commandâmes enfin du thé et des petits gâteaux et, lorsque le tout arriva sur la table, Daria se fit à nouveau sermonner.

« Madame, l'espace est non-fumeur, lui indiqua la nouvelle serveuse, l'autre ayant sans doute préféré ne jamais avoir à parler à nouveau à Daria Kowalewski.

— J'fume pas, répondit-elle sèchement.

— Mais vous avez une cigarette dans la bouche, madame.

— Ben ouais, ben c'est comme ça, vous aussi j'suis sûre qu'des fois vous aimez avoir des trucs dans la bouche. »

C'en fut trop pour Maggie qui, à la manière de Willa avec sa tisane, cracha son thé sous la surprise et le rire. La mission « ne pas se faire remarquer » fut un échec, nos éclats de rire perçant le calme des lieux. Des yeux de Maggie perlaient des larmes tant elle s'esclaffait.

Nous nous séparâmes enfin, Yvonne ayant précisé à Maggie que son cadeau d'anniversaire avait été commandé par les filles, mais qu'il était en retard. Ulyana avait indiqué à Maggie avoir réservé un restaurant pour le soir même, et ainsi, elles partirent toutes les deux en direction du coiffeur pour s'apprêter. Je n'étais pas sûre qu'élaborer la même tactique que pour mon anniversaire soit une bonne idée, mais Ulyana et Maggie avaient leur coquetterie et prenaient chaque semaine rendez-vous chez le coiffeur pour leur brushing.

Quant à moi, je me rendis chez Alphard où j'avais laissé un sac avec mes affaires quelques jours auparavant. Pour l'occasion, j'avais choisi une robe à fines bretelles ivoire en crêpe de soie croisée sous la poitrine par un nœud. Quand il eut enfilé son costume à carreaux gris, Alphard devint agité.

« Milly, tu es sûre que c'est une bonne idée ? Tes parents savent que tu viens accompagnée ?

— Non, bien sûr que non, répondis-je, d'ailleurs ton nom n'est sans doute pas indiqué sur la liste donc il y a une chance sur deux pour que le vigile te fasse sortir de la maison.

— Il y a un vigile ? répondit-il, horrifié.

— Alphard, je plaisante, dis-je en m'approchant de lui pour ajuster le col de sa chemise. Mes parents se doutent que tu seras là, et il n'y aura aucun vigile pour te sortir de la maison. Tout ira bien », le rassurai-je en déposant un baiser sur ses lèvres, caressant ses joues fraîchement rasées.

Il agrippa mes épaules, laissant ses mains glisser le long de mes bras jusqu'aux miennes, et les porta à sa bouche.

« Vous êtes sublime, Daisy.

— Vous êtes très beau aussi, monsieur Banart. »

Et nous nous fîmes conduire jusque chez moi.

Alphard n'était venu qu'une seule fois, après mon absence prolongée au cours de l'année universitaire. Aussi fut-il impressionné lorsque nous nous engageâmes dans l'allée qui traversait les jardins jusqu'à l'entrée principale. Avant de monter les escaliers, il s'arrêta, cherchant son souffle.

« Milly, il y a vraiment un vigile à l'entrée, signala-t-il avec inquiétude.

— C'est un hôte d'accueil, Alphard, il n'y a pas de vigile, je te le promets, ris-je.

— Très bien, dit-il en boutonnant sa veste, concentré, allons-y.

— Ça va aller ? lui demandai-je avant de m'engager dans les escaliers.

— Oui », répondit-il simplement, en prenant ma main dans la sienne.

J'entrecroisai mes doigts aux siens et les serrai fort.

Le couloir de l'entrée était déjà extrêmement bruyant, il y avait du monde partout, les salons étaient déjà remplis, et je vis à travers les portes-fenêtres que les balcons accueillaient eux aussi des invités. Nous serpentâmes au milieu de la foule, cherchant un visage connu. Parfois, des bras m'attrapaient, des connaissances, des amis de la famille. Le brouhaha était tel que je n'étais pas mécontente de ne pas tomber sur mes parents, le bruit n'aurait sans doute pas facilité les présentations.

Au bout de quelques minutes, je parvins à trouver Hisaé, au bras de Clarence, qui m'entoura des siens.

« Comment ça va, Milly ? me demanda-t-elle après m'avoir enlacée. Bonsoir, professeur, fit-elle à l'attention d'Alphard.

— Bonsoir, vous pouvez m'appeler Alphard, lui indiqua-t-il avec timidité.

— Oui, c'est mieux ! répondit-elle, avec enthousiasme et chaleur. Alors je propose qu'on se tutoie et que vous m'appeliez Hisaé, c'est OK ?

— C'est OK, répliqua-t-il, amusé.

— Salut, Alphard, intervint Clarence après cet échange en lui tendant la main, ravi de faire ta connaissance. Qu'est-ce que tu bois ? Ne compte pas sur Milly pour se rapprocher du buffet, elle a horreur de ça.

— À vrai dire, on vient à peine d'arriver et… »

Je n'entendis pas le reste de la conversation puisque Clarence, une main sur l'épaule d'Alphard, l'entraînait déjà en direction du petit bar aménagé. Il se retourna pour m'adresser un clin d'œil et cette image me fit chaud au cœur.

« J'ai raconté à Clarence ce que tu m'avais dit sur les craintes du Pr. Burton, enfin d'Alphard, pardon », se reprit-elle.

Je me surpris moi-même à la prendre dans mes bras, et lui chuchotai avec affection :

« Merci beaucoup, tu es une vraie amie. »

Elle me serra d'autant plus fort mais cette étreinte fut interrompue par un verre froid dans mon dos. Je me courbai par réflexe et Clarence rigola très fort.

« Ça marche à tous les coups ! s'amusa-t-il.

— Qu'est-ce que c'est ? demandai-je en prenant le verre qu'il me tendait.

— Un bellini, souligna Alphard. Ton frère a insisté pour me faire goûter du whisky japonais.

— Je suis sûr que tu vas aimer ! ajouta l'intéressé. Alors ? » lança-t-il en l'encourageant à en prendre une gorgée.

Alphard trempa ses lèvres dans le liquide couleur or, et déclara :

« J'aime beaucoup, bien meilleur que le whisky écossais ! »

À ce moment-là, Clarence fut accosté par un couple qui me semblait être des employés de l'entreprise de mon père. Il s'excusa et entreprit une conversation avec eux, rejoint ensuite par Hisaé.

« C'est vrai ? Tu aimes ? lui demandai-je.

— Non, c'est une horreur, mais je voulais avoir l'air chic. »

Je ris et lui tendis mon verre pour qu'il se débarrasse de la sensation qu'il peinait à me décrire.

« Ah t'es là ! lança Willa en m'attrapant par le bras. Punaise, impossible de circuler ici avec une double poussette. Tu peux me tenir ça, dit-elle en me tendant mon neveu, Eleanor s'est vomi dessus, je vais la changer. Ah, bonsoir ! fit-elle en remarquant la présence d'Alphard. Je vais m'occuper du vomi de ma fille et ensuite on reprend les présentations en oubliant cette entrée fracassante, ça vous va ?

— Parfait », lui répondit-il, amusé.

Je profitai des quelques instants avec Samuel, enfouissant mon visage dans son petit cou et couvrant ses cheveux d'une cascade de baisers. L'odeur des bébés, outre celle du vomi, était une fragrance magique.

« Eh bien, Milly, je ne te savais pas si affectueuse.

— Êtes-vous jaloux, Alphard Burton ? dis-je entre deux bisous sur les joues de mon neveu.

— Non, dit-il simplement en riant. Ça te va bien, remarqua-t-il.

— Je n'ai jamais compris les gens qui disaient ça.

— Pourquoi ?

— Je trouve ça bête, comme si porter un bébé était quelque chose qui devait nous aller ou non. Tu imagines, si on dit ça à une femme qui porte un bébé qui n'est pas le sien alors qu'elle ne peut pas en avoir ? C'est indiscret, et culpabilisant pour les femmes. Qu'on veuille des enfants ou non, qu'on puisse en avoir ou non, je pense que personne ne devrait donner son avis sur si, oui ou non, ça nous va bien de porter un enfant dans ses bras. »

Il m'observa avec attention, sans le sourire qu'il affichait depuis notre arrivée et, me fixant toujours intensément, me caressa la joue.

« Tu veux le prendre ? lui demandai-je en tendant Samuel.

— Non, répondit-il en se reculant.

— Eh, mais c'est mon fils, ça ! fit Eddy en débarquant de je ne sais quel endroit, m'arrachant Samuel des bras.

— Salut, Eddy ! Si tu cherches Willa elle est partie nettoyer Eleanor.

— Oui, je viens de la croiser. »

Il se pencha pour attraper un bavoir dans la poussette et, en se relevant, remarqua la présence de mon cavalier.

« Ça alors ! cria-t-il. Alphard Burton ! Qu'est-ce que tu fais là, vieux ?!

— Eddy Miller ? Quelle coïncidence ! »

Ils échangèrent une accolade amicale, et il me semblait qu'un paramètre de la situation m'avait échappé.

« Ça fait des années que je ne t'ai pas croisé ! Qu'est-ce que tu deviens ? demanda-t-il. La dernière fois que je t'ai vu tu venais de te marier avec Meredith ! Je l'ai croisée avec votre bébé d'ailleurs, félicitations ! Les nuits doivent être courtes, mais ça en v…

— On est divorcés », coupa-t-il rapidement.

Eddy sentit le malaise, adressa un coup d'œil dans ma direction, et je fus certaine de percevoir le moment où la connexion se fit dans son cerveau.

« Oh, fit-il après quelques instants, je suis désolé, je…

— Non, il n'y a pas de problème », interrompit Alphard en souriant pour mettre un terme au malaise ambiant.

Je fus ravie d'entendre les pleurs de ma nièce se rapprocher de nous et découvris Willa essoufflée, les joues rouges.

« Il fait une chaleur ici ! Alors, reprit-elle en tendant la main vers Alphard, moi c'est Willa, enchantée !

— Alphard, enchanté également, lui répondit-il en souriant.

— Je vois que tu as fait connaissance avec mon mari Eddy !

— À vrai dire, on se connaissait déjà ! signala l'intéressé. Alphard était à la fac en même temps que moi, on a fait quelques soirées ensemble, à l'époque.

— Ah oui ? C'est super ça !

— Qu'est-ce que devient Dan ? Ça fait des années que je ne l'ai pas vu. Il était marié avec ta sœur, c'est ça ?

— Oui, c'est ça, répondit Alphard. Il est toujours marié avec ma sœur et est devenu papa, accessoirement. Des jumelles, également, fit-il en désignant de son verre les bébés.

— C'est pas vrai ! lança Willa. Et ça vient de ta famille, la gémellité ?

— Oui, Neven et Stella, mon frère et ma sœur aînés, sont jumeaux.

— Wow, s'écria-t-elle, entre notre famille et la tienne c'est sûr que vous allez avoir des jumeaux, tous les deux ! »

Je ne répondis rien, et Alphard se contenta d'adresser un sourire que je vis forcé. J'avais compris que le sujet des bébés était sensible pour lui. Heureusement, cette discussion resta inachevée puisque nous entendîmes un « Surprise ! » général qui nous signala l'arrivée de Maggie. Celle-ci fut émue aux larmes, et je la vis nouer ses bras délicats autour de plusieurs personnes. Elle portait une combinaison-pantalon évasée dans un imprimé floral vert. Ses cheveux étaient coiffés en chignon, mettant ainsi en valeur ses longues boucles d'oreilles diamantées. J'oubliai instantanément la scène embarrassante et me sentis emprise d'une immense chaleur en voyant ma grand-mère aussi radieuse, souriant et riant en saluant les gens sur son passage. Je la laissai serpenter au milieu de ses invités et Willa, comme si elle avait lu dans mes pensées, reprit la parole :

« C'est mieux qu'elle fasse son tour et que vous alliez la voir au calme. Mais tu l'as déjà rencontrée, non ? demanda-t-elle à Alphard.

— Oui, mais disons, pas en cette qualité, répondit-il, un peu embarrassé.

— Ça va aller, nous rassura-t-elle d'un sourire chaleureux. Vous avez déjà vu papa et maman ?

— Non, et toi ?

— Oui, mais c'était juste pour vous prévenir qu'ils arrivent derrière vous », grimaça-t-elle amicalement.

Je vis Alphard avaler une bonne gorgée du whisky qu'il détestait pourtant.

« Helloooo ! s'écria ma mère en ouvrant les bras avec son légendaire entrain. Comment ça va tout le monde ? Mes filles, vous êtes resplendissantes !

— Tu inclus aussi Eleanor et sa tache de vomi ? demanda Willa.

— À vrai dire, je m'adressais presque uniquement à elle », plaisanta ma mère en lui prenant Eleanor des bras.

Elle positionna Eleanor confortablement et se tourna vers Alphard.

« Bonsoir, vous devez être Alphard, c'est bien cela ? Milly m'a, à vrai dire, pas vraiment parlé de vous, mais vous la connaissez. »

Il rigola en attrapant sa main et lui adressa un sourire chaleureux.

« Bonsoir, madame Davis, enchanté de faire votre connaissance. Oui, j'ai pour habitude de ne pas attribuer son silence à de l'indifférence.

— Vous êtes sur la bonne voie avec elle, alors, lui dit-elle tendrement. Je vous en prie, appelez-moi Helen.

— Et moi Joshua, lança mon père en lui tendant une main, l'autre plaquée sur son épaule avec convivialité. Qu'est-ce que vous buvez, Alphard ?

— Un whisky japonais, apparemment. Clarence m'a dit que c'était ce qui se faisait de mieux. Je dois admettre être très ignorant sur ce sujet.

— Oh, je vous rassure, mon vieux, Clarence l'est tout autant que vous. Ce n'est pas du vrai whisky, ça, venez avec moi. »

Alphard lâcha ma main qu'il serrait depuis l'arrivée de mes parents et partit avec mon père. J'étais très émue de voir avec quelle chaleur ils avaient tous accueilli Alphard. Et le reste de la soirée fut dans la même teinte. Mon père était toujours agréable avec lui, cherchant à connaître son point de vue sur divers sujets pour qu'il ne se sente jamais mis à l'écart. Quand, parfois, les mouvements de groupe faisaient que nous nous retrouvions avec mes parents et mes frère et sœur, ma mère prenait garde à traduire les éventuels raccourcis familiaux dont seuls les membres pouvaient avoir le secret. Au fur et à mesure de la soirée, je vis Alphard se détendre, plaisanter avec ma mère et se sentir à l'aise. J'étais fière de tenir la main d'Alphard Burton, fière qu'il se sente libre de m'attraper par la taille et de signifier ainsi au monde entier que j'étais sienne. Si le Pr. Burton, paléographe et archiviste, arrivait à charmer tout un amphithéâtre, même les élèves les plus taciturnes, la magie opérait aussi avec les convives d'une soirée.

J'étais à la recherche de Maggie, que je n'avais toujours pas réussi à voir, quand je sentis une main m'agripper et me tirer en direction du balcon. Je reconnus les lourds bracelets métalliques de Daria et lâchai la main d'Alphard, qui me vit partir sans s'inquiéter, en pleine discussion avec ma mère.

« Aïe, lui dis-je, tu me fais mal, Daria ! »

Nous arrivâmes sur le balcon où, cachée derrière un vase Médicis qui abritait un énorme buis, attendait patiemment Julianne, vêtue d'une robe lilas à manches courtes.

« Bonsoir, Milly, tu es rayonnante, me dit-elle en déposant un léger baiser du bout de ses lèvres sur ma joue.

— Vous êtes très belle, Julianne. Toi aussi, Daria. Je suis contente que tu mettes aussi souvent ton kilt ! »

Elle ne me répondit pas et préféra plutôt allumer une cigarette une fois assise par terre.

« Daria est quelque peu anxieuse, souligna poliment Julianne.

— Daria, lui dis-je avec douceur en m'asseyant sur une margelle à côté d'elle, de quoi as-tu si peur ?

— Ben rien, quoi. Ça fait peur, p'tiote.

— Mais qu'est-ce qui te fait peur ? Tu sais, j'ai eu du mal à dormir toute la nuit en pensant à…

— Tu es là, je te cherchais, coupa Alphard en rejoignant notre petit groupe isolé. Bonsoir, mesdames », dit-il avec grande politesse.

J'allais me relever, mais Alphard, après avoir serré la main de Julianne, s'était accroupi pour saluer Daria à son tour.

« C'est toi qui sors avec ma p'tiote ? lui demanda-t-elle avec sans doute moins de politesse que lui précédemment.

— Oui, répondit-il en souriant, ne lâchant par son regard qui pouvait parfois être perçant.

— Tu sais qu'si tu fiches tout en l'air j'te r'trouv'rai pour te castagner la tête ?

— Je suis même prêt à vous communiquer tout de suite mes coordonnées postales, si vous êtes d'accord. D'ailleurs, je trouve cela même rassurant de savoir que vous serez là pour me remettre les idées en place si je deviens un jour assez fou pour prendre le risque de perdre Milly. »

Julianne rigola, et Daria, qui ne détachait pas son regard du sien, tendit sa main.

« J'crois qu'j'vais bien t'aimer, toi.

— Je suis persuadé que je vais vous aimer aussi », lui assura-t-il en la saluant.

Elle s'agrippa à sa main pour se relever, se ravisa et ralluma d'emblée une cigarette après que la première se fut consumée.

« On y va, Daria ? lui demandai-je.

— Nan, j'le sens pas…

— Qu'est-ce que qu'il se passe ?

— Daria a peur de me présenter à Maggie et à leurs amies, indiqua Julianne en s'approchant. Je m'appelle Julianne, enchantée monsieur…?

— Burton, mais appelez-moi Alphard, je vous en prie. Daria ? Vous permettez que je vous appelle par votre prénom ?

— Ouais, p'tiot, te gêne pas.

— Parfait, Daria. J'ai une question à vous poser.

— Vas-y, p'tiot. »

Je vis Alphard s'accroupir à nouveau à ses côtés, les mains jointes sur ses genoux avec la même attitude du professeur que j'aimais voir déambuler dans l'amphithéâtre

« Pourquoi avez-vous peur de présenter votre femme à vos amies ?

— Ben, à ton avis, p'tiot. La réponse est dans ta question.

— Non, ce n'est pas si évident, j'aimerais que vous le formuliez.

— Ben, c'est une femme, p'tiot.

— Oui, je le vois, et elle est très élégante, votre femme, souligna-t-il en souriant à Julianne qui me tenait la main, mais décrivez-moi cette peur. Est-ce de la crainte ? De la honte ?

— Ben nan, répondit-elle en frottant son mégot sur la margelle, j'ai pas honte d'aimer une femme, j'ai peur qu'elles l'acceptent pas.

— Donc, si je reprends votre cheminement, vous avez peur que vos amies rejettent votre femme, c'est bien cela ?

— Ben ouais, p'tiot, répondit-t-elle en reniflant bruyamment.

— Et vous pensez qu'elles la rejetteraient pour sa personnalité, ou pour le simple fait d'être une femme ?

— Eh, p'tiote, il est pas finaud ton copain ! lança-t-elle dans ma direction. Bien sûr qu'j'ai peur qu'elles la rejettent parc'que c'est une femme.

— Mais dans ce cas, ne serait-ce pas à vous de les rejeter, Daria ? Pourriez-vous encore chérir l'amitié d'une personne l'ayant rejetée ?

— Ben, nan… C'est ça qui fait peur, p'tiot.

— Je crois, Daria, que vous n'êtes pas quelqu'un qui apprécie les imbéciles, je me trompe ? Pourquoi prenez-vous alors le risque de nourrir une amitié avec des imbéciles potentielles ? Ça n'appartient qu'à moi, dit-il en se relevant, mais j'aimerais savoir avec qui je passe mon temps libre. Pas vous ? » demanda-t-il en lui tendant la main.

Je sentis la main de Julianne étreindre la mienne avec vigueur. Ses joues fardées de rose étaient désormais striées de larmes. Au bout de quelques instants, toujours appliquée à gratter son mégot, Daria prit sa main et se releva. Je vis la poitrine de Julianne se soulever de soulagement et l'entendis soupirer.

« T'es un bon p'tiot pour ma p'tiote », dit Daria à Alphard, lui donnant un coup de coude dans les côtes.

Ainsi, tous les quatre, Daria, la main dans celle de Julianne, et celle d'Alphard dans la mienne, nous regagnâmes les festivités à la recherche de Maggie et des autres. Avant de pénétrer dans la maison, j'arrêtai Alphard pour l'embrasser sans retenue.

« Je t'aime, Alphard Burton.

— Moi aussi je t'aime, Milly Davis. »

Nous trouvâmes enfin Maggie et ses comparses, confortablement installées dans le jardin d'hiver où la table basse avait été transformée en banquet. Elles s'arrêtèrent toutes de parler en nous voyant arriver. Chacun s'observa dans un silence pesant que personne ne semblait vouloir rompre. Je vis Julianne ouvrir la bouche puis la refermer, cherchant du courage pour pallier les craintes de Daria, mais ce fut une tout autre voix qui intervint.

« Bonsoir, mesdames, dit Alphard en s'approchant de leur petit rassemblement, j'ai déjà eu la chance d'avoir été présenté à Mrs. Brightwood, mais je ne crois pas vous avoir déjà vues, même si j'ai beaucoup entendu parler de vous, soyez-en assurées. Je pense que Milly est trop occupée à contempler vos élégantes toilettes pour me présenter, alors je vais le faire moi-même. Je m'appelle Alphard Burton et j'aurais d'ailleurs besoin de vos lumières sur la manière dont je devrais me qualifier. Je trouve que "petit ami" ne me va pas vraiment, ce doit être à cause de la moustache, qu'en pensez-vous ? »

Maggie et les autres rirent à sa plaisanterie, donnant de la chaleur à cet échange pendant lequel Daria broyait ma main. Alphard fit le tour de la table basse, tendant sa main et s'adaptant au souhait de chacune. Il embrassa le gant d'Ulyana, salua Yvonne d'une vive poignée, et Maggie lui ouvrit ses bras. Je vis qu'elle lui chuchotait quelque chose, et il lui répondit par un sourire radieux.

« Je vous promets que je suis vraiment le petit ami de Milly et que je n'ai pas été embauché comme entremetteur pour la soirée, reprit-il, encouragé par le rire bruyant d'Yvonne, mais après les quelques menaces qui ont marqué les premiers instants de notre rencontre, je pense pouvoir dire que, désormais, je suis devenu plutôt ami avec Daria. Qu'en dites-vous, Daria ? demanda-t-il en l'invitant d'un geste de la main à se rapprocher.

— Vous êtes devenu ami aussi rapidement avec Daria ? reprit Yvonne. Je suis impressionnée, monsieur Burton.

— Je vous en prie, appelez-moi Alphard. Oui, après les menaces de mort sont venues les promesses d'amitié. Comment ça s'appelle déjà quand on tombe amoureux de son bourreau ?

— Le syndrome de Stockholm, répondit Maggie, malgré la question rhétorique, accompagnant les rires des autres, définitivement charmées par Alphard.

— C'est ça ! confirma-t-il. Donc c'est ainsi que mon amitié avec Daria a commencé. J'aimerais avoir une histoire tout aussi fabuleuse à vous raconter avec Julianne, mais je dois vous avouer que je n'ai aucune anecdote croustillante. Julianne, je vous en prie, approchez-vous. Qu'avez-vous pensé de notre introduction ? »

Julianne lâcha la main de Daria, qui ne semblait pas décidée à quitter le sol où elle était ancrée, et s'approcha d'Alphard, me laissant seule à côté d'elle, tétanisée.

« Eh bien, commença Julianne sous le regard bienveillant des autres, je me suis dit que vous aviez une moustache très bien taillée. »

Tout le monde se mit à rire, y compris Daria.

« Ah, Julianne, je suis ravie de vous l'entendre dire, car il s'agit d'une de nos premières disputes domestiques avec Milly qui me demande de sortir l'aspirateur à chaque fois que j'ajuste la longueur d'un poil. Qu'en pensez-vous, Daria ? »

Je compris qu'il lui lançait une nouvelle perche, et enfin, Daria, sortant de sa torpeur, lâcha ma main pour se placer entre Alphard et Julianne, prenant la main de celle-ci et adressant un coup de coude amical à l'autre.

« Ben j'en pense qu'j'aurai jamais c'problème avec ma femme.

— Je n'en serais pas si sûr, à votre place, lui répondit-il avec la même malice qu'il avait lorsqu'il se baladait au milieu de ses élèves, vous êtes encore bien trop jeunes pour cela, mesdames, mais dans quelques années, vous pourriez avoir une moustache, vous aussi. »

Nous nous esclaffâmes toutes à cela, et les bras d'Alphard furent assaillis par une multitude de tapes inoffensives. Je me souvins alors d'une des premières paroles d'Alphard Burton, le premier jour de cours, quand je l'avais attendu sur son estrade. Il avait raison : il était l'homme de la situation.

La conversation devint fluide, et toutes les craintes de Daria, ainsi que les miennes, s'envolèrent. Les filles furent conquises, tant par la vivacité d'esprit de Julianne que par celle d'Alphard.

Quelques instants plus tard, Larry, qui avait terminé son service dans la chaîne de restaurant de la famille de Marcella, nous rejoignit. Ce fut une des plus belles soirées de ma vie. Maggie reçut son cadeau, émue aux larmes, et, lors du discours, ce fut elle qui nous les déclencha lorsqu'elle remercia ses amis, sa famille, et les nouveaux membres qui s'y étaient ajoutés ce soir-là, adressant un regard chargé de messages à Julianne, et à Alphard. Il y eut beaucoup d'applaudissements et d'effusions de joie. Je vis ma mère tapoter l'épaule d'Alphard, et Ulyana serrer la main de Julianne.

Et, malgré le chœur bruyant autour de moi, rien ne résonna plus fort que la joie silencieuse de mon cœur.

Troisième partie

1

L'anniversaire de Maggie avait été une sorte de renaissance, un point de départ pour de nouveaux jours, peuplés, chaque semaine, d'un peu moins de premières fois. Il n'y eut plus de première rencontre avec ma famille, plus de premier dîner avec mes parents, plus de première nuit à la maison. Jamais la mélancolie des choses perdues ne fut aussi belle. C'était un fait, ces premières fois ne seraient plus jamais singulières, mais il s'agissait là d'une aubaine, d'une promesse des lendemains, et non du deuil des jours envolés.

J'avais passé la majeure partie des grandes vacances dans l'appartement d'Alphard, où j'avais désormais mes marques. Peut-être que si un jour, autour d'un thé, il m'avait demandé de décrire son appartement, ou de choisir l'ambiance de celui-ci, à sa manière de me défier sur les saveurs et les odeurs, je lui aurais dit que je voyais du bois, des lattes de parquet qui grincent, des fauteuils en cuir usés. Il aurait répondu à cela : « Vous êtes impressionnante, Daisy », car je ne me serais pas trompée. L'appartement grinçait, mais non dans un bruit strident et inquiétant, plutôt dans la mélodie des objets du quotidien. Rassurante, familière. La cuisine, ouverte sur le salon, était sommaire, mais pratique – selon lui, car je ne m'aventurais guère autour des fourneaux. Ma partie préférée de l'appartement était l'espace salon, où deux vieux canapés en cuir marron se faisaient face, entourés de fauteuils tout aussi anciens, pour la plupart en mauvais état. L'un d'entre eux, celui qui gardait en mémoire la forme du postérieur d'Alphard, avait l'accoudoir complètement déchiré et exposait ainsi à la vue de tous son armature. La vieille table basse en chêne avait reçu, au fil des ans, divers impacts, écorchures et autres incidents ayant soit altéré son vernis, soit laissé une trace, une cicatrice dans le bois. Les fenêtres du mur face à la porte d'entrée étaient ombragées par de longs rideaux qui donnaient au lieu, lors des jours ensoleillés, un filtre d'or, une aura sépia.

Alphard n'était pas désordonné, mais la multitude de livres et d'objets vintages qui composaient sa décoration, qu'il s'agisse de ce télescope près de la fenêtre, de la vieille machine à écrire sur un guéridon bancal ou encore de sa collection de presse-papiers d'une autre époque, rendaient le lieu tarabiscoté. C'était un fouillis merveilleux. Comme dans son bureau à l'université, la plupart des murs étaient en réalité des bibliothèques infinies, comme sculptées dans la paroi, qui abritaient des livres, modernes, mais surtout anciens, auxquels il accédait soit en se baissant jusqu'à raser le sol, soit en escaladant l'échelle pour en atteindre le sommet. Je me demandais s'il existait quelqu'un d'autre sur cette terre pouvant se vanter d'avoir trois échelles dans son appartement. Son bureau, une pièce étroite tout en longueur, était dans la même veine, bien que le parquet grinçant soit plus silencieux, étouffé par un vaste tapis persan qui recouvrait le sol. Il y avait une ancienne mappemonde à la teinte jaunie, et son bureau était en réalité une longue table en bois ayant traversé les siècles et recouverte d'une grande plaque de cuir marron.

J'étais parvenue à trouver mes marques dans ce lieu silencieux, mais visuellement bruyant. Au début, j'aimais m'installer à la table à manger, dans le coin à droite des canapés, et admirer depuis ce poste d'observation cet endroit qui ressemblait tant à l'homme que j'aimais. Je n'avais jamais pensé être capable d'écrire ailleurs que chez moi, mais son appartement était un berceau à histoires, celles qu'il me racontait, celles qui sommeillaient dans l'attente que l'on en ouvre les pages. Cet environnement était propice à ce que je noircisse les miennes.

À côté de sa titularisation à l'université, Alphard était paléographe, c'est-à-dire, selon la définition, qu'il était chargé d'étudier la paléographie, soit les écritures manuscrites anciennes. À mon sens, son métier se résumait à se couper une dizaine de fois par jour les mains avec du papier, à oublier le temps qui passe face à une table lumineuse accueillant un document en lambeaux, et à s'émerveiller de tout un tas de choses échappant au commun des mortels. Il se perdait parfois pendant des heures sur un seul bout de papier, et revenait dans la chambre, son approche annoncée par les lattes de parquet, au beau milieu de la nuit, tirait la couette avec délicatesse et m'enserrait dans ses bras. D'autres fois, il débarquait dans la salle de bains pendant ma douche et partageait ses découvertes avec une certaine exaltation : « Milly, le moment n'est pas idéal, je le concède, mais il faut absolument que je te montre cette *haste* que j'ai trouvée dans l'un des documents poitevins du XVIIe sur lesquels je travaille ! » Alors je m'enveloppais dans son peignoir trop grand et, le corps encore mouillé, je le suivais jusqu'à sa table lumineuse pour l'écouter me raconter l'histoire des mots anciens.

Il n'y eut que trois mois d'été, et pourtant, ils s'archivèrent en moi à la manière d'histoires sacrées à chérir pour toujours. Alphard était passionné, et passionnant. Jamais n'aurais-je soupçonné un jour m'extasier devant cette petite lettrine qu'il venait de découvrir sur un document ancien qu'il n'était même pas certain d'être en droit de garder chez lui. Il pouvait passer des heures à déterminer le *ductus*, ce mouvement de la main sur le support d'écriture qui permettait une reconnaissance et une caractérisation du scribe. Il restait parfois dans son fauteuil, le regard dans le vide, le pouce et l'index caressant sa moustache qui se perdait dans la globalité de sa barbe qu'il avait oublié de raser, et se levait au bout d'une heure, voire deux, fonçant vers une de ses bibliothèques pour sortir un seul ouvrage sur le millier qui devait attendre sur les rayonnages. Je l'entendais alors, depuis la chambre ou le canapé, parler tout seul aux voix écrites : « Ah ! Je savais bien que tu allais me donner la réponse ! », ou encore, s'adressant à un livre de sa spécialiste favorite : « Madame Hasenohr, je dois reconnaître que vous êtes la plus grande paléographe du Moyen-Âge, merci pour votre aide. » Alors, je l'entendais tirer sa chaise, ou remuer des dizaines de feuilles de papier pour noter une information.

En parallèle de ses travaux, nous continuions les recherches pour les miens. Nous avions passé l'été à éplucher des ouvrages poussiéreux dans l'espoir de trouver des informations sur le divorce, son coût, la procédure vis-à-vis de l'église et les conséquences en société pour les divorcés. Bien sûr, les hommes ne souffraient pas de préjudices moraux, à part quelques murmures sur leur passage, comme pour Lord Clive Tucker. Non, la honte sociale était réservée aux femmes. J'appris avec sidération que, les hommes ayant le droit de corriger leurs épouses, les femmes devaient témoigner d'une extrême violence pour obtenir le divorce. Pire, la séquestration était autorisée et ne pouvait être une cause valable. Bien sûr, l'infidélité de Monsieur, hautement tolérée, était un motif de divorce inopérant alors que l'adultère de l'épouse, décrite comme honteuse, était une perversité qui autorisait l'époux à demander réparation à l'amant. Il y avait une procédure de séparation de corps qui permettait aux conjoints de ne plus vivre sous le même toit, mais l'épouse demeurait l'objet de son mari, même loin des yeux. Elle était toujours sous sa responsabilité et ne pouvait se remarier. Une prison, un exil social et un désert amoureux, voilà ce à quoi elles étaient condamnées.

Je m'insurgeais de toutes les réponses aux questions que je cherchais, réveillant parfois Alphard en plein milieu de la nuit dans des fulgurances incontrôlables, comme si ces lois concernaient mon siècle. « La séquestration, Alphard ! Un mari avait le droit de séquestrer son épouse ! » Et comme lorsqu'il se glissait sous les draps en pleine nuit et que je sentais son besoin de me parler de ses découvertes, Alphard ne choisissait jamais de se rendormir. Il se redressait, allumait la lampe de banquier en verre et en laiton d'époque Art déco sur sa table de chevet, et m'écoutait avec attention m'indigner pour toutes ces femmes, comme si l'écho des générations passées, des siècles qui ne furent pas les miens, me percutait en plein cœur. Parfois je me rendormais, sa main caressant mes cheveux pour m'apaiser des cauchemars que ces images m'inspiraient, parfois il se levait pour préparer une boisson chaude, et parfois, après des heures de conversation, au lieu de regagner le sommeil, il m'annonçait solennellement : « Daisy, j'ai très envie de vous déshabiller. Y avait-il une loi en 1816 qui empêchait un mari de faire l'amour à sa femme à 3 h 48 du matin ? » Et même s'il en existait une, j'aurais tout risqué pour que les bras d'Alphard Burton s'entourent autour de mon buste dénudé, que sa main parcoure l'étendue de mon dos, caressant ma taille jusqu'à s'emparer de mon épaule et que, d'une main dans la pliure du genou, il me bascule sur le dos et s'approprie mon corps dans une valse amoureuse sur concerto de lit grinçant.

Souvent il me faisait l'amour comme à une épouse, avec douceur, répétant des mouvements sans surprise, mais dans la délectation de l'habitude. Parfois il était passionné comme un amant dans l'interdit, comme un homme retrouvant une femme perdue depuis dix ans, et alors sa tiédeur amoureuse laissait place à une ardeur passionnée, agrippant mes cuisses, mes clavicules, mes épaules, sans remarquer les empreintes que ses doigts laissaient sur ma peau. Et quand il taillait sa moustache, le lendemain, encore humide de sa douche, je voyais sur son dos les marques que j'y avais laissées et embrassais les traces rougies sur sa peau blanche.

Dans cet écrin de chaleur soufflèrent toutefois des vents glacés.

Après l'anniversaire de Maggie, j'avais écrit à Lyrah, espérant la trouver en bonne santé, soulagée d'avoir rendu son travail de fin d'études et prête à se détendre en vacances. Elle m'avait répondu en confirmant ma théorie : effectivement, elle était inscrite sous le nom de sa mère. Elle était justement dans son atelier, le jour où j'étais venue, quelle poisse, selon elle, que je n'aie pu avoir été conduite jusqu'à elle ! Elle partirait en vacances au Brésil avec ses parents, et ainsi, elle me rassurait sur les lettres qui se feraient moins régulières. Nous échangions avec moins de chronicité, le samedi matin n'était plus celui de la correspondance. Dans ses lettres, elle ne répondait jamais à mon envie de la voir et n'avait jamais précisé le nom de sa mère, comme si elle ne voulait pas risquer que je débarque à nouveau. Maggie m'écoutait en parler avec un sourire triste, comme une amie à qui l'on décrit les signes annonciateurs d'une rupture alors même que l'on se borne encore à chérir l'espoir. Peut-être que Lyrah grandissait, disait-elle. Peut-être que ce mode de communication lui prenait trop de temps, qu'elle ne pouvait plus s'y consacrer comme avant. Je trouvais l'explication bancale : si elle ne voulait plus écrire, elle pouvait me parler. Je sentais dans les mots de Lyrah la fin de quelque chose, et cela m'attristait beaucoup.

Malgré tout cela, je ne me sentais pas isolée. Avec ses économies et la générosité de celle qui l'attendait, Larry était parti à Édimbourg retrouver Geillis. Ils devaient passer l'été ensemble et, pour gagner un peu d'argent, il s'était proposé de faire des visites du campus pour les nouveaux inscrits. Glenn, que je réussissais enfin à appeler par son prénom après les multiples repas auxquels nous avions été conviés chez lui, était même parvenu à lui trouver un emploi comme guide touristique pour des visites à pied d'Édimbourg. Presque une fois par semaine, je joignais mon ami en appel vidéo et profitais, par l'intermédiaire d'une fenêtre et d'un écran, de la vue d'Édimbourg depuis l'appartement de Geillis. Nos appels prenaient le goût de l'habitude et, un jour que nous venions de raccrocher, je m'étais effondrée. Alphard m'avait rejointe, paniqué, et je lui avais dit avec conviction et clairvoyance : « Je crois que Larry ne reviendra plus. »

Et j'avais eu raison. Grâce aux efforts déployés par Glenn, Larry avait obtenu une bourse à l'université de St-Edward. Le jour des dépôts pour les inscriptions, je me rendis seule à la fac, sans Hisaé qui avait affirmé sa vocation de travailler dans le domaine de la coiffure, et sans mon meilleur ami Larry. J'allais donc commencer ma troisième année d'histoire, option histoire de l'art, toute seule, mais plus entourée que jamais.

2

« Tu as besoin que je t'accompagne ou tu vas réussir à trouver ta salle sans te perdre ? me demanda Alphard, devant la fontaine où Larry m'avait attendue pratiquement tous les jours pendant un an.

— Ça devrait aller, lui dis-je en sortant le plan que Willa m'avait dessiné presque sept ans auparavant pour mon premier jour de fac.

— On se retrouve à midi dans mon bureau ? »

Alphard m'embrassa avec rapidité après avoir jeté un coup d'œil aux environs, balayant d'un revers de main les règles que l'on s'était fixées pendant le weekend. Même s'il n'était plus mon professeur, la fac restait tout de même son lieu de travail et nous avions convenu de ne jamais avoir de gestes affectueux, hormis dans l'intimité du bureau 342. Je savais qu'il s'inquiétait pour moi et qu'il m'imaginait comme un petit animal craintif et chétif prêt à se cacher sous les strapontins d'un grand amphithéâtre bruyant. Il n'avait pas tout à fait tort, à vrai dire. Je n'étais pas parvenue à fermer l'œil de la nuit, et la présence même de Jenna aurait suffi à conférer un sentiment familier et rassurant – c'est dire à quel point j'étais paniquée.

Nous avions, comme l'année précédente, une réunion de rentrée avec le doyen, et la présentation de l'équipe pédagogique du cursus d'histoire de l'art et d'archéologie, d'après l'appellation complète. Alphard faisait partie du groupe de professeurs qui viendraient présenter les options l'après-midi.

L'unité de cours fondamentale d'histoire offrait plusieurs cursus au choix, comme l'histoire ancienne, médiévale, moderne et contemporaine. Je choisis de laisser de côté l'histoire ancienne, n'ayant pas mon Larry pour me convaincre de mon erreur de passer à côté des civilisations mésopotamiennes, et me concentrai sur l'histoire médiévale, moderne et contemporaine.

Chaque période était ensuite divisée en une multitude de cours différents au choix. Je n'hésitai pas une seule seconde en choisissant, pour la période médiévale, le cours de féminin/masculin dans les sociétés du haut Moyen-Âge qui, dans la brochure, annonçait la nécessité de connaître l'histoire des femmes, composante essentielle pour appréhender les relations au sein des hautes sociétés du Moyen-Âge occidental. Pour la période moderne, j'arrêtai mon choix sur le droit des personnes, du mariage et de la famille du XVIe au XVIIIe siècle, trouvant un certain écho à la question du divorce que j'abordais dans mon roman. Enfin, en histoire contemporaine, je décidai de m'inscrire au cours de guerres et paix en Europe, du XIXe au XXe siècle, afin de me préparer au mieux aux prochaines décennies d'Isadorah. Je sélectionnai ensuite mes options d'art autour des mêmes périodes, délaissant l'art antique.

Après avoir déjeuné avec Glenn et Alphard, nous étions allés tous les deux dans l'amphithéâtre pour la présentation des options et je n'avais pas hésité très longtemps avant de choisir l'option d'introduction à l'histoire culturelle contemporaine plutôt que les méthodes archivistiques avancées du Pr. Burton.

Lors de la présentation des options, plusieurs filières étaient mélangées. J'avais alors croisé Zach qui, visiblement, poursuivait son double cursus. Il me semblait que lorsque nous avions abordé le sujet des filières à l'époque où nous prenions encore cinq places sur les bancs, Zach parlait d'histoire du droit. Il m'adressa un sourire timide que je ne lui rendis pas. Je préférais encore être seule qu'assise à côté de lui.

Je fus ravie de voir que, parmi les options de langue, le latin était toujours au programme. Aussi n'échappai-je pas à une étreinte accompagnée de cris suraigus de la part d'Ally Rifkin. J'étais, d'ailleurs, assez étonnée du sentiment chaleureux que j'avais ressenti en retrouvant son exubérance.

Après cette journée de présentation, nous nous retrouvâmes au salon de thé avec Glenn, Bernus – le professeur d'histoire coloniale de Larry l'année passée – et Alphard. Ils se connaissaient depuis toujours, et si je profitais souvent de leurs rendez-vous pour passer du temps avec Maggie, il arrivait qu'Alphard insiste pour que je vienne avec eux. J'avais été assez étonnée de l'accueil chaleureux qu'ils m'avaient réservé, mais Glenn et Bernus étaient les meilleurs amis d'Alphard depuis leur première année de fac. Ils avaient tout vécu ensemble, et avaient bien sûr été mis au courant de notre histoire dès le début.

Depuis, nous allions régulièrement dîner chez Glenn et son épouse, Liv. Ils vivaient dans une maison confortable dans le quartier de Willa et Eddy, peuplée des cris et des rires de leurs trois enfants. Liv était mère au foyer, sous-entendu, une superhéroïne des temps modernes, capable de se concentrer sur plusieurs tâches en même temps sans connaître les contours et la fin de ses missions. Parfois, en voyant Glenn et Liv, j'avais l'impression de voir mes parents dans leur jeunesse. Il était châtain et elle était rousse, comme ma mère, et la grosse barbe de Glenn me faisait penser à celle de mon père.

Je m'entendais très bien avec Liv, qui m'avait d'ailleurs conviée à son club de broderie, ce que j'avais accepté alors que je ne savais ni coudre ni broder. Le premier rendez-vous avait eu lieu juste avant la rentrée scolaire des enfants, début septembre, et j'avais à peine réussi à mettre le fil dans le chas de l'aiguille. J'avais été assez intimidée, craignant de n'être entourée que de mères au foyer au milieu de qui j'aurais été un ovni. J'imaginais devoir me présenter, assise sur une de ces chaises disposées en cercle, après avoir entendu diverses femmes dire : « J'ai trente-huit ans, je suis maman de quatre enfants, mariée à un militaire et je brode depuis mes huit ans », ou encore : « J'ai trente-cinq ans, je suis infirmière, j'attends mon deuxième bébé et j'ai remporté en 2006 le prix de la plus belle tapisserie » quand moi je dirais : « J'ai vingt-cinq ans, je sors avec mon professeur et j'aime bien coller des papiers dans des carnets. » Fort heureusement, les femmes du groupe étaient de tout âge, des vieilles dames comme des adolescentes de quinze ans. La thématique du premier ouvrage était le lettrage. J'avais décidé de broder un S et un E pour décorer la chambre des jumeaux de Willa. C'était désormais ce à quoi je passais mon temps libre, à broder quand je ne tissais pas le fil de l'histoire d'Isadorah.

« Alors Milly, m'interrogea Bernus de sa voix grave, mais chaleureuse, comment s'est passée ta rentrée ?

— Bien, répondis-je après une gorgée de thé, il y a des cours intéressants et certains pourront peut-être m'apporter des informations pour mon roman. Enfin, surtout pour les prochains.

— Tu penses déjà au prochain alors que tu n'as pas encore commencé l'écriture du deuxième ? demanda Glenn, sans moquerie, mais avec une réelle curiosité.

— Je pense déjà savoir quels seront les points importants dans la prochaine décennie, ça me permettra d'avoir une base documentaire.

— Vous allez passer tous vos samedis dans la cave de Malcolm, encore, s'amusa-t-il.

— Eh bien, figure-toi qu'on a été plutôt malins et qu'on a des documents jusqu'à la fin du XIXe, intervint Alphard. Mais c'est possible que dans deux ou trois ans il faille y retourner pour le XXe. »

J'aimais l'entendre conjuguer au futur quand il s'agissait de nous. La conjugaison, elle aussi, était promesse de lendemains.

« Au fait, reprit Glenn, vous venez à l'anniversaire de Dan, samedi prochain ?

— Ah, je ne sais pas encore, répondit Alphard rapidement, témoignant d'une certaine gêne.

— Attends, vous n'allez pas rater ça, quand même ?

— On verra », coupa-t-il.

Sur le chemin du retour, Alphard était perdu dans ses pensées. Le fait que l'évocation de Dan l'ait rendu plus silencieux lors du thé avec ses meilleurs amis me laissait croire que le sujet le perturbait. Dan faisait partie de leur groupe d'amis depuis l'université. Il avait épousé la sœur d'Alphard, Mira, avec qui il avait eu des jumelles. Alphard ne parlait pas beaucoup de sa famille, et encore moins du moment où j'allais la rencontrer.

Lorsque nous arrivâmes à son appartement, il resta silencieux et entreprit de cuisiner le repas. Les premiers temps, j'avais essayé de me mettre en cuisine, trouvant des recettes dans des livres de Maggie qui me répétait sans cesse : « Il suffit de savoir lire pour savoir cuisiner. » L'alarme incendie m'avait prouvé le contraire. Depuis, Alphard m'assignait des missions ponctuelles de découpage de légumes ou toute autre manipulation m'éloignant des fourneaux et des casseroles.

Il était à présent appliqué à trancher une aubergine et avait perdu de sa bonne humeur naturelle.

« Tu peux y aller, si tu veux, lui dis-je tout en épluchant une courgette sans lever la tête de mon ouvrage. À l'anniversaire de Dan, si c'est ça qui te tracasse.

— On verra, Milly, répondit-il, absorbé par sa tâche.

— On verra quoi, Alphard ? Je sais que tu ne veux pas me présenter à ta famille pour le moment, alors vas-y.

— Je n'ai jamais dit que je ne voulais pas.

— Oui, mais tu ne sembles pas t'en préoccuper pour le moment. Alors est-ce qu'on peut passer une bonne soirée ou est-ce qu'en plus de me tenir à l'écart de l'anniversaire de ton meilleur ami, tu comptes faire la tête ? dis-je avec un peu plus de virulence que ce que j'avais imaginé.

— Milly, reprit-il en lâchant son couteau et en essuyant ses mains sur un torchon, je ne veux pas te tenir à l'écart de quoi que ce soit. C'est juste que… La dernière fois que j'ai abordé ma vie amoureuse avec ma famille, c'était pour annoncer mon divorce après quelques années de mariage. Je me suis séparé il y a peu de temps et…

— Et quoi ? Il y a un préavis ?

— Milly, j'ai passé presque vingt ans de ma vie avec mon ex-femme… »

Je posai mon couteau, réalisant que mes mains étaient en train de trembler. Mes yeux commençaient à piquer et je sentais que nous allions avoir une conversation que je ne voulais pas avoir. Je n'avais aucune idée des causes de leur divorce. Alphard n'en parlait jamais et se refermait immédiatement quand il en était question. Je respectais cette réaction, ne la connaissant que trop bien, mais cette part d'ombre sur sa vie commençait à me peser lorsque je me sentais exclue.

« Si tu as quelque chose à me dire sur notre relation, c'est le moment, Alphard », parvins-je à bafouiller.

Il vit que j'étais au bord des larmes et vint me serrer dans ses bras.

« Non, tu te trompes, Milly, ce n'est pas du tout ce que tu t'imagines. »

Je restai dans la chaleur de son étreinte quelques instants avant qu'il ne se détache pour reprendre :

« En vingt ans, Meredith est devenue un membre à part entière de la famille. Elle a perdu ses parents très jeune, et les miens sont devenus comme ses parents adoptifs. Pour quelques-uns, c'est encore un peu difficile, et je sais que certains m'en veulent un peu, car c'est moi qui ai demandé le divorce.

— Pourquoi cela ?

— Je te promets que je t'expliquerai, un jour, mais pas ce soir, s'il te plaît. »

Il retourna à sa planche à découper, mettant ainsi fin à la conversation. Je déposai le torchon sur le plan de travail et m'apprêtais à aller m'enfermer dans la salle de bains pour qu'il ne me voie pas pleurer quand je m'arrêtai pour lui rappeler les mots qu'il avait lui-même prononcés :

« Je ne pensais pas que tu pouvais à la fois être celui qui encouragea Daria à assumer ses choix, et celui qui m'exclut pour les mêmes craintes. »

Je n'attendis pas de réponse et partis me réfugier dans le réconfort de la solitude. Je l'entendis au bout de plusieurs minutes se rapprocher et frapper à la porte, me demandant de sortir. Il me serra très fort dans ses bras et s'excusa en me disant qu'il avait besoin de temps par rapport à sa famille, mais que cela n'entachait pas une seule seconde les sentiments qu'il avait pour moi. Ce soir-là, nous ne fîmes pas l'amour.

Je partis plus tôt, le lendemain, prétextant avoir un cours à 8 heures qui n'existait pas, et ne repassai pas par le bureau 342 pendant ma pause. Alphard terminait plus tard, ce jour-là, et je rentrai seule à son appartement, bien décidée à récupérer mon journal d'écriture et à rentrer chez les Davis. En arrivant, je vis sur la table basse un gros bouquet de marguerites. Il y avait une petite enveloppe à côté de celui-ci.

« Chère Daisy,

J'ai croisé Alphard Burton qui me charge de vous présenter ses sincères excuses pour son indélicatesse de la veille. Si vous voulez mon avis, c'est un parfait idiot qui ne vous mérite pas. Mais je pense pouvoir affirmer avec certitude qu'il vous aime de tout son cœur.

Il me demande aussi si vous pouvez vous libérer le vendredi soir de cette semaine. La famille Burton sera réunie au complet, et il ne manquera que vous. Mrs. Burton s'inquiète pour le repas et s'affole déjà à l'idée de commettre un impair (ses derniers mots prononcés furent : "Mais est-ce qu'elle mange du riz ? C'est végétarien ?")

Le plus anxieux restera Alphard, mais en vous regardant dormir, hier, il a eu la certitude, comme pour Daria, qu'aucun membre de sa famille ne méritera son respect s'il ne voit pas en vous toute la préciosité que lui perçoit dans vos yeux.

Peut-être reviendra-t-il de ce repas avec une place en moins pour un frère ou une sœur dans son cœur, mais il n'a pas peur : vous serez toujours celle qui le fera battre.

Rudolf Banart »

Je récupérai mon journal d'écriture sur la table de chevet de la chambre et, au lieu de faire mon sac, je m'installai dans le salon, attendant le retour d'Alphard, le temps d'une escale chez les Templeton.

Journal d'écriture

Les espérances des femmes Templeton

Deuxième décennie : 1806 - 1816

Isadorah entame donc sa saison, en compagnie de son amie Pippa Warwick et de l'entourage de cette famille qu'elle aime tant.

Lors d'un bal organisé par une riche famille, Lord Warwick encourage Isadorah à jouer un morceau au piano, et elle décide d'interpréter son concerto, composé en mémoire de son amie Mathilda. C'est un épisode à la fois scandaleux et merveilleux. L'alternance des passages allegretto et des mouvements mélancoliques, parfois aussi saccadés que la folie, déclenche soit l'admiration, soit la réprobation. Des femmes s'insurgent de ces notes qui ne ressemblent pas aux comptines que l'on apprend à jouer aux jeunes filles. Elle entend une vieille femme, Lady Winkleton, évoquer son jeu, sa manière de se mouvoir en fonction des notes, déclarant que ce moment était impudique et que Miss Templeton n'était pas fréquentable.

Isadorah s'isole, en colère contre l'humiliation qu'elle vient de subir alors même qu'elle livrait son cœur. La famille Warwick la retrouve dans la bibliothèque où elle a trouvé la compagnie de sa solitude, et elle lui témoigne à nouveau son amitié. Lors de cet entretien, Lord Clive Tucker les rejoint et s'adresse pour la première fois à Isadorah. Il salue sa composition et, sans la regarder, lui dit qu'il n'a jamais entendu pareille mélodie. Il part précipitamment.

Lord Alfred Nellis se rapproche de la famille d'Isadorah. Le père de celle-ci voit d'un très bon œil ce parti et encourage sa fille à ne pas commettre d'impairs qui pourraient le dissuader de l'épouser. Cependant, après le fameux bal où elle interpréta son chef-d'œuvre, Flight of The Unfettered Free Blackbird*, Alfred, qui avait pourtant toujours soutenu ses aspirations artistiques, lui demande d'éviter de trop attirer l'attention car sa mère, Lady Nellis, laquelle est une amie de Lady Winkleton, a eu vent de cet évènement et en a été ombragée. Il ne souhaite pas qu'Isadorah ait mauvaise réputation et celle-ci se demande s'il craint cela pour elle, ou pour lui.*

Isadorah ne fait aucun effort, sachant que ses fiançailles avec Lord Nellis sont presque déjà assurées. Elle ne prend donc plus goût aux festivités et, malgré l'interdiction de se promener sans chaperon, elle s'éloigne souvent des salles de danse à la recherche d'une bibliothèque déserte où elle pourrait échapper au tumulte des mondanités. Elle ne prend plus goût à la compagnie d'Alfred, le voyant désormais agir en société comme les autres.

Lors d'un entretien dans un jardin, échappant à la surveillance d'un chaperon, Isadorah lui demande pourquoi il est si différent de ce qu'il laissait entrevoir dans les lettres qu'ils échangeaient. Elle est déçue de constater qu'Alfred attache autant d'importance aux apparences et le lui fait remarquer. « Les règles sont les règles, Miss Templeton. Nous devons les suivre si nous ne voulons pas être condamnés à l'exil. » Isadorah repense aux paysages d'Écosse, aux glens et aux lochs que Sarah Siddons lui avait décrits. Elle se demande si, finalement, ce n'est pas ce qu'elle souhaite le plus au monde : un exil, loin de tous. Elle pense à sa tante Hattie et à son indépendance.

Après cette discussion avec Alfred qui a effacé le peu de sentiments romantiques qu'elle entretenait à son égard, elle parle à Dorothea et lui demande si elle aime son mari. Elle la regarde avec douceur et lui dit que oui, un peu plus chaque jour, et qu'elle se sent heureuse. Puis elle interroge Lottie, qui lui répond que le mariage est un devoir, une association, une entente cordiale pour le bien de tous. Isadorah se demande si Alfred sera pour elle une association ou un bonheur quotidien. Elle se confie à sa mère, lui demandant si elle aime son mari. Celle-ci la regarde avec de la tristesse dans les yeux et lui répond : « Isadorah, tu ne mesures pas la chance que tu as. À mon époque, les choses n'avaient pas le même ordre. Tout ce que tu as à faire, mon enfant, c'est de trouver un prétendant et d'attendre la bénédiction de ton père. Quand j'avais ton âge, nous n'attendions que de savoir qui notre père nous avait choisi. » Elle voit sa mère dans une profonde lassitude et se demande si c'est ainsi que l'on achève une vie par association.

La saison d'Isadorah est également marquée par le retour de Ferguson. Celui-ci tombe fou amoureux de Miss Clementine Doherty. Lorsqu'elle voit son frère ainsi fougueux, les joues rosies par le cœur amoureux, elle se demande depuis quand ses joues demeurent blanches face à Alfred. Un jour qu'elle discute avec son frère dans la bibliothèque, lui confiant ses doutes sur son prétendant et sur son souhait de ne jamais se marier, son père, qui a surpris la conversation, fait irruption et la menace. Dans la colère, elle lui dit qu'elle préfère demeurer vieille fille comme Hattie plutôt que de devenir malheureuse en association. Elle se fait gifler et, avant de quitter la pièce, il lui signale que si elle tente de refuser toutes les propositions de fiançailles, il fera courir la rumeur qu'elle a été déshonorée et qu'ainsi, les métiers d'institutrice ou de professeur de musique lui seront refusés pour toujours.

Isadorah capitule, prisonnière de la folie et de la domination du père.

Elle se plie alors aux bals, aux nombreuses fêtes et réceptions de cette saison. Elle trouve un peu de joie à voir Pippa rencontrer un jeune duc, à voir ses joues rosir et ses yeux pétiller. Un soir, lors d'un bal où elle s'est réfugiée dans un bureau inoccupé, elle croi-

sera Lord Clive Tucker. Ils discutent quelques instants, mais il finit toujours par partir très vite, parfois au milieu d'une phrase. Elle sait qu'elle ne devrait pas lui parler sans chaperon, que, même sans la réputation de cet homme, une telle situation conduirait son père à la battre. Mais c'est la seule flamme qui l'anime désormais. Dès qu'elle se rend à une réception, elle ne fait que chercher son visage parmi les inconnus. Elle n'accepte des danses que pour circuler dans la salle et parvenir à le retrouver. Elle questionne Lady Warwick sur cet homme et, malgré tout ce qu'on raconte sur lui, elle comprend que les Warwick lui vouent un grand respect.

Lors d'une balade digestive chez les Warwick, il lui propose son bras et jamais les buis, l'herbe et les rosiers ne furent aussi beaux. À la fin de cette balade, elle lui signifie avec la modération de l'époque son affection naissante à son endroit.

Il disparaît du jour au lendemain.

3

« Est-ce que je suis trop habillée si je mets cette robe ? demandai-je à Alphard et Maggie, assis tous les deux sur la duchesse de mon dressing alors que j'étais debout devant eux, tenant une robe patineuse noire sur un cintre.

— Non ! répondit-elle.

— Oui », dit-il.

Maggie se décala pour le toiser avec amusement.

« Monsieur Burton, je crois que vous avez mal compris. On ne vous demande pas si Milly a trop de tissu sur elle à votre goût !

— Maggie ! » intervins-je avec gêne.

Alphard était habitué aux plaisanteries de Maggie et rigolait toujours de bon cœur. Il était devenu le chouchou de ces dames, même Ulyana avait abandonné ses références récurrentes à Vadim. Nous passions beaucoup plus de temps à son appartement et j'aimais souvent avoir mon temps seule à seule avec Maggie, mais il nous arrivait régulièrement de prendre tous les deux le thé avec cette dernière. Alphard l'aimait beaucoup, et je n'aurais pu demeurer avec quelqu'un pour qui ce ne fut pas le cas.

« Tu es beaucoup trop élégante, Milly, reprit Alphard après son éclat de rire. Ma mère aura sans doute du riz encore accroché dans les cheveux et un tablier couvert de taches et, avec un peu de chance, mon père aura mis des chaussures pour l'occasion.

— Mais c'est une robe noire toute simple ! contestai-je.

— Le noir fait trop chic, souligna-t-il. Et un pantalon, ce sera très bien. Les robes sont souvent réservées aux grandes occasions. »

Je sortis de mon dressing un pantalon camel à taille haute nouée ainsi qu'un pull.

« Et ça ? demandai-je en plaçant les deux vêtements devant moi.

— Pas assez ! dit Maggie.

— Parfait ! répondit Alphard.

— Mets au moins un chemisier blanc, mon ange. »

Je m'exécutai et, après avoir bouclé mes cheveux et ajusté mon nœud en velours, j'enfilai mes derbies avant de les rejoindre.

« Comment je suis ? On ne dirait pas que je vais passer un entretien d'embauche ? demandai-je en m'observant.

— Si, répondit Maggie, mais c'est un peu le cas d'une certaine manière ! Je suis sûre que tu seras prise pour le poste, plaisanta-t-elle en levant le pouce.

— Tu es parfaite, Milly.

— Quel âge ont vos parents ? lui demanda-t-elle.

— Ma mère a cinquante-huit ans et mon père soixante-huit. Ils sont bien plus âgés que vous, Maggie, lui répondit-il avec un sourire charmeur.

— Je vous aime bien, monsieur Burton. Vous n'avez pas un frère plus âgé ?

— Maggie ! » criai-je depuis mon dressing en cherchant ma veste.

Nous prîmes le train jusqu'à la maison des parents d'Alphard, qui était située à une quarantaine de minutes de chez moi. Sa plus jeune sœur, Lucida, nous attendrait à la gare. J'avais les mains moites et je craignais que, à mesure que le train nous rapprocherait de la destination, une crise d'angoisse ne se profile. Alphard serrait une de mes mains, mais je sentais que, malgré son apparence calme, il était également en proie à une certaine agitation interne.

« Vous avez des prénoms bizarres dans la famille, dis-je pour tenter de briser le silence qui s'était installé.

— Milly, je t'aime et je veux que tu restes toi-même, mais je ne sais pas si c'est la meilleure chose à dire dès qu'on passera le seuil de la maison », s'amusa-t-il.

Je ris à sa plaisanterie et fis semblant d'être agacée en retirant ma main de la sienne, qu'il reprit immédiatement en y déposant un baiser.

« Neven, Stella, Alphard, Mira et Lucida. Ça ne te dit rien ?

— Des étoiles ? hasardai-je.

— Oui, tout juste. Mon père est astronome. Enfin, *était*. Il est à la retraite désormais.

— Comment s'appellent tes parents ?

— Ezechiel et Abigail, répondit-il.

— C'est très joli. Tu m'expliques un peu la dynamique familiale ?

— Comment ça ? s'amusa-t-il.

— Je ne sais pas, qui est marié avec qui, qui est l'enfant de qui ? Vous êtes nombreux, j'aimerais en apprendre un minimum avant de tous les voir.

— On sera déjà arrivés avant que je ne t'aie tout raconté, plaisanta-t-il. Alors, Neven et Stella sont les aînés de la fratrie. Les jumeaux, précisa-t-il en penchant sa tête vers moi. Neven est marié avec Carly, ils ont trois enfants, Ezechiel, Esther et Karen. Stella est divorcée depuis peu, elle aussi. Elle élève seule Hunter, sa fille de onze ans. Mira est mariée avec mon meilleur ami, Dan, ils ont des jumelles, Talia et Ava, qui ont onze ans aussi. Et Lucida est en couple avec Ford, qui travaille à l'étranger la plupart du temps. Ils ont un bébé d'un an, Ethan.

— Est-ce que tu peux me répéter tout ça pendant que je fais un schéma ? » dis-je avec sérieux, prête à sortir de mon sac un carnet pour récapituler l'arbre généalogique.

Cela fit rire Alphard qui reprit mes mains dans les siennes pour m'empêcher de fouiller dans mon sac.

« Milly, ne t'inquiète pas, personne ne s'attend à ce que tu te souviennes des prénoms de tout le monde. D'ailleurs, ma mère récite les prénoms d'absolument toute la fratrie avant de tomber sur le bon. Et depuis qu'il y a des petits-enfants, c'est encore pire, plaisanta-t-il.

— Et parmi tout ce monde, qui est susceptible de me détester ?

— Milly, ne commence pas à imaginer le pire…

— Non, Alphard, je préfère me préparer. Sérieusement, insistai-je. C'est pire pour moi de ne pas savoir. »

Il lâcha ma main pour joindre les siennes, les fixant comme si elles détenaient un secret bien gardé, et reprit après un soupir :

« Neven et Stella ont eu un peu de mal à accepter mon divorce.

— Pourtant, Stella est divorcée aussi, non ? demandai-je en tentant de reprendre le fil de l'arbre généalogique.

— Oui, certes. Mais on a toujours été tous très proches. Mon ex-femme est d'ailleurs la meilleure amie de Stella. Je sais qu'ils continuent à se voir, tous les trois. À vrai dire, je ne sais même pas s'ils seront là, ce soir. Depuis le divorce, nos rapports sont… compliqués. J'ai demandé à ma mère de ne pas les prévenir, mais je crains qu'elle ait voulu bien faire et organiser des retrouvailles.

— Oh. Très bien, répondis-je en tentant de masquer ma panique.

— Ça va aller, Milly. Je serai là. »

Nous sortîmes sur le quai où une jeune femme avec de longs cheveux blond vénitien et un trench-coat orange semblait parcourir la foule du regard. Ses yeux s'arrêtèrent sur nous et elle émit de petits cris pour signaler sa présence. Alphard lui adressa un large sourire et nous arrivâmes enfin à sa rencontre. Elle se jeta dans ses bras.

« Tu m'as sacrément manqué, abruti ! »

L'étreinte se prolongea quelques secondes et elle se recoiffa légèrement.

« Lucida, je te présente Milly.

— Salut, Milly ! »

Sans comprendre ce qui m'arrivait, ma tête fut enfouie dans une chevelure blonde et mon buste enserré dans de petits bras puissants. J'avais eu le droit à la même étreinte qu'Alphard, l'insulte en moins.

« Enchantée de faire votre connaissance, répondis-je poliment.

— Attends, j'espère que tu vas me tutoyer, parce que sinon je te remets dans ce train ! Ahhh ! Je suis super excitée ! s'écria-t-elle. Vous êtes super beaux, tous les deux, ensemble, on ne voyait que vous sur le quai !

— Et on n'entendait surtout que toi, Ida », la taquina-t-il.

En quelques minutes, le temps d'arriver sur le parking, Lucida m'avait posé tout un tas de questions et partageait déjà des détails sur sa vie. Nous arrivâmes à sa petite voiture, une deux-chevaux ancienne, et Alphard, qui avait insisté pour s'asseoir à l'arrière, paraissait démesuré dans ce minuscule habitacle, coincé à côté d'un siège-auto.

« Alph, je ne sais pas si tu es au courant, mais…

— Laisse-moi deviner, Neven et Stella ont mystérieusement décidé de venir manger là ce soir, eux aussi ? »

Elle lui adressa une grimace désolée en guise de réponse.

« Eh bien, on va bien s'amuser alors », soupira-t-il.

La maison des Burton était à une trentaine de minutes de la gare. Nous traversâmes des champs d'herbes hautes, des prairies où paissaient des vaches et des enclos où galopaient des chevaux. Lors du trajet, Alphard resta silencieux, mais je ne sus si c'était dû à la venue des jumeaux, ou simplement parce que Lucida et moi monopolisions la conversation. Cette entente instantanée avec cette dernière me confirmait que je m'étais fait une alliée.

« Tu vois la maison, là-bas ? fit-elle en pointant son index vers une forme marron perdue au milieu de nulle part. C'est chez nous ! dit-elle fièrement.

— À combien de temps est le premier commerce ? demandai-je.

— Ça dépend ce que tu entends par "commerce", plaisanta-t-elle, mais il faut bien quinze minutes pour trouver une petite épicerie de secours dans le village voisin. On a des poules, des chèvres et des vaches, et un gros potager, ce qui facilite hautement la subsistance de la famille.

— Ça serait le rêve de ma sœur, Willa ! Ils ont un potager en permaculture et des poules. »

Nous discutâmes alors de ma famille, et je fus ravie de pouvoir échanger avec elle aussi facilement. Alphard attrapa mon épaule depuis l'arrière, et je savais qu'il partageait cette joie de me voir ainsi avec sa sœur.

« Et voilà ! » fit-elle en braquant à droite pour entrer dans une cour.

La maison des Burton était effectivement perdue au milieu de nulle part, entourée par une clôture verte et une épaisse végétation. La voiture de Lucida tremblait sur le sol gravillonné. Je découvris un pavillon de pierre de forme irrégulière. La maison semblait avoir été de nombreuses fois agrandie dans des adjonctions diverses. Une tourelle en dépassait, légèrement tordue. Toute la bâtisse semblait de construction bancale et il était presque certain qu'aucune pièce à l'intérieur n'était droite – ce qui me fut confirmé un peu plus tard. De deux cheminées s'échappait une fumée épaisse et accueillante, cette plongée dans l'arrière-pays ayant été accompagnée par une chute des températures. Sur la façade de pierre de la maison grimpait du lierre, s'enroulant parfois autour des huisseries blanches des fenêtres.

Alphard sortit non sans peine de l'arrière de la voiture et s'empara immédiatement de ma main.

« Alphard, mon chéri ! » s'écria une dame depuis l'entrée.

Elle sortit en hâte de la maison et prit son fils dans ses bras.

« Salut, maman, lui dit-il la tête reposant sur celle de sa mère qui était posée sur son torse.

— Mon chéri… », répéta-t-elle avec émotion.

Leur étreinte dura quelques instants, et je compris qu'Alphard n'avait sans doute pas vu sa mère depuis quelque temps. Ce moment m'émut d'autant plus. Alphard enleva ses mains de sa mère et la prit par les épaules.

« Maman, je te présente Milly. Milly, je te présente Mrs. Burton.

— Oh, Alphard ! lui dit-elle en le tapant sur le buste. Bonjour, mon enfant. Tu peux m'appeler Abigail, évidemment. »

Elle avait pris mon visage entre ses deux mains potelées puis, après m'avoir observée pendant quelques secondes, m'avait serrée dans ses bras à son tour. Décidément, la famille était tactile, mais cette chaleur restaurait un peu la force et le courage qui m'avaient abandonnée depuis l'annonce de la venue de Neven et Stella, qui devaient me haïr par principe.

« Qu'est-ce que tu es jolie ! lança-t-elle en me scrutant.

— Merci, finis-je par dire une fois mes joues libérées de l'étau de ses mains. Je suis ravie de faire votre connaissance, madame Burton.

— Abigail ! me reprit-elle. Moi aussi, je suis très heureuse que tu sois là, et toi aussi, mon chéri ! Venez, entrez ! »

Elle nous invita à la suivre, tenant son fils par le bras comme s'il allait s'échapper. Nous les suivîmes avec Lucida, qui m'adressait un sourire chaleureux. La mère d'Alphard avait la chevelure caractéristique de la famille, visiblement, un blond vénitien. Elle avait des cheveux mi-longs qui bouclaient sans régularité. Elle était un peu enveloppée, mais cela lui donnait tout de la grand-mère chaleureuse qui cuisine des tartes aux pommes pour ses petits-enfants. Certes, Alphard était grand, mais sa taille paraissait démesurée à côté de sa mère.

Nous entrâmes dans la maison et je sentis immédiatement les parfums de cuisine. Une odeur de feu de bois, de cannelle, de thym et de beurre fondu flottait dans l'air.

Lorsque l'on entrait se trouvait sur la gauche l'espace de vie : plusieurs canapés en cuir ou en tissu de différentes couleurs, un rouge et un vert, entouraient une immense table basse en bois aussi abîmée que celle d'Alphard. Aucun meuble n'allait avec un autre, ce qui formait un ensemble parfaitement incohérent, mais incroyablement chaleureux. Des poutres apparentes pendaient des casseroles, des bibelots en tout genre ou des herbes en train de sécher. Il y avait au mur toutes sortes de cadres représentant des constellations ou des dessins d'enfants. À mesure que nous pénétrions dans cet espace, je découvrais les murs arrondis, les sols qui n'étaient pas les mêmes, tantôt des tommettes rouges, tantôt des pierres blanches. Une grande cheminée en pierre émettait de la chaleur et un crépitement réconfortant. Se profilait ensuite la cuisine, ouverte sur le salon. À nouveau, cela ressemblait à un assemblage dépareillé de meubles de cuisine en bois qui s'organisaient autour d'un évier très large en céramique blanc. Il y avait des étagères un peu partout, supportant avec peine des piles d'assiettes, de bols et de tasses. Au milieu de celle-ci, il n'y avait pas un îlot comme chez Alphard, mais une longue table en bois de chêne qui semblait être le cœur de la cuisine familiale, là où les enfants et petits-enfants s'asseyaient pour aider à la préparation du repas. L'espace salle à manger plus formel était à droite quand on entrait dans la maison, et la table en bois sur laquelle était dressé le couvert semblait pouvoir accueillir plus d'une vingtaine de personnes. En face de l'entrée se trouvait un escalier en bois en colimaçon qui vibra quand quelqu'un s'approcha.

« Alphard, mon fils », fit un homme grand et mince, la chevelure et la barbe blanches.

Il avait la même silhouette que son fils, élancée, un peu plus voutée avec l'âge, et je reconnaissais les rides des bajoues qui commençaient à se dessiner sur le visage d'Alphard. Il avait été mauvaise langue, car son père portait des chaussures, des mocassins marron.

« Salut, papa », lui répondit-il, sans l'étreinte chaleureuse qu'il avait eue avec sa mère mais avec une profonde affection dans le regard.

Ils restèrent ainsi debout à se regarder en silence, et ce fut son père qui interrompit les retrouvailles insonores.

« Je crois que tu as quelqu'un à me présenter, non ? demanda-t-il en me regardant, les deux mains jointes dans le dos.

— Oui, répondit Alphard, papa, je te présente Milly.

— Enchanté, jeune demoiselle, fit-il en me serrant la main avec un sourire chaleureux.

— Je suis ravie de faire votre connaissance, monsieur Burton, répondis-je.

— Appelle-moi Ezechiel, tu veux ? ajouta-t-il avec un clin d'œil. Bon, je vois que vous n'avez pas réussi à semer Ida sur le trajet. Bon sang, Alphard, c'était ta seule mission, de nous débarrasser de cette pipelette ! »

Lucida protesta en plaisantant et son père nous fit signe de nous installer dans le salon. Lucida prit nos vestes et nous prîmes place côte à côte sur un canapé.

« Les autres arrivent quand ? demanda Ida en prenant place dans un fauteuil.

— Toujours trop tard », répondit Abigail depuis la cuisine.

Elle revint avec un plateau chargé d'une théière et de plusieurs tasses à thé dépareillées.

« Alors, Milly, qu'est-ce que tu fais dans la vie ? » demanda Ezechiel.

Je mis quelque temps à répondre, me reprochant de n'avoir pas eu cette discussion avec Alphard.

« Milly est une star, en fait, répondit Alphard à ma place sous mon regard amusé.

— Ah, les stars[1] ça me connaît ! s'exclama Ezechiel.

— Effectivement, j'ai entendu dire que vous aviez été astronome.

— Eh oui ! Mes parents me répétaient toujours que j'étais trop souvent dans la lune, et quand j'ai vu le prix d'un billet pour un voyage en fusée, j'ai décidé de côtoyer les étoiles.

— … j'ai décidé de côtoyer les étoiles, répéta Lucida au même moment. Milly, ne te fais pas avoir, il ne dit pas des trucs aussi cool spontanément. On l'a entendu un million de fois. »

Alphard rigola avec sa mère.

« Laisse donc ton vieux père tranquille, dit Ezechiel à sa fille.

— Pourquoi Milly est une star, alors ? demanda Ida.

— Je suis…

— Milly écrit des livres, me coupa Alphard. Et elle suit aussi des…

— Et elle sait aussi parler, intervins-je.

— Oui, excuse-moi », fit-il en me prenant la main.

Je voyais qu'Alphard était tendu et que sa famille l'observait, remarquant sans doute un malaise peu commun dans sa nature joviale.

---

1. *Star*, en anglais, veut dire « étoile »

« J'ai écrit un livre, effectivement. Mais personne ne me remarque dans la rue, si c'est ça la définition d'une star, dis-je en rigolant. Et à côté, je suis inscrite en licence d'histoire. C'est ma dernière année.

— Mais tu as quel âge ? demanda Lucida.

— Vingt-cinq ans.

— C'est sacrément jeune pour écrire un livre », souligna Ezechiel.

Alphard relâcha légèrement la pression de sa main qu'il maintenait autour de la mienne.

« C'est clair ! acquiesça Lucida. Tu as écrit ton livre quand ?

— En fait, j'ai d'abord fait une licence de lettres. J'ai ensuite pris deux années de césure pour écrire mon roman, et…

— Ensuite il y a eu la phase où elle est allée rencontrer son public dans des pays étrangers parce qu'il a été traduit en quatorze langues, intervint Alphard, une certaine fierté dans le regard.

— C'est vrai ? demanda Lucida. C'est super classe ! Et comment tu es arrivée à la fac ? Enfin, que tu y es retournée ?

— Après la phase décrite par Alphard, repris-je, j'ai voulu reprendre des cours d'histoire pour éviter les anachronismes et parfaire mes connaissances.

— Punaise ! s'écria Lucida. Tu devais être sacrément motivée ! Personnellement, une fois que j'avais quitté la fac, je m'étais fait la promesse de ne jamais y remettre un pied !

— Ida, as-tu déjà réellement mis les pieds à la fac ? » plaisanta son père.

J'aimais beaucoup Ezechiel, dont Alphard semblait avoir hérité du sens de l'humour et de la plaisanterie. Lucida ne réitéra pas le descriptif de son parcours universitaire en mathématiques puisqu'elle me l'avait déjà raconté dans la voiture. Son père interrogea Alphard sur ses travaux en cours, et je fus rassurée de voir que personne n'avait été perturbé par notre différence d'âge. Sa mère nous avait demandé si nous étions sur le même campus, nous avions dit oui, et c'était tout.

Nous fûmes interrompus par du bruit dans le jardin et je compris que le reste de la fratrie devait être arrivée. Avant de se lever, Ezechiel se pencha pour s'adresser à moi.

« Milly, la prochaine fois que tu viendras à la maison, je serais heureux que tu m'apportes ton livre. Je pourrais te demander le titre, mais il n'y a aucune librairie dans les environs. »

J'étais autant touchée par le fait qu'il s'y intéresse que par le fait qu'il m'imagine revenir chez lui. Alphard devait se dire la même chose, car il regarda son père avec chaleur.

Je vis deux jeunes filles courir en direction d'Abigail qui les serra dans ses bras. Elles étaient plus châtaines que blond vénitien comme le reste de la famille, mais avaient la blancheur de peau des Burton.

« Ça alors ! s'écria une voix d'homme. Alphard Burton ! Vous ici ! »

Alphard se leva pour rejoindre les nouveaux arrivants et serra son ami dans ses bras.

« Salut, Dan. Salut, Mira.

— Hey, Alph ! répondit sa sœur en le serrant dans ses bras. Les filles, vous avez dit bonjour à tonton Alph ? »

Les deux jeunes filles revinrent, une brioche déjà à moitié engloutie entre les mains, et embrassèrent Alphard qui s'était baissé.

« Dites, il n'y en aurait pas une qui serait plus grande que l'autre ? » les taquina Alphard qui introduisit une querelle enfantine entre les jeunes filles.

J'étais restée un peu en retrait le temps des embrassades et Alphard me fit signe de les rejoindre en tendant le bras vers moi.

« Dan, Mira, je vous présente Milly.

— Salut, Milly ! On a beaucoup entendu parler de toi, fit Dan. En mal, évidemment.

— Pfff, quel lourd, mon mari ! dit Mira. Salut, Milly, reprit-elle en m'enlaçant avec chaleur, comme le reste de la famille. Il plaisante, hein !

— Oh ça va, chérie ! Tu n'as pas besoin de lui faire les sous-titres. Glenn et Bernus t'adorent, fit-il à mon adresse. J'étais même jaloux que tu les aies rencontrés avant moi.

— Tu aurais dû rester prof, mon brave ! » lança Alphard.

Mira ressemblait trait pour trait à Lucida. Il n'était pas difficile, en voyant les cheveux bruns, presque noirs, de Dan, de deviner qui était la pièce rapportée de la famille Burton. Il n'y eut pas de présentation officielle entre Dan, Mira et moi. Ils semblaient déjà tout savoir de moi et discutaient comme s'ils me connaissaient depuis toujours. Je me demandais pourquoi Alphard m'avait tenue si longtemps à l'écart alors que sa famille était chaleureuse et accueillante.

« Tu as vendu ton fils, Ida ? demanda Mira. Et ils arrivent quand les autres, m'man ? s'écria-t-elle cette fois à l'attention de sa mère, dans la cuisine.

— Il dort, mais tu vas le réveiller si tu hurles comme ça, plaisanta Lucida.

— Je ne sais pas, Mira ! Ils viennent tous ensemble, je crois !

— Ah oui, lança Mira à l'adresse d'Alphard, notre frère aîné a acheté une nouvelle voiture. Un minibus.

— Génial », répondit-il sans vouloir en savoir plus.

Malgré l'évocation de son frère qui mettait Alphard mal à l'aise, la conversation reprit rapidement avec le même enthousiasme. C'était agréable de les voir ainsi plaisanter, se taquiner tous ensemble. Ezechiel faisait toujours en sorte de m'inclure dans les conversations et, quand des anecdotes ne me disaient rien, il reprenait l'histoire depuis le début. J'étais persuadée que jamais la maison Burton ne serait silencieuse. Il y avait tant de monde agglutiné sur les canapés que demeuraient toujours en bruit de fond des éclats de rire. Au bout de quelque temps, Abigail se leva pour aller en cuisine et je lui proposai mon aide.

« Attention, dit Alphard à sa mère, c'est une véritable calamité en cuisine. Elle a déclenché trois fois l'alarme incendie en voulant cuisiner. »

Cela fit rire l'assemblée qui écouta les anecdotes d'Alphard. Abigail me prit ensuite par le bras jusqu'à la cuisine.

« Tu peux éplucher des pommes de terre ? me demanda-t-elle.

— Oui, ça j'en suis capable, ris-je.

— Je viens aider, moi aussi ! » lança Mira.

Nous épluchâmes ensemble les pommes de terre dans une ambiance bon enfant. Lucida s'était jointe au cercle féminin et nous fîmes plus ample connaissance dans une conversation limpide. Un petit écran signala à Lucida que son fils s'était réveillé et elle redescendit quelques minutes plus tard avec son bébé, des petits cheveux roux formant une auréole autour de sa tête.

« Très bien, maintenant il faut les passer au presse-purée, indiqua Abigail en me tendant un outil métallique qui semblait porter ce nom-là.

— Attends, dit Lucida, je vais m'en occuper, tu n'as pas l'air sereine avec cet ustensile ! s'amusa-t-elle. Où est la chaise haute ? demanda-t-elle à sa mère.

— Je peux le prendre si tu veux, me proposai-je. Je suis devenue tata de jumeaux en mars. Les bébés m'adorent.

— Ah super, félicitations ! » dit-elle en me tendant son fils.

Je lui parlai alors des jumeaux de Willa et Eddy, puis de Clarence. Elles s'amusèrent aussi de la gémellité de ma famille et, pendant ce temps-là, je faisais rire le petit Ethan. Les bébés étaient les seuls individus à ne pouvoir résister à mon sens de l'humour, souvent incompris. Je vis Alphard me fixer depuis le canapé, ne me rendant pas le sourire que je lui adressais.

Le volume sonore de la pièce était tel que personne n'entendit la voiture dans la cour. Ainsi, la porte d'entrée s'ouvrit sans annonce préalable, et je vis Alphard se figer, ne se relevant qu'après quelques instants d'hésitation. Lucida me prit son fils des bras, et je rejoignis Alphard qui avait l'air troublé. Neven et Stella, les jumeaux de la famille et meilleurs amis de l'ex-femme d'Alphard, étaient arrivés. Ils enlevèrent leur veste et saluèrent chaque membre de la famille. Le silence se fit lorsqu'ils arrivèrent devant Alphard et moi. Ce fut un moment glaçant. Je pouvais sentir la tension qui régnait dans la pièce, les regards perçants de son frère Neven et de sa sœur Stella, et l'embarras de la famille autour qui hésitait à intervenir. Alphard n'avait pas l'air de vouloir faire un pas vers eux, aussi trouvai-je le peu de courage que j'avais pour briser la glace.

« Enchantée, dis-je en m'approchant d'eux et en tendant la main à Neven, je suis Milly. »

Il ne me regardait même pas et fixait Alphard. Je restai comme une idiote, la main tendue devant lui.

« Neven ! » énonça gravement Ezechiel sur ma gauche.

L'intéressé finit par me serrer hâtivement la main, toujours sans me regarder, et Stella partit déposer sa veste sur un portemanteau.

Elle revint et se dirigea vers la cuisine, demandant à sa mère comme si de rien n'était :

« Il reste des choses à faire en cuisine ? »

Neven s'était baissé pour aider sa fille à enlever son duffle-coat et la scène s'arrêta ainsi. J'entendis dans la cuisine Lucida dire à Mira : « Ça aurait pu être pire », mais à vrai dire, je ne voyais pas comment c'était possible.

Nous prîmes place à table. Je constatai qu'Alphard et moi n'aurions pas pu être assis plus loin de son frère et sa sœur. Abigail se vantait d'avoir fait des petites étiquettes pour le placement de table, mais je me doutais que cela avait été réalisé dans le seul but d'éviter un esclandre. Lucida était à côté de moi, Ethan dans son siège près de nous. Les nombreux petits-enfants avaient été installés dans le salon et j'aurais donné cher pour manger à leur table plutôt que dans ce climat tendu.

Abigail et Ezechiel tentaient comme ils pouvaient de dissiper le malaise, et bientôt la conversation reprit par petits groupes. À notre extrémité, nous discutions avec Dan, Mira et Lucida, et je fus ravie d'avoir leur soutien. Pendant qu'Abigail servait une sorte de ragoût – elle avait eu la délicatesse de me préparer des légumes dans une cocotte séparée – Stella m'adressa la parole, ce qui glaça à nouveau l'ambiance.

« Alors, Milly, c'est ça ? dit-elle depuis l'autre bout de la table. Vous faites quoi dans la vie ? »

Comme Alphard précédemment qui voulait anticiper le malaise, Ezechiel prit la parole.

« Nous avons une écrivaine à notre table ! dit-il avec chaleur.

— Ah ouais ? demanda-t-elle. Vous avez écrit quoi ?

— Ça s'appelle *Les espérances des femmes Templeton*, répondis-je en me forçant à sourire.

— Jamais entendu parler.

— Il faudrait encore que tu saches lire, rétorqua Mira en voulant détendre l'atmosphère, mais cela ne fit rire personne à part son mari.

— Et vous avez connu Alphard comment ? reprit-elle en me scrutant.

— Dans le cadre de mes recherches historiques pour mon roman, répondis-je.

— Milly a repris des études d'histoire pour se perfectionner dans le domaine, c'est super, n'est-ce pas ? » lança Abigail avec chaleur.

Stella ne répondit rien et Neven rigola en adressant un sourire de connivence à sa sœur en face de lui.

« J'y crois pas, c'est son étudiante, chuchota-t-il à son attention avec un rictus mauvais.

— Et ça fait combien de temps que vous êtes ensemble ? Attendez, ne dites rien ! Depuis sa titularisation, il y a trois ans ? »

Je ne compris pas tout de suite ce qu'il se passait et vis Alphard se lever de table, calmé par la main de Dan assis à ses côtés. Au même instant, Ezechiel, qui s'était levé, cria : « Assez ! », et le silence se fit à nouveau. Ethan se mit à pleurer et Dan fit rasseoir Alphard calmement. Lucida, qui avait sursauté, renversant par la même occasion son verre de vin, quitta la table en me demandant de prendre Ethan. Je le pris dans mes bras et tentai de calmer ses pleurs. Avoir ce petit être sur les genoux me donnait un peu de réconfort.

« Dis donc, il t'adore, me dit Mira gentiment pour rétablir un peu de chaleur autour de la table.

— Faites attention, Alphard a tendance à partir très vite quand on a un bébé dans les bras, lança Stella à l'autre bout de la table.

— Ça suffit, répondit-il en se levant. Milly, on s'en va.

— Vous allez vous calmer tout de suite ! hurla Abigail. Neven, Stella, encore une remarque et je vous fiche à la porte, c'est clair ? Ça fait un an que je n'ai pas eu tous mes enfants à table ! Un an ! Alors maintenant, vous allez tous vous calmer et vous comporter comme des gens civilisés ! Alphard, reprit-elle en se rapprochant de son fils avec douceur, s'il te plaît, ne pars pas. »

Il resta debout, fixant son assiette en tentant sans doute d'organiser ses pensées. Je vis Abigail qui m'observait, le regard empreint de la détresse d'une mère qui ne veut pas voir son fils partir. Je pris la main d'Alphard, qui croisa mes yeux, et l'encourageai à se rasseoir.

Le reste du repas fut plus calme, sans chaleur, mais sans agressivité non plus. Nous partîmes une fois Ethan couché, comme nous devions prendre le dernier train pour rentrer. Neven et Stella étaient restés dans le salon. Mira et Dan nous saluèrent avec chaleur et les parents d'Alphard nous suivirent jusqu'à la voiture de Lucida.

« Milly, dit Ezechiel, ce fut un plaisir de faire ta connaissance. J'espère que nous aurons l'occasion de te revoir. »

Je vis qu'il s'adressait plus à Alphard qu'à moi. Celui-ci observa son père.

« Oui, papa, répondit-il, on reviendra, mais…

— Oui, je sais, mon fils, intervient Abigail. Je sais. »

Elle le prit dans ses bras et je remarquai ses yeux embués de larmes. Elle m'enlaça également et sortit les cheveux coincés sous ma veste.

« Vous pourriez venir un weekend ? dit-elle en me regardant. On inviterait seulement Mira et Lucida, hein ?

— Oui, c'est une très bonne idée, répondis-je en serrant la main d'Abigail qui était sur le point de pleurer. N'est-ce pas, Alphard ?

— Oui, reprit-il après quelques instants, on reviendra, maman, je te le promets.

— Tu n'oublieras pas mon livre, Milly ! me lança Ezechiel alors que l'on rentrait dans la voiture.

— Bien sûr ! Merci pour votre accueil. »

Dans la voiture, Lucida soupira très fort et brisa le silence.

« Bon, tu étais quand même content de revenir ? » dit-elle en regardant Alphard dans le rétroviseur.

Elle n'attendit pas de réponse et se tourna vers moi.

« Papa et maman t'adorent, me rassura-t-elle. Et mon fils aussi, et c'est un bon détecteur. Vous me dites la prochaine fois que vous passez ? Hein, Alphard ?

— Oui, Ida, je te ferai signe. »

Alphard était absent, et le fut pendant tout le trajet en train. Nous rentrâmes silencieusement jusqu'à son appartement. J'attendais qu'il se sente prêt à parler des évènements de la soirée. Lorsque je sortis de ma douche, il n'était pas dans le lit, mais à son bureau, éclairé par la faible lumière de sa lampe. Je m'approchai de lui pour m'asseoir sur ses jambes et l'étreindre.

« Merci pour ce soir, Milly, dit-il en enfouissant sa tête dans mon cou.

— Je n'ai pas fait grand-chose…

— Tu ne t'es pas enfuie, c'est déjà ça. »

Il intensifia ses baisers, descendant de ma nuque jusqu'à ma poitrine, puis se redressa en me portant jusqu'à la chambre pour m'étendre sur le lit. Quand il se retira, essoufflé mais souriant, il semblait toutefois toujours préoccupé.

« Ça va ? lui demandai-je en caressant son visage encore moite et chaud.

— Oui, je suis juste essoufflé, Milly », répondit-il amusé en prenant ma main pour l'embrasser.

Il vint ensuite se blottir contre mon dos et déposa de légers baisers dans l'arrondi de ma nuque. Il me souleva pour enrouler ses bras autour de moi et, me faisant basculer contre lui, me demanda au bout de quelques instants :

« Milly, est-ce que tu veux des enfants ?

— Je viens à peine de rencontrer ta famille, tu ne penses pas que c'est un peu tôt pour avoir cette discussion ? plaisantai-je.

— Je suis sérieux, Milly. Est-ce que tu veux des enfants ? »

Je me redressai pour lui faire face, enroulant le drap autour de moi.

« Et toi, Alphard, est-ce que tu veux des enfants ?

— S'il te plaît, c'est à toi que je pose la question…

— Je ne sais pas, répondis-je finalement, je n'y ai jamais réfléchi.

— Tu dois quand même savoir si tu en veux ou non ?

— Non, Alphard, je ne sais pas. On dit que certains hommes se rendent compte qu'ils sont pères au moment où ils voient leur bébé. Je ne vois pas pourquoi on ne laisserait pas le bénéfice du doute aux femmes. Je pense qu'on est beaucoup trop imprégnés par des générations et des générations d'injonctions sociales. Ce sont d'ailleurs pile nos recherches pour Isadorah. Une femme a deux temps de vie : l'un où elle est une fille, l'autre où elle devient une mère. Mais je pense qu'il n'y a pas d'instinct et que ce n'est pas un rôle qui nous incombe obligatoirement. »

Il m'observait avec attention.

« Mais tu as l'air d'aimer t'occuper des enfants.

— Oui, mais ça ne veut pas dire que j'ai envie d'être mère. Enfin, hum, soupirai-je, je n'en sais rien, Alphard. C'est si important que ça ?

— Oui, ça l'est, répondit-il.

— Je ne peux pas t'apporter de réponse plus précise. Pour le moment, je ne sais pas. Oui, j'aime m'occuper des enfants, mais ça ne veut pas dire que je me vois mère. Peut-être qu'à un moment de ma vie ça deviendra une évidence. Mais pour le moment, ce n'est pas le cas. Quand j'entends toutes les femmes dire aux autres : "Tu verras, tu le regretteras", ou : "Tu verras, ça va venir", j'ai l'impression que c'est une fatalité, tu comprends ? Et si je deviens mère, ça sera parce que je l'ai voulu, vraiment, et pas parce que c’est un attendu de principe pour mon utérus. Ça te va comme réponse ?

— Oui, ça me va, fit-il en embrassant ma main.

— Et toi ? lui demandai-je.

— Quoi, et moi ?

— Tu veux des enfants ?

— On en reparlera plus tard, Milly. »

Il m’embrassa et éteignit la lumière.

4

« Nous sommes très contentes de recevoir John à notre table aujourd'hui. Il est devenu membre à part entière d'Earth 360 et je pense qu'on peut l'applaudir ! déclara Yvonne, suivie par les applaudissements discrets d'Ulyana et les poings de Daria frappés sur la table.

— Ravi de vous retrouver, mesdames ! répondit l'intéressé.

— Tout le plaisir est pour nous, John ! »

Maggie lui serra la main avec chaleur.

« Très bien, comme vous le savez, notre mission ARTISHOCKED a été couronnée de succès. On peut remercier notre bonne étoile et le chef de service qui a demandé à la sécurité de faire sortir les journalistes échauffés !

— Avdeïev, t'es sûre qu'ton mari y est pour rien ? plaisanta Daria.

— Si c'est le cas, on s'en accommodera, répondit Yvonne avec un clin d'œil. Outre le poids médiatique de la mission précédente, Vadim, le petit-fils d'Ulyana, nous a fait parvenir une analyse financière de l'impact. Le groupe King Meat connaît une baisse de sa fréquentation, et ainsi sa cote a baissé de 30 % sur le CAC40.

Beaucoup d'investisseurs ont donc abandonné le groupe par peur d'une trop grosse décote. »

Les filles se félicitèrent et un brouhaha de satisfaction se fit entendre.

« Vous avez raison ! On peut se féliciter, mais... »

Yvonne ne poursuivit pas sa phrase et fit plutôt le tour de la table en distribuant des prospectus.

« Voilà ce que Gianni a ramassé devant son restaurant.

— "Buffet de légumes à volonté" ? lut Maggie à haute voix.

— Oui, ils essayent de surfer sur la vague végétarienne en attirant, comme ils disent, des personnes ayant des régimes alimentaires différents. Regardez, montra Yvonne, le prospectus en main, sur le verso : "Que vous soyez en famille, ou entre amis, plus de disputes pour savoir où l'on mange ce soir ! Végétarien ? Carnivore ? Pourquoi pas les deux ! King Meat vous propose un buffet à volonté 100 % *green* !" Ils ont même changé le code couleur pour quelque chose d'épuré, loin du rouge et du noir du groupe.

— Y vont quand même pas s'faire du blé sur la crise cardiaque de John ! maugréa Daria.

— Daria, cigarette ! répondit Yvonne. Et si... Ils essayent de relancer la fréquentation du restaurant comme ça.

— Qu'est-ce que dit Vadim sur les chiffres ? demanda Maggie en étudiant le prospectus.

— On ne lui en a pas encore parlé. Je suis allée récupérer Marcella et c'est son fils qui avait ramassé tout ça par terre. Apparemment, ils ont même embauché des gens pour se déguiser en légumes géants, en mouton ou en veau pour distribuer les prospectus. Ils avaient mis des bottes de foin et un écriteau avec marqué “*Farmer market*”.

— C’étaient des déguisements de veau déjà dans une assiette ? demanda Ulyana.

— Non, des veaux “vivants”.

— C’est glauque, dis-je.

— Tu l’as dit, p’tiote », me répondit Daria en me donnant un coup de coude dans les côtes.

Après quelques instants de silence où chacune semblait absorbée par le prospectus en face d’elle, les échanges reprirent.

« Bon, qu’est-ce qu’on fait alors ? intervint John. On ne va pas les laisser gagner !

— Il faut trouver un autre angle d’attaque, répondit Maggie. Nous avons tenté la pression médiatique, et si cela a ouvert un certain débat, cela ne semble visiblement pas les affecter.

— On a qu’à mettre un doigt dans la bouffe, proposa Daria.

— Daria, cigarette, dit Yvonne.

— Et où veux-tu trouver un doigt, Daria ? soupira Ulyana.

— J’sais pô moi, Avdeïev ! Les doigts découpés qu’on envoie aux gens pour les menacer, c’est l’rayon d’ton mari, nan ? Y en a p’t-être dans votre congélo du sous-sol. »

Les deux femmes se querellèrent gentiment et furent interrompues par le coup de sifflet de Maggie.

« On arrête avec les allusions mafieuses, et Daria, si tu viens de me gâcher la surprise de l'épisode 12 de *Court & Crime*, je vais me fâcher ! lança Maggie.

— Désolée, Maggie. On a tout r'gardé, hier soir, avec Julianne.

— Les vingt épisodes ? interrogea Maggie.

— Ouais, m'dame.

— C'est pour ça que vous étiez en retard ce matin, intervint Yvonne, vous avez fait une nuit blanche comme deux adolescentes !

— C'pas ma faute, reprit Daria, elle avait fait trop d'pop-corn, fallait qu'on les finisse. »

Nous rîmes à cela et Yvonne demanda des détails sur le pop-corn. Julianne était la meilleure cuisinière de nous toutes. Lorsqu'elle nous rejoignait dans les appartements de Maggie pour prendre le thé, elle amenait toujours plusieurs biscuits et gâteaux différents, tous aussi délicieux les uns que les autres. Depuis que Daria avait emménagé chez elle, les filles se retrouvaient une fois par semaine pour jouer au tarot là-bas. De temps en temps, Violet et moi nous retrouvions, non pour jouer au tarot – elle comprenait aussi bien que moi les règles du jeu – mais pour discuter ensemble. Violet préparait son mariage, qui aurait lieu en décembre, et nous pouvions parler pendant des heures de tous ces détails. J'avais même proposé de l'aider dans la réalisation des faire-part, et ainsi, un après-midi, nous avions passé plusieurs heures chez Salt & Paper. Depuis quelques années, Sigried avait diversifié son activité en proposant un service de personnalisation. Sa boutique avait gardé le charme des adresses que l'on s'échange avec privilège, mais sa réputation était considérable. J'avais aimé aider Violet à choisir parmi les calligraphies, les textures de papier et les associations de couleurs en fonction de la thématique du mariage. Maggie et moi lui avions fait faire sur mesure un sceau pour cacheter les enveloppes portant ses initiales et celles de son futur mari entrelacées.

« Daria pointe quand même quelque chose du doigt, sans mauvais jeu de mot, reprit Maggie, m'arrachant par la même occasion à mes pensées. On pourrait tenter une attaque sanitaire qui alerterait les services d'hygiène.

— Eh, j'connais des rats, moi, sinon ! lança Daria.

— Tu peux m'expliquer comment tu connais des rats ? Et enlève cette cigarette de ta bouche ! la sermonna Yvonne.

— Ben, j'les ai rencontrés dans la rue, et…

— Non, la coupa-t-elle, comment tu sais que ce sont les mêmes ?

— Ben j'les r'connais, quoi. Ils traînent toujours dans l'même quartier.

— Daria, est-ce que tu laves les mains quand tu… »

Yvonne et Daria se chamaillèrent à nouveau, au plus grand plaisir de John qui riait aux larmes. Maggie intervint pour faire cesser cette discussion et donna un coup de sifflet violent.

« Vous n'avez pas entendu un léger "bip" ? demanda Marcella.

— C'est toujours comme ça ? m'interrogea John qui peinait à retrouver son sérieux.

— Eh oui ! »

Malgré ces digressions, la conversation redevint sérieuse et toutes proposèrent des idées. Ulyana se demanda si l'on ne pouvait pas faire venir une bactérie dans les légumes ou dans la viande, mais si cela amena tout un lot de questionnements sur les pratiques de son époux concernant la manipulation et la conservation de microbes dangereux, elle permit de souligner un point essentiel : préserver la santé des clients. Une fausse crise cardiaque avait déjà été amplement suffisante, y ajouter une intoxication alimentaire ne ferait qu'attirer l'attention des restaurateurs. Il fallait quelque chose qui soit assez significatif pour faire du bruit, mais pas directement ingéré par la clientèle. Nous mîmes définitivement fin à la discussion du doigt dans la nourriture. Daria, qui avait arrêté de demander à Ulyana de piocher dans la réserve de son mari, nous indiqua qu'elle pourrait peut-être en trouver à la morgue. Lorsqu'elle indiqua avoir des « contacts » là-bas et que ça ne servait à rien d'en faire toute une histoire, personne ne voulut poursuivre la discussion afin d'apprendre dans quel contexte Daria Kowalewski était amenée à fréquenter régulièrement une morgue.

« Un lancer d'cafards ? » hasarda Daria.

L'assistance se tut et l'observa avec attention.

« Tu veux lancer des cafards sur les clients ? demanda Yvonne.

— Ben nan, t'es pas nette, toi ! Ça va faire mal aux cafards ! Mangez pas d'viande, mais faites mal aux insectes ! T'es barge, toi ! renchérit-elle.

— Je n'ai pas dit ça, je pensais que c'était ce que tu suggérais – et enlève une bonne fois pour toutes cette cigarette de ta bouche !

— Alors comment ? demanda Maggie.

— Marcella, l'interpella Ulyana en lui parlant distinctement, comment on accède aux cuisines des restaurants ?

— Par la porte ! lança Marcella en dévisageant Ulyana comme si elle était une parfaite idiote, ce qui fit rire les autres.

— Merci, March, mais par où ? Il y a des portes à l'arrière par lesquelles on peut entrer ?

— Si c'est pour piquer ma *salsa di pomodoro*[1] pour y faire ta sauce à la vodka, je t'ai déjà dit non ! lui répondit la matrone.

— Mais non, March ! répondit Ulyana. Pour les cafards !

— *Basta, basta* ! Pas de cafard dans *mio ristournante*[2] !

— Je demanderai à Gianni quand j'irai déposer Marcella, ajouta Yvonne. C'est une bonne idée. Donc le plan, c'est quoi ?

— Eh bien, j'imagine qu'on trouve un moyen de s'infiltrer à l'arrière du restaurant et, pendant les heures de service, on fait entrer les cafards.

— Mais les portes sont fermées, je suppose », répliqua Ulyana.

John se frottait le visage, absorbé par sa réflexion, et finit par intervenir :

« Pas toujours. J'ai travaillé dans la restauration pendant mes études, et cela arrive que les gars de la plonge ou d'autres employés sortent par-derrière, soit pour fumer, soit pour sortir les poubelles, etc. Il faudrait attendre que quelqu'un ouvre et bloquer discrètement la porte. Je pourrais faire le guet, ça ne me dérange pas d'escalader et d'attendre dans l'arrière-cour.

1. *Salsa di pomodoro* : sauce tomate (en italien)
2. *Mio ristournante* : mon restaurant (en italien)

— Vous êtes un vrai espion, John ! le félicita Ulyana.

— Fais gaffe, les espions et les mafieux, ça excite Avdeïev !

— Daria ! » crièrent Maggie et Yvonne en chœur, accompagnées toutefois par quelques rires.

Ce fut donc le nouvel objectif d'Earth 360 qui espérait pouvoir ainsi détruire à tout jamais la réputation de ce restaurant. Cette nouvelle mission avait été appelée FORKCOACH, une contraction de *cockroach*[1] et de *fork*[2]. Ce nom, plutôt évocateur d'un festival culinaire au milieu d'un champ, fut accueilli favorablement par les membres. Il y avait encore quelques détails à régler, notamment sur la présence ou non de critiques culinaires – Yvonne trouvait que cela serait un peu trop gros si un critique gastronomique était présent le jour J – ou encore sur qui serait là pour filmer. Mais globalement, les membres d'Earth 360 savaient où ils allaient et n'étaient pas près de s'arrêter, du moins pas avant que le géant carnivore soit anéanti.

---

1. Cockroach : cafard (en anglais)
2. *Fork* : fourchette (en anglais)

Compte-rendu de réunion du samedi 25 septembre

<u>Les avancées :</u>

- *Nouvelle mission : FORKCOACH*

<u>Les prochains objectifs :</u>

- *voir avec Gianni comment accéder à la porte arrière ;*
- *si difficulté, voir avec pompier volontaire de la paroisse si plan d'accès ;*
- *trouver des gens pour filmer (ni candidats auditionnés ni jeunes de la paroisse) ;*
- *trouver une armée de cafards : Daria s'en occupe.*

Plus rien n'étant à l'ordre du jour, la séance est levée.

5

Les jours qui suivirent furent calmes, parfois un peu trop. Depuis le repas chez la famille Burton, Alphard était souvent perdu dans ses pensées. Je le surprenais parfois à m'observer, absorbé par quelque chose qu'il ne parvenait pas à lire sur mon visage. Lorsque je croisais son regard, il me rendait un sourire triste.

Nous n'étions finalement pas allés à l'anniversaire de Dan, préférant un dîner convivial en petit comité les jours suivants plutôt que de risquer une catastrophe diplomatique avec Neven et Stella. Je ne comprenais pas comment des rapports entre frères et sœurs pouvaient être aussi tendus. J'en avais discuté avec Hisaé qui, bien que fille unique, avait du mal à concevoir que l'on en veuille autant à son frère pour un divorce. «Tu ne connais toujours pas les raisons du divorce ? » m'avait-elle demandé. Je lui répondais systématiquement que non, je ne connaissais rien de leur histoire, à part qu'elle était de celles qui captivent l'attention d'une tablée lorsqu'on la raconte, comme la rencontre d'Eddy et Willa. Je comprenais que la famille Burton soit toujours attachée à son ex-femme, Meredith, mais pas la colère et l'agressivité de Stella et Neven. Malgré ses promesses, j'entendais parfois Alphard au téléphone refuser une invitation pour diverses raisons – j'avais découvert depuis qu'il avait dans sa poche un vieux portable première génération qui ne pouvait rien faire d'autre qu'appeler, les touches distribuant les lettres par trois n'étant plus vraiment fonctionnelles. «Non, maman, on ne pourra pas venir ce weekend-là, on a beaucoup de travail » était celle qui revenait le plus souvent. Au début, je l'observais avec interrogation, lui demandant pourquoi on ne pourrait pas remettre à plus tard une journée de recherches pour Isadorah. C'étaient les rares fois où il était un peu brusque avec moi, n'hésitant pas à me dire : « Il faudrait peut-être que tu commences à écrire, Milly, tu ne crois pas ? » Les premières fois, j'avais eu envie de pleurer – il m'arrivait d'ailleurs de m'exiler dans la salle de bains pour m'abandonner à mon chagrin. À peine avait-il prononcé sa phrase qu'il se dirigeait vers moi en vitesse pour me prendre dans ses bras et s'excuser. Ses rapports avec sa famille étaient compliqués, cela le mettait dans tous ses états, et il ne savait pas comment s'exprimer dans cette situation. Je pouvais le comprendre : les mots étaient parfois des fardeaux.

Même si j'étais en partie d'accord avec lui, je savais qu'Isadorah devait encore vivre quelques épisodes dans l'imaginaire avant de pouvoir évoluer sur le papier. J'avais peur de commencer l'écriture sans connaître tous les tenants et les aboutissants de cette grande décennie. Je passais parfois des journées entières à relire mon journal, du début à la fin, cherchant les subtilités parmi mes notes écrites spontanément. Je pouvais ainsi étayer mon récit avant même de le commencer, ajoutant des codicilles, scotchant des feuilles dans le journal pour créer des extensions à déplier que je noircissais ensuite de détails. J'étais souvent installée à la table à manger sur laquelle s'accumulaient les livres dont les pages se déchiraient à cause du temps, les feuilles griffonnées de l'écriture d'Alphard et des lithographies d'époque qui me donnaient un ancrage visuel.

Une certaine mélancolie s'était abattue sur mon quotidien. J'avais la sensation que les choses m'échappaient, que les gens s'éloignaient. Ma dernière lettre à l'attention de Lyrah était demeurée sans réponse. Certes, nos envois n'étaient plus hebdomadaires. Certes, je devais parfois attendre plusieurs semaines avant de recevoir une réponse, mais Lyrah répondait toujours. Ce jour-là, je pointai sur mon agenda le nombre de semaines et vis que cela faisait plus d'un mois et demi que je n'avais eu de réponse de sa part. Parfois j'avais envie de lui écrire et de coucher sur le papier les voix de mon cœur. Mais Alphard, bienveillant, me disait toujours : « Tu ne sais pas ce qu'elle traverse, Milly. Peut-être qu'elle vit une période difficile. L'insistance, que l'on prend parfois pour la preuve d'un intérêt renouvelé, peut être perçue comme une forme de violence pour la personne qui se perd dans sa solitude. Laisse-la revenir. » Malgré la difficulté de voir Lyrah s'éloigner, je savais qu'Alphard avait raison. On ne pouvait jamais savoir ce que quelqu'un endurait, et même si j'imaginais Lyrah en être solaire et extraverti, je savais que tout créatif était nourri par une sensibilité, par une perception délicate du quotidien qui peut être soit rayonnante, soit très sombre. Je me résolus donc à lui laisser du temps, mais mon amie me manquait. Lorsque je venais m'approvisionner chez Salt & Paper, je demandais parfois à Sigried si elle avait vu Lyrah dernièrement, et comment elle se portait. « Désolée, Milly, ça fait longtemps que je ne l'ai pas vue », disait-elle avec un sourire triste, comprenant sans doute que je n'avais aucune nouvelle et que je m'acharnais.

Bien sûr, Maggie était toujours là et, avec elle, nos heures de discussion, nos rires et notre complicité naturelle. J'avais laissé de côté les quelques gênes que je pouvais avoir en lui parlant d'Alphard, et elle se trouvait être la meilleure confidente, comme souvent. Un soir, assise en tailleur dans son fauteuil Emmanuelle, un verre de jus de poire et curcuma à la main, je lui avais raconté tous les derniers évènements dans une version non censurée. Oui, le repas s'était bien passé, mais il y avait eu cet incident avec les frère et sœur d'Alphard. Oui, tout va bien avec Alphard, mais il est distant dès que l'on parle de famille. Oui, je sais qu'il est divorcé, mais j'ignore tout de ce bébé dans les bras de son ex-femme. Oui, j'insiste pour savoir, mais il me répond toujours : « Plus tard, Milly. » Or, « plus tard » semblait vouloir dire « jamais », et cette théorie me fut confirmée lors de notre première véritable dispute, à quelques jours du mariage de Violet.

La fin d'année était arrivée plus vite que prévu. En quelques semaines, Alphard avait troqué son trench-coat pour ses longs manteaux de laine. Lorsque l'on quittait l'appartement le matin pour se rendre à la fac, il enlevait toujours l'écharpe de son cou pour la nouer autour du mien avant de m'attirer à lui pour m'embrasser. L'approche des fêtes de fin d'année l'avait rendu un peu moins taciturne et il retrouvait sa bonne humeur naturelle. Mes parents lui avaient proposé de venir passer les fêtes à la maison et il avait été ravi de cette invitation. Je le soupçonnais d'avoir été soulagé d'échapper à la sienne, malgré mes nombreuses propositions de nous rendre chez ses parents pour le réveillon – qu'il refusa catégoriquement.

Nous avions tout de même des liens avec eux. Pour l'anniversaire d'Ezechiel, en novembre, nous avions passé quelques jours dans leur maison, en compagnie de Mira et Dan, ainsi que de Lucida et son fils. J'étais devenue proche d'elles, ainsi que de Liv, la femme de Glenn. Souvent, nous organisions des dîners dans l'appartement d'Alphard où nous convions tout ce petit monde que j'appréciais énormément. Les hommes étaient en cuisine, les femmes étaient dans le salon, ces dernières me félicitant d'être si mauvaise cuisinière que, pour une fois, les rôles étaient inversés. Parfois, dans la confidence, j'essayais de demander à Mira ou à Lucida ce qui s'était passé avec son ex-femme, mais on me répondait toujours de la même manière : une main affectueuse sur l'épaule ou le bras, et ce sourire un peu triste qui accompagnait un : « Ce n'est pas à nous de t'expliquer, Milly. »

Mais malgré cela, les choses allaient plutôt bien.

Alphard, que je soupçonnais d'en avoir assez de me masser le dos tous les soirs, avait poussé sa commode en bois et un vieux meuble d'apothicaire pour m'installer un bureau qu'il avait chiné chez un antiquaire. J'étais revenue un soir et, avant même de passer le pas de la porte, il avait mis sa main sur mes yeux et m'avait guidée ainsi jusqu'à ce petit coin qu'il m'avait aménagé. Le bureau était tout aussi usé que le mobilier en bois de son appartement, mais pourvu d'autant de charme. Il y avait une multitude de tiroirs, certains bloqués par le temps et, sur la droite, une vieille machine à écrire à moitié cassée. Au lieu d'une feuille de papier prête à être tapée, il avait glissé dans cette partie-là l'illustration ancienne d'une marguerite, me précisant : « Je l'ai vue chez un antiquaire et elle m'a paru sortir tout droit du carnet d'herboristerie de Mathilda. » C'était ce genre d'attention qui me rendait chaque jour un peu plus folle amoureuse d'Alphard Burton.

Avant les vacances d'hiver et la fermeture temporaire de la fac, nous avions eu le bonheur de revoir Larry, rentré d'Écosse avec Geillis pour le vernissage de l'exposition temporaire des photos du voyage. Les couloirs de la fac arboraient désormais des sortes de paravents de grilles métalliques sur lesquels étaient accrochés les nombreux clichés. J'avais adoré ce moment en compagnie de mon ami Larry, de le voir rayonnant de bonheur en tenant la main de Geillis. Il ne restait qu'une semaine, mais nous comptions en profiter le plus possible avec Hisaé. Sa présence et la remembrance de ce voyage qui avait été le catalyseur de ma relation avec Alphard mettaient tout le monde dans une humeur festive. Les vieux canapés en cuir de l'appartement d'Alphard accueillirent plusieurs soirs de suite les postérieurs de Larry, Glenn, Hisaé et mon frère. Cette vision me comblait de joie et, moi qui n'avais connu ce sentiment qu'en observant ma famille de sang, je le ressentais désormais en regardant celle du cœur.

Je vivais presque tous les jours chez Alphard. Je connaissais par cœur les grincements des lattes de parquet, le bruit que faisait l'échelle de la bibliothèque du salon sur la troisième marche, l'odeur qui se diffusait du canapé lorsque je m'affalais dessus en attendant son retour. Les silences d'Alphard étaient désormais beaucoup moins assommants. Je le savais plus détendu, moins affligé par les tracas qu'il avait ressentis les semaines précédentes, et j'aimais l'entendre parler de l'aménagement de la chambre pour y ajouter une armoire où ranger mes vêtements, ou surprendre son regard fier et amoureux quand j'essayais des robes pour le mariage de Violet. J'oubliais alors tous les doutes que j'avais pu avoir en le voyant se perdre dans son monde intérieur.

La semaine précédant celle de Noël, je terminais les dernières notes dans mon journal d'écriture. Alphard partait le matin au centre d'archives de la ville pour étudier de nouveaux parchemins. Il rentrait le midi et me quittait à grand-peine pour retourner travailler. Il m'embrassait alors jusque sur le palier et attendait toujours que je tourne la clé dans la serrure pour me redire avant de partir : « Je t'aime Milly », ou : « Je vous aime, Daisy Mill », selon son humeur. Il était 18 heures quand il frappa à la porte. J'émergeai difficilement du monde d'Isadorah où je m'étais perdue depuis plusieurs heures et quittai mon bureau pour aller lui ouvrir.

« Oh, bonjour… Est-ce qu'Alphard est là ? »

Je reconnaissais la poussette et le visage doux de son ex-femme, une pochette épaisse de papiers sous le bras. Nous restâmes quelques instants à nous toiser avant que je ne me décide enfin à répondre.

« Non, il n'est pas encore rentré, répondis-je.

— Ah, d'accord. Il rentre à quelle heure, normalement ?

— Il devrait être là d'une minute à l'autre, dis-je.

— OK, je vais attendre dans le couloir, alors. Merci beaucoup, désolée pour le dérangement. »

Elle manœuvra la poussette pour se décaler de la porte et entreprit de se coller au mur du couloir. Je ne savais pas quoi faire. Je ne savais pas si Alphard m'en voudrait d'avoir laissé entrer son ex-femme, mais je ne pouvais pas me résigner à laisser une mère et son enfant dans un couloir sans chauffage en plein hiver.

« Vous n'allez pas rester debout dans un courant d'air, dis-je en regardant la petite fille emmitouflée dans la poussette, entrez. »

J'ouvris la porte en grand pour la laisser passer et, après avoir émis quelques contestations, elle finit par entrer chez nous. Enfin, chez son ex-mari. Lorsque je la vis à l'intérieur, enlever son écharpe et descendre la fermeture Éclair de l'épaisse combinaison de sa fille, je réalisai que j'ignorais si cet appartement avait été un jour le sien.

Elle restait debout, à côté de sa poussette, et j'observai ses cheveux châtains, ses joues naturellement rosies par le froid et le sourire qui illuminait son visage en regardant sa fille. Leur fille.

« Je vous en prie, asseyez-vous, finis-je par dire pour briser ce silence. Vous voulez boire quelque chose ?

— Non merci, c'est gentil, dit-elle en s'asseyant. Je ne compte pas m'éterniser. Je m'appelle Meredith, au fait. Enchantée. »

Elle n'avait pas l'air de me haïr, comme Stella et Neven. Elle semblait tout aussi gênée que moi et jouait distraitement avec l'attache de son bracelet.

« Milly, enchantée également.

— Je suis…

— Je sais », la coupai-je.

Elle m'adressa un bref sourire, comme soulagée de ne pas avoir à poursuivre la présentation. Nous restâmes silencieuses, elle, assise dans le fauteuil d'Alphard, et moi, sur le canapé, adressant des regards discrets aux grands yeux intrigués qui observaient la scène depuis la poussette.

Alphard frappa, quelques minutes plus tard. Je me levai pour lui ouvrir et, avant même d'avoir pu le prévenir en aparté, il prit mon visage entre ses mains pour m'embrasser. Rien d'anormal, c'était comme cela tous les soirs depuis des semaines. Il entra ensuite chez lui et se figea en découvrant son ex-femme et sa fille dans son salon. Il m'adressa un regard accusateur.

« Qu'est-ce que tu fais là ? lui demanda-t-il en la fixant avec le même air énervé.

— J'avais des papiers à te faire signer pour la pension alimentaire.

— Pourquoi tu ne m'as pas prévenu avant ? Tu ne peux pas passer chez moi à l'improviste comme ça ! Et toi, Milly, pourquoi tu l'as laissée entrer ?

— Je n'allais pas la laisser dehors avec…

— Tu ne réponds pas à tes appels, Alphard », répliqua-t-elle en même temps.

Il enleva son manteau qu'il jeta avec violence sur la table à manger, se frotta le visage entre les mains et s'avança en tendant le bras.

« Très bien, donne-les-moi et finissons-en. »

Meredith se leva et se rapprocha avec son épaisse pochette dans les mains.

« Il faut aussi qu'on parle d'Ashley et de la présomption de patern…

— Stop ! coupa-t-il. Pas ici. »

Il lui fit signe de la suivre et ils partirent en direction du bureau dont Alphard ferma la porte avec violence. Je n'arrivais pas à respirer et j'avais envie de pleurer, mais ce ne furent pas mes larmes qui coulèrent en premier. Leur fille était toujours emmitouflée dans la poussette et devait avoir chaud, malgré le fait que Meredith avait ouvert sa gigoteuse. Elle commençait à s'énerver et devait sentir la tension ambiante. J'entendais parfois des mots, mais ne parvenais pas à comprendre l'objet de leur conversation. Parfois Alphard criait, parfois Meredith, et l'échange dura plusieurs dizaines de minutes. J'entendais la porte s'ouvrir, puis claquer à nouveau. La petite commençait à être vraiment agitée. Je m'assis dans le fauteuil d'Alphard pour essayer de la distraire. Elle m'observa avec ses grands yeux noisette et j'essayai de voir en elle les traits d'Alphard. Elle devait avoir un an ou presque. Elle attrapa mon doigt qui chatouillait ses joues puis tendit les bras pour que je la prenne dans les miens, me faisant signe en ouvrant et en fermant ses petits poings comme pour m'attraper. Je n'étais pas certaine que Meredith apprécie que je cajole sa fille.

« Je ne peux pas te prendre, ma toute petite », lui murmurai-je avec douceur pour calmer ses sanglots d'énervement.

J'essayais de remuer la poussette, avec de plus en plus de vigueur, mais à mesure que les voix dans le bureau augmentaient en décibels et en énervement, ses pleurs s'intensifiaient. Cette cacophonie de cris commençait à faire naître chez moi une forme de tension, et si je n'avais aucun moyen de mettre fin à ceux d'Alphard et de son ex-femme, je pouvais au moins apaiser ceux du bébé. Je détachai la petite fille et la berçai pour la calmer, chantonnant les mêmes comptines que celles pour Eleanor et Samuel. Je vis ses grands yeux m'observer, se focaliser sur mes lèvres qui lui racontaient une délicate mélodie et elle se calma doucement dans mes bras. J'étais debout dans le salon en train de la bercer quand la porte du bureau s'ouvrit.

« Qu'est-ce que tu fais ! s'écria Alphard. Lâche-la tout de suite. »

Je ne l'avais jamais vu comme ça, il était rouge de colère.

« Je suis désolée, mais je ne pouvais pas la laisser comme ça ! Elle avait chaud et elle pleurait depuis une dizaine de minutes et…

— Ne touche pas à ce bébé, Milly ! » hurla-t-il à nouveau.

Je le regardais, horrifiée, abasourdie par sa colère que je ne comprenais pas.

« Vous avez bien fait, merci de vous être occupée d'elle… », me répondit Meredith avec douceur.

Je restai stoïque, les yeux rivés sur ceux d'Alphard, réagissant à peine à l'approche de Meredith, les bras tendus pour reprendre sa fille.

« Merci beaucoup », me murmura-t-elle à nouveau.

Meredith replia ses affaires en silence, installa sa fille dans la poussette et se dirigea vers l'entrée.

« Au revoir, Milly », fit-elle d'une voix éteinte en passant la porte, sans regarder Alphard.

J'attendais qu'il me dise quelque chose, qu'il s'excuse, qu'il me raconte tout ce qu'il ne disait pas depuis des mois. Mon regard était bruyant, implorant d'explications. Il détourna les yeux et, après avoir passé ses mains sur son visage, se retourna pour aller s'enfermer dans son bureau non sans avoir marmonné au préalable : « On en parlera plus tard. » J'essuyai les larmes sur mes joues, rangeai les affaires méthodiquement sur mon bureau et fourrai mon journal d'écriture dans mon sac. Je quittai l'appartement, sans écharpe autour du cou.

Jeudi 16 décembre,
Maison.

Chère Lyrah,

Cela fait des mois que je n'ai pas eu de tes nouvelles et cela me fend le cœur – déjà morcelé.

Ne pense pas que je t'écris aujourd'hui parce que j'ai besoin d'une confidente et que je suis triste. Je t'écris, car la raison pour laquelle je ne l'avais pas fait plus tôt ne m'apparaît plus comme une évidence. C'était Alphard, ma raison, ma certitude. Celui qui me disait que tu allais peut-être mal, que le temps devait parfois faire son office et que je devais respecter ton silence.

Mais Alphard n'est plus une certitude, et je ne puis supporter plus longtemps les silences, ni les tiens, ni les siens. Quel paradoxe pour quelqu'un comme moi, d'ordinaire plus à l'écoute de l'écho des mots que l'on tait.

Des certitudes, à vrai dire, je n'en ai plus. C'était un nuage réconfortant pendant quelque temps, mais ce cumulonimbus de sérénité s'est échappé, désormais. Alphard ne veut pas d'enfant, j'en suis maintenant persuadée, et je suppose que c'est pour cela qu'il a quitté sa femme. Je ne sais pas si j'en veux, je ne sais pas si un jour j'en voudrai, mais je sais que tant que planera ce doute en moi, cette incertitude dont j'aurai un jour soit infirmation, soit confirmation, Alphard ne sera pas sûr de nous. À mesure que notre relation avançait, qu'elle se consolidait, chacun intégrant l'autre dans son existence, dans sa famille, poussant les meubles, témoins de la vie commune qui s'organise, Alphard s'éloignait. Lorsque je prends du recul sur nous, je me rends compte que ce que je voyais comme des avancées étaient des paradoxes. Il aime passer du temps avec ma famille, mais m'éloigne de la sienne. Il s'implique chaque jour un peu plus dans mon imaginaire et dans les pensées d'Isadorah, mais il me tient à l'écart des siennes.

Parfois, quand nous sommes dans un magasin ou au restaurant, il me désigne comme étant sa femme. J'entends sa voix plaisanter avec un vendeur : « Excusez-moi, je ne sais pas où est ma femme, elle se perd tout le temps », ou : « Pourriez-vous enlever cette fleur de la botte ? Elle est un peu abîmée et ma femme mérite les plus belles marguerites. »

J'en suis fière, et heureuse. Mais quand on parle du mariage de Violet qui aura lieu samedi, qu'il se remémore mon enthousiasme à m'impliquer dans la préparation de celui-ci et qu'il me demande :

« Tu voudrais te marier, un jour ? », je sais qu'il veut entendre le contraire. Et la réponse à cette question n'a pas besoin d'être reportée à plus tard. Je sais que je veux un jour me marier.

Lyrah, j'ai besoin de toi. Je n'ai pas ton expérience en matière de relation. Cela fait presque dix ans que tu es avec Oscar, tu comprendras sans doute mieux Alphard que moi, sa difficulté à voir l'avenir après deux décennies de couple avec une autre. Je ne sais pas.

J'ai besoin de tes mots, ma chère Lyrah, seulement tes mots, et je comprendrais que tu ne souhaites pas qu'un jour, ils se transforment en paroles. Mais s'il te plaît, ne me laisse pas dans le silence d'une page blanche.

Je t'embrasse, et ai hâte de te lire,

Ta dévouée Milly

Mercredi 22 décembre,
Maison.

Chère Lyrah,

Ma lettre est demeurée sans réponse. Je ne t'en veux pas. Je ne me souviens pas de son contenu, mais demeure en moi la trace de l'infinie tristesse dont elle était imprégnée.

Pardonne-moi si elle t'a accablée davantage.

Le mariage de Violet s'est bien passé. Pas pour tout le monde, mais pour la principale intéressée ce fut le cas. Et c'est tout ce qui compte.

Le jour suivant l'écriture de ma lettre et précédant celui du mariage, Alphard est venu me trouver. Il avait fait annoncer sa venue, cette fois-ci, comme un étranger. Maggie l'avait installé dans le Salon bleu. Je ne sais pas s'il fallait y voir un message de renaissance ou d'agonie chromatique. La première fois où il était venu me voir chez moi, il m'avait attendue dans cette même pièce, soucieux de ne plus voir sa marguerite parmi le champ de fleurs.

Mais c'était aussi la première fois qu'il avait parlé de nous comme d'une incompatibilité. « Juste un professeur qui aide son élève. » Il y avait une contradiction sentimentale entre la chaleur que me procurait la vision de son visage tant aimé, et la froideur affirmée du bleu qu'il apparentait à la mélancolie.

Alors Alphard était là, en face de moi, aussi stressé que la première fois. L'aura bleue de la pièce traduisait mes émotions, en donnait les sous-titres. Les couleurs parlent, elles aussi. Que de langages singuliers.

Il me regardait avec une infinie tristesse, et j'étais convaincue que ça serait la dernière expression que je verrais sur le visage d'Alphard Burton. Mais il s'est excusé, pour tout. Pour la colère qui n'aurait jamais dû être dirigée contre moi, pour les silences qu'il devrait un jour me laisser entendre, pour les souvenirs douloureux qui l'éloignaient parfois de moi. Il s'est levé, a contourné la table basse pour s'asseoir à côté de moi et, me serrant fort les mains, m'a demandé de lui pardonner. D'être un peu patiente avec lui.

J'en ai parlé à Maggie. Elle m'a écoutée, les yeux brillants de larmes. Je mettrais ma vie entre ses mains. Je lui ai demandé quoi faire, et elle m'a dit : « Milly, mon ange, il faut être patient avec les gens qu'on aime, et compréhensif. Il y a parfois des silences trop durs à révéler. Des choses que l'on cache et dont le voile met du temps à se dissiper. Ça ne veut pas dire qu'on ne fait pas confiance, ça ne veut pas dire qu'on se joue de toi. Ça veut juste dire qu'on ne veut pas faire de mal, à toi comme à soi-même. »

J'aime Alphard Burton, alors j'ai décidé d'être patiente. Je suis retournée le vendredi soir dans son appartement, et nous avons fait l'amour toute la nuit, comme s'il avait cru me perdre pour toujours.

Il était de bonne humeur, le jour du mariage. Il avait l'air heureux. Il a même dansé avec moi, lui qui a horreur de ça. Il n'avait d'yeux que pour moi.

Violet et son mari avaient choisi comme code couleur pour la décoration du vert sapin et du parme, pour rappeler la violette. Qui aurait renié la couleur de son prénom ? Ces teintes associées me rappelaient l'Écosse et, à table, Alphard et moi racontions nos débuts à Daria et Julianne. Au centre de la table se trouvait une osteospermum *mauve. Je l'ai tendue à Alphard, en lui disant : « Regarde, Violet aussi est une Daisy, mais mauve. » Il m'a pris la fleur des mains et m'a murmuré avec tendresse : « Non, il n'y a qu'un seul homme assez chanceux pour avoir une marguerite, et c'est moi. En plus, Daisy n'a qu'un seul pétale. Cette fausse marguerite en a dix-sept. » J'ai ri bêtement, lui demandant pourquoi Daisy n'avait qu'un seul pétale. Il m'a alors susurré à l'oreille, me faisant frissonner de tout mon être : « La morphologie de Daisy ne laisse pas la place au "un peu, beaucoup, passionnément", mais uniquement au pétale "à la folie". »*

Mais j'eus le « malheur » d'attraper le bouquet de la mariée, et d'avoir des femmes assez bienveillantes dans mon entourage pour s'émouvoir d'un tel signe du destin. Alphard se fit tapoter les joues par Julianne, et marteler les côtes par Daria. C'était une évidence pour elles, pas pour moi qui étais la seule à voir le sourire artificiel sur son visage.

Nous avons fait l'amour en rentrant et, même s'il était encore en moi, je sentais déjà le vide qu'il était en train de laisser. Alors des larmes ont coulé sur mes joues. J'ai pleuré quand il s'emparait de moi, car je sentais que je n'étais plus en lui. Il l'a remarqué et s'est arrêté, paniqué, alarmé par mon état. Je lui ai dit : « Je crois que tu ne m'aimes plus. » Et, prenant mon visage entre ses mains, il m'a dit : « Milly, si j'ai une seule certitude dans ce monde, c'est que jamais je ne cesserai de t'aimer. »

Une certitude déguisant un doute.

Il n'a pas dit que jamais il ne me quitterait.

Comme je te l'ai dit dans ma précédente lettre, des certitudes, Lyrah, je n'en ai plus. Je vis chaque jour avec l'ondulation singulière d'un cœur qui doute.

Je doute de tout, de toi, qui ne veux sans doute plus me parler, d'Alphard, qui n'arrive sans doute plus à m'aimer, et du retour de Lord Clive Tucker dans la vie d'Isadorah.

Je ne sais plus quoi écrire, ni pour ma vie, ni pour la sienne.
Et je ne sais plus si je dois t'écrire.

Je t'embrasse, et donnerais cher pour pouvoir te lire,

Ta dévouée Milly

Dimanche 26 décembre,
Salon bleu.

Chère Lyrah,

Je te souhaite un joyeux Noël, un peu en retard, mais je ne pense pas que tu m'en tiendras rigueur. J'imagine que tu ne me le souhaiteras pas en retour non plus. Je ne t'en veux pas, j'espère juste que tu me reviendras.

Je t'écris depuis le Salon bleu. Je crois que c'est la seule pièce qui tolère mon état d'esprit. Nous avons passé les fêtes en famille. Enfin, en famille avec la compagnie d'Alphard. Je crois que c'est plus approprié.

Clarence et Hisaé étaient beaux à voir, Willa et Eddy et... En fait, tout le monde était beau à voir. Tous les couples qui s'aiment. Mon frère et mon amie, ma sœur et son mari, mes parents. Seules Maggie et moi ne parvenions pas à sourire, moi qui décelais l'illusion sur les lèvres de l'homme qui ne m'aime plus, et Maggie qui ne supportait sans doute pas de me voir ainsi.

Bien sûr, malgré quelques silences, Alphard est resté Alphard. Chaleureux, drôle, agréable à écouter. Ma famille n'y a vu que du feu, sauf Maggie, qui lit en moi comme dans un livre ouvert. Quand elle me rejoint dans le Salon bleu et m'entoure de ses bras maigres en silence, je sais qu'elle n'a pas besoin de m'interroger pour savoir ce qu'il se passe.

Je lui ai tourné le dos, la nuit dernière. Non pas pour qu'il se blottisse dans mon cou et parsème mes épaules de baisers, mais pour qu'il ne me touche pas, même s'il n'en avait sans doute pas l'intention. Je sais qu'il sait, lui aussi. Qu'il sait que j'attends qu'il me parle, qu'il me rassure, qu'il s'explique. Mais il ne fait rien de tout cela.

Il me hurle son silence, et je ne peux plus l'entendre. Le tien me brûle les yeux, aussi, par la blancheur de tes pages plus jamais noircies.

Je crois que ce sera ma dernière lettre, Lyrah.

Milly

6

Alphard me rejoignit dans le Salon. Il me vit, la main tremblante, la lettre noircie, les idées également. Il s'assit sur le canapé en face du mien, pas près de moi. Le Salon bleu semblait enfin tenir son rôle. Le bleu de la mélancolie, de la tristesse. Le bleu de l'évasion, aussi, mais de la fuite sans retour. Ainsi avais-je dit au revoir à Lyrah, et le visage grave d'Alphard m'indiquait que ce ne serait pas le seul adieu.

Il avait les mains jointes, appuyant avec force son pouce sur l'articulation de l'autre.

« Milly, est-ce qu'on peut rentrer pour discuter ? »

Il ne me regardait même pas, parlait à ses mains ou à la table basse.

« Rentrer où ? parvins-je à articuler.

— À la maison, dit-il.

— Celle qui ne sera jamais plus la mienne ? »

Il releva la tête et me regarda avec tristesse. Sans nier.

« Je préfère rester chez moi. »

Je détournai la tête de l'homme que je ne verrais bientôt plus, fixant la fenêtre et le blanc de la neige sur la terrasse. La dernière fois que j'en avais vu, elle brillait sur les reliefs lointains de l'Écosse. Elle me rappelait la blancheur des draps sur le corps nu d'Alphard. J'ignorais ce qui m'avait échappé pour que je redescende aussi vite du sommet. Pourquoi Alphard, qui poussait les meubles de son appartement pour me faire de la place, ne pouvait plus m'en faire dans son cœur.

« Milly, reprit-il après quelques minutes de silence, je t'aime de tout mon cœur, mais…

— Non, Alphard. Il n'y a aucune phrase sans mensonge qui commence par "Je t'aime, mais…" C'est soit tu m'aimes, soit tu ne m'aimes pas.

— Milly, je t'en prie, laisse-moi parler, tu ne comprends pas.

— Je ne comprends jamais rien à t'entendre parler, Alphard.

— Les mois que j'ai passés avec toi ont été les plus heureux de mon existence. Le problème, c'est que plus on avance, et plus je me rends compte que je suis égoïste parce que je n'ai rien à t'offrir, Milly.

— Pardon ? »

Je le regardais enfin, voyant la tristesse et l'embarras sur son visage.

« Milly, j'ai trente-huit ans. Je suis trop vieux pour toi. J'ai déjà vécu des choses et ne les revivrai pas, alors que toi tu as encore toute une série de premières fois qui t'attendent, et ce n'est pas moi qui pourrai te les offrir.

— L'amour n'est pas un appel d'offres, Alphard.

— Si Milly, c'est là que tu te trompes. Qu'est-ce que tu vas faire quand un jour tu te rendras compte que je suis trop vieux ? Que tu veux être mère et que ça ne sera pas possible ?

— Tu confonds tout, Alphard. Ton âge n'a rien à voir avec tout ça. Tu préfères que je sois malheureuse avec quelqu'un de mon âge ? Que j'épouse quelqu'un de plus jeune parce que ça semble plus correct, quand bien même des dizaines de couples vieillissent ensemble alors qu'ils ont plus d'une décennie d'écart ? Regarde tes parents, Alphard !

— Mais c'était une autre génération, Milly !

— Qu'est-ce que ça change, alors ? Ce n'est pas à toi de décider pour moi avec qui je veux faire ma vie, Alphard. Je préfère être heureuse chaque jour de ma vie, quand bien même tu perdras tes cheveux avant moi, que malheureuse parce que tu te seras mis en tête que je serais mieux avec quelqu'un de mon âge !

— Il n'y a pas que ça, Milly ! »

Je pleurais désormais, et je vis que lui aussi.

« Je vois bien que tu veux des enfants, et…

— Et tu vas m'abandonner dès que je tomberai enceinte, c'est ça ?

— Milly, dit-il en se levant, au bord de l'explosion, tu ne sais pas de quoi tu parles.

— Non, Alphard, je ne sais pas de quoi je parle, car tu ne me dis rien ! Je ne sais rien de ton mariage, je ne sais rien de ton divorce, et je ne sais rien de ta fille ! »

Je vis une larme plus grosse que les autres dévaler sa joue et se perdre dans sa barbe. Il s'engagea vers la sortie et je fus persuadée qu'il ne se retournerait pas, et que ce seraient les derniers mots que j'aurais hurlés à Alphard Burton.

« Milly, dit-il à l'autre bout du salon, tu dois me croire quand je te dis que je t'aime et que j'aurais vraiment voulu me réveiller chaque matin en te voyant à mes côtés. Mais je ne peux pas te laisser dans de fausses espérances. Je suis désolé. »

Et il partit, me laissant dans l'immensité du bleu et de sa désolation.

Journal d'écriture

Les espérances des femmes Templeton
Deuxième décennie : 1806 - 1816

Isadorah ne sait pas si elle reverra un jour Lord Clive Tucker. Il a disparu, lui et sa promesse des jours heureux. Lui avec qui elle imaginait faire sa vie. Il est parti, emportant avec lui le secret de son mariage avorté.

Isadorah ne recevra sans doute jamais plus de lettres de Sarah Siddons. Elle a tout perdu. Son amie la plus chère, sa confidente, celle qui guidait ses pas et qui lui tenait la main dans cet océan d'espérances.

Isadorah se mure dans la tristesse.
Elle demande à tapisser sa chambre de bleu.

7

Plus grand-chose n'avait de sens depuis quelque temps. La nouvelle année, les résolutions, l'envie de démarrer de nouveaux projets. J'étais toujours coincée dans ce salon bleu où je regardais les fantômes des espérances déchues. Je n'entendais plus les mots d'Alphard ni ne lisais ceux de Lyrah. J'avais perdu deux êtres chers, et l'écho singulier des pleurs qui ne venaient plus ébranlait les murs de ma solitude. La vie avait repris pour tout le monde, malgré tout. J'avais dissuadé mes parents et Clarence d'annuler leur voyage et ils s'apprêtaient à refaire leurs valises pour quelques mois. Hisaé serait de la partie, cette fois-ci. J'avais entendu que le projet de fusion des entreprises textiles de mes parents avait été abordé aussi avec le père d'Hisaé. Je repensais aux sœurs d'Isadorah, aux associations et aux passions. Peut-être pouvaient-elles fusionner, parfois. J'avais fini par sortir de cette pièce pour regagner ma chambre et préparer mon sac pour la rentrée. Personne ne m'avait attendue à la fontaine.

Lorsque j'étais rentrée de ma journée de cours, j'avais découvert une enveloppe sur mon bureau. Il me semblait la reconnaître et mon cœur s'était mis à battre, chassant tout, ne faisant affluer le sang que pour me donner l'urgence, la vitesse nécessaire pour ouvrir la lettre.

« Chère Milly,

Nous ne savons rien, mais nous sommes tristes de tout.

Nous nous permettons tout de même de t'adresser nos meilleurs vœux pour la nouvelle année. Nous les adressons également à ton Isadorah. Nous avons lu sa première décennie et avons hâte de connaître la suivante.

Cette fois-ci, pourras-tu nous en adresser deux exemplaires ? Mrs. Burton ne lit pas aussi vite que la vitesse de la lumière...

À bientôt, peut-être,

Abigail & Ezechiel Burton »

Je m'effondrai. Il n'y avait pas grand-chose à dire d'autre. Rien ne pouvait décrire pareille douleur, ni mots, ni gestes, ni paroles. Rien. C'était à la fois la douleur du vide et l'horreur de l'excès. Le cœur qui ne bat que pour signaler la détresse. Je mis quelques minutes avant de pouvoir relever la tête de mon bureau et répondre brièvement sur une petite carte. La plume de Lyrah me caressait toujours la nuque. Je leur souhaitai mes vœux, en leur précisant que cela ne me posait aucun souci, mais que je préférais qu'ils s'assurent avant tout que cela ne causait de tort à personne d'autre. Alphard vivait déjà avec le fantôme de son ex-femme chez ses parents, je voulais éviter d'être un souvenir matériel de plus.

Je descendis dans le Salon blanc où mes parents se prélassaient, toujours collés l'un à l'autre comme deux oiseaux inséparables.

« Coucou, chérie ! » m'adressa ma mère avec un immense sourire.

Mes parents n'avaient jamais su comment gérer les moments difficiles, mais ce n'était pas leur rôle. Personne ne pouvait entendre la douleur. Mais leur sourire, leur volonté d'être là, de respecter le temps qu'il me fallait pour rire à nouveau avec eux, était déjà un immense réconfort. Ils avaient compris que les fameux « fais-toi violence », « allez, sois forte, ça va passer », ne faisaient rien d'autre que de culpabiliser davantage quelqu'un qui ne parvenait déjà plus à respirer. Comme s'il fallait, à la simple écoute de ces adages, réagir en un fragment de seconde. Comme si la douleur était gérée par la volonté, et que la peine pouvait être effacée d'un revers de main le jour où l'on décidait d'aller mieux. Les émotions demeuraient anarchistes face à la raison.

« Tu as besoin de quelque chose ? finit par demander mon père.

— Oui, dis-je, je vais sortir poster une carte de vœux. Vous avez des timbres ?

— Oui, répondit-il. Va voir sur le buffet dans l'entrée, il doit y avoir un carnet à côté des cartes à poster.

— Vous voulez que je dépose les vôtres en même temps ?

— Oui, ma chérie ! Elles sont dans un petit sac normalement, j'ai regroupé les nôtres et celles de Maggie. »

Je m'engageai dans l'entrée et parvins jusqu'au buffet, déposant le timbre sur l'enveloppe pour la famille Burton. Je la mis dans le sac avec les autres et sortis, saisie immédiatement par le vent glacial. Cela me fit du bien, toutefois, moi qui ne ressentais qu'une brûlure permanente. Je pris mon temps jusqu'à la boîte postale au bout de la rue. Je sortis enfin mes mains de mes poches pour glisser les cartes dans les fenêtres. Mes parents avaient toujours les mêmes enveloppes depuis des années, blanches et refermées à l'arrière par un tampon rouge. J'avais beau leur avoir offert un sceau avec l'initiale des Davis, ils préféraient leur tampon rustique.

J'arrivais à bout de plusieurs dizaines de cartes similaires quand je retirai du sac une enveloppe plus épaisse et large, celle de Maggie, sans doute.

Jamais la brûlure du froid ne fut aussi vive que celle qui glaça mes doigts, crispés sur une enveloppe que je reconnaissais. Cette belle enveloppe sur le thème de *La grande vague de Kanagawa* d'Hokusai que m'avait envoyée Lyrah, avec l'écriture de Maggie dans la fenêtre. J'en pris une autre, marquée d'un sceau doré que j'avais déjà décacheté sur une enveloppe de Lyrah. Puis une autre, ornée d'un papier de soie imprimé d'arabesques. C'étaient les lettres de Lyrah, mais expédiées aux amis de Maggie.

Je fis le chemin inverse presque en courant, essoufflée par ma course, par les larmes, par la trahison et la colère. J'entrai dans la maison sans refermer la porte et criai à mes parents :

« Où est Maggie ? »

Ils me regardèrent avec effroi, puis je vis ma mère poser ses yeux sur les enveloppes, croiser le regard de mon père, et leur expression de triste compréhension accentua mes sanglots.

« Vous le saviez ? Depuis toutes ces années ? parvins-je à articuler entre l'étouffement des larmes. Vous avez dû bien tous vous moquer de moi ! »

Je laissai tomber les enveloppes et courus m'enfermer dans mes appartements. La fêlure qui se creusait en moi était immense. Depuis toutes ces années, je pensais que Lyrah était ma meilleure amie. Elle faisait partie de ma vie, de mes peines, de mes joies. Avec elle, j'avais grandi, appris. Elle m'avait vue devenir adolescente, elle avait lu mes premiers chagrins, mon premier baiser, la nuit où je perdais ma virginité. Elle avait lu mes craintes, mes doutes, ma peur d'écrire. Elle avait vu naître Isadorah, elle avait tout vu, tout lu. Mais depuis tout ce temps, elle n'était que le fantôme de ma solitude, le spectre de la pitié que j'avais inspirée à ma famille. Moi, cette enfant si singulière à qui personne n'avait osé dire que, depuis seize ans, seize années de solitude, elle écrivait à sa grand-mère.

Je demeurai enfermée dans ma chambre pendant plusieurs jours, ne descendant que la nuit pour me nourrir de temps en temps sans croiser personne. Je n'avais pas vu mes parents depuis ce jour où j'avais laissé tomber les enveloppes par terre. Je n'avais pas vu Maggie depuis la dernière fois où elle avait essuyé les larmes qui coulaient pour Alphard, et pour Lyrah. Je ne savais même plus désormais pour qui elles avaient coulé, en réalité.

Je dormais la porte fermée à clé. Je ne voulais du réconfort de personne. Mon téléphone était éteint en permanence. Ma mère venait de temps à autre frapper à la porte, inquiète. Je ne répondais rien, mais faisais toujours du bruit pour qu'ils sachent que j'étais encore vivante. Parfois, je sentais la présence de quelqu'un derrière la porte, quelqu'un qui n'osait même pas frapper.

Je restai ainsi pendant des jours, vide. Sans pouvoir parler, ni écrire. Même le bruit des mots de l'intérieur avait été mis en sourdine. Je ne voulais plus rien ressentir, ni par la lecture ou l'écriture, ni par la vue ou le toucher. Je voulais que le silence soit absolu.

Mais au bout de plusieurs jours, il fut brisé par le bruissement d'une lettre que l'on glisse sous la porte.

Mardi 25 janvier,
Maison.

Milly, Milly, Milly…

Je suis fébrile en t'écrivant ces mots. Je ne sais pas par où commencer. Tu dois te dire que je sais à qui je m'adresse, mais que tu ignores qui t'écrit. Et tu aurais raison.

Je m'appelle Margaret Brightwood, Maggie, pour les intimes. Je suis ta grand-mère, aussi. C'est un fait, mais c'est loin d'être le seul.

Je me suis mariée jeune, avec un homme plus âgé. Nous avons eu un fils, Joshua, et même s'il est extrêmement enquiquinant et que je sais que parfois, au restaurant, il commande du thon, je l'aime plus que tout au monde. Il a amené dans ma vie une fille, Helen, qui fut pour moi une pierre précieuse à ranger dans mon écrin à merveilles. Je me rebelle souvent contre les rôles prédéfinis, et s'il y en a bien un qui me révolte tout particulièrement, c'est celui de la belle-mère. Des hommes, sans doute agacés de voir que leur belle-mère défendait parfois leur épouse, ont décrété que des relations de haine devaient être préétablies. Si tu veux mon avis, je pense que cela remonte à l'époque où un homme pouvait violenter sa femme en toute impunité. Peut-être qu'un père, qui avait lui-même admis ces règles comme étant une relation normale avec une épouse, pouvait l'accepter, mais jamais une mère n'aurait pu regarder sa chair se faire frapper ou humilier. Je pense que c'étaient les seules à l'époque à contredire la légitimité des ordres du gendre. Tout ça pour te dire que ta mère ne s'est jamais méfiée de moi, et qu'elle est devenue tout aussi importante que mon fils.

Ils se sont aimés si fort, tu sais. C'était beau à voir. Je me souviens du jour où Joshua était parti en audience pour une histoire de concurrence. Il était si petit dans ce monde de grands, affligé par la perte de son père, son modèle, mais déterminé à demeurer sur la pointe des pieds pour être à sa hauteur. Il était parti le matin même avec appréhension, submergé par le doute d'être celui qu'il fallait, et était revenu avec une certitude. Il avait posé sa valise sur la table et m'avait dit : « Maman, j'ai rencontré la femme de ma vie. C'est peut-être la seule fois que je dirai ça, mais heureusement que papa n'est pas là pour m'entendre dire que je veux épouser la fille de son ennemi. » Nous avions à la fois ri et pleuré. Le reste de leur histoire, tu le connais. Ils se sont aimés depuis le premier jour où ils se sont vus, et ont eu de magnifiques jumeaux, et puis toi.

Je crois que le jour où tu es venue au monde, tu étais déjà singulière, comme on te l'a toujours répété depuis. Tu n'avais pas besoin de crier pour te faire comprendre, tes grands yeux marron communiquaient déjà. Tu étais un bébé silencieux, tellement que cela inquiétait ta mère. Elle est allée voir plein de spécialistes, alertée par l'absence de cris. Je me souviens qu'un jour, je l'avais accompagnée voir un neurologue. Je n'arrêtais pas de lui dire que tu étais seulement différente, que chaque bébé était singulier, mais elle demeurait dans la crainte. Ça a toujours été ainsi, et ça le sera toujours, même aujourd'hui. Je ne te dirai pas ce qui se passe depuis que tu t'es isolée, mais sache que personne ne vit. Quand tes parents partaient pour de longs voyages, tu me demandais souvent : « Mais pourquoi maman ne pleure pas ? Pourquoi elle sourit alors qu'elle me quitte ? » Mais tu ne voyais pas, mon enfant, combien te quitter la tuait. Quels efforts surhumains elle déployait pour te protéger de sa tristesse. Ta mère a toujours puisé sa force dans sa chair, ses enfants.

Alors nous étions là, toutes les deux, dans une salle d'attente où des bébés criaient quand toi tu restais silencieuse. Une infirmière était venue nous demander pourquoi nous étions là, et ta mère avait dit, en montrant la salle du doigt : « Voilà pourquoi, ma fille est toujours silencieuse ! » Elle était paniquée alors que les autres femmes à côté d'elle s'esclaffaient. « Quelle chance, madame ! On échange quand vous voulez ! » Elle avait fini par chasser ses larmes et rire avec elles. Nous avions fait tous les examens, et le médecin nous avait dit que tu allais bien. Il lui avait assuré avec bienveillance : « Chaque bébé a ses singularités, madame. Ce n'est pas parce que vos jumeaux braillent que Milly doit brailler. »

La singularité t'a suivie toute ton enfance, Milly. Tu étais notre fierté et notre crainte. Nous savions tous que tu ferais des choses incroyables. Ça se voyait, dans tes yeux, dans ta manière de voir le monde, ta manière d'observer, d'écouter. Depuis toujours, ton monde intérieur est plus vaste que n'importe quelle dimension réelle. Et qui pouvait te le reprocher ? Lorsque, au parc, les enfants jouaient, tu les observais. Et le soir, quand nous venions, ta mère ou moi, te raconter une histoire, c'était toi qui nous interrompais : « J'en ai inventé une aujourd'hui ! » Et ainsi, tu modelais le monde à ta façon, tu le racontais avec tes mots, ceux que tu avais construits en toi. Ta singularité était ta force et notre fierté, mais notre plus grande crainte, aussi. Pour les autres, c'était de la différence. Tu étais toujours seule, et si nous savions que tu n'étais pas encore en âge de voir les rires, les petites marques d'exclusion qu'ont les enfants, nous avions conscience qu'un jour cela serait pour toi un fardeau.

Ça l'est devenu, petit à petit, et nous étions démunis face à toi qui parlais si peu. Ta mère répétait toujours que la gémellité de Willa et Clarence avait aggravé cela. Que si tu avais juste eu une sœur, ou un frère, tu aurais pu avoir sa complicité et laisser les mots que tu taisais être enfin racontés. J'ai toujours su que c'était faux. Tu aurais tout de même eu tes besoins d'isolement, tu aurais toujours chéri ta solitude, car c'est ainsi que tu crées, que tu composes, que tu laisses ton imaginaire et ta créativité vivre. C'est comme ça que tu es, Milly.

Quand tu as commencé à manifester l'envie d'avoir un correspondant, nous ne savions pas très bien comment réagir. Ta mère disait que c'était la preuve qu'il te fallait quelqu'un.

Tu étais encore petite quand, un jour, Sigried m'a parlé de son projet de correspondance. Tu n'étais pas la seule, toi, petite Milly avec tes collants blancs et tes chaussures marron à brides, à vouloir écrire. Sigried savait que seuls des adultes s'inscriraient. Alors, avec sa complicité, j'ai placé dans ce bocal en verre un papier que je savais que tu choisirais. Du lilas, perçant la blancheur des autres. Et tu l'as pris, dans ta petite main. Tu l'as ouvert avec précaution, comme lorsque tu ouvrais une papillote à la recherche de la citation, et tu l'as brandi devant moi : « Regarde, Maggie, Lyrah Berolzheimer va devenir ma correspondante ! »

Sache, Milly, que je n'ai jamais fait ça en pensant à mal. Je voyais ma petite-fille parfois triste de n'avoir personne à qui se confier. Je te voyais, parfois, regarder les jumeaux se dire des secrets, et je savais que même si tu n'avais besoin de personne, tu souhaiterais un jour raconter les tiens à quelqu'un. À quelqu'un qui ne serait ni ta mère, ni ton père, ni tes frère et sœur ou ta grand-mère. Alors, je me suis dit que je pourrais t'écrire, pendant quelque temps. Je pensais que tu te lasserais de cela, que tu finirais par ne plus répondre, ne plus écrire, et que Lyrah serait un fantôme de l'enfance qu'on chérit, un ami imaginaire à qui on pense de temps en temps. Mais tu n'as jamais cessé, Milly. Tes parents m'ont plusieurs fois demandé d'arrêter, mais cela nous conférait à tous une fenêtre sur tes sentiments et tes douleurs. Nous avons toujours respecté ta manière d'être, mais, Milly, comprends qu'il était parfois très douloureux de voir notre fille chérie ne plus réussir à parler d'un jour à l'autre. Nous respections ton besoin de solitude, mais nos tourments étaient grands lorsque tu restais seule à regarder par la fenêtre. Ton hypersensibilité, tes épisodes dépressifs et tes tocs nous ont été révélés dans ces lettres. Cela nous a donné des armes pour te soigner quand tu ne voulais plus te lever, cela nous a permis de comprendre tes maux. Mais sache, Milly, que jamais je n'ai confié autre chose à tes parents.

Tu penses peut-être que les lettres que tu écrivais à Lyrah étaient lues, transmises de main en main à tous les membres de la famille. Mais c'est faux, Milly. À part pour rassurer tes parents quand tu rentrais dans des phases de mutisme qui nous échappaient, à part pour leur signaler qu'il était parfois temps que tu ailles consulter quelqu'un, jamais tes mots, tes ressentis, tes premières expériences ne sont sorties de tes lettres.

Milly, je devrais peut-être avoir honte de te dire ça, mais je ne regrette rien de ce que j'ai fait. J'ai été là pour toi quand tu n'aurais tendu la main à personne. Je t'ai aidée à faire des choix quand tu ne voulais suivre la direction de personne. Je ne t'ai pas écrit chaque semaine en me disant que c'était un fardeau de répondre à ma petite-fille pour ne pas lui faire de la peine. J'avais plaisir, chaque lundi, à recevoir ta lettre qui m'était parvenue. Je la lisais comme j'aurais lu celle d'une amie, et c'est pourquoi je t'ai toujours répondu. Jusqu'à ces derniers temps où j'ai pensé que tu pouvais t'envoler toute seule, sans le battement des feuilles de papier de Lyrah. Si j'ai pu influencer tes choix, je ne l'ai jamais fait en tant que grand-mère, mais en tant qu'amie. Aurais-tu pris deux années de césure si Lyrah ne l'avait pas fait également pour se consacrer à son art ? Aurais-tu décidé d'écouter ton cœur qui te disait que ce garçon était celui avec qui tu voulais perdre ta virginité si Lyrah n'avait pas sauté le pas avec Oscar ? Serais-tu partie en Écosse si Lyrah ne t'avait pas influencée en partant elle-même à Milan ? Aurais-tu compris, par l'évidence de son amour pour Oscar, et sans les questions qu'elle te poussait à te poser, que ton cœur ne battait pas pour Zach ?

Lyrah t'a aidée à faire les choix pour lesquels je ne pouvais pas te guider en tant que grand-mère.

Tu m'as posé un jour la question concernant Alphard, non à Lyrah, mais à moi, Maggie. Et je t'ai répondu, comme souvent, qu'aucun rôle ne prédestine les liens. Je le crois, Milly. Tu es ma petite-fille, la fille de mon fils, mais quand je ris avec toi au salon de thé, quand je fais les magasins à tes côtés, quand je t'aide à choisir tes vêtements pour un rendez-vous, quand je te parle de ma peur de vieillir et de laisser ce monde, je parle à ma meilleure amie. À cette jeune femme que j'admire pour sa force silencieuse et singulière. Que j'aime voir évoluer, et grandir. Je ne te dis pas que ça a toujours été le cas, Milly, mais au fil de tes lettres, j'ai trouvé en toi une amie.

Et j'espère que tu me pardonneras le mal que j'ai pu te faire et que tu arriveras à te convaincre que, depuis seize ans, je ne voulais que ton bien. Souviens-toi, Milly, qu'aucun rôle ne prédestine les liens. Mon rôle de grand-mère ne me prédestinait pas à t'aimer, à être ta confidente et ton amie. Tu as dit à l'homme que tu aimes que l'âge n'était pas un critère dans les relations. Je suis d'accord avec toi, autant pour lui que pour moi. J'ai l'âge d'être et je suis ta grand-mère, mais ce que tu es pour moi depuis des années, c'est une amie fidèle.

Ta fidèle Maggie

8

J'étais finalement sortie de ma chambre après plusieurs jours d'exil et de larmes. J'avais tourné la clé dans la serrure de ma porte et je m'étais rendue dans les appartements de Maggie. Ils étaient vides. J'avais fait toutes les pièces de la maison jusqu'à voir sur une des horloges qu'il était midi. Cela faisait des jours, des semaines, que je n'avais plus la mesure du temps. Je me dirigeai vers la salle à manger, et ils étaient tous là. Ma sœur, son mari, ses bébés, ceux qui m'avaient donné depuis toujours un modèle familial, certes parmi tant d'autres, mais surtout l'espérance d'une belle histoire. Mon frère et Hisaé, qui m'avaient montré comment les relations entre les gens pouvaient évoluer. Mes parents, à qui je devais tout. Et Maggie, ma meilleure amie depuis toutes ces années. J'avais vu la surface de son smoothie vert dans son verre à cocktail bouger. Elle avait tremblé en me voyant. Je m'étais mise à pleurer et avais tendu les bras vers elle. Même Clarence avait dû verser quelques larmes.

Après la lecture de la lettre, j'étais passée par toutes les émotions. La colère, la tristesse, la déception, la trahison, aussi. J'avais eu la sensation que Lyrah avait été un outil pour me faire prendre des décisions implicites. Mais plus je relisais cette lettre, plus l'amour qu'elle décrivait me transperçait. J'aurais pu être comme Hisaé, qui voyait sa grand-mère plus par obligation que par envie. J'aurais pu être comme Larry, non désiré par sa grand-mère qui ne cachait pas qu'elle avait ses préférences parmi ses petits-enfants. Mais quand je voyais Maggie, je ne voyais pas seulement une « grand-mère », comme quand j'étais petite. Je voyais ma complice, mon amie, et ni l'âge ni le rôle initial n'auraient pu prédestiner cette amitié qui traversait les âges.

Nous avions tous beaucoup pleuré, et puis Maggie m'avait parlé de tous les détails techniques. Sa coiffeuse étant devenue une amie, elle lui avait confié ses craintes et ses doutes quant à cette correspondance. Ginnie Rochedev lui avait ainsi proposé d'installer une boîte aux lettres à côté de la sienne sur laquelle elle indiquerait le nom de Lyrah Berolzheimer et de lui donner les enveloppes le jour de son brushing. La personnalité de Lyrah avait été créée en fonction de ma propre évolution de vie. Lorsque mes parents évoquaient la reprise de l'entreprise familiale, Lyrah avait décidé de partir en études d'art, et cette décision m'avait insufflé le courage d'affirmer mon choix et de me lancer en licence de lettres. J'appris que Maggie était véritablement inscrite à une école d'art depuis tout ce temps. Elle n'en avait parlé à personne, et me l'avoua en confidence, car elle ne souhaitait pas en parler autour d'elle. Que dirait-on d'une septuagénaire qui reprend des études ? Mais elle s'était accrochée. Ainsi, j'avais pu feuilleter son travail de fin d'études, intitulé, comme je l'avais conseillé à Lyrah des mois auparavant : « Maggie Brightwood, la singularité dans l'uniformité. » Nous avions passé tout l'après-midi à discuter, n'arrêtant de parler que pour aller refaire du thé, et avions fait vivre nos souvenirs de papier en instants de paroles.

Bien sûr, je pleurais encore souvent le silence d'Alphard. Il m'était parfois difficile de me lever dans un quotidien où sa voix ne me réveillait plus, mais les retrouvailles avec Maggie, et la puissance de l'amour que j'avais ressenti après des mois de tristesse m'avaient donné la force nécessaire pour me relever, m'habiller et retourner à la fac. Je n'avais toujours pas d'amis, là-bas, mais cela ne me dérangeait pas. Je venais pour les cours, concentrée et solitaire, et repartais le soir vers un lieu chaleureux où je n'étais jamais seule, dans les appartements de Maggie, les miens, ou dans ceux d'Isadorah. Je ne savais pas comment l'histoire d'Isadorah allait se finir, mais je savais en tout cas que l'urgence d'écrire devenait de plus en forte.

J'évitais tous les endroits qui furent nos lieux, le salon de thé, certaines salles d'étude à la bibliothèque. Étant majoritairement dans le pôle d'art, je n'avais pas croisé Alphard depuis notre rupture. Mais je me doutais qu'un jour, cela serait probable que je tombe sur lui. Je m'y étais préparée, même si je redoutais ce moment.

J'allais rentrer à la maison après un cours de latin lorsque quelqu'un dans le couloir appela mon nom.

« Eh, Milly !

— Oh, salut, Glenn ! Enfin, professeur Webster, pardon, dis-je bêtement.

— Pfff, tu rigoles, pas de ça entre nous, rigola-t-il. Comment tu vas ? »

Il prit le même air triste que tous les gens qui avaient l'habitude de me voir avec *lui*. J'avais cessé les cours de broderies de Liv, ne supportant pas d'être dans l'entourage d'Alphard. Elle m'avait dit que le club me serait toujours ouvert, et qu'elle comprenait mon besoin de m'éloigner, mais qu'elle ne voulait surtout pas que l'on se perde de vue. J'aimais beaucoup Liv.

« Ça va, répondis-je alors que mon cœur disait : « Je meurs toujours un peu plus chaque jour. » Et toi ?

— Moi, ça va, tout va bien… Eh, Mill, dit-il en m'attrapant le bras, je suis vraiment désolé pour vous deux. Vous aviez l'air vraiment heureux ensemble.

— C'est comme ça. Je pourrais te dire que je respecte sa décision, mais ce n'est pas vraiment le cas, alors… Tout est dit.

— Je croyais que c'était d'un commun accord, vu que tu désires avoir des enfants…? reprit-il prudemment après quelques instants d'hésitation.

— Je pense lui avoir assez répété que je ne savais pas. J'ai juste dit que je ne pouvais pas prédire si dans cinq ou dix ans j'aurais envie de devenir mère. Mais visiblement, c'était assez pour faire fuir quelqu'un qui ne veut pas d'enfants, alors…

— Attends, Milly, il t'a dit qu'il ne voulait pas d'enfants ? »

Glenn me tenait toujours le bras, ne lâchant pas la pression comme s'il voulait éviter que je ne m'évapore.

« C'est ce qu'il t'a dit ? répéta-t-il.

— Non, tu sais, Alphard ne m'a pas dit grand-chose. Mais ça a toujours été un sujet compliqué. Dès qu'il me voyait avec un bébé dans les bras, c'était comme s'il allait fuir le plus loin possible. Vu qu'il ne parlait jamais de sa fille, je pensais que…

— De sa fille ?? m'interrompit-il, les yeux grands ouverts. Il t'a dit que c'était sa fille ?

— Non, mais…

— Mais quel abruti ! s'exclama-t-il, passant la main dans ses cheveux en penchant sa tête en arrière. Viens avec moi, s'il te plaît.

— Non, Glenn, je n'ai vraiment pas envie de le voir.

— Oui, moi non plus là, je t'avoue, enfin, à part pour lui en coller une, mais je pense qu'il faut que tu entendes la vérité. Même si après tu ne veux plus jamais le voir. »

Ainsi, Glenn m'emmena en direction du bureau 342. Je n'avais pas revu Alphard depuis le Salon bleu. Glenn ouvrit la porte sans annonce préalable, et la chaleur dorée de son bureau forma un contraste violent avec ma douleur.

Alphard, penché sur un ouvrage, se figea.

« Glenn, qu'est-ce que…, bafouilla-t-il en m'observant sur le palier.

— Tu m'expliques pourquoi elle pense qu'Ashley est ta fille ? Tu ne lui as rien dit et tu l'as laissée partir ? Tu es vraiment un abruti, Alphard Burton. Dis-lui, ou je m'en charge. »

Sur ce, il claqua la porte et me laissa seule face à Alphard. Je me mis à pleurer.

« Milly, je t'en supplie, ne pleure pas. »

Mais malgré sa supplication, entendre sa voix ne fit qu'accroître mes larmes.

« Milly… »

Il se leva et me prit dans ses bras, et, même si je savais qu'il n'y avait plus rien pour nous, demeurer dans l'étreinte d'Alphard Burton, sentir son odeur et le contact de la laine de son costume qui me grattait les joues était un instant que je ne voulais pas refuser. Il caressa mes cheveux avec douceur, comme il le faisait toujours quand les émotions débordaient. Quand mes sanglots se calmèrent et que je me détachai de lui, je vis que ses yeux étaient emplis de larmes également.

« Très bien, dis-je en reniflant et en essuyant mes larmes, dis-moi qu'on en parle plus tard et comme ça je m'en vais.

— Non, Milly, Glenn a raison. Je ne suis pas sûr que ça changera quoi que ce soit entre nous, mais au moins tu sauras. Tu ne méritais pas que je ne te dise rien. J'ai été idiot, j'espère que tu me pardonneras un jour. Tu veux t'asseoir ?

— Non, dis-je en lui faisant face.

— Moi j'ai besoin de m'asseoir. »

Il se dirigea vers son bureau et s'assit sans regarder les piles de papiers qu'il froissait par la même occasion.

« Le début de l'histoire, tu le connais déjà. Meredith était ma petite amie au lycée, on est restés ensemble jusqu'à la fac. Je l'ai demandée en mariage, elle a dit oui. Jusque-là, tout va bien. On a voulu fonder une famille rapidement. Elle avait vingt-sept ans, moi aussi. Elle venait de trouver une place comme prof dans un lycée, j'avais des missions en tant que paléographe, on a acheté une maison, c'était le bon moment. Sauf qu'elle n'est jamais tombée enceinte. Le médecin qui nous suivait n'était pas très alarmé au début : ça pouvait arriver que ça mette du temps. J'avais une grande famille dans laquelle personne n'avait jamais eu de problème de fertilité, alors que les parents de Meredith, qui n'avaient jamais pu avoir d'enfants, l'avaient adoptée. Le médecin a préconisé une thérapie pour elle : entre le fait d'avoir été abandonnée et d'avoir été adoptée par un couple stérile, lequel est décédé dans un accident tragique, nos problèmes de fertilité pouvaient être liés à un blocage psychologique. Enfin bref, ça tu t'en fiches. »

Il ne me regardait pas, mais fixait le parquet. Moi je regardais tout de lui : ses traits marqués par la fatigue, sa barbe qui avait repoussé et sa moustache qui s'y perdait.

« Comme beaucoup de couples, on a décidé d'essayer, de prendre du temps pour nous et de voir si ça allait marcher. Sauf que ça ne venait toujours pas. J'ai pris rendez-vous pour faire un test, histoire d'être sûr avant d'évoquer avec elle le sujet de la procréation médicalement assistée. Et j'ai appris que c'était moi, le problème. Je suis stérile, Milly. »

Je mis fin à la distance qui me séparait de lui et vins le rejoindre pour prendre sa main. J'entendis la peine dans les mots qu'il parvenait à articuler. Je compris beaucoup de choses, et je l'aimai encore plus. Il se laissa aller contre moi et pleura pendant quelques instants. Il sécha ses larmes du revers de sa main et reprit :

« Je ne l'ai pas dit tout de suite à Meredith. Pour elle, c'était le rôle de sa vie, tu comprends ? Devenir mère. Je ne savais pas comment lui annoncer ça. C'est peut-être la seule lâcheté que j'ai eue, de ne pas trouver la force de lui dire pendant un an. Sauf que…

— Elle est tombée enceinte ? hasardai-je.

— Oui, elle est tombée enceinte. Mais ça n'avait rien d'un miracle. Je n'ai pas de problèmes de fertilité, je suis simplement stérile, Milly. On appelle ça une azoospermie sécrétoire. Je ne produirai jamais de spermatozoïdes, ni maintenant, ni jamais. »

Je ne savais pas quoi répondre. Il n'y avait sans doute rien à ajouter à cela. Je lui laissai le temps qu'il lui fallait pour terminer son histoire.

« Meredith l'ignorait. Elle m'a annoncé qu'elle était enceinte, et elle était tellement heureuse que je me disais que j'avais encore assez d'amour pour elle pour ne voir que le bonheur sur son visage et non la trahison dans son ventre. Alors je n'ai rien dit. On a annoncé ça à ma famille, on a vécu tous les moments de joie qui suivent ce genre d'évènement. Sauf que je ne pouvais plus la regarder. Je lui ai annoncé ma stérilité, et elle m'a avoué avoir eu une aventure pendant plusieurs mois, mais que ça ne voulait rien dire. Elle m'a même dit que c'était une sorte de destin, que c'était ma seule chance d'être père…

— Je suis désolée… »

Je tenais sa main dans la mienne, et c'était la seule chose que je pouvais faire. Je n'imaginais pas ce qu'il avait pu ressentir, que ce soit à l'annonce de la grossesse, au moment où sa femme infidèle avait comparé son adultère à un cadeau du ciel, ou quand il m'avait vue avec la fille de cette dernière dans les bras. Je comprenais tout, et cela me laissait dans une profonde tristesse que je ne parvenais pas à masquer. Je pleurais silencieusement. Pour lui, pour moi, pour nous.

« Tu as demandé le divorce, alors ? l'encourageai-je à poursuivre.

— Oui, elle était enceinte de trois mois, je crois. Ma famille m'a haï quand elle le leur a annoncé.

— Mais, tu leur as dit que…

— Non, me coupa-t-il. Je n'ai rien dit, et elle non plus.

— Mais, Alphard…

— Elle n'a aucune famille, Milly. Elle a été adoptée et elle a perdu deux fois ses deux parents, tu comprends ? Une fois, car ils ne voulaient pas d'elle, une fois dans un accident de voiture. Je ne voulais plus la voir, mais je ne voulais pas non plus qu'elle se retrouve seule au monde avec son bébé.

— C'est pour ça que Neven et Stella…

— Oui, c'est pour ça. La plupart pensent que j'ai paniqué, que j'ai fait ma "crise", comme dirait Stella. Pour eux, je suis un immonde connard qui a quitté sa femme enceinte. Et désormais, ils pensent que c'est pour mon étudiante de vingt-cinq ans. C'est pour ça que ça a été aussi difficile pour moi, tu comprends ?

— Mais pourquoi tu ne dis rien, Alphard ? Tu ne vas pas t'isoler de toute ta famille et laisser croire à une petite fille que son père n'a pas voulu d'elle ?

— Je ne suis pas reconnu comme son père. Vu que j'ai demandé le divorce, la présomption de paternité ne s'applique pas.

— Oui, mais si sa tante Stella lui raconte que tu es un odieux personnage ? Alphard, tu ne peux pas te condamner à l'exil de ta famille… Tu ne mérites pas ça…

— Mira a compris sans que je lui en parle, répondit-il. Lucida est dans la confidence aussi et je pense que mes parents se doutent de quelque chose. La réaction de Stella et Neven me pousse à penser que, quoi que je dise, je serai le connard qui a abandonné une femme enceinte. C'est exactement ce que j'avais expliqué à Daria, tu te souviens ?

— Oui, je comprends…

— Si elle peut trouver du réconfort à se plaindre de moi auprès de Stella ou de Neven, alors qu'elle le fasse. Ça m'est égal, Milly.

— Je suis désolée, Alphard, d'avoir dit que tu m'abandonnerais si j'étais…

— Ne t'en fais pas, dit-il en serrant ma main, c'était légitime que tu penses ça, j'imagine. J'aurais dû t'en parler.

— Oui, tu aurais dû. »

Il se redressa, puis fit quelques pas dans son bureau, avant de soupirer.

« J'avais peur que tu me quittes, Milly. Je pensais qu'en repoussant le sujet, je repousserais ton départ. Mais dès que je te voyais avec tes neveux, ou le mien, je me disais que jamais je ne pourrais te donner ça, tu comprends ? Je ne pourrai jamais être le père de ton bébé. Et ça me tue, Milly. J'ai l'impression que je ne servirai à rien dans ta vie, que je te ferai perdre du temps et que tu finiras par me quitter. »

J'allai le rejoindre au milieu du bureau, l'entourant de mes bras du plus fort que je le pouvais. Je détestais le voir ainsi, vulnérable, accablé et désespéré. Nous finîmes par nous asseoir après une étreinte qui dura une éternité. Il avait cessé de pleurer, moi aussi, et cet instant de tendresse retrouvée donnait à ceux que nous avions perdus tout ce temps un parfum de gâchis.

« Alphard, tu te souviens de notre première dispute, ici ?

— Quand j'avais été assez lâche pour t'ignorer ? dit-il en riant.

— Oui, cette fois-là. Je t'ai dit que soit tu m'aimais, soit tu ne m'aimais pas.

— Oui, tu as dit ça. Mais…

— Laisse-moi finir, le coupai-je. Je t'ai aussi dit qu'aucun rôle ne prédestinait les liens, et que ce n'était pas parce que tu étais mon professeur que ça le serait toujours, tu te souviens ?

— Oui, je m'en souviens.

— Et tu te souviens de cette nuit-là quand je t'ai réveillé, et que tu as tellement sursauté que tu m'as donné un coup de boule en te relevant ? »

Nous rîmes ensemble à ce souvenir.

« Oui, je m'en souviens, tu me parlais du livre que tu avais lu juste avant. Sur les femmes et…

— Les femmes et la maternité, intervins-je. Je t'avais expliqué qu'à l'époque d'Isadorah, les femmes n'avaient un corps que pour enfanter, et que certains hommes demandaient le divorce en inventant une infidélité à l'épouse seulement parce qu'elles étaient stériles. Tu te souviens de ce que j'ai pensé à ce moment-là ?

— Milly, c'est…

— Alphard, intervins-je, je t'ai dit qu'un corps de femme n'était pas vide parce que son utérus ne pouvait pas accueillir d'enfants. Que le rôle d'une femme n'était pas uniquement de donner naissance. Je ne renoncerai pas à toi pour les mêmes raisons.

— Milly, j'aimerais que tu aies raison, mais tu ne comprends pas que…

— Non, c'est toi qui ne comprends pas. Je peux te démontrer par tous les scénarios possibles que l'exil affectif dans lequel tu te condamnes tout seul est ridicule. Je pourrais sortir avec Zach, l'épouser et apprendre ensuite qu'il est stérile. Ou bien me rendre compte que je le suis moi-même. Ou encore que je n'ai aucun désir d'être mère. Et pour autant, je ne divorcerais pas. Il pourrait tout aussi bien mourir dans un accident et me laisser veuve sans souhait de me remarier ou de devenir mère.

— Je déteste absolument tous les scénarios où tu te maries avec Cunningham, Milly.

— Je sais, ris-je, mais si tu ne peux pas imaginer que je me marie avec quelqu'un d'autre, sois celui que j'épouse. Je suis convaincue qu'aucun rôle ne prédestine les liens. Maggie a raison. Ce n'est pas parce que je suis une femme que je devrais être mère. Peut-être que dans cinq ans j'aurais envie de l'être, peut-être dans dix. Il y a d'autres moyens pour devenir parent. Je ne me suis jamais documentée sur la question, mais j'imagine qu'un couple qui veut avoir un enfant peut recourir à des donneurs, à l'adoption. C'est sans doute plus difficile, mais si toi comme moi le souhaitons un jour, on trouvera la force de le faire. Et peut-être que je ne voudrais jamais être mère, mais que je voudrais toujours être la femme d'Alphard Burton. Alors, avant de décider pour moi avec qui je devrais faire ma vie, on pourrait simplement s'aimer et cultiver l'amour. Je suis prête à me rendre compte chaque jour que je t'aime parce que tu cries d'un coup dans l'appartement quand tu découvres des traces de sang, sans doute dues à un saignement de nez, sur le parchemin que tu étudies. Je veux chaque jour réaliser que je t'aime parce que tu coinces des marguerites dans mes livres. Je veux cultiver chaque jour les papillons dans le ventre que je ressens quand je t'entends rentrer le soir. C'est peut-être déjà ce qu'on peut faire, tu ne crois pas ? Le reste, on a toute la vie pour l'envisager.

— Je t'aime tellement, Milly. »

Épilogue

Les espérances des femmes Templeton

*Isadorah contemplait le jardin depuis plusieurs heures, assise près d'une fenêtre, s'appropriant la végétation pour la première fois. Elle observait les haies bien entretenues par le jardinier, les pots de fleurs disséminés sur la terrasse. Ils étaient vides, à cette époque de l'année. C'était à la maîtresse de maison de choisir qui de la marguerite ou de l'*osteospermum *mauve serait butinée par les abeilles, réveillées par l'odeur alléchante du pollen. C'était également à la maîtresse de maison de donner les directives pour le potager, qu'elle ne cultiverait pas, certes, mais qu'elle administrerait depuis ses cabinets. De sa fenêtre, assise sur une chaise qu'elle avait installée au petit matin, Isadorah contemplait l'étendue de son nouveau rôle, faisant tourner de son pouce l'anneau d'or qui ornait désormais son annulaire gauche.*

Sa nouvelle demeure était encore en cours de décoration. De grands draps blancs recouvraient parfois des fauteuils ou des commodes. Certaines pièces étaient vides, d'autres abritaient une multitude de coffres encore emplis de choses et d'autres. Le calme de la maisonnée était souvent interrompu par des bruits de mar-

teaux ou par les pas des ouvriers qui rafraîchissaient les parties les plus anciennes de la demeure. Lorsqu'elle avait quitté la maison familiale, prenant soin de soulever les lattes du parquet de sa chambre pour y retrouver ses trésors d'enfance, sa mère lui avait prodigué quelques conseils. Le foyer devait être entretenu avec une main de fer dans un gant de velours, c'était ce qu'elle lui avait dit. La maison où elle avait grandi n'était pas aussi vaste et la fortune familiale bien moindre que celle de son époux. Isadorah devait endosser un rôle dont elle n'avait jamais eu l'exemple, celui de maîtresse de maison, la cheffe d'orchestre des opérations. Elle avait convenu avec son mari qu'ils n'avaient pas besoin d'une foule de domestiques, malgré la taille de la demeure. Les cuisines étaient remplies d'employés, moins pour les besoins en nourriture que par la générosité d'Isadorah qui voulait donner un emploi à ceux dans le besoin. Il y avait un jardinier en chef, un autre chargé du potager, et son époux lui avait permis d'engager un apiculteur. Elle aimait parfois les regarder s'activer, observant les ruches au fond du jardin, avant d'être disputée par le jardinier en chef qui craignait pour sa sécurité et, par la même occasion, pour les répercussions sur son emploi.

Mais, Isadorah n'écoutait personne, ni ceux qui voulaient la tenir éloignée des ruches ni ceux qui trouvaient inconvenant que la maîtresse de maison discute avec ses employés dans la cuisine.

C'était aujourd'hui que son époux devait rentrer, après plusieurs semaines de voyage en Autriche. Isadorah se languissait de la compagnie de son mari, mais cela lui procurait, étrangement, une douce mélancolie qui lui avait inspiré des mélodies d'amour. N'était-ce pas ce qu'elle avait toujours voulu ? Souffrir du manque de son mari plutôt que de se réjouir de son absence de la maison ?

Des souffrances, elle en avait connu, et les premiers jours de sa vie maritale furent accompagnés d'une grande tristesse. Isadorah découvrit les plaisirs de la chair le soir de son mariage. C'était douloureux, sa mère l'avait prévenue. Elle lui avait dit qu'elle le tolérerait, ensuite. Mais elle n'en avait pas eu le temps. Le lendemain matin, son époux avait été appelé pour affaire, laissant Isadorah seule dans cette immense demeure. Il avait toutefois déposé un petit mot sur sa coiffeuse. Elle avait vu son écriture longiligne, imaginé son mari embrasser la lettre qu'elle avait ouverte avant même de s'habiller.

« Ma bien-aimée, ma chère épouse,

Quelle souffrance de devoir m'éloigner de vous. J'ai été appelé pour une affaire en Autriche dont je vous exposerai les détails à mon retour – si vous le souhaitez, évidemment, je ne me priverai point de votre conversation pour vous parler des choses de l'ennui.

J'aurais aimé voir le sourire sur votre visage au moment de découvrir votre cadeau de mariage, mais mon plaisir égoïste ne vous privera pas de la joie que vous aurez en vous rendant dans le salon principal. Vous le savez, nous n'avons pas encore reçu le mobilier que nous avons choisi, mais vous en conviendrez, j'en suis certain, que celui qui trône en ce moment là-bas est le seul qui ait de l'importance pour vous (pardonnez-moi de l'avoir appelé si vulgairement "mobilier").

Je vous vois, chère Isadorah, froncer vos sourcils comme vous le faites souvent. Vous êtes en train de sermonner votre époux qui entorse déjà la règle que nous avions fixée. Mais vous êtes mon présent, Isadorah, c'est ce que votre nom signifie. Tant que vous serez à mes côtés, aucun bien, aucun trésor, ne sera plus précieux que vous.

J'entends déjà les mélodies que vous jouerez.

À jamais à vous,

Votre époux aimant »

Isadorah avait couru jusqu'au salon, encore en robe de nuit. Sa femme de chambre n'avait pu retenir un cri en la voyant sortir en hâte dans cette tenue inconvenante et, lorsqu'elle avait déposé le pichet d'eau dans les appartements de Madame, elle avait souri, convaincue que ça ne serait sans doute pas la seule extravagance de sa jeune maîtresse si singulière.

Au salon, Isadorah avait découvert une forme familière et, après avoir tiré le drap blanc qui la recouvrait, avait sautillé de joie. Un magnifique piano trônait désormais dans le salon. C'était ainsi qu'elle avait passé les premiers jours dans sa nouvelle demeure. Seule, mais face à des dizaines de touches d'ivoire qui parlaient pour elle.

Dorothea était venue épauler sa jeune sœur dans les premiers instants de sa vie d'épouse. Si Isadorah n'avait toujours pas pardonné à Lottie ses effronteries le jour de son mariage, cela avait renforcé les liens d'affection déjà solides entre elle et sa sœur. Dorothea était venue avec sa femme de chambre et sa bonne d'enfants et, malgré le bruit du silence qu'Isadorah appréciait, elle fut ravie d'entendre des rires d'enfants et les plaisanteries de sa sœur.

Dorothea interrompit ses songes, lui signalant que la voiture était arrivée. Isadorah quitta sa fenêtre, époussetant sa robe dans un réflexe qu'elle trouva idiot, et se dirigea vers l'entrée pour accueillir son époux.

Et rien n'avait changé depuis la première fois où ses yeux s'étaient posés sur Lord Clive Tucker. Le regard qu'ils échangèrent était chargé d'amour et de respect. Jamais Isadorah n'aurait préféré le calme d'une association, quand bien même cela aurait été plus simple, et sans doute moins épuisant. Jamais n'aurait-elle choisi l'affection amicale de Lord Alfred Nellis pour un nom et une réputation à la passion qui animait les conversations avec Clive. En vain avait-il lutté contre les sentiments qu'il entretenait à son endroit. Il l'aimait, mais ne voulait pas nuire à sa réputation du fait de son passé. Mais si Isadorah ne connaissait rien à la société, elle connaissait tout des émotions. Elle les composait, les écrivait, les jouait au piano et les entendait dans sa tête.

Elle avait soutenu à Clive qu'il n'y avait aucune difficulté que l'amour ne pouvait surmonter. Soit il était amoureux, soit il ne l'aimait pas, mais jamais un homme ne devrait choisir le destin d'Isadorah à sa place. Alors, après quelques tourments, Lord Clive Tucker lui avait demandé sa main.

Et si son père avait voulu la priver de ce mariage en arguant qu'un homme divorcé n'était pas un bon parti, il avait vite abandonné ses protestations, conscient de la grande fortune et de la noblesse de son nom.

Et c'est ainsi qu'elle avait épousé l'homme dont elle était tombée amoureuse, qu'elle aimait pour son respect pour les arts, pour ses encouragements à ce qu'elle entretienne ses traits d'esprit, pour sa passion quand il l'écoutait parler sans jamais lui dire de se taire.

Il ôta son chapeau en passant la porte de sa demeure, et s'avança vers sa jeune épouse, entrelaçant ses doigts aux siens avec pudeur quand ses yeux trahissaient son envie de la serrer fort contre lui, de la respirer, de l'entourer de tout son amour. Mais ce regard était aussi éloquent qu'une longue lettre passionnée, aussi bruyant qu'une sonate langoureuse et aussi doux qu'une caresse du revers de la main.

Et lorsque Isadorah contemplait les yeux marron de son époux, elle n'avait plus d'autres espérances que de demeurer chaque jour de son existence à ses côtés, de cultiver l'amour et de chérir à chaque instant les détails innocents que l'on admire les premiers temps et que l'on ne voit plus en vieillissant.

FIN

Milly Davis-Burton

Note de l'autrice

Je me souviens encore du jour où j'ai terminé l'écriture de ce roman. C'était un vendredi. J'écrivais le mot « fin » avec l'émotion d'un accomplissement et la puissance silencieuse d'une épiphanie.

À cette époque, j'étais en arrêt maladie. « Vous faites un burn-out, vous êtes en situation de harcèlement. » Voilà ce que m'avait dit mon médecin un mois auparavant. Jamais je n'avais envisagé cette fracture dans mon quotidien, ce point de non-retour qui ne ferait que me tirer vers le bas. En huit ans d'études de droit, je n'avais jamais pris le temps de me demander où j'allais et si ce monde était le mien. Foncer, ne jamais s'arrêter. Exiger toujours plus de soi, s'écouter toujours moins. Je voyais ce surmenage presque comme une fierté. Jongler avec les études d'avocat, mes loisirs et passions qui me nourrissaient. Depuis, j'ai rencontré l'expression « culture du burn-out ». Je la comprends désormais.

L'écriture d'*Amour, gluten et sororité* avait été pour moi comme une sorte de challenge. Je voulais me prouver que je pouvais écrire un roman entièrement, l'achever, et ne pas laisser un scénario vivre mollement dans ma tête sans jamais parvenir à noircir les feuilles d'un livre. Quand on me demandait ce qui m'avait empêchée jusqu'alors d'écrire un roman, je répondais systématiquement que les livres que j'écrivais touchaient à des choses trop personnelles, et que l'introspection finissait par me paralyser. Il me semblait avoir trouvé la clé : j'avais abouti à un roman divertissant qui ne portait pas en lui un véritable fragment de moi.

Le chœur singulier de Milly Davis en contient un.

Jamais je ne pensais pouvoir être transcendée dans l'écriture. Le processus de gestation et de naissance de mon roman a été une expérience presque magique que je n'oublierai jamais. J'ai mis en lui ce que je ne parvenais pas à dire. Les troubles anxieux de Milly et sa relation avec sa famille sont tant de choses que je n'avais encore jamais réussi à exprimer à la mienne. Peut-être que cela explique les larmes de ma mère à la lecture du manuscrit. Comprendre son enfant mutique. Sa singularité.

Mon roman m'a surprise. Jamais je n'aurais pu envisager que le processus d'écriture de Milly et l'écho qu'il en ressortirait dans sa vie seraient également un miroir de la mienne. Jamais, en pensant mon scénario, je n'avais prévu que Daria prendrait une place si importante. Je n'avais pas envisagé évoquer la maternité, ni que la relation entre Maggie et Milly m'apporterait des réponses à des liens familiaux complexes. La bienveillance avec laquelle j'ai couvé Milly dans ce roman m'a montré le chemin de la réconciliation avec moi-même.

Et en cela, ce livre a changé ma vie. Mais pas qu'en cela.

Une fois l'écriture achevée, je retournais en stage. Le « stage final », nommé ainsi par le Conseil National des Barreaux. Le *der des ders*, celui censé sceller votre avenir professionnel en tant qu'avocat dans un cabinet. Celles et ceux qui me suivent depuis ce moment savent à quel point cela a été difficile. Je n'ai même pas la force de poser à nouveau des mots sur ce que j'ai vécu, mais il est certain que ce stage portait bien son nom. Il a mis fin à quelque chose.

Il y a un proverbe hébraïque que je chéris depuis mon adolescence. *Gam zou letovah.* « Même cela est pour le bien. » Je m'attache à lui depuis des années comme à une bouée de sauvetage, espérant voir une éclaircie après chaque tempête. Il y a encore quelques mois, dans la phase la plus sombre de ma dépression, je ne percevais que des cumulonimbus menaçants. J'oubliais la gaieté lyrique et symbolique de ce doux proverbe.

Et puis, je l'ai vue, l'éclaircie.

J'écris cette note plus d'un an après l'écriture de mon roman. Tout a changé dans ma vie. L'histoire de Milly m'a convaincue que je ne pouvais me faire violence (une expression qu'elle reprendra plusieurs fois en démontrant l'absurdité d'une telle injonction). Je suis allée au bout de mes études, suis devenue avocate, mais n'ai pas prêté serment. J'ai compris que jamais je ne serais épanouie dans un milieu où ma force de travail ne serait pas mise au service de ma passion.

Ce roman est une épiphanie. La mienne, mais aussi celle des Éditions Hurlevent.

Jamais je ne me serais crue capable de transformer un rêve d'adolescente en réalité d'adulte. Et pourtant, nous y voilà. Bien sûr, je ne peux parler des Éditions Hurlevent sans parler de celles sans qui cela n'aurait pas été possible. Et je veux parler de mes chères associées, Marion et Alexia. Deux noms qui sonnent sans doute comme familiers pour celles et ceux qui me suivent sur les réseaux ou pour les plus aventureux qui étaient allés jusqu'à la fin des remerciements de mon premier roman.

Depuis le début de cette note, j'évoque mon process d'ouverture des yeux sur des évidences. Marion JUIN-SEMET en est une, mais je n'ai pas eu à éprouver un apprentissage violent pour le comprendre. Si Milly m'a apporté un réconfort en étant le miroir de certains aspects de ma personnalité, c'est que Marion m'avait montré la voie auparavant. En quelques mois, elle a pris une place considérable dans ma vie. Ces moments douloureux où je me sentais éminemment seule dans mes ressentis sont désormais de lointains souvenirs. Elle est là, désormais. Et je n'imagine pas ma vie sans elle.

J'ai rencontré Alexia VANDEVELDE sur les réseaux sociaux, elle aussi. Une douceur avérée, un sens de l'esthétisme à toute épreuve. Quelques échanges et c'était scellé : je choisissais de lui confier la couverture de mon premier roman. J'avais aussi peu d'expérience en écriture de roman qu'elle en design de couverture. Mais nous nous sommes fait confiance, instinctivement. Là encore, le process a eu lieu d'évidence. Quelques directives et nous aboutissions à une entente parfaite dans le résultat.

Humainement comme professionnellement, le chœur d'Hurlevent se devait d'être triple. C'était l'aventure que nous attendions toutes les trois. Un rêve qu'on n'osait formuler. Et nous l'avons fait, ensemble. Je suis immensément fière d'avoir à mes côtés ces deux jeunes femmes.

Les filles, l'auriez-vous cru, à la sortie d'*Amour, gluten et sororité*, qu'un an plus tard, nous serions associées de notre propre maison d'édition ?

Bien sûr, je ne peux pas achever cette note sans citer quelques personnes.

Tout d'abord, mes parents et ma sœur. Peu de gens ont la chance de pouvoir dire que leurs parents les ont soutenus quand ils ont décidé de quitter la stabilité d'une carrière d'avocat pour lancer une maison d'édition sans expérience dans le domaine. Et pourtant, ils ont cru en moi. Et continuent de le faire, de me soutenir, de m'apporter patience, aide et confiance.

Je ne peux pas non plus omettre de citer Matthieu, mon désormais fiancé, qui est et a été d'une patience infinie avec moi durant la gestation de tout cela, qui est resté auprès de moi pendant les pires moments de ma dépression, et qui a attendu que je revienne à la surface. Je t'aime.

Je ne peux pas non plus oublier Julia, mon âme sœur. Ton existence au sein de la mienne est une des choses que je chéris le plus. Merci de toujours croire en moins, merci de me faire rire au minimum une fois par jour. Tu ne peux pas savoir comme je suis fière de toi, de ta force, de ton intelligence. Tu es l'une des femmes les plus exceptionnelles que j'aie rencontrées dans ma vie.

Cet ouvrage a été achevé d'imprimer
par Pulsioprint.com en mai 2022
Imprimé en France

Dépôt légal : mai 2022